문익환 평전

문익환 평전

김형수 지음

다산책방

일러두기

- 2004년 출간된 『문익환 평전』을 새롭게 편집했다.
- 문동환과 문영미가 남긴 자료 중 일부는 책 출간 후 각각 『문동환 자서전』(삼인, 2009)과 『기린갑이와 고만녜의 꿈』(삼인, 2006)으로 출간되었다.
- 해외 지명은 국립국어원 외래어표기법을 따르되 일본인이 지은 중국 지명인 '신경' '봉천', 특별한 의미가 있는 지명인 '용정' '명동'은 한자 독음 그대로 읽었다.
- 장편소설·단행본은 『 』, 단편소설·산문·시는 「 」, 신문·잡지는 《 》, 노래·그림·공연 등은 〈 〉로 표기했다.

"믿음은 바라는 것들의 실상이요 보지 못하는 것들의 증거이니."

• 히브리서 11장 1절

차례

『문익환 평전』을 다시 펴내며

1

한 권의 평전에서 가장 많은 깨달음을 얻는 사람은 글을 쓴 사람일 것이다. 고마운 일이다. 어지러운 시대에 '문익환의 삶'이라는 경이로운 텍스트를 보내준 세상에게 뜨거운 감사의 마음을 바치지 않을 수 없다. 『문익환 평전』 때문에 나는 20세기가 저물어가는 시점에서 북간도며 요코하마며 평양을 취재하는 행운을 누렸다. 이뿐만 아니라 늘 예기치 않은 장소에서 시대적 사표師表의 일대기를 복원했노라고 칭찬해주던 분들의 아낌을 받았다.

아쉬운 점은, 국경 너머에서도 통용되는 인간상을 그려보자는 욕심이 과도했던지 도입부가 다소 현학적으로 읽히게 되고 말았다는 사실이다. 학생 독자들이 어렵다고 할 때는 안타까움에 발을 구르기도 했다. 또한 평전을 쓰면서 이해하지 못했던 사실을 다 쓴 뒤에 새롭게 알게 된 내용이 얼마나 많은지 모른다. 아마도 마침표를 찍을 때 본문을 다시 쓰고 싶은 미련을 얻는 것이 작가의 숙명이 아닐까 한다. 책을 다시 펴내는 축복이 여기에 있나보다.

탄생 100주년을 맞아 대폭 고치고 싶었는데, 쉬워지고자 노력하면 하는 만큼 시대적 순정의 무게가 털려나가는 느낌을 지울 수 없었다. 책도 어쩔 수 없이 팔자를 타고난다는 생각이 들어서 호흡에 걸리는 문장들을 손질하는 선에서 그치고 말았다.

2

하지만 내가 쓴 평전이 '문익환의 이해'에 기여했으면 하는 바람이 없을 수는 없다. 그를 위해 다음의 윤곽을 되잡고자 한다.

첫째, 문익환의 위대성은 '정치적 결단의 순간'이 아니라 '지난한 연민의 과정' 속에 숨어 있었다.

문익환의 '지난날'에서 굼떠 보이던 동작들이 어느 순간 경이로운 폭풍을 일으키는 예는 허다하다. 예컨대, 일본 유학 시절에 대동아전쟁이 목을 죄어올 때 동년배 친구들에 비해서 문익환의 선택은 얼마나 초라해 보이는지 모른다. 강제 징집에 맞서, ①싸울 것인가(송몽규의 선택), ②탈출할 것인가(장준하의 선택), ③견딜 것인가(윤동주의 선택), ④피할 것인가 중에서 문익환은 네 번째를 선택했다. 역사, 체제, 구조 안에서 개인의 힘이란 얼마나 실낱같은 것이며, 절벽 같은 현실에 맞서는 일은 또 얼마나 무모한지를 그보다 많이 겪은 사람은 없을 것이다. 6·25전쟁 때는 공교롭게도 판문점에서 분단협정(휴전협정)을 통역해야 했다. 1980년대를 이끌어온 철학적 전망도 그는 공유하지 않았다. 역사가 발전한다는 주장에 대한 비판적 태도는 확고했다. 인간이 세계의 주가 아니라는 것, 우리는 이 지구를 반대방향으로 돌릴 수 없다는 것, 또한 역사의 주도 아니라는 것, 역사는 우리의 계획대로 움직여가지 않는다는 것. 국가체제에게는 '실정법 위반'이 되는 일이 하느님 앞에서는 옳은 일이 되는 예도 셀 수 없이 경험한다. 문익환의 생을 가득 채우고 있는 것은 주로 그 같은 시간들이었다.

하지만 그 때문에 재야운동에 뛰어들어서 '야기한' 세 차례의 '돌발'은 모두 당대의 상상력을 압도하는 일종의 '혁명적 전복성'을 보여준다. 그를 잘 아는 이웃들도 놀랄 수밖에 없었다. 1976년 3·1민주구국선언사건 때는 선배 활동가들이 경계감을 드러냈고, 김대중 내란음모 사건으로 복역하고 나와 민통련 의장을 맡을 때는 동세대 활동가들이 급진성을 경고했으며, 1989년 방북을 감행할 때도 후배 활동가들이 공안정국을 부른다 하여 '부적합' 판정을 내렸다. 거기에서 발생될 불화의 소지를 제거한 것은 합리적 논의가 아니라 그의 탁월한 '콤플렉스론'이 보여준 과거의 힘이었다. 참으로 절묘한 무능의 축적이었다.

둘째, 문익환의 방북 사건은 남, 북, 해외의 민심을 동시에 흔들어버린 해방 후 최대 사건이었다. 나는 그것이 한반도에서 20세기에 펼쳐진 평화사상의 한 절정이었다고 본다.

그간 우리의 남북관계는 언제나 정치, 경제, 군사적 소모전을 되풀이하고 있었다. 누구나 그 같은 문제들 때문에 '분단 극복'을 말해야 한다는 듯이 오직 그곳에만 관심을 두었다. 그러나 정치, 경제, 군사 문제뿐이라면 만백성이 왜 그토록 많은 대가를 지불해가며 '통일'이라는 까다로운 숙제를 하느라 감옥에도 가고 분신도 해야 하는가? 개인의 삶에서 '국가'랄까 '국경'이랄까 하는 것의 중요성이 점점 줄어들고 있지 않는가? 문익환의 실천은 이 같은 질문을 전혀 다른 차원으로 바꿔버린다. 수십 년 묵은 갈등과 극복의 어려움, 복잡함, 지난함이 아무리 피곤해도 인간에게는 절대로 포기할 수 없는 것이 있다. 바로 국토 위에서만 전개되는 것이 아니라 생태 공동체, 문화 공동체도 공유해야만 온전해지는 '삶'이라는 유기물이다. 1948년 유엔 한국임시위원회의 단장 크리슈나 메논이 "신이 합한 것을 사람이 나눌 수 없다!"고 말했던 존재의 기반에 대해 문익환의 인식은 일찍부터 관통하고 있었다. 누가 어떻게 설명해도 남과 북의 민중은 먼 과거부터 몇천 년에 이르는 실존의 문화를 함께 누렸으며, 앞으로도 이를 인위적으로 단절하기가 어렵다. 까닭에, 서로가 죽도록 밉고 싫을지라도 자신의 '온전성'을 유지하기 위해서 결국에는 다른 한쪽을 포기할 수 없다는 결론 앞에 이른다. 아마도 통일문제가 우리에게 제기하는 가장 큰 질문이 여기에 있을 것이다. 남과 북은 왜 헤어지지 못하는가? 그것은 자연의 질서가 묶어둔 것을 사회의 권력이 나눌 수 없기 때문이다. 문익환은 신의 것을 인간의 권력이 토막 내는 과정을 가장 근거리에서 뼈아프게 목격한 사람이었다.

돌이켜보면, 일제의 '강압적 근대'가 한반도 민중에게 가한 폭력의 핵심은 바로 생명의 서사를 정상가동할 수 있게 만드는 존재의 근거지를 파괴한 점이었다. 민족의 구성원들이 남, 북, 해외로 뿔뿔이 갈리면서 내면에 남겨둔 생채기는 두고두고 우리의 정신적 운명이 되었다. 일제가 물러간 후에도 극복되지 않았다. 박정희의 '조국근대화'로 상징되는 남쪽 사회의 '압축적 근대'는 절대 빈곤을 벗어나기 위해 오직 앞만 보고 달렸던 뿌리 뽑힌 사람들의 슬픈 여로旅路였다. 그 길에서 지친 나그네들이 아무리 근거지를 찾으려 해도 그것은 분단의 횡포와 복구의 실패로 인한 영혼의 상처만 도지게 했다. 문익환의 통일운동은 이 같은 과정이 민족을 '죽임'의 상태로 내몰기 때문에 시작된 것이었다. 그렇다면 결국 그의 통일운동은 한 민족의 집단감정을 치유하는 생명운동으로서의 제전에 속한다.

셋째, 문익환은 소모적인 논쟁을 불러일으킬 이론 정립에 매달리지 않았지만 정작 그가 남긴 발자국들은 하나의 거대한 사상의 궤적을 보여준다.

문익환의 생을 한국에서는 흔히 통일운동의 상징물로 여기지만 그 같은 범주화는 실상 거대한 정신적 실체를 재야운동의 한 갈래에 가두는 격이 될 수도 있다. 문익환은 사랑과 결혼, 출산과 양육, 죽음과 이별에 이르는 생명의 서사를 충과 효 같은 체제 이데올로기에 뒤섞지 않고, 또한 공과 사와 같은 국가나 사회제도의 부속품으로도 인식하지 않았다. 대안운동, 반체제운동 같은 이름을 들이댄다 해도 마찬가지일 것이다. 한 생명체가 탄생에서 소멸에 이르는 길은 문명이나 사상, 체제나 제도 따위가 만드는 것이 아니라 하느님이 내려준 질서이자 생명 고유의 권한으로 진행되는 것이었다. 문익환은 그것을 신성시했다.

지상의 목숨들이 모여 사는 영토와 생태 공동체, 언어공동체, 문화공동체는 인간관계의 범주를 넘는 하느님의 것이지 정권이나 통치자의 것이 아니다. 따라서 그 어떤 사회체제도 자신의 존속을 위해서 하느님의 것을 파괴해서는 안 된다. 민중의 삶의 단위를 인위적으로 분할하고 단절시키는 분단 통치도 체제가 하느님의 것을 함부로 망가뜨리는 행위에 속한다. 그래서 문익환은 파괴된 인간의 마을을 가로지르며 "죽임의 역사를 살림의 역사로" 되살리고자 혼신의 힘을 다했다. 그가 통일운동, 인권운동, 환경운동, 언어운동에 미친 영향들은 그의 이런 마음이 한국현대사에서 발현된 '몇몇 측면적 사례'가 아닌가 한다.

이상의 줄기가 바로 잡혀야 '민통령'이라는 별명을 가진 자의 '민의 통일론'의 실체가 나온다. 나의 글이 이 같은 취지를 좀 더 명징하게 드러낼 수 있었다면 참으로 좋았을 것이다.

3

결국 14년 만에 다시 낸 이 책도 획기적인 것은 못 된다. 내 수준이 여기까지인 셈이다. 다만 문익환에 대한 기억이 빛바랜 사진 취급을 받던 날들이 가고, 새삼 잊지 못할 이름으로 활력을 되찾는 때를 기해 개정판을 보게 되어서 한없이 기쁘다. 남북정상회담에 이어서 북미정상회담이 열리고 한반도에도 평화협정이 체결된다면 문익환 이야기는 한층 활성화될 것이 틀림없다. 문익환에 대한 평가는 그간 정치적 이해관계 속에 현재진행형으로 얽혀 있었기 때문에 과거사의 유산으로 객관화될 수 없었던 게 아닌가 한다. 이제 한반도의 미래를 다시 설계하는 자리에서 그가 남긴 이야기를 영화, 드라마 등으로 복원할 수 있으리라는 기대를 감출 수 없다.

20년 전 평전을 준비할 때 도와준 많은 이들이 떠오른다. 초판에 이름을 밝히지 못한 분들, 예컨대 가족 중 문성근 선생, 통일운동을 하는 소설가 정도상 씨, 통일맞이 실무자로서 취재를 도운 김아람 씨, 북간도를 안내한 후배 유병수, 일본까지 동행해준 유원호 선생님 등께 새삼 특별한 인사를 올리고 싶다. 끝으로 책을 다시 펴내는 것을 융숭하게 떠맡아준 다산책방 김선식 대표는 학창시절에 문익환 정신을 이을 후학의 자리를 꿈꾸던 옛 동료의 한 사람이었음을 밝혀둔다.

2018년 5월 부여에서

김형수

프롤로그

20세기가 지나간 뒤에

어떤 끝에서

1994년 1월의 하늘은 내게 오든의 시를 떠올리게 만든다.

시계를 멈추고 전화도 끊어라
개들의 울부짖음도 막아라
피아노도 북도 치지 말아라
관을 꺼내고 조문객을 모아라

하늘에 휘갈겨 쓴다 그는 죽었다고
그는 가버렸다 하얀 비둘기들과
검은 장갑을 낀 교통순경이 있는 곳으로

그는 나의 동서남북이었고
나의 주일, 나의 휴일이었다

나의 대낮, 나의 한밤
나의 언어, 나의 노래였다
사랑이 영원할 줄 알았던 내가 틀렸다

이제 별들을 원치 않는다
바다에서 물을 빼고 숲도 베어버려라
이제는 모든 것이 소용없이 되었으니
— W. H. 오든, 「장례식 블루스」

늘 함께했으며 늘 내게 마음의 명령을 내리던 우리의 시대, 언제까지나 영원할 것 같던 그 숨 가쁜 시간의 맥박 소리가 멎어 있었다. 황량한 마로니에 공원의, 수백 수천의 만장 위에 퍼붓던 어지러운 눈보라와 잿빛 하늘 그리고 캄캄하게 뒤덮던 비둘기 떼 밑에서 조용히, 또 한없이 슬프게 우리들의 시간이 숨을 거뒀다.

그랬다, 분명히 한 인간을 영결하는 중이건만, 그 틈에 자꾸만 더 큰 것, 너무나 커서 나로서는 어떻게 해볼 수가 없는 일이 내게서 떠나는 것 같은 기분이었다. 그것은 누를 길 없는 고독의 충동이었고 견딜 수 없는 공허의 엄습이었다.

그 슬픔에 동참한 엄청난 인파들이 똑같은 표정으로 하나의 점을 향해 꿈틀대는데, 장례식이 끝나면 다시는 서로 못 보리라는 생각. 이 눈물 나는 서울 하늘 아래서 다시는 이렇게 한무리를 지어서 움직이지 않으리라는 생각을 다들 하는 것 같았다. 싸우는 사람도 없었고 술 마시고 취해도 주정들도 하지 않았다. 그 싸늘한 삶의 시체들에게 가슴의 불을 지필 이야기는 끝나 있었다.

망자亡者야 어찌 아는가?

예정된 순서대로 상여는 움직이고 마침내 고故 문익환 목사의 영정이 물 위를 미끄러지듯 떠밀려나갔다. 생전에 하던 것처럼 그렇게도 천연덕스럽고 유유한 행차였다. 다들 어쩌지도 못한 채, 선두가 완전히 대학로를 빠져나갔을 때 누군가 격정을 못 이기고 큰 소리로 외쳤다.

"그래, 이렇게 20세기가 서울을 뜨는구나!"

내 귀가 20세기라는 단어에서 어떤 번뜩임을 느낀 것은 그때가 처음이었다.

문익환 목사님이 돌아가신 때부터 대략 6년여에 걸쳐서 나는 무수히 많은 곳을 싸돌아다녔다. 어둡고 우울한 '재야의 그늘'을 벗어나자 국경을 넘는 일이 다반사가 되었다. 독일, 베트남, 괌, 일본, 중국, 필리핀, 캄보디아, 브루나이, 몽골 등의 국호 밑에 존재하는 항구, 도시, 시골을 돌면서 나는 매번 일탈하는 느낌이었고 무언가로부터 도피하는 기분이었으며 함부로 방탕하는 심정이었다. 그때마다 허공에 흩어져버릴 것 같은 의식을 묶어준 게 '나'라는 생명체의 존재적 거점이었다.

"웨어 아 유 프롬?" 했을 때 답하게 되는 세 음절의 말, 그 작고 하찮은 나라 이름 속에 내 꿈과 좌절 그리고 갈등의 총량이 담겨 있음을 확인한다는 것은 매우 각별한 체험이었다. 내 존재의 자리, 내 목숨의 원점, 그것을 좀더 미세한 지점까지 파들어가면 내 언어 속에 고스란히 담겨 있는 전라도와 함평의 어느 장터를 만나게 된다. 또 장꾼들 틈바구니에서 담배를 피우던 아버지의 어깨 밑으로 목도하던 내 기억

속 첫 장면에 당도한다. 피안의 일처럼 아득하던 그 풍경들이 내게 신성한 것들의 가치와 교환될 수 있을 만큼 가치가 있을 수 있을까. 긴 겨울이 지나고 동네 창고 앞에서 해바라기를 하고 있을 때 금방 숨이 막힐 것 같은 아름다움으로 몇 발짝 앞을 지나가던 목덜미가 하얀 여자아이의 몸짓은 한 인간의 생애에서 여러 번 반복되지 않는다. 많아야 다섯 번? 아니다. 우리는 겨우 한 번씩밖에는 체험하지 못하는 그런 '찰나들'에 의탁해서 생을 사랑하게 된다.

그러면서 거듭 확인했던 것 같다. 어디에서나 인간은 살고 있고 삶에는 기쁨과 상처들이 있으며, 저마다의 운명 속에서 펼쳐지는 한없이 복잡한 기억과 내력들이 있다. 그리고 그 모든 곳에서 내가 지난 40년 동안 체험했던 20세기가 각기 다른 모습으로 그러나 동일한 톤의 굉음을 내지르며 퇴각해가는 '소란'이 있었다. 그것들은 내가 사흘 동안 내리 뱃멀미에 시달리며 막막한 남중국해의 수평선에서 보았던 것, 끝도 없이 광활한 몽골 초원의 지평선에서 느꼈던 것에 비하면 한없이 작고 부질없다. 그래서 나는 겁도 없이 "우주를 움직이는 힘을 보았다!"라고 외쳤고 "지구가 도는 소리를 들었다!"라고 썼다. 열쇠구멍만한 세상 속에 들어 있는 내 존재의 미천함이 뼈아팠기 때문이다. 그 '존재의 공허'가 나를 다소 수정시켜놓았으며 '역사 속의 개인'을 보는 나의 안목을 많이 바꿔놓았다. 문익환 이야기를 해보려는 생각을 갖게 된 이유는 이 때문이다.

폭력의 바다

20세기는 흔히 두 면으로 보인다. 그 한 면을 한국인들은 열렬히 환호했다. 우리나라가 정적인 사회에서 동적인 사회로 이동한 것은 기본적으로 20세기의 삼투작용에 의해서였다. 흔히 '동방'이라는 별칭을 앞세워 '은자隱者의 나라'라거나 '조용한 아침의 나라'라고 표현했던 상황은 늦어도 19세기 말이면 완벽하게 종료된다. 그리고 급격히 유럽과 동남아 심지어 미국까지 유례를 찾을 수 없는 '별난 평등주의'가 지배하게 된다. 자기만 잘하면 부모 세대나 가문의 내력과 상관없이 팔자를 바꿀 수 있는 희귀한 사회. 정주영은 가출한 소년이었으며 김대중은 후미진 섬 지방의 작은 선주의 아들이었다. 그들이 밑바닥에서 정상에 오르는 데까지는 40년이 채 걸리지 않았지만 거기에 가문의 힘이 일조一助했다고 생각할 사람은 없다. 역대 재벌이나 정치인도 대부분 당대에 자수성가한 사람들이며, 한국을 대표하는 지식인들도 벽촌 출신이 많다.

그 모든 '역동성'의 배후에는 끝없이 신파극을 생산하며 치받아 올라오는 소위 '근대의 물결'이라는 에스컬레이터가 있다. 식민지, 해방정국, 전후戰後, 유신, 5공, 문민으로 이어지는 이 짜증나는 진화進化는 어느 대목을 붙들어도 문명의 향기라고는 풍기지 않는다. 그런데 역설적이게도, 정말 역설적이게도 그 파행적인 현대사가 우리에게 '기회의 세기'를 제공했다. 조선시대 500년의 명문 세가들은 왕조가 무너지면서 멸문滅門했고, 일제 식민통치와 미군정하 그리고 6·25전쟁을 거치면서 사회적 신분은 형체를 알아볼 수 없이 이지러져버렸다. 양반 가문의 풍모와 여유를 지녔던 사람은 대부분 빈털터리가 되고, 체면 갈은 것을 차릴 이유가 없었던 '상것'들은 전란 속에서 돈을 벌고 출세할 수 있었다. 그리고 그렇게 해서 출세한 자는 인간의 내면에서 풍기는 어떠한 위엄도 존중해주지 않는다. 오히려 인격적인 열세를 물질적 풍요로 만회하려고 열등감의 화살표가 바뀔 때까지 '과시벽'에 사로잡힌다. 그 때문에 한국은 근대적 의미의 명문가도 고급문화도 없는 천박한 사회라는 오명이 꼬리표처럼 따라다닌다. 김수영 시인이 말한 '전통도 현대도 없는' 현대 한국이 세계에서 유례를 찾을 수 없는 사회적 신분 상승 가능성의 나라가 된 배경에는 이렇게 '20세기의 검은 손'이 숨어 있다.

그러나 우리가 목도한 바의 참모습은 그것만이 아니다. 20세기는 비록 충실한 조명 없이 거리의 물결에 떠밀려갔지만, 거기서 얻어진 우리의 내면은 양반과 상놈을 구별시켰던 그 진부한 앞 세기보다도 훨씬 더 낯 뜨겁게 전쟁, 분단, 근대화 따위의 언어들 속에 각인되어 시시각각으로 밀려오는 미래의 시간들에 관여했다. 선 자리에서 한 발짝만 물러서면 곧바로 그 괴물 같은 시간의 덩어리가 무엇을 먹고 살이 쪘으며 무엇의 힘으로 움직였는지를 우리는 목도할 수 있다.

발단은 19세기의 서구에서 비롯된다. 거듭되는 산업 혁명을 완수하면서 서양인들은 유사이래 가장 찬란한 때를 맞는다. 그들의 에너지는 자신들의 땅에 머물러 있을 수 없었다. 세계는 순식간에 그들의 손에 분할되어 그들의 가치관·국가관·문명관에 입각해서 움직이게 된다. 지금 우리가 갖고 있는 학문상의 '지식의 테두리'도 거의 이러한 가치관과 함께 형성되었다. 민족에 기초한 국가, 민족국가의 성립은 역사의 당연한 결과로 간주되었으며 많은 지역의 사람들이 그 이상을 추구하고 노력하며 피와 땀을 흘렸다. 그렇게 해서 20세기라는 매우 특이한 시대가 닥쳐오는데 그 시발점을 자크 아탈리는 이렇게 잡는다.

> 20세기는 1918년에 시작되었다.
>
> — 자크 아탈리, 『21세기 사전』

맞는 말이다. 1917년 10월에 러시아혁명이 성공하고 약 9개월에 걸쳐서 소비에트 권력의 국가적 위상이 확보된다. 그리고 세계는 냉정하게 두 개의 진영으로 갈라지는데, 그 진영적 재편은 철저하게 전쟁의 형식으로 관철되었다. 제국주의 열강 간의 식민지 쟁탈전, 자본주의 국가와 사회주의 국가 간의 체제전쟁, 제국주의에 대한 식민지의 민족해방전쟁. 제2차 세계대전 안에 들어 있었던 이 세 가지 성격은 참으로 적나라하게 20세기의 속성을 만들어내는 '대립물의 통일'이 되었다. 그것의 연료燃料를 한마디로 요약하면 한나 아렌트의 견해가 도출되어 나온다.

> 20세기는 사실상, 레닌이 예견했듯이, 전쟁과 혁명의 세기가 되었으며, 그러므로 전쟁과 혁명의 공통분모라고 일반적으로 믿어지는 폭력의 세기가 되었다.
>
> — 한나 아렌트, 『폭력의 세기』

'폭력'이 20세기의 속성이었다. 그 속성의 관리자이자 경영자이고자 했던 워싱턴이나 모스크바의 두뇌집단들은 막대한 힘으로 이 세기를 지배했다. 그들은 부지런히 세계를 이념에 따라 찢어 가졌다. 진영의 유지를 위해 반목과 충돌을 원격조종하기도 하고 손수 전쟁을 이

끌기도 한다. 한국은 그러한 힘들이 각축한 몇 안 되는 시범국가 중 하나였다. 제2차 세계대전의 한 전범국가로부터 스스로의 힘으로 해방되지 못하고 '반편이' 같은 독립을 이룬 나라, 그래서 자주적인 민족국가 수립이 한없이 지연되고 있던 나라. 20세기는 이 가련한 곳에 찾아와서 국제사회를 무대로 광범하게 전개되는 이념적 반목과 충돌을 압축적으로 집약시켰다. 그것이 안겨준 고통의 크기를 한국 사람들은 언제나 숫자로 기억한다. 6·25! 그리고 이 간단한 숫자의 조합에 우연하게 맞아떨어지는 경우가 생기면 기겁을 한다. 나는 우리 고향에 처음 수동식 전화가 들어왔을 때 이 현기증 나는 숫자를 서로 떠넘기기 위해 동네 사람들이 싸우던 모습을 본 적이 있다. 그 단조로운 숫자가 개입되는 순간, 한반도의 인생들은 누구나 자신의 삶이 일거에 '난亂'이 되는 것을 경험한다.

그렇다, 난이다. 난의 20세기! 그것은 한반도에서 번식했던 재래 언어들을 기성 건물과 함께 파괴시켰다. 북에서는 B-29기에 의해 조선 가옥들이 파괴되었고 남에서는 전쟁의 극한을 후방에 가져와 그대로 민간인 통치에 사용해먹은 군사적 근대화 세력들에 의해 조선식 삶이 파괴되었다. 또한 그것은 한국에 막대한 '정신적인 빈곤'을 떠안겼으며, 한국인 모두에게 이데올로기적 활극으로 인한 내상을 입혔다. 그리고 우리는 그 내상으로 인해 아무리 광활한 사이버 대륙과 낯선 세계가 발견되었다 하더라도 그 시대의 폐허가 만든 황량한 원적原籍으로부터 벗어나기 어렵다.

바로 그 분기점에 대한 서술을 세계사 교과서에서 발견할 때마다 나는 심한 모멸감을 맛본다.

"세계는 이미 분할을 끝냈다."

'분할'이란다. 세계사의 주역들이 합의한 이 두 글자를 지탱해주기 위해서 한국에서는 단테의 『신곡』 「지옥편」을 방불케 하는 참상이 재연되었다. 남한에서는 약 130만 명이 죽었으며, 북한에서는 250만 명이 죽었다. 여기에 월남자 65만 정도를 계산에 넣는다면 죽은 숫자는 훨씬 늘어난다. 이에 더해 부상자와 이와는 비교도 안 되게 많은 이산가족 그리고 물질적·정신적·신체적 후유증과 이를 조절해가는 각종 제도와 장치들이 만들어졌다. 그 모든 고통의 뿌리가 자주적인 민족국가 건설에 실패한 데 있다는 말을 얼마나 신물 나게 반복해야 했던가.

20세기적 대결이 다른 곳에서는 국가를 단위로 해서 벌어졌지만 한국은 하나의 영토에서 벌어졌다. 남북 어느 쪽도 미완의 국가에 불과했다. 이제 이곳에서 이념의 경계는 거의 완벽한 단절의 기능을 수행한다. 달나라의 '죽음의 계곡'은 알아도 휴전선 너머에 두고 온 가족의 생사는 알 수 없었다. 더욱 고통스러운 것은 그 단절이 철저한 연결의 기능을 한다는 것이다. 휴전선을 경계로 하여 남쪽이나 북쪽, 어느 한편의 사소한 군사적 행동이 포착되면 다른 한편의 정세는 급속히 냉각되었다. 그로 인해 한국인들에게는 매우 좁은 공간이 주어졌고 숱한 갈등이 생겨났다. 이렇게 해서 우리들의 삶의 터전은 세계 정치사의 20세기적 기제가 고장 한 번 없이 작동되는 고질적인 '20세기의 나라'가 된 것이다. 이에 대한 어느 일본 작가의 관찰은, 불쾌하지만 변명할 수도 없는 것이다.

> 나는 평소에 늘 조선인은 세계에서 가장 정치논리가 날카로운 민족이라 생각하고 있다. 정치논리란 기묘한 것이어서 날카로우면 날카로울수록 비생산적이고 불모화해가는 성질을 갖고 있다. 예컨대 일본에는 판문

점도 38선도 없다. 그럼에도 불구하고 마치 그것이 있다는 듯이 재일 조선인들은 두 쪽으로 확 갈리어서, 거류민단과 조선총련이 서로 흘끔거리며 서로 다른 별개의 민족교육을 실시하고 있다. 그 때문에 그들 자손이 사용하는 언어마저 이질화되어 이제 빼도 박도 못할 상태가 되어버렸다.

— 시바 료타로, 『한나라 기행』

20세기적 질서가 살아 있는 한(체제도 생물이다) 인류는 '칸막이 없는 공생'이 불가능하다. 그 대표적인 상징물이 되는 한국의 비무장지대는 명칭이 형용하는 바와는 달리 절망의 공간이요, 죽음의 지대다. 그곳에서는 삶 그리고 삶의 다른 이름인 꿈이 허용되지 않는다. 그것은 20세기의 인류가 스스로의 힘으로는 해결할 수 없는, 그래서 아무도 살지 않기로 담합해버리는 '절망의 공간'을 용인한 사실을 명백하게 보여주고 있다.

그런데도 파렴치는 계속된다. 이미 기득권을 차지한 국가 집단과 계급 집단은 그 비극의 경계에서 흘러나오는 폭력의 공포를 상기시켜 사실상 '변방'의 불행으로 '중심'의 번영을 도모하는 야수성을 띠었다. 종교는 이념을 신격화하는 그들의 우상숭배를 묵인했으며 문화와 예술은 그곳에서 매춘으로 자립했다. 그리고 그것들은 무기와 영화를 생산하는 미국의 군수자본가들을 어마어마한 부자로 만들어냈고 20세기 영화사를 수놓은 정치적 첩보전을 확대재생산했으며, 그로부터 이득을 본 세력들은 전쟁 상태를 유지하는 일에 더욱더 앞장섰다. 그렇게 끝없이 확장되어온 '전쟁의 능력'이 더 이상 인간의 생존을 불가능하게 만든 지점에 이르러서야 인류는 비로소 20세기를 발견하고 절망을 느낀다.

문익환은 이 불행한 세기의 원년(1918년)에 태어났다.

한 개인의 생애가 하필 이때 시작되었다는 사실을 그 나이의 모두에게 적시할 필요는 없다. 동시대인 대부분은 20세기의 속성에 대해 이해하지 못했고, 자신의 삶이 그 자장 안에서 파동하는 현실을 직시하지 않았으며, 그 어둠의 질서 속에 저항 없이 흡수되어 들어갔다. 한편에서는 외세의 힘으로 발생된 새로운 질서를 신분 상승의 기회로 삼으려는 자들의 낙관적인 질주가 경쟁했고, 다른 한편에서는 해방에 대한 열망을 증폭시키는 유토피아의 마술적인 힘에 매료되었다. 그 어지러운 시대상의 어디에도 문익환 같은 생애가 펼쳐질 만한 장소는 없었다. 그것은 우리에게 '문익환'이라는 텍스트를 끝없이 다시 읽게 만든다.

그는 북간도에서 태어나서 초·중·고교 과정을 마치고, 스물한 살 때 일본신학교에 유학한다. 도쿄 시절에 알게 된 전도사 박용길과 1944년에 결혼하고, 만주 신경(현재 창춘)에서 목회 활동을 하다가 1946년에 월남하여 이듬해 서른 살의 나이로 한신대학교(한국신학대학)를 졸업하면서 목사 안수를 받는다. 그리고 1949년에 다시 미국 프린스턴신학교에 유학했다가 전쟁이 발발하자 서른세 살의 나이로 유엔군에 지원해 통역자로서 정전회담에 참여한다. 그의 신분적 정체성이 최종 확정되는 것은 1955년, 미국에서 돌아와 한신대학교와 연세대학교에서 구약학을 강의하면서, 그리고 한빛교회 목사가 되면서였다. 그 후 1968년부터 신·구교 공동 성서번역의 책임위원으로 매진하고, 1976년에 '3·1 민주구국선언'에 연루되면서 대중에게 알려진다. 이때가 바로 쉰아홉. 그는 원로의 나이였지만 재야운동에서 단연 두각을 드러내어 일흔일곱에 별세하기까지 여섯 차례에 걸쳐 12년간의 옥살이를 하는 수난의 삶을 산다. 그 기념비의 하나로서 '방북'은 통일 운동의 최고 업적이 되어 후에 남북 양측의 극적인 공감대로 사용되었다.

이 같은 약력은 사람들로 하여금 그의 삶을 상당한 범위에서 오해하게 만든다. 우선 중국에서 태어나 일본과 미국에서 공부하여 한국에서 목사와 교수가 된 행적에서 화려한 엘리트 코스를 밟아온 복 많은 젊은이 상像이 하나 설정되고, 한신대학교 교수 재직에서 3·1민주구국선언까지의 20년에 이르는 안락한 중년이 산출되며, 느닷없이 급변하여 한국 민주화운동사에서 전무후무한 전적을 빛내는 불멸의 투쟁사가 또 하나 만들어진다. 그래서 그는 민족교육을 제대로 받은 명동明東학교의 인재 또는 티 하나 묻지 않은 학자로 나아가서는 정의를 지키는 '영원한 청년'으로 칭송된다. 그 종합이, 아쉬울 것이라고는 없는 어느 기독교 원로가 어쩌다 한 번 시국 서명에 참여한 게 계기가 되어 위대한 민주투사로 여생을 보내게 되는 하나의 '정치적 낭만주의' 이미지의 구축으로 귀착된다. 거기에 거짓이라고 할 수 없는 진실의 일부가 담긴 것은 사실이다.

그러나 그가 성장기에 차지했던 넓디넓은 무대와 구약 학자로서의 권위, 화려하게 휩쓸고 간 이념 편력, 이런 것 때문에 그의 삶에서 20세기가 읽히는 것은 아니다. 그의 삶에 새겨진 20세기의 발자국은 오히려 그것들이 일으키는 마찰과 불협화음 속에 있다. 사실 그의 어린 시절은 결코 다복할 수 있는 상황이 아니었고, 20년 동안의 중년 시절은 악전고투의 시련기였으며 형극을 헤치고 간 것처럼 보이는 후반기는 투쟁의 의지로 불타 있었던 시기가 결코 아니었다. 그래서 문익환의 이름에서 '불멸의 저항정신'과 '탁월한 지도력'을 연상하는 것에 나는 동의하지 못한다. 그에게는 적을 미워하려는 의지가 없었고 그의 행동에는 늘 전략과 전술이 담겨 있지 않았다.

이 들여다보기 어려운 생애의 편린을 모으는 것으로는 그를 그리는 일에서 정확히 모순에 봉착하는 결과를 가져오게 되어 있다. 성장기를 지나면서 그의 삶은 걷잡을 수 없이 확장되지만 그는 생애의 대부분을 이웃들에게 '풍파를 잠재우고 양같이 유순해지며 호수같이 맑아지는 경험'을 주면서 살고 있었다. 그리하여 나이 쉰셋까지(나는 그가 이때 자기의 기원을 자신에게 두려는 몸짓으로 '늦봄'이라는 호를 지었다고 추정한다) 남의 눈에 투영된 그의 모습은 그렇게 극적인 요소를 지니거나 역동성을 갖는 것이 아니었던 것으로 공인되어 있다. 그런데 그 기나긴 침묵과 고독에 덮여 있던 인생이 어떻게 해서 하루아침에 폭풍과 해일로 반전될 수 있었을까.

이쯤 되면 나는 하고 싶은 말이 걷잡을 수 없이 늘어난다. 흔히 이야기되는 '콤플렉스론', 즉 해방 전까지는 윤동주와 친구였고 해방 후부터는 장준하와 교분이 두터웠는데 그 둘의 죽음에서 늘 느꼈던 콤플렉스가 노년에 발현됐다고 생각하는 것은 천진난만하기만 한 해석이다. '콤플렉스'라는 어휘는 그의 사상을 엿볼 수 있는 틈새이기는 할지언정 생애를 해명할 열쇠가 되지는 못한다. 왜냐하면 그것은 그가 끝없이 '자랑해 마지않는 콤플렉스'였던 까닭이다. 그렇다고 윤동주나 장준하와의 친분을 앞세웠다고 연상하면 그것은 문익환 상에 도저히 접근할 수 없는 거리로 멀어져버린다. 누구를 내세우기로 들자면 그 두 사람보다 먼저 꼽을 사람이 그에게는 상당히 많았다. 예컨대 안중근 의사는 명동촌에 와서 권총 연습을 한 그의 집 식객이었고, 독립운동가 이동휘·김약연은 그가 소속된 촌락공동체의 지도자였으며, 장공 김재준 목사는 학창 시절의 은사, 〈아리랑〉의 나운규는 명동학교 선배…… 역대 대통령 중에서도 윤보선은 아내와 유학 시절을 함께한 단짝의 남편, 김영삼은 아버지 문재린 목사에게 세례를 받은 신도, 김대중은 그와 3·1사건을 함께한 동지…… 셀 수 없지만 더욱 중요한 것은 그가 신라, 고려, 조선에서 배양된 연고주의와 분리주의적 사고를 엄청나게 싫어했다는 점이다. 그의 정서적인 조국은 고구려였으며 영혼의 혈통은 유목민이었다. 그는 늘 광활한 무대를 그리워했고 좁은 칸막이 안에서 형성된 기득권에 올라타 안주하는 것을 언제나 경계했다.

알다시피 한국인들은 이 같은 유형의 삶을 적절히 읽어내지 못한다. 그가 보여준 예외성이나 괴리감을 설명할 만한 것은 장 그르니에의 글귀 정도가 유일하다 할 것이다.

> 한 인간의 존재가 그 참모습을 드러내는 것은 점진적인 것일 수도 있다. 어떤 아이들은 자신들 속에 깊이 파묻혀 있어서 도무지 새벽빛이 그들 위로 드러날 것 같지 않았으므로, 그들이 나사렛 수의를 젖히면서 일어서는 것을 보면 사람들은 깜짝 놀라게 되는데, 사실 이 수의란 어린아이의 배내옷에 불과한 것이다.
>
> — 장 그르니에, 『섬』

문익환 이 같은 '점진성'에 속은 최초의 인물은 어쩌면 아내 박용길이었는지 모르겠다. 그녀는 폐결핵 환자였던 이 가엾은 청년과 결혼하면서 6개월쯤 살다가 죽으면 나머지는 평생 전도사업을 하겠다고 마음먹었다. 그런 일은 한신대학교 제자들에게도 있어서, 이 천연덕스럽기만 한 스승님을 그들은 '문익환'이 아니라 '문이 쾅!'이라고 불렀다. 깎아지른 원칙주의 때문에 그의 이미지가 '신경질적으로 문이 닫히는 소리'로 입력되고 말았다. 이 신나는 '괴리'의 극치를 나는 은진학교 동창에게서 본다. 그의 사물함에서 메모지 한 장을 발견하여 확인해봤는데, 1960년대 어느 자리에서 친구들끼리 조언하는 쪽지에 이런 표현이 나온다.

"익환 兄! 쎈치를 버리시고 野人이 되시옵소서. 험하게 놀기도 하시고……."

하긴, 인간이 자신 아닌 타인에 대해서 알면 얼마나 알 수 있겠는가. 문익환의 삶을 보면서는 그의 피를 몸에 담고 사는 친 혈육조차도 감쪽같이 속고 있었다. 취재하면서 만난 어떤 분은 2000년 1월의 시점에서 볼 수 있는 〈그것이 알고 싶다〉의 문성근 모습이 한신대학교에서 수업을 하던 문익환 교수의 완벽한 복사품이라고 설명하는데, 그 같은 분신도 아버지의 삶을 오독誤讀하기는 마찬가지였다.

"첫 출감하셨을 때, 아버지! 이제 회고록을 써보시는 게 어때요, 했더랬어요. 회갑이니까. 지금 생각해보면 참 어처구니없는 주문이지요. 그 후 어떻게 사실 셈인지 그때 감히 상상이나 할 수 있었겠어요?"

훗날 문익환이 옥중 편지로 회고록을 시도할 때 아들이 '회고'해보시라고 권했던 시간들은 마치 전생의 일이기라도 한 것처럼 아직 그 입구에도 닿아 있지 못했다. 그 후에 저질러진 일들이 너무나 많았던 것이다.

나는 이 글을 쓰는 것으로 내가 마지막으로 속은 사람이기를 희망해본다. 지난 몇 년간 취재를 다니면서 무엇보다도 나는 글에 속았다. 문익환은 픽션을 모른다? 그것은 상상도 해보지 않은 일이었다. 눈에 보이지 않는 것을 연구하는 학자요, 허구를 창조하는 시인이며 있는 것과 없는 것을 착종시키는 사상, 즉 '꿈'의 철학을 가진 이였다. '허황된 긍정성'을 많이 지니고 '예측 밖의 실천'이 빈발하며 때로는 심하다 싶게 동화童話적인 일화를 만들어내는 '나이 많은 소년'이 그였다. 그러나 내가 아는 그의 모든 언어들은 사실이었다. 시는 데뷔 초기부터 일기를 대신했고 산문은 미화될 수 있겠다 싶은 것들을 의도적으로 순화시켜 지나가는 말처럼 흘려버리고 있었다. '난 올해 안으로 평양으로 갈 거야/ 기어코 가고 말 거야, 이건/ 잠꼬대가 아니라고 농담이 아니라고'(「잠꼬대 아닌 잠꼬대」에서) 같은 그 소름끼치는 '진담'을 읽고도 완벽한 태연 때문에 사람들은 다시 속는다. 그런 의미에서 늦봄이라는 아호雅號는 그가 가장 성공적으로 속인 예라 하지 않을 수 없다. "늦게 보았다" "늦게 깨달았다"가 주는 둔중한 느낌은 사실 오랫동안 그의 천재성을 망각케 했고 그의 예민한 내면을 능란하게 숨겨주는 역할을 해왔는데 나는 이것도 이제 '만각晩覺'으로 의역하지 않고 액면으로 읽어야 할 필요를 느낀다.

늦봄! 이것은 그냥 예뻐서 취택된 언어가 아니었다. 그 뒤켠 어디에서 음악소리가 들려올 것 같은 이 아름다운 어휘를 그는 방패로도 사용했고 이정표로도 사용했다. 방패로 사용될 때는 '늦게 봄'이라는 행위언어였지만 이정표로 사용될 때는 '늦은 봄'이라는 계절언어였다. 아내의 아호를 '봄길'로 부르는 순간 우리는 그가 후자 쪽에 무게중심을 두었다는 사실을 부정할 수 없어진다. 훗날, 옥중에서 쓴 편지의 한 구절이 그것을 증명한다.

"벌써 5월도 반이 지났군요. 지금은 분명히 늦봄이라고 하겠소. 나의 철인 거죠."

늦봄은 그에게서 두 가지의 의지를 담아내는 말이었다. 하나는 '늦봄으로 살기(방법)'였다.

늦은 봄의 움직임, 늦은 봄의 동작, 늦은 봄의 활약상은 누구에게나 감지되지만 보이지는 않는다. 그것은 아지랑이 같다. 아지랑이는 현실도 아니지만 꿈도 아니다. 아니, 그것은 꿈이자 현실이다. 형체도 영광도 경계도 없는 기운 그 자체, 여기에 아지랑이의 힘이 있다. 그 도저한 해빙의 반란이 한 번 시작되고 나면 어떤 동토가 안 녹고 배길 수 있단 말인가. 또 하나는 '늦봄을 살기(목적)'였다. 늦은 봄은 한국의 월별로 치면 사월 중순에서 유월 초순사이를 넘나드는 때다. 그는 양력으로 6월 1일에 태어났다. 그래서 가장 좋아하게 된(그는 봄을 제일 좋아했지만 첫 시집에서 '이른 봄'을 편안해하지 않는 모습이 여러 차례 나온다) 계절 속에 4월 19일이 들어 있었고 나중에 5월 18일이 추가된다. 이 두 날짜를 들으면 긴장하는 사람들이 사는 나라가 한국이다. 그 두 달간을 한국에서는 몇십 년 동안 민주화 투쟁기로 사용해왔다. 이 계절에 그는 주로 감방에 있었지만 밖에 나오면 거의 신명의 상태에 들어간다. 마음속에 간직된 개인사의 시름은 간 데 없고 오직 늦봄의 영롱함, 눈부심만이 그를 현혹한다.

못 박아 말하지만 그의 생애는 결코 무슨 사소한 계기가 전환을 가져다줄 만큼 간단하지가 않다. 그가 험난한 시기에 자기의 의지를 관철해간 경로는 누군가 오랜 세월 동안 준비했다 내놓는 한 편의 드라마처럼 느껴진다. 그랬을 때의 주제는, 촛불처럼 위태로운 생生의 존엄성을 사이에 두고 어느 동화책 같은 목회자 한 사람이 '20세기라는 무자비한 괴물'과 벌인, 처절하다고 말해도 좋을 만큼의 악전고투다.

한국에서 20세기가 최초로 모습을 드러내는 때는 '식민지'였지만,

그 본질이 드러나기 시작한 때는 1945년의 분할점령이었고, 마각이 노골화된 것은 6·25전쟁이었다. 그 끝은 '통일'일 텐데, 그 전全 경과를 문익환만큼 가까이에서 목격한 사람은 많지 않다. 아니, 없다. 이 측면에 관한 한 문익환의 자아사와 가계사 그리고 한국사는 경악스러울 만큼 맞붙어서 진행된다.

문익환이 최초로 역사를 만난 장소는 북간도 용정龍井이었다. 1919년 3·1운동 때 아버지는 간도 국민회의 일원이었고, 어머니는 이동휘 선생의 딸이 결성한 '7인의 비밀 여자결사대'에 들어 있었다. 여러 날의 만세운동이 끝났을 때 아버지는 구속되고 어머니는 연행당하는데, 그때 아홉 달 된 그가 업혀 있었다. 역사를 두 번째로 만났을 때는 명동학교 6학년. 소련과 중국이라는 사회주의의 본고장에서 터를 잡았던 명동촌 사람들이 세계사의 조류에 밀려 조선 독립운동의 근거지였던 명동학교를 사회주의 인민들에게 빼앗긴다. 훗날 방북재판의 상고이유서에서 그는 이것이 생애 최초의 좌절이었다고 토로한다. 이렇게 사회주의와의 불화로 시작된 역사적 체험들은 계속되어서, 평양 숭실학교에서 신사참배 거부로 자퇴, 도쿄 일본신학교에서 징집 거부로 자퇴, 아버지의 거듭된 구속(첫 번째는 일본 헌병대에게, 두 번째는 지방 공산당원들에게, 그다음에는 소련군에게, 그중 두 차례는 알 수 없는 이유로 처형을 면한 아슬아슬한 것이었다), 그리고 월남과 서울에서의 좌우 대립으로 확장되어간다.

문익환의 성장사가 이렇게 복잡하다는 사실은 그의 티 없는 청정무구함 때문에 늘 망각되었다. 그러나 망각도 알고 난 후에 생기는 일이다. 사람들이 아예 그의 대표적인 절망 하나를 캄캄하게 모르는 것도 있다. 방금 열거한 그 어떤 체험도 그가 6·25전쟁에서 맛본 인류에 대한 불신과 인간의 불완전함에 대한 환멸에 견줄 수는 없다. 그것은 그를 오랫동안 침묵하게 만들고, 20세기적 질서에 속하는 어떤 이념적 실체들도 그것 자체로서 존중하지 않게 만든다. 나는 여기에 '문익환적 활화산'이 예비되는 태풍의 눈이 있다고 본다.

그들 세대, 일본인의 게다짝 소리를 미워하면서 자라나 겨우겨우 독립된 나라에서 이제 막 꿈을 펼치려던 날갯죽지가 그만 전란 속에서 참혹하게 부서지는 것을 경험해야 했던 비참한 개척 세대의 좌절과 슬픔을 묘사한 풍경화는 고은의 수많은 저술들 속에 끼어 있다.

> 그리고 명동의 술은 밤뿐이 아니었다. 대낮에도 술을 마셔야 했다. 비만 뿌려도, 비바람만 지나가도 술의 이유가 되었다. 전쟁을 체험했다. 전쟁을 목격했다는 것만으로 오늘 하루의 이유가 되었다. ……이승만밖에는 정치도 없고, 유솜밖에는 경제도 없고, 구호물자와 순이와 에레나가 된 양갈보와 몇 개의 화랑 훈장과 검은 상처의 블루스, 아아 바라크의 꿀꿀이죽뿐이었다. 일체가 허무했고 그 허무로부터 과장된 하루가 어떠한 구체적인 것도 억누르고 있었다. 비극만이 그런 시대를 자극할 수밖에 없었다. 폐허가 그들에게 비극적 교회가 되어서 무엇인가를 고해하지 않으면 안 되고 누구에게나 할 말이 있었고 누구에게나 난폭한 이유가 있었다.
>
> — 고은, 『1950년대』

자신의 동시대인들이 이 같은 나날을 보내고 있을 때, 유엔극동사령부의 문익환은 정경모와 함께 6·25전쟁의 그 흉측한 내장을 들여다보고 있었다. 전쟁의 초반부터 시작된 '정전회담'을 통역하기 위해 두 사람은 아침이면 헬기를 타고 판문점으로 출근했다가 해질녘이면 현해탄을 넘어서 퇴근하고는 했다. 유엔 측과 중공을 동반한 북한 측, 그 어느 쪽이 강변하는 명분도 포연 속에서 울고 있는 한국 민중의 불행을 멈추게 할 것은 아니었다.

그 어떤 비극 앞에서도 끝까지 '이데올로기의 칸막이'를 포기하지 않는 모순투성이의 20세기 인간들!

전투보다 아프고 길게 반복되는 동족 혐오의 풍경이 두 사람에게 입힌 상처를 이제 와서 위무한다는 것은 가능하지 않을 것이다. 협상 의제에 오른 6·25전쟁의 온갖 신물 나는 디테일들이 낱낱이 그들의 입술을 통과하고 나서야 비로소 현실이 되었다. 그리고 끝내 그는 '분단'이 확정되는 것을 눈앞에서 목격하고 말았다.

이 때문에 나는 문익환의 가슴이 우리의 20세기사를 가늠하는 평화의 리트머스 용지로 사용되었다는 가정을 주저하지 않는다. 그의 생애의 반전은 극적으로 보이지만 사실은 긴 시간 동안 포기와 회피와 절망을 거듭하면서 매우 느리고 지루하게 이루어졌다. 정전회담을 통역한 자로서 그는 남북 평화체제 구축만이 그가 소속된 공동체의 사람들에게 인간다운 삶 그리고 자존심과 존엄성을 되찾아줄 수 있다고 믿었다. 그가 통일운동에 뛰어들게 된 것은 너무나 당연한 이치였다. 그런데 그것을 끊임없이 지연시키는 게 있었다. 그의 건강과 아무도 이해하지 못하는 위대한 생애를 혼자서 이어가고 있는 아버지의 노후 그리고 북간도에서부터 민족사의 법통 하나를 지탱해오고 있는 가계家系의 유지. 또 하나, 자신의 능력으로는 헤쳐갈 길이 보이지 않을 만큼 비극 인식의 능력이 증발해버린 우리 사회의 구성원들. 그 속에 서 있었던 고독을 그는 아직까지 어떤 글에서도 발설한 적이 없다. 그것은 그냥 혼자만을 위한 빈칸으로 남겨두고 살았다.

세월이 흐르고, 그 엄청난 절망으로부터 그를 건져준 것은 윤동주나 장준하가 아니라 '신神의 옛 약속(구약)'이었다. 성서적 가치의 '현재형'이 여기에 있는지 모른다. 그는 되도록 현실의 문제에 시간을 빼앗기지 않으려는 마음으로 구약 속에 파묻혔으나 그럴수록 자신의 땅이 보였다. 그리고 자신이 갈망하던 대사업인 신·구교 공동번역의 일이 무르익을 때 아호 '늦봄'을 짓게 된다. 이 지점이 바로 그가 시를 통해서 '히브리인에서 한국인으로' 돌아왔다고 말하는 대목이다. 그러나 나는 그것을 역설로 해석하고 싶다.

문익환을 읽을 때 절대로 놓쳐서는 안 되는 게 그의 가족이 언제나 하나의 '애국단체'처럼 운영되고 있었다는 사실이다. 그는 가족사 때문에라도 '한국사의 장소'를 떠나 있을 수 없었다. 특히 문동환과 누렸던 형제간의 우애와 경쟁의 뜨거움은 역사의 공간을 함께 갖지 않고서야 도무지 가능한 일이 아니었다. 더 놀라운 것은 아버지가 역사를 기록하면서 살고 있었고, 어머니 김신묵 여사가 늘 정세토론을 해왔다는 사실이다. 그러나 그 속에서 그는 좌절하고 있었고 어느 순간 수유리의 하늘에서 히브리의 저녁노을을 본다. 자기가 딛고 선 땅이 바로 '한국이라는 이름의 히브리'였음을 발견했다.

그의 질주는 여기서부터다. 예언자들이 어떻게 사는가 하는 것은 그에게 셀 수도 없이 리허설되어 있었다. 이제 '한국 국적을 가진 히브리 민중'의 희생과 비애를 숭고한 차원으로 고양시키는 길을 향한다. 그에게서 한국은, 고통을 통해 한국뿐만 아니라 인류를 구원하는 그리스도의 장소로 인식되었다. 한국은 반드시 '부활'을 이루어야 할 어떤 신성한 사명을 갖는 땅이 되었다. 여기서 이 목메는 예언자는 이렇게 말한다.

"민주는 민중의 부활이요, 통일은 민족의 부활이다!"

그는 남한에서 1976년부터 강조하던(당시 설교에서 이 표현을 이미 사용하고 있다) 이 복음을 1989년 북한 봉수교회에까지 전파한 다음에 『히브리 민중사』를 쓴다. 한국 민중사가 아니라 히브리 민중사! 그가 누구를 가슴에 두고 살았는지가 여기에서 드러난다. 바로 그 사람, 윤동주가 노래하던 "예수 그리스도에게"를 따라 살고자 노력하면서 문익환이 자신의 공동체에다 투여했던 막대한 양의 사랑, 박애, 헌신…… 그것을 고은 시인은 단 한 문장으로 촌철살인한다.

"그의 순정은 폭력이었다!"

그랬다, 그의 순정은 불가항력의 성격을 띠고 한국현대사가 가장 참담했던 시기에 그곳에 쏟아졌다. 폭력은 상대방의 능동적 방어를 용인하지 않는다. 그는 그 능동적 방어를 무너뜨리고 불행한 이웃들을 안간힘을 다해 사랑해버린 것이다.

자유롭게 사유하는 사람은
자신의 운명을 극복할 수 있으며,
스스로 운명을 바꾸어놓을 수 있다.

원점

죽기 전의 문익환은 "대낮에 불 켜진 램프의 모습"을 하고 있었다.

놀라운 역설이다. 155마일 휴전선 앞에서도 아랑곳없이 꿈과 직관에 도취되었던 존재, 늙어서도 소년임을 한껏 과시했던 인물이 그 천연덕스러운 눈동자 속에 자신의 세계를 감쪽같이 숨겨놓고 있었음을 동시대인들은 눈치 채지 못했다. 임종 때뿐만 아니라 그 후에도 여러 해째 그의 사상은 은밀히 봉인되어 있다.

"모든 것은 좋습니다. 좋지 않은 것이 없습니다. 그러면 악은 무엇인가? 악은 악용된 선이 아니겠어요?"

어떤 절망의 자리에도 문익환의 언어가 놓이면 상황은 순식간에 역전되고는 했다. 그러한 능력은 아마도 어려서부터 발휘된 탁월한 신학자적 자질에서 나왔을 터이다. 기어이, 역사는 '문자'가 아니라 '발바닥'으로 쓰는 것이라고 믿었으니 그가 이미 행해버린 것들을 이제는 아무도 되돌릴 수 없다. 그가 추구했던 불확실한 가치들, 그가 '잠꼬대'인 양 언표한 온갖 시기상조의 전망들은 지금, 시대와 언어의 핏속에 깨끗이 순환되는 중이다. 그러나 그의 발바닥을 가슴으로 수락했던 한국의 고단한 골목골목들은 오늘도 숨죽인 채 웅변하고 있는지도 모른다. 그러니깐 빛은 어둠을 베고 사라진다. 모든 전기傳記는 자신의 세기에 흔적을 남긴 자들이 언제나 유성처럼 사라졌음을 상기시킨다. 그래서 여운이 남고 그래서 또 신비감을 주지만, 천재가 세상에 친절한 적은 없었다. 천재들은 지상에 때맞춰 오지 않고 오래 머물지 않는다. 역사보다 항상 먼저 도착해서 동시대인들에게 이해될 틈도 없이 그냥 통과한다. 그리하여 장 콕토가 랭보에게 바쳤던 대로 "극적이고 섬광처럼 빛을 뿜는 짧은 관념, 즉 사람들이 천재에 대해 갖는 관념을 완전히 만족"시킨다.

그러나 문익환은 그렇지 않다. 한 번 발동이 걸리면 어떤 제동도 알지 못했고 어떠한 구속에도 묶이지 않았다. 그리고 어떤 신성불가침한 것들에게서도 거부당하지 않았던, 도무지 천재이지 않고는 달리 어찌해볼 수 없는 매력을 거느렸던 이 고집스러운 주인공은 자신의 생애가 미괄식임을 일찌감치 만인 앞에 선포해버렸다. 늦게 깨닫고 늦게 시작하고 늦게 열매 맺는…….

그렇게 방대한 과거사를 짊어지고 20세기의 삶에 뛰어든 인간이 자아와 세계가 충돌하는 세월을 50년이 넘게 살아놓고 나서 어느 날 불쑥 역사를 알기 시작한 것처럼, 『새삼스런 하루』라는 시집을 내면서 이제 갓 태어난 시늉을 했다는 것은 농담도 한참 과격한 농담에 속한다. 그러면서 사용했던 삶의 방식들은 누구도 흉내 내기 어려운 진지함과 독창성을 보여준다. 남들이 "과거는 현재를 거쳐 미래로 흐른다"고 생각할 때 그는 "역사는 꿈을 통해 부활한다!"고 말했고 분단의 상식을 절대화할 때 "역사를 산다는 것은 벽을 문으로 알고 부딪치는 것"이라고 역설했다. 그 같은 삶이 얼마나 별스러운지를 알려면 우리는 하는 수 없이 그것이 극복한 저항의 크기, 즉 20세기가 냉전의 질서를 유지하느라 행해온 폭력의 강도를 측정해야 한다. 훼손된 역사·체제·구조 안에서 훼손되지 않은 삶을 살려는 개인의 의지가 얼마나 무참한 것인지를 한국 현대사만큼 뼈아프게 실감시킨 '생의 극장'은 많지 않을 것이다. 식민지, 분단과 전쟁, 쿠데타와 학살을 타고 넘는 지식인의 눈초리에 공포의 그늘이 없을 수 있었다면 언젠가 김지하의 서정시들이 보여준 전율의 황홀경은 태어나지 않았어야 옳다.

어쨌든 인간성의 파괴가 집단적으로 전개되는 반反생명의 장소에서 문익환의 삶은 동화童話를 썼다. 동화에는 생명이 용솟음쳐서 어쩌지 못할 무한한 힘이 있는 법이다. 그토록 소년 같은 꿈꾸기가 어찌하여 그토록 집요하게 현실의 한복판에서 열매 맺을 수 있었는지 우리는 체험했지만 설명할 수 없다. 그리고 그것은 문익환에 대한 추억을 온통 낭만적인 에피소드로 수놓았던 우리들의 기억을 전혀 쓸모없는 것으로 만들어버린다. 그래서 뒤늦게 수정당한다.

그가 해일을 일으키고 있을 때의 풍경에서 얻어진 이미지들, 예를 들어 학생운동을 하다가 구속되어 고문을 받았던 청년이 있었다. 그는 자신의 고통을 못 이겨 동료들을 실토하고 옥살이를 하던 중에 '목사님(이것이 한 시대를 풍미한 문익환의 호칭이었다)'과 마주쳤는데, 앞에서 차마 고개를 들 수 없었다. 잔뜩 풀이 죽은 그를 목사님이 불러 손을 만지며, "왜 기운이 없어. 난 요새도 몽정夢精해!" 했던 것 같은……

이것들은 실상 그가 일부러 만들어준 모습에 지나지 않는다. 우리가 진정한 모습을 찾으려는 순간, 그는 전혀 다른 모습으로 먼발치에 서버린다.

그 하이얀 임마누엘 탑에 들어섰을 때, 나는 갑자기 어떤 광채에 쏘이는 듯한 느낌을 받았다. 까만 두루마기를 입은 어떤 노신사가 우뚝 서 있었다. ……당대 구약학의 대가! ……많은 사람이 지금 문익환 하면, 맹렬한 공산주의 운동가며 물불을 가리지 않는 반정부 데모의 투사, 최루탄의 혼탁한 공기 속을 홀로 거니는 거친 얼굴을 연상하기 쉽다. 내가 처음 뵈었을 때의 문익환 선생은 정말 완벽하게 그런 분위기와는 무관한 정신세계에 사시고 계셨던 진정한 수도인의 한 사람이었다.

— 김용옥, 『노자와 21세기』

그런 의미에서 문익환은 우리가 통상적으로 알아온 천재들과 유형을 달리한다. "모든 천재성은 가면을 쓴다"는 니체의 말대로, 그는 가장 완벽한 가면을 고른 자에 속했다. 아무도 눈여겨보지 않게 만들고, 아무도 꿰뚫어볼 수 없게 하는 가면. 그것은 맑은 가을 하늘에 방치된 '낮달'처럼, 늘 슬프게 살아야 하는 소외계층의 일상 곁에 쉽게 다가가기 위해서 고안되었고, 유명인의 얼굴 한 번 보기 어려운 '전태일의 형제들' 앞에 서 있기 위해 제작되었다. 1987년 한국의 명사들을 섭렵해온 《월간조선》의 인물 르포 「오효진의 인간탐험」에서는 도저히 접근할 수 없는 난처한 취재원으로서의 문익환을 정색하며 다룬 적이 있다. 아무도 찾아주지 않는 농성장에서 전화 한 통화면 금방 달려오던 '문 목사님'을 기억하는 노동자들은 그런 유형의 '뵙기 어려움'을 아무리 설명해도 납득하지 못할 것이다. 그러나 주목할 만한 점은 양측이 보았던 게 모두 가면이었다는 사실이다.

다시 말하지만 그의 생을 미괄식이라고 한다면 그것은 가면 속에서 그러했다. 3·1민주구국선언사건에서 방북사건에 이르는 그의 화려한(?) 대미는 한 생애를 완성시킨 클라이맥스이긴 하지만 그의 개인사에서 가장 찬란한 페이지도 아니거니와 가장 감동적인 부분이라고 할 수도 없다. 그의 압권은 초입에 있었으며, 그는 태어날 때 이미 돌이킬 수 없는 역사의 어느 지점에 당도해 있었다. 어떤 인간이 그처럼 결정적인 전주곡이 울려버린 후에 태어났더란 말인가. 그것은 불가피하게 그의 기원起原을 다시 묻게 만든다.

그의 기원을 찾아서

정확히 언제 어디서 무엇에 의해 그 같은 영혼이 태어날 수 있었던가. 아는 사람은 한 사람밖에 없다. 그러나 모든 사자死者가 그렇듯이 문익환도 역시 쓸쓸히 '과거 속'으로 걸어 들어가버렸다. 우리들은 텅 빈 골목을 훑듯이 그가 사라진 연보를 뒤진다. 눈물 나는 일이다. 인간의 생애를 연보年譜처럼 거칠게 다루는 것은 없다. 한 기념비적인 족적이 마감된 뒤에 그 일대기에서 간추린 굵은 자취들은 거의 유골 같은 느낌을 준다. 출생 연월일과 주소, 학력 및 약력, 저술, 상벌 내역 등은 생명이 축적한 세월의 질료가 되지 못한다. 그 메마른 뼈다귀 몇 자루를 남기는 작업으로 장엄한 생애가 역사 속에 암장暗葬되어야 한다니!

연보는 아무리 진실해도 그것이 역사인 한 피상적이고 하찮으며, 또 지극히 일상적이라고 치부되는 개인적 체험의 떨림을 보존하지 않는다. 한 목숨이 의지했던 것, 그가 매순간 보고 듣고 느끼며 사랑했지만 말하지 않았던 모든 것을 관棺처럼 딱딱한 토막 단어의 어둠 속에 담아버리는 일이다. 문익환의 연보는 특히 그런 사태에 휘말리기 쉽다. 그 정본이라 할 『늦봄 문익환 전집』(사계절, 1999)은 첫 행에 출생 연월일을 쓰고, 둘째 행에 "1924년 명동소학교입학"이라는 짤막한 문장 하나를 진열한다. 그 소름끼치도록 간편한 두 문장 사이에 문익환의 우주가 있다고 생각할 사람은 없다. 하지만 거기에는 그가 평생을 두고 외웠던 구약보다 더 거대한 추억이 범람한다. 이야기는 거기서 시작될 수밖에 없다.

로맹 롤랑은 베토벤이 쾰른의 어느 다락방에서 태어났다고 말하고, 슈테판 츠바이크는 발자크가 작가 라블레의 고향에서 태어났다고 쓴다. 한 인간에게 제공된 '시대'나 '세계'는 그 내면에 새겨지게 마련이다. 그래서 우리는 한 인간에 대한 가장 기초적인 정보를 그가 속한 사회적 환경을 보고 추출한다. 고향을 묻는 것은 그 때문이다. 그러나 지상의 많은 약소민족의 자식들이 그렇듯이 문익환도 세계사의 상식으로부터 문화적 아이덴티티를 보장받을 수 없었다. 문익환! 중국·만주국·일본·한국, 한때 국적이 네 개였던 이 혼란스런 출생자는 우리가 아는 어느 고향의 틀에도 갇히려 하지 않는다.

분명히 그는, 1918년 6월 1일, 중국 지린성吉林省 허룽현和龍縣 즈신진智新鎮 명동촌 둥거우洞溝에서 태어났다. 하지만 자신의 요람을 이렇게 말하는 것에 맞서 문익환의 생애는 저항할 것이다. 가령 한국의 언론들은 '중국 집안의 고구려벽화가 도난당했다'고 보도한다. 왜 중국의 고구려벽화라 하는가? 문익환이라면 수정할 것이다. 그의 출생지가 중국이라고 말하는 것을 들으면 그는 모독을 당한 듯이 화를 낼 게 뻔하다. 자신의 목숨이 지상에 파종되고 경작될 때 사용된 '저 신성한 유년의 출발점'이 유린되는 까닭이다. 살아생전 그는 『삼국사기』가 자신의 광야를 빼앗아갔다고 성토하고는 했다.

사람과 세계는 마치 달팽이와 달팽이의 껍질처럼 결속되어 있다.

세계는 사람의 일부이고 사람의 크기다. 문익환은 지린 지역에서 나고 성장한 지식인이었지만 '중국'을 자신의 껍질로 삼지 않았다. 중원이라는 저 유서 깊은 지괴地塊에서 서식했던 유儒·불佛·선禪의 묵향을 내면의 질료로 사용한 바가 없다. 그렇다고 코스모폴리탄적이었다고 말하는 것은 더욱 큰 잘못이다. 서양인들이 만든 거대 이념들, 가령 자유주의, 사회주의, 무정부주의, 협동조합주의, 마르크스주의, 공산주의, 사회민주주의, 보수주의, 파시즘 등등은 어떻게 각색해도 문익환적 사회의식의 바탕이 되지 못한다. 아마도 가장 근접했다고 꼽힐 '민족주의'도 그의 것은 새뮤얼 헌팅턴이 『문명의 충돌』을 역설하면서 말하던 것과는 전혀 다른 유기질로 구성되어 있었다. 20세기의 민족주의가 일반적으로 취했던 '이방에 대한 배타성'이 그에게는 없었다. 문익환의 연보가 오보誤報인 것은 바로 그러한 점들을 설명할 수 없기 때문이다. 그가 태어난 자리는 조국이나 타국의 '바람 찬 곳'이 아니었다. '우주에서의 출생지'는 만주 벌판이었지만 '역사에서의 출생부'는 특정 인간들의 '결단 속'에 있었으니, 그가 본적지를 밝힐 때 매번 국경 개념이 제거된 표현을 썼던 것은 순전히 고의였다.

북간도 출신!

중국에서 났다면 교포 2세의 이미지가 씌워지고 만주 태생이라면 유랑민의 느낌을 얻으며 북간도 출신이라면 독립운동가들이 연상될 것이다. 그러나 그 모든 '처량한 뉘앙스'를 걷어버리고 틈새의 땅間島을 개척의 땅墾島으로 고쳐 북간도라 한다면 사정이 달라진다.

오늘날 중국은 역사상 90개 소수민족이 선진적인(?) 한족에 동화되어 이루어진 나라라고 한다. 현재 중국 땅에 실재하는 55개 소수민족도 장차 한족에 융합될 것으로 보는 이가 많다. 대개의 조선족들은

'한국은 모국, 중국은 고국'이라고 말한다. 문익환이 말한 '북간도 사람'이라면 틀림없이 이를, 제국주의 열강이 자행한 침략과 정복전쟁들이 20세기 인류에게 가한 불구적인 사고의 소산이라고 구박할 것이다. 그는 누누이 강조하고는 했다.

"거기는 우리 선조들이 쌓았던 성터가 남아 있었고, 땅속에서는 우리 선조들이 쓰던 활촉이 무더기로 나왔으며, 절구 같은 생활 도구들이 땅을 가는 보습에 걸려 나왔다. 거기는 남의 나라가 아니었다." (내가 왜 중국 사람이어야 하는가.)

이 같은 표현이 끈기 있게 붙드는 것은 복고적, 단일민족적 영토 감정이 아니다. 그가 언젠가 『히브리 민중사』에서 역설하던 바로 그 사관史觀, 민중에게는 "국경으로서의 대지가 아니라 삶의 터전으로서의 대지"가 있을 뿐이라는 생각이 반영된 것이다.

한 사람의 신학자로서 그는 마음속 깊이 히브리 백성들을 공경했고 그들의 역사를 흠모했다. 각종 이념과 폭력이 난무하는 20세기의 사막을 횡단하는 동안 시종일관 꿈을 만들어준 정신적 반려로서, 또 삶을 학습시키는 텍스트의 세계로서 평생을 동반해준 것도 히브리 사람들 이야기였다. 그가 말년에 옥중에서 쓴 『히브리 민중사』가 그 증거다. 그 책에서 가장 빛나는 곳은 발바닥 사상이 묘사되는 대목이다.

"모든 기쁨, 모든 영광을 남에게 돌리면서 자신은 말없이 땅을 밟을 뿐인 발바닥!"

인류가 이룬 모든 생존과 문화의 밑거름이요 원동력인 이 발바닥의 노고가 제도화된 역사 속에서는 언제나 묻히고 소멸된다. 왜? 역사는 기록할 수 있는 권력을 가진 자들이 전달하는 일종의 가공물이기 때문이다. 그는 이 점을 몹시 중요하게 생각했다. 발바닥이 아니라 손으로 쓰는 사상 같은 것도 그는 신뢰하지 않았다. 권력을 쟁취한 자들만이 역사를 문자로 보관한다. 문자는 현실을 재편집해버린다. 그래서 "히브리 민중사도 이스라엘 왕궁사와 유다 왕궁사에 묻혀버리고 만다"(『히브리 민중사』)고 분개하는 것이다.

이것을 '국가주의 비판'으로 읽는 것은 오류가 아닐 것이다. 인간들을 '통합'시키는 것이 꼭 그런 식의 '국가'여야 하는지에 대한 그의 지적은 탁월하다 못해 소름이 끼칠 만큼 명징하다.

문자를 갖지 못한 자들은 자신들의 족적에 대한 기록의 도움을 받지 못했다. 문익환이 자꾸 이 문제에 주목하는 것은 한국 민중사가 곧 히브리 민중사였기 때문이며, 자신의 기원에 대한 의미심장한 알리바이가 바로 그곳에 숨어 있었기 때문이다. 그는 기록되지 못한 거인들의 후예로서 자신의 '선사시대'를 여러 가지 방식으로 기록하려고 시도했다. 문익환의 조카 문영미는 큰아버지에 대해 다음과 같이 썼다.

"큰아버지는 할머니와 할아버지가 살아 계실 때 북간도 역사를 남겨야 한다며 두 분과 함께 대화하는 음성 테이프를 남기는 작업을 하셨다. ……백여 개에 가까운 테이프를 녹음하셨지만, 북한을 방문하고 감옥에서 나온 후에도 너무 바쁘셔서 집에 차분히 앉아서 만주 역사를 정리할 시간을 낸다는 것은 불가능한 일이었다."

그리하여 선대의 역사·언어·풍속·지리까지 묘사된 문익환이 채록한 〈아버지와 어머니의 간도 이야기〉는, 비록 미완성으로 끝났지만 놀라운 사서史書다.

만주 일대에 터전을 잡고 그 존재를 드러내기 시작한 우리 민중은 고조선·부여·고구려·발해를 거쳐 한반도에 정착했다. 그러나 김부식의 사대주의가 우리 국토를 압록강과 두만강 이남으로 남하시킴으로

써 발해는 우리의 역사에서 떼어나간다. 문익환에게 이는 "우리의 역사와 전통의 반을 베어버리는 일이었다."

우리 의식 속에 잠재된 드넓은 시계視界, 우리 역사의 중심 무대, 유라시아 대륙의 출발선. 신생아 문익환은 그곳에 착지했다. 우리가 문익환의 선사시대를 애써 다시 물어야 하는 이유는 그가 태어난 곳이 이렇게 '실종된 대지'가 되어버렸기 때문이다. 그렇다면 도대체 누가 그를 그곳에다 부려놓았던가. 아무래도 그 이야기는 조금 에돌 수밖에 없다.

문익점에게서

교과서는 그때를 1359년, 고려 공민왕 8년의 일이었다고 기록한다. 중원의 정세가 불안정하고 도적떼가 들끓을 때마다 시련을 겪는 쪽은 언제나 변방의 나라였다. 그때도 그랬다. 압록강 건너 홍건적의 무리가 서경(평양)을 침탈하고 2년 만에 개경까지 들이닥친다. 한 나라의 임금이 도적떼에 밀려 수도를 내놓고 경상북도 안동까지 피난 갔던 사건을 중학교 때 선생님은 두고두고 통분하다고 했지만, 그 같은 일은 우리에게 너무도 익숙해서 어른이 되면 누구나 그러려니 할 뿐이다. 나의 눈길도 지금 그쪽에 있지 않다.

홍건적을 진압한 후 공민왕은 자신의 건재를 알리는 사신을 원나라로 보내는데, 그 속에서 '문익점'이라는 이름이 발견된다. 칭기즈칸의 손자 쿠빌라이가 세운 나라인 원나라의 기 황후는 고려가 보낸 여인이었다. 14세기 국제권력의 중추를 이루는 황제의 부인을 인척으로 갖게 되면 그 권위를 상상하기 어렵지 않다. 그 오라버니 쪽에서 역모를 꾀하는데 하필 문익점이 휩쓸려 고생을 겪는다. 그가 우리에게 저 따뜻한 '목화씨 이야기'를 안겨주는 것은 그 일로 귀국, 낙향을 하면서부터다.

문익점이 어떤 경로로 목화씨를 들여왔으며 그 씨가 다시 어떤 과정을 겪으며 재배되는지를 우리는 귀가 아프게 들었다. 민중에게 보온이 잘되는 솜과 무명을 선사하여 의생활에 미친 공헌을 필설로 다 할 수는 없다. 그 결과는 500년이 지나서도 이방인들의 눈에 역력히 포착된다. 정확히 1871년, 미국의 극동함대가 강화해협을 찾았을 때(우리는 그것을 '신미양요'라고 배웠다), 코 큰 병사들이 철제 대포를 앞세워 강화수비대의 일부를 포로로 잡는데, 그 불운한 병사들이 무명에 솜을 넣어 지은 바지와 저고리를 방탄용 군복으로 입은 채 사진에 찍혔다. 그때까지도 문익점은 이렇게 우리 옷의 대명사로 남아 있었다. 문익환은 어떤 편지에서 이렇게 말한다.

"'문익점이가 누구 허락 받고 목화씨를 붓두껍에 넣어왔더냐? 그 목화가 이 백성을 얼마나 따스하게 했는데. 그 자손이라 할 수 없구먼.' 어떤 할머니가 이런 말을 해서 나를 기쁘게 해주는 거 있죠. 고맙다고 전해주시오. 고려조에서 조선조로 넘어오는 격동기에 귀양도 살고 고생도 많았지요. 후손에게 정치에 뛰어들지 말라는 가훈을 남길 정도였다면 알 만하지 않아요? 그러나 문익점 할아버지. 국제 밀수꾼 제1호지만, 이 불쌍한 겨레는 솜옷을 입을 때마다 그냥 그냥 고맙기만 했던 것 아니겠어요?"

그는 자주 이렇게 조상 문익점 이야기를 생각했을 뿐만 아니라 실제로 그의 생애는 문익점 이미지와 겹치는 부분이 많았다.

문익점은 우리에게 다음의 문제를 돌아보게 한다. 하나는 '나'로 사는 사람과 '우리'로 사는 사람의 행동양식에 관한 것인데, 그 대비가 참으로 적나라하게 드러나는 게 인간이 유혹 앞에 섰을 때다. 우리는,

자랑스러운 저 '반만년의 역사'를 항용 큰 나라 옆에 끼어서 살았다. 부잣집에 사돈을 둔 집안처럼 합칠 수도 단절할 수도 없는 처지, 너무 가까워도 근심이고 멀어져도 손해인 그 관계를 나는 하나의 숙명으로 생각한다. 땅이 크고 넓어서 더 많은 물건이 만들어지고 사용되는 나라, 더 많은 사람들이 모여 살아서 지혜의 숫자도 많고 복잡한 나라, 중원에는 언제나 우리가 모르는 문물이 있었다.

그 씁쓸한 '거리감'을 넘자면 오늘날 비행기만 한 번 타면 된다. 그러나 중심과 변방의 경계는 인터넷이 출현한 후에도 사라지지 않고 있으며, 두 번 딱! 딱! 클릭만 하면 되는 온라인상에서도 여전히 돌발적인 충동과 위험으로 가득 차 있다. 그 간극에서, 물물교환을 매개하는 지폐에서 언어와 기술의 영역에 이르는 것까지 버젓이 부등가교환이 이루어진다. 목화씨는 그곳을 붓 대롱 속에 숨어서 통과했다. 감동은 여기에 있다. 언어를 다루는 붓 대롱이 지배의 도구가 아니라 '애愛공동체'의 도구로 전이되는 체험을 이 땅의 민중들은 매우 감격적으로 받아들였을 것이다. 그간 얼마나 많은 사신들이 중원을 보고 와서 기염을 토했던가. 아마도 그 대부분은 천자가 사는 궁궐을 구경하고 거리거리에 넘치는 찬란한 문물을 보며 문익점과는 비교도 안 되게 지조 높은 충성으로 왕이 내리는 칙사의 임무를 수행했을 것이다. 그러나 거기에서 애민愛民의 흔적을 찾을 길이란 없다. 만일 누군가 자명종을 사왔다면 그걸 이웃들 앞에 내놓는 순간 자신들의 세계에 대한 암묵적 비하가 번졌을 것이다.

부유한 나라를 여행한 사람이 열매를 가져오는 일과 종자를 가져오는 일은 다르다. 전자는 자신을 위한 일로 그 저간에는 다분히 과시욕이 있지만 후자는 뒷세대를 위한 행동으로 개인이 누려도 될 영광이 공동체에게 반납된다. 이 같은 평가는 '철학'이니 '종교'니 하는 개념적인 것들에도 똑같이 적용할 수 있다. 우리에게 문익점은 의생활에 미친 가치로서가 아니라 바로 그런 (프로메테우스가 신에게서 불을 훔쳐 인간에게 선사했던 것 같은) '정신적 가치'로서 눈이 부시다.

또 하나는 우리들 행적의 '지방성'에 관한 것이다. 이 간편한 '지방성'이라는 단어를 입에 담을 때마다 나는 가슴에 스치는 미세한 떨림을 느끼곤 한다. 고려 금속활자의 발명을 우리는 서양보다 200년이나 앞선 세계 최초라고 말하지만 지상의 몇십억 인구 중에 그렇게 믿는 사람은 우리 남북 7천만 겨레밖에 없다. 사계절이 뚜렷한, 그래서 옷의 가치가 지상의 어디보다도 분명한 고려에서 의생활의 혁명이 일어나는 이 기념비적인 사건은 고려에서만 중요한 일이 되었다. 면직은 이미 오래전 인도에서 출현했을뿐더러 고려인의 겨울이 춥거나 따뜻한 것쯤은 인류사의 흐름에 아무 변수가 아니었으니, 세계사의 어느 페이지를 뒤져도 그처럼 사소한 일에 관심 가질 사관史觀은 없다. 그러나 이 같은 일이 '중심'에서 일어난다면 사정은 달라진다. 그들이 변방의 것을 훔쳐가서 역사의 서술이 바뀌는 예는 얼마든지 있다. 만일 20세기의 미국이 문익점을 낳았다면, 이 달아날 데 없는 '슈퍼 301조 위반 행위'는 '신대륙의 발견'처럼 말 그대로 '목화의 발견'이 되었을지도 모른다. 지상은 이렇게 '인류사라는 관념'에 의해 낱낱이 우열의 급수가 매겨져 있다. 체험의 가치들도 거기에 비례하여 군사력의 지도地圖를 따라 엄격한 서열체계를 이룬다.

우리는 아직도 유럽이 만들어낸 세계사 이미지를 다른 많은 외국인들과 더불어 공통으로 입력해놓고 사용하고 있다. 현재 통용되는 민족·국가·국경의 개념은 대단히 강경하고 딱딱한 어의와 이미지를 동반하는데, 그것은 프랑스혁명을 계기로 근대 서구에서 만들어진 가치관에 기초한다. 국가와 왕조에 선행되었던 '국민(nation)'이 '선험적으로' 상정되고, 그것들은 지위와 신분, 부와 계급을 초월한 의미로서의 서구형 '민족'이라는 개념을 확고한 실체로서 만들어냈다. 국가는 그 위에 존재하는 인공의 산물로 정의되었던 어떤 종류의 신화다. 오늘날 한국인들은 국경선 너머는 다 외국이라는 관념에 익숙해서 우리와 똑같은 언어, 습관, 체질을 가진 동족들을 간단히 외국인으로 만들어버린다. 문익환의 역사의식이 동시대인들과 다른 점이 있다면 그것은 근대 유럽이 가르쳐준 세계사 이전의 세계사 상像을 알고 있었으며, 겨우 200년 묵은 '민족' '국가' '국경'에 대한 지식들을 매우 불합리한 것으로 이해하고 있었다는 점이다.

문익환은 늘 슬퍼하곤 했다. 지구의 복판을 가로지르는 드넓은 대륙에는 함북 종성, 회령에서 삼수갑산을 지나고 만주를 거쳐 고비사막과 시베리아에 이르는 길이 나 있었다. 그 한 끝에 한반도가 있었고, 세계로 열리는 모든 곳은 우리의 현자들이 갈 수 있는 우주의 일부였다. 그 같은 '열림'이 봉쇄된 것을 정약용도 '한반도가 자루 속에 갇힌 것'으로 개탄한 적이 있다. 서구가, 또 20세기가 갈라놓은 것은 반도의 남북만이 아니었다. 우리가 살아온 일대, 대륙에서 대륙으로 연결되는 지구의 복판을 휘어지고 잡다한 부분사部分史가 모여 있는 곳처럼 이해하게 만든 것은 세계사라는 과목이 우리 '몽골반점들'에게 저지른 가장 큰 잘못 중 하나였다.

문익점의 후예들이 함북 육진문화의 학자 집안을 이루었다면 틀림없이 그 피에 저항적 유전인자가 들어 있었을 것이다. 문익환은 그 점을 전혀 부끄러워하지 않았다. 아니, 조상들이 왜곡된 세계사가 자리잡기 이전의 민족사 상像을 잃지 않고 자신을 20세기의 땅에 내려준 사실을 가문의 영광으로 생각했다. '양반 따위를 지내지 않은 지식인 뼈대'가 얼마나 뿌듯했으면, 그는 환갑의 나이가 되어서도 "김관석이 제발 아버지 어머니 예찬을 자주 하지 말라는 충고"를 할 정도였다. 그 정도로 '부모와 가족에 대한 자기도취'에 빠져 있었다고 '고은'은 말한다.

문익환이 자신의 출생지에 늘 자부심을 가지고 있었다는 것은 주목할 일이다. '북간도 명동촌의 아들'이라는 그의 자부심은 언제나 민족사에 대한 한없는 사랑을 북돋워주었다. 그러나 그 자부심은 한편으로 점점 작아지고 왜소해지는 '조국'에 대한 반발과 기묘하게 얽혀 있었다.

> 제가 태어난 곳은 두만강 저쪽 북간도입니다. 고구려와 발해의 넋이 가는 곳곳에 스며 있는 곳입니다. 우리의 옛 강토를 못난 조상들 때문에 잃어버리고 중국 사람들에게 푸대접을 받으면서 신라의 삼국통일에 분루를 삼키면서 자랐습니다. 우리의 국경을 압록강·두만강으로 끌어내린 김부식을 원망하면서 살았습니다. 국경을 또다시 휴전선으로 끌어내리고 이것을 조국이라고 생각하고 국토수호에 열을 올리는 것을 저는 이해할 수 없는 사람입니다.
>
> —「방북재판 상고이유서」

이렇게 국가적 영토의 빈약한 파편을 세계의 전부라고 믿는 협소한 시대와 생애를 통틀어 불화를 겪었다는 사실은, 그를 이야기할 때 잠시도 잊어서는 안 되는 핵심적인 주제에 속한다.

그러나 그의 순정은 동시대인들에게 이해되지 못했다. 그가 인권운동을 하다가 주위의 권고로 통일운동에 눈뜨게 되었다고 말하는 것은 잘못이다. 그의 정서적 조국은 고구려였으며 영혼의 혈통은 유목민이었다. 그 이야기를 하자면 우리는 불가피하게 한 세기를 거슬러 올라가야 한다.

19세기로부터의 망명자들

19세기 말의 조선은 눈뜨고 보기 어려울 만큼 처량한 상황이었다. 중원의 문명사가 축적해온 시詩·사史·철哲에 통달한 유교적 시인들이 500년 동안 운영해온, 작지만 유서 깊은 나라. 국가의 모든 구조와 제도를 명나라에서 카피한, 그래서 더욱 유연성이 없었던 국호 조선朝鮮 밑에서 인륜은 존엄하고 가치관들은 지엄했다. 가진 것이라곤 입밖에 없는 지식인을 만나도 '선비'라는 이유 하나만으로 부자들이 한없이 눈을 깔았다. 한때 마음껏 고유색을 드러냈던 문화적 개성과 삶의 관습들은 눈부신 외래문물이 밟고 들어와도 잘 지워지지 않았다.

그러나 만개한 꽃에는 쇠락의 빛이 처연하고, 가득 찬 보름달에는 곧 기울어지려는 기미가 역력했다. 그들이 모르는 사이에 그 사회의 시인은 우렁차고 위대한 세계의 무대에서 물러나고 없었다. 1890년대가 되어 유럽에서는 한창 철도·석유·전화·냉장차·전기·알루미늄·아스피린·축음기·타이프라이터·합성섬유·대중신문·대중교통 따위가 물밀듯이 쏟아져 나오는, 소위 제2차 산업혁명이 완료되고 있는데도 조선은 아직도 전근대의 혼미에서 깨어나지 못하고 있었다. 그들을 노리는 야심에 찬 외세들은 이미 거점을 구축한 지 오래였지만 조선은 20세기로 들어갈 수 있는 '길 찾기'가 막혀 있었으며 "돛대도 아니 달고 삿대도 없이" 마냥 서쪽으로 떠밀려가고 있었다. 일본의 지식인들은 조선을 서양이 지배했을 때 일본이 받아야 할 압박에 대한 염려가 너무나 컸다고 침략을 변명한다.

> 한국은 일본과 지리적으로 아주 가깝게 위치하기 때문에 만일 한국이 강국의 세력이나 지배하에 놓이게 된다면 이 작은 반도는 곧바로 일본의 심장부에 꽂힌 단도로 변하지 않을 수 없었다. ……에도 막부는 한국이 서양 국가들의 통상 요구를 계속 거부하여 그들과 중대한 분쟁에 빠지고, 이를 계기로 서양 국가들의 세력 내지 지배가 한국에 미치게 될 경우 일본의 안전은 중대한 위협을 받을 것이라 생각했다.
>
> — 오다 요시케, 『일본 근대정치사』

이 시기에 이씨 왕조의 근간을 이루던 명문 자녀들은 낙담하며, 한편으로는 자신의 적들에게서 희미한 구원의 빛을 보면서 불가항력의 길을 가고 있었다. 그 격조 높은 시인의 나라에서, 고려가 무너질 때 선죽교 신화를 만들어낸 이방원과 정몽주의 시 같은 것은 어디에서도 들려오지 않았다. 그토록 완벽히 시가 사라지고 없었다는 것은 그 위험한 변천의 시기에 나타나는 증상들 가운데 하나였다. 조선이 자신이 처해 있는 위기에 대해 미처 명칭조차 붙일 수 없었던 것은 안타깝기 그지없는 일이었다. 그 안타까운 실정을 당시에 조선을 여행한 영국의 지리학자 비숍은 이렇게 쓴다.

바로 이러한 고래古來의 상황, 이 말할 수 없는 관습의 세계, 이 치유 불가능하고 개선되지 않은 동양주의의 땅, 중국을 하나로 묶는 데 도움이 되는, 인종적 강인함을 지니지도 못한 중국의 패러디인 이곳에 서양 문명의 효모가 발효되기 시작했다. 수세기에 걸친 잠에서 거칠게 뒤흔들려 깨어진 이 미약한 독립왕국은 지금, 반쯤 경악하고 전체적으로는 멍한 상태로, 야심에 차 있으면서 공격적인 데다가 서로 서로 이 왕국에 대해서는 사정을 두지 않기로 담합한 낯선 세력에 휘둘리는 자신을 발견하고 있는 것이다.

— 이사벨라 버드 비숍, 『한국과 그 이웃나라들』

그러나 지방에서는 달랐다. 칠흑 같은 어둠 속에서 구한말의 사상가들이 출현하고, 동학의 농민들이 봉기해 근대적 변혁운동의 좌절을 겪고 있었다.

바로 이 같은 시기에 북쪽 변경의 배고픈 인민들(그들은 이미 한 나라의 왕을 섬기는 백성들이 아니었다)은 넓고 광활하며 험하고 무섭지만, 어디든 살아볼 만한 지상의 무수한 곳을 상상하고는 했다. 얼음이 언 강을 건너는 사람이 많았다.

이렇게 춥길래
오늘따라 간도 이사꾼도 별로 없지
얼음장 깔린 강바닥을
바가지 달아매고 건너는
함경도 이사꾼도 별로 없지

— 김동환, 「국경의 밤」 부분

그렇게 추운 날, 그리하여 함경도 난민들조차 보이지 않는 날, 관북의 거유巨儒들이 가족들을 이끌고 조선을 빠져나가고 있었다. 정확히 1899년 2월 28일의 일이었다. 어지러운 세상을 읽고 떠나는 이들. 가고는 있지만 '조선의 길'이 끝난 미래의 시간 속에서 이 망명자들이 어떤 역할을 하게 될지는 아무도 몰랐다. 그러나 그들은 미련 없이 가고 있었다.

근자에도 더러 대안학교를 세우고 세속 지대로부터 이주하는 사람이 없지 않지만, 지금으로부터 100년 전의 상황에서 나라의 앞날과 후세의 교육을 위해 몇몇 가문이 모여 국경을 넘는다는 것은 아무래도 상상하기가 힘들다. 그러나 그들은 세 가지 이유 때문에 정치적 이주를 감행했다고 기록에 남긴다. 하나, 간도는 비옥한 곳이다. 둘, 계속 방치하면 남의 땅(중국)이 된다. 셋, 그곳에 공동체를 만들어 나라를 일으킬 인재를 기르자.

마음을 같이한 네 가문 141명, 종성에서 세 가문, 회령에서 한 가문이 아침 여섯 시에 출발하여 강을 건넜을 때는 점심이 지나 있었다. 감자를 구워먹으면서 나누던 어른들의 대화, 그 사이사이에 끼어들던 나직나직한 기침 소리. 당시 겨우 다섯 살 난 소녀가 그것을 보았고 구성원의 면면과 분위기를 기억한다.

"두만강을 건너니 모래벌이 있어서 그 모래 위에서 놀았어. 그리고 되돌아서서 회령을 건너다 보니 하얗게 회칠한 집이 보였어. 그게 회령 원님이 있는 관서라고 했어."

숨이 딱 멎어버릴 것 같은 장면이다. 처음 발을 디딘 새로운 땅. 그 모래벌의 감촉과 두고 온 땅의 하얗게 빛나던 집! 다섯 살 된 '고만녜(문익환의 어머니)'의 망막에 찍힌 스틸사진 하나가 범상치 않은 생애의 전주곡을 리드한다. 문익환은 이 장면을 평생 수백, 수천, 수만 번씩 들으면서 흥분했고, 이를 여러 글에 쓰고 있다.

회령 건너편 두만강 가에서 30리 산길을 타고 올라가 영嶺 하나를 넘으면 이용악의 시에 자주 나오는 오랑캐령에 닿는다. 도로가 조금 넓어지긴 했지만 지금도 그곳은 100년 전이나 다를 바 없는 한적한 산 고개일 뿐이다. 거기서 한 70리 더 북쪽으로 가면 중국인 도시 대랍자大拉子에 닿는다. 이 이주집단은 거기서도 20리를 더 들어가 중국인들이 부걸라자(비둘기 바위)라 부르는 분지에 닿아 짐을 풀었다. 마침내 정착할 곳에 당도했다.

국경의 밤

문익환의 생가 '통일의 집'에 가면 아직도 그 책이 있다. 1925년 서울에서 출간된 작고 낡은 시집인 김동환의 『국경의 밤』을 그는 용정과 평양 그리고 일본을 전전한 학창 시절에도 버리지 않았고, 만주에서 경북 김천까지 걸어서 월남할 때도 소지했으며 전쟁통에도 분실하지 않았다. 그 책을 왜 그토록 애지중지했는지 자신도 한때는 망각하고 있었다.

"김정우가 기억하고 있어서 그 시집이 왜 나의 서가에 있었는지 숙제를 풀 수 있었다."

명동학교의 졸업선물이었단다. 그런데 문익환, 윤동주 등 졸업생 열네 명에게 학교에서 주었던 책, 어른들의 뜻을 잊지 말라는 선물이 왜 하필 김동환 시집이었을까? 북간도의 애국계몽운동가들이 친일파 시인을 기억시킨 참뜻을 알 길은 없지만 그 시집에는 '명동촌 사람들의 선사시대'를 탐사할 결정적인 풍경이 담겨 있었다.

오랫동안 유목민과 섞여 살아온 관북 육진 사람들을 문익환은 평생 사모했다. 그들에게 국경의 의미는 크지 않았다. 바다를 영해領海 개념으로 나누어서 조어권을 주장하는 게 상어 떼에게 아무 의미 없는 일이듯, 농경민들의 영토 관념도 유목민들에게는 아무 설득력이 없었다. 그래서 유목민이 고려에서도 살았다는 이야기가 「국경의 밤」에 나온다.

> 재가승이란 - 그 유래는
> 함경도에 윤관이 들어오기 전,
> 북관의 육진 벌을 유목遊牧하고 다니던 일족이 있었다.
> — 김동환, 「국경의 밤」 부분

김동환은 그런 사람 중 하나에게 '순이'라는 우리식의 예쁜 이름을 붙여주고 배고픈 인민들이 두만강을 넘는 풍경을 그린다. 그것은 마치 20세기의 비극을 '탈북脫北'으로 웅변했던 서기 1999년의 함경도 사람들을 연상시킨다. 반도의 젖줄이 말랐을 때 새 땅을 찾으려는 인민들이 선택할 길은 한 곳밖에 없었다. 이제는 사라진, 한낱 옛 노래 속에나 나오는 독립군들의 대지, 북만주 벌판!

그 북간도는 지금은 설명하기 어려운 곳이 되었다. 민족사의 현장이었지만 끝내 국경 안에 품어지지 못했으니, '삶의 터전으로서의 국가'와 '이념으로서의 국가'는 우리에게 일치되기 어려운 원죄를 주었다. 본디 고구려였으나 신라의 삼국통일과 함께 당나라에게 봉정된 땅, 발해 이후 내내 방치되어 있다가 청나라 태조의 탄생지가 됨으로써 영영 남의 땅이 되는 것을 막을 수 없었다. 우환 중, 만주족의 성역화로 엄하게 금족령까지 내려졌다. 강을 건너 북간도에 닿는 자는 사형이었다. 그러나 배고픈 유목민의 후예들에게 그 같은 두려움이 무슨 상관이었으랴. 몰래몰래 한국인들이 좋아하는 볍씨가 뿌려지고 고추밭이 만들어졌다. 그리하여 형성되기 시작한 조선 난민들의 땅에 1899년의 망명자 집단은 합류해 들어간다. 구한말의 어지러운 상황에서 그들이 건설하고자 한 것은 하나의 독자적인 이상사회였다.

이주자들은 매우 빠르게 마을을 갖추었다. 중국인 땅 주인이 살았던 장재촌 건너에 작은 사동(뱀골)이 있었고 그 뒤켠에 큰 사동이 있었다. 그리고 큰 사동에서 개울을 건너면 아편 농사를 지었던 곳이라 해서 '다양(아편)촌'이라 불리는 마을이 있었다. 문씨 일가는 그 아편마을, 땅이 넓고 기름진 다양촌을 차지하게 되었는데 그곳이 동네의 복판이었다. 그리고 두만강을 건널 때 네 살, 다섯 살이었던 두 아이가 결혼하여 또 아이를 낳는다.

바로 그 아이, 문익환이 태어났을 때, 문씨 가家 사람들은 1910년의 어느 날 운명적인 폭풍이 모든 것을 앗아가기 전의 추억 속에서 살고 있었다. 그들의 공동체는 유례없이 뜨거웠다. 쫓기듯 두만강을 건넌 망명자들은 불과 20년 만에 북간도에 엄청난 사회를 구축해버렸다. 성공은 예약된 것이나 다름없었다. 화전이나 일구던 난민들의 가슴에 조선의 미래를 고민하던 기세등등한 실학자들이 뛰어들어 희망의 씨를 뿌렸으니…… 지식과 인덕과 지도력을 겸비한 네 가문의 정예부대 141명이 뛰어들자 북간도는 흡사 '작은 공화국'을 방불케 했다.

망명자들은 그들이 일군 세계를 완벽하게 지배했다. 지도자 김약연은 이내 '북간도의 대통령'이라 불렸다. 그래서 두만강을 건너온 정처 없는 손님들이 끝도 없이 붐빈다. 조국에서 온 여러 조직과 사회단체 또 임시정부 요원들은 무슨 일을 하더라도 그의 도움을 받지 않으면 안 되었다. 북간도 최초의 신식 학교인 이상설의 '서전서숙'도 그 기반을 김약연이 제공했다. 그들의 자치단체 '간민회'는 중국과 일본의 관계에서 외교 활동도 수행했다. 이동휘가 찾아와 망명 생활을 하다 가고 신식 교육기관 명동학교가 설립된다. 그리하여 기미년 만세운동 때는 명동학교의 브라스밴드가 용정까지 출동하는 기염을 토한다. 울분, 절망, 비탄, 망국 감정 따위에 아무도 전염되지 않았다. 학생들은 마치 애국 단체처럼 움직였다. 그 속에는 영화 〈아리랑〉을 만든 나운규도 있었다. 조선 땅에 흔하고 흔한 일제의 앞잡이도 서식할 수 없었다. 일제 헌병이나 경찰은 그곳을 다녀가는 용기만으로도 일계급 특진이 되었다.

이 강렬한 융합 집단, 이 완벽에 가까운 공동체, 문씨네는 그 한복판에 있었다. 명동의 정통성이 유독 문씨네 가계에서 굽이쳤던 까닭을 상상하기는 어렵지 않다. 우선 명동공동체를 구성하는 가계도가 그랬다. 그 가상도는 아마도 이렇게 그려져야 옳을 것이다.

함경도 시절의 좌장은 문병규(문익환의 고조부)였다. 그는 두민頭民을 지냈는데 김약연이라는 젊은이를 아꼈고 김약연은 그를 존경했다. 그들에게 망명의 충동을 준 것은 동학의 실패였다. 선비 동학군 김하규(문익환의 외조부)는 김약연을 볼 때마다 허탈감을 토로한다. 미래는 어둡고 출구는 안 보인다. 여기서 북간도 이야기를 먼저 꺼낸 이가 누구였는지는 알 수 없다. 그러나 그것을 추진한 것은 김약연임이 분명하다. 그는 불운한 세상이 아깝게 묵히고 만 탁월한 대형 지도자 중 하나였다. 김약연은 먼저 북간도로 떠난 윤하현(윤동주의 조부)과 연락하며 장소를 물색하고 문씨 가문과 스승 남도천의 가문을 안내해 김하규 가문과 합류한다. 망명 후 네 가문은 학전學田(그들은 후세 교육을 위해 공동 재산을 확보했다)을 만들어 서당을 차리는데, 서당은 문씨네를 제외한 세 곳에 들어섰다. 여기에 문씨 가家의 위상이 있었다. 문씨네는 재정을 담당하여 학전 전체를 총괄했던 것이다.

처음 망명할 때부터 맨 웃어른이 문병규였고, 김약연은 언제나 그 곁에 자리했다. 경제력을 갖춘 문치정(문익환의 조부)이 명동의 재정을 관장하는 것은 당연한 이치였다. 망명해서 땅을 분배한 것도 문치정이었고, 명동학교를 관할하고 재무위원을 맡은 것도 문치정이었다. 망명촌이 이렇게 짜임새 있게 운영되자 소문이 서울까지 퍼져서 두만강을 건너면 누구나 들르게 되었다. 그리고 마을에 드는 손님은 모두 문씨네 사랑방을 이용했다. 많은 인사들이 김약연을 찾아와서 문씨네에서 묵었다. 훗날 어머니 김신묵은 이때를 다음과 같이 회상한다.

"1911년에 내가 시집을 왔더니, 거의 끼니마다 밥을 말로 짓더군. 어머님은 아침 일찍이 석마에 조 열 말을 넣으면 좁쌀이 여섯 말이 나왔지. 이삼 일에 한 번씩 쌀을 찧어서 손님을 치른 셈이지."

당연히 안중근도 그 집의 식객이 되었다. 그래서 어머니는 틈만 나면 자식들에게 문씨네 밥을 먹지 않은 독립운동가는 없다고 가르쳤다.

그러나 문씨 가의 권위가 단지 '사랑방을 제공할 수 있는 여유' 때문에 형성된 것만은 아니었다. 세월이 흐르면서 명동공동체는 자연스럽게 세대교체를 이루는데, 문재린이 드러나지 않게 김약연을 잇는다. 약관의 나이에 문재린의 시야에는 언제나 공동체의 미래가 가늠되고 있었다. 그것을 문씨네는 명동학교 이야기를 빼놓고는 다른 어떤 말로도 설명하지 못한다.

한 세계에 일어난 지적 변화의 역동성을 100년이 지난 지금에 와서 이해한다는 것은 어려운 일이다. 김약연은 '맹자'를 만독했고, 김하규는 '주역'을 만독했다. 아무리 실학에 몰두했다고는 하지만, 동양의 고대 문헌에 나온 이야기들을 어릴 때부터 믿게끔 훈련받은, 이른바 교육받은 조선인들은 언제부턴가 고전이 무기력하다는 두려움을 느끼고 있었다. 19세기까지 대부분의 조선 지식인들은 이 세계를 현자의 텍스트에 담긴 하나의 질서정연한 우주로 보았다. 그에 대한 절대적인 확신은, 아편전쟁에서 중국이 패할 때부터 그들을 혼란에 빠뜨렸다. 저 먼 곳, 저 어두운 바다 건너 어디에서 무엇인가 움직이는 힘이 있다는 것을 외면하는 데에는 한계가 있었다.

함경도의 거유巨儒들은 북간도에 살면서 비로소 이전에는 상상조차 할 수 없었던 세계와 사회, 관습과 종교, 경제와 정치에 대해 설명해야 할 필요를 느꼈다. 일제의 강점이 완료되면서 문제는 점점 심각해진다. 어느 역사가가 언급했듯이 훌륭한 학문적 이론과 그것에 맞지 않는 실제 사실이 충돌하는 것만큼 비극은 없다. 중국까지 침투해온 근대의 한 자락과 마주칠 때마다 그들은 이전의 권위서가 지닌 성현의 말씀들과 다른 수많은 실제 사실들을 보게 되었다. 진리의 저장소로서 옛 책이 지닌 완전무결한 권위는 점점 탈색되고 그것의 유용성은 갈수록 축소된다. 마침내 지식의 세계는 서당의 울타리를 부수고 밖으로 뛰쳐나왔다. 이제 학문은 이 세계만큼이나 거대하고 다양해지게 되었다.

이것이 한 세대의 변화를 요청한다. 이들은 김하규가 함북흥학회 회장이 되면서 조언 받은 신식 교육에 대한 호기심을 더 이상 떨쳐버릴 수 없게 되었다. 이내 서당 세 개를 철폐하여 학교를 만든다. 그리고 불가피하게 기독교와 조우한다. 거기서 무너지는 것은 품위 없는 기독교가 아니라 위엄에 찬 유교였다.

북간도에 온 그리스도

문익환은 목사의 아들이었고 그 자신이 목사였으며 또 목사의 형이었다. 그는 어떤 종교적 칸막이에도 속박되지 않는 자유인이길 원했지만(더러는 스님들과 친하기도 하고 어떤 때는 무당이 춤추는 자리에 뛰어들어 한데 어울리기도 했다) 그의 생애는 지극히 기독교적이었다. 나서 죽을 때까지 그의 머릿속에서 그리스도의 시계는 멈춘 적이 없다. 심지어는 무의식중에 한 일까지도 성경 속의 시간에 맞추어서 진행되었다. 조선에서 망명을 떠난 유학자 집안의 장손에게 그것은 확실히 이상한 일이 아닐 수 없다. 그 점을 문익환은 훗날 평양에서 해명한다. 1989년 방북했을 때 다른 사람이 아닌 바로 김일성에게 기독교를 인민의 아편이라고 해서는 왜 안 되는지를 설명하면서 민족주의적 기독교에 대해 강변한 것이다.

> 이동휘 선생은 나라의 독립을 위해서는 기독교인도 될 수 있고 사회주의자도 될 수 있었습니다. 그는 소련으로 갈 때 따라가려는 젊은이에게, '너는 국내에 들어가 목사가 돼'라고 합니다. ……저의 선조들이 기

독교인이 된 것도 그것이 나라의 주권을 찾는 길이라고 생각했기 때문입니다.

—「방북재판 상고이유서」

고려공산당을 창건한 이동휘는 북간도에서 목회 활동을 했던 독립운동가였다. 그리고 그에게서 "목사가 돼"라는 권고를 받은 사람은 송창근 목사 한 사람만이 아니었다. 그래서 문익환은 기독교에 대해 한국인에게 각인된 끈질긴 선입관을 만날 때마다 슬퍼하고는 했다. 이른바 제국주의 침략의 선발대 이미지와 '예수 아닌 것은 모두 우상'이라는 말로 비유되는 호전적 배타성은 적어도 명동촌에 온 그리스도의 것은 아니었다. 그것은 신학문의 일부였고 정신적 동질성을 위한 시대정신의 표현이었을 뿐이었다.

북간도에 처음으로 신식 학교가 들어선 것은 1906년 10월이었다. 전 의정부 참판 이상설이 세운 서전서숙! 그러나 이상설은 불과 6개월 만에 이준 열사와 고종의 밀사로 헤이그에서 열린 만국평화회의에 파견었다. 문익환의 선조들이 학교를 세우겠다고 나선 때는 서전서숙이 폐교한 직후였다. 20세기는 분명히 공자나 맹자 같은 윤리적 태도 이상의 태도를 원하고 있었다. 세계를 과학적으로 이해하고 능동적으로 건설해갈 사람들을 요청하고 있었던 것이다. 그러나 망명자들은 근대적 학문을 가지고 있지 못했다. 그래서 1908년 4월 27일, 서당 세 곳을 해체하여 학교를 세우고 학생들을 모았지만 가르칠 선생이 없었다. 김약연이 나서서 1년을 물색한 끝에야 주목할 만한 후보자를 찾을 수 있었다.

평양 숭실학교를 졸업하고 민족교육에 관심이 깊으며 이상설과 친하다는 스물세 살의 청년이 용정에 왔는데, 마을 어른들은 이 청년을 붙들기 위해 노심초사했다. 한 달에 1전이라는 형편없는 봉급에 소박한 숙식 제공을 과연 받아줄까? 김약연이 제안했을 때 청년은 봉급이나 대우 따위에 아무 관심이 없었다. 처음에는 선생을 할 마음도 없는 것 같았다. 마지못해 응하면서 조건을 걸었는데, "정규 과목으로 성경을 가르치게 한다면 내일 당장 수업을 시작하겠다!"였다. 어른들은 난처했다. 명동촌에서 서양 종교를 모시면 북간도 사회에 상당한 영향을 미칠 것이었다. 거절하자니 선생이 너무 아깝고, 받아들이자니 서양문화의 해악이 염려되었다. 마을 어른들은 학교에 모여 꼬박 사흘을 토론했다.

"좋다. 제사를 못 받아도 하는 수 없어. 교육이 우선이야."

그 첫 학급에서 문익환의 아버지 문재린, 김규동(시인)의 아버지 김하윤 등이 수학했는데 교육에 대한 만족도는 참으로 컸다. 학업에 충실한 아이일수록 지식도 품성도 애국심도 향상되는 게 눈에 보였기 때문이다. 그러나 젊은 선생이 펼쳐 보인 6개월 동안의 수업은 전초전에 지나지 않았다. 기대했던 것보다 훨씬 당차게 학교를 이끌어 어른들은 거듭 경탄했다. 그런데 자신은 정작 무슨 속셈을 감춰놓고 털어놓지 않는 것 같더니 어느 날 갑자기 보따리를 싸들었다.

"지금까지 아이들만 데리고 예배를 봤는데 안 되겠습니다."

어른들은 한 방 얻어맞은 기분이었다. 도대체 무엇을 어떻게 하자는 것인가.

"어른들이 모두 교회에 나온다면 몰라도."

마을에서는 또 회의를 열었다. 이번에는 쉽지 않았다. 명동에서는 무당을 섬기는 사람도, 도박을 하거나 주정을 하는 사람도 없었다. 그런데 왜 교회에 나오지 않으면 아이들을 못 가르친다는 것인가. 유학에 일가를 이룬 거장들이 젊은 선생 앞에서 어떻게 무릎을 꿇고 예배를 보며 설교를 듣는다는 말인가. 하지만 젊은 선생은 "기독교와 신문명과 신교육을 수용하지 않으면 민족의 앞날을 기대할 수 없습니다!"라며 고집을 부렸다. 그에 맞서 동네의 이론가이신 김하규 어른도 물러서지 않고 반론을 폈다.

"기독교는 예수의 죽음을 기념하고 슬퍼하면서 왜 조상님께 절을 하면 안 된다는 것인가. 인간 예수가 어떻게 하느님의 아들일 수 있는가."

이 토론은 끝까지 답을 내지 못했으나 어른들은 선생을 붙들기 위해서 일단 김하규(문익환의 외조부)를 빼놓고 모두 교회에 나가는 것으로 결론을 보았다.

젊은 선생은 다시 신바람이 올라 가르치기 시작했다. 이뿐만 아니라 쟁쟁한 독립운동가들을 교사진으로 마구 끌어들였다. 역사학자 황의돈(최초의 여판사 황윤석의 부친), 한글학자 장지영, 주시경의 『우리말본』에 서문을 썼던 박태환, 와세다대학교 출신의 법학자 김철 등이 선생으로 왔다. 이 비밀에 싸인 젊은 선생이 흉금을 터놓은 때는 명동에 중학교가 들어서고 학교 운영체계가 완전히 정상화가 된 후였다.

선생은 서울 청년학관 출신으로 이동휘·안창호·김구·전덕기·양기탁 등과 함께 지하조직 신민회에서 활동하다 북간도의 망명촌 기지 건설과 민족교육을 위해 비밀리에 파송된 인물이었다. 그곳에서는 정재면이라 불렸지만 일명 정병태(전 건국대학교 총장을 역임한 정대위 박사의 부친), 용정에 온 목적은 서전서숙의 재건이었는데 모든 환경이 여의치 않았다. 그래서 신중하게 접근한 데가 명동학교였고 계획은 이

내 성공했다. 내용인즉, 신민회는 북간도 지역에서 민족교육을 실시하기 위해 비밀리에 북간도 교육단을 조직했는데 단장에 정재면, 고문에 이동휘·이동녕, 재무에 유홍원(유한양행 유일한 씨의 부친)이었고, 활동 목적은 조선 독립을 위한 인재 배출이었다. 그들이 모두 기독교를 중시한 이유는 시대정신의 발현이었다.

민경배가 쓴 『한국의 기독교회사』는 "근대 한국의 비극과 시련 그리고 좌절감이 엄습할 때 백성이 돌아서서 기댈 곳이라고는 교회밖에 없었다"고 말한다. 거물 유학자들이 아이들과 함께 예배를 보는 명동은 대표적으로 그러한 곳이었다. 명동교회는 믿을 수 없을 만큼 빠르게 융성한다. 주일 평균 예배자가 육칠백 명이었는데(1919년에 이사 간 한준명의 증언에는 200여 명으로 되어 있다), 1911년 이동휘의 부흥회 때는 인근 수백 리에서 천여 명의 사람들이 모였다고 기록되어 있다.(서굉일, 『규암 김약연 선생』 참고) 가히 전성기였다. 그리고 그 전성기에 또한 차례 혁명적인 비약이 마을을 쓸고 간다.

눈이 몹시 내린 겨울날, 부흥전도사로 이동휘가 와서 사흘을 내리 출애굽기로 설교한다. "하느님이 애굽에서 이스라엘 민족을 이끌어주신 것처럼 우리 민족도 해방시켜주실 것"이라고 쩌렁쩌렁 포효하는 소리가 교회 밖 멀리까지 퍼져갔다.

"무너져가는 조국을 일으키려면 예수를 믿어라! 예배당을 세워라! 학교를 세워라! 자녀를 교육시켜라! 그래야만 우리도 서양문명국처럼 잘살 수 있다. 삼천리강산 한 마을에 교회와 학교를 하나씩 세워, 3천 개의 교회와 학교가 세워지는 날 우리는 독립될 것이다."(문영미)

불과 30리 거리에 일본 경찰서와 헌병대가 있는데도 이동휘는 아랑곳없이 선동을 해놓고는 한껏 고양된 대목에서 마른 섶에 불을 놓는다.

"새가 어떻게 날개를 하나만 가지고 날 수 있으며 수레바퀴가 하나로 굴러갈 수 있는가."

난생처음 듣는 여성해방론이었다. 그나마 명동이기에 겨우겨우 교회나 다닐 수 있었던 아녀자들은 이날, 순식간에 가슴이 활활 타버린다. 절반의 인력, 여성을 집안에 가둬놓고 어떻게 일본을 이길 수 있겠느냐는 말은 남성들의 가슴에도 통렬하게 박혔다. 이제는 변화의 급물살을 탄다. 명동여학교가 생기고, 얼마 안 있어 개똥네, 데진네, 곱단이, 샛별이, 농빼 같은 천한 이름들이 하루아침에 존엄한 인간의 지위를 획득해버린다. 비단 처녀들뿐만 아니라 출석부나 학교 기록에도 적어놓을 이름이 없던 김씨네 셋째 딸, 남씨네 둘째 며느리, 와룡댁 등의 택호들도 작명의 감동에 잠을 이루지 못했다.

"여러분도 이제 이름을 가져야 합니다. 며칠 생각해봤는데 우리 함께 주님 안의 자녀라는 뜻으로 '믿을 신信' 자 돌림으로 지으면 해요. 각자 부모님께 말씀드리고 아버지나 오빠의 이름에서 한 글자씩을 따다가 '신 뭐'라고 짓기로 합시다."

정재면의 말을 듣고, 줄줄이 정신태, 주신덕, 김신정, 김신훈, 김신국, 김신우, 김신근, 문신린, 문신재, 문신열, 문신학, 윤신영, 윤신진, 윤신현, 한신환 등이 등장해 며칠 사이에 명동에 '신' 자 돌림 여성이 50명으로 늘었다. 고만네였던 어머니가 '김신묵'이 된 것도 이때였다. 김신묵은 이 같은 배경을 발판으로 한 사람의 민족운동가로 성장하면서 곧바로 여성사회의 김약연 같은 지도력을 확보해버린다. 그것이 바로 문익환이 두고두고 찬탄해 마지않는 어머니들의 부활이었다. 문익환은 자신이 문익점의 후예라는 것도 잊지 않으려 했지만 '신' 자 여성들의 아들이라는 점도 결코 잊지 않으려고 노력했다.

"이것은 기독교 신앙을 교리로 받아들인 것이 아니라, 한 공동체 의식으로 받아들인 것입니다. 신 자 항렬로 한 동기가 되었던 것 아닙니까. 신 자 때문에 가문 족별의 장벽을 훨훨 떨쳐버리고 한겨레 의식이 확인 확산된 것 아니겠습니까."

아, 자랑스럽게 혈연의 울타리를 부숴버린 사람들. 문익환의 어머니는 이 '신' 자 여성들을 대표하는 지도자가 되었다.

겨울이 지나고 첫 봄비에 새싹이 돋듯이 지상에도
새로운 세기의 거장이 될 아이들이 착륙한다.

거장들이 태어나던 때

지금에 와서 문익환이 태어나던 장면을 증언할 사람은 없다. 그가 첫 울음을 울 때 북간도의 하늘이 우물처럼 파랬는지 안개처럼 흐렸는지, 아이의 울음소리는 폭포수처럼 우렁찼는지 개울물처럼 유약했는지……. 그러나 날짜는 정확하게 기록되어 있다. 6월 1일, 그것은 양력이었는데 한낱 유민流民의 자식이 양력에 의존하여 생애를 펼친다는 것은 그 또래로서는 매우 희귀한 예에 속했다. 당시에 다반사로 있었던, 안심할 때까지 키워보고 호적에 올리는 고색창연한 '야생의 풍속사'가 그에게는 없었다. 아버지 문재린은 실학파적 소양을 겸비한 기독교도였으며 문자에 밝은 지식인이었다. 민족사의 유실을 염려하여 아버지가 비록 일기를 쓰듯이 매일 기록을 남기며 살았다고는 하나, 라면 박스 두 개 분량에 달하는 서류더미 속에서 문익환의 탄생에 관한 '계시' 같은 메모를 기대할 수는 없는 노릇이다. 당연히 그 출생 전후를 채우는 것에는 재생하기 어려운 어둠뿐이다. 그러나 그 어둠 속에서 발굴된 몇 조각의 일기는 기적처럼 우리에게 '말하지 않고 말하기'의 위력을 보여준다. 아버지의 문장력은, 이게 과연 근대 여명기의

'신소설 시대' 문체가 맞는지 의심스러울 만큼 정교하다.

1911년엔 내가 十六歲요 金信默 氏는 十七歲의 少年少女였다. 이 둘은 서로 만나본 일도 없었고 알지 못했는데 兩家에 親戚되는 金定奎 先生이 仲媒로 兩家 父母님들이 約婚하고 陰 三月 二日 눈 녹고 얼음이 풀리는 時節을 結婚 假定하고 머리 깍은 學生에게 中秋막을 입히고 탕건을 씌우고 갓을 씌우고 말을 타고 개천 건너 大蛇洞 金洞奎 先生 宅으로 장가를 가라는 것이다. 生前 처음으로 말을 탔으니 떨어질까 봐 걱정이 太山 같았고 또 장가를 가서는 어떻게 하는 것인지를 도무지 알지 못하니 즐겁다는 생각보다 걱정스러운 것뿐이었다.

— 문재린, 「역사노트」

이것이 원본의 한 토막이다.

결혼식을 마치고 문재린은 베이징으로 유학을 떠나서 김규식 선생의 주선으로 청도靑道에 있는 독일계 기술전문학교 의학부에서 의술을 배우다가 학교가 폐교되는 바람에 북경 국립고등사범학교 단급과로 옮겨 졸업생이 되었다. 집에서는 그 학비를 위해 학교촌의 집과 땅을 팔고 둥거우에 황무지를 사서 새 집을 짓고 1914년 1월에 이사를 했다. 그해 4월, 문치정이 죽게 되자 급격히 가세가 기울어 김신묵은 시할머니와 시어머니를 모시고 시댁 살림을 이끌었다.

타작마당 손질도 혼자서 했다. 외양간이 있는 집을 찾아가서 소똥을 긁어다가 이고 와서는 마당에 드문드문 부려놓고 그 위에 물을 붓고 빗자루로 문질러서 마당에 골고루 칠을 했다. 한번은 할머니가 이웃집 외양간에서 소똥을 가져오면서 남의 집에서 소똥을 가져오는 게 창피하다고 성을 내어 다시는 할머니에게 소똥 비라리(?)를 맡기지 않았다. 대신에 할머니들은 누에를 길러서 명주실을 만들기도 하고 도야지도 길러서 필요한 학비를 만들었다.

그리고 1916년이 되던 해를 어머니 김신묵은 이렇게 회고한다.

"그해 여름에는 비가 어찌나 많이 왔는지 가는 곳마다 홍수가 났지요. 우리 집은 이엉도 제대로 하지 못한 상태라 쏟아지는 비가 새어 들어 벽은 무너지고 지붕이 갈라져서 하늘의 별이 보이는지라 그대로 앉아 있을 수가 없었지요. 그래서 짚을 얻어다가 지붕을 막고 진흙을 모아 쌓은 뒤 동리 이웃집에 가서 소똥을 얻어다가 흙과 섞어서 바람벽을 막았지요. 그리고 겨울을 위해서 온돌을 뜯고 고래에서 재를 훑어낸 뒤 다시 온돌을 덮고 흙으로 도배를 한 뒤 마르기를 기다려서 신문지를 바르는 일을 했지요.

9월이 되어서 옥수수 추수를 하는데 학교에 갔던 시동생이 '오늘 까치가 울었습니까?' 하고 소리를 지르면서 오더니 형님의 편지를 내놓았습니다. 나는 남편이 아직 살아 있다는 것을 알고 하느님께 감사기도를 드렸습니다.

그해 추수는 그리 만족하지 않았습니다. 그리고 겨울은 얼마나 추웠는지 말할 수가 없습니다. ……남편은 북경에 있는 고등사범학교에서 공부를 했지요. 나는 집에서 농사도 짓고 삼도 삼고 누에도 기르고 했어요. 그러던 중 학교선생들이 졸업생들을 위한 보수과를 창설해서 필요한 지식과 기술을 가르쳐주셨어요. 사회에 관한 지식도 배우고 양잠을 하는 기술도 배웠지요. 어디든 공부하는 데가 있으면 빠지고 싶지 않아서 농사짓고 타작을 하면서도 기어이 참석을 했지요. 1917년에 남편이 돌아와 퍽 마음이 놓였지요. 학교에서 남편에게 학생들을 가르쳐달라고 해서 얼마 가르치다가 가정사정으로 중단을 했지요. 남편이 추경을 해야 소출이 많이 난다고 하면서 추경을 했는데 정말 소출이 많이 났어요. 남편이 돌아온 1년 뒤에 첫아들을 낳지요."

'남편을 만난 1년 뒤!' 문익환의 시간들은 여기서부터 시작된다. 그런데 우리는 그해가 세계사 연표 안에서도 매우 각별한 의미를 띤다는 사실에 주목해야 한다. 1918년, 그 무오년은 20세기가 문을 연 지 18년째가 되는 해가 아니었다. 우리의 시간관은 언제나 서력西曆에 쫓기지만 단지 서기의 차수가 변경된다고 해서 역사가 달라지지는 않을 것이다. 20세기가 시작할 때도 그랬다. 1900년에 프랑스와 이탈리아가 모로코와 트리폴리에서의 우선권을 인정하는 비밀협정을 체결하고, 미국이 당당히 금본위제를 채택한다. 1901년에도 러시아 사회혁명당이 결성되고 미국의 매킨리가 암살당해 루스벨트가 대통령직을 받지만, 그때가 인류에게 특별한 출발의 시간이었던 것은 아니다. 1901년은 차라리 그냥, 역사가 통과해가는 어느 지점이었다고 하는 편이 옳을 것이다. 하지만 1917년은 다르다.

그해 겨울은 유난히 추웠다. 첫눈이 크게 내려 북방의 골짜기를 남김없이 메우더니 이듬해 봄이 갈 때까지 녹지 않았다. 한창 입덧에 시달리던 새댁 김신묵에게 그 엄동설한은 마치 소달구지처럼 더디고 느리기만 했을 것이다. 태어날 아이가 혹한 하나를 덜 겪는 것만 해도 고마운 일이라는 듯이 창호지 틈으로 자주 달밤을 엿보았는지 모른다. 저 들판에 눈이 덮이고 쌓이고, 그 사이로 별빛이 깔린 겨울. 시베리아로 잇닿는 광활한 대륙에서 '늙은 제국(제정 러시아)'의 시신이 썰매에 실려 떠내려가고 있었던가? 그러한 어느 밤에 19세기는 슬쩍 종지부를 찍었다.

상징적인 일이다. 문익환은 19세기에 아버지의 육체를 떠나 20세기에 어머니의 배에서 빠져나온다. 영광스럽게도 한 세기의 문턱을 태아 시절에 훌쩍 넘어선 것이다. 탄생 원년. 차르는 처형되고 러시아는 사라졌다. 새로 출현한 소비에트가 내뿜는 매혹, 사회주의 사상은 삽시간에 전 세계로 퍼져간다. 1914년 제1차 세계대전이 시작될 무렵 '유럽 협력체'를 형성했던 나라들은 프랑스·영국·독일·오스트리아-헝가리제국·러시아·이탈리아 등 6개국이었다. 여기에 미국과 일본이 합세하는데, 이들은 모두 정치적으로 '동일자同一者 안의 경쟁자'였다. 그 막강한 제국주의 열강들은 하늘의 별들을 바라보면서 지구를 자신들이 지배하는 시대로 만들려고 노력했다. 그러나 1918년은 그들의 발밑에도 붉은 연필로 새로운 정치 지도를 그어버린다. 러시아혁명의 성공으로 전혀 다른 세기가 열렸다. 이제 이념적 종주국이 중요하다. 미국의 지위는 확고해지며 지상의 모든 것은 이데올로기의 잣대로 측량되기 시작한다. 그것을 윌슨 대통령은 이렇게 표현한다.

"각처에서 우리는 국경선을 변경하려 했으며, 여러 국가들의 통치권도 변화시키려 했다."

이 무렵에 태어난 아이들을 세상은 매우 거칠게 다룬다. 그러나 거장이 태어나는 것은 언제나 난세였다. 그해에도, 겨울이 지나고 첫 봄비에 새싹이 돋듯이 지상에도 새로운 세기의 거장이 될 아이들이 착륙한다. 미국에서는 레너드 번스타인이 태어나고 스웨덴에서는 잉마르 베리만이 출현하며 알제리에서는 루이 알튀세르가, 남아프리카공화국에서는 넬슨 만델라가 출생신고를 마쳤다. 세계는 그들이 올 것을 준비하지 않았지만, 그들은 지각이라도 했다는 듯이 모든 분야에서 동시에 전혀 새로운 서광을 향하여 대담하게 돌진해버린다. 지휘자, 영화감독, 철학가, 정치인…… 여기서 우리는 환경이 개인에게 미치는 바를 실감하게 된다. 번스타인이나 베리만의 미래는 열 살 때쯤이면 이미 예고되고 있었다. 입학 전에 벌써 음악적 재능을 보이고 학교에 가면 곧 두각을 드러낸다. 그들에게 이 세계는, 그리고 이 세기는 그렇게 난처한 것이 아니었다. 연극 시간에 인생을 실습하고 예술의 틀을 빌려 갈등을 대신한다. 하지만 하찮은 나라에서 하찮은 부족의 족장 아들로 태어난 넬슨 만델라나 무능력한 조선의 통치 울타리를 박차고 나와서 다시 섬나라의 식민지로 전락해버리는 '나그네 민족'의 아들인 문익환은 달랐다. 그들에게는 세계가 그 자체로서 무대였다. 죽음이라는 비극이 연출되어도 그들이 흘리는 피는 분장이 아니라 실제 피였다. 새로 태어난 아이들이 같은 나이에, 같은 지상에서, 같은 크기의 시간들을 부여받지만 그것이 질적으로 평등하지 않다는 것을 지상의 모든 부모들은 인식해야 한다. 문익환 같은 생애의 환경을 가진 이에게 20세기는 얼마나 멀고 험하기만 할 것인가.

최초의 기억들

문익환이 아무리 핏덩이에 불과했을지라도 그 목숨이 당도한 곳은 분명히 역사의 한 심층부였다. 훗날 국사 교과서에 등재될 민족사에 열차처럼 줄지어 지나가는 사건들을 그는 이해하지 못했지만 몸소 겪고 있었다. 생가는 이미 일제하의 민족운동, 독립운동, 문화운동, 교육운동, 신앙운동이 통과하는 길목이 되어 있었다. 북간도와 만주, 노령과 연해주를 연결하는 곳. 마을 입구에는 선바위라는, 높이가 50미터나 되는 큰 바위가 우뚝 서 있고 그 아래로 강이 흐르며, 마을 북동쪽에는 넓은 벌판이 활짝 트여 일출을 맞았으니 자연적·입지적 환경은 말할 수 없이 훌륭했다. 벼농사를 짓는 한인들의 정착지로도 적당했지만 독립군이 은거 잠입할 천연의 요새로도 더없이 좋았다.

그러나 더욱 괄목할 만한 점은 사회적 환경의 변화였다. 독립운동의 당면 과업이 국외 기지의 건설로 설정된 때는 1910년 4월 청도회의에서였다. 신민회의 이동휘, 안창호, 신채호 등이 이주 한인촌락을 개척하여 학교를 설립하되 군사 훈련을 위주로 하는 사관학교를 세우고자 결의한 지 9년째. 명동학교는 입시문제로 안중근과 이준 열사의 죽음이 갖는 사회적 의미를 물을 정도로 시대정신에 충일했고, 학생들이 조직한 '충열대' '암살대' 등의 비밀결사체에는 지도교사가 서클 활동에 편성되듯이 선생님도 참여했다. 그리고 마을 청년들은 학교 부근 촌락과 도로에서 낯선 통행자들을 불심 검문하여 수상한 자를 찾거나 친일파를 색출했다. 그리하여 한인 순사를 사직 권고한 일도 있었고 친일파 이희덕(용정 거류민 회장)을 학교로 납치, 감금해서 민회를 해산토록 종용한 사건까지 있었다.

역사학자 서굉일은 그곳에서 전개되는 독립운동의 2대 지주가 "총과 신문"이었다고 말한다. 그 분주한 해방구에서 문씨 집안의 장손이 태어났을 때 아버지는 국민회 소속의 《독립신문》 기자였으며, 어머니는 북간도 여성계에 없어서는 안 될 유지가 되어 있었다. 타인에게 발견된 문익환의 첫 장면은 바로 그러한 환경에서 만들어졌다. 생후 딱 9개월째 되는 날, 근대 민족운동사의 한 분수령을 이루는 3·1운동을 기점으로 파란 많은 에피소드가 시작된다.

1919년 2월 어느 날, 문익환이 9개월짜리 인생을 살고 있었을 때, 부모님의 발길이 빨라졌다. 고종 인산을 기해 국내에서 일제히 독립만세를 부르기로 했다는 전갈이 간도에 닿았다. 국민회는 거사일을 3월 13일로 정하고 독립선언서와 개회통지서를 등사하여 교민들에게 돌렸다. 장소는 일본 사람이 경영하는 용정중앙학교 뒤 채소밭(이곳은 일본영사관의 치외법권 지대였다), 당일의 식장 경비는 중국 옌지延吉의 도윤에게 부탁했다. 그리고 13일, 가슴에 태극기를 품은 교민과 학생 약 8천 명이 운집했다.

대륙 특유의 황진이 일고 굵은 모래가 흩날리는 음산한 날씨였다. 명동학교는 브라스밴드를 앞세웠고 학생들은 일사분란하게 단체행동을 했다. 교민들은 무려 200여 리를 걸어온 사람들까지 합류해 열기가 뜨거웠다. 당황한 일본영사관은 식장의 경비를 자신들이 맡겠다고 중국 측에 요구했다. 중국정부가 거절하자 공동경비를 제의했으나 그마저도 거부되었다. 일제는 마침내 중국군인들 틈새에 권총으로 무장한 사복경찰들을 배치했다. 그러나 훗날 노래 〈선구자〉로 기억되는 용정 사람들은 행사의 주제를 만세운동이 아니라 몇 걸음 더 나아가 아예 '독립축하의 날'로 선포하여 일주일 넘게 시위를 벌였다. 일본 측은 눈이 뒤집혔을 것이다. 첫날부터 발포가 있어서 서른세 명, 딱 독립선언서 서명자 수만큼 죽어야 했다. 국민회는 용정 허청리合成里 뒷산에 장지를 마련하고 희생당한 사람들을 한곳으로 모셨다.

밤이 되자 함박눈이 펑펑 쏟아졌다. 낮의 참변과 민족의 슬픔을 감싸듯 눈은 밤새도록 내려서 북간도를 온통 흰 옷으로 덮었다. 그 깊은 밤에 일경日警은 악명 높은 고등계 형사부장의 지휘로 시위자들의 집을 습격하여 불법으로 가택수색을 하고 애국자들을 끌어다 심한 고문으로 보복을 한다. 문익환의 집에서도 아버지가 구속되고 어머니가 연행되는데, 그때 문익환이 어머니의 등에 업혀 있었다. 훗날 감방을 숫제 안방으로 삼게 되는 문익환의 사법부 체험은 그 최초의 것이 바로 이것이었다.

그러나 태어난 지 9개월째에 겪은 일을 굳이 강조할 필요는 없을 것이다. 그 자신이 써내려간 숱한 글들에는 이 중차대한 기념비가 들어 있지 않다. 어쩌면 그가 알고서 겪은 체험이 아니라는 자의식이 막았을 수도 있다. 자신은 겨우 아홉 달 내기였고, 설혹 분별력이 있었더라도 경찰서 풍경을 보지는 못했을 것이다. 왜냐하면 문익환네 형제들이 하나같이 두루마기로 된 망토 안에서 컸기 때문이다. 그리하여 세상의 첫 목격을 '어머니의 망토가 들춰지던 찰나에 본 하늘'로 드는 동생이 있을 만큼 문씨네 자녀들은 망토 안에서 느꼈던 따뜻한 어머니의 체온과, 망토 밖에서 마주했던 사나운 북간도의 바람을 영혼에 새겼다. 그들의 체험 속에서 광야의 겨울이 얼마나 신성한 것이 되었을지는 능히 짐작할 수 있다.

북간도의 추위는 혹독하다. 온 골짜기가 눈에 덮이고 쏜살같은 바람이 광활한 벌판 위를 빠르게 이동한다. 그 속을 뚫고 한 마리의 매처럼 결기에 찬 여인네가 황혼이 되면 바삐 언덕을 넘어서 귀가한다. 그 등 뒤에는 커서 대지의 주인이 될 아기가 꿈결처럼 업혀 있다. 이 장엄한 풍경화가 그의 기질에 미친 영향을 상상하는 것은 어려운 일이 아니다. 여학교 동창회장, 교회 여전도 회장, 여자 비밀결사대원으로 나돌아야 했던 그 무렵의 김신묵 여사는 여러 사람의 입에 전설처럼 구전된다. 문익환의 의식 속에서, 대하 같은 역사의 어느 구비로 자신을 싣고 온 물살의 근원, 그 존재의 머나먼 선사시대로 향하는 통로 역할을 하게 될 삽화의 하나는 이곳에서 그려진다.

어머니가 연행되기 전날에 그런 일이 있었단다. 진압에 나선 일경이 발포한 총알이 어머니의 옷섶을 헤치고 지나가 뒷사람을 쓰러뜨린 것이다. 아이가 있었으면 총알은 틀림없이 아이의 옆구리에 박혔을 것이다. 그런데 천만다행히도 그날은 시어머니에게 아이를 맡기고 나온 터였다. 그 일을 회상할 때면 어머니는 언제나 자신을 스쳐간 탄환과 그것을 맞고 숨진 나팔수를 떠올리며 슬퍼하고는 했다. 그리고 그것은 어린 문익환에게 각별한 영감을 주어서 지속적으로 '역사에서의 우연'이라는 화두를 놓지 못하게 한다. 어머니는 언젠가 죽은 나팔수의 가족에 대한 문익환의 배려가 너무도 극진해서, 나팔수가 결혼을 하지 않았고 가족이 없는 사람이었다는 것을 확인시켜주기까지 했다. '우연'이 선택한 생명, 그것 때문에 모세 이야기는 문익환에게 늘 역사적 충동을 안겨주었다.

"해거름에 목욕을 하려고 시녀들을 거느리고 나일강으로 나가던 공주가 우연히 애기 울음소리를 듣습니다. 그 울음소리에 끌려 갈대밭을 헤치고 들어가 보았더니, 거기 갈대 상자에 히브리인이 내다버린 사내아이가 있었다는 게 아닙니까? 그 애기는 그 우연의 덕으로 궁궐에서 과분한 삶을 살면서 자기가 죽지 않고 살아 있는 게 엄청난 고마움으로 느껴졌고, 그 고마움은 그대로 무거운 빚이 되어 그의 어깨를 무겁게 누르고 있었을 겁니다. 그 고마움이 동족의 인권과 자유를 위해서 몸을 던지는 과제가 되기까지 그는 광야 40년과 씨름해야 했던 것입니다."

생명의 거룩함이 여기 있었다. 모든 우연 속에는 필연이 숨어 있다. 이집트 공주의 '우연'이 모세를 살려서 과분한 삶을 준 후에 광야 40년간의 갈등을 떠맡겼던 것처럼, 그는 어머니의 '우연'이 자신에게 무언가 싣고 오는 것을 놓치지 않으려 했다. 그러나 그것이 무엇인지는 50년 동안 몰랐다. 그 희미한 빛이 밝아지기 시작하는 것은 체험이 조금씩 덧쌓이면서다. 문익환은 이내 홍범도의 봉오동전투, 김좌진의 청산리대첩 등 북간도의 무장투쟁기를 통과한다. 당시에는 알지도 못한 것을 어머니가 두고두고 들려주어 성장기를 온통 역사적 긴장들로 채웠던 것이다. 그중에서도 가장 전율스러운 것은 마을 앞에서 일어난 '15만 원 사건'이었다.

만세운동이 독립을 맺지 못하고 해를 넘긴 1920년 1월이었다. 재미없는 연초가 나흘쯤 흐르는데 그만 북간도를 발칵 뒤집는 사건이 터졌다. 조선은행 회령 지점에서 용정출장소로 송금하는 15만 원이 선바위 건너편에서 탈취당한 것이다. 다 큰 황소 한 마리가 10원이었으니 현금 15만 원은 거액 중에도 거액인데, 일본인 순사까지 피살되었다. 일본은 실로 경악을 금치 못했다. 무장한 순사가 대낮에 거액을 빼앗기고 죽기까지 했으니 북간도는 순식간에 '끓는 주전자 속'이 되었다. 범인은 오리무중, 겉으로 드러나는 단서조차 없이 1월이 갔다. 완전범죄였다.

그러나 신화로 끝날 수는 없는 일이었던가. 1월 31일, 주범 중 일부가 블라디보스토크에서 붙들리면서 사건의 전모가 알려지기 시작한다. 주모자는 최봉설(문익환의 이모부) 이하 임국정, 윤준희, 한상호, 김준, 박웅세(아버지의 육촌누이의 남편) 등 국민회 소속 청년 여섯 명이었다. 동기는, 만세운동이 끝나고 무력투쟁으로 전환되던 때 청년들이 거기에 참여하고자 마음을 굳혔던 데 있었다. 때마침 제1차 세계대전 당시 소련으로 출병했던 체코 군단이 귀국을 못 하고 마냥 대기하던 참인지라 돈만 있으면 최신의 무기를 구입할 수 있었다. 탄환 1200발이 딸린 신식 장총 한 자루가 50원이었으니, 최봉설은 무기도 사고 사관학교도 지을 요량으로 은행원을 포섭하여 송금하는 날짜와 액수를 제보 받고 길목을 덮쳤다. 성공이었다. 그런데 무기를 사는 과정에서 엄인섭이라는 의병장 출신 독립운동가가 변절하여 밀고하게 된다. 곧바로 일본 헌병대가 출동했다. 물샐 틈 없는 소탕작전에서 세 사람이 생포되고, 몸이 날래기로 유명했던 최봉설만이 총을 세 발이나 맞은 채로 포위망을 뚫어 탈출에 성공한다. 체포된 이들은 모진 고문 끝에 사형선고를 받고, 1921년 8월에 서대문형무소에서 처형되었다.

이야기는 문익환·문동환 형제의 가슴속에 깊이깊이 조각되었다.

어린 날

당시 북간도는 오지 중의 오지로 취급되고 있었다. 문명의 우산 밖이었으니, 사람들의 얼굴은 햇볕에 그을려 흙빛이고, 살갗은 바람에 바스러져 나무껍질 같았다. 바람막이를 해줄 거대도시가 없는 곳, 대지에 그림자가 눕듯이 광활한 대자연의 흔적이 인간의 용모에 아로새겨지는 곳, 그 속에서 문익환은 단연, 풀밭의 꽃처럼 도드라졌다. 피부색은 희고 콧날은 오뚝하며 키는 훤칠했다. 음색은 왜 높고 소녀처럼 가늘었는지. 일상의 모든 동작을 광도·명도가 조절된 문명의 어항 속에서 습득한 아이처럼 야생적인 데라고는 없었다.

"그렇게 순하고 얌전하고 칭찬받고. 또 예뻤어. 잘생겼지."

적어도 어머니에게 문익환은 그런 아이였다. 이런 장남을 집안에서는 당연히 편애했다. 어머니는 만나는 사람마다 보여주고 싶었을 것이다. 오죽했으면 만세운동을 나가면서 업고 갔을까.

큰 나무 밑에는 언제나 일조권을 빼앗기는 나무가 있는 법이다. 문익환의 아우들이 그랬다. 문 밖만 나서면 어디에 내놔도 금방 이목을 끄는 서구형 미남 문동환은 한창 재롱떨고 몸 자랑할 기회를 얄밉도록 눈부신 형에게 빼앗긴다.

"이웃집 아주머니들이 들어오다가 우리 형을 보면, '그놈 참 잘도 생겼네' 하고 칭찬을 하신다. 그리고 나를 보면, '눈도 크다. 퉁사발 눈이네' 하고 내 눈 큰 것을 놀려준다."(문동환)

누구의 망막이건 한 번 스치면 곧바로 뇌리에 각인되는, 외면하기 어려운 외모야말로 문익환의 운명적 요소 중 하나였다. 생의 여로에서 스치게 될 많은 나그네들에게 한 번 스쳤다는 사실만으로도 자신의 이미지를 남겨놓아야 하는 희귀한 업보가 그에게 씌워져 있었다. 처음 보는 사람들이 얼마나 강렬하게 기억했으면 그는 주목받는 훈련보다 주목받지 않으려는 훈련이 필요했겠는가. 그래서 형성된 '은근한 당당함'은 또래들에게는 안 보이지만 어른들의 눈에는 한없이 돋보였다.

행복했을 것이다. 성장환경은 안정되었으며, 주변의 모든 관계들은 그의 영혼을 자극하거나 뒤흔들어 불안에 빠뜨리지 않았다. 그리고 그것은 여성적인 분위기에 파묻혀 더욱 강화되었다.

아버지가 유학을 떠나 있는 동안 집에는 온통 여인들뿐이었다. 증조할머니를 좌장으로 홀몸이 된 할머니와 남자 일을 도맡는 어머니. 남자 없는 집안에서 여성을 통해 바깥세상을 흡수했던 지상의 모든 영혼들이 그렇듯이 그 역시 넘치는 이야기의 홍수에 떠밀려다니며 자랐다. 비 오는 오후였건 눈 내리는 밤이었건 할머니는 강냉이가 없으면 고구마, 고구마가 없으면 하다못해 무라도 깎아서 먹을거리를 내놓고, 나직한 목소리로 아벨과 카인의 얘기를, 시위하다가 총에 맞은 친지 얘기를 거의 날마다 잠들 때까지 하곤 했다. 이빨 빠진 글자를 띄어쓰기도 무시하고 마구마구 쏟아놓는 것처럼 귓전에 떨어지던 할머니의 음성은 얼마나 숨 막히게 인간미 넘치는 것이었던가. 정돈되지도 않고 서로 연관도 없어 보이는 그 무차별적인 이야기 안에는 일상생활의 풍습이나 문화의 세세한 부분이 묘사되어 있었다.

그러다가 밤이 깊으면 할머니의 목소리는 다시 어머니의 음성으로 교체되었다. '세파의 남성스러움'이 빚어내는 황폐감이라고는 찾을 수 없는 어머니의 조약돌 같은 언어들이 당장 북간도에서 벌어지는 일들을 묘사할 때 느껴지던 공포와 아픔, 생생한 연민을 통해 그는 세상의 광활함과 운명의 무서움을 배우고는 했다. 이를테면 어머니의 십팔번은 만세운동이었는데, 당일 새벽밥을 해먹고 용정까지 걸어가 만세를 하고 오는 동안 종일을 굶었지만 배고픈 줄 몰랐단다.

"(옆에 선 여자가) 정말 독립이나 된 듯 기쁨에 넘쳐서 손을 두드리며, '아유! 이게 다 어쩐 일이냐! 어떻게 이렇게 다 되었냐! 아유!' 하잖겠니. 그 기뻐하던 모습이 눈에 선해."

세상에 가득 찬 사건들은 본래 화자의 눈높이에 따라서 희극화되는 괘선이 있는가 하면 그 저변의 비극적인 속성을 드러내는 지점도 있다. 남성들은 말할 때 자기 자신을 중심으로 핵심적인 사건만 전개하면서 그 의미를 분석하고 설득하려는 듯한 언어를 사용한다. 하지만 여성들은 항상 주인공도 자기 자신이 아닐뿐더러 영역도 주변사람과 사건들의 나열로 건잡을 수 없이 번져간다. "여성은 몸속에 다른 사람을 위한 자리를 항상 준비하고 있어서"(문영미)라고 한다. 이 같은 여성문화가 그에게 미친 영향은 컸다.

하지만 그렇다고 해서 어린 문익환이 밝고 명랑하며 씩씩했던 것은 아니었다. 정적이고 명상적이어야 할 필연이 있었다. 몸은 허약하고 감정은 풍부하며 직관은 예리한데, 일찍부터 병약하여 평생을 두고 만성두통에 시달렸다. 병마는 인간에게 겸손을 가르친다. 그가 오만에 빠지거나 자신감에 넘치는 아이가 될 수 없다는 것은 일찍이 신이 내린 생물학적인 명령에 속했다.

"익환인 누굴 때릴 줄 몰라요. 맞았지. 그때 (시)어머니가 '무의식중에라도 손이 나가지 않니? 어째 그리 맞니?' 이랬단 말입니다."

어머니는 그래서 걱정이었다. 공동체 속에서의 순함은 한없는 미덕이지만 장차 헤쳐 갈 세상은 그런 곳이 아니었다. 그런데도 문익환은 수정되지 않았음을 아우 문동환은 두고두고 회고한다.

일곱 살 때의 일이란다. 형제는 텃밭에서 김을 매고 있었다. 형은 자발적이었지만 자신은 김을 매는 것이 너무나 힘들어서 억지로 하고 있었다. 그러다 보니, 한 이랑씩 똑같이 맡았는데도 자꾸만 뒤로 처진다. 웬일인지 형의 이랑보다 자신의 이랑에 풀이 더 많았다. 그래서 "형, 왜 내 이랑에는 풀이 더 많아?"라고 불평했지만 형은 아무 군소리가 없었다.

"그래, 그러면 네 이랑과 내 이랑을 바꾸자."

얼마 지나면 형은 또 앞으로 나가고 동생은 떨어져서 다시 불평을 해야 했다. 문익환은 동생이 아무리 여러 차례 반복해서 투정해도 군말 없이 동생의 뜻을 받아주었다.

성품이 이러하니 문동환은 걸을 줄 알면서부터 줄곧 형을 따라다녔다. 당시에 찍은 사진을 보면 문동환은 언제나 형 옆에 있었다. 형제를 나란히 신학의 세계로 끌고 가는 종교적인 체험들도 함께 겪은 것이었다.

하루는 외삼촌이 찾아와 참나무로 팽이를 만들어주었다. 집 앞마당은 곡식을 타작하기 위해 평평히 다듬어져 있어서 팽이놀이를 하기에 알맞았다. 형이 한참 팽이를 돌리다가 동생에게 보내면 동생이 또 그것을 받아서 돌리다가 형에게로 보내는데, 두 사람은 너무도 신이 나서 시간 가는 줄 몰랐다. 그러다가 어느 순간 형이 말했다.

"동환아, 팽이를 돌리다가 예수님을 잊어버렸어. 안 되겠어. 이 팽이를 부엌에 집어넣어야겠어. 무엇이든 예수님보다 더 소중하게 생각하면 우상이래."

그러고는 팽이를 부엌에 가져가서 불붙는 아궁이에 넣어버렸다. 말문이 막혀버린 동생은 가만히 아궁이에 있는 팽이를 보다가 "형, 팽이가 빨갛게 타는 게 예쁘지?"라고 해버렸다.

이 같은 문익환의 몽환적 이상주의는 아주 일찍부터 발달했다. 그것을 처음 발견한 동생은 성장기를 통틀어 딱 한 번 있었던 형제간의 충돌에서 이미 그것을 알았다고 한다. 발단은 모르겠고, 어느 순간 형이 자신을 바닥에 눕힌 채 올라타서 항복을 권했다. 자기가 끝까지 항복하지 않자 돌아와서 연습장에 살짝 "너의 그 점을 존경한다"고 써놓았다.

보이지 않는 것, 서술하기 어려운 것, 재현될 수 없는 것과 소통하는 소질은 어려서부터 남달랐다. 마치 연주되지 않은 선율이 피아노 안에 깃들어 있듯이 그의 몸 안에는 언제나 아직 '현실'이 되지 못한 꿈들이 잠자고 있었다. 한번은 큰이모를 따라서 명동에서 용정으로 가는 30리 길을 걸었는데, 가는 도중 형제가 돌멩이를 집어 들고 이야기하고 풀잎을 뜯어 세어가면서 서로 웃고 하늘의 구름을 쳐다보면서 발걸음을 멈추곤 해서 큰이모를 크게 애먹였다. 소학교 때 몸이 불편한 동네 아이를 업고 다녔다는 이야기나 "산을 보고, 들을 보고, 그 사이를 끼고 도는 끝없는 길을 보고 깊은 영적인 대화를 했다"는 이야기를 듣다 보면 그는 오갈 데 없는 동화 속의 인물이 된다. 그 같은 풍경을 가장 가까이에서 보았던 아우 문동환은 형의 이 같은 생명에 대한 남다른 감수성에 대해 "(형은 길 위를) 걸어가는 수천만의 발바닥들과 말 없는 영적인 교류를 갖는다"고 회고한다.

문익환이 즐겨 영적인 대화에 사로잡혔던 것은 훗날까지 그의 생애를 관통하는 영혼의 동작이 되었다. 그는 세상의 무엇과도 소통하려 하고 그 누구와도 대화를 피하지 않으려 했다. 나중에 통일운동과 민주화운동의 탄압기구들도 담벼락처럼 절망적인 상대라고 생각하지 않았다. 검찰이나 경찰을 대할 때도 타도할 적으로 대상화시키지 않았다. 그 같은 태도에 대해 종종 비판이 가해져도 그는 확고부동했다.

"제 할머니가 기르시는 돼지새끼는 할머니 말을 알아듣습니다. 새끼 때부터 말을 하면서 지팡이로 돼지를 지도해 가르치십니다. 자리를 해주면서도, 죽을 주면서도, 매사에 말을 하면서 보살펴주시니까 돼지도 알아듣는 걸 보면서 저는 자랐습니다. 돼지도 알아듣는데 사람이 어찌 사람의 말을 못 알아듣겠는가. 이것이 사람을 대하는 저의 자세가 되어 있는 겁니다."

그 때문에 사람들은 자주 예기치 못한 곳에서 그의 진정성에 직면하고는 했다. 그것은 정신의 진정성으로서, 자신이 원하는 것을 함부로 표현하는 데 부끄러움을 느끼지 않으면 곧 사라져버리는 그런 자연스러운 진정성이었다. 그는 또한 존엄한 것들에 대한 동경이 뿌리 깊었다. 그것은 대중 앞에서 언제나 '콤플렉스'라는 용어로 둔갑되어 표현되었지만, 그것을 하나의 철학이라 한다면 기독교의 언어로 '섬김'의 철학이 될 것이다.

그랬다, 섬김에의 의지는 그의 핏속에 담긴 요소였다. 자아 속에 깊이 갇혀 있는 자는 다른 이들에게 절대 관심을 기울이지 않는다. 그는 때로 독선적인 사람처럼 보였지만 근본적으로는 남을 우러러보길 좋아했다. 모든 회고 속에서 그는 언제나 단역으로 출현한다. 그것도 위악의 일종이기는 한데 그러한 위악이 귀여움을 낳는다는 데 문익환의 개성의 비밀이 있었다. 그의 '귀여운 위악'이 언제부터 몸에 배었는지는 알 수 없다. 그러나 그것은 유년 시절까지를 포함해 문익환의 생애 전체를 덮는 이미지로 채색된다. 문익환이 했던, 자신에 대한 무수한 언술들을 '객관적 언어'로 채택해서는 안 되는 이유가 여기에 있다.

릴케처럼

한 인간에게 간직된 가장 신비에 찬 순간은 그 존재를 이끄는 '생각'의 발걸음이 처음 내디뎌지는 순간일 것이다. 기록에는 문익환이 여섯 살 때 그 첫 발을 뗀 것으로 되어 있다.

"집에서 누가 죽은 것도 아닌데, 아버님이 방에서 혼자 소리 없이 울고 계셨습니다. 나도 괜히 가슴이 울먹여 뒷뜨락으로 돌아가 뽕나무에 기대어 서서 한참 눈물을 흘렸습니다."

이 토막 장면이 그의 내면에 남긴 울림의 크기를 상상하기란 쉽지 않다. 다만 선명한 것은 그에게 접근해오는 어떤 현실의 그림자다. 그는 이것을 시로도 썼다.

> 내가 대여섯 살 되던 때의 일이었던 것 같습니다. 집에서 누가 죽은 것도 아닌데, 아버님이 방에서 혼자 소리없이 울고 계시는 걸 본 일이 있습니다. 나도 괜히 가슴이 울먹여 뒷뜨락으로 돌아가 뽕나무에 기대어 서서 눈물 짓던 일이 생각납니다.
>
> — 문익환, 「밤비소리」 부분

아버지의 신산스러움은 바깥세계의 어지러움을 분명하게 드러내고 있었다. 그가 만일 아버지가 우는 광경에서 정말로, 자신이 '우연히' 역사적으로 엄청난 장소에 당도해버렸음을 느꼈다면, 그것은 옳았다.

마을을 이끌어가는 명동의 주역들은 그때가 가장 힘들었다고 한다. 1919년 3월 만세운동부터 1920년 6월 봉오동전투, 같은 해 10월 청산리전투를 거쳐 간도대토벌(경신대학살)이 있기까지 북간도는 온통 독립군 세상이었다. 사람들은 흔히 봉오동과 청산리에서 벌어진 대첩의 성과는 알아도 그것들을 승리로 이끈 힘의 근원에 대해서는 잘 알지 못한다. 훗날 역사교과서가 전하는 승전보를 읽다 보면 차라리 그 자부심이 난데없을 지경이다. 배후에 북간도의 교육운동이 있었고, 그것을 대변하는 명동학교가 있었다. 그 북간도에 대한 추억은 문익환에게 일생의 바닥을 흐르는 심연深淵이었다.

명동학교 출신들의 활약은 대대적이었다. 일본군의 보복이 따를 것은 자명했다. 대규모 토벌 병력이 간도에 출병하여 제일 먼저 저지른 일이 명동학교 방화였다. 만일 명동교회가 자칫 외교문제를 일으킬 수도 있는 캐나다 개신교 장로교파 소속이 아니었으면 명동촌은 훨씬 심각한 타격을 입었을 것이다. 문익환의 집은 여기에 영향을 받았다.

아버지는 3·1운동 당시 국민회 서기이자 《독립신문》 기자였다. 1920년 8월부터 독립군 토벌을 빙자하며 일본군이 출병하여 학살을 시작했다. 그 여파가 얼마나 혹독했는지는 조정래의 『아리랑』에 잘 나와 있다. 일본군은 그해 10월 인근 지역 젠장옌間獐岩의 청장년 서른세 명을 참혹하게 살해하고, 마을의 청장년을 전원 포승으로 묶어 교회당에 들어가게 한 뒤 주변에 짚을 쌓고 휘발유를 뿌린 후 불을 질러 화장시켰다. 그리고 그것도 모자라 동네 사람들이 죽은 이들을 한데 묻자 다시 와서 시체를 파내게 한 뒤 불을 질러 소각시켰다. 젠장옌이 그 정도라면 명동이 입을 피해는 상상할 수조차 없었다. 어른들은 가만히 앉아서 참변을 기다릴 수는 없다고 회의를 열었고, 주민을 대신해서 만세운동의 주역들이 미리 자수를 하기로 결정했다. 그리고 교회 대표로 최선택 목사, 국민회 회장 김정규, 국민회 경호부장 김강이, 학교 대표 김석관, 국민회 동구 서기 및《독립신문》기자 문재린 등 다섯 명이 선정되어 11월 10일 제 발로 걸어가 구속되었다. 죽음을 각오한 자수였다. 그중 국민회 경호부장 김강이와 모반(?)을 한 영사관 경관 남보라가 처형되었고, 나머지는 1921년 2월 10일 석방되었다.

석방된 후 아버지는 곧 명동촌의 새로운 지도자로 떠오르기 시작했다. 유년주일학교 교장을 거쳐 교회 장로로 피선된 것이다. 당시 스물다섯 살이던 아버지는 이때를 이렇게 기록한다.

> 나의 친구들은 나를 여러 가지로 놀려주었다. "네가 규암(김약연) 선생에게서 '長老'라는 한자의 의미도 제대로 배우지 못했구나" "재린이는 벌써 70이 넘었으니 이제 우리 친구들이 장수葬壽와 피재被材도 준비해주자" "늙은 할아버지, 우리가 보입니까? 우리말이 들립니까?" 하고 말이다.
>
> — 문재린, 「역사노트」

간도토벌은 어쨌든 명동학교와 마진馬晋(만주에서 활동한 함북 길주 출신 독립운동가)의 집이 불타고, 문재린이 수감되는 정도에서 상흔이 그쳤다. 그리고 그해를 고비로 명동학교는 서서히 빛을 잃기 시작한다. 캐나다 선교부가 교통의 요지에 은진학교, 명신여학교 등 미션스쿨을 세우면서 북간도 교육의 중심지가 용정으로 옮겨가는 것이다. 명동을 찾던 외지 유학생들도 이제 용정으로 간다. 설상가상 1924년의 저 유명한 갑자년 흉년으로 경영난까지 겹친다. 문익환이 소학교에 입학하던 1925년에 중학교는 더 이상 운영이 불가능해지고 소학교만 겨우 명동촌 출신의 학생들만으로 유지되었다.

그것이 아이들에게는 오히려 좋았는지 모른다. 문익환의 일생에서 명동학교 시절처럼 아름답고 풍요로운 때는 없었다. 자연환경도, 가정형편도, 시국상황도 평온했다. 아버지는 집에서 새 출발을 설계하고, 할머니가 이끄는 가족문화는 단란했으며, 어린 창조자의 자기도취를 강화하는 어머니의 능력과 그 독창성에 대한 확신은 굳건했다.

"『천로역정』이라고 성경 다음에 잘 팔리는 책이 있어. 야가 여덟 살 적에 그걸 두루 꿰."(김신묵)

이 때문에 그 시절은 온통 눈부신 꿈과 아름다운 이야기들로 가득 채워졌다. 그날의 추억이 문익환의 동심 속에 달빛처럼 흥건하게 고여 있어서 그는 그 시절을 평생 '마음의 천국'으로 그리워했다. 그래서 그곳의 지형은 그의 글에 가끔 모습을 드러낸다.

용정에서 서북쪽으로 30리, 버들방천이라 부르는 작은 강이 흐르는 곳. 강 양편에 부락들이 있는데, 학교촌이 가장 컸다. 할아버지가 처음 당도했던 아편마을에는 윤동주네가 살았는데, 언덕 편으로 교회가 있고 큰 나뭇가지에는 종이 얹혀 있었다. (이것이 윤동주 시에 나오는 교회 첨탑이다.) 강을 따라 오른쪽에 있는 세호촌 김정우네 과수원은 인근에서 가장 아름다운 곳으로 꼽혔다. 거기에서 바른쪽으로 올라가면 다시 냇가가 있고, 냇물을 거슬러 끝나는 곳이 둥거우였다. 그 맨 꼭대기 기와집 두 채 중 하나가 문익환이 태胎를 묻은 집이었다.

"집 뒤에 뽕나무들이 줄지어 늘어섰고 그 뒤에는 아름드리 느티나무가 가지를 뻗고 서 있다. 나는 이 가람나무에 올라가서 노는 것이 그지없이 좋았다. 이 나무의 기둥 둘레는 어른 네 명이 팔을 벌리고 둘러서야 손이 닿을 정도의 나무다. ……우리 꼬마들은 이 나무에서 술래잡기를 하기도 했다. 옆으로 평평히 뻗은 통나무 가지에는 20척쯤 되는 높이의 그네가 매어 있었다."(문동환)

봄이 되면 야산에 진달래·개살구·산앵두·함박꽃·나리꽃·할미꽃·방울꽃들이 시새워 피고, 여름에는 온 산야가 무릉도원처럼 싱싱했으며, 가을에는 단풍으로 무르익어 황금색 전답처럼 황홀했는데, 더욱 빼어난 것은 눈 덮인 겨울의 경치였다. 벌판의 앙상한 가지들은 삭풍에 울고, 은색 찬란한 설야엔 옥색 얼음판이 굽이굽이 뻗으며 선바위골로 빠지는 풍경은 절경이었다. 폭설이 내리는 날 노루 떼, 멧돼지 떼들이 먹이를 찾아 마을로 오면 온 마을 사람들은 흥분하여 들뜨곤 했다.

그 속에서 문익환은 겨울 동화를 살았다. 친구 윤동주, 송몽규, 김정우와 함께 아버지가 장로로 있는 주일학교를 다니며 성탄 때는 교회당 옆의 윤동주 집에서 새벽노래 준비를 하고 밤새워 꽃종이를 만들었다. 옷을 두툼하게 껴입고 벙거지를 뒤집어쓰고 개가죽 버선을 신고 새벽 눈길을 걸어 다니며 찬송가를 부를 때는 하느님의 나라가 따로 없었다.(김정우, 「윤동주의 소년 시절」, 『나라사랑』 23집 참고) 당연히 친구들과 어울려 학교 다니는 일이 즐겁기만 했다.

"윤동주, 송몽규, 윤영선, 문익환, 그게 학교서 제일 공부를 잘하는데 어디 가서 검정시험 치면 갸들보다 익환이래 낫지."(김신묵)

문익환이 한 번이라도 낙제점을 받은 것은 일본어밖에 없었다. 어른들의 영향이었는데, 경신년 토벌 이후 명동학교에서도 일본어를 가르쳤지만 누구나 "왈본말은 배우고 싶지도 않아!" 하고 수치스럽게 생각했다. '날 일日' 자를 밟으면 빈대떡처럼 퍼져서 '가로 왈曰'이 된다고 해서 명동에서는 일본어를 왈본말이라고 불렀다. 학교에 들어서면 건물 자체가 반일감정을 증폭시켰다. 1908년에 창립되어 1917년에 의연금 800원을 모아 신축되었던 교실은 1920년에 일본 군대에 의해 불타고 없었다. 그리고 임술(1922년), 계해(1923년) 2년 동안에 1만 4천여 원의 금액으로 재건된 세 칸짜리 교실은 여기저기 어른들의 피와 땀이 배어 있었다. 문익환과 친구들은 그러한 사실을 속속들이 알고 있었다.

명동학교의 재건은 마을 사람들에게 그만큼 강한 자부심을 주는 사건이었다. 그래서 애써 기록한, 사절지로 되어 있는 「건축기建築記」는 대한민국 임시정부 학무부 편집국에서 편집인쇄한 대한민국 2년(1920년)의 달력 '대한민력' 뒷면에 쓰여 있었다. 전문은 먹으로 썼다. 오른쪽 윗부분에서 내려쓴 글씨로 「북간도 화룡현 지신사 명동학교 건축기」의 내용에는 그들의 역사의식이 깊이 투영되었는데, 마지막에는 이렇게 썼다.

"이렇게 힘을 들여 지은 학교는 둘도 없다. 힘을 합치면 산도 옥으로 만들 수 있고, 정성이 지극하면 흙도 금으로 변하게 할 수 있다."

명동학교는 과연 '산을 옥으로, 흙을 금으로' 만든 표본이었다. 학교 시설이 우선 지금 수준으로 보아도 최상급에 속했다. 오래전에 이미 브라스밴드와 테니스 코트가 있었는가 하면, 광물표본과 각종 전기실험 도구들도 고루 갖춰져 있었다. 1924년에 명동에 은신했던 독립운동가 김홍일의 회고에는 축구팀도 등장한다.

그해 여름 나는 용정촌에서 열린 각 학교 대항 축구시합에 명동학교 팀을 인솔하고 나갔었는데, 임석한 경관 중에 분명히 내가 어디서 본 듯 싶은 얼굴이 끼어 있었다. 분명히 내가 6년 전에 비밀결사사건으로 고향의 용암포서에 구금되었을 때 나를 취조하던 한국인 경부 현시달이라는 자가 아닌가.

— 김홍일, 「노병의 회상기 43」, 《한국일보》, 1972. 4. 15.

학교에서는 연호를 사용하면서 단군기원이나 서력기원 외에도 국치 몇 년여라는 연기를 사용했다. 합방된 해를 잊지 말고 늘 국권회복을 염두에 두자는 뜻이었다. 또 해마다 8월 29일에는 '국치일'의 행사를 거행하면서 민족의 설원을 풀자고 맹세했고, 개천절이나 3·1절이 되면 단군 초상화를 정면에 걸고 속히 광복이 오기를 기원했다. 교장 김약연 선생은 국경일이건 국치일이건 태극기를 걸어놓고 민족애를 설파했으며, 한 선생은 가끔 옷을 거꾸로 입고 다니면서 학생들에게 온 나라와 민족이 일제의 지배를 받는, 뒤바뀐 세상임을 일깨워주었다. 또한 역사현장의 답사를 통해 애국심 교육을 실시했는데, 특히 학생들이 즐겨 찾던 국자가 부근 발해성 성터, 하이란강海蘭江 유적 고구려 고분, 용정 부근 발해 유적은 민족의식을 높이는 데 영향을 주었다.

명동학교는 행사 때마다 태극기를 걸고 애국가를 불렀다. 학과목 가운데서 가장 중요한 과목이 한국사였다는 것은 더 말할 나위도 없다. 작문시간에는 어떤 제목이 나오든 '조선독립'으로 결론을 끌고 가지 않으면 제대로 점수를 못 받았다.

그 뜨거운 교실에서 열네 명밖에 안 되는 동기들끼리 마음의 밑바닥까지 드러내놓고 살았지만, 어찌나 개성들이 강한지 두들기면 서로 다른 음을 내는 건반 같았다. 문익환은 목소리가 아름답고 음악적 재능이 있어서 동요대회에서 상도 받고 피아노도 쳤으며 악보도 읽었다. 윤동주는 문학에 특별한 재주가 있었고, 송몽규는 연설을 잘했으며 정치적 리더십이 두드러져 장래희망을 일찌감치 독립군으로 정해놓고 있었다. 아저씨뻘 되는 어른이 홍범도 장군의 부대에서 전사했다는 긍지도 이만저만이 아니었다.

학업 분위기가 문학과 예술에 강한 면모를 보였던 데에는 선배들의 영향도 없지 않았을 것이다. 대표적 무용담(?)으로 전해지는 것은 문익환이 2학년 때(1926년) 영화 〈아리랑〉을 극장에 올린 나운규였다. 나운규는 수학시간이면 공부는 하지 않고 뒷줄에 혼자 앉아서 웃음 연습에 열중했다. 어떤 날은 수학선생이 이상하여 슬그머니 다가가보니 책상 위에 거울을 꺼내놓고 허연 이빨을 드러내며 벙긋벙긋 웃음 연습을 하고 있었다. 그 이야기를 듣고 김약연 선생은 "망나니는 망나니지만 그 애는 장차 뭔가 될 거야!" 했다고 한다.

이 같은 이야기들 속에서 자란 문익환의 동기들이 과외 활동에서 단연 두각을 드러낸 분야는 문학이었다. 윤동주는 4학년 때부터《어린이》라는 잡지를 구독했고, 송몽규는《아이생활》을 보았는데, 그 나이에 북간도 아이들이 서울에 있는 잡지를 구독 신청한다는 것은 있기 어려운 일이었다. 그러다가 5학년 때는 자신들이 직접 어린이 잡지를 내겠다고 한준명 선생님을 찾아갔다. 선생님이 실컷 칭찬해주고 '새명동'이라는 이름을 지어주자 문집이 발간되기 시작했다. 문익환이 가장 자랑하고 싶은 생애 최고의 영광도 아마 그 와중에 생겼을 것이다. 6학년 때 학생회를 자치제로 개편하고 신문사를 두기로 해서 문익환이 초대 사장이 되었다. 그 벽신문의 주요필자들(윤동주, 송몽규, 김정우)은 훗날, 중3 때 《동아일보》 신춘문예에 당선하는 송몽규를 필두로 쉰세 살이 되어서야 등단하는 문익환까지 모두 데뷔를 완료했다. 문익환이 두고두고 얘기했던 윤동주에 대한 콤플렉스는 그 실체가 이것이었다. 윤동주가 죽으면서 오른 민족시인의 반열에 자신은 이후 30년간을 내리 오르지 못하고 아마추어 자리에 있었던 것이다.

좌절을 배우다

남학생 열둘에 여학생 두 명인 교실은 아름다운 경쟁과 충돌하는 우정으로 넘쳤으니, 문익환과 그의 친구들이 문학적으로 뒤지지 않으려고 애를 쓰는 모습은 마치 여러 개의 빛이 모여 하나의 아름다움을 만드는 무지개처럼 서로를 빛나게 했다. 문익환은 날마다 자신이 무한한 축복 속에 놓여 있다고 생각했다. 그러나 목가는 오래가지 못했다.

문익환이 자라는 동안 가족이 여러 명 늘었다. 아우 동환에 이어 세 살 터울로 두환이 태어나고, 1926년에는 장녀 증환, 다시 두 살 터울로 차녀 경희가 줄을 이었다. 운명은 그 하나씩의 별들에게 각기 다른 모습으로 다가왔다. 예기치 않은 병마와 겨루는 것은 북간도 사람들이 지상에 살며 지불하는 통행세 같았다. 육신의 허술함은 우주의 선물로 부여받는 것, 누구도 저항할 수 없었다. 건강한 남정네가 한순간의 위기를 넘지 못하고 죽는 경우가 흔했다. 문씨네 가계에도 난데없는 요절이 천형처럼 유전되었다. 증조할아버지가 이미 젊은 나이에 죽었고 할아버지도 종기 때문에 비명횡사했다. 삼촌도 병약했으며 문익환도 약질이었다. 그러나 딱 한 사람, 아버지는 달랐다. 체질적으로 강건한

건 아닌데도 스스로의 힘으로 운명과 맞서고, 인간의 이성이 도달할 수 없는 영역에 기도의 힘으로 부딪쳐갔다. 주님의 은총이 거기에 있었다.

돌도 안 된 증환이 열병을 앓을 때였다. 명동에 하나뿐인 의원은 풍이 들어서 고칠 수 없다고 포기했지만 아버지는 연구했고 고민했으며 기록에 남겼다. (아버지의 노트에는 당시의 증상과 윤우성이라는 의사 이름이 선명하게 적혀 있다.) 아기는 스스로 혀를 잡아 빼는데 길이가 다섯 치나 되게 빠져나와 있었다. 열은 높고 증상은 심각한 갓난아이를 업고 신식 병원이 있는 도회까지 가는 것은 불가능했다. 할 수 없이 윗목에 눕혀놓고 기도를 했는데 한 시간 정도 엎드렸다 일어나보니 아기의 혀가 감쪽같이 들어가 있었다. 처음에는 죽은 게 아닌가 했지만 코앞에 손바닥을 대보더니 숨을 쉰다고 어머니가 탄성을 질렀다.

"아이가 죽지 않았습니다."

어머니는 아기를 껴안아 따스한 곳에 눕히고 다시 이불을 덮어주었다. 이튿날 아침에 아기는 완전히 정상으로 돌아왔다. 아버지는 하느님이 살려주신 것이라고 믿어 이 아이의 이름을 선희善禧라고 고쳤다.

이처럼 경건한 아버지의 태도는 이웃들에게 깊은 경외심을 불러일으켰다. 명동교회의 장로에 피선된 후 아버지는 허룽현 아홉 교회의 전도사로 임명되고, 평양 장로회 신학교에서 공부를 하고 와서 북간도 기독교 사회의 주역으로 떠올랐다. 캐나다 선교부가 주목하지 않을 리 없었다. 다른 선교부는 한국 목사를 평양신학교에 보내는 정도면 족하다고 생각했는데 캐나다 선교부는 한국 교회가 장차 한국인의 손으로 운영되어야 하므로 유능한 인재를 유럽이나 미국으로 유학시켜야 한다고 생각했다. 그 첫 수혜자로 아버지가 뽑혔다.

1928년 9월 아버지가 캐나다로 떠날 때 집에는 여든 살 되는 증조할머니와 쉰여섯 살 되는 할머니가 있었다. 거기에 어머니까지 생과부 신세가 되었으니 온 집안은 다시 〈수절가〉로 가득 찼다.

뒷동산 저 송죽 그 절개
찬 서리 쌓인 눈 같다
홀로 푸르렀네

문씨 집안의 여인네들에게 전해오는 노래를 문익환은 절로 귀동냥해 배웠다. 집안일은 다시 어머니에게 맡겨졌다.

북간도의 삶은 전쟁이었다. 만주 벌판을 휘감는 대륙성 기후는 극과 극을 치닫는 괴팍스러움이 있었다. 봄과 가을의 고운 햇살은 순식간에 스러져가고 서늘한 여름과 혹독한 겨울이 모든 생물을 긴장시켰다. 끝이 없는 겨울은 소꼬리도 자를 만한 맹추위를 떨쳤다. 사람들은 준엄한 자연 속에 던져져서 저 홀로 자라고 늙어서 병들어 죽었다. 가을에 어서 겨울 준비를 하라는 심장의 박동은 생체 구조에 입력된 자동화된 채찍이었다. 그 '가을의 채찍'을 문익환은 훗날 이렇게 회고한다.

"북간도의 가을은 퍽이나 짧은 것이었습니다. 짧기로 말하면 봄도 매한가지였지요. 길고 긴 겨울이 지나고 봄이 왔다 싶으면 어느새 여름인 겁니다. 여름은 겨울같이 긴 건 아니지요. 여기서처럼 느긋이 뜸을 들여가며 만물이 자라고 익을 겨를이 없습니다. 숨 돌릴 겨를도 없이 밤낮 정신없이 자라고 익어야 하니까요. 바쁜 여름이 지나고 가을이 왔다 하면 어느새 겨울이 들이닥치거든요. 그래서 가을은 여름보다도 더 바쁘지요. 곡식이나 남새에 가을걷이 하는 손길이 닿기도 전에 언제 서리가 내리고 눈이 쏟아질지 모르거든요. 그래서 가을은 짧기만 한 게 아니라 정신없이 바쁜 계절이지요. 추석인데 눈이 쏟아져서 축구 대회가 중단된 일도 있었어요."

그래서 어느 집이건 날씨가 서늘해지면 본능적으로 온돌부터 고쳤다. 구들장을 뜯어내고 고래 안에 있는 재와 흙을 긁어낸 다음 구들장을 다시 놓는 일은 쉬운 게 아니었다. 돌을 바르게 놓는 것도 힘들지만 거기에 찰진 흙을 칠하고 말려서 바닥을 재차 찰흙으로 바른 뒤 백지와 신문지를 바르는 일은 더욱 정성을 필요로 했다. 조금만 틈이 생겨도 연기 때문에 겨울을 날 수 없었다. 온돌뿐 아니라 바람벽도 마찬가지였다. 북간도의 세찬 바람에 1년 동안 시달려 구멍이 난 바람벽을 찰흙으로 손질하는 것은 이만저만한 고역이 아니었다. 그런데도 어머니는 그런 일을 전혀 두려워하지 않았다.

어머니의 고된 삶은 문익환의 어깨에 막중한 짐을 얹어주었다. 집안일을 돕느라고 학업을 소홀히 할 수는 없었다. 명동촌 전체에서 고등교육을 받는 이는 겨우 다섯에 불과한데 그중 두 명이 문재린·문학린 형제였다. 어머니는 아무리 힘들어도 인간이 '배부른 돼지'로 살아서는 안 된다고 생각했다. 상대가 누구든, 가령 마을에서 삯일을 하는 사람이라 할지라도 아직 글자를 깨치지 못한 사람을 보면 지극정성으로 가르쳐주었다. 남자들을 북간도 최고의 지식인으로 뒷바라지한 배경에는 그 같은 탐구심과 지적 열정이 숨어 있었다. 일과를 끝내고 다시 야학에 나가는 것이 그 증거였다. 어머니는 YWCA회장으로서, 학교에 갈 수 없는 부녀자들을 위해 십여 년 가까이 야학을 열었다. 여전도회 주최로 대룡동·화천재촌·학교촌·장재촌·둥거우, 이 다섯 곳에

야학을 세웠는데, 어떤 때는 둥거우와 장재촌 야학을 합쳐서 반일학교로 개설하기도 했다. 바로 이 같은 환경에서 문익환이 한창 목가시대를 구가하고 있을 때 정치의 시간이 찾아왔다.

때는 열정과 조급함의 시대였다. 러시아혁명이 끝나고 10년째, 20세기 인민이면 누구나 직면했던 이데올로기의 홍역이 명동을 강타했다. 좌우 대립의 활극이 막을 올리자 사람들은 곳곳에서 시대적 파괴성 앞에 노출되었다. 거센 변화의 폭풍이 통과해가는 시기에 명동이 일찍이 유럽식 근대가 낳은 기독교적 민주주의를 받아들이고 있었던 것은 오히려 불행인지도 몰랐다.

러시아에서 남하한 사회주의 열풍은 북간도 한인들에게 곧 이념적 열정을 부여했다. 공산당! 당시의 사회에서 상황과 장소에 따라 그것이 얼마나 여러 개의 이미지로 파급되고 있었는지 당사자들은 몰랐다. 명동촌의 주역들에게 그것은 사상적 바이러스의 보균자들에게 생기는 질병쯤으로 취급되었다. 한 번 감염되면 누구도 얌전하게 지나가지 못하게 하는, 아무리 느긋한 사람도 조급하게 만들며 아무리 온순한 성격도 표독스럽게 바꿔놓는, 그래서 매사 조심성이 없어지고 가공할 실천력이 생기며 이상한 신념과 불필요한 사명의식이 겸비되는 것으로 여겨졌다. 그리고 그들은 실제로도 자신들이 발휘할 수 있는 에너지에 비추어 현실의 인식과 대처에 미숙하게 행동했다.

아직 민족문제에 대한 가치관이 확고하지 않은 그들은 관념적 급진주의에 사로잡혀 조선독립이 전혀 중요하지 않은 일인 것처럼 말했다. 피착취 인민에게 국가란 무엇인가? 지상의 어느 곳에 살든 프롤레타리아는 프롤레타리아일 뿐, 전 세계 인민이 해방되면 제국주의는 자연히 소멸될 것이다! 그러한 생각은 힘들게 조선독립의 기지를 건설하고 투쟁하는 명동의 의인들에게는 매우 위험한 것으로 간주되었다. 어떻게든 일제를 몰아내야 한다. 일제의 압박을 끝내지 못하고는 어떠한 미래도 있을 수 없다! 그들의 잣대는 오직 하나, '조선독립에 매진하는 사람인가 아닌가'뿐이었다.

민족문제에 등한한 국제적 사회주의자들 못지않게 사회주의적 소양이 전무한 민족주의자들도 불완전하기는 마찬가지였다. 지주와 일제침탈이라는 이중 착취에 시달리는 외로운 이주자들은 두 노선의 틈바구니에서 좌충우돌했다.

모든 이념, 모든 믿음은 자신을 위해 쓰이는 폭력을 어느 정도까지는 신성시한다. 양극에서 형성된 이질적인 경향들이 맞부딪치자 명동은 일대 혼란에 빠지고 말았다. 분쟁은 특히 명동학교의 소유권을 둘러싸고 심화되었다. 1928년부터 이듬해까지 용정 지역의 '공산당'들은 명동학교를 교회로부터 분리시켜 '인민학교'로 만들려고 공작했다. 처음에는 달콤한 말로 유혹하다가 선전선동이 통하지 않자 점점 거칠어졌다. 학예회 때 독창만 하려 해도 반대하는 소리가 터져 나왔다.

"합창이 더 민주적이오."

그들은 하는 일마다 이렇게 나왔다. 학교는 심각한 내분에 휩싸이고 주민들의 발밑에도 이념의 지도가 그려졌다. 학교에서 조선어와 양잠을 가르치는 송창희(송몽규의 아버지) 선생은 '공산당'에 경도되었고, 면학 분위기를 주도하는 한준명 선생은 교회 편에 섰다. 각 가정에서도 양상은 비슷해서 윤동주의 아버지는 '공산당'을 선호하고, 윤동주는 빠짐없이 교회에 나오는 것으로 민족주의를 지지했다.

더욱 경악스러운 것은 사상의 가열이 부른 폭력인데, 공산당이 밤마다 복면을 하고 들어와 흉기를 들고 위협을 가했다. 나중에는 적색

테러 때문에 중국 관헌들이 경비를 섰지만 피살자가 없는 밤이 이상할 지경이었다. 문익환은 그러한 현실에 참담하게 좌절했다. 교회 측은 갈수록 열세인데 윤동주랑 셋이서 삼총사처럼 어울리던 소꿉동무마저 공산당 편에 서버렸다. 겨우 열두 살에 소학교 5학년생인 송몽규가 서슴없이 어른들 앞에 나서서 연설을 하고 다녔다. 한때 북간도의 대통령으로 권위를 떨쳤던 김약연 교장도 그 앞에서는 무력했다. 어떻게든 마을을 단합시키려 애썼지만 수습은커녕 세월 유수만 통렬하게 깨달았다. 어느덧 환갑을 넘긴 나이, 중국인의 땅에 와서 마을을 일궈낸 망명자들은 모두 죽거나 늙어 있었다. 그들의 뜻을 이어줄 지혜와 열정을 갖춘 젊은이가 있어야 하는데 간절한 시기에 문재린이 하필 캐나다에 있었다. 김약연 선생은 뼈아프게 무너졌다.

"문재린만 있어도 한번 싸워보겠는데, 이겨보았자 학교를 맡길 젊은이가 없어서……."

일제가 그토록 개명시키려 했던 이름 명동明東('조선을 밝힌다'는 뜻)만이라도 살리기 위해 학교 경영권을 넘겨줬다. 그리고 충격을 받아 노구의 몸으로 목사가 되겠다고 멀리 평양까지 가서 장로교 신학교에 입학해버렸다.

이윽고 명동학교는 인민학교로 바뀌었다. 아침마다 예배를 보던 시간도 없어졌다. 공산당 청년들에게 미움을 받던 한준명 선생님도 쫓겨났다. 단순한 자연부락이 아니라 하나의 '항일애국단체'라고 칭송되던 명동공동체도 해체의 길을 밟아갔다. 이것이 문익환이 체험한 최초의 분단이었다.

그 시절은 온통 눈부신 꿈과 아름다운 이야기들로 가득 채워졌다.
그날의 추억이 문익환의 동심 속에 달빛처럼 홍건하게 고여 있어서
그는 그 시절을 평생 '마음의 천국'으로 그리워했다.

바람 속에 묻힌 삼촌

명동학교는 인민학교로 바뀐 지 6개월도 지나지 않아서 문을 닫았다. 1929년 9월, 중국의 감독을 받는 현립縣立학교로 강제 편입된 것이다. 그리고 이듬해 1월, 북만주 산즈山之 역전에서 김좌진 장군이 피살되었다. 암살자가 공산당 활동을 하던 사람인 것으로 알려지면서 명동의 민족주의자들은 경악했다. 문익환도 공산당이 무엇을 지칭하는 말인지 알기도 전에 질려버렸다. 그때의 분위기를 한준명은 이렇게 회고한다.

점점 살벌해져갔습니다. 밤마다 열예닐곱 살 정도의 젊은 애들이 공산당 빨치산처럼 돌아다니며 테러를 하고, 굉장했어요. 그 애들이 헌 지프차 같은 걸 타고—그때 벌써 그런 게 있었어요—지나간 뒤엔 일껏 추수해서 쌓아놓은 곡식 낟가리에서 불이 일어나 모두 타버리는 거예요. 지나가면서 낟가리에다 불씨를 던져놓은 거지요. 경찰력이 그걸 막지 못했어요. 그걸 잡으려고 중국 수비대가 뒤늦게 쫓아가며 또 한바탕 북새를 쳤지요. 나는 결국 1930년 12월 30일에 명동촌을 아주 떴습니다. 이미 공산당 사형선고 명단에 올라 있었고, 더 이상 있다가는 정말 일을 당하겠다고 부모님이 성화를 하셨지요. ……그 후 다신 간도에 돌아가지 못했습니다.

— 송우혜, 『윤동주 평전』

상황이 이렇게 되자 민족주의자들은 하나둘 치안이 유지되는 곳으로 빠져나갔다. 처음에는 임시로 거처를 옮기다가 얼마 안 있어 집을 팔고 나중에는 송두리째 마을을 떴다. 문익환네는 1931년 세밑에 용정으로 이사했고, 윤동주네는 같은 해 늦가을에 용정으로 나갔다. 그와 함께 교회도 주인을 잃었다. 돈도 명망도 없는, 아무것도 갖지 못해서 잃을 것도 없는 사람들만이 예배당을 지켰다.

"명동은 그때 혼 빠진 시체와 같았어."(문동환)

낙원을 잃은 명동의 어린 지사들은 허탈했다. 송몽규는 자신의 연설이 결과적으로 명동학교를 세운 분들의 입지에 누를 입히고 한준명 선생을 축출하는 데 일조한 것에 대해 이루 말할 수 없이 슬퍼했다.(그 후 송몽규는 죽을 때까지 다시는 사회주의 근처에 얼씬거리지 않았다.) 아이들끼리 모이면 떠들곤 하던 독립운동 이야기도 절반의 영역에 대해서는 침묵하게 되었다. 말을 타고 달릴 때 등에도 붙고 배에도 붙는다는 김일성 장군 이야기도 시들해졌다. 문익환은 그에 대해 어떤 추억담도 남기지 않다가 훗날 방북재판 상고이유서에서 털어놓는다.

북간도 이야기가 나오자 김 주석은 자기가 북간도에서 독립운동하며 다니던 이야기를 하게 되었습니다. ……그가 만주에서 독립운동하던 김일성 장군인지 아닌지 확인할 재간은 없지만, 그가 만주에서 독립운동하던 인물임에 틀림없다는 것만은 확인할 수 있었습니다. 그의 출생지는 평안도인데 그의 말에서 함경도 사투리가 많이 튕겨 나오고 있다는 것도 매우 놀라운 일이었습니다(북간도 사람들은 함경도 사투리를 썼다-지은이).

—「방북재판 상고이유서」

어린 시절의 공상과 음악과 시는 이제 그곳에 없었다. 그간 명동촌을 이루던 신화들, 19세기의 망명자들과 안중근 의사, 정재면 선생, 교회 종탑, 이동휘의 부흥회 등은 모두 존재의 뒤쪽 어딘가에 있을 거대한 기억의 저장소로 옮겨갔다. 그곳은 언젠가 문익환이 불태운 팽이와 어머니가 깎아주던 몽당연필들과 장재촌 아저씨의 무딘 이발기계에 뜯겨나간 숱한 머리카락들이 떠내려간 곳이었다.

그 슬픈 피안의 경계를 문익환 연보는 크나큰 침묵으로 긋고 있다. '1931년 명동소학교 졸업.' 이어서 '1932년 북간도 용정 해성소학교 졸업.' 그러나 누가 알 것인가. 초등학교를 두 번 졸업했다고 말할 수밖에 없는 이 부자연스런 연결을 문익환은 자주 얼버무리곤 했다. 훗날 문익환의 생애를 정리하는 사람들도 대부분 그 대목에서 쉽게 한 해를 누락한다. 그것은 얼마든지 이해가 되는 일이었다. 이미 소학교를 졸업한 사람이 또 하나의 소학교를 더 다닐 이유가 어디에도 없기 때문이다. 휴학도 재수도 하지 않은 우등생이 가정환경도 좋고 학구열도 높았다면 그의 이력은 당연히 중학 시절로 넘어가야 옳았다. 그러나 그는 소학교를 하나 더 다녔으며, 그에 대해 아무 애정이 없었던 듯 어떤 기록에도 추억담을 남기지 않았다. 그 침묵의 행간에서 읽히는 것은 오직 거칠고 매서운 북간도의 바람소리뿐.

하지만 연보는 분명히 그 무렵의 북간도에서 조선인으로 산다는 것이 얼마나 외롭고 뼈아픈 것인지를 드러내고 있다. 명동 아이들은 이중국적자였고, 그들에게 조국과 민족을 가르친 학교, 중국과 일본의 행정망을 피했던 조선인들의 교육기관은 실력에 상관없이 졸업 자격을 인정받지 못했다. (그것은 우리에게 중국인 학교를 마치고 다시 검정고시에 응시하는 화교 어린이들을 연상케 한다.)

1931년 3월 25일, 졸업식을 마치고 윤동주와 송몽규, 김정우는 모두 명동에서 동쪽으로 10리가 떨어진 다라쯔大拉子(허룽현 현청 소재지)의 중국인 학교로 편입해갔다. (윤동주의 「별 헤는 밤」에 '패·경·옥' 하는 중국 이름의 친구들이 등장하는 까닭이 여기에 있다.) 문익환은 혼자서 용정행을 택했다. 걸어서 한나절 거리. 그러나 새로 만난 학교는 낯설기만 했다.

문익환은 이제 세상의 불완전함을 목격한다. 해성학교 친구들도 생물학적으로는 동족에 속했지만 그들의 노트는 글씨가 모두 일본어로 쓰여 있었다. 문익환도 그 속에서는 조선어가 아니라 일본어를 국어라고 했다. 또한 대부분 일제와 지주의 이중 착취에 시달리는 소작농의 자녀였으니 그들 역시 민족적 대립보다도 계급적 대립에 관심을 보인다. 두고 온 조국에 대한 생각보다 지금 당장 눈앞의 생계 현안에 촉각을 세웠던 것이다. 그래서 나날이 심화되는 문제의식은 '민족이냐, 계급이냐, 그것이 문제로다!'가 되었다. 너무 이른 나이에 그 성성하기 이를 데 없는 인식의 틈을 비집고 중국 공산당이 제3차 코민테른의 일국일당주의를 앞세우고 들어와 문익환의 머릿속은 더욱 복잡해졌다. 어느덧 난처한 타자他者들과 더불어 살기 위해 무한한 침묵과 인내를 배우지 않을 도리가 없게 된 것이다.

그런데, 타자? 그랬다. 그 경험은 아마도 문익환의 생애에서 가장 위험한 것이었다. 인간의 일생을 지배하는 주제가 열네 살 때 주어진다는 것은 확실히 어울리지 않는 일이다. 문익환이 용정으로 갔을 때 어떤 교과서보다 훨씬 더, 측정할 수 없을 만큼 많은 영향을 준 것은 민족문제와 계급문제 사이에서의 투쟁이었다. 그는 당도한 이튿날부터 숨 쉬는 대지 위에서 이 무서운 투쟁을 호흡했다. 그동안 문익환을 휘감던 마음의 평화는 어느덧 동심을 등진 채 멀어지고 있었다. 그때 찾아온 구원의 손길이 있었다.

꿈은 인간의 생애를 끌고 다닌다. 여전히 소녀 같고 몽환적이며 한없이 부드러운, 그렇지만 내면 깊숙이 세계에 대한 불안감을 심어버린 소년 문익환 앞에 또 하나의 꿈이 내려오고 있었다. 아버지의 유일한 형제, 삼촌 문학린이 용정에 머물고 있었던 것이다. 삼촌은 평양 숭실전문학교를 졸업했는데, 두뇌가 명석하고 지혜가 많았으며 사상이 깊었다. 민족운동에도 민감해서 광주학생사건 관련으로 1년 동안 옥살이도 했다. 그러나 더욱 중요한 것은 몽골 고대사 연구로 두 차례나 유라시아를 누비고 온 고구려인이라는 점이었다. 유목민의 역사에 대한 삼촌의 관심은 각별했다.

> 이르크츠크 찬바람 살을 에이고
> 바이칼 호수에 달이 기울 때
> 묵묵히 앉아 있는 나의 심사를
> 날아가는 기럭아 너는 알리라
> — 이상정, 「망향가」 부분

이 같은 노래를 부를 때 삼촌의 눈앞에 펼쳐지는 대지는 러시아혁명사에 기록된 『고요한 돈 강』(미하일 숄로호프)의 코사크 유목민들이 꿈꾸던 세계보다도 오래되고 광활했다. 일본이 말살해온 우리의 옛 고대사의 영광, 유목민의 유산으로 유목민 문화를 학대하는 러시아에 대한 경멸 그리고 수천 년간 동이東夷 유목민을 경계·분할·관리해온 한족漢族에 대한 불만, 거기에 덧붙여 무엇보다도 중요하게, 기껏해야 겨우 100년 정도의 '인문주의적 야합'에 불과한 민족·국경 따위의 개념으로 '세계'라는 틀을 세탁해버렸던 유럽의 '근대식 세계사'에 대한 강도 높은 이의제기가 그 속에는 있었다.

그 시절 북간도의 지식인이 유럽 중심의 세계사가 설정해둔 지구촌의 구조와 이미지를 근본적으로 회의하고 있었다는 것은 중요한 사실이다. 근대세계에서 국가라는 것에 배치되는 주변적인 존재로 밀려나버린 유목민은, 실은 이전에 인류사를 지배하고 국가라는 틀을 관리한 최대 담당자였다. 중요한 것은 13세기의 몽골이 그때까지 있었던 유라시아 지역의 국가 패턴들을 통째로 껴안으면서 동시에 그것들을 하나로 통합하는 '세계제국'을 만들었다는 점이다. 그로 인해 칭기즈칸 이전까지의 역사가 몽골로 흘러들고, 거기서 통합하는 형태가 갖춰져서 다시 근대의 씨앗이 되는 '세계사 상像'이 몽골사에서 흘러나올 수 있었다. 그 점에서 몽골은 세계사의 분수령이고 저수지였다.

그런 광활한 세계사 위에서 20세기의 초라한 조선을 노래하는 은진학교 국어(조선어) 선생으로서 삼촌은 학교에서 굉장한 인기를 누렸다. 그러나 삼촌의 인간적 덕목은 '건강'이 아니라 '정열'에 있었다. 평양에서 돌아올 때 몸이 극도로 허약해져 있었는데, 최소한 영계 오십마리는 먹어야 한다는 한의사의 진단에 따라 집에서 부지런히 닭을 길러 먹였지만 성정이 건강을 허락하지 않았다. 무슨 일에건 깊이 심취하는 성격이다 보니 쓰러질 때까지 책을 읽었다. 나중에 각혈을 한 끝에 입원을 하게 되었는데, 폐병이라는 진단이 나왔다. 당시 폐병이란 사형선고와 같은 것이어서 걱정이 태산 같았다. 그러던 어느 날, 삼촌은 원산에 있는 애인 한의열에게 치료를 받겠다며 떠나버렸다. 집안은 다시 소란이 일었다. 숭실학교를 졸업시키느라 있는 재산 없는 재산 다 날리고, 또 병 치료를 한다고 눈물로 호소를 해서 돈을 구해다 썼는데, 애인에게로 가버리다니! 할머니는 울고불고 난리였다. 1932년 2월 1일, 삼촌은 유목민의 후예답게 끝내 원산에서 객사했다. 캐나다에 있는 아버지에게서 동생을 치료하기 위해 아르바이트를 한다는 전갈이 왔지만 허사였다. 어머니가 혼자 가서 시동생의 장례를 치렀다. 바람 속에 묻힌 삼촌을 위해 문익환의 가슴에도 비밀스런 비문碑文이 새겨졌다.

서백리아 가을 달 만주 벌판에
몇 번이나 고향에 꿈에 갔더노
— 이상정, 「망향가」 부분

모진 바람에도
거세지 않은 용정 사투리

해성학교에서의 1년은 정서적 시련의 시기였다. 아버지는 오지 않고 친구는 별로 늘어나지 않았으며 새로 만난 도회와도 정들지 못했다. 삼촌마저 없는 외로움 속에서 스스로를 구원할 길은 종교밖에 없었다. 하지만 '존재'는 환경을 가리지 않고 존재하는 법이다. 인간은 첫사랑의 두근거림이 어떠한 것인지를 알지 못한 채 사춘기를 맞고 장년의 세계를 모르고서 아버지가 되며 죽음 앞에 선다는 것을 이해하지 못한 채 노년을 맞는다. 생은 전인미답을 향해 뻗어 있다. 모든 존재는 자신이 계획하지 않은 시간 속으로 끝없이 떠밀려간다. 그것은 인간의 숙명이다. 그곳에 신이 있었다. 현실의 '공허'를 피하기 위해 내면의 소리에 귀를 기울여 그리스도를 영접하는 버릇은 일찍부터 습득되었다.

소년 문익환에게 그리스도는 가정사적 시련과 집단 속의 고독을 극복할 하나의 피난처였는지 모른다. 어지러운 세계 앞에서 잔뜩 위축된 소년에게 필요한 것은 외롭고 쓸쓸한 길을 혼자서 갈 수 있는 강인한 의지였다. 그것은 밤하늘의 별빛조차 깨질 것 같은 북방의 추위로 인해 현실을 더욱 엄혹하게 만들었다. 자연과의 투쟁에서 물러설 자리는 없었다.

끝없는 눈보라가 하늘에서 땅으로가 아니라 땅에서 하늘로 날리는 북간도의 겨울 풍경은 언제나 똑같았다. 영하 40도의 추위를 헤치고 사람들은 집 나간 가축들을 찾아 헤매고, 밤이면 동물들이 추위를 이기지 못해 낮 동안 온기가 머물렀던 처마 밑으로 모여든다. 추운 바람에 미동도 하지 않던 어린 소가 어느 순간 뒷다리가 접혀서 도리깨질을 하는가 하면 얼어 죽을 위기에 처한 망아지가 미동도 없이 마당가에 서 있다. 간신히 살아 있는 염소들도 마지막 안간힘을 써서 앞다리로 얼음을 파헤치며 풀을 찾는다. 닭이나 오리들이 무릎을 꿇은 모습은 측은하다 못해 고통스럽다. 더욱 기가 막힌 것은 지상의 모든 생물이 봄을 두려워한다는 점이었다. 봄만 되면 어김없이 가공할 모래바람인 황사가 병약한 목숨들을 죽음으로 몰고 갔다. 황사, 황사, 끝없는 먼지폭풍 그리고 이미 바닥난 양식…….

그러나 달아날 곳이라고는 없는 이주민들은 죽어서 땅에 눕지 않는 이상 존재 그 자체로서 장엄함을 구가했다. 북방의 날씨에 훈련되지 않은 조선인들이 그것을 가장 잘 견디는 모습은 하나의 경이였다. 모든 생명들이 동면하는 곳에서 저 홀로 분주한 조선인들을 보라. 그 작고 단단한 체격은 고구려인들이 말을 타고 무수히 맞섰던 대륙풍에 의해 형성된 것이었다. 고원지대의 매서운 바람, 혹심한 추위와 타는 듯한 더위는 주름진 눈매, 높이 솟은 광대뼈, 숱이 적은 머리털로 그들의 얼굴을 조각했고, 힘줄이 불거진 그들의 인상을 더욱 굳건하게 만들었다. 훗날 그가 구약에서 발견한 '광야'에 대한 실감은 바로 이곳에서 획득된 것이었다.

"광야에는 좋은 저택도, 아름다운 옷도, 맛있는 음식도 없습니다. 말하자면 모든 문화의 혜택이 없는 곳이 광야입니다."

문익환은 그 속에서 성경에 심취했다. 성경의 말씀에는 소멸된 그들 영혼의 모습, 즉 '명동'이 깃들어 있었고, 그것의 신성함은 삶의 자리를 이동시킨다고 해서 달라지지 않았다. 인구가 3만이나 되는 도시에서도 마찬가지였다.

용정은 청나라의 봉금령封禁令이 풀려 조선 사람들이 두만강을 처음 넘기 시작할 무렵만 해도 중국인들의 채소밭만 조금 있을 뿐 집 한 채 없는 허허벌판이었다. 그 채소밭에 물을 대기 위해 파놓은 우물이 하나 있었는데, 두레박질을 손으로 하는 재래 우물이 아니라 용 모양의 두레를 도르래로 이용하는 용두레 우물이었다. 그 용두레 우물이 한자로 표기하면 용정龍井, 가곡 〈선구자〉의 선율로 우리 민족의 내면에 새겨진 지명이었다. 그러나 문익환은 〈선구자〉를 좋아하지 않았다. 훗날(1989년) 도쿄에서 방북의 뜻을 나누면서 정경모 선생이 같이 부르자고 했을 때도 자신은 〈마른 잎 다시 살아나〉를 부르고 싶다고 말할 정도였다. 그 이유를 혹자는 이렇게 설명한다.

> 조두남(1912년생)이 21세 때 석양에 찾아온 낯선 방문객 윤해영에게서 그 가사를 받은 것이 1933년의 일이다. ……그는 윤해영이 지은 가사의 1절에는 손을 안 대었으나 2절, 3절에는 '눈물 젖은 보따리'나 '흘러 흘러온 신세' 같은 구절을 빼버리고, 자기가 '활을 쏘던 선구자' '조국을 찾겠노라 맹세하던 선구자' 등의 말로 고쳐 넣었다는 것이다. 그런데 그가 빼버렸다는 구절이야말로 '용정'의 모습을 담고 있는 것이다. 또한 그가 집어넣었다는 '활을 쏘던 선구자' 같은 대목은 그야말로 문학청년 취

향의 난센스밖에 안 된다. 용정에서 '활을 쏘던 선구자'는 단 한 사람도 없기 때문이다. 용정 개척 초창기까지 한껏 거슬러 올라간다 해도, 이미 세월이 무기로는 총을 다루던 때였지 활의 시대가 아니었던 것이다.

— 송우혜, 『윤동주 평전』

용정은 문익환에게 '선구자'의 땅이 아니라 민족 내부의 갈등 때문에 피신해온 객지였다. 문익환이 용정에서 목격한 것은 명동과 같은 융합집단(공동체)의 근거지로서의 촌락이 아니라 '뿔뿔이 흩어져 지내는 사람들의 집합'인 수열 집단의 군락지로서 도시의 개방성이었다. 용정에는 수많은 사람들이 모여들지만 대부분 서로를 알지 못하며 추측하고 머뭇거리면서 새로운 관계를 맺고 살았다. 그리하여 기회와 희망이 널려 있지만 탐욕과 좌절도 함께 있었다. 마치 건설 현장처럼 들떠 있어서 미래에 대한 거친 꿈들이 난무했던 것이다. 거리에는 수많은 민족, 언어, 종교가 뒤섞였고, 캐나다 선교사들과 한국인, 일본군과 중국인이 한길에서 교차했다. 그 같은 환경은 문익환에게 다언어적인 능력과 다양한 나라와 문화에 적응할 수 있는 국제적 시야를 자극했다.

그 무렵 북간도 사회가 얼마나 숨 가빴는지를 설명해주는 것은 당시의 세계사다.

1929년 12월에 미국 뉴욕 증권거래소에서 주가가 폭락하면서 시작된 세계 대공황의 여파로부터 자유로운 땅은 없었다. 북간도에서도 1930년 가을에 곡식 가격이 폭락했다. 이주민들의 경제상은 점점 암담해지고 공산당은 더욱 활발해졌다. 이어 정치적·군사적 대변혁이 잇달았는데, 대표적인 예가 1931년의 만주사변이었다. 한 번 노골화된 일본의 대륙 침략은 시시각각으로 마수를 뻗쳐서 중·일 양군 간에 실제 전투가 거듭되었다. 중·일 양군은 1932년 1월에 일어난 제1차 상하이사변에서 치열하게 교전했고, 1933년에는 1월 1일부터 중·일 양군이 산하이관山海關에서 충돌한 사건이 일어나서 5월 31일에야 정전협정이 체결되었다. 그런데 그 결과는 절망적이었다. 일본이 동북3성과 러허熱河 및 네이멍구內蒙古 동부를 판도로 하는 '만주국'이란 이름의 괴뢰국을 세우고 청나라의 마지막 황제 푸이溥儀를 왕으로 앉힌 것이다.

북간도는 이제 '만주국'에 속했다. 민족주의자들은 그곳이 중국의 영토일 때보다 더욱 힘들게 되었다. 그때 만일 캐나다에서 아버지가 돌아오지 않았다면 문익환은 그 시절을 통과하면서 돌이킬 수 없이 위축되고 내성적인 성격의 소유자로 변하고 말았을 것이다.

아버지의 귀향은 거의 금의환향에 가까웠다. 국제적인 목회자로서의 권위를 가지고 돌아온 문재린 목사의 시무로 중앙교회는 연일 번창했다. 명동에서 나온 사람들이 모두 교회로 다시 모이고, 아버지는 2년 만에 예배당을 2층으로 신축했으며 전도사를 다섯 곳에 파송했다. 영적인 사색과 꿈꾸기를 좋아하는 이 미래의 신학자도 세상에 널린 숱한 별들처럼 우주의 어느 심층에 자리를 잡아갔다. 어느새 용정 중앙교회의 소년부 회장이 되었던 것이다.

그러나 무엇보다도 큰 경사는 중학교 입학이었다. 1932년 봄, 문익환이 입학한 은진학교는 마치 명동학교를 옮겨다 놓은 것처럼 분위기가 좋았다. 은진학교는 캐나다 선교부가 경영하는 기독교 계통의 학교로 일명 '영국덕英國德'이라고 부르는 영국 조계지 동산 안에 있었다. '영국덕'은 시가의 동쪽에 있는 조그만 야산으로서 그 안에 은진학교와 선교회 본부, 명신여학교, 선교사들이 세운 병원인 자혜慈惠병원 등이 모여 있는 독립된 땅이었다. 이 동산에는 학생과 동포들이 누구나 자유롭게 드나들 수 있었지만 일본군이나 경찰, 헌병 등은 절대로 출입하지 못하게 막을 권리가 있었고, 실제로 선교사들은 그들을 극구 통제했다. 게다가 학교는 김약연 선생이 교장을 맡고 아버지 문재린도 교직에 참여했다. 그와 함께 명동학교에서 시행하던 거의 모든 행사들이 부활했다. 당시 다른 학교나 국내에서는 일본어를 '국어'라 하고 우리말은 조선어라고 했지만 은진학교는 조선어를 '국어'라 하고 일본말은 '일어'라고 했다. '국사'라는 과목도 마찬가지였다. 교과서는 전부 일어로 되어 있었지만 선생님들은 그것을 펴들고 우리말로 읽어갔다. '동시 번역'으로 수업한 것이다.

문익환은 윤동주와 송몽규를 다시 만나 삼총사를 회복했다. 문학적인 분위기도 살아났다. 윤동주는 윤석중尹石重의 동요와 동시에 심취했고, 송몽규는 중학생의 신분으로 《동아일보》 신춘문예에 당선해서 주위 사람들을 놀라게 했다. 윤동주는 문학수업에서 앞서 있었으니 "대기大器는 만성이지" 하고 자위했지만 문익환은 재능이 못 미쳐서 마냥 부럽기만 했다.

하지만 문익환의 외양이 초라한 것은 아니었다. 중학교 동창들의 추억 속에서 읽혀지는 문익환의 용모는 만인의 부러움을 한 몸에 살 만큼 독보적이었다. 잘생긴 데다 낯빛이 곱고 창백했으며 행동거지가 유난히 세련되어 있었다. 그 시절의 목격자들은 거듭 찬탄한다.

"문익환과 윤동주가 1년 후배였어요. 나는 서울에서 갔지만, 문익환은 잘생기고 성격도 여학생 같아서 선배들 눈에 바로 띄었지요."(전택부)

열여섯 살의 문익환, 북간도에서 민족주의에 눈뜨고 우리말을 사랑하기 시작한 문익환. 그에게는 이렇게 고구려의 귀족들에게 흐르는 분홍 빛깔의 신비가 있었다. 그리고 그것은 고상하게 다듬어진 언어 사용으로 더욱 광채를 발했다.

문익환이 사용하는 각별히 고운 언어들은 할아버지들의 땅 함경도 육진문화에서 흘러내려온 것이었다. 명동의 망명자 가족들은 세종조 당시의 어음語音을 대한제국 말기에 이르기까지 거의 그대로 유지했다. 문익환의 담임이었던 한준명 선생은 명동에 가서 받은 가장 깊은 인상이 마을 사람들의 부드러운 말씨였다고 한다.

> 그들이 쓰는 말이 얼마나 순하고 은근하고 아름다운지, 정말 뭐라고 형용할 수가 없어요. ……말과 소를 남쪽에서는 '마소'라고 하는데, 그분들은 '마'도 '머'도 아닌 중간 음인 옛날의 'ᄆᆞ' 음을 써요. 그래서 'ᄆᆞ쇼'라고 해요. '찬송가'라는 말도 꼭 '찬숑가'라고 하고요. 옛날의 우리말 발음 그대로인 거지요. 김약연 선생이 아들에게 "말과 소를 마긋간에 넣었느냐?"고 물으시는 말씀을 들으면 "야, ᄆᆞ쇼를 여었냐?" 하는데, 그 말소리가 얼마나 부드럽고 아름다운지 몰라요.
>
> — 송우혜, 『윤동주 평전』

명동 말씨에는 고려조 때의 어음이 거의 변치 않고 내려와 세종 때 훈민정음을 창제하던 무렵의 상태가 그대로 보존되고 있었다. 윤동주도 그런 발음을 가져서 유령柳玲이 쓴 추모시에 "모진 바람에도 거세지 않은 네 용정 사투리와" 같은 구절을 남기게 했다.

바람의 관측자

은진학교에서 교편을 잡은 스무 명의 선생님들 중에서 가장 인기 있는 이는 성경을 가르치는 문재린이었다.

> 문재린 선생님은 모든 선생님들과 학생들에게 사표師表가 될 만한 분이셨다. 믿음과 인격이 뛰어난 목사로서 언제나 근엄하시면서도 한편으로는 자상하게 학생들을 돌보고 모두에게 민족의식을 일깨워주셨다. ……문 선생님은 캐나다까지 가셔서 신학을 공부한 후 목사가 되어 돌아와 은진학교에서 학생들을 가르치셨는데 캐나다 선교사인 '브래스' 교장보다도 학생들에게 더 명망이 높았다.
>
> — 김창준, 〈해방 40년대에 되돌아보는 북간도 용정의 젊은이들〉

이처럼 아버지로부터 문익환은 소위 기독교에서 말하는 '은혜'를 잔뜩 입었다. 그것은 개인의 출세나 구하려는 기복적인 것은 아니지만, 그렇다고 훗날 문익환이 세상을 '하나의 큰 교회'로 이해했던 시절의 종교 형태도 아니었다. 만일 그 시절의 북간도에 신이 있다면 그것은 필시 관념의 암흑 속에 묻혀 있는 신이었을 것이다. 당시 문익환의 눈앞에서 인간의 역사를 인도하는 것은 빛이 아니요, 세상의 소금도 없었다. 오직 성경 속에만 숨어 있는 신을 태양과 동일시하려는 것, 세계의 빛으로 읽으려는 것은 지나치게 소박한 관성이자 인습의 시각일 뿐. 용정에서 신의 품에 안겨 위안을 느끼는 사람들은 교회의 어두운 구석에 앉아 기도하는 시간만을 좋아했다. 문익환이 그랬다.

하지만 그 시간에도 여전히 인간의 역사는 환한 대낮 아래서 자신의 흉측한 몸을 벌거숭이로 드러낸 채 한없는 분열을 지속하고 있었다. 신이 있거든 차라리 지상의 일들을 못 보고 지나갔으면 좋았을 것이다. 그러나 인간들의 발밑에서 진동하는 피 냄새를 신이 눈치 채지 못할 턱이 없었다. 지상은 소란했다. 20세기의 태양은 중천에 떠 있었고, 이념의 각축이 직조해내는 환멸스런 풍경을 하늘은 내내 굽어보고 있었다.

1934년의 대기가 얼마나 우울하고 광기에 넘쳤는지 대부분의 사람들은 모르고 지나쳤다. 프랑스에서는 극우단체들이 대소요를 일으키고(2월사건), 독일에서는 8월에 히틀러가 국민투표를 거쳐 총통이 되었다. 절대 권력을 꿈꾸는 역사의 괴물이 지상의 곳곳에서 폭력을 준비했다. 중국에서도 장제스가 100만 군대를 가동해 근 1년 가까이 제5차 공산군 소탕전을 벌이고 있었으니, 대륙을 흔드는 내전은 마오쩌둥의 대장정이 시작된 늦가을이 지나서야 종료될 수 있었다.

그리고 밝아온 1935년. 은진학교 3학년 교실은 어수선한 분위기를 가라앉힐 수 없었다. 앞으로의 거취 문제로 학생들은 연일 뒤숭숭한 날을 보냈다. 중학교 졸업이 목표인 사람은 걱정이 없었지만 진학할 학생들은 사정이 달랐다. 당시의 중학교는 '5년제'가 정규 학제였기 때문에 은진학교와 같이 4년제 중학교를 마친 사람은 고등학교나 전문학교 또는 대학 예과와 같은 상급학교로 진학할 수 없었다. 문익환이 언젠가 명동학교를 마치고 다시 해성학교를 다녔던 것처럼 중학교를 마칠 때도 역시 인근학교로 옮겨 최소한 1년을 더 다녀야 했다. 그런데 5년제 중학교들은 하나같이 4학년 때까지만 편입생을 받았다. 은진학교를 졸업한 뒤에 5년제 학교로 옮겨가는 것은 불가능했다. 그러니 3학년을 수료한 시점에서 4학년 첫 학기가 시작되기 전에 미리 새 학교로 옮길 수속을 밟지 않으면 안 되었다.

그 분주한 학생집단 틈새에 운명의 별 아래서 움직이는 것 같은 세 사람의 소년을 주목하는 이가 있었다. 명희조 선생이었다. 선생님은 도쿄제국대학교 출신으로 동양사와 국사와 한문을 가르쳤는데 학식과 덕망이 교정에 자자했다. 당시에는 옷감이 약해서 양복바지를 해 입으면 얼마 안 가 무릎이 닳아 못 입게 되었는데, 선생님은 그런 폐단을 고친다고 양복바지를 여자 옷처럼 앞뒤 구별 없이 만들게 해서 번갈아가며 돌려 입었다. 도쿄에 유학갔을 때조차 일본 사람들에게 돈을 안 주려고 전차를 타지 않았다는 소문이 파다해서 이상한 행동을 해도 전혀 어색하지 않았다.

그래서 명희조 선생님의 가르침은 더욱 현실과 밀착될 수 있었다. 학생들에게 국사시간에도 애써 동양사를 가르치고, 나아가 우리 민족의 처지를 언제나 세계사 속에서 볼 수 있도록 큰 안목을 만들어주려고 노력했다. 소설책을 읽어도 조국의 광복과 연결 지어 생각하도록 가르쳤다. 예컨대 그 무렵 이광수의 『흙』을 읽고 감동받지 않은 사람은 거의 없었다. (『흙』은 1932년 4월 12일부터 1933년 7월 10일까지 《동아일보》에 연재되었다.) 당시의 수많은 젊은이들이 그랬듯이 은진학교 교실에서도 역시 『흙』의 주인공처럼 되고 싶어 하는 학생들이 많았다. '이상촌운동'에 생애를 바치기 위해서 상급학교 진학도 아예 숭실학교 농업과로 가려는 사람까지 있었다. 그런데 선생님은 그런 유행 풍조에 쐐기를 박았다.

> 국가가 성립되려면 국토·국민·주권, 이 세 가지가 모두 갖춰져야 한다. 그런데 지금 우리는 주권이 없는 노예 상태다. 주권이 없으면 아무것도 이룰 수 없다. 이상촌운동은 낭만적이고 멋있어 보이기는 하지만 엄혹한 현실 앞에서는 무기력하기 짝이 없다. 농민들의 거주지나 생활환경이 조금 나아져본들 그것이 처한 상태는 꼼짝없이 주권을 빼앗긴 노예의 처지 그대로인 것이다. 그게 무슨 수로 인간다운 삶이 될 수 있는가? 정치적 독립이 없는 사회에서 진정으로 참된 운동은 하나뿐일 것이다. 정녕 이상촌운동을 하겠거든 먼저 빼앗긴 나라부터 찾아라.
>
> — 송우혜, 『윤동주 평전』

문익환은 훗날 여러 곳에서 그분을 기인으로 그려놓고 흠모한다.

"어느 방학 때인가는 용정에서 고향인 평양으로 가는데 기차를 타지 않고 자전거로 갔다 오신 분, 그분은 보통으로 상상조차 할 수도 없이 괴팍하면서도 철저한 애국자였다."

명희조 선생님의 편애를 받으며 '명동에서 온 아이들'은 이후의 진로를 어디로 잡을 것인지 고민했다. 송몽규는 남몰래 독립운동을 생각하며 학교는 물론 집과 부모형제를 모두 뒤에 두고 생과 사가 불확실한 미지의 곳으로 떠날 채비를 했다. 명희조 선생이 뒤에서 은밀히 그것을 도왔다. 어느 날 송몽규가 작별인사를 하러 와서 중국으로 가겠노라고(만주국이 세워진 후였으므로 북간도에서 중국은 외국 아닌 외국이 되어 있었다) 했을 때 문익환은 거역할 수 없는 시대의 명령 앞에 서는 느낌이었다. 자세히 물을 수조차 없었다.

"나는 끝내 그가 무슨 사명을 띠고 중국에 갔었는지 묻지 못하고 말았다."

문익환은 어릴 때부터 연민이 많은 성격이었다. 누구나 손쉽게 할 수 있는, 슬쩍 지나치는 말 한마디도 얼마든지 그를 아프게 할 수 있었다. 송몽규가 홀연히 자취를 감춘 후에도 문익환은 여러 밤을 가슴 아프게 보냈다. 윤동주 때문이었다. 친구들이 상급학교를 준비할 때 진학하지 않을 학생들은 일찍이 집안일에 몰두했다. 슬프고 허전하며 박탈감이 있었지만 하는 수 없었다. 그런데 집안사정이 어려워진 윤동주가 하필 진학 준비도, 가사 종사도 할 수 없는 처지에 빠져버렸다. 숭실학교 편입학시험에서 떨어진 것이다. 문익환은 언젠가 명동학교를 졸업할 때처럼 이번에도 혼자서 숭실학교를 택했다. 세 사람은 다시 중국, 만주국, 한국으로 흩어졌다.

단 한 장밖에 보존되어 있지 않은 그 무렵의 사진은 문익환의 용모가 이미 성년의 모습과 다르지 않음을 보여준다. 키는 훤칠하고 얼굴의 선은 부드러우며 뺨은 피어오르는 꽃처럼 불그스름했다. 예쁜 활 모양을 한 눈썹 아래 검은 눈동자는 한없이 빛났지만 그 모습 어디에도 모질다거나 거만한 인상을 주는 흔적은 없었다. 단정한 얼굴과 부드러운 인상 그리고 몸 전체에서 풍기는 학생복 차림의 느낌은 언뜻 보면 깊은 생각에 빠진 채 복도를 걸어가는, 하얀 장식깃이 목둘레에 달린 제복을 입은 프로테스탄트 신학자를 연상케 했다. 온화한 입술은 야비한 언어를 말하지 않았고, 몽상에 젖어 있는 것 같은 눈동자에는 불순한 욕망이 섞이지 않았으며, 수려한 이마로는 저급한 생각을 하지 않았다. 귀족적으로 절제된 모습은 전체적으로 뭔가 감춰진 듯하고 약간 소극적인 느낌을 주었다고 동료들은 말한다.

그러나 분명한 것은 그때 이미 문익환이 장차 40년 동안 안고 갈 기질이 완성되어 있었다는 것이다. 이후 많은 사람들이 그의 모습에서 딴사람들과는 다른 운명의 예언자를 찾으려 했지만 헛일이었다. 이 견고한 관념의 예언자는 자신이 의미 없다고 생각하는 영역에서는 어떠한 것도 배우려 하지 않았고 어떠한 것도 받아들이려 하지 않았다. 순수함에 대한 본능 때문에 그는 인생의 잡다한 소재들과 혼합되는 것을 거부했다. 그것은 부분적으로 재야의 지도자가 된 후에도 고쳐지지 않았다. 이를테면 한때 만주 벌판을 누비는 국제적 혁명가의 초상인 님 웨일즈의 『아리랑』이 출간되었을 때(1984년) 그는 누구보다도 먼저 그 책을 읽었지만 주인공의 행적에 마음을 열지 않았다.

그렇다! 문익환은 주인공 김산을 좋아하지 않았다. 그는 초판본을 샀지만 한 곳도 밑줄을 긋지 않았다. 독서가 진행된 흔적은 74쪽에서 접혀져 멈춰 있으며 그 뒤로는 전혀 손때를 타지 않았는데, 어쩌면 그것을 '내적 저항'의 흔적으로 간주해야 될 것이다. 김산이 테러리스트였던 탓일까?

> 나는 세상을 역사에 밀착해서 살아왔다. 역사는 목동의 피리 소리에 맞춰서 춤추는 것이 아니다. 역사를 움직이는 것은 부상자의 신음 소리와 싸움하는 소리뿐이다.
>
> — 님 웨일즈, 『아리랑』

문익환은 가장 야만적인 권력과 육박전을 치루는 순간에도 '역사를 움직이는 것은 부상자의 신음 소리'가 아니라 '목동의 피리 소리'라고 생각했다. 그러나 문익환이 김산의 이야기를 사랑하지 못한 가장 큰 이유는 따로 있었다. 김산이 그토록 당당하게 표방했던 한 사람의 혁명가로서의 노선에 동의하지 않았던 것이다.

"내 삶의 목표는 실패한 중국혁명을 강화하고 재건하는 것, 중국혁명과 한국혁명운동을 상호 조정하여 공동투쟁을 하도록 만드는 것이었다."

그에 반해 문익환은 철저한 김구 노선 숭배자였다. 명동의 지도자 김약연, 아버지 문재린, 은진학교의 명희조 선생님, 혈육에 가까운 친구 윤동주와 송몽규가 모두 김구 노선에 서 있었다. 그리고 이후 세속에서의 하루하루를 살고는 있지만 그의 마음은 세속 안에 없었고 현실과 오랫동안 동떨어져 있었다. 그 같은 사정은 김산에 대한 호감을 크게 삭감시켰을 것이다.

평양 시절

사상의 경계, 이념의 경계…… 그 사이의 장벽들은 어린 영혼에게 무수히 많은 상처를 주었다. 러시아혁명 이후 모든 역사의 갈피 속에 20세기의 발소리는 냉전으로 향해 있었다. 명동학교에 이어 은진학교에서도 좌우충돌이 있었다. 유럽 중부권에서 발생한 두 지배 이데올로기의 커튼이 식민지 상황에 처한 머나먼 동쪽 나라에까지 드리워져 있었던 것이다. 그 어지러운 좌우충돌을 빠져나오면서 문익환은 새로운 미래로 나아갈 수 있었지만, 윤동주는 문학적 대장정의 입구에서 참담하게 주저앉았다. 문익환이 평생 강조했던 다음과 같은 회고에는 윤동주에 대한 위로와 배려가 담겨 있었다.

"송몽규, 윤동주, 나, 이 세 사람이 친구들 중에서 특히 두드러졌었지요. 그런데 세 사람의 관계가 어땠는가 하면, 나는 윤동주가 아무래도 나보다 한발 앞선다는 것을 느끼고 열등감을 가졌고, 윤동주는 또 송몽규가 매사에 한발 앞서는 것을 느껴서 열등감을 가지고 있었어요."

다시 말하지만 문익환의 '열등감'을 단어 그대로 받아들이는 것은 잘못이다. 그의 언술 속에서 자화상은 언제나 폄하되어 있다. 문익환의 겸손이 세계를 가공하는 솜씨는 그와 반대되는 캐릭터와 정확히 대칭된다. 예컨대 히틀러는 평생 자신을 포장하려고 했다. 히틀러가 '자아를 구성하는 요소들'을 미화시키려 했다면 문익환은 '세계를 구성하는 요소들'을 미화시키려 했다. 이기적인 삶과 이타적인 삶의 차이는 어쩌면 자아를 섬기느냐 세계를 섬기느냐의 차이에서 오는 것인지 모른다. 이기적 인간이 세계를 끝없이 자신의 욕망 아래로 포섭시키려 노력하는 데 반해 이타적 인간은 '세계의 온전성'을 지키기 위해 무한한 자기 헌납을 감행한다. 눈에 보이지 않는 가치를 떠받들기 위해서 자신의 명예를 실추시킨다는 것, 그것은 문익환이 평생을 고수해온 가장 아름다운 미덕 중 하나였다.

그러나 문익환은 분명히 외부를 향해서, 또 문명의 세계를 향해서 친구들보다 많이 열려 있었으며, 새로운 지상을 향해 언제나 한 발 앞서가고 있었다. 만일 "세상 좁고 잘난 이보다 세상 넓은 못난이가 낫다"는 속담을 적용한다면 그는 후자에 속했다. (문익환은 이제껏 내가 직접 보고 만나고, 또는 남에게 듣거나 책으로 읽어서 알게 된 헤아릴 수 없이 많은 사람들 중에 생의 영토를 가장 광대하게 사용해온 사람이었다.) 수없이 많은 사람을 만나고 수없이 넓은 대지와 타자들을 만나게 되리라는 것, 그것은 문익환이 받은 축복 중 가장 큰 것에 속했다.

1936년 봄, 문익환은 혼자서 평양으로 출발했다. 열여덟 살의 나이. 북간도에서 평양까지는 멀고도 멀었다. 용정에서 기차를 타고 두만강을 건너 상삼봉, 회령, 청진을 건너면 원산이 나오는데 모든 길은 서울이 끝이었다. 그곳에서 다시 신의주행 열차로 바꿔 한참을 거슬러야 평양에 닿을 수 있었다. 잿빛 거품을 불고 꽥꽥 고함을 지르면서 질주하는 검은 쇳덩어리는, 자연 속에 정지된 어떤 영원감 속에서 선을 구하던 젊은 영혼을 근대문명 속으로 빨아들이는 강력한 유혹의 힘이었다.

철도의 발달이 단순한 편리성이나 안전성의 확대만을 가져다준 것은 아니었다. 기차는 인간에게 세계를 대하는 풍경의 지각 자체를 구조적으로 변화시켰다. 달리는 열차 안에서 창밖으로 세상을 본다는 것은 한마디로 전경前景의 깊이와 음영陰影이 소실되고, 풍경으로부터 공간성이 사라져가는 과정이었다. 그것을 볼프강 쉬벨부시는 『철도여행의 역사』에서 "산업혁명 이전까지 사람이 지각할 수 있었던 풍경이 열차 속도에 의해 멀리 날아가버리고 없어졌다"고 쓴다.

명동에서 용정까지 친척이 끌던 소달구지에 흔들리며 하늘의 별을 보던 문익환은 이제 전혀 다른 세계를 체험하게 된다. 달구지 위에서는 자신이 전경의 일부라는 것을 자각할 수 있었으며, 그러한 의식이 그를 풍경과 결합시켰고, 그 풍경이 아득히 먼 곳까지 펼쳐져 있어도 그의 의식은 항상 풍경 안에 있었다. 하지만 철도는 사람과 풍경 사이의 관계를 단절시켰다. 열차에 타고 있는 자는 먼 것과 가까운 것, 보는 자와 보이는 자를 동시에 내포하고 있던 풍경의 자장磁場으로부터 빠져나가게 되며, 그가 있는 장소와 보는 풍경 사이에는 '실체가 거의 없는 경계'가 비집고 들어온다. 그로써 이제 산업혁명 이전까지 인간 앞에 놓여 있던 전경前景은 종말을 고했다.

그렇게 해서 눈떠간 세계, 평양은 문익환에게 근대 체험을 제공했다. 북간도의 소년은 이제 도시의 모던 보이가 되었다. 한국에서 가장 오래된 도시. 대동강을 낀, 관서지방의 행정·경제·문화·교통의 중심지. 수많은 전설과 명승고적을 품고 있는 역사의 땅이자 평양 감사와 기생으로 유명한 풍류와 환락의 고장은 고조선과 고구려의 도읍답게 유적지도 많았다. 그러나 평양에서 만난 누구도 문익환을 더 이상 '북간도에서 온 촌놈'이라고 생각하지 못했다. 그만큼 세련되어 있었던 것이다.

문익환이 숭실학교에 적응을 잘한 이유 중 하나를 평양이 기독교의 도시라는 데서 찾아야 할 것이다. 평양에는 19세기 후반부터 서양의 선교사들이 방문하기 시작하여 1893년에는 이미 북장로교의 선교지부가 설치되어 있었다. 사람들은 그곳을 '한국의 예루살렘'이라고 했다. 아버지도 거쳐 가고, 김약연 선생도 신학 수업을 평양에서 했다. 더군다나 숭실학교는 그러한 기독교 교육의 온상이었으며, 문익환에게 세계의 광활함을 가르친 삼촌 문학린의 모교였다. 얼마든지 명동학교와 은진학교의 연장선에서 생각해도 되었다.

그러나 보다 중요한 원인은 다른 데 있었다. 그것은 윤동주랑 찍은 사진에 나오는 '모자사건'에서도 드러난다. 6개월 후 윤동주가 숭실학교로 편입해왔을 때 문익환은 매우 세련된 도시 학생이 되어 있었다. 그때 크게 달라져비린 문익환을 보고 윤동주가 특히 탐을 낸 것이 모자였다. 당시 학생들은 교모를 기성품으로 사서 쓰는 게 아니라 맞춰서 썼다. 양복점에서 옷을 맞춰 입듯이 머리 둘레를 재어서 각자에게 맞게 재단해서 만들었다. 그런데 문익환의 모자는 반듯했는데 윤동주의 모자는 꾸깃하게 우그러져 펴지지 않았다.

> 동주가 그런 자기 모자를 아주 싫어하고 내 모자를 그렇게도 탐을 내는 거예요. 평소 물욕이 전혀 없던 성격이고, 특히 남의 물건을 탐내는 일 같은 건 더구나 없는 사람인데, 그땐 이상하게 그럽디다. 그래서 "좋다.

내 모자가 정 그렇게 탐이 난다면 바꿔주겠다. 대신 호떡 사!" 했더니 그러자고 하더군요. 그래서 같이 호떡집에 가서 호떡을 실컷 먹은 다음 모자를 서로 바꿔 쓴 거예요. 그 사진에 나온 게 그렇게 돼서 서로 바꿔 쓴 모자거든요.

— 송우혜, 『윤동주 평전』

당시의 문익환이 얼마나 세련된 '모던 보이'였는지는 그들보다 한 해 앞서서 숭실학교에 편입한 은진학교 선배 이영헌의 증언에서도 생생하게 드러난다.

"(문익환을) 다들 부러워했습니다. 잘생기고 멋있었어요. 감탄이 절로 나는 팔방미인이었으니까."

학교에서 문예부장을 하고 있던 선배의 눈에도 문익환의 용모는 도드라졌다. 비록 송몽규가 없기는 했지만 그 자리를 대신 메운 이영헌과 문익환과 윤동주들이 어울리던 숭실학교 시절은 행복했을 것이다. 명동학교에서처럼, 또 은진학교에서처럼 그곳에서도 그들은 역시 문학을 숭상했던 흔적이 보인다. 그러나 문익환에게 시는 뭔가 고상한 '언어적 유희'에 다름 아니었다. 단지 인생에 대한 음악적 첨가물이요, 인간정신에 대한 장식품이었던 것이다. 하지만 윤동주에게서 시는 삶의 신성한 가치였으며 시인의 존재는 숭고한 사명을 부여받은 자였다. 그래서 이영헌은 윤동주에게 교지 편집장을 맡겼다. 그때 우정의 발로로서 윤동주가 문익환에게 시를 청탁했다. 그래서 쓴 시가 아마 문익환이 쓴 최초의 작품이었을 것이다. 그러나 그 작품은 그들의 기억 속에서 살아남지 못하고 불행하게 버려지고 말았다. 문익환이 설레는 마음으로 제출했는데, 윤동주가 "이게 어디 시야?" 단 한마디로 퇴짜를 놓은 것이다. 문익환은 "그 이후로 시는 나와 관계없는 것이 되어버리고 말았다"고 회고한다.

그러던 어느 날 신사참배 문제가 불거졌다. 조선총독부가 서양 선교사들이 경영하는 기독교 학교에까지 찾아와 신사참배를 강요한 것이다.

1935년 11월 14일, 평남 도지사 야스다게安武는 도내 공·사립 중등학교 교장회의를 소집하고, 개회 벽두에 참석자 일동의 평양 신사참배를 명령했다. 대부분의 학교에서는 그 명령을 따랐다. 그러나 기독교 학교가 '우상숭배'를 받아들일 수는 없는 노릇이었다. 미국 북장로교 계통의 미션계 학교인 평양 숭실학교 교장 겸 숭실전문학교 교장인 미국인 선교사 조지 맥퀸(한국 이름 윤산온)과 숭의여중 교장 대리 정익성 그리고 안식교 계통의 학교인 순안 의명중학교 교장인 선교사 리Lee, H. M. 등 세 명은 신사참배 명령에 불응했다. 그러자 교장단회의가 끝난 뒤 야스다게 지사는 세 학교 교장에게 서신으로 신사참배는 국민교육상의 요건이므로 금후 참배에 응하지 않을 때는 단호한 조처가 있을 수밖에 없다는 뜻을 전했다. 그리고 1936년 1월 16일, 숭실학교 교장 조지 맥퀸을 도청으로 초치하고, "동월 18일까지 태도를 결정하고 불참배의 경우에는 사표를 제출할 것"을 지시했다.

이런 싸움의 과정에서 안식교의 순안 의명중학교는 신사에 참배하겠다고 굴복하면서 일단락되었다. 그러나 숭실과 숭의는 끝까지 강력하게 반발했다. 숭실 교장은 "신사참배를 거부할 뿐 아니라 교장직의 사면도 불사하며 이를 불응한다"는 답서를 동월 18일 오후 2시 평남 도지사에게 제출했다. 그 결과 평남 도지사는 조지 맥퀸에 대하여 곧 숭실 교장직의 인가를 취소했으며, 같은 달 21일부로 숭의여중 교장

대리 스누크V. L. Snook에게도 같은 조치를 취했다.

파면당한 조지 맥퀸은 한국 교회의 당면한 고난을 위로하며 격려하는 장문의 메시지를 남기고 1936년 3월 21일에 미국으로 돌아갔다. 후임으로는 숭실전문학교 교수이던 정두현이 취임했으나, 1936년 4월 새 학기가 시작되자마자 학생들 안에서 큰 소요가 일었다. 일제 당국의 신사참배 강요를 거부한 결과 희생당한 교장에 대한 애정과 공감 그리고 일제 당국의 부당한 압박과 횡포에 대한 저항의 수단으로 동맹퇴학이 감행되었다. (송우혜, 『윤동주 평전』 참고) 문익환은 이렇게 회고한다.

"모처럼 찾아온 고국 땅 고구려의 옛 수도 평양에서 학생 생활을 하는 것도 겨우 한 학기. 일본 신사참배 문제가 터지고야 말았던 것이다. 1936년 4월 어느 날이었던 것 같다. 전 중학생들이 아침 예배시간이 끝나자 들고 일어났다. 요샛말로 '데모'에 나섰던 것이다. ……우리는 그때 학교에서 처벌받은 것이 아니다. 그냥 그 학교를 더 다니고 싶지 않아서 자퇴한 것이다."

솥에서 뛰어나와 숯불에 내려앉다

문익환과 윤동주는 더 큰 세상의 입구에서 다시 한 번 기진맥진한 패잔병처럼 쓰러졌다. 마음의 상처는 컸다. 신사참배를 거부하는 마음은 숭고했지만 그를 맞아준 것은 식민지 백성의 운명뿐이었다. 따뜻한 조류에 몸 담그기를 거부하는 물고기는 해안에서 목말라 죽어야 하는 것이다. 현실에 투항하지 않는 자는 영원히 방외인으로 머물러야 하고 비극적 고독을 떠맡아야 한다. 그로써 진학 문제는 모두 원위치가 돼버렸다. 그는 다시 용정으로 돌아와 편입할 곳을 찾아야 했다.

당시 용정에는 기독교 계통의 은진恩眞, 민족주의 계통의 대성大成, 사회주의 계통의 동흥東興, 친일계통의 광명光明 이렇게 네 학교가 있었다. 그중 5년제 정규학교는 광명뿐이었다. 그 기세등등한 친일학교를 가야 하나 말아야 하나, 문익환은 심히 고민하지 않을 수 없었다. 앞길이 아직 불확실한 상태에서 내면에는 뭔가 정신적인 기여를 하고자 하는 소명의식이 자라고 있었는데 그것을 얻기 위해서는 원치 않는 학교라도 다녀야 했다. 교사가 되고 싶었던 것이다. 결국 광명학교를 선택하여 문익환은 5학년으로, 윤동주는 4학년으로 편입했다. 초등교육부터 민족주의 수업을 받아온 두 사람에게 그것은 환멸과 경악 속으로 입문하는 것이나 다름없었다. 세상은 그들에게 친절하지 않았다. 자신의 감정세계와는 먼, 엄격하고 규칙적인 사관생도 후보자를 키우는 광명학교의 교육은 그들을 깊은 모멸감 속으로 빠뜨렸다. 우선 교정에 흐르는 교육적 분위기가 그랬다.

광명은 일본인 히다카 헤이시로日高丙子郎가 매입한 학교였는데 교정 구석구석에 '대륙낭인大陸浪人'의 의지가 배어 있었다. 일본 교토대학교 국사연구실이 펴낸 『일본 근대사 사전』은 대륙낭인을 일컬어 "국체 옹호의 사명감을 가지고 대륙 진출의 목표를 위해 중국 대륙에서 활동한 민간인 지사"라고 설명한다. 조선인들에게는 한낱 마피아 같은 것에 불과했지만 일제의 눈으로 보면 대륙낭인의 일면에 '지사'라고 부를 만한 요소가 없는 건 아니었다. 그들은 정치권력이나 고위의 관직을 쫓지 않고, 개인적 부나 명예를 추구하지도 않았다. 오직 일본의 영광과 부강을 위한 조직(현양사, 흑룡회 등)을 만들어 일본 근대화와 대국화에 헌신하고자 했다. 그래서 일본인들에게는 아직도 러일전쟁, 한일합방, 만주국 건설 등의 막후에서 협객으로 활동한 대륙낭인들의 신화와 그리움이 남아 있다. 그 대표적인 인물로 숱한 전설을 뿌린 도야마 미치로頭山滿의 일화는 이렇다.

두산만頭山滿이 일본에서 가장 현금이 많은 재벌 총수에게 갔다. 그가 빌려달라는 액수가 그 재벌이 소유한 현금의 총액과 맞먹을 정도로 엄청났다. 재벌 총수는 어쩔 수 없어서, 정말 죽지 못해 그 돈을 내놓았다. 아무 소리 없이 그걸 갖고 돌아가는 두산만에게 재벌 총수는 등 뒤에서 떨리는 목소리로 더듬으며 사정했다.

"저…… 저…… 증거를……."

그러자 두산만은 돌아섰다. 자기에게 감히 돈을 빌려간다는 증거를 남겨주기를 원하는 재벌 총수를 그는 지그시 쏘아보았다.

"증거 말인가?"

그는 허리에 차고 있던 칼을 뽑더니 대뜸 자기의 손가락 하나를 뚝 잘랐다.

"이것이면 되겠는가?"

그는 새파랗게 질려서 떨고 있는 재벌 총수에게 그 손가락을 던져주었다. 그리곤 뒤도 안 돌아보고 가버렸다. 자기의 '말' 한마디면 그것으로 충분한 것이지, 감히 '증거'를 따로 남겨주기를 원한 자에 대한 불쾌감과 모욕감을 그렇게 표시하더라는 것이다.

— 송우혜, 『윤동주 평전』

그들은 이렇게 재벌들의 돈을 뜯어 일본의 국가 이미지를 구축하는 데 사용했다. 각국의 혁명가를 지원하기도 하고 민간조직을 돕기도 하면서 일본의 국익을 위한 포석을 놓았다. 특히 도야마 미치로는 인도의 독립운동가 찬드라보스에게도 돈을 대었고, 러시아혁명을 수행하던 레닌에게도 자금을 흘려보냈으며, 중국의 쑨원, 량치차오, 캉유웨이 등 개혁운동가들에게도 선의를 베풀었다.

히다카 헤이시로는 바로 그 도야마 미치로를 닮아서, 매력 있는 용모는 아니지만 일본 정부의 아시아 정벌을 위해 북간도를 누비는 협객의 위세를 유감없이 떨쳤다. 전하는 바에 따르면 그는 조선말도 잘하고 일본 정책을 욕하기도 하며 조선인들에게 부드럽고 소탈하게 굴어 인심도 얻었다. 일본 영사관 경찰서에 '독립군 관계'로 수감된 사람을 풀어준 적도 있었고, 김약연 교장의 교섭으로 간도 대토벌 때 불탄 명동학교를 재건할 수 있도록 주선한 적도 있었다. 바로 그 사람의 능력으로 광명학원은 도쿄제국대학교를 나온 수재들을 불러다 교사로 앉혔으며, 일본 외무성의 '재외지정'이란 인가까지 받았다. 일본 국외에 있는 학교로서 그런 인가를 받으면 본토에 있는 문부성 인가의 정규 중학교와 똑같은 자격과 실력이 있는 것으로 인정되는 제도였다.

문익환과 윤동주는 그 같은 자격 인정이 필요한 만큼 꾹 참고 학교생활을 견뎌야 했다. 그런데 그것이 쉽지 않았다. 만주 군관학교를 지망하는, 그 예비 학원쯤 되는 분위기를 만들어버리는 조선인 학생들 때문이었다. 만주국 시대의 북간도는 흡사 '대륙 속의 일본' 같았다. 군대는 일본과 똑같은 정신과 조직과 인맥으로 구성되고, 공적 일정은 모두 일본에 맞춰졌으며, 민간인들도 국경일에는 모두 오색기(만주국기)와 태양기(일본국기)를 대문 좌우에 나란히 걸게 했다. 학교 수업조차 조선어나 중국어는 일체 없이 완전히 일본어로만 진행되었으니, 광명학교는 한마디로 황국신민문화를 체험하는 교육기관이었다. 조선인 학생들이 스스로 일본 국기 아래서 즐겁게 황국을 숭배하는 곳, 신사참배를 아예 신성한 의무로 여기고 경건하게 거행하는 곳, 그 따위 학교에 제 발로 찾아가 속해 있어야 하다니! 신사참배 문제로 숭실학교를 자퇴했던 문익환으로서는 그 같은 모순을 해결할 길이 없었다. 그것을 문익환은 이렇게 회고한다.

"솥에서 뛰어나와 숯불에 내려앉은 격이었다."

그리고 그것이 만든 악연을 문익환은 내내 참아왔지만, 하늘은 그의 인생이 끝나서 상여에 실리는 날 젊은 날의 상처를 만천하에 공개했다. 하필 그곳을 대표하는 동창생 하나가 그와 나란히 생을 마쳤는데, 이름이 정일권이었다. 문익환과 정일권, 같은 해에 태어나서 같은 날 죽지만 두 동창생(한 학년에 한 학급밖에 없는 학교였다)의 삶은 너무도 달랐다. 그래서 신문들은 모두 20세기의 한국사를 전혀 다른 방식으로 살아온 이 극적인 생애들을 대조시켰으며 장례식은 정확히 대립되는 세력에 의해 치러졌다.

그것은 필연이었다. 광명학교는 조선인의 황국화를 위해 세워진 학교답게 똑똑한 학생이면 예외 없이 일본 외무성 순사나 만주군관학교에 보내려고 혈안이 되었다. 훗날 해방이 되자 무법천지가 된 만주에서 가장 곤욕을 치른 것이 조선인이었는데, 중국인들이 만주군벌을 빛낸 조선인 장교들을 일본의 하수인으로 생각하여 마구 죽창을 겨눈 탓이었다. 그때 군벌이 형성된 인맥을 한 언론은 이렇게 설명한다.

> 만군 계열의 보스는 아무래도 정일권이다. 1937년 봉천군관학교를 나와 만주군 소위로 있던 그는 모교인 간도의 용정에 있는 광명중학에 가서 졸업예정자들을 모아놓고 졸업 후의 진학지도 연설을 했다.
>
> — 서병욱, 「박정희의 민군 인맥滿軍人脈」, 《월간조선》 1986년 8월호

정일권이 강조한 것은 '군에 입대하는 것이 장래를 보장 받는 길'이라는 점이었다. 당시는 조선인의 취업이 극도로 어려울 때였고, 마침 중일전쟁이 일어나 중국 대륙이 온통 전운戰雲에 덮여 있었다. 게다가 이듬해 4월 신경에 4년제 군관학교가 생기게 돼 정일권의 연설은 크게 반향을 얻었다. 신경군관학교가 1기생을 모집하게 되자 광명학교 우등생이 대거 지원, 그해 조선인 열세 명이 입교했는데, 그중 열한 명이 광명학교 출신이었다. 결과적으로 그 "체격이 뚱뚱하고 빼드렁니

에다 얼굴은 러시아 빵(넓적하고 둥글고 볼썽사나운 모양) 같이 생긴" 대륙낭인의 사무라이 기질은 군사적 호연지기에 매혹된 조선인 제자들에 의해 훗날 고스란히 한국 군대에 이식되었다.

정일권을 축으로 한 만군 출신 장교들은 박정희의 5·16쿠데타에 직간접적으로 엄청난 힘이 되어주었다. 쿠데타를 추진한 인맥의 중심이 광명학교 동창이었던 것이다. 심지어 민간인으로 5·16쿠데타에 참가해서 「혁명공약」과 선전문들의 인쇄를 맡았던 광명光明인쇄소(인쇄소 이름이 왜 하필 광명이란 말인가!)의 이학수 사장까지 용정의 광명학교 출신이었다.

학교 분위기가 어땠을지는 능히 짐작이 가는 일이다. 문익환이 그 같은 학우들의 삶에서 목격한 것은 민중을 형성하는 한 사람 한 사람이 지닌 어두운 세계였다. 그것은 모태와 연결된 어둠의 세계, 우리가 태어난, 몽롱하고 불완전한, 인내심이 없으면 언제라도 영혼을 망가뜨리고 마는 미로의 세계였다. 그곳에서 지속적으로 체험되는 상실감과 원망의 감정에 무너지지 않기 위해 문익환은 자신의 유년기가 만든 환상의 세계를 완전히 파괴하고, 스스로가 누리는 실제적 삶과는 전혀 다른 또 하나의 배경, 또 하나의 성장사를 다시 창조하지 않으면 안 되었다.

그래서 문익환이 늘 찾아다니는 사람이 있었다. 폐병으로 죽은 삼촌의 친구인 이권찬 목사였다. 이권찬 목사는 삼촌과 같은 날 같은 시간에 태어난 관계로 중학 시절부터 쌍둥이처럼 어울렸다. 양쪽 부모들도 쌍둥이 자식으로 취급할 만큼 두 사람의 우의가 깊어서 나중에 먼저 죽는 사람이 형이 되기로 할 정도였다. 바로 그 분이 평양신학교를 졸업하고 훈춘 중앙교회에서 시무하다가 1934년에 용정 동산교회로 왔는데, 때마침 문익환의 아버지가 용정 중앙교회에 부임해 있어서 서로 협력하면서 사이좋은 관계를 유지하고 있었다.

문익환은 학교에서의 고립감을 이권찬 목사에게서 풀었다. 친일학교란 감옥과도 같았고, 중등과정에 필요한 지식은 모두 은진학교에서 습득해 있었으니, 말하자면 문익환이 광명학교에서 얻는 가장 큰 수확은 방황기를 별다른 상처 없이 흘려보낸다는 사실뿐이었다. 세월은 현실을 대하는 그의 태도를 더욱 성숙하게 만들었다. 신이 머물지 않는 교정에 혼자 서서 '하늘의 포로'처럼 견디는 동안 지나치게 우울했던 마음은 부드러워지고 애수를 띠면서도 다정다감하게 되어갔다.

신을 우롱한 대지

그러다가 맞은 1937년! 역사를 공부하는 누구도 이 해에 주목하지 않는다. 역사에서 뭔가 의미가 있으려면 꽃 사태처럼 눈부신 사건이 있어야 하는데 그해에는 세상이 무색하리만큼 조용했다. 바로 그해 2월에 문익환이 광명학교를 졸업했지만, 식민지의 순해 빠진 청년 하나가 친일학교를 졸업한 사실이 도대체 무슨 대수라는 말인가. 아무도 관심을 두지 않았다. 그러나 1937년은 중요한 해였다. 제2차 세계대전의 전야, 그해가 가고 나면 지상의 삶을 가치 있게 만드는 낭만적 빈털터리들은 이제 설 자리가 없어진다.

지상은 이미 자본주의적 모순의 비등점에 도달해 있었다. 1929년에 시작된 금융 불황은 향후 10년 동안 인류를 도탄에 빠뜨린다. 세계 상업 성장의 50퍼센트가 폭락하고, 수천만 임금노동자가 실업상태에 이르며, 모든 생산력이 절반 이하로 감소했다. 그 위기의 과장된 특성들은 당연히 인류를 '시험'에 들게 했다. 그리고 그 때문에 생긴 주요 정치적인 결과들은 20세기의 역사 안에 하나의 큰 단절을 만들어낸다.

위기를 넘는 방법은 모험적인 곡예밖에 없었다. 유럽의 여러 곳에서 중앙은행은 이미 국가의 핵심 위치에 올라 있었고, 각 중앙은행들이 보급시킨 위기는 야심에 찬 세력들의 분발을 촉구했다. 예컨대 자본주의가 만난 최초의 '체제 위기'였다. 19세기의 인류는 전쟁이나 혁명 같은 사건들 또는 기타 재난으로 겪는, 곡물의 불충분한 공급에서 비롯된 극도의 궁핍을 제외하고는 인플레이션에 대한 체험이 없었다. 하지만 20세기는 인플레이션의 세기였고 또 디플레이션의 세기였다. 그로 인한 부담은 고스란히 후진국들에게 전가된다.

그해 내내 레닌적 모델을 공부한 신생 공산주의 정당들이 선동하는 혁명이 대륙 곳곳에서 산악과 해안을 흔들었다. 또한 그 뒷전에서 20세기의 음지식물이 독버섯처럼 자라났다. 독일에서는 나치가 성장하고, 스페인에서는 3년간의 격돌 끝에 파시스트가 승리하는 내전이 진행되었으며, 아시아에서는 보잘것없는 섬나라가 '떠오르는 태양의 제국'이 되어 지상에서 가장 넓은 대륙을 침략했다. 일본은 단기적 자구책으로 40퍼센트의 평가절하, 보호무역주의, 생산시설의 국유화와 군사화를 시행하는가 하면, 장기적인 해결책으로 만주국에 이어 중국을 공격했다.

그 광기에 찬 시대의 불안한 정점에서 세기의 거장들은 경악하고 있었다. 피카소는 독일 항공편대가 게르니카를 폭격해 2천 명을 죽이는 학살을 목격했고(괴링 장군이 강조했던 것처럼 "독일군은 스페인에서 전쟁 연습을 하고 있었다"), 간디는 영국에 맞서 시민불복종운동과 단식을 거듭했으며, 앙드레 말로는 스페인 내전에 뛰어들어 전란의 복판에서 『희망』을 썼고, 마오쩌둥은 국민당의 포위를 뚫고 대장정을 감행했다.

문익환은 졸업하자마자 마치 적진을 빠져나오듯 학교를 떠났다. 하지만 아직 현실의 숲을 헤쳐갈 준비는 되어 있지 않았다. 스스로의 생각은 완강했다.

"자유롭게 사유하는 사람은 자신의 운명을 극복할 수 있으며, 스스로 운명을 바꾸어놓을 수 있다!"

그러나 모든 것은 언제라도 무로 돌아갈 가능성을 갖고 있었다. 어른들이 강조해 마지않던 성공이라든가 물질적 부의 축적은 그에게 아무런 의미도 없었다. 제국주의가 남발하는 정치적 구호들은 말할 것도 없었다. 그는 혼돈스런 세상에서 벗어나 한없이 행복한 삶을 살고 싶었지만, 그 같은 꿈은 마른 잎을 적시며 떨어지는 가을비처럼 덧없는 것이었다.

그리하여 그의 일상은 기대와 달리 금방 말할 수 없이 평범한 것이 되어버렸다. 집에서는 동생 문동환과 대화를 나누고, 주일이면 교회에 나가 아이들에게 봉사하며, 자기만을 위하는 시간에는 피아노를 치고 노래를 불렀다. 음악! 그것만이 유일한 위안이었다. 그 시절 문익환의 일화 속에는 수없이 많은 음악의 흔적이 발견되고는 한다. 어떤 경우에도 남에게 위해를 가하지 않는 타고난 성품과 함께 언제나 잔잔한 그의 내면세계를 흔들어 출렁이게 하는 것, 내면의 가장 깊은 곳에서 근원적인 힘을 향하여 터져 오르는 본성의 힘처럼 그것은 억누를 수 없었다. 그는 일찍부터 악보를 읽거나 발성 연습을 했는데, 헨델의 〈메시아〉를 특히 좋아했다. 하지만 그 위대한 선율도 문익환을 그 분야의 도전자로 끌고 가지 못했다. 마치 윤동주가 축구를 좋아하고, 문동환이 농구에 빠지는 것처럼 그는 음악을 여가시간의 취미이자 휴식시간에 찾아가는 영혼의 은둔처로 떠밀어버렸다.

그러던 어느 날 조양천朝陽川 소학교에 교사 자리가 나왔다. 그는 주저 없이 교편을 잡았다. 그리고 자신이 만난 선생님들을 생각하며 훌륭한 교사가 되기 위해서 수없이 많은 수기를 찾아 읽었다. 하지만 좀처럼 만족스럽지 않았다. 그가 아이들을 가르치는 동안에도 세계는 더욱 어둡고 삼엄해갔다. 중일전쟁이 터진 후 전쟁의 음침하고 숨 막히는 기운이 하루하루 거리를 무겁게 하고 있었다. 전쟁 전이라고 해서 용정 거리에 일본군이 진주해 있지 않은 것은 아니었지만 전쟁이 터지자 숫자가 급격히 증가해 거리 전체가 일본군대로 쫙 깔려버렸던 것이다. 그 속에서 조심스레 사는 모습이라니! 만약 자신을 창조하는 것, 그것이 인생이라는 '길 없는 길'을 가는 최선의 방법이라면, 그는 자신을 창조할 길을 잘못 가고 있었던 셈이다.

생각해보면, 당시 모멸을 극대화시켜서 받아들이기에 딱 좋을 만큼 그는 무방비 상태에 있었다. 꿈꾸는 가슴속에서 젊음의 기운은 솟구쳐 올랐지만 인생의 좌표는 세워지지 않았다. 가족도 있고 친구도 있었지만 마음의 안정과 평화가 없었다. 세상은 공허했고, 그는 외로운 늑대처럼 삶이 헛헛해서 잠시도 머물러 있을 수 없었다. 그 공허를 빠져나가기 위해 그는 자주 마을을 벗어나서 하늘을 향해 걸었지만, 하늘은 매번 그의 발걸음보다 빨리 서쪽으로 기울었다. 그 하늘을 남겨두고 어두워지는 집으로 돌아올 때면 어김없이 마을의 나무와 지붕들 위에서 별빛이 소용돌이치고, 그 너머에서 커다랗게 입을 벌리고 있는 공허를 보고는 했다.

아, 검은 새. 어떤 검은 새의 날개가 늘 그의 정신을 지배하고 따라다니는 듯했다. 그때마다 그는 삶의 슬픔을 지고 저 아스라한 젊음의 언덕을 힘겹게 넘고 있는 자신의 가엾은 두 다리를 탓했다. 정녕 어디로 가고 싶은 것인가. 시대의 복판을 가로지르기에는 모르는 것이 너무 많았다. 그래서 고민하면 할수록 인간의 영혼이라는 넓은 미개지와 마주칠 뿐이었다. 더 많은 교양이 필요했다. 배우는 것, 더 많은 책으로부터 얻는 것, 강의를 듣는 것, 열심히 글로 기록하는 것, 선생님의 말을 경청하는 것. 문익환은 그것이 세상에 나아가는 올바른 길이라고 생각했다. 그래서 끝없이 공부를 하는 그에게 아버지는 지린사범학교를 권했다.

그러나 그는 사범학교에 가지 않았다. 어느 날 문득 다른 깨달음이 찾아왔던 것이다. 이를테면, 세계와 마주하여 깨어 있는 자들이란 누구인가. 명동촌을 세웠던 김약연 선생, 명동학교에서 아버지를 가르친 정재면 선생, 자신을 가르친 한준명 선생. 그분들이 선택한 길이 교사였던가. 그는 마침내 자기 시대에 관하여 한 가지 중요한 결론을 내렸다. 명동의 꿈은 끝났다. 줄타기 곡예사를 구해줄 공중그네는 더 이상 존재하지 않으며, 심연 너머 구름다리에 불을 밝혀줄 등불은 없다. 선대들이 해오던 애국계몽운동은 바닥이 났으니, 이제 새로운 가치를 창조해야 한다. 결정적인 것은 그것이었다. 그가 존경하는 이들은 모두 교사이기 이전에 목사였고, 목사이기 이전에 애국자였다. 목사가 어떻게 애국자일 수밖에 없는지를 그는 누구보다도 가까이에 있는 아버지를 통해서 배우고 있었다.

1936년, 광주光州 총회에서 나는 일주간 동안 매일 기도회를 맡았다. ……돌아온 뒤 얼마 가지 않아서 일본 헌병대장이 명함을 보내어 헌병대장실로 오라고 했다. 갔더니 인사를 나눈 뒤 신사참배를 어떻게 생각하느냐고 묻는다. 나는 솔직히 내 생각을 말했다. 기독교에서는 우상숭배를 금한다. 그런데 신사참배를 우상숭배로밖에 볼 수 없는 것은 우선 그 이름에 귀신 신神 자가 붙어 있기 때문이다. 그리고 그 앞에 음식과 향을 피워놓고 절을 하니 이것을 우상숭배라고 하지 않을 수 없다. 헌병대장은 신사참배란 국민정신을 집중하기 위한 것이기에 종교라고 볼 필요가 없다고 주장하기에 나는, 국기에 대한 경례에 반대하는 이들도 있으나 그것은 국가를 상징하는 것이기에 이에 경의를 표하는 것은 좋으나 문명된 오늘날 세계 4대 강국의 하나인 일본이 미개 야만인들이나 가지는 우상숭배의 방법으로밖에 국민정신을 통일시키지 못하느냐고 말했더니, 헌병대장은 책상을 치면서 "너는 죽여야 할 반역자이다" 하기에 나는 일어서면서 "죽여보아라" 했다. 그랬더니 헌병대장은 소리를 높여서, "너는 죽어도 순교자로 죽는 것이 아니라 일본제국주의의 반역자로 죽는 것이다"라고 소리를 질렀다. 나는 "순교자이거나 반역자가 문제가 아니라 내 양심이 문제이다. 이것이 우상숭배라고 여기게 되는 한 죽어도 못 하는 것이고 우상숭배가 아니라고 인정된다면 교인들을 인솔하고 참배할 것이다"라고 뻗치었더니 그만 가라는 것이었다. 그 후 신경 정부(만주국 정부) 고문관인 히다카 헤이시로日高丙子浪가 한 번 와서 나를 찾아 신사참배에 관하여 이해시키려 했다. 나는 그에게 한마디로, "선생의 말에 내 마음이 변할 리 없으니 더 말할 필요가 없다" 했더니 그는 더 말하지 않고 돌아갔다.

— 문재린, 「역사노트」

북간도를 대표하는 목회자로서 아버지의 삶은 치열할 대로 치열했다. 좋아, 그 길을 가자! 문익환은 고민 끝에 다시 이권찬 목사를 찾아갔다.

"삼촌! 저 평양신학교에 가면 어떨까요?"

"평양?"

당시 국내의 신학교는 일제의 소위 황국신민화 정책을 받드느라 형편없이 보수화되어 있었다. 그렇지 않은 학교는 모두 신사참배를 거부하기 위해 문을 닫아버렸다.

꿈은 인간의 생애를 끌고 다닌다.
여전히 소녀 같고 몽환적이며 한없이 부드러운
그렇지만 내면 깊숙이 세계에 대한 불안감을 심어버린
소년 문익환 앞에 또 하나의 꿈이 내려오고 있었다.

도쿄에서 발견한 존재의 비참성

1938년, 일본의 천황에 대한 '성덕聖德'의 캠페인이 잦아지더니 조선민족을 말살하려는 광기의 실체가 구체적인 제도로 드러나기 시작했다. '창씨개명'이 시행된 것이다. 조선 사회는 전통적으로 조상과 가문을 존중하는 문화풍토를 가지고 있어서 성씨를 빼앗기는 것을 인간이 겪는 최악의 치욕으로 생각하는 곳이었다. 그런데도 그해 2월부터 9월까지 호적의 이름을 바꾼 사람이 79퍼센트에 달했으니, 일제가 조선인에게 가한 박해의 강도는 그 가공할 통계수치 안에 새겨져 있었다.

조선인 학생에 대한 동화교육同化教育은 조선에 있고 일본에 있고를 가리지 않고 강제되었다. 그러나 식민지 조선보다는 지배국 일본 쪽이 상대적으로 학문의 자유가 있었다. 여기에 황민화교육에 대한 혐오감과 외국 유학을 동경하는 심리가 겹쳐서 유학생 숫자는 줄지 않았다. 유학생들은 대부분 비슷한 이유로 서울역에서 부산행 열차에 오르고, 또다시 부산에서 관부연락선關釜連絡船에 실려 '지옥의 바다'로 일컬어지는 현해탄을 건넜다.

"도쿄 유학은 저를 보수에서 보수로 걸어가게 한 길이었지만, 그 길에서 저는 제 생의 최대의 보화를 얻어 가지고 돌아옵니다."

문익환이 훗날 어머니에게 쓴 이 구절은 당시의 심리를 단적으로 보여준다. 이권찬 목사가 일본 신학교를 권할 때는 그곳에 가야 진보적인 신학을 할 수 있다는 것이었지만, 그에게는 은연중 침략국에 가서 공부를 하는 것에 대한 자괴감이 있었다. 그래서 목적지에 닿았을 때 문익환의 눈에 비친 세계는 황량했다. 도쿄의 하늘은 검은 구름으로 뒤덮이고, 너털너털한 학생복을 발겨버릴 듯이 불어오는 늦겨울의 찬바람은 살을 에는 듯이 아팠다. 거기에는 물론 계절이 주는 자연현상에도 원인이 있지만 마음을 에이게 만드는 또 다른 요인이 있었다. 일본 사회에 덧씌워진 군사 파시즘의 검은 날개와 불령선인(황국에 대해 불평불만을 품는 조선인 무리) 딱지가 그것이었다.

일본은 군·경의 총검으로 조선인을 제압했지만 마음까지 지배할 수는 없었다. 유학생들 사이에서는 일본제국주의의 하수인(조선총독부의 고급관료)을 보장해주는 고등문관시험을 겨냥하는 자들을 경멸하는 풍조가 가득 차 있었다. 이 음울한 식민지의 청춘들을 위무할 수 있는 것은 데카당스밖에 없었는지 모른다. 신문의 사회면을 채우는 것은 자살과 치정이 주류였고, 최고급 엘리트들조차도 자주 환영회나 송별회 같은 술자리를 즐겼다. 그중에 가장 건전하다고 할 만한 모임이 관동조선신학생회였다.

관동조선신학생회는 도쿄 지역의 남녀 신학생들이 봄과 가을에 한 번씩 만나서 예배도 드리고 세상살이에 대한 이야기도 나누는 모임인데, 그날(1939년 4월 24일)은 요코하마에서 '봄 모임'을 갖기로 한 날이었다. 모임 장소인 한인교회에 김정준, 조선출, 전택부, 전성천, 안희국,

지동식, 홍태헌, 오태환 등이 들어서자 여학생들 쪽에서 이내 키득거리는 소리가 퍼졌다.

"이렇게 맨날 모이면 웃기만 하고 말 거야?"

전택부가 큰 소리로 말하자 조선출이 우스갯소리로 거들고 나섰다.

"그럼 우리가 모여서 울잔 말이냐? 웃지 않고?"

여학생들 쪽이 다시 까르르 자지러졌다. 무엇이 그리 유쾌한지 대여섯 명의 여학생들 틈에서 웃음소리를 이끌어내는 사람은 다름 아닌 박용길과 공덕귀였다.

"인물이 아주 훤한 사람이 하나 왔는데, 얼굴이 갸름하고 아주 동그란 안경을 쓴 게 꼭 부의(푸이)처럼 생겨서 공 선생하고 나하고 '얘, 저기 만주 황제 비슷한 사람 왔다' 하면서 웃었던 게 생각나."(박용길)

바로 문익환을 두고 이르는 말이었다. 마음이 위축될 수밖에 없는 나라에서 모처럼 훈훈한 분위기를 가진 동포 처녀들을 보자 문익환은 대번에 마음이 편해졌다. 아마도 청춘의 외로움 때문에 생긴 것일 테지만 그날 문익환의 눈에 비친 여학생들의 용모는 하나같이 미인으로 보였다. 학대받는 민족의 자식이라는 공통의 감정이 연민을 느끼게 하여 그의 눈을, 그리고 그녀들을 미녀로 만들었는지 몰랐다. 그날의 박용길 이미지를 문익환은 두고두고 추억하며 애칭으로 불렀다.

"연분홍 코스모스!"

박용길은 1937년 3월 경기여고를 졸업하고 곧장 요코하마 여자신학교로 유학을 온 열여덟 살의 앳된 처녀였다. 그때만 해도 한국 교회는 오직 은혜의 시대에 몰입해 성령의 직접적인 역사만을 추구하는 게 다였던지라 신학의 참맛은 아직 모르지만, 박용길은 성적이 우수하고 글씨도 잘 썼으며 성격이 명랑하고 쾌활했다. 그런가 하면 공덕귀는 신앙심이 견실하고 리더의 자질을 가진 과년한 숙녀였다.

당시의 분위기에서 조선인 여성이 일본에 유학한다는 것은 특별한 혜택이고, '엘리트 코스'임이 틀림없으며, 그야말로 '눈부신 미래'가 약속된 것이나 다름없었다. 그러나 수많은 조선인 여성에게 엉겨 붙은 슬픈 운명은 그녀들의 신변에도 휘감겨 있었다. 두 사람은 공히 일제에게 무장해제당한 대한제국의 마지막 군인들의 딸이었다. 거기서 생긴 가정사적 시련이 기독교를 믿게 했는데, 신학생으로서는 보기 드물게 명문학교를 졸업했다는 공통점이 두 사람에게 있었다. 아직 제대로 된 일본 교육을 못 받아본 신학생들 속에서 박용길은 단연 발군이었다. 키도 작고 나이도 어렸지만 노상 다른 사람들의 노트를 봐주고 고쳐주는 역을 도맡았으니, 나이가 한참 많은 공덕귀가 박용길을 예뻐할 것은 당연했다.

그 무렵은 특히 일본에 군사 파시즘의 폭풍이 일어 조선인에 대한 차별이 점입가경으로 거세지고 있었지만 두 사람은 거의 이방인의 고독을 느끼지 못할 만큼 씩씩하게 살고 있었다. 기숙사에서 살금살금 빠져나가 새벽기도를 다니기도 하고, 헬렌 켈러의 강연회며 가가와 도요히코賀川豊彦(빈민굴에서 자란 목회자로 유명한 실천신학자)의 부흥회도 찾아 다녔으며, 일요일이면 기숙사에서 도시락을 받아가지고 한국동포들이 사는 하꼬방 동네를 찾아가 주일학교를 인도하고 기로교회에 가서 예배를 드렸다. 예배 후에는 도시락을 먹고 곧바로 동포들의 마을로 가서 주일학교를 인도했다.

한편 문익환은 거대한 파시즘의 틈바구니에서 순응할 염치도 저항할 용기도 없는 자신의 나약함을 미워하고 있었다. 새로 접한 신학의 세계는 하나의 사이버 대륙처럼 그를 현실 바깥의 세계로만 끌어가려

했다. 현실로 돌아오면 언제나 머리가 지끈거렸다.

1940년에 들어서 중국에 대한 일본의 침략전쟁은 수렁에 빠지면서도 남방으로 북방으로 확대되었다. 그에 따라 일본인의 배외사상排外思想은 점점 노골성을 띠게 되고, 재일 조선인에 대한 차별도 한층 격해지게 되었다. 조선인에게는 공포의 해였다. 그해는 조선인 노동자·농민의 강제 연행이 한층 더해 1945년까지 약 100만 명을 끌려가게 만드는 야만적인 세월의 원년이었다. 그런 환경에서 동생 문동환과 장준하가 유학을 왔다. 문익환은 형으로서 또 유학을 먼저 온 선배로서 동생의 친구들과 자주 정세토론을 하고 신에 대한 생각들을 나누었지만 현실에서는 이미 한 발짝 물러나 있었다.

그의 관심은 차라리 모임에서 만난 여학생에게 가 있다고 해야 옳았다. 청춘 시절에 이성을 구하는 것은 자연의 섭리일 테지만, 그의 마음속에서는 자연적 발로 이상의 무엇이 움직이고 있었다. 그것은 학대받는 민족의 젊은 세대가 아니라면 경험할 수 없는 어떤 것이었다. 인간의 사랑, 남녀 간의 사랑에 그리 큰 차이가 있지 않으리라 생각하면서도 문익환은 지배민족으로서는 맛볼 수 없는 연대감을 박용길에게서 느꼈다. 그래서 친구들과 어울려 기어이 박용길의 졸업식에 찾아갔다. 그러고는 선물을 전하며 물었다.

"이제 어떻게 할 계획이세요?"

"어머니가 편찮아서 잠깐 서울에 다녀오려고요. 돌아오면 시나가와品川 교회 전도사 일을 볼 거예요."

듣던 중 반가운 소식이었다. 자신이 봉사하기로 선택한 교회에서 전도사 일을 한다니! 문익환은 돌아와서 즉각 편지를 보냈다. 여름성경학교에서 쓸 교재와 자료를 서울에서 사다달라는 부탁인데, 그것이 평생 천여 통이 넘는 편지를 주고받게 되는 첫 편지였다.

얼마 후 박용길이 돌아왔을 때 도쿄역에 마중 나온 문익환의 모습은 아직까지 타인에게 발견된 그의 용모 중에서 가장 초라하고 허름한 것이었다. 호주머니에 무엇을 그리 많이 담았는지 포켓이 불룩하고, 운동화는 찢겨져 걸음을 옮길 때마다 차락차락 소리가 나며 발가락이 기어 나왔다. 그런데 이상하게도 그날 박용길은 썩 괜찮은 남자라는 느낌이 들어 언니에게 소개할 요량으로 관심을 보였다. 어쩌면 그것을 오해했을 것이다. 갈수록 신학에 대한 회의가 커지고 현실적 실천을 게을리하던 문익환이 느닷없이 교회 일에 열중하기 시작했다. 시나가와 교회는 이내 일개 소녀에 불과한 전도사와 봉사 활동을 나온 신학생 청년 하나 때문에 꽃피는 철을 맞게 되었다.

그러나 행복은 오래가지 않았다. 1941년에 들어서자 미일관계는 더욱 긴장되고 일본 군부는 마침내 동남아시아에 대한 침략전쟁을 노골적으로 추진하기 시작했다. 6월에 나치의 소련 침공이 개시되고, 7월에 제3차 근위내각近衛內閣이 출현하면서 분위기가 더욱 흉흉해졌다. 육해군의 대량 징집이 가까이서 진행되고 있다든가 헌병대가 유학생들의 사상 조사에 착수하기 시작했다든가 하는 암울한 정보만 이 유학생 사회에 공포 분위기를 안겨다주고 있을 때 문익환의 생애 역시 최악을 달리고 있었다. 몸과 마음이 다 아팠다. 그 상황을 문익환은 훗날 어머니에게 보내는 편지에서 이렇게 쓴다.

"명주실처럼 예민한 신경을 가지고 폐병, 늑막염, 위산 과다로 죽어가던 몸과 마음을 소리 없이 감싸주고 떠받들어준 그 사람이 없었다면 저는 벌써 저승 사람이었을 겁니다."

그러던 어느 날 날벼락 같은 소식이 찾아왔다. 박용길이 승동교회의 전도사를 하기 위해 서울로 돌아간다는 것이었다. 문익환은 절망했다. 먹을 것도 달리 없었지만 애써 끼니를 챙길 의지도 생기지 않았다. 그럴수록 악화되는 것은 폐병이었다. 돈도 없고 쉴 자리도 없는 도쿄에서 영양실조 상태로 버티는 것은 불가능했다. 문익환은 오래지 않아 결핵 말기 증상을 보여 끝내 휴양을 결심할 수밖에 없었다.

군사 파시즘의 바람에 흔들리는 일본 사회처럼 살갗을 파고드는 추운 바람이 사납게 휘몰아치는 1941년 2월 어느 날, 역 플랫폼에는 조선과 중국대륙을 침략하러 가는 사람들을 격려하기 위해 '천황폐하 만세!' '대일본제국 만세!'를 외치는 소리가 들끓고 있었다. 그 환멸스런 소리들을 뒤로하고 문익환은 조선으로 향했다. 금강산으로 들어갈 생각이었던 것이다.

연분홍 코스모스에게

서울에 닿은 문익환은 금강산으로 바로 가지 못했다. 건강은 갈수록 어려워지고, 허약하고 부서지기 쉬운 육체 안에 있는 영성은 밑 모를 허전함에 시달리고 있었다. 완성되지 않는 젊음의 허기, 그 허기가 자꾸만 서울 거리를 서성이게 했다.

아, 이게 사랑이구나!

병든 몸에도 청춘은 표표히 찾아와 있었다. 막상 만난들 사랑의 마음을 쉽게 드러내지는 못할 테지만 문익환의 발길은 그래도 자꾸만 박용길 생각에 앞이 막혔다. 마음속 어디에 아직 수습되지 않은 감정이 떠돌고 있었던 것이다. 문익환은 이내 승동교회를 찾았다. 그러나 박용길이 없었다. 자궁암을 앓는 어머니를 간호하느라 교회 일을 접고 집에 갔던 것이다.

문익환은 주소를 들고 자택을 찾았다. 그것은 성급한 방문이었다. 종로구 운니동 23번지. 집안은 위풍 있고 자유로운 분위기였다. 박남길, 박용애, 박용길 자매는 사이가 좋아서 다투는 법이 없었다. 특히 박용길은 체구는 작지만 공부도 잘하고 성격도 대범했다. 그래서 언니들이 얼마나 예뻐하는지 기회만 나면 경쟁하듯 선물을 주는 사이였다. 나중에 큰언니의 수필에 묘사된 박용길의 이름은 언제나 은은한 애정의 기운에 묻혀 있었다.

"용길 동생은 용감하고 강한 면이 있다. 어려서는 재동이었다."

두 살 터울로 또래조차 비슷한 세 자매가 하필 경기여고 동문이고, 일본에 유학 가서 사귄 남자친구들이 모두 평양 숭실학교 동문이었으니, 문익환도 어울리면 더없이 화목할 처지였다. 그러나 문익환에게는 극복하기 어려운 약점이 있었다.

박용길의 아버지 박두환 어른은 딸들을 대단히 아끼는 분이었다. 당시로서는 희귀한 멋쟁이여서 머리도 빗이 아니라 브러시로 빗고, 절대로 책을 구기거나 선발 뒤축을 밟아 신지 못하게 했지만 아이들 옷을 명주로 해 입히면 여자들을 고생시킨다고 혼낼 정도로 여성 존중이 극진했다. 그러나 사위를 고르는 잣대를 건강에 둔 까닭에 유독 문익환만 그 어른의 기대치를 넘어서지 못했다. 때마침 문익환은 몸이 쇠약할 대로 쇠약한 상태였다. 그것을 박남길은 이렇게 회고한다.

"경기여고 교사 시절에 학교에서 돌아와보니 손님이 와 있었다. 집안 어른들이 동생을 만나러 온 분이라고 해서 관심을 갖고 봤다. 얼굴이 창백하고 몸이 아주 가느다란 미남이었다. 음성이 얼마나 가늘던지, 어른들은 몸이 저렇게 약한 청년에게 어떻게 딸을 주느냐고 걱정이 태산이었다."

아마도 문익환은 그날 가슴을 타고 전해오는 냉대를 견디며 멋쩍게 혼자서 기다리다 돌아섰을 것이다. 그 일은 두 사람의 관계에 상당한 걸림돌이 되었다. 나중에 문익환이 다시 찾아가 서울역에서 박용길을 만나자고 했을 때도 형부가 박용길을 차에 태워 약속 장소에서 못 내리도록 하고 운니동으로 데려가버렸다. 어른들이 염려하는 까닭이었다. 문익환은 그 때문에라도 반드시 병마를 이기지 않으면 안 되게 되었다. 휴양은 이제 불가피했다.

문익환의 금강산 시절은 6개월에 불과했지만 그의 자연관에 커다란 영향을 주었다.

“지금은 휴전선으로 막혀 있어 못 가는 금강산에서 나는 요양하고 있었다. 하루는 옥류동을 거쳐 구룡연으로 올라가느라고 비봉폭포 앞에 다다랐는데, 위에서 내려오던 어떤 중년신사가 ‘여보게 젊은이, 어디로 가나?’ 하고 묻는 것이 아닌가. 구룡연으로 간다고 했더니 대뜸 한다는 소리가 ‘돌아가, 돌아가, 구룡연이 유명하다기에 어떤 곳인가 하고 와봤더니 별거 없어. 물이 절벽에서 떨어지는 것밖에 없네.’ 나는 ‘그래요?’ 하고는 보는 눈의 차이지 하며 속으로 웃을 수밖에 없었다.”

그는 그곳에서 “봄산은 담담하여 마치 웃는 듯하고, 여름산은 울창하여 마치 젖어 흐르는 듯하고, 가을산은 맑고 깨끗하여 마치 단장한 여인 같고, 겨울산은 어둡고 참담하여 마치 잠들어 있는 듯하다”는 중국 고대의 산수화가들을 연상시킬 만큼 자연을 보는 눈이 밝아졌다. 바로 그 눈의 차이를 옥중서신에서 이렇게 설명한다.

“내 아내는 굉장히 눈이 좋은데 나는 근시에다 난시까지를 좀 겸해 있다. 아내는 종이에다 잔글씨로 전화번호들을 적어 벽에 붙여놓는 것이 편하다고 지금도 그렇게 하고 있다. 그런데 아내는 상당히 먼 데서도 그것을 잘 볼 수 있다. ‘그걸 어떻게 읽어?’ 하면, 내 아내는 ‘왜 그걸 못 읽을까?’ 하는 것이다.”

자연을 보는 데도 법식이 있으니 산천 앞에서 교만하고 사치스러운 안목을 가진 자는 자연과 혼연일체가 될 수 없다는 것을 깨달았다. 그는 특히 비룡폭포와 옥류동 계곡을 좋아했는데, 훗날 누구와 친해지고 나면 꼭 구름의 움직임 속에 산이 살아 있다는 사실이나 물 흐르는 소리가 음악 같다는 이야기를 들려주곤 했다.

그러나 세상은 그를 가만히 두지 않았다. 1941년 10월에 제3차 근위내각이 붕괴하고 도조내각이 발족했다. 문익환은 그 소식을 금강산에서 들었는데, 도조내각은 미일전쟁을 전제로 출발한 것이었고, 헌병통치의 본격화를 의미하는 것이었다. 아직 학업을 마치지 못했던 탓에 집에서는 걱정이 이만저만이 아니었다. 문익환은 서둘러 일본으로 돌아갔다. 그리고 그와중에 문익환이 운니동으로 보낸 편지는 박용길을 염려하는 가족들에 의해 대부분 실종되었다. 아무리 편지를 써도 답장이 없으니 문익환은 이내 삶의 의욕을 잃었다. 1942년, 한 해 동안 문익환이 한 일이 있다면 윤동주가 유학을 온 관계로 그의 '육첩방'을 찾아가본 것이 다였다. 이에 문익환은 기다리다 못해 전보를 쳤다.

"기다리다 지쳤습니다."

박용길에게서 곧 답전이 왔다. 그런데 그것은 매우 부적절한 것이 되고 말았다. 문익환의 편지가 유실된 사실을 긴 글을 써서라도 알려야 했는데 앞뒤 맥락 없이 그냥 "슬픈 소식을 전합니다"라고만 썼던 것이다. 전보는 문익환을 더욱 혼란에 빠뜨렸다. '슬픈'이라는 두 글자가 내용의 다였다. 박용길은 어머니가 세상을 떠나서 경황이 없었으며 아직도 여전히 슬프다는 것이었는데 문익환은 그 '슬픈'을 결별의 말로 해석해버렸다. 헤어지자는 사람을 붙들고 괴롭힐 수는 없는 노릇이었다. 문익환은 정말로 슬픈 마음으로 마지막 편지를 썼다.

"아, 안타까운 나의 연분홍 코스모스여, 아듀!"

그리고 박용길에게서 온 편지를 모두 불에 태웠다. 그 쓸쓸한 사랑의 종말과 함께 1943년이 시작되고 이내 조선인 징병제가 공포되어 우울한 전쟁동원령이 턱 밑까지 쳐들어왔다. 일본인들의 생각은 간단했다.

"중국인은 도교사상으로 체념이 빠르고, 인도인은 내세의 극락정토를 꿈꾸기에 온순하다. 하지만 조선인은 예전부터 외세에 자주 침략당한 탓으로 교활해졌고, 좀처럼 쉽게 복종하지 않는다. 겉으로는 복종하는 체하면서도 속으로는 저항하고 있다."

이 때문에 일본은 조선인 통치에 실제로 나치의 유태인 정책을 참고했다. 그에 관해 일본의 사법상司法相 야나가와 헤이스케柳川平助가 기자 인터뷰를 한 적도 있었다.

"나는 히틀러 총통의 유태인에 대한 정책과 마찬가지로 불령선인을 전부 어느 섬으로 격리하여 모두 거세시키는 방법이 좋다고 생각한다. 그렇게 한다면 불령선인은 없어지게 될 것이고 앞으로도 나타나지 못할 것이다. 이제부터 대동아 10억의 백성을 통치하지 않으면 안 될 황국일본이 기껏해야 2천만 정도밖에 안 되는 조선인을 그대로 방치해둘 수는 없지 않겠는가. 그래서 나는 우선 조선인 사상범을 한 사람도 남김없이 거세시키는 것이 대체로 좋다고 생각한다. 히틀러 총통은 이미 유태인 거세를 실행하고 있지 않은가. 우생학상으로 보더라도 열등민족은 멸망해야 하므로 서양에서는 독일과 이탈리아 두 민족이, 동양에서는 우리 대화민족大和民族이 다른 민족을 통치하는 것은 하늘이 정한 이치인 것이다."

이 불령선인 거세론은 경악스럽게도 수사학적인 언술이 아니라 생물학적인 표현이었다. 유학생 사회는 분노에 빠졌다. 그런 나라의 승리를 위해서 학병으로 갈 수는 없었다. 그러나 뾰족한 수가 없었다. 믿음직하고 사려 깊은 동생 문동환의 친구들도 누구 하나 대책을 내놓지 못했다. 한마디로 '도마 위의 생선'과 같은 몸이고 보면 "삶아 먹든 구워 먹든 마음대로 해라!" 하는 배짱으로 추이를 관망할 수밖에 없었다. 그중에 가장 능동적인 반응이 장준하처럼 징병에서 탈영할 계획을 세우는 것이었다.

그러나 부드럽고 여리고 나약한 가슴에 활화산을 감춰둔 문익환은 달랐다. '저들은 과연 아무리 모욕당해도, 아무리 시달려도, 아무리 배고파도 조선인은 분노할 줄 모르고 저항할 줄 모르는 민족이라고 생각하고 있는 것일까?' 그러나 인간의 감정에는 참지 못할 한계라는 것이 있는 법. 문익환은 결연히 교장선생님을 찾아갔다. 그러고는 만주 봉천에 가서 남은 신학공부를 할 터인데 도와달라고 간청했다. 문익환이 그랬으리라고는 상상하기 어려울 만큼 대범한 담판이었다. 그리고 믿기지 않지만 일본인 교장 무라다 씨는 몇 시간의 논의 끝에 마침내 문익환 형제에게 전학증명서를 발부했다.

형제는 뒤도 보지 않고 요코하마를 출발, 다시 시모노세키 항에서 부산으로 가는 관부연락선에 몸을 실었다. 그리고 배 갑판 위에 서서 어두운 밤 현해탄을 바라보면서 일본과 영원히 결별했다. '두 번 다시 현해탄을 건너는 일은 없을 것이다. 전쟁이 언제까지 지속될지 모르지만, 일본은 필히 질 것이다. 아니, 질 것을 바란다.'

형제는 귀국하여 만주 봉천신학교에 들어갔다가 며칠 후 학교를 그만두었다. 봉천신학교는 평양신학교에서 가르쳤던 박형룡을 비롯 교수들이 온통 보수주의 일색이었으니, 사실 학교를 옮기는 것 자체가 일본을 빠져나오기 위한 핑곗거리에 지나지 않았던 것이다. 그러나 허탈한 것은 사실이었다. 그때 신경의 큰 교회에서 목사로 계시는, 아버지의 친구가 만보산교회로 안내해주지 않았다면 문익환은 참으로 황량했을 것이다.

만보산은 신경에서도 걸어서 몇십 리를 가야 하는 머나먼 오지였다. 그곳에 문익환 형제가 들어가 형은 교회 전도사를 하고 동생은 학교 선생이 되었다. 그러자 이제 어머니에게서 결혼의 압박이 오기 시작했다. 본인의 생각은 오직 '연분홍 코스모스'밖에 없었다. 하지만 박용길에게는 결혼할 수 없는 아주 특별한 사정이 있었다. 돌아가신 어머니께서 병자 문익환과 결혼하면 안 된다고 유언을 남기셨던 것이다. 어머니는 안 되겠던지 박용길과 말이 통할 만한 사람들을 골라 편지를 쓰게 했다. 작은 아들 문동환에게도 권했고, 박용길과 요코하마에서 신학공부를 함께 했다는 중앙교회의 전도사에게도 권했다. 결정타를 날린 것은 문동환의 편지였다. 문동환은 형의 딱한 처지를 듣고 가로되, "강가에 어머니를 묻고 비가 오면 우는 청개구리 이야기를 아십니까?"로 시작되는 청개구리 우화로 '미래의 형수'를 사로잡는 편지를 썼다.

박용길은 문동환의 편지를 받고 마음을 굳혔다. 사실 박용길도 그리운 남성이 있다면 그것은 문익환뿐이었다. 폐결핵 때문에 안 된다면 6개월만 살아도 좋다. 남은 생은 선교에 바칠 터! 박용길의 태도가 이렇게 확고해 보이자, 박두환 어른은 하는 수 없이 문익환더러 한 번 다녀가라고 했다. 그 소식이 용정에 닿자 어머니는 만보산까지 찾아가 문익환을 채비시켰다. 그리고 문재린 목사와 김순호 전도사를 한데 묶어 서울로 보냈다.

양가 부모가 만난 자리에서 박두환 어른은 간단하게 요청했다. 폐병 환자를 사위로 삼을 수는 없으니 엑스레이를 찍어오라! 다행히 병원에서는 문익환이 완치된 것으로 진단했다. 그러자 누구보다도 좋아하는 이가 박두환 어른이었다. 박두환 어른은 기뻐서 결혼식을 사흘 앞두고 약혼식까지 올려주었다.

짧은 희망 긴 절망

서울은 일본이 쟁취한 근대의 전리품 같은 도시였다. 거리는 번화하고 건물들에는 근대문명이 숨 쉬지만 조선의 것은 없었다. 조선총독부를 필두로 조선은행, 조선식산은행, 동양척식주식회사 등 침략수탈기관이 다 일본을 위한 것이었고, 고층건물이며 호사스런 저택, 전력, 수도, 가스, 교통기관에 이르는 모든 것이 일본인을 위한 것이었다. 거리의 이름들도 일본식으로 아사히쪼, 모도마찌쪼, 하세가와쪼, 혼쪼 등으로 바뀌었으며, 상점의 간판들도 모두 일본 글자로 되어 있었다.

그래서 일본인들은 아무 데서나 어깨를 으스대고 눈을 치켜 올리며 안짱다리를 더욱 벌려서 활보하는가 하면 주야를 가리지 않고 함부로 큰소리치며 왁자지껄하게 떠들었다. '이 자식!' '조선놈' '센징' '더러운 자식들' '비겁한 놈들' '열등민족' 따위의 모욕적인 언사들이 난무하는 가운데 조선인은 너나없이 기본권을 빼앗기고 인권을 유린당했다. 그럴수록 산하는 더욱 황폐해가고 민중들은 암흑 속에서 비애의 노래를 부르건만, 애국자들은 철창 속에서 목숨을 단축시켜가고 바깥에 있는 사상범 경력자들은 갈수록 두려움에 떨었다. 거기에 덧칠된 외래문화의 색깔은 온통 소비와 환락의 물감으로 채색되어 있었다. 카페, 웨이트리스, 아스팔트, 네온사인 그리고 백화점이 뿜어내는 화려한 불빛의 이면에 빛을 잃고 방황하는 식민지 조선의 잿빛 어둠이 있었다.

그러나 문익환은 그 속에서 신부를 얻었다. 누가 보아도 최상의 신부였다. 박용길은 친일의 냄새라고는 묻어 있지 않은 구한말 군인의 딸인데, 더욱 고마운 것은 그녀 역시 민족주의적 기독교도라는 점이었다. 문익환은 자신과 박용길이 똑같이 무관의 자녀라는 사실을 자축했다. 한쪽은 실낱같은 바람에도 휘어질 듯 흔들리는 코스모스 처녀, 한쪽은 언제 죽을지 모르는 폐병쟁이 총각. 두 사람 공히 운동신경이 발달하지 못해서 싸움은커녕 공놀이 한 번 제대로 못 하는 처지였지만 틀림없는 무관의 후예이며 조선 민중을 모두 기독교 공동체 안으로 끌어들여야 한다는 사상통일을 이룬 한 쌍이었던 것이다. 용정에서는 행여 언약이 깨질까 하루하루가 두려웠다.

박씨 집안은 확실히 구한말에 몰락한 군인을 가장으로 두었음에도 불구하고 검소하지만 내실 있는 풍요를 누리고 있었다. 그것은 한때 장교의 딸이어서 생겨난 복이 아니었다. 요코하마 시절을 함께한 공덕귀도 몰락한 군인의 딸이었지만 집안 형편은 전혀 달랐다. 그녀의 아버지가 일제에게 무장해제당한 후 실의에 잠겨 연일 술에 취해 현실을 겉돌았던 것이다. 그러나 박용길의 아버지는 일제 치하라고 해서 전혀 위축됨이 없었다. 박두환 어른은 일제와 맞서다가 황해도 수안의, 프랑스인이 운영하는 광산에서 금을 채굴하는 분석 주임이 되었다.

'금광'에 취직하는 것은 당시 서울사람들이 가장 선망하는 고급 직종이었다. 일제 통치는 강고하고, 서구 자본주의와 근대문명은 걷잡을 수 없이 밀려와 식민지의 청춘들을 유혹하건만 누구도 갈증을 채울 수는 없었으니, 그 이중성에 허덕이는 젊은이들에게 부를 상징하는 물체가 금이었다.

> 모든 광狂시대를 지나서 이제는 황금광 시대가 왔다. 금광 금광! 금본의 위화부족으로 위세가 폭락된 바람인지 그런 까닭에 금광 허가를 선듯선듯 내어주는지 너도 나도 금광 금광하며 리욕에 귀 밝은 량인들이 대소동이다. ……금땅 위에서 사는 우리는 왜 요다지도 구차한지?
>
> —《조선일보》, 1932. 11. 29.

당시의 풍속사를 실감케 하는 '만문만화'를 신명직은 이렇게 분석한다.

> 미국 대공황은 경제적으로는 자본주의의 파산을 예고하는 듯했고, 정치적으로는 파시즘을 낳았다. 제2차 세계대전의 원인이기도 한 대공황은 세계를 송두리째 위기로 몰아넣었다. ……대공황, 전황, 불경기는 조선의 모든 풍경을 바꿔놓았다. ……김유정의 『금 따는 콩밭』이나 이태준의 『영월영감』에서 볼 수 있는 1930년대 금광열기의 원인을 위의 만문만화들은 선명하게 보여준다. ……유럽 금융공황에 이어 1931년 9월 영국의 금 본위제 정지에 이르는 일련의 전 세계적 금융공황으로 조선 사람들(이)……전 국토가 마치 금광이라도 되는 듯 금을 캐고 있는 풍경은 다급해진 식민지 근대의 위기상을 대변할 뿐이다.
>
> — 신명직, 『모던뽀이, 경성을 거닐다』

어쨌든 그처럼 윤택한 환경을 꾸려놓고 박두환은 독립운동 자금책을 맡고 있었다. 아버지가 나이 어린 딸들을 불러서 "어제, 독립군이 다녀갔다" 이렇게 이야기해주면 박용길은 무서워서 떨었다 한다. 훗날(1995년) 박용길이 방북했을 때도 북측의 안내원 동무가 "우리는 박두환 씨가 우리를 지원했던 것에 대해서 다 기록을 가지고 있습니다. 작업신발, 돈, 천 등을 지원해주셨죠"라고 했다. 박두환은 해방과 함께 광복군 참모로 복귀하여 국군 재건에 전념하다가 순직해서 동작동 국립묘지에 묻혔다. 명가도 그런 명가가 없다 할 것이다. 박용길은 폐결핵 청년을 반대하는 친정 부모에게 6개월만 살더라도 시집을 가겠노라고 떼를 썼고, 집에서는 건강진단서를 담보로 승낙이 떨어졌다. 마침내 결혼을 하기로 했는데, 서로 풍습이 달랐다. 북간도에서는 혼례를 하려면 색시를 신랑 집으로 데려다가 예식을 거행했으므로 그 날짜를 신부 측에 묻지 않고 미리 6월 20일로 정해버렸다. 그러자 서울의 풍습을 따르는 박용길의 집에서는 펄쩍 뛰었다. 아니, 결혼도 안 한 처녀를 어떻게 남자 집에 보낸다는 말인가. 그러나 시간은 이미 늦어 있었다. 용정에서는 모든 준비를 끝내놓고 촌각을 헤아리고 있었으니, 운니동에서는 하는 수 없이 신부 측만으로라도 결혼식을 올려서 보내기로 했다. 날짜 계산을 해보니 미룰 수 있는 마지막 시한이 17일이었다. 하는 수 없이 그 날짜에 결혼식을 올렸다. 신랑 측에서는 문재린 목사와 용정 중앙교회 전도사만 참석한 조촐한 혼례였다.

서울에서 용정까지는 기차로 이틀이 걸렸다. 18일, 용정으로 떠나는 날, 박용길은 아무 걱정 없이 채비를 마쳤다. 그 연약한 색시가 멀리 북간도까지 가는 것이 안쓰러워서 아버지가 동행하기로 했는데, 만주가 어디라고 겁 없이 떠나는 아우가 놀랍고 안쓰러워 언니들은 눈물바람까지 했다. 사실 서울과 용정은 전혀 다른 세계에 속했다. 용정이 자랑할 만한 게 있다면 광범하게 펼쳐진 옛 고구려 대륙과 혹독한 겨울 추위와 그것을 배경으로 펼쳐지는 신화 같은 이야기들뿐이었다. 하지만 박용길은 아랑곳하지 않았다. 요코하마 시절에 문익환에게서 들었던 19세기의 망명자들이며, 안중근 의사, 김약연 선생, 또 시아버지의 선교 활동과 시어머니의 여신도회 시절이 살아 있는 곳으로 찾아간다고 생각한 탓이었다.

한편, 북간도에 문익환이 색시를 데려왔는데, 그 광활한 대지에 도저히 어울리지 않는 서울소녀 같은 안쓰러운 용모를 하고, 마른 땅이라고는 없는 곳에 뾰족구두를 신고 있었다. 게다가 하도 작고 말라빠져서 우선 시어머니부터 저게 사람 역할을 하겠나, 과연 애기를 낳을 수는 있겠나, 염려가 많았다. 그것을 눈치 챈 문익환이 말했다.

"어머니, 며느리가 코스모스처럼 생겼지요?"

결혼식은 이미 치르고 왔으므로 용정에서는 기념식만 했는데, 박용길에게는 신혼여행은커녕 휴식할 틈조차 주어지지 않았다. 신접살림을 할 곳이 용정이 아니라 신경에서도 한참을 들어가는 만보산 골짜기였다. 이제 만보산에 파묻혀 열심히 선교 활동이나 하자! 이것이 박용길의 생각이었다. 그 깊은 산기슭에 도쿄파 신학자 문익환·박용길·문동환 이렇게 세 거물이 모였지만 시대가 사나운 때이니만큼 활기가 돈을 턱은 없었다. 깊고 깊은 벽촌의 한적한 두 칸 집, 살림은 궁색했지만 박용길은 금방 첫 아이를 잉태했다. 그 소식을 듣고, 너무나 작고 연약한 서울 색시가 안쓰러워서 신경 중앙교회 목사가 문익환 부부를 불러주었다. 부목사로 초빙해준 것이다.

그렇게 길고 긴 겨울이 끝나가고 있을 때, 참으로 느닷없는 비보가 날아들었다. 2월 하순, 윤동주가 후쿠오카 감옥에서 죽었다는 것이다. 문익환은 경악했다.

"아, 나만 빠져나와버렸구나!"

1942년 윤동주가 경도로 옮기기 직전에 도쿄 하숙집에서 본 것이 마지막이었다.

"그 집은 2층집이었고, 동주의 방도 2층에 있었다. 6조 방(다다미 여섯 장짜리 방)이었던 것으로 기억한다. 동주는 내가 갔을 때 경도로 옮겨가려고 이삿짐을 싸고 있었다."

1940년대 세계에서 조선의 지식인으로 산다는 것은 고통스러운 일이었다. 매일같이 100년의 변화가 단 하루 사이에 이루어지고 있었다. 역사는 심장의 박동이 아니라 뇌세포의 진동보다 빠르게 흘렀다. 이해할 틈도 없이 민족들이 망하고 제국들이 뒤바뀌며 구세계가 바로 발밑에서 단절되었다. 연합국과 추축국으로 나뉜 유럽은 북아프리카까지 찾아가 독일 롬멜과 영국 몽고메리가 사막에서 공방을 펼치고 있었다. 소련에서는 스탈린그라드 공방전이 진행되었으며, 태평양을 무대로는 미국과 일본이 각축을 벌이고 있었다. 중국 본토에서는 일본군에 밀려 충칭으로 쫓겨난 장제스 부대가 항전하고 있었다. 우리 임시정부도 충칭에 본부를 두고 시안, 푸양 등지의 광복군 지대들이 독립전쟁에 대비하고 있었다. 매순간 창조되고 있는 신세계가 유성처럼 꼬리를 끌며 혼란과 공포와 현기증을 불러일으키는 상황이었다. 그 마당에 조선인 '징병제'가 법령으로 공포되고 시행의 날을 기다리고 있었으니, 윤동주와 송몽규도 귀국을 서두르지 않을 수 없었다. 그리고 급거 귀국할 교통편을 예약하고 화물편에 짐을 부친 후 두 사람은 그만 체포되고 말았다.(송우혜, 『윤동주 평전』 참고)

잘한 일이었던가? 문익환은 자신이 구겨진 휴지처럼 역사의 구석지에 버려져 있는 것을 느꼈다. 그것은 확실히 문익환이 생각지 못한 제2의 길을 간 장준하와, 그보다 더한 제3의 길을 선택한 윤동주, 송몽규의 진로에 비추어 형편없이 초라한 것이었다. 문익환은 엄청난 절망감에 빠졌다. 육체는 밥으로 살찌지만 정신은 기아와 고통으로 성장한다. 지식인은 구체적인 현실 속에서 생각하는 것이 아니라 상징에 의해 생각하는 것을 그만두어야만 비로소 행동할 수 있게 된다. 윤동주는 가정형편도 어려운데 고비마다 실패하면서 꿈의, 새벽의, 시의 길을 가고 있었다. 그에 반해 그 무렵의 문익환은 출가 이전의 모세와 같았다. 한없이 선량하고 순수하지만 그의 영혼은 아직 현실의 복판을 맛보지 못하고 있었던 것이다.

윤동주를 잃고

윤동주는 불과 6개월 뒤에 찾아올 해방의 날을 맞지 못했다. 용정에 사망통지서가 날아온 것은 1945년 2월 셋째 주 일요일이었는데, 어른들은 교회에 가고 집에는 아이들뿐이었다. 때마침 동생 윤일주가 집에 있어서 교회에 달려가 허둥지둥 전보를 알렸다. 어른들이 오고, 잠시 후 교인들이 몰려와 집안은 삽시간에 초상집이 되었다. 그러나 빈소에 안치할 주검이 없었으니, 살아 있는 자들에게는 그것이 문제였다. 북간도에서 일본 후쿠오카까지 가자면 미군의 맹폭에 시달리는 현해탄을 건너야 했다. 게다가 본토에 퍼붓는 공습은 더욱 거세고, 북간도의 농민이 여행 수속과 도항증渡航證을 내는 것도 보통 일이 아니었다. 까닭에 아버지 윤영석과 당숙 윤영춘이 위험을 뚫고 나섰을 때 이웃들은 오히려 죽은 아들보다 살아 있는 아버지를 염려했다.

그 깊고 슬픈 겨울의 막바지에서 문익환은 윤동주가 남긴 시를 읽으며 울고 또 울었다.

육첩방은 남의 나라

창 밖에 밤비가 속살거리는데
등불을 밝혀 어둠을 조금 내몰고
시대처럼 올 아침을 기다리는 최후의 나
— 윤동주, 「쉽게 쓰여진 시」 부분

그가 읽은 어떤 글자도 여기서 만난 '최후'처럼 강렬한 표현은 없었다. 그것은 윤동주가 "패, 경, 옥 이런 이국소녀들의 이름과, 벌써 애기 어머니가 된 계집애들의 이름과, 가난한 이웃 사람들의 이름과, 비둘기, 강아지, 토끼, 노새, 노루" 같은 것들을 그리워하면서 "별이 아스라이 멀 듯이" 먼 곳에서 고독한 유리벽의 세계를 안간힘으로 할퀸 영혼의 손톱자국 같은 것이었다. 그렇다! 도쿄의 윤동주에게 '소학교 때 책상을 같이했던 아이들'은 시간적으로 멀고, 어머니는 공간적으로 멀며, 그가 열망했던 프랜시스 잠과 릴케는 정서적으로 멀었다. 그 단절감, 그 막막한 공간의 숙명을 생각하면서 문익환은 치를 떨었다.

윤동주의 죽음이 그에게 체험시킨 것은 그때까지 자신을 지켜준 최후의 성城이었던 저 고독이 무너지는 소리였다. 세계는 이제 너무도 명확해졌다. 그는 정신적으로 단호해질 수밖에 없었다. 그래서 윤동주를 취재했던 한 일본인에게 이렇게 말한다.

새로운 아침이 온다고 하는 것을 종교적인 신념으로 믿고, 그 속에서 시를 쓰면서 죽어갔다는 것이다. 그는 숱한 억울한 죽음을 대표하여 우리들 앞에 서 있다. 그렇게 생각하면 된다.

— 이부키 고, 「시대의 아침을 기다리며」, 《문학사상》 1985년 3월호에서 재인용

이것으로 이후 평생을 지배할 문익환의 정치적 태도는 수정할 수 없이 확정되어버렸다.

그러나 한편으로 산자들에게는 그 억울한 죽음의 체험을 자신의 삶 속에 용해하는 일이 남아 있었다. 윤동주의 죽음은 석연찮은 대목이 너무 많았다. 공식 죄목이 된 '경도에 있는 조선인 학생 민족주의 그룹 사건'에 대해서도, '뇌일혈'이라 알려온 사인에 대해서도 용정 사람들은 액면 그대로 믿지 않았다. 아니, 믿을 수 없었다. 소학교 6학년 때 명동학교를 빼앗기는 과정에서 윤동주는 이미 그 자신이 '하나의 독자적인 정부'로 움직이는 자임을 보여줬었다. 항일을 하더라도 '내란음모(?)'를 위한 비밀결사의 형태를 띨 턱은 없었다. 그것을 누구보다도 문익환이 잘 알고 있었다.

그에 대한 의문은 훗날 여러 경로로 유출된 일제 당국의 자료들을 통해서 공개되었다. 1944년 1월 20일에 발행된 내무성 경보국 보안과 《특고월보》는 본문 186페이지 중 46페이지를 할애하여 「조선인 운동의 상황」을 밝히는 가운데 「치안유지법 위반조선인 취조상황」을 다루고 있었다. 표지에 '엄비嚴秘'라는 빨간 도장이 찍힌 이 문서는 윤동주가 송몽규를 중심으로, 고희욱과 함께 소위 '재 교토 조선인 학생 민족주의 그룹사건'에 연루되었음을 밝힌다. 요지는 이랬다.

송몽규는 1935년(중학교 3학년 때) 4월부터 11월까지 난징의 조선독립운동 단체에서 교육을 받고 지난에서 활동하다가 1936년에 귀국 자수했는데, 끝까지 '불령사상을 포기하는 데 이르지 못하고' 윤동주랑 의논하며 연희전문을 거쳐 일본에서까지 '조선독립의 궁극적 목적으로 세계 역사 및 문학을 연구함과 동시에 민족문화의 유지에 노력하고 있었다.'

하지만 그것이 어떻게 해서 죽음의 이유가 되는지 윤동주를 아는 누구도 이해할 수가 없었다. 문익환도 마찬가지였다. 그 짧은 생애를 머리에서 발끝까지 온통 시인으로만 살아온 윤동주에게 대체 무슨 일이 있었다고 죽이기까지 한다는 말인가.

일본의 강제징병을 피해 문익환이 봉천신학교로 돌아올 때도 윤동주와 송몽규는 여전히 일본에 남아 있었다. 그리고 조선인을 총알받이로 이용하려는 그 흉악한 정책을 뒤집어 "일본의 국력이 약해지거나 패전하는 기회를 타서" 징병제가 오히려 조선의 무장을 돕는 데 활용될 수 있게 하자는 토론을 한다. 가뜩이나 불안한 정세에 징병제를 실시하는 시점에서 일제에게는 참으로 섬뜩한 발상이었을 것이다. 그것은 문익환의 길을 택한 사람이나 장준하의 길을 가려 했던 청년들도 전혀 상상하지 못한 제3의 길이었다. 그리고 체포되자 곧 무서운 계책에 휘말려든다.

윤동주의 죽음에 무언가 심상찮은 비밀이 숨어 있으리라고 직감한 최초의 사람은 그의 아버지였다. 당시 주검을 찾으러 간 아버지는 가장 먼저 송몽규를 면회했다. 그리고 앙상하게 뼈만 남은 몰골을 확인했고, 그것이 옥중 노동의 결과라는 것을 알았다. 윤동주도 노동을 한 것은 틀림없었다. 그의 겨울 내복이 왼쪽만 닳아 있었던 것이다. 왼쪽 소매와 왼쪽 가슴 부분만 유난히 닳아서 헝겊의 올이 풀어지고 잔구멍들이 송송 나 있는 것으로 보아 윤동주가 맡은 일은 몸의 왼쪽 부분만을 집중적으로 사용하는 일이었다. 그러나 그것만으로는 죽음이 설명되지 않았다. 윤동주도 송몽규도 지극히 건강한 청년이었던 것이다.

그때 가족들이 추정한 사인은 먼 훗날 고노오 에이치鴻農映二라는 일본인에 의해서 다시 제기되었다. 고노오 에이치는 1980년에, 윤동주가 생체실험을 당했으며, 그 주사는 "당시 구주제대에서 실험하고 있었던 혈장 대용 생리식염수 주사였을 가능성이 크다"고 주장한 것이다.

어쨌든 윤동주의 장례 절차는 그런 의혹 속에서 치러졌다. 3월 6일, 눈보라가 몹시 치는 날, 집 앞뜰에서 문재린 목사가 영결을 집도했다. 그리고 3월 10일, 그 무덤의 흙을 미처 덮기도 전에 다시 송몽규의 죽음이 전해져서 윤동주와 똑같은 절차를 밟았다.

지상에서 가장 가까운 친구를 한꺼번에 두 명이나 잃는 슬픔 속에서 문익환은 4월에 첫 아이 문영실을 낳았다. 그러는 동안에도 여전히 협화회協和會 일당은 '천황의 성덕'이니 '황국신민'이니 하는 따위의 말을 멋대로 지껄이고, 일본 사람들의 조종으로 조선인, 중국인, 일본인들을 서로 친화시킨다는 미명하에 알량한 식민지정책을 선전하고 고무했다. 하필 〈반달〉(일명 〈푸른 하늘 은하수〉)의 작곡가요 아동 문학가인 광명여중 음악선생 윤극영이 간도협화회 회장을 맡아 그 선두에 서서 친일행각을 벌였다. 시대의 어둠은 깊을 대로 깊었다. 정세는 자꾸만 지독해져서 조선 상공에도 미군의 B-29기가 자꾸 날아와 흰 구름 줄을 그려놓고 사라지고는 했다. B-29기가 날 때마다 조선인들은 기쁨의 표정을 감추지 못했고, 일본인들은 불안한 기색을 역력히 드러냈다. 일본의 패전이 눈앞에 박두해 있었다.

그리고 초여름 어느 날, 문익환의 생가에도 위기가 찾아왔다. 일본 헌병이 문재린 목사에게 물어볼 것이 있다고 동행을 요청하면서, 어쩌면 며칠 지내야 될지 모르니 내의도 챙기라고 했다. 어머니 김신묵 권사가 헌 내복을 챙겨 남편을 보내고 얼마 되지 않았는데 문동환이 밖에서 또 다른 소식을 물고 왔다. 동산교회의 이권찬 목사도 행방불명이 되었다는 것이었다.

가족들은 아무리 알아봐도 두 분이 간 곳을 알 길이 없었다. 김신묵은 하는 수 없이 교인들을 수소문하여 헌병대에 다니는 아들을 둔 권사에게 찾아달라고 부탁했다. 며칠 후 권사는, 일본 헌병들이 두 목사를 체포한 것은 미군이 조선 반도에 상륙할 경우에 대비해 조선의 지도자 약 500명을 처형한다는 방침이 내려져서 그 준비의 일환으로 만주에 있는 지도자들을 미리 연행한 것인데, 처형자 명단에 목사님의 이름이 있으니 단념하는 수밖에 없다는 정보를 알아왔다.

상황은 심각했다. 무엇보다도 먼저 두 사람이 끌려간 곳을 알아야 했다. 동분서주한 끝에 목격자를 만났는데, 헌병들이 두 사람을 끌고 신경으로 가는 북향차를 타고 가다가 조양천에서 내려 다시 남쪽으로 가는 기차로 바꾸어 탔다는 것이었다. 그렇다면 두만강을 넘어 함경북도로 가는 기차를 탄 셈이니, 아마도 함경북도 헌병대로 간 것이 틀림없었다. 그것을 단서로 문재린 목사와 이권찬 목사는 함북 성진 헌병대에 구속됐다는 것이 추리되었다. 어머니는 이권찬 목사의 부인과 함께 성진으로 달려갔다.

이제 성진에서 두 분의 뒷바라지가 시작되었다. 언제 총살을 할지 몰라서 목숨이 위태로운 날이 겨우겨우 넘어갔다. 그리고 8월 9일, 소련이 일본을 향해서 선전포고를 하던 날 밤, 주민들은 대피하고 성진 밤바다에서 대포 소리가 요란할 때 문재린 목사는 바로 죽음 앞에 대기했다. 전쟁에 지고 있는 일본이 언제 어떻게 해버릴지 알 수 없는 상황인데, 세상에! 현해탄 너머 히로시마에 가공할 원자폭탄이 터져버렸다. 그와 함께 이권찬 목사가 풀려나고 다음 날 아침에 기적처럼 문재린 목사가 풀려났다. 두 분이 석방되자 가족들은 뒤도 보지 않고 두만강을 건넜는데, 가까스로 넘은 때에 일본이 나서서 두만강 철교를 폭파했다. 며칠 동안에 벌써 몇 번째 구사일생을 겪는지 몰랐다.

그 숨 가쁜 8월의 어느 날 아침, 문익환은 신경 중앙교회 건축기금을 찾으려고 은행으로 달려갔다. 은행 앞은 행여나 하고 찾아온 일본 사람들만 무거운 얼굴로 서성거리고 있을 뿐 문이 닫혀 있었다. 허탕을 치고 돌아오면서 일본인들이 다급히 진지를 구축하는 공사에 길이 막혀 두 시간을 허비했다. 일하는 시늉들을 하고는 있지만 입을 여는 사람 하나 없이 침통한 공사현장이었다.

"교회 전도사인데, 교인들 집을 찾아볼 일이 있으니 지나갈 수 있게 해주세요."

말없이 길을 터주자 문익환은 서둘러 걸음을 재촉했다. 그래서 총총히 걷다가 라디오를 통해 흘러나오는 천황 히로히토裕仁의 떨리는 목소리를 들었다. 일본의 무조건 항복을 요구한 '포츠담 선언' 수락의 '종전조서終戰調書' 방송이었다. 순간적으로 문익환은 속에서 솟구쳐 올라오는 탄식을 내뿜었다. '동주야, 네가 살았더라면…….' 그리고 곧바로 '아, 나는 이제 거짓말을 안 하고 살아도 되는구나!' 하는 해방감이 밀려들었다. 참으로 서럽고 처량한 감격이었다.

8월의 카오스

해방은 억눌린 인민의 열정을 무분별하게 분출시켰다.

기만적인 '대동아 공영권'의 우산을 벗어난 사람들의 가슴에는 감격이 흐르고 격정이 진동했다. 학생들은 밴드를 앞장세워 경축행진을 벌이고 시민들은 연도에 나와 만세를 불렀다. 하지만 그것은 또 하나의 정치적 혼란에 불과했다. 민족문제와 계급문제는 결코 두 몸이 아니었건만 당시 인민대중의 머릿속에서 이 두 문제는 자꾸만 서로 다른 이성에 접속되었다.

그로 인한 분열을 가장 먼저 고민하기 시작한 사람은 아버지 문재린 목사였다. 아버지는 일제가 떠나자 곧장, 언젠가 김약연 선생이 그랬듯이, 조선족 자치회를 건설하고 회장이 되었다. 그러고는 십수 년 전 명동학교를 빼앗겼던 어처구니없는 사태를 회고하면서 그 같은 상황이 다시 올 것에 대비하느라 발길을 분주히 놀렸다. 용정 중앙교회 종각에서 나부끼는 '동포여! 하나이 되어 조국을 건설합시다'라 새겨진 기다란 광목천의 구호는 문재린의 마음을 만인 앞에 노출시켰다. 청년들은 그동안 그렇게 갈망하던 독립을 맞았는데 이제 다시 갈라지겠느냐고, 공연한 걱정을 하신다고 했지만 아버지의 염려는 나날이 현실로 드러났다.

모든 상황이 그랬다. 우선 서울은, 8월 20일에 B-29기가 상공에 날아와 삐라를 살포하고 9월 초 미군이 남한에 진주하리라는 것을 예고하는데도 사람들이 전혀 의미를 알지 못했다. 그러다가 조선이 북위 38도선을 경계로 분할되고, 남북이 따로따로 미·소 양군에게 점령된다는 사실을 나중에 알고는 다들 찬물을 뒤집어썼다. 만주의 상황은 더욱 어지러웠다. 연합군 중 하나인 소련이 진주한 상태에서 중국 본토에서 일본군과 맞서 싸우던 마오쩌둥의 중국 공산당과 장제스의 국민당 군대가 뒤따라 들어왔다. 두 군대가 서로 정권을 다투기 시작하자 북간도는 순식간에 아수라장이 되었다. 그것이 교포 사회에 미치는 영향은 컸다.

일단 만주를 점령한 것은 소련군이었다. 소련군은 진주하자마자 거리를 누비며 일본인들을 '야뽄스케'라고 부르고 함부로 쏘아 죽였다. 또 여자란 여자는 눈에 띄는 대로 끌어다 강간을 하는가 하면 시계 등 값이 나가는 물건을 보이는 대로 강탈했으며, 모든 기계와 그 밖에 필요한 것들을 트럭에 실어 마구 러시아로 가져갔다. 그 틈에 위세가 커진 것은 자칭 공산주의자들이었다. 그들은 '인민자치단'이라는 이름을 걸고 친일분자들을 숙청했다. 특히 조선인으로 일본경찰에 가담해서 동포들을 못살게 군 고등계 형사들은 공개처형되었다. 그 처형 방식이 무서워서 사람들은 점점 남쪽으로 피난을 가기 시작했다. 왜냐하면 인민자치단이 친일분자들을 포승으로 묶어서 단 위에 세워놓고 아무나 나와서 원수를 갚도록 했는데, 그때마다 피해를 입었다는 사람들이 나와서 살아 있는 사람들을 칼로 난자했다. 누가 어떻게 친일을 했는지,

피해를 입은 내용들이 사실인지 아닌지를 확인하는 절차는 없었다.

문재린 목사는 그러는 와중에서 귀가 번쩍 뜨이는 라디오 방송을 들었다. 서울에서 여운형, 이승만, 김일성 등의 애국자들이 모여 '동진공화국東震共和國'이라는 나라를 세우기로 했다는 것이었다. 기뻤다. 그리고 반드시 그들의 이야기를 직접 들어봐야만 미래를 설계할 수 있을 것 같았다. 때마침 기독교 총회가 서울에서 열렸으므로 문재린 목사는 그곳에 참석했다. 미국과 소련의 이념이 다른 만큼 서로 완전히 협동하는 것은 불가능하겠지만, 그래도 당분간은 괜찮으리라 믿고 서울의 관철동에 있는 한 여관에 투숙하여 약 2주간 정세 동향을 파악했다. 그런데 주워들은 게 온통 비관적인 내용뿐이었다. 어디에도 고구려적인 영혼들이 기댈 곳이라고는 없었으니, 모든 판단은 각자가 알아서 하는 수밖에 없었다.

문재린 목사는 즉각 용정에 돌아와서 경호대장 전윤필을 찾았으나 면회를 거절당했다. 그리고 사흘째 되는 날 공산당원 10여 명이 권총을 들고 야밤에 담장을 넘어왔다. 용정 공산당이 정식으로 문재린을 체포한 것이다. 그런데 엔지로 이감을 가면서 보니, 그들은 바로 엊그제까지 독립 운동을 했던 사람을 일제의 앞잡이와 똑같이 취급하고 있었다. 가족들은 화가 나서 잠을 이룰 수가 없었다. 일본에게 붙잡혔을 때는 영광스럽기라도 했는데 이번에는 분통이 터져서 입이 열리지 않았던 것이다.

그 소식을 들은 문익환은 매일 그리스도 앞에 앉았다. 환멸스런 세계였다. 교회를 나서면 세계에 대한 거부감이 강한 파도를 일으켰다. 육신은 비록 현실의 굴종을 견디고 있지만 영혼은 지하감옥 같은 내면에서 끝없이 메아리를 울렸다. 그러는 동안 첫딸 영실이가 홍역을 앓고 아내 박용길은 장티푸스를 앓았다. 아무리 기도를 해도 소용없었다. 아내에게는 젖이 안 나오고, 아이에게는 우유가 없었다. 영실이는 갈수록 영양상태가 부실해서 야윌 대로 야위어갔다. 신경의 형편이 이러할진대 용정에서 벌어지는 일에 대책이 있을 수 없었다. 이래저래 집안의 모든 난관을 혼자서 뒤집어쓰는 것은 어머니였다. 동생 문동환이 열심히 뛰었지만 그 역시 캐나다 선교사들이 세워서 은진학교와 짝을 이루는 명신여중에서 교직 생활을 하고 있었으므로 시간을 빼는 데 한계가 있었다.

까닭에 어머니가 직접 은진학교를 나온 공산당원들을 찾아다니며 문재린 목사가 간 곳을 수소문했다. 그래도 알 길이 없자 어머니는 견디다 못해 형무소 뒤에 있는 감옥으로 잠입해 들어갔다. 그곳은 일본군들을 수용하던 곳인데 대소변을 마당에 누어서 냄새가 나고 더럽기가 그지없었다. 그 한구석에 시멘트 바닥이 있는데, 거기에 죽은 일본군들의 시체가 있었지만 아무리 거적을 들추고 뒤져봐도 문재린 목사의 시체는 나오지 않았다. 그러는 동안 어느새 4개월이 흐르고, 영실이가 끝내 숨을 거뒀다. 이제 문익환에게 남은 일은 매일매일 자기 자신을 심판하는 것밖에 없었다. 그의 자의식은 자신에 대해서 엄격한 재판관이 되었다.

한편 문재린 목사는 깊은 굴속 방에 억류되어 소련 장교의 취조를 받았다. 요지는 간단했다. 서울에서 이승만에게 무슨 지령을 받았는가. 문재린 목사는, 자신은 이승만의 지령이 아니라 하느님의 명령으로 움직이는 사람이라고 극구 해명했지만 그럴수록 소련군은 더욱 집요하게 물고 늘어졌다.

"어쨌거나 서울에서 이승만을 만난 것은 사실이 아닌가, 왜 만났는가?"

국제 정세에 어두워서 북간도 조선인의 앞날이 어떻게 될 것인지를 알고 싶어서였다고 답했더니, 이제 이승만이 뭐라고 답변하더냐고 물었다. 강대국들의 계획대로 38선 이북은 소련의 손에, 이남은 미국의 손에 들어갈 것이라고 했다고 말하자 바로 그 점이 문제의 핵심이라고 했다. 상식적으로, 목사가 그런 답을 받고도 이남에 체류하지 않고 다시 올라온 데는 뭔가 정치적 계략이 있다고 볼 수밖에 없지 않느냐는 것이었다. 소련군들은 문재린 목사를 프락치로 결론짓고 사형 집행일을 생각하고 있었다.

그러던 어느 날이었다. 하루하루를 예측할 수 없는 불안 가운데 중국공산당의 팔로군과 더불어 독립전쟁을 하던 좀 세련된 공산주의자들이 들어오면서 느닷없이 북간도의 정세가 호전되었다. 옌안에서 온 팔로군 출신 한국인 공산당원들은 지방의 인민자치단이 여러 가지로 과격하게 행동한 것을 보면서 실추된 민심을 수습하려 노력했다. 어린 여학생들을 동원하여 춤과 노래를 하는 선전대를 만들고, 주민들을 큰 강당에 모아놓고 자신들의 투쟁담을 들려주며, 미래에 대한 전망을 제시하면서 민심을 회복하려 했다. 그리고 그 일환으로 문재린 목사를 석방시키기로 결정했다. 은진학교 출신 당원들이 문재린 목사처럼 백성들에게 존경받는 인사들은 석방되어야 옳다고 밀어붙인 것이다.

결국 제자들의 도움으로 석방되자 이번에는 지방의 공산주의자들이 그를 소련군에게 밀고해서 다시 헌병대에 체포되었다. 말도 통하지 않는 소련군들에게 붙들려 강제로 트럭에 탑승할 때 김신묵 권사가 "나도 잡아가라. 남편을 죽이려면 나도 죽여라!" 하고 차에 매달리자 소련 병사들은 간단히 발로 차서 떨어뜨려버렸다. 그리고는 큰길이 아닌 하이란강 얼음 위로 트럭을 몰았다. 뒤쫓는 청년들을 따돌리고 석방 3주 만에 재차 소련군 사령부 감옥에 가둔 것이다. 그리고 이번에는 이승만의 앞잡이가 아니라 미국의 스파이라는 혐의로 취조와 고문을 했다. 가족들은 다시 뛰어다니며 백방으로 구명운동을 했지만 아무 소용이 없었다.

나중에 조사가 끝나고 아무런 죄목이 없는 것으로 밝혀졌는데도 석방시키지 않았다. 대신에 열다섯 명의 처형자 속에 넣지 않고 시베리아로 보낼 열다섯 명의 유형자 속에 넣었다. 문재린 목사는 순교를 각오하고 있었는데 마지막 날 혼자 남겨져 소련군 사령관에게 불려갔다.

"당신은 아무 죄도 없이 고생했으니 얼마나 억울한가."

문재린이 답했다.

"소경이 자기 소경인 것을 원망해야지 개천을 원망해서야 무엇하겠습니까."

사령관이 무슨 뜻이냐고 물었다.

"저는 서울에 갈 때 미국과 소련이 연맹국으로 서로 친하다고 생각했습니다. 안 그런 것도 몰랐으니 당연히 소경의 책임이지요. 감방에서 배운 게 많은 만큼 누구를 원망할 생각은 없습니다."

사령관은 손을 내밀어 고맙다고 악수를 청하며, 앞으로 공산당에 협조해달라는 부탁과 함께 현관까지 전송했다. 그러나 석방 후 문재린 목사는 앞으로 설교도 심방도 안 된다고 하는 통보를 받았다. 종교의 자유가 완전히 박탈되었으니, 다가올 시련은 뻔했다. 남은 것은 순교를 할 것인지 양떼를 몰고 새로운 땅을 찾을 것인지밖에 없었다. 문재린 목사는 마침내 용정을 떠나기로 했다.

나는 남쪽으로 도피할 생각은 없었다. 50년 전 나의 선친이 민족을 위한 큰 꿈을 가지고 동지들과 같이 입주해서 토지를 개간하고 학교와 교회를 설립해서 민족을 교육하면서 앞날을 위한 꿈을 위해서 사시던 곳이기도 하고 20년 동안 먹여서 기르던 양떼들이 있는 곳인데, 어찌 저들을 두고 떠날 수 있을 것인가. ……나는 떨어지지 않는 발을 옮겨 병동에 와서 일박을 하면서 선산을 찾아가 선조들에게 인사한 후 다시 도보로 회령에 와서 기차를 타고 원산으로 왔다.

— 문재린, 「역사노트」

한편 문재린 목사를 먼저 떠나보낸 김신묵 권사는 문동환과 함께 급히 가산을 처분했다. 그리고 목돈을 만들어 밤중에 신경에 도착하여 문익환에게 내놓았다. 교인이 단 한 사람만 남아도 자기는 여기 있겠다는 장남에게, 어머니는 그간의 경험들을 상기시키면서 뜻은 고맙지만 어려움에 처하면 곧바로 뒤따라 내려와줄 것을 당부하고 일어섰다. 저 찬란한 김약연, 정재면, 이동휘 같은 분들과 함께 세운 선친의 역사를 지키지 못하는 것을 슬퍼하면서 작별을 고한 것이다. 이제 명동의 자식 중에서 북간도에 남겨진 사람은 문익환밖에 없었다.

슬픈 남하南下

아버지와 어머니 그리고 동생들을 떠나보낸 후에도 문익환은 여전히 지상 어느 곳에나 강림해 있는 신 앞에 앉아 있었다. 자신이 놓인 장소가 신경이라는 것은 전혀 문제가 되지 않았다. 유목민은 가축을 따라 사는 존재이지 장소에 의탁하는 존재가 아니었다. 사제와 신도를 목자와 양떼로 인식하는 종교적 유목 활동도 마찬가지였다. 그가 따를 길은 양떼들이 가는 곳이지 옥토가 아니었다.

그러나 역사의 양떼들이 예고 없이 선악의 방향을 바꾸는 것처럼 황당한 경우는 없었다. 세상은 무법천지였다. 일제의 탄압이 걷히자 드러난 힘의 분출 때문에 만주 곳곳에서 조선인은 설 자리를 잃고 살해되는 경우가 많았다. 중국인들이 혐오하는 자리에 어느덧 일본인 대신 조선인이 서서 보복을 당하고 있었다. 그것은 문익환에게 세상의 허술함을 뼈아프게 각성시켰다.

일본이 '대동아공영'을 외치는 동안 아시아의 세 주역이 보이는 민족성의 차이는 뚜렷했다. 우선 일본인들은 기민하고 활발하며 주도적이기는 해도 어려운 일을 잘 감당하지 못했다. 조선인이 개척한 대지에서도 그들은 오래 버티지 못했다. 이질을 보통 배앓이나 감기처럼 앓는 북간도에서 일본인들은 이질에 걸리면 관부터 샀다. 반면에 조선인은 질기고 억척스러워 어디에 내놔도 생존했다. 척박한 황무지에서도 불과 3년이면 농토를 일궈 자급자족하는 마을을 만들었던 것이다. 그래서 의리는 있으나 나쁜 의미의 대륙적 여유 때문에 한없이 늘어지고 개척할 줄 모르는 중국인의 '만만디晩晩的' 기질을 일본은 철저하게 조선인을 이용해 극복하려 했다. 대륙경영의 방법으로 소위 '징검다리 정책'을 사용한 것이다.

징검다리 정책이란, 자기들이 직접 중국인을 몰아내는 것이 아니라 조선인을 앞세워서 마찰을 줄이는 한편, 조선인과 중국인 사이를 이간시키는 계책이었다. 가령, 중국인들이 살고 있는 지역에 조선인들을 들여보내 그들을 밀어내면, 조선인들이 갖은 원망 속에서 고생고생 마을을 가꾸어 이내 일본인들이 들어와도 살 만한 환경을 만들었다. 그다음에 조선인들을 다시 내쫓으면 일본인들은 중국인들에게 욕도 먹지 않고 비옥해진 땅을 차지하는 일석이조의 효과를 보는 셈이었다.(강원용, 『빈들에서』 참고)

신경은 대표적으로 그러한 곳이었다. 그리하여 일본인과 조선인과 중국인 사이에 형성된 위장된 서열체계 안에서 일부 지각없는 조선인들이 그 처량한 차별 우대를 과시한 결과는 일제가 물러간 후 혹독한 후유증을 만들어냈다. 그것은 교인들 속에서도 쉽게 확인되었는데, 쌀장사를 하는 집사가 보란 듯이 일본인 우대와 중국인 홀대를 자랑하더니 중국인 대중의 집단적 분노에 쫓기게 되었다. 그러던 어느 날, 돌이킬 수 없는 사고가 나고 말았다. 중국인 할아버지가 경영하는 담배가게에서 조선인 청년 하나가 담배를 사면서 빨간 돈(공산당이 발행한 임시화폐)을 냈다. 자신이 공산당원임을 과시하려는 태도였으나 중국인 할아버지가 그 돈을 받을 턱이 없었다. 화가 난 청년이 폭행을 가했는데, 불행하게도 노인이 그날 밤 죽고 말았다. 그리고 이튿날 그 손자되는 아이가 상복을 입고 할아버지의 원수를 갚아달라고 울고 다니자 중국인들의 민심은 요동을 치기 시작했다.

최대 위기였다. 이제 신경 일대에서 조선인은 중국인들에게 발각되면 맞아죽게 되었다. 제아무리 기운이 센 조선인도 집단적 공격 앞에서 무사할 수 없었다. 훗날 한 월간지는 그 절대 위기를 헤쳐가는 과정에서 문익환과 정일권이 우리 동포들을 귀국시키는 일을 했다고 쓴다.(「오효진의 인간탐험」, 《월간조선》) 신경의 상황이 험악해지자 만주에서 군관장교가 된 조선인들이 동포들을 보호하기 위한 활동을 벌이는데, 그를 위해 설치된 조직이 정일권(당시 대위)을 사령관으로 한 '동북대한민국 보안사'였다. 보안사는 교민의 생명과 재산을 보호하고 귀국동포를 호송키 위한 무장부대와 생도대를 운영했다. 그 과정에서 정일권이 '교민 여성의 시계를 빼앗고 유린하던 소련 병사를 살해한 사건'에 연루돼 소련군 사령부에 수감되기까지 했다.(서병욱, 「박정희의 만군滿軍인맥」, 《월간조선》)

그러나 같은 시기에, 같은 지역에서, 비슷한 유형의 활동을 했지만 아마도 두 사람이 함께하지는 않았을 것이다. 왜냐하면 문익환이 단지 교민만 구제한 것은 아니었기 때문이다. 여기서 '문익환적 영혼'을 이해하는 데 반드시 주목해야 할 것이 있다. 환난에 처한 사람들을 구하는 활동에서 문익환은 시련을 겪는 자의 국적을 구별하지 않았으며 자신의 재산과 남의 재산을 따지지 않았다. 그것은 주위 사람들의 눈에 납득할 수 없는 일로 비쳤다.

문씨 일가가 북간도로 이주한 후 50년 동안 개간한 땅은 약 2만 평이었다. 용정을 떠나면서 아버지는 그것을 대부분 소작인들에게 나눠주었지만 일부는 사겠다는 소작인들이 있어서 팔았다. 어머니는 그 돈을 문익환에게 맡겼는데, 문익환은 재산을 아끼지 않고 어려운 사람들을 구하는 일에 마구 탕진(?)했다. 흥미로운 것은 그 상황에서 가장 큰 시련을 만난 사람들이 일본 제국주의의 관리자들을 따라 들어온 내지인이라는 점이었다. 실질적인 식민지 관리자들은 조직적으로 퇴각하거나 새로운 정복자들에게 억류되고, 뒤에 남은 제국의 시민들은 그간 수난을 당할 대로 당한 식민지 인민들 앞에 무방비로 노출되었다. 그 상황에서 특히 위급한 것은 일본 민간인 자녀들이었다. 중국인들이 이들을 습격하면 아이들은 피하지도 못하고 그 자리에서 숨져갔다. 게다가 러시아 군인들까지 근대문명이 낳은 부유한 나라의 물건들을 빼앗느라 정신이 없었으니 그들의 소지품은 표적이 되었다.

문익환은 배낭으로 돈을 싸가지고 다니면서 소련군들에게 기차를 임대하여 위험에 처한 사람들을 실어 보냈다. 그러한 구제 활동으로 셀 수 없이 많은 일본인과 조선인이 기차를 타고 위험한 만주를 빠져나갔다. 자신에게 득이 될 것이라고는 없는 선행이었다. 사람들이 빠져나갈 때마다 교회 앞마당에 보관하고 있어야 하는 짐이 늘었고, 또 그때마다 야밤에 훔치러 오는 사람들이 늘었다. 풍금을 비롯한 각종 물건들이 많으면 많을수록 문익환의 신변은 위험할 수밖에 없었다. 실제로 중국인들이 몽둥이를 들고 습격하는 바람에 여러 차례 몽둥이세례를 받았다. 한번은 심각한 위기에서 어느 중국인이 '이 전도사는 일제에 협력하지 않은 훌륭한 사람'이라고 적극적으로 변호해주어 모면하기도 했고, 한번은 이웃해 있는 중국집 사람이 2층 골방에 숨겨주어서 살아난 적도 있었다.

그 같은 일이 반복되자 문익환 부부는 더 이상 신경에 남아 있을 수가 없게 되었다. 문익환은 교인이 한 사람만 있어도 남겠다고 버텼지만 이미 남으려는 교인도 없으려니와 아내도 강력히 피난을 재촉했다. 첫아이 영실이 죽고 뒤이어 들어선 새 아이를 박용길은 반드시 서울에서 낳겠다고 간곡히 부탁했다. 문익환은 선조들이 일군 북간도를 버리고 싶지 않아서 정 떠나려거든 봉천에서 겨울 하나만이라도 더 나고 내려가자고 설득했지만 소용없었다. 어떤 시련 앞에서도 낙관적이던 박용길이 잔뜩 부풀어 오른 배를 앞세우며, 가다가 죽게 되면 그냥 길에 묻고 가라고 하소연하는데 막을 길이 없었다.

문익환은 마침내 미처 남하하지 못한 사람들을 최대한으로 소집했다. 그리하여 1946년 초여름, 500명에 이르는 대규모 피난민을 이끌고 고난에 찬 남행을 시작했다. 대부분의 구성원이 그간 기동력이 없어서 월남하지 못한 아녀자들로 채워진 이 피난민 대열의 때늦은 남행은 쉽지 않았다. 막대한 돈을 써서 기차로 봉천(현재 선양)까지 닿았으나 그다음부터는 기차조차 끊겨서 랴오둥 600리 길을 도보로 걸었다.

그 처량한 대열을 인솔하는 문익환의 마음은 복잡했다. 일제 침략과 함께 고향을 뜬 사람들이 일제가 물러나자 다시 떠돌이가 되어 있었다. 사실 고국에 닿는다 한들 어디에서 어떻게 살 것인지 대책을 세울 수 없는 사람들이었다. 더구나 외세가 점령한 나라 사정조차 안 좋아서 남과 북으로 으르렁거리고 있었으니, 구름처럼 떠내려가는 백성의 운명은 앞으로 어떻게 될지 알 수 없었다. 그런데도 당장의 고난을 끝내기 위해서 가엾은 양떼들은 연약하기 그지없는 목자를 따라 남으로 향했다.

일행은 되도록 야음을 타서 걸었지만 숫자가 많아서 어느 곳도 조용히 통과하지 못했다. 운이 좋은 날은 더러 달구지를 얻어 타고, 운이 나쁜 날은 중국인들에게 물건을 빼앗기고 폭행을 당했다. 문익환은 영어로 된 신학서적 몇 권과 돈을 몸 이곳저곳에 감춰서 나왔는데, 생김새가 달아날 데 없는 지식인이요 또 귀족의 형상이었으므로 중국인 마을을 통과할 때마다 수색을 당하고 돈을 빼앗겼다. 검문이 거듭될수록, 수상한 물건을 소지했다는 이유로 곤욕을 치르는 경우도 많았다. 한번은 참외를 깎아먹기 위해서 챙긴 과도 때문에 흉기를 소지했다고 사정없이 얻어맞아서 안경이 깨져버렸다. 팔로군들이 장악한 지대에서는 팔로군들이 뒤지고, 민간인들에게 걸리면 또 민간인들이 달려들어 도적떼처럼 굴었다. 앨범에서 꺼내온 문익환의 사진은 중국 여성들이 마치 인기배우의 사진을 만난 것처럼 좋아해서 보는 대로 빼앗아 갔다.

문익환이 함경도 땅을 밟았을 때 안경은 깨지고 신발은 벗겨져 맨발이 되어 있었다. 그러나 정녕 불행한 것은 그곳에서도 역시 쉬거나 멈출 수 없다는 점이었다. 일본 중심의 사회에서 미국과 소련 중심의 사회로 급격히 재편되고 있는 땅의 절반을 신뢰할 수 없었다. 교회의 목회자에게 38선 이북은 만주보다도 더 위험한 지역이었다. 문익환은 북쪽 지역을 건너며 행여 소련군에게 발각될세라 도둑고양이처럼 발소리를 죽이고 땅에 엎드리거나 서행을 했다. 그 같은 긴장 속에서 어떤 검문에서 영어사전이 발각되어 위기를 맞았다.

"이거 미국말 가르치는 책이지?"

"아닙니다. 영국말 가르치는 책입니다."

재치 있는 임기응변 하나가 생사를 갈랐다.

그 밖에도 농담 같은 위기들은 곳곳에서 속출했다. 소련군을 피하느라 새벽어둠을 기해 당도한 38선에서 칠흑처럼 캄캄한 밤에 낙오자 점검을 하는데, 하필 남북의 경계지점을 넘는 그 결정적인 순간에 아내 박용길이 없어서 난리가 일어나기도 했다. 한참 만에 찾고 보니 박용길은 배가 고파서 38선을 걸치고 앉아 도시락을 먹고 있었다. 문익환은 다급하게 소리쳤다.

"여기가 어딘데 밥을 먹어? 어서 가, 어서 가자고."

마침내 남쪽 땅에 당도해 낙오자가 단 한 사람도 없는 것을 확인하는 순간 문익환은 너무도 감격했다. 피난민 수용소에서 미군들이 더러운 환자들을 취급하듯 몸에 DDT를 뿌렸지만 문익환은 그 하얀 분말을 축복처럼 팔을 벌리고 맞았다. 그 용납하고 싶지 않은 풍경화 한 컷으로 문익환은 선대들의 위엄에 찬 고구려 시절을 끝냈다.

치고받으며 서로 찔러 죽이던 원수들도
땅에 남긴 발자국들이야 그게 그것 아니던가.

분단의 아침을 맞으면서

문익환이 서울에 닿은 것은 1946년 8월이었다. 그는 비가 내린 서울의, 날씨는 후덥지근하지만 거리는 쓸쓸한, 시각적으로는 가을처럼 스산하여 낙엽마저 뒹구는 처량한 여름 속을 배회하며 아버지를 수소문했다. 거리의 누구도 북간도에서 내려온 이 슬픈 목회자를 눈여겨보지 않았다.

문씨 일가가 북간도를 등진 것은 월남이 아니라 망명이라 해야 옳았다. 지리적으로는 중국에서 조선으로 이동한 것이지만, 정서적으로는 고구려의 대지를 버리고 외국 군대의 우산 아래로 피해 들어온 셈이었다. 일제가 물러간 마당에 도대체 무엇에 쫓겨 그리 허둥대야 했던가. 문익환은 황급한 조선이 맞는 세 조각의 풍경, 즉 용정을 중심으로 한 북간도, 평양을 중심으로 한 북반부, 서울을 중심으로 한 남반부를 차례로 통과하면서 이제 다시는 돌이킬 수 없는 한 시절을 마감했다. 그들이 두고 온 광활한 대륙을 다시는 회복하기 어려울 터였다.

명동촌 1세대는 김약연을 중심으로 화려하게 터를 잡고, 2세대는 민족주의적 기독교를 수용해 문재린 목사를 배출했다. 그리고 그들의 교회를 중심으로 3세대의 주역들을 길렀건만 윤동주와 송몽규는 죽고 문익환은 이상이 높은 만큼의 현실을 소유하고 있지 못했다. 그런 의미에서 문씨 일가는 단지 일개 가족이 아니라 명동촌 애국결사체의 마지막 일원이라고 해야 옳았으니, 그들의 신세는 영락없이 몰락한 왕국의 귀족들이나 다름없었다.

그러나 그 같은 사정을 도대체 누가 알아준다는 말인가. 현기증 나게 밀어붙이는 20세기의 빠른 발걸음은 그들을 놓아주지 않았다. 그로서는 눈앞에서 전개 중인 국제질서를 납득할 수 없었다. 조선의 분단에는 어떤 역사적인 정당성도 없었다. 유럽에서 독일이 그랬던 것처럼 연합군이 만약 동아시아의 국가 하나를 쪼개야 한다면 그것은 조선이 아니라 침략국 일본이었다. 하지만 제2차 세계대전은 조선, 중국, 베트남을 분할하고, 그중에서도 특히 조선을 회복 불능의 불구로 만들었다. 대부분의 백성들은 그럴 이유라고는 없다고 생각했기 때문에 실제 분단이 이루어지기 전까지 아무도 38도선을 눈여겨보지 않았지만 새로운 세계질서의 관리자들은 그러한 사정 따위는 아랑곳도 해주지 않았다. 훗날 미국의 문서보관소에서 나온 자료에는 그에 관한 경악스러운 에피소드가 있다.

1945년 8월 10일과 11일 사이의 자정 무렵이었다. 국무·전쟁·해군 3부 조정위원회의 존 머클로이는 딘 러스크와 찰스 본스틸이라는 두 젊은 대령에게 옆방에 가서 조선을 분할할 지점을 찾으라고 지시했다. 주어진 시간은 30분, 두 대령은 그것이 일개 민족의 운명을 어떻게 만드는지에 대해서는 상상도 하지 않고 단지 간단한 숙제라도 하듯 지도를 펼쳤다. 그리고 수학시간에 도형문제를 풀듯이 38도선을 찾아 금을 그었다. 왜 하필 38도선이었는가? 왜 37도선이나 39도선이 아니었는가? 당사자들은 훗날 '열전과 냉전'에 관한 한반도발 뉴스들을 접하면서 자신들이 무심코 수행한 업무 내용에 거듭거듭 놀랐다. 그들의 머릿속에는 수도 서울을 미군의 점령지에 포함시키자는 생각뿐이었으니, 분단은 그렇게 즉흥적으로 결정된 일이었다. 그래서 러스크 대령은 오히려, 소련이 동등하게 배분하자고 주장할 경우에 타협될 지점보다 훨씬 북쪽에 경계선이 있는 사실을 문제 삼지 않아서 놀랐다고 말한다. 그것을 알았다면 조선인들은 절대로 참지 않았을 것이다. 하지 장군의 국무부 정치고문이 워싱턴에 보낸 보고서가 그것을 증명한다.

"남한은 불꽃만 튀어도 폭발할 화약통과 같다고 묘사하는 것이 가장 적절할 것입니다. 여기서는 즉각적인 독립과 일제의 청산이 일어나지 않은 것에 대단히 실망하고 있습니다."

그리고 그렇게 해서 그어진 선은 그해 10월, 공교롭게도 미·소 양쪽의 군사령부가 두 망명자들의 귀환을 위한 환영식을 후원하면서 서서히 위력을 드러내기 시작했다. 이승만은 하지가 옆에 있는 가운데 강력한 반공연설을 했으며, 김일성은 10월 14일 소련 관리들이 뒤에서 있는 가운데 항일 영웅으로 소개되었다. 그리하여 향후 60년간, 인류가 냉전에서 연상하는 모든 정치적·이데올로기적 갈등을 백과사전처럼 집약시킬 환경이 조성되었다.

여기서 문씨네 가계가 북쪽을 선택하지 않은 이유는 간단했다. 그 하나는 북간도 명동촌이 정치적으로 김구 노선과 맥을 같이하고 있었다는 점이다. 김약연 선생은 임시정부로부터 내각의 수반을 맡아달라는 제안을 받았고, 문재린 목사는 김규식의 도움으로 베이징 유학을 하고《독립신문》기자가 되었으며, 송몽규도 김구의 군사학교에서 무장투쟁을 준비했다. 그것은 문화적으로도 마찬가지여서 이승만과 종교가 같다는 점과 문재린 목사가 캐나다와 영국에서 유학했던 만큼 영어에 능란하고 자유주의에 친화적이라는 점, 결정적으로는 사회주의 사상을 수용할 수 없다는 점 때문이었다. 문씨 일가가 러시아혁명 이후 대륙에서 활약한 공산당과 맺은 악연은 화해할 수 없이 치명적인 것이었다. 코민테른 3차 회의가 결정한 1국 1당 원칙에 의해 중국공산당의 조선인들에게 '고구려 마을(명동)'을 빼앗겼고, 일제에게 구속되어 간신히 살아나온 아버지를 공산당이 다시 죽음 앞으로 내몰았으며, 기사회생한 후에도 소련군 사령부에 끌려가 다시 수난을 겪었다. 그로 인해 문재린 목사는 물론 문익환까지 반공 태도가 확고해지게 되었다.

그래서 해방공간을 바라보는 문재린의 눈길은 냉담할 수밖에 없었다. 기본적으로 외세를 불신하는 상황에서 모스크바 3상회의가 결정한, 미·소 양군 대표가 공동위원회를 만들고 조선임시정부를 수립하여 향후 5년간 신탁통치를 한다는 것에 대한 조선 민중의 분노에 문재린은 십분 동의했다. 조선의 독립이 아무리 연합군 측의 승리에 의한 것이라 하더라도 미·소 양국이 멋대로 분단시키고 자국의 이익을 위한 점령정책을 실시하며 조선인의 생각은 묻지도 않고 자기들끼리 5년간의 신탁통치를 결정했다는 사실은 참을 수 없는 굴욕이었다. 그런데 미국의 의도를 간파해 트루먼의 정책에 반대하는 민족주의자는 있지만 소련의 의도를 간파하고 스탈린의 정책에 반대하는 공산당은 없다는 점에 문재린은 주목했다. 게다가 공산당원 중에는 소련을 '조국'이라고 부르는 사람까지 있었으니, 그것은 미·소 양 진영의 냉전구조를 빠르게 조선의 분열로 몰아가는 참혹한 과오로 보였다.

그것이 장차 문익환의 삶에 미친 영향은 컸다. 문익환은 자신이 계승할 아버지의 역사인식이 얼마나 냉담하게 분단 시대를 맞닥뜨려야 하는지를 피부로 느꼈다. 그것은 문씨 일가가 서울에 당도한 이후의 행적에서 뚜렷이 드러난다. 아버지는 두만강을 건너자 먼저 피난민들로부터 북쪽 소식을 듣고 곧장 남으로 내려와 동두천을 거쳐 서울로 흘러들었다. 그러고는 은진학교에서 교직 생활을 같이했던 김재준 목사와 용정 중앙교회에서 부목사로 데리고 있었던 정대위 박사, 또 언젠가 그 둘을 자신에게 부탁했던 송창근 박사가 있는 조선신학교를 찾았다. 말하자면 조선신학교가 있는 동자동은 명동촌을 알고 있는 우군들의 본거지였다. 그곳에서 문재린은 많은 동지들을 만났지만 어려운 시절에 남의 도움을 바랄 수는 없었다.

시련은 거기서 다시 시작되었다. 용정에서 기대했던 무한한 가능성으로서의 '해방도시 서울'은 실제로는 존재의 비참성과 도시적 삶이 환기하는 냉혹한 비인간성을 보여줄 뿐이었다. 당시 서울은 북에서 내려온 피난민들로 일대 혼란을 이루고 있었다. 서울역 광장은 밤에는 노숙자들로 북새통을 이루고, 낮에는 신탁통치를 반대하는 시위로 장바닥을 이루었다. 북간도에서 문씨 일가의 언행에 후광처럼 드리워져 있던 '명동의 성골' 이미지가 주는 위엄은 아무짝에도 쓸모가 없었다.

동자동에 정착한 문씨네 가족들은 생존의 위협 속에서 살 궁리를 찾았다. 소지한 돈은 금방 바닥났다. 용정에서 학병으로 끌려갔다가 팔로군으로 탈출해서 사상을 의심받고 위기에 처하자 다시 도주할 수 있도록 도움을 받은 문동환의 친구가 찾아와 쌀과 돈을 주었지만 그것도 오래가지 못했다. 아버지 문재린과 동생 문동환은 영어 실력을 내세워 미군 부대의 인부로 취직했다. 군용품을 꺼낸 궤짝을 정리하고 마당을 청소하는 고된 막노동이었는데, 고급 지식인이 하층민과 섞여 노동을 한다는 사실 때문에 그들을 사회주의자로 오인한 남로당이 끝없이 접촉을 꾀했다. 보기가 딱했던 송창근 박사가 경상도 김천에 있는 황금동교회를 소개할 때까지 뼈아픈 객지 생활은 계속되었다.

문익환은 아버지가 이제 그러한 현실에 적응해야 한다는 사실에 몸서리를 쳤다. 사실 아버지처럼 세상을 긍정하고 애정 있게 대해온 사람은 없었다. 그것은 북간도를 개척한 선조의 뜻이기도 했는데, 아버지가 자신의 이름을 감사해온 사실에서도 드러난다.

> 증조부님이 재린在麟이라고 작명을 해주셨다. ……기린은 투쟁할 무기가 전연 없다. 예리한 발톱도 없고, 강한 뿔도 없으며, 힘찬 발굽도 없다. 무기가 있다 하더라도 기린에게는 쓸데도 없다. 왜냐하면 기린은 인자한 성격의 소유자로서 남을 해하지 못하기 때문이다. ……조부님이 들려주신 말씀에 의하면 기린은 자기 옆에 벌레가 보이면 그 벌레를 피해서 발을 옮긴다는 것이다. ……기린은 세상 어느 짐승보다 목이 길어서 다른 짐승들의 입이 닿지 않는 높은 나무에 있는 열매를 따먹는 특혜를 가졌다.
>
> — 문재린, 「역사노트」

평생 기린처럼 살라던 증조부의 뜻을 버리고, 아버지가 남쪽에서 사용할 이름을 다시 지은 사실에서 문익환은 충격을 받았다. 이길 승勝 벙어리 아啞. 승아! 아버지는 도대체 무엇을 '침묵으로 이기겠다'는 것인가? 난감한 문제이긴 하나 답은 어렵지 않았다. 조선은 이제 서기 668년 이래 역사상 가장 변칙적인 시기, 민족분단의 시대에 접어들었다! 미·소에 의해 북간도는 완전한 중국 땅이 되고 남북은 둘로 갈라진, 그런 엉터리 독립이 아니라 진정한 독립, 즉 통일의 염원이 시작되었다. 아버지가 이기고자 하는 것은 분단이 몰고 오는 '죽임의 힘'이었다.

문익환은 서울에서 오래 머물지 못하고 곧장 아버지가 있는 경북 김천으로 내려갔다. 더는 걷기 어려울 만큼 만삭이었던 아내 박용길이 아이를 낳을 자리를 찾아야 하기 때문이었다. 문익환은 그곳에서 아버지가 교장으로 있는 교회 육영재단이 운영하는 배영중학의 영어교사로 취직을 했고, 박용길은 곧바로 몸을 풀어 장남 호근을 낳았다. 이렇게 해서 남쪽에서의 살림이 시작됐다.

종교도 시대 위에서 집을 짓는다

김천에서 살면서도 문익환의 '영성'은 전혀 흐트러지지 않았다. 삶의 비루함을 뛰어넘어 한없이 드높은 이상을 추구하는 습성은 그에게 일찍부터 체득된 그대로였다. 남하하기 전까지 발휘되던 그 순도 높은 경건성은 기복신앙의 태도에서 나오는 경건주의와는 전혀 다른 성격의 신비감에 싸여 있었다. 그가 북간도 체험을 통해 다져간 대지의 개념과 신의 개념은 너무나 숭고한 높이에 있는 것이어서 땅 위에 내려설 자리가 없었다. 그가 일상적으로 비는 고백조차 가난을 이기거나 개인의 영달이 아니라 물욕을 초월하는 쪽으로 맞춰져 있었다. 까닭에 협량하고 가파른 남쪽의 현실을 만났을 때 문익환은 그때까지 자신을 지탱해준다고 믿었던, 그러한 정신적이며 비현실적인 세계가 갑자기 무너지는 것을 체험했다.

그 시절, 어디를 가나 마찬가지였지만, 김천도 역시 끓는 가마솥처럼 부글거렸다. 조선 사회는 본래 각 개인들 간에도 위계가 엄격한 서열사회였다. 위엄의 등급들은 너무도 현격해서 더 큰 위엄을 가진 자와 더 작은 위엄을 가진 자는 어떻게 배치해도 평등해지지 않았다. 조선인들을 결합하는 이 '제도화되지 않은 서열 방식'을 미국인들은 이해할 수 없었다. 실용주의자들의 눈에 한없이 불평등해 보이기만 하는 서열화가 약자 측의 자발적 미덕에 의해서 지탱된다는 사실은 납득하기 어려운 조선식 문화의 특성이었다. 그러나 수천 년 역사 속에 뿌리박은 이 미묘한 문화전통은 양극화되어가는 냉전의 서사에 의해 급격히 가라앉고 있었다. 모든 경험, 모든 사건, 모든 사실, 모든 낱말이 극단적으로 다른 두 개의 렌즈에 의해 굴절되어갔다. 세 사람만 모여도 정당이 생긴다는 말이 돌 정도로, 일제가 물러간 후 가을이 오고 겨울이 가며 봄이 지나고 다시 여름이 되어도 정치의 계절은 끝나지 않았다. 당시 이남의 정당 수는 이미 90여 개에 이르러 온갖 소란이 끊일 날이 없었는데, 그러한 정치적 혼란은 남쪽의 삶에 이제 막 적응해가는 문익환의 영혼에 충격을 주는 사건들을 연달아 펼쳐놓았다. 문익환은 숨이 막힐 지경이었다.

1946년 9월, 공산당이 전국적인 대중시위를 통해 미군정의 실정失政을 폭로하고 미소 공동위원회를 재개하라는 압력으로 총파업을 주도했는데, 그 과정에서 대구사건이 폭발했다. 처음에 식량배급을 요구하던 시위에 파업 노동자들이 합세하자 무장경찰이 동원되었고, 발포로 시위군중 한 명이 사망하는 불상사가 일어남으로써 시위 양상은 친일 경찰 관료에 대한 투쟁으로 바뀌어 경찰서 습격, 무기 탈취, 유치장 개방, 경찰 학살 등으로 번졌다. 그 결과 10월 한 달 동안 일흔다섯 명의 경찰이 사망하고 200명 이상의 경찰이 실종되었다. 인민들의 항쟁이 진압되고 치안이 회복되자 이번에는 경찰에 의해 항쟁 가담자에 대한 보복이 시작되었다. 그런데 항쟁의 중심 역할을 했던 경상북도 인민위원회의 부위원장이 은진학교에서 성경을 가르치던 최문식 선생이었고 위원장이 이재복이라는 목사였다.

그 어수선한 틈에서 문씨 일가는 그나마의 안정에 감사해야 할 지경이었다. 김천 황금동교회는 비록 지방의 조그만 소도시에 있었지만 크고 권위 있었다. 송창근 박사가 목회를 하고, 정대위 목사, 조선출 목사, 김정준 목사, 공덕귀 여사가 거쳐 가면서 북간도 명동만큼은 아니더라도 민족주의적 기독교의 거목들을 배출하는 상징적인 교회가 되었다. 문재린 목사는 그곳에서 남쪽의 양떼를 만나기 시작하면서 아직 교회의 울타리에 들어오지 못한 압도적 다수의 양떼들에게 헌신하고자 했다.

한편, 최소한의 거점이 구축되자 문익환은 동생과 함께 조선신학교에 편입했다. 일본신학교에서 징병을 피해 만주 봉천신학교로 옮겨왔다가 학교가 없어지는 바람에 중단된 자투리 과정을 마치자는 것이었다. 그런 의미에서 신학교 편입은 목사 안수를 받기 위한 통과의례에 지나지 않았다. 그런데 그곳은 문익환에게 점점 남쪽의 고향이라 할 만한 중요한 장소로 변하게 되었다.

학교 강의는 빈약했지만 교수, 학생 사회가 익히 친숙한 이름들로 가득 차 있었다. 조직신학과 기독교윤리와 구약은 김재준 목사, 교회사는 한경직 목사, 목회학은 송창근 박사, 고대 그리스어인 헬라어와 신약은 정대위 목사가 가르쳤다. 학생들도 문동환의 은진학교 동창인 강원용을 비롯해 장준하, 이우정 등 동생의 친구들이 중심 그룹을 형성하여 낯설지 않았다. 더구나 문익환 형제는 은진학교 은사이신 김재준 목사 집에서 잠을 자고 기숙사에서 밥을 먹으며 조직신학, 목회학, 교회사를 수강했다. 한 사람의 목회자에 불과한 아버지의 슬하에 너무나 많은 식솔들이 매달려 있었으므로 늘 학비가 모자라서 이 일 저 일

아르바이트를 하다 보면 수업을 빼먹는 일이 많았는데, 둘 중 한 명은 반드시 강의를 들었다. 누구나 부러워할 형제의 우애로 궁핍한 나날을 헤쳐간 것이다.

"형과 나는 강의에 번갈아 나가면서 강의 노트를 서로 나누어 사용했다. 농담을 잘하는 송창근 박사는 '오늘은 동생이 나오는 날인가?' 하고 핀잔을 주기도 했다."(문동환)

그러나 행복한 시절은 아니었을 것이다. 자기 시대와 불화할 수밖에 없는 경우처럼 불행한 처지는 없다. 문씨 일가가 북간도를 등지고 남하해올 때 남쪽 기독교에 거는 기대는 컸다. 적어도 그들에게 교회는 그러한 곳이었다. 명동촌에 처음 기독교가 들어올 때 조선인 사회는 정신적으로 심한 허탈 상태에 빠져 있었다. 한때 전성기를 구가하던 도교나 불교, 유교의 정신적 자원은 고갈되고, 그 형식과 명분만으로 무게 없는 반복을 되풀이하던 '강압적 근대'는 종교적 신앙과 정신생활을 텅 비게 하는 전례 없는 진공의 시기였다. 그러한 상황에서 문씨 일가가 목회자의 길을 가고자 할 무렵 조선인 사회는 그 신앙의 높이나 양적인 성장에서 교회 역사상 가장 찬란한 결실을 거두고 있었다. 조선인들은 가족적인 연대 관계에 기초를 둔 사회를 형성해서 살았고, 그 사회심리는 곧 소속감을 바탕으로 한 안정성을 특징으로 했기에 민중의 구심 역할을 교회만큼 잘할 수 있는 곳이 없었다. 북간도의 기독교도들이 교회 활동에 몰두한 배경에는 이 같은 시대적 소명이 함께 있었다.

그러나 평양을 중심으로 한 기독교계의 주류는 형편없는 보수주의로 기울어져 있었다. 일본의 박해 속에 강요된 신사참배 문제에서 어이없는 굴종을 자임한 이후, 한편에서는 자기 모멸감을 회피하는 기복적 경향이 심화됐고 다른 편에서는 그들에 대한 경멸이 움텄다. 문익환이 조선신학교에서 만난 것은 바로 그 같은 기대와 현실 간의 피할 수 없는 충돌이었다. 때마침 미국의 외교정책 변화와 함께 국내 정세에도 변화가 왔다. 소련이 동유럽에 팽창정책을 펼치자 미국도 서유럽에 동맹체제를 발전시키는 한편 1947년 3월 '트루먼 독트린'을 선언하기에 이른다. 그리고 뒤이어 소련의 대응이 뒤따르면서 세계는 냉전체제로 돌입하게 되었다. 이 엄혹한 때에 기독교는 교계대로 이른바 김재준 목사 이단사건 관계로 내부 분열이 심화되고 있었다. 그 발단은 4월 18일 대구 제일교회에서 개최된 제33회 조선예수교 장로회 총회에서 김재준 목사를 자유주의 신新신학자로 규정, 그의 사상에 이단성이 있다는 진정서가 조선신학교 학생 51인의 연서 날인으로 제출된 데서 비롯되었다.

평양신학교에서 보수적인 신학으로 훈련된 학생들은 김재준 목사의 진보적인 신학을 견디지 못했다. 그래서 반감을 갖게 된 일부 학생들은 김재준 목사가 세계적인 학설들을 가르치면서 성서무오설의 부정, 예수의 처녀 탄생 부정, 부활의 부정 등을 언급했다 하여 총회에 고발했다. 그 사건은 무엇보다도 문익환 형제를 분노케 했다.

김재준 목사에 대한 학생들의 불만이 총회 차원에서 문제가 되자 학생회가 나서지 않을 수 없었다. 당시 학생회장 이해영(훗날 성남교회 목사를 지냄)이 회의를 소집하고 교수의 수업내용을 고발한 학생들을 문제 삼는 집회를 가졌다. 그 자리에서 문동환이 나서서 일부 학생들의 행동이 옳지 못했던 점을 세 가지 측면에서 비판했다. 하나, 그들은 김재준 목사의 문맥을 무시하고 수업 중에 예로 든 학설들을 교수의 주장으로 해독하는 잘못을 저질렀다. 둘, 수업 내용에 의심이 가는 부분이 있으면 교수님에게 직접 질문을 해서 자세한 설명을 들어야 함에도 확인 절차 한 번 거치지 않고 문제를 일으켰다. 셋, 그래도 문제가 된다면 학생회에서 충분한 토론을 거쳐서 행동해야 하는데 곧바로 자기들만의 뜻으로 심각한 행동을 저질렀다. 그러므로 해당 학생들은 지금이라도 반성하고 고소를 취하해야 옳다! 이에 해당 학생들도 나름대로 자신들을 변론하자 다시 그 옹색한 자기 변론의 부당성을 문익환이 나서서 재비판했다. 그때 학생 하나가 손수건에 '화해'라는 글자를 혈서로 써서 들고 나와서 기독교의 정신이 화해인데 신학생들끼리 이런 식의 갈등을 해서야 되겠느냐고 호소했다. 사실 논쟁의 핵심은 '화해'의 문제가 아닌데도 모두 혈서에 충격을 받아서 그 논란을 묻어버리게 되었다.

모든 일이 이와 같았다. 모든 짐이 다시 김재준 목사에게 떠넘겨진 이후 문익환은 스승의 올곧음을 한없이 응원했다. 사실 교계 주류의 '성서관'의 문제는 심각한 상황이었다. "성경이란 책은 하나님이 부르고 사람이 그대로 쓴 것인데, 기계적인 영감에 의하여 쓴 것이기 때문에 하나님이 잘못 부를 리가 없고 사람이 잘못 들을 리가 없다. 그러므로 일점일획이라도 틀릴 수 없다"는 성서문자무오설에 대해 성서를 "기원과 원형과 원저자의 의도 등을 과학적 방법에 의하여 연구하는" 고등비평이 출현하여 외국에서는 이미 성서 비판을 넘어 '재건'의 추세로 전개되는 때에 아직도 글자 한 자라도 비판할 수 있느냐 없느냐 하고 떠드는 것은 18세기의 잠꼬대로밖에 들리지 않았다.(김재준의 박형룡 비판 참고)

하지만 현실은 복잡해서 송창근 박사는 그 일을 정치적으로 수습하려 했지만 김재준 목사는 달랐다. 김재준 목사는 이제 성서의 문학적·

역사적 비판이 필요하며, 세계 선학과 소통할 단계에 와 있다고 생각했다. 따라서 자신의 신학적인 입장을 개진하는 글을 써서 정면대결을 하고자 했다. 문동환은 그 일을 돕고, 문익환은 유학 시절 동료들을 만나기 시작했다. 더 많은 공부가 필요하다고 생각했던 것이다.

침묵의 지대

문씨 일가의 눈에 비친 해방 조선의 모습은 그렇게 슬플 수가 없었다. 일제와 싸우느라 몸을 바쳤던 독립투사들의 유골이 봉환되고 호열자로 1만 명 이상이 죽어버린 조국에 애국자들의 무덤이 만들어졌다. 어린 학동들의 교실에는 윤봉길 등 세 의사, 이준 등 다섯 열사의 사진이 걸리고, 미군들과 함께 시골 마을 구석까지 민주주의라는 정치제도가 들어왔다. 그러나 거기에는 언제나 공산주의도 따라와 함께 경쟁을 벌였다. 해방이 되면 밥을 많이 먹게 되리라는 백성들의 염원은 아랑곳도 없이 좌우 갈등이 심해져 밤에 마을의 제삿집을 돌며 단자를 청하던 풍속마저 사라졌다. 우익과 좌익 사이의 경계가 제사 음식으로 배를 채우던 미풍양속까지 토막 냈다. 정치는 요인 암살로 시작되어서 또 다른 암살로 이어졌다. 반탁과 찬탁 뒤에 여기저기서 '남조선 단독정부 수립 결사반대!'라는 구호가 외쳐졌지만, 그래도 단독정부는 만들어지고, 그래도 사람들의 몸에는 이가 들끓고, 또 그래도 실업자와 거지와 빨치산과 미군이 가지고 들어온 DDT는 사라지지 않았다. 그럴수록 실감나는 것은 한 가지, 인정으로 유지되던 시대가 사라진 자리에 이념의 시대가 와 있다는 것이었다.

그 황사처럼 혼탁한 해방 바람 속에서 문익환은 신학교를 졸업하고 목사 안수를 받았다. 하지만 좀더 새로운 신분으로 목회 활동을 나설 만한 신선한 의지는 살아나지 않았다. 오히려 현실의 중압감 속에서 정신은 위축되고 예민한 영혼은 매번 가위눌렸다. 그는 아마도 그 무렵의 시간들을 대부분 자신의 종교적 무력감을 탄식하는 데 허비했을 것이다.

문익환에게 1947년의 서울은 그만큼 정을 붙일 곳이 없었다. 서울이라는 거대한 도시, 그 공간의 어두운 부분을 채우는 것은 활력이 아니라 질병이며 어디에서나 흔한 환자들이었다. 전차가 지나가는 것을 알리는 땡땡이 소리, 서울역 앞에 넘치는 행려자들, 또 부랑아들로 가득 채워진 거리와 정치구호는 지상의 풍경을 값싸게 만든 인조 장미처럼 그의 감각을 식상하게 했다. 인공적인 도시, 허영과 위선의 도시, 꽃들마저 자연이 아니라 화단의 포로가 되어 있는 고뇌의 도시. 교회를 빠져나오면 그는 끊임없이 소음에 시달렸다. 그리고 모처럼의 기회에 마음의 본색을 드러낼 때마다 '감상적'이라고 눈총을 받았다.

문익환은 자신의 삶이 그 같은 현실공간에 적응해야 한다는 사실에 몸서리를 쳤다. 어릴 때부터 꿈꾸던 동화적 고독의 환상도 날날이 부서졌다. 서울에서는 도대체가 인간의 내면에서 흘러나오는 그리움이나 불안 따위의 감정들을 마음 편하게 놓아둘 장소가 없었다. 성장기 내내 전매특허처럼 존중받던, 돌이나 나무, 풀들과 대화하던 영감도 중시되지 못했다. 손바닥만 한 땅 위에서 수십만의 빈민들이 살아가는 참상을 보면서 그는 자신을 지켜줄 최후의 보루와도 같은 저 외로운 그리스도의 성이 무너지는 소리를 들었다. 그는 정신적으로 황폐해지는 것을 견딜 수 없었다.

그러나 서울은 그러한 고뇌의 피안에 하나의 기쁨을 거느리고 있었다. 도쿄 유학 시절에 신학을 같이했던 친구들과 가까이 있다는 사실은 크나큰 위안이었다. 동대문에 있는 복음교회 목사 지동식의 사택에서 문익환 형제는 이영헌, 박봉랑, 김관석, 전택부 등을 만나고 다시 장하구, 안병무 등과 합세해 신학서적을 읽고 신앙문제를 토론했다. 그곳에서 문익환은 자신의 내부에 새로운 신학적 공간이 확장되는 느낌을 맛보았다. 그때까지 자신을 지탱해준 흐릿한 꿈의 세계, 비현실적인 세계에 대한 사랑이 하나의 전기를 맞게 된 것이다. 돌이켜보면 그것이야말로 가족이 하나의 결사체가 되어 있는 문씨네 일가의 자랑이요, 자신이 가는 길을 3년 터울로 뒤따라오며 훌륭한 동지가 되어준 아우 문동환에게서 받은 최대의 선물이었다. 두 형제가 남쪽에서 걷게 될 신학의 또 다른 출발을 아우는 어느덧 홀연히 넘어서고 있었다. 그 시절을 문동환은 이렇게 고백한다.

"나와 형이 신학교를 졸업한 뒤 김천 남쪽에 있는 금오산으로 기도하러 갔다. 앞날을 생각하면서 조용히 생각하는 시간을 가지고 싶었던 것이다. 그때 우리를 태우고 가던 기차가 대신이라는 역에 도착하더니 기관차에 고장이 났다고 몇 시간 기다려야 한다는 것이다. ……우리는 차에서 내려서 그 주변을 산책하면서 기차가 다시 떠나기를 기다렸다. ……정거장은 높은 언덕 위에 있어서 멀리 아래 있는 동리들이 두루 보였다. 그 동리의 집들이란 게딱지처럼 따닥따닥 붙은 것이 퍽 비참하게 보였다. 집 옆에는 돼지우리, 닭장들이 붙어 있었다. 거기에 아낙들이 들락날락하는 것이 보인다. ……나는 퍽 비참한 생각이 들었다. 당시 한국 인구의 80퍼센트가 농민이었기 때문에 농민들의 생활이 비참하다는 것은 한국인들의 삶이 비참하다는 것이 된다. 저렇게 가난하게 사는 우리 농촌을 어떻게 도울 수 있는 것이냐 하는 물음이 내 속에서 솟아올랐던 것이다. 그러다가 문득, 누군가 저기로 내려가야지. 그래야 소망이 있을 것이다. 마치 예수가 낮은 구유에서 탄생하고 일생 천민을 위해서 사신 것처럼, 하고 생각하게 되었다. 그래서 그렇다, 내려가야 한다, 예수의 신성이 어떤 것인지는 몰라도 예수처럼 내려가야 한다고 중얼거렸다."

저 낮은 곳으로 내려가려는 아우의 결심을 듣고 문익환은 무한한 갈채를 보냈다. 장차 한국 민주화운동의 일각을 떠맡게 될 민중신학을 향한 대장정의 싹을 알아본 것이다. 문동환에게 있었던 이 잔잔한 깨달음은 문씨네 가계로서는 상당히 의미 있는 것이었다. 그간 남쪽 사회에 적응하면서 현실 정치세력의 어느 쪽에도 만족하지 못하는, 현실에 대한 문씨 일가의 반응은 사실 매우 희미하고 애매한 것이었다. 문재린 목사의 침묵에는 남쪽 기독교 사회에 대한 절망과 만주에서 체험한 사회주의에 대한 좌절감이 함께 담겨 있었다. 그것은 정세 인식의 적극성에 장애를 주었다.

일제하의 꿈은 조선의 독립이었다. 그리고 해방의 문턱에서 발악하는 일제에게 붙들려 문재린 목사가 성진 감옥에 있을 때 모든 것은 결정되었다. 일본을 패배시킨 두 개의 사건이 있다면 그것은 미국의 원폭 투하와 소련군의 참전이었다. 미소 공동위원회의 연원이 거기에 있었는데, 그로 인해 발생된 신탁통치에 대한 찬반을 둘러싼 좌우의 대립은 민족의 균열을 결정지었다. 그것을 극복하려는 노력이 여운형의 좌우합작 노선이었다. 미국 점령 지구를 대표하는 여운형과 김규식의 합작이 소련 지구를 대표하는 김일성의 북조선 임시 인민위원회와 연합하고, 그 사실을 미소 공동위원회가 인정하면 거기서 통일과도정부가 탄생하고 민족분단의 비극은 피할 수 있다는 것이 판단의 근거였다. 그러나 여운형의 암살로 이 같은 프로그램은 백지화되고, 대신 유엔한국 임시위원회가 만들어져 그 단장으로 인도의 크리슈나 메논이 들어왔다.

메논은 처음에 매우 건전한 상식을 가지고 있었다. 동일한 언어와 동일한 문화전통을 자랑하는 '국가적 단일체'가 남북으로 이념을 달리하는 두 개의 제도적 대립 때문에 괴로워하는 것을 보면서 메논이 내놓은 제일성은 전율이 일만큼 명쾌한 것이었다.

"신이 합한 것을 사람이 나눌 수 없다!"

그리하여 1948년 2월 6일 김구와 김규식을 초대하여 점심 식사를 할 때까지도 두 사람의 의견에 적극적인 지지의사를 보였다. 두 사람 명의로 남북회담을 호소하는 편지를 북쪽의 김일성과 김두봉에게 전달할 것을 약속하는 등 아주 호의적이었던 것이다. 그런데 나흘 후인 2월 10일, 이승만, 김구, 김규식이 함께 앉은 자리에서는 전혀 다른 태도를 보였다. 세간의 소문을 타고 전해지는, 모윤숙을 앞세운 미인계 작전은 2월 6일에서 10일 사이 나흘 동안의 어느 밤에 이루어진 것이었다.

메논은 훗날 자서전을 쓰면서 자신이 위원단장으로서 했던 일들에 대해 "그것이 나의 업무 수행에서 단 한 번 감정이 이성에게 지배당한 때였다"고 말했으며, 모윤숙은 "한국의 건국과 우리들의 우정은 미묘한 함수관계에 있었고, 만일 나와 메논 위원장의 우정이 없었더라면 남쪽만의 단독선거는 어쩌면 없었을지도 모르며, 그렇다면 오늘의 한국은 어떻게 되었을까?"(모윤숙, 「잊을 수 없는 메논 위원장과 나의 우정」,

《신동아》 1983년 3월호)라고 했다.

이 어처구니없는 단독정부 수립 과정을 보면서 문재린 목사는 제헌국회에 자질 있는 사람들이 나서지 않는 것을 안타까워했다.

> 1948년 미군정으로부터 대한민국 정부로 정권을 옮기기 위해서 제헌국회를 설립하게 되었다. 따라서 제헌국회 선거를 하게 되었다. 물론 김천에서도 의원 한 사람을 선출해야 했다. 이 선거에 출마하려는 사람은 김철안 여사(국졸자), 박일중(36년간 일제 관리자), 김모(양주업자) 등이었다. 그중 한 사람도 소중한 제헌국회 의원 자격을 가진 자가 없었다. 나는 사석에서도 강단에서도 이 일의 중요성을 강조했다.
>
> — 문재린, 「역사노트」

하지만 문재린 목사의 기대와 달리 대한민국이 수립된 이후의 정세는 더욱 혼미해지고 이승만이 펼치는 분단의 활극은 갈수록 점입가경이 되었다. 대표적인 사례가 김구의 암살이었다. 유엔총회가 단독선거를 결정하자 김구는 영구분단을 막기 위한 남북협상을 시도했다. "우리 민족의 앞을 가로막는 이 난국을 타개하는 것은 미소 공동위원회도 아니고 유엔총회도 아님이 명백해진 지금, 우리는 외부의 어떠한 압력도 배제하고 우리 민족 스스로의 힘으로 문제해결에 나선다"는 것을 천명하고 38선을 넘는 것이다. 그 무렵 남북 간의 교역이 행해질 만큼 38선은 아직 완전하게 폐쇄되어 있지 않았다. 북쪽에서 오는 것은 금괴와 고려인삼이 주였고 그것이 남쪽의 고무신이라든가 미제 의약품 등과 교환되고 있었다. 분단이 아직은 고착 상태가 되지 않고 있었던 것이다.

분단에 대한 염려가 태산처럼 큰 문씨네 가족에게 남쪽의 정세는 나날이 비극의 그림자를 짙게 드리워갔다. 그 속에서 문익환은 신의 문제를 고민했다. 도대체 어떤 길이 그리스도의 길인가?

미국행 여객선

문익환이 신학적 갈증에 허덕이는 동안에도 세월은 거침없이 파열음을 내면서 흘러갔다.

1948년 8월 15일 남쪽에 대한민국 정부가 세워지고 곧이어 9월 9일 북쪽에 조선민주주의인민공화국이 수립되면서 남과 북은 극우정권과 극좌정권에 의해 양분되었다. 두 개의 한국이 태어난 후 남과 북 사이에는 전운이 감돌기 시작했다. 서울에서는 각종 반공청년단이 활개를 치면서 요인 암살이 줄을 잇고, 평양에서는 남북정당, 사회단체 연석회의가 열리느라 38선이 소란했다. 언젠가 북에서 기독교도들이 월남했듯이 이번에는 남에서 공산주의자들이 대거 가족을 데리고 북으로 갔다. 남과 북에서 각각 '북진통일!'과 '남반부 해방!'을 외치는 목소리도 커졌다. 군사적으로도 소규모 분쟁이 줄을 이어 38선에서는 국지전이 수도 없이 일어났다.

그런 와중에 미국 정부는 군사고문단 500명만 남기고 주한미군을 철수하겠다는 선언을 했는데, 이승만 정부는 아랑곳없이 "전쟁이 나면 점심은 평양에서 먹고 저녁은 신의주에서 먹는다"는 잠꼬대 같은 장담으로 국민을 기만하고 있었다. 일부 기독교인들은 이승만에 대한 불신과 남침의 우려 속에서 자구책을 구하기에 여념이 없었다. 수많은 기독교 군중이 서울운동장에서 대대적인 미군 철수 반대 시위를 연 것도 그 때문이었다.

폭력이 아니면 아무것도 '발언'이 되지 않았다. 남쪽 거리를 휩쓰는 깡패들 속에는 북간도의 청산리 신화를 만들었던 김좌진 장군의 아들도 있었고, 북에서 발생된 종교적 학대로 인한 순교자 명단에는 박용길의 요코하마여자신학교 동창생도 끼어 있었다. 이에 기독교 동지들은 복음동지회에 모여 정세 이야기로 날을 새고 미래에 대한 걱정으로 잠을 설쳤다.

문익환은 그 한가운데 몸을 놓아두고 있었다. 어지러운 세상의 시대적 피로를 육체와 정신 양쪽으로 견디면서 한편으로는 이데올로기의 환멸에 시달려야 했다. 그는 다시는 북간도 시절의 숭고한 시간 속으로 돌아갈 수 없으리라는 무력감에 좌절하고 있었다. 바야흐로 전지구적 냉전이 개시되기 전부터 다른 모든 곳에서 냉전이 끝난 뒤까지 20세기의 야만성이 어떠한 것인지를 보여주게 될 대한민국을 예감하고 있었다. 이데올로기적 폭력의 백화점이 되는 과정을 그는 온몸으로 견디고 있었던 것이다.

그렇다! 서른 살의 문익환은 속마음이야 어떻든 겉으로는 반공 기독청년의 용모를 하고 있었다. 그것이 바람직한 태도가 아닐 수도 있다는 생각은 꿈에도 해보지 않았다. 체험적 교훈에는 본래 자신의 경험을 넘어서지 못하는 한계가 있는 법, 북간도 명동촌에서부터 이어져 오던 알리바이의 연장이 그에게는 오히려 짐이 되고 있었지만 그래도 그것은 곧 재고의 여지가 없는 신념이 되어버렸다. 비록 남쪽에서 목도하는 이승만 세력의 용모와 북간도 기독교도들의 용모가 하늘과 땅처럼 멀지라도 문익환의 몸에 습득된 좌익에 대한 거부감은 삶과 죽음을 넘나드는 공포와 위기 속에서 획득된 것이었다. 아버지를 매개로 해서도 그렇고 만주 신경의 교회에서도 그러하며, 월남할 때도 겪었듯이 처절한 위기 상황이 안겨준 경험적 인식 때문에 사회주의에 대한 방어본능은 더욱 강렬하고 절대적이며 비타협적인 것이 되어 있었다.

> 애치슨이 한반도를 태평양 방위 전선에서 제외한다고 발표한 것이 1949년 1월이었습니다. 저의 기독교인 젊은 친구들이 모여서 밤을 새워가며 우리의 앞날에 대해 논의를 거듭했습니다. 미국이 한반도를 공산치하에 넘겨준다는 것인데, 우리는 어떻게 공산치하에서 살아갈 것이냐는 것이 토론의 내용이었습니다.
>
> —「방북재판 상고이유서」

그러나 이 활동에서 문익환은 매우 소극적인 태도를 보였다. 그는 여전히 자신의 한 자락을 저 높은 천상에 두고 있었으니, 폭력에 뒤덮인 서울은 마땅히 영혼을 내려놓을 만한 자리가 없는 이방의 도시 같았다. 문익환이 기독교 동지들과 어울려 반공시위에 나서거나 비밀 결사체에 몸담는 것은 현실과 신앙의 상충에서 발생되는 현상일 뿐 내적으로 아무런 신명도 일어나지 않는 일에 속했다.

역사의 길이 보이지 않는 개인에게 정치적 전망까지 어두운 것처럼 고단한 것은 없다. 자기 시대가 부감俯瞰되지 않는 사람은 불가피하게 세월에 끌려가게 되며 삶의 어디에서도 동력을 만들어내지 못한다. 문익환은 시시각각으로 무수한 가변성 속에서 움직이는 역사의 구비를 내려다보지 못하고 디테일의 숲에 갇혀버렸다.

그로서는 답답했을 것이다. 어디에도 순정을 줄 수 없는 시대였다. 당연히 정치적 활극에 가담하는 정도로는 보람을 찾기가 어려웠다.

> 이번에는 미국으로 유학감으로써 또다시 사회주의와 대결하지 않고 후퇴를 하는 겁니다.
>
> —「방북재판 상고이유서」

정치적으로는 미래를 꿰뚫어볼 혜안을 얻지 못하고, 경제적으로는 자립이 어려웠으며, 신학적으로는 아직 갈증이 많은, 그러면서 여성적인 감수성과 병약한 신체를 가진 서른 살의 문익환이 뛰어넘기에 세파의 물결은 너무도 높고 사나웠다. 그는 가족들을 김천에 떼어놓은 채 을지교회 전도사를 맡아서 주어진 임무를 성실하게 채우는 것만으로도 숨이 가빴다. 거친 서울에서 그가 움직이는 동선은 뻔했다. 천리교 재단에서 접수한 조선신학교 건물은 세 곳에 분산되어 있었다. 하나는 신학교 본부로 사용된 건물들로 서울역 앞 동자동에 있었고, 두 번째 건물은 당시 여자신학교로 사용되던 충무로의 건물인데 한경직 목사가 교회로 발전시켰으며, 세 번째 건물은 장충단에 있었는데 여기에는 김재준 목사가 교회를 세웠다. 당시 바울교회, 베다니교회, 야고보교회라고 불리던 세 교회가 바로 훗날의 성남교회, 영락교회, 경동교회가 되었다. 그 세 곳 이외에 전택부, 공덕귀 등과 선교사 집에 찾아다니면서 영어 과외를 받는 것이 다였다.

유일한 낙이 있다면 천부적으로 뛰어난 언어의 자유를 누리는 일이었는데, 때마침 소질을 빛낼 환경이 주어졌다. 은진학교와 도쿄신학교의 1년 선배 전택부가 우리말에 대해 남다른 애정을 가지고 있어서 그에게 끝없이 말을 걸어 언어능력을 자극시켰다. 외솔 최현배 선생의 제자였던 그가 문익환에게 각별한 관심을 갖기 시작한 것은 중학교 때부터였다. 전택부는 명동촌의 아이들(문익환·윤동주·송몽규)이 대단히 세련된 모국어를 사용하고 있었으며 거기에 대한 가치관이 매우 확고했던 것을 인상 깊게 기억하고 있었다. 외국에서 공부하고 돌아온 젊은 신학도들이 특히 우리말을 다루는 데 서툴렀으므로 그는 문익환에게 훌륭한 성서 번역가가 될 것을 부탁하고는 했다. 더군다나 문익환은 우리말뿐 아니라 영어도 매우 유창했다.

그러나 모든 빛이 꺼져버린 듯한 문익환의 모습은 겨울 숲에서 야위어가는 한 마리 새를 연상시킬 만큼 창백했다. 몽상가 같으면서도 수도사 같다고나 할까? 영혼의 바다 깊은 곳에서 엄청난 무게의 수압에 눌리며 진주를 캐는 사람처럼 그 무렵 그는 몸이 허약하고, 성격은 온순하며 역사를 향해서는 일종의 패배의식에 빠져 있었다. 남쪽 생활에 이미 지쳐버린 것이었다.

반면에 세상은 분단이 만들어내는 활극의 바다에 떠서 흔들리고 있었다. 곳곳에서 엽기적 상황이 벌어졌으니, 그중 가장 황당한 것이 1949년 3월에서 6월 사이에 벌어진 '국회프락치사건'이었다. 그것은 당시 반민특위의 활동을 통해 소위 반민분자, 즉 일제 강점기의 특별고등경찰이면서 정부 수립 후에도 그대로 실권을 쥐고 있는 무리들을 응징해야 한다고 주장하던 김약수, 노일환, 김진웅 등 급진적 소장의원들에게 간첩이라는 딱지를 붙여 반민특위 활동 자체를 무효화시켜버린 사건이었다. 이 사건에서 단 하나의 물적 증거는 어느 중년 여성의 성기에서 나왔다는 암호 연락문서밖에 없었다.

경찰의 주장에 따르면, 행상으로 가장한 어느 여성이 개성에서 38선을 넘어 북으로 가려는 것을 붙잡아 몸수색을 해보니 그녀의 성기 속에서 앞서 말한 의원들이 북과 내통한 사실이 기록된 암호 연락문이 나왔다는 것이었다. 그러나 '남로당 특수공작대원 정재한'이라는 여성의 얼굴을 본 사람은 아무도 없고, 재판 때도 피고 측이 요구했지만 끝내 대질이 이루어지지 않았다. 이 엽기적인 사건이 한창 괴력을 발휘하며 한국 분단사의 풍경을 상징적으로 보여주고 있을 때, 문익환은 홀연히 미국 유학을 떠났다. 1949년 여름, 미국행 여객선에 올라 탄 것은 말 그대로 '도미渡美'였다.

미국은 세계의 인종들이 다 모여 있는 혼혈사회였고, 타자 문화가 발달했으며, 기독교의 진보적 흐름이 다양하게 형성되어 있었다. 그곳에서 신학을 하자! 그래서 김재준 목사의 뒤를 잇자! 이것이 문익환의 생각이었다. 사실 남한에는 전후 서구나 미국의 여러 교파에서 밀어닥치는 군소 교파의 선교 때문에 사회적 배경이 전혀 다른 나라에서 생성된 교파의 난립을 억제할 도리가 없었다. 그리고 교파의 지나친 다양성이 혼란을 가져와 남한 기독교계는 마치 배가 산으로 오르는 것처럼 궤도를 잘못 그리고 있었다.

그대들은 혼자가 아니다

'신 앞에 선 인간'을 탐구하는 지상의 수재들이 가고 싶은 대학, 프린스턴신학교는 굉장한 권위를 거느리고 있었다. 한국인으로서는 자유당 때 내무장관을 지냈던 최인규가 첫 번째 유학생이고 문익환이 두 번째였다. 하지만 아시아 대륙에서 왔다는 사실을 신기하게 여길 뿐, 한국이라는 나라가 어디에 붙어 있는지도 모르는 미국인들 속에서 문익환은 전혀 위축되지 않았다. 고급 언어를 구사하는 이 세련된 동양의 신사는 오히려 유창한 영어로 미국인을 놀라게 했다. 훗날 문동환 박사의 아내가 되는 페이 문 여사도 외국어를 거의 모국어처럼 사용하는 아주버니의 발음에 기가 죽어 말을 건네기가 조심스러웠다고 한다.

하지만 문익환의 매력이 청각을 타고 오는 것만은 아니었다. 늘 대지의 그림자가 어른대는 얼굴의 표정이며, 북간도의 고독이 묻어 있는 몸짓과 옷매무새도 범상하지 않았다. 전란에 시달려온 20세기의 인텔리들이 선망하는 병약함과 부드러움 그리고 동작 하나하나를 훈련된 배우처럼 천연덕스럽게 상승시키는 이미지는 낯선 이웃들에게 그의 몸에 흐르는 피를 마력적인 것으로 느끼게 했다. 사실 그에게는 영장류의 경계警戒 본능을 지워버리는 유목민적 영혼과 고구려인의 기질대로 마음의 울타리를 두지 않는 종족 문화의 특성이 내면 깊이 담겨 있었다. 그리고 그것이야말로 일제 강점기를 북간도의 아들로 살아낸 진정한 '개방적 민족주의자'의 진면목이자 명동촌의 명문가인 문씨네 장남으로 살게 해준 신의 선물이었다. 그런데 이런 그에게 더욱 마음의 안정과 평화를 주는 사람이 있었다.

문재린 목사가 1931년 캐나다에서 유학을 마치고 돌아올 때 스코틀랜드 에든버러에서 4개월 동안 체류한 적이 있었다. 문재린은 그 시절을 다음과 같이 소개한다.

> 내가 에든버러에서 얻은 가장 소중한 것은 귀한 동생을 한 사람 만났다는 것이다. 기숙사는 정규 학생만을 위해서 사용하고, 나 같은 사람에게는 하숙집을 소개해주었다. 그 하숙에는 몸이 다소 가냘픈 미국 학생 한 사람이 동숙하고 있었는데, 그의 이름은 골든 스코빌이다.
>
> — 문재린, 「역사노트」

생의 우연한 순간에 만들어진 짧은 인연 하나가 향후 두 사람의 우정으로 펼쳐지는 과정은 인류가 왜 서로 형제인지를 가르치는 것처럼 주변을 향기롭게 했다. 스코빌은 북간도의 가난한 양떼들을 돌보는 문재린 목사에게 《크리스천 센추리》란 주간지를 7년 동안이나 보냈다. 그러다가 제2차 세계대전이 일어나면서 연락이 끊겼는데, 잡지만은 계속해서 발송되었기 때문에 정기구독을 신청한 자의 연락처가 살아 있었다.

문익환이 찾아갔을 때 스코빌은 하드포트에서 목회를 하고 있었다. 그는 한국 문씨의 아들이 방문한 것을 기뻐하며 자기를 미국의 아버지로 생각하라고 말하는가 하면 의논할 일이 있을 때 의논하고 휴가 때면 놀러오라고 간곡히 부탁도 했다. 문익환이 그렇게 하자 나중에는 문동환도 자기가 공부를 시키겠노라고 미국행 여비를 부치고, 피츠버그웨스턴신학교, 프린스턴신학교, 하트포드신학교들에서 공부하여 박사학위까지 받도록 도왔으며, 여동생 문선희가 공부할 때도 그의 집을 자기 집처럼 드나들도록 배려해주었다.

그들에게는 큰 나라와 작은 나라는 덩치가 큰 사람과 작은 사람의 차이와 같은 것일 뿐, 국력의 크기가 개인의 관계를 차등 짓는 이유가 되지 못했다. 그러나 국제질서는 세속적이었으니, 드높은 이상에 끌려 사는 문익환의 세계관은 당시의 정세를 정교하게 읽지 못했다. 그 무렵에 관한 문익환의 회고에서 기억의 오류가 보이는 것은 그가 현실을 얼마나 관념적으로 읽었는가를 드러내는 증거라고 할 수 있다. 그가 방북재판 상고이유서에서 밝힌, 미국의 방위선 속에 한국을 포함시키지 않는다는 애치슨라인이 발표된 것은 1949년 1월이 아니라 1950년 1월이었다. 그렇다면 그의 미국유학을 낳은 사건은 애치슨 선언이 아니라 '미군 철수'였다.

문익환의 세계 인식이 암초를 만난 것은 정확히 9개월 만이었다. 언제나 그렇듯 그의 인생을 어렵게 하는 것은 끝없는 '고래 싸움에 새우 등 터지기'를 반복하는 한반도의 운명인데, 때는 마침 중국혁명의 성공으로 한반도는 걷잡을 수없는 극동의 긴장 속으로 빨려들고 있었다. 미국이 군사고문단만 남기고 군대를 철수시킨 것은 1949년 6월, 최후의 군대가 인천을 떠난 것은 6월 29일이었다. 그로부터 동아시아 정세가 요동을 치는데, 38선은 이미 이데올로기적 분쟁의 시범지구가 되어 있었다. 그해 10월 1일, 마오쩌둥의 인민해방군이 베이징에 입성하여 중화인민공화국을 성립함으로써 중국에 대한 미국의 영향력이 소멸되고, 소련은 원폭 실험에 성공하여 미국의 원폭 독점을 무너뜨렸다. 자신은 안심하고 상대는 위협하는 예방전쟁이 깨어지자 미국은 순식간에 쫓기는 입장이 되었다.

사실 제2차 세계대전이 종결되는 순간부터 미국 군사력은 급격한 감소를 보였다. 대전이 종결된 1945년 8월에 미국은 1142만 명의 병력과 2만 18개에 달하는 비행단을 거느리고 있었는데, 전쟁 직전인 1950년 6월이 되자 병력은 364만, 비행단 수는 48개로 격감했다. 그래서 미 국방성은 몇 번이나 예산 증액을 요청했지만 의회는 태평스럽기만 할 뿐, 대전 중에 늘릴 대로 늘린 막대한 군수산업은 불황의 늪에 빠져 들숨날숨이었다. 획기적인 계기가 주어지지 않으면 안 될 상황이었다. 당시 애치슨 국무장관의 고문으로 있던 덜레스가 38선을 시찰한 것은 그 무렵이었다. 그는 시찰 다음 날 대한민국 국회에서 저 유명한 'You are not alone'이라는 연설을 했다.

"유엔은 거의 만장일치로 한국에 정치적 자유를 부여했으며, 한국 영토의 불가침에 대한 어떠한 위협에도 대항할 것이다. ……그대들은 절대로 혼자가 아니다You are not alone."

그리고 곧장 도쿄로 날아가 유엔 극동사령관 맥아더와 국방장관 존슨과 통합 참모본부 의장 브래들리를 만나 4자 회동을 시작한다. 정확히 개전 일주일 전에 미국의 군사정책을 결정하는 유력자 네 사람이 한자리에 모인 것이다.(정경모, 『찢겨진 산하』 참고)

그러나, 다시 말하지만, 문익환은 시대적 상황을 잘 읽지 못했다. 그는 통일을 열망했지만 그것은 미국식 민주주의와 종교의 자유가 보장되는 형식에 한해서였다. 그에게 한국과 미국의 관계는 아버지 문재린 목사와 의형제 스코빌 목사의 관계처럼 자연스러운 것이었으니, 오히려 미국을 앞세워서라도 민주주의 통일로 북간도를 회복하기를 고대할 지경이었다. 그래서 그는 한국의 기독교를 위협하는 공산당에게 절망하고, 허술한 안보능력을 안타까워하며 전쟁이 터지지 않기를 기도하고 기도했다.

그러한 상황에서 급보로 접한 6월 25일 소식은 그렇게 슬플 수가 없었다. 자고 나면 북진통일을 외치던 이승만 정부의 장담을 액면 그대로 믿은 건 아니지만, 그래도 전황이 그렇게까지 비관적이게 될 줄은 상상도 못 한 일이었다.

"6·25도 주일날이었죠. 저는 그때 미국에 있었기 때문에 그때의 놀람과 두려움을 모릅니다. 그러나 미국에서 6·25의 소식을 처음 들었을 때, 저는 올 것이 왔구나, 한국을 떠나기 전 친구들과 밤을 새워가며 대책을 강구해보던 무서운 현실이 왔구나, 하는 생각에 별로 놀라지 않았습니다. 그러나 전쟁이 계속되는 동안 들려오는 갖가지 소식은 예상 이상으로 비참한 것이었습니다."

인민군이 서울에 입성한 것은 6월 28일. 개전 사흘 만에 수도가 함락되고, 거리에 피난행렬이 줄을 잇자 한강대교가 폭파되었다. 그 음산한 전쟁의 그림자, 그것은 막연한 불안에 머물지 않았다. 불안은 대상이 분명치 않을 때 찾아오는 실존의식이요, 공포는 대상이 분명할 때 찾아오는 일상의식이라면, 그가 느낀 것은 분명히 공포였다. 공포! 그렇다, 아버지가 용정에서 겪은 두 번의 죽을 고비는 그에게 공산당에 대한 경계심을 한껏 높여놓았다. 이번에 다시 노출된다면 아버지는 필히 돌이킬 수 없는 위기에 처할 것이다. 아버지를 구해야 한다! 한시라도 빨리 돌아가야 한다! 그는 다급해졌다.

그의 예감은 허황된 것이 아니었다. 미처 피하지 못한 아버지의 동료들은 일순위로 피체되어 행방불명되거나 납북당했다. 송창근 박사가 납북된 사실은 그 불길함의 타당성을 상징적으로 대변한다. 그러나 어떻든 길은 막혀 있었다. 문익환은 스코빌 목사까지 동원하여 백방으로 수소문했지만 귀국의 수단이 없었다. 간절히 기도할 때마다 귀에 들리는 것은 묵시록 2장 4절의 말씀뿐.

"네가 처음 사랑을 잃었다. 그러므로 어디서 떨어졌는지를 찾아라."

그 지난한 여름 안개 속에서 문익환이 마침내 실낱같은 희망을 손에 쥔 것은 유엔이라는 국제기구였다. 그것은 정경모의 이야기를 듣는 것이 가장 정확할 것이다. 그럴 만한 까닭이 있었다.

정경모는 1924년생. 문익환보다 여섯 살 아래였다. 그도 역시 목사의 아들로서, 경기중학교를 졸업하고 일본에 유학을 가서 해방되던 해에 요코하마에 있는 게이오대학교 의학부 예과를 수료했다. 감히 조선인 따위가 게이오대학교 의학부에 들어갈 수는 없다고 생각되던 시대였다. 그는 당연히 민족 차별도, 강제징집도 비켜갔다. 수재가 누리는 특혜였으니, 그가 조선인으로서 눈물을 흘린 것은 현해탄을 건너면서였다. 일정 치하에서 목사가 되지도 못하고 의사가 되기도 어려운 처지를 절감하고 난 후 그는 다시 미국에 가서 화학을 공부했다. 그 무렵 나일론이 인류 문화에 준 충격 때문이었다. 미국에서는 옥수수를 먹고 남은 속대를 황산으로 삶은 다음 거기서 뽑아낸 물질로 나일론을 만들었는데, 그것은 마치 한 나라의 흥망을 가르는 20세기의 마법과도 같은 기술이었다.

중요한 것은 그 점인데, 그가 미국에서 비교적 고생 없이 학교를 마친 것은 배후에 이승만이라는 스폰서가 있기 때문이었다. 이승만은 주미대사 장면을 통해 안부를 전하거나 크리스마스 같은 때 프란체스카 여사가 손수 뜨개질한 옷을 선물로 보냈다. 그런데 전쟁이 나자 장면 대사로부터 긴급 연락이 왔다. "조국이 지금 존망의 위기에 처해 있는데 한가하게 책상머리에 앉아 공부를 할 수 있는가, 빨리 도쿄로 가라"는 내용이었다.

도쿄 유엔사령부에 입대하여 배치 받은 부서로 가보니 오천석 박사, 장이욱 박사 등 한국의 일류 명사들이 모여 있었는데 그 속에 문익환 목사가 끼어 있었다. 맥아더 사령부는 무슨 목적으로 이렇게 사람들을 모았을까?

> 나중에야 안 일이지만, 미군이 인민군에게 몰려 한반도에서 철수한 다음 보복을 위해 재상륙할 때를 대비하기 위해서였어요. 전쟁에 패해 물러났다가 다시 상륙하려면 재상륙하여 우리나라를 구해달라는 정부 형태의 조직이 필요하지 않겠습니까? ……미국은 그러한 망명정부를 사모아 섬에 세우려고 했다고 합니다.
>
> — 정경모, 『이제 미국이 대답할 차례다』

그것이 망명정부라는 사실을 문익환은 끝까지 알지 못했다. 그 나이에 군대를 지원해서라도 오직 한국에 한 발이라도 가까이 가겠다는 일념뿐이었다.

1950년 여름, 서울

문익환의 걱정대로 한국 상황은 참담했다. 1950년 여름의 몇 달 동안 북한군은 미군에 잇따라 치욕적인 패배를 안기면서 대단히 성공적으로 남진했다. 막강한 독일과 일본을 이긴 군대가 장비도 열악하고 전투력도 형편없는, 기껏해야 외세에 놀아날 거라는 비난이나 들을 농민군일 게 틀림없는 인민군에 의해 궁지에 몰린 것이다. 그만큼 인민군의 진격은 파죽지세였다. 그해 7월 초 어느 날에 띄운 미군의 전황보고서는 조선 인민군 보병은 '일급'이고, 장갑부대와 포격기술은 "제2차 세계대전의 어떤 군대보다 뛰어나다"고 보고했다.

그 같은 상황에서 문익환이 염려하던 대로 서울의 가족들은 위태롭기 그지없는 세기적 폭력 앞에 노출되어 있었다. 첫 굉음이 울린 곳은 서울에서 불과 몇 시간 거리도 되지 않는 의정부 북단이었다. 그날은 마침 비가 내리는 일요일이었는데, 돈암동 신암교회는 평소와 다르지 않게 신도들이 모여 주일예배를 보았다. 전쟁이 별로 실감나지 않았는지 교인들은 오후예배가 끝나도록 그 일을 소재로 소란을 떠는 사람조차 없었다. 비록 북이 선제공격을 했다고는 하나 군사력에서 남이 훨씬 강하다고 생각했기 때문이었다.

하긴 누가 떠든다고 해도 문재린 목사는 별로 놀라지 않았을 것이다. 승아勝啞(침묵으로 이긴다)의 기질은 시련 속에 더욱 빛나기 때문이었다. 소녀처럼 여린 감수성 안에 어떤 위기가 와도 태연함을 유지할 수 있는 인내의 소질을 천부적으로 갖춘 문재린 목사로서는 제3세계 민족주의적 기독교도가 맞아갈 역사의 비운을 이미 겪을 만큼 겪은 후였다. 다소곳하기는 온 식구가 마찬가지였다. 고구려(북간도)에서 내려와 신라 땅에 손님처럼 머물러 살던 문씨네 가족들은 확실히 서울에서는 용정에서와 다른 분위기로 살고 있었다. 38선을 넘어온 이후 줄곧 집안의 화제가 국가의 운명이나 정치 같은 것보다는 백성의 미래나 신도들의 안녕에 기울어져 있었다. 더구나 집에는 사회생활의 중심 세대에 속하는 장남조차 멀리 유학을 떠나 자리를 비운 상황이었다. 그래서 그 긴박한 극동의 일요일을 가족들은 종일 근심 없는 얼굴로 교인들과 덕담을 나누는 데 허비했다. 그만큼 정세 변동에 둔감하게 반응했다.

그러나 어떻게 설명해도 그 전쟁은 미·소 양국의 주도로 이루어진 최초의 '진영 간 전쟁'이었다. 식민지에서 해방된 지 5년도 채 되지 않은 극동의 작은 나라의 비참한 초상 속에 20세기적 폭력의 원판이 자리했다는 것은, 잔인하지만 사실이었다. 만약 세계가 그 역사적인 시간을 직시하려고 하지 않는다 해도 어쩔 수 없이 그 시간은 이미 하나의 세계적 규모의 전쟁이 개막된 출발점일 수밖에 없는 법. 살상무기를 앞세워 공세와 응사를 교환하는 인간들은 똑같은 몽골 반점의 종자였지만, 밀어붙이는 탱크에는 USSR(소련제)이 새겨져 있었고 거기에 다급하게 응사하는 기관총에는 USA(미제)가 새겨져 있었는데, 그것은 단순히 무기에 새겨진 상표이기만 한 게 아니라 전쟁 그 자체에 새겨져 있어야 마땅한, 폭력의 본적지들에 대한 표시였다. 전쟁의 의미는 바로 여기에 있었다. 6·25전쟁은 백악관과 크렘린에서 제각기 다른 세계를 꿈꾸는 두 진영이 하나의 지구를 극동에서부터 찢어가기 시작하는 최초의 생채기라는 것. 그리고 그 첫 지점이 되었다는 이유 하나로, 남쪽의 고무신 따위와 북쪽의 북어 따위가 물물교환을 이루던 경기도 포천군의 한 마을은 마침내 저 유명한 '냉전'을 유지시키는 '열전'의 본적지가 되었다.

어쨌든 미 국무성 직속의 군사고문단들이 미육군 고위급들과 토요 연회에서 마신 술에서 아직 깨지 않고 있을 때 철원 계곡을 통과한 인민군 주력부대의 소련제 탱크 40여 대는 도도하게 의정부 회랑을 넘어 경인가도를 남하했고, 문씨네 가족들은 그 안에 갇혔다. 그리고 머나먼 태평양 건너에서 발을 구르다 못해 떼굴떼굴 뒹굴어야 했던 문익환의 마음을 알았던지 다음 날 새벽에 가족들은 그 위기 상황을 이해했다. 문익환의 친구 장하구 집사가 다급히 돈암동 대문을 두드려 서울이 포위된 사실을 알렸던 것이다.

북간도에서 월남하여 경북 지역을 떠돌다 이제 갓 서울로 들어온 가족을 돌봐줄 친척은 없었다. 가족들은 예의 비상회의를 열고 기도를 올린 다음 각자가 할 일을 의논했다. 문씨 집안의 가장 큰 특징이 바로 여기에 있었는데, 명동촌에서 이어온 전통인 듯 온 가족이 하나의 훈련된 결사체처럼 움직인다는 점이었다. 문익환의 가족은 언제나 개인의 문제를 각자가 선택하는 자유와 집단의 문제를 한자리에 모여 토론하는 공동체 문화를 살리고 있었다. 그날의 사안에 대해 가장 먼저 판단을 내린 사람은 어머니인데, 어머니 김신묵은 과년한 딸 선희를 차남 문동환에게 묶어서 빨리 서울을 빠져나가게 만들었다. 그리고 남은 가족들은 일단 며느리 박용길의 친정으로 옮기기로 하고 운니동으로 인솔했다. 아버지, 어머니, 어린 남동생과 또 하나의 여동생, 그리고 박용길과 아들딸로, 하나의 대가족이었다.

서울이 전쟁터로 바뀐 것은 그 이틀 후, 탱크 소리가 으르렁거리고 따발총 소리가 이빨을 부딪치며 남산에서 연거푸 인민군의 곡사포가 터지는 가운데 가족들은 함께 앉아 이승만 대통령의 국민사기극을 보았다. 눈앞에서 점령군들이 패주자를 찾아 맹폭을 퍼붓는 그 엄존한 위기 상황 속에서 대통령이라는 자가 놀랍게도 라디오를 통해 계속 "국군이 북괴를 격퇴하고 있으니 국민은 안심하라"고 떠들었던 것이다.

그날 밤 아버지는 어쩌면 순교를 결심했는지 모른다. 문재린 목사는 인민군이 교회와 목회자를 어떻게 취급할지 뻔히 알면서도 양떼들을 버릴 수가 없다며 교회에 복귀했다. 그리고 태연히 목회 활동을 이어갔다. 당시 북에서 월남해온 교역자들은 일찌감치 피난을 떠나고 서울에는 남쪽에서 살던 교역자들만이 남아 있었는데, 인민군들의 상황은 나날이 초조감을 더해갔다. 후퇴를 감행할 경우 자신들에게 협조하지 않은 사람은 납치하거나 살해할 것이 틀림없었다. 이때 문익환의 가족에게 다른 위기가 발생하지 않았다면 아마도 교회에서 버티다가 납북되거나 다른 변을 당했을지도 모른다. (이것이 문익환이 불안해한 이유였다.) 어쨌든 구원의 손길은 그곳에서 왔다. 문익환이 유학을 떠난 후 아내 박용길은 딸 영금에 대한 육아일기를 쓰면서 동화처럼 살고 있었다. 그 천연덕스러운 대범함 때문에 박용길은 시동생 두 사람을 피난까지 보내고도 아랑곳없이 여기저기 일을 보러 다녔는데, 친구

네 집 앞에서 인민군에게 붙들려 지프에 태워졌다. 인민군 장교가 신분을 확인하겠다고 나선 것이다. 시어머니는 대문을 차고 들어오는 인민군 장교를 보고 소스라치게 놀랐다. 일대 위기였다.

"당신의 아들은 어디에 있으며 무엇을 하는 사람인가?"

얼른 나서서 대답을 가로챈 것은 아버지였다.

"내 아들과 딸은 부산에 갔소."

물론 그것은 장남 익환이 아니라 동환과 선희를 지칭해서 하는 말이었다.

"그놈들은 서북청년단이구먼."

인민군은 내무서까지 동행할 것을 요구했다. 내무서에 가는 것은 곧 사지로 가는 것임을 누구보다도 잘 아는 터라 문재린 목사는 그 자리에서 말로 때우고자 했다.

"아무리 내무서에 가서 물어도 내 대답은 같을 거요. 내 아들이 서북청년단인지 아닌지를 정말 알려면 이 동리 사람들한테 물어야지. 만약 서북청년단이라고 말하는 이가 단 한 사람만 나와도 내가 책임을 지리다."

인민군이 다시 물었다.

"성북 내무서에 아는 사람이 있소?"

"내무서장 문경춘이 아는 사람이오만."

사실 문경춘은 내무서장의 도장을 위조해서 협잡을 하다가 서대문 형무소에서 몇 달 고생한 사람인데 출감한 이후 공산당 행세를 한 덕에 인민군 치하에서 권력자가 된 사람이었다. 그를 안다는 말에 인민군은 더 이상 괴롭히지 않고 돌아가버렸다. 문재린 목사는 다시 한 번 주님께 감사했다. 그 탁월한 임기응변을 준 것이 예수님의 말씀이었던 탓이다.

"너희들이 관리들 앞에 가서 심문을 받거든 무엇이라고 대답할지 걱정하지 말라. 그때 내가 가르쳐줄 것이다."

그 일로 문재린 목사는 8월 중순을 위기의 시기로 보고 가족들을 경기도 광주군에 있는 시골 마을로 데리고 갔다. 그 역시 인민군의 점령지였기 때문에 아버지는 숨고 어머니가 식구들을 먹여 살렸다. 이루 말할 수 없이 궁핍한 시절이었다. 미국과 부산과 광주로 흩어져버린 가족들은 그나마 끼니를 채우지 못하고 굶기까지 했다. 그래서 어머니는 먹을 쌀이 떨어지면 기존의 옷가지들을 들고 가까이에 있는 부락이나 작은 도시에 나가서 양식으로 바꾸었다. 한번은 그 때문에 기차를 타고 어떤 소읍으로 가는데 미 공군기가 와서 기차를 향해 기총사격을 가했다. 그렇게 되면 모두 내려서 주변 웅덩이나 밭고랑으로 엎드려야 했는데, 어머니가 그 틈에 끼어 웅덩이에 엎드렸을 때 비행기가 내려오더니 기관총을 쏘았다. 그 자리에서 옆에 있던 여자와 뒤에 있던 남자가 총에 맞아 즉사했다.

그리고 9월 20일이 되자 인민군은 예측했던 대로 후퇴 행동을 개시했다. 그와 함께 남쪽의 기독교 유지들이 연행되었는데, 문재린 목사에게도 인민군 병사 하나가 소집장을 가지고 왔으나 문재린 목사는 이미 눈치를 채고 피한 뒤였다. 그 인민군은 하루 종일 골목 어귀에 서서 문재린 목사가 나타나기를 기다렸다가 끝내 혼자 돌아갔다. 그것이 어떤 상황이었는지를 알게 된 것은 그 며칠 후였다. 그날 소집된 목사들은 전원 납치되어 북으로 끌려갔다. 남궁혁, 송창근, 김영주, 권수희, 안길선, 김동철, 김두식 등과 함께 문재린 목사의 처남 김진국도 실종이 되었다. 피랍자의 규모는 수천 명에 이르렀다.

문익환이 '유엔 군속'이라는 이름의 미 국무성 직원이 된 것은 그 무렵이었다. 문익환이 근무하게 된 유엔극동사령부는 인류의 전쟁과 위기를 관리하는 본부와 같은 곳이었는데, 지구촌의 정세가 한눈에 읽혔다. 서울이 이미 비참한 상태에 있다는 것을 그는 누구보다도 잘 알았다. 미 공군의 폭격과 서울 탈환 작전 때의 양측 포격으로 시가지는 완전히 폐허가 되어 있었다. 서울역과 남대문은 무사했지만 주변의 집들은 대부분 허물어지고, 을지로 주변은 그때까지도 연기가 자욱했다. 창경원을 넘는 고개에는 인민군들이 도망가면서 죽인 사람의 시체와 인민군 시체가 덧쌓여 있다는 이야기, 돈암동 아리랑고개에는 인민군에게 붙들려간 사람들이 고개를 넘어가는 모습이 그렇게도 비참했다는 이야기들이 흘러 넘쳤다. 어떻게든 가족들을 만나러 가자! 문익환은 도쿄에서 바로 코앞에 있는 한국에 들어갈 방도를 궁리했다.

판문점으로 날아간
비둘기 두 마리

전쟁은 맥아더의 열정에 지배되고 있었다. 맥아더의 작전은 유엔이 조종하는 것도 아니고, 민주당의 트루먼 대통령이나 애치슨 장관이 조종하는 것도 아니었다. 당시 미국 민주당의 관심이 서방에 집착하고 있는 데 반해 맥아더의 관심은 공화당의 아시아주의 정책에 부응하고 있었다. 그는 한국을 전쟁이 필요한 곳으로 이해했고, 군사적인 방법으로 통일되기를 바랐으며, 한국의 통일이 중국 공산당에 대한 현실적인 압력이 되기를 희망했다. 더욱이 그의 작전은 신성화되어 있어서 그 앞에서는 어떠한 정치적 의지도 일단 변형되기가 일쑤였다. 그 점에 당시 정세의 화약고로서 유엔극동사령부의 지위가 있었다.

문익환이 유엔극동사령부에서 근무하는 것은 누가 봐도 어울리지 않는 일이었지만, 도쿄역 앞 마루노우치 빌딩에 자리한 ATISAllied Translator and Interpreter Section(연합군 통번역부)에서 그는 20세기의 국제질서를 만들어내는 중대한 업무를 수행했다. ATIS는 전선에서 노획해온 문서들을 분류하고 번역해서 중요한 내용을 정리하는 곳인데, 한국인 스태프는 약 서른 명으로 사령부 안에서도 우수한 인재들을 모아둔 엘리트 부서였다.

그곳에서 부감되는 한국의 현실은 참혹했다. 한국에서 전해오는 이야기는 문익환으로서는 도무지 믿고 싶지 않은 것들뿐이었다. 극동의 작은 반도를 이루는 산야들은 맥아더 군대가 사용하던 태평양전쟁 시대의 낡은 무기들에 의해 한여름의 잡초들조차도 제대로 남아나지 못할 만큼 초토화되어버렸다. 마을마다 부역자가 생기거나 장행회壯行會가 열리고 영문도 모른 채 죽음을 결심하는 세대가 늘었다. "무명지 깨물어서 붉은 피를 흘려서" 같은 군가와 '견적필살見敵必殺' '진충보국盡忠報國' 같은 일본제국주의 시대의 어휘로 된 혈서가 판을 쳤다. 외딴 시골에서 면민의 박수갈채를 받으며 미래라고는 없는 전장으로 떠나는 청소년들의 뒷모습이 한국의 미래를 상징했다. 제대로 훈련을 받지도 못한 사람들이 학도병이라는 이름으로 끌려가서 역시 그런 이유로 끌려온 나이 어린 인민군들과 백병전을 벌여서 쌍방이 전멸해버리는, 그래서 아무런 희망 없이 한 세대가 증발해버리는 상황이 반복되었다.

중국 공산군이 밀고 오면서 다시 전투가 시작되고, 민간인들은 헤어진 가족들과 제대로 된 재회도 나누기 전에 후퇴와 피난을 서둘고…… 마침내 중국 공산군이 서울에 닿자 대부분의 시민들은 한여름의 피난을 악몽처럼 더듬으며 또 한 번 한겨울의 피난길에 나섰다. 민간인들은 어디를 가나 출애굽기의 모세가 없는 행렬처럼 지리멸렬한 줄을 잇고, 군인들은 고향으로 편지 한 장 부칠 새 없이 산야의 어딘가에 한 자루의 뼈다귀로 흩어져버리고는 했다.(고은, 『1950년대』 참고)

문익환이 유일하게 위안 받을 일이 있다면 그것은 자신만은 그래도 가족을 지킬 수 있었다는 점이었다. 문익환은 파괴된 건물 더미를 통과하듯이 그 불행한 시간들 속을 조심조심 헤치고 가서 가족들을 만났다. 마치 예수의 40일 체험처럼 황량한 서울은 미 극동군의 배려인 듯 명동성당 정도가 무사했을 뿐, 모든 건물과 그 외양을 둘러싼 온갖 문화적 부호들이 소각되고 콘크리트 잔해만 음산하게 남겨져 있었다. 그 와중에 태어난 작은아들 의근이 무사하다는 것이 믿어지지 않을 정도였다. 문익환은 아내와 아이들을 데리고 한국을 빠져나오면서 참담한 어려움에 처한 동포들을 보기가 민망해서 되도록 고개를 돌려버렸다.

그러나 그러한 상황에도 문익환의 인복은 줄지 않았다. 부산에서 서울행 열차를 기다리다가 같은 유엔사령부의 군속을 만났는데 수인사를 나누고 보니 훗날 재야의 거물이 될 박형규 목사였다. 그러나 더욱 중요한 인연은 정경모와의 만남이었다.

문익환도 정경모도 처음에는 미국식 민주주의에 의한 통일을 희망했을 뿐 다른 것은 없었다. 그러나 근무한 지 얼마 안 되어 환멸을 느끼기 시작했다. 이승만은 여전히 무조건 북진통일을 고집하고 있었지만 그가 끌고 가는 현실은 끝없는 비극의 수렁일 뿐이었다. 밤의 백병전에서 형제를 적으로 알고 죽이는 비극, 고향에서 온 대필 편지의 상투적인 안부 내용에 감격하면서 울다가 유탄에 맞아 쓰러지는 비극, 한 마을의 이웃이 사상적 적대자가 되어 마침내 복수로 치닫는 이데올로기의 비극, 그뿐 아니라 심성들이 사나워져서 소매치기, 강간, 정치깡패, 밀수, 부상한 제대 장병이 쇠갈고리 의수로 협박하면서 고물이 된 버스에 올라와 돈 100환을 강요하면서 주지 않는 손님을 후려치게 만드는 비극 등. 이런 상황에서 전쟁이 나자 미국대사관보다 먼저 뺑소니를 칠 만큼 부도덕한 정부에게 기대할 것이라고는 없었다. 문익환과 정경모의 독특한 우정은 그러한 환경을 배경으로 형성되었다. 민족의 슬픈 관능에서 이탈한 채 빈소리만 요란할 뿐인 온갖 정치적인 구호들을 두 사람은 믿지 않았다. 최소한의 민족적 긍지와 현실 진단 그리고 비전이 담기지 않은 애국심을 어디다 쓸 것인가.

두 사람 모두 감성이 풍부한 낭만주의자들이었으니, 그 전쟁 상황에 어울리지 않는 보헤미안 기질을 발동하면서 친분을 쌓아갔다. 그 냉엄한 전쟁통에 아내에게 '나의 사랑하는 연분홍 코스모스에게'로 시작되는 안부 편지를 쓰던 문익환 앞에서 정경모도 자신의 고민을 감추지 않았다. 사연인즉, 정경모가 1943년 게이오대학교 의학부에 합격하여 요코하마에 당도했을 때 학교 건물은 일본 해군이 점령하고 있었다. 중산층 가옥들만 모여 사는 아주 한적한 촌이었던 일대는 별안간 해군들로 넘쳐나서 기숙사는커녕 하숙도 제대로 구할 수가 없었다. 정경모는 인접 주택지를 돌다가 마당도 널찍하고 깨끗한 집을 찾아 들어가 인근 게이오대학교 의학부에 입학한 학생인데 하숙을 받아 달라고 부탁했다. 일본 유학을 위해, 또 관부연락선을 타기 위해 창씨개명을 한 데다 일본어 발음이 유창했으므로 주인은 이 학생이 조선인이라는 것을 알지 못했다. 정경모도 구태여 그것을 밝혀서 하숙집에서 팽개쳐질 이유가 없었다. 단출하게 두 모녀가 사는 집에서는 아마도 나이든 해군을 받는 것보다는 착한 의대생을 받는 것이 백 번 낫다고 생각한 모양이었다.

남자도 없는 집에서 두 모녀는 예술적 감성이 풍부한의 학생과 한 가족처럼 어울려 살게 되었다. 때는 대동아전쟁이 깊어가는 수난기, 예고 없이 B-29기가 날아와 폭탄을 떨어뜨리고 가는 상황에서 대부분의 주민들은 극심한 생계 곤란을 겪고 있었다. 옷감을 내주고 쌀을 바꿔다 먹는 형편인데 가난한 학생이라지만 정경모가 또 그냥 맨입으로 버틸 수 있는 사람은 아니었다. 풍족하지는 않지만 그도 사실 일본에 들어갈 때 가지고 간 약간의 옷감이 있었다. 그래서 그 댁 딸과 둘이서 등짐을 하고 다니며 쌀을 바꾸고는 했는데, 그러는 동안에 정이 들었다. 일본의 패색이 짙어가자 정경모의 부모들이 귀국을 종용하기 시작했고, 더 이상은 미룰 수 없어서 떠나오게 되던 날 밤 정경모는 두 모녀 앞에 앉아 조선인으로서 귀국할 수밖에 없는 사정임을 고해 바쳤다. 모녀의 충격이 얼마나 컸을 것인가. 딸이 어찌도 슬프게 우는지 딱해서 견딜 수 없었다. 사귀는 사이는 아니었지만 아마도 최고급 엘리트로서 정경모가 뿜어내는 광채에 크게 매혹되었을 것이다. 정경모는 공부도 잘하지만 감성이 풍부해서 반은 시인이요 반은 훌륭한 가수라 할 만했다. 게다가 타인의 불행과 맞닥뜨렸을 때 예고 없이 터져나오는 그 폭포 같은 눈물이야말로 한 인간의 내면을 숨김없이 드러내는 진면목의 하나였다.

너무도 아쉬워서 딸은 울고 아주머니는 달래는데, 정경모는 다시 일본에 올 수 있는 형편이 되면 필히 오겠노라며 주소를 남기는 수밖에 없었다. 사실 이 처량한 이별이 정경모의 진심은 아니었다. 문제는 일본인과 조선인 사이에 흐르는 지울 수 없는 적대감의 거리였다. 어쨌든 귀국 후 정경모는 그러한 일들을 미련 없이 잊고 서울대학교로 편입했다가 다시 미국 유학길에 올랐는데, 그럼에도 어쩔 수 없이 쉬지 않고 보내오는 편지에 몇 차례 안타까운 마음을 담은 답장을 생략할 수 없었다. 조선인이 이제 와서 일본으로 돌아가는 것은 불가능하니 상황 파악을 잘하여 행여 기다리지 말고 부디 좋은 곳으로 시집이나 가라는 부탁이었다. 그리고 미국 유학 중에 뜻밖에도 도쿄 유엔사령부에 근무하게 되어 두 모녀가 사는 곳의 지척에 닿게 되었다. 전쟁 상황이 다소 여유를 얻게 되니 지척지간에 있으면서 찾아가 인사도 올리지 않는 것이 사람으로서 도리가 아니라는 생각이 들었다. 그래서 어느 휴일에 살짝 들러서 인사를 전하려고 대문을 열었는데, 세상에, 처녀는 무려 6년 동안이나 훌쩍거리며 조선 사내를 기다리고 있었다.

이 같은 사연은 일본 처녀가 어느 날 ATIS 앞을 기웃거리다가 문익환의 눈에 띄면서 밝혀지게 되었다. 정경모가 반일감정 때문에 처녀를 피한다는 사실을 알자 문익환은 펄쩍펄쩍 뛰었다.

"그렇게 오랜 세월을 기다린 여자를 박찰 만한 권리가 그대에게는 없어. 분명히 말하지만 하느님이 용서하지 않을 거야."

이렇게 적극성을 보이는 문익환에 의해 정경모의 민족주의적 경직성은 여지없이 폭파되었다.

"그럼 형님이 주례를 설 거요?"

"그야 하는 수 없지."

문익환은 생애 첫 주례를 섰고, 두 사람의 관계는 더욱 결속되었다. 그리고 그 대책 없는 '포연 속의 비둘기'들에게 새로운 임무가 떨어지면서 두 사람은 생의 중대한 비밀 하나를 공유하게 되었다. 처음에 개성에서 진행되던 정전회담이 1951년 7월부터 판문점에서 재개되었다. 도쿄 유엔사령부는 영어에 능통한 사람 둘을 선발하여 정전회담의 통역원으로 보내기로 했는데, 거기서 문익환과 정경모가 뽑혔다.

문익환이 판문점에 당도한 것은 1951년 늦가을이었다. 회담은 언제나 3자가 나서서 진행되었다. 한편에는 미국 측 대표, 맞은편에는 조선 측 대표와 중국 측 대표. 공용어는 영어였지만 미국 대표가 말을 건네면 미국 측 통역자(문익환이나 정경모)는 우리말로, 또 중국 측 통역자는 중국어로 통역을 하고, 반대쪽에서 조선 대표가 뭐라고 하면 영어와 중국어 통역자들이 동시 중개를 하는 회담이었다. 한국 측 대표는 발언권이 없으니 미국 측 옵서버에 불과했는데, 그나마 한국어도 영어도 할 줄 모르는 사람이 파견되어 있었다. 그 좁은 회담장에서 가끔 터져 나오는 일본어가 한국 측 장군의 목소리라는 사실은 현실의 서글픔을 상징적으로 보여주고 있었다. 그렇게 판문점에서 영어, 한국어, 중국어, 일본어가 마구 뒤섞여 사용되는 것을 보면서 문익환은 한국어의 운명에 주목했고 정경모는 국제정치의 역관계에 눈을 떠갔다. 그리고 그로 인해 정경모는 점점 '역사의 포로'가 되어갔지만 문익환은 나날이 '현실로부터의 유배자'가 되어갔다. 똑같은 체험이 두 사람을 정반대의 길로 내몰았던 것이다.

역사의 막다른 골목에서

1951년 7월, 정전회담이 처음 시작될 때의 분위기는 열흘 정도면 충분히 휴전이 성사될 것 같았다. 그러나 실제로 체결되기까지는 거의 2년이라는 시간이 소요되었다. 그 지난한 과정을 보면서 문익환은 미국이 천국으로 가는 대문 근처에 있는 나라라는 생각을 말끔히 털어버렸다. 전쟁은 끔찍한 유혈과 파괴를 가져왔지만 그것을 인내한 사람들에게 아무것도 가져다주지 않았다. 남과 북에서 작전을 수행한 한반도의 장성들은 모두 이 전쟁에서 자신이 얻어야 할 바가 무엇인지 정확히 알지 못했다. 그 숱한 군사작전이 다 무엇을 위해 사용되었다는 말인가. 1950년 6월 25일에 발발하여 3년 1개월 2일 만인 1953년 7월 27일 휴전협정 조인으로 막을 내린 이 전쟁은 200만이 넘는 엄청난 사상자를 냈음에도 불구하고 '38선'을 '휴전선'으로 바꾸었을 뿐 전쟁 전이나 후나 상관없이 분단 상황을 고스란히 유지시켰다.

이미 중년의 입구에 들어서기 시작한 문익환에게 그것은 어떤 의미가 있는 것일까. 만약 신이 문익환을 전쟁 속으로 끌고 들어간 뜻이 있다면 그것은 이 잔혹한 폭력의 세기를 목격시키기 위해서였을 것이며,

그를 판문점으로 데려간 뜻이 있다면 그것은 약소국의 초라함을 가르치기 위해서였을 것이다. 문익환은 그 막다른 역사의 골목에서 그리스도의 길을 찾고자 했지만 구원의 길은 없었다. 나날이 확인되는 것은 오직 20세기의 검은 발자국뿐.

한 나라에 두 개의 정부가 있고, 각각의 정부는 조직적으로 수립되어 있으며, 그것은 각기 국민들의 의지를 나타내고 있었다. 그리고 양측은 모두 상대가 먼저 전쟁을 걸어왔다고 주장했다. 문제는 거기에 자신들의 의지가 도달할 수 없는 영역이 존재한다는 점인데, 그것은 전쟁 상황이 그대로 웅변하고 있었다. 이 전쟁에서 만일 미국의 개입이 없었다면 북측은 분명히 승리했을 것이다. 그랬다면 이승만 정부가 축출되고 공산주의 정부가 수립되며 미처 피하지 못한 반공주의자들은 살해, 투옥, 추방되었을 것이다. 그러나 그렇게 해서 생긴 체제는 무력에 의한 것일 뿐, 인민의 선택에 의한 것이 아니기에 국제사회로부터 고립되었을 것이다. 그것은 역으로도 마찬가지였다. 미국이 북측을 이겼다면 의심의 여지없이 공산체제가 축출되었을 것이다. 그랬다면 이승만은 한반도 전역에 자기 정부를 수립하고 반대자를 잔혹하게 억압했을 것이다. 그때도 피할 수 없는 사실은 별로 자주적이지도 못한 정부를 세우는 데 숱한 피를 흘렸을 것이라는 점이었다.

지배적 체제와 대안적 체제의 각축 속에 눈앞에서 펼쳐지는 20세기의 곤혹과 딜레마는 아직 그 종착지를 예측할 수 없이 흘러만 가고 있었다. 그 속에서 한반도의 사람들이 얻은 것은 이데올로기요 잃을 것은 평화밖에 없는 전쟁을 대행했다고 생각하면 서글플 따름이었다. 문익환은 그 허망한 결과를 훗날 다음과 같은 두 구절의 말로 요약했다.

치고받으며 서로 찔러 죽이던 원수들도,

땅에 남긴 발자국들이야 그게 그것 아니던가.

20세기란 바로 그렇게 구축된 세계였다. 제2차 세계대전 후 더욱 강해진 미국과 소련은 최고 권력의 자리를 놓고 경쟁하고 있었다. 미국은 소련보다 강했지만 카를 마르크스의 『공산당선언』이 언급하고 러시아혁명이 보급시킨 '공산주의라는 유령'은 전혀 위축되지 않았다. 그 둘의 긴장과 갈등을 일컬어 '냉전'이라고 부르는 것은 참으로 절묘한 은유에 속했다. 미국과 소련 간에 직접적인 전쟁은 없었다. 하지만 다른 나라들 사이에서 충돌이 있을 때마다 그 두 나라는 서로 적대하는 세력에 가담해서 싸움을 거들었다. 한반도가 특히 불행한 것은 그 두 진영을 가르는 격렬한 전선이 온전한 국가와 국가의 경계에 그어진 게 아니라 36년간의 학대를 이제 겨우 빠져나온, 그래서 국제사회의 일원으로 나설 준비가 전혀 되어 있지 않은 가난한 나라의 허리에 그어졌다는 점이었다.

판문점은 그것을 압축적으로 보여주는 장소였다. 무슨 사고가 있으면 북측에서 항의를 해오기 마련이고, 그렇게 되면 예의 공동조사팀이 구성되는데, 그랬을 때 나서야 할 양측 연락장교는 정해져 있었다. 하루는 이런 일이 있었다. 북측에서 별안간 항의가 들어왔는데, 미국 측 담당자인 커널 테로우와 키니가 그날따라 모두 본국으로 휴가를 가버리고 없었다. 할 수 없이 한국군 연락장교 이수영 대령이 남측 대표로 나갔다. 그날은 하필 문익환은 도쿄로 돌아가고 정경모도 서울로 외출을 나갔던 터였으므로 호러스 언더우드라는 연세대학교 이사가 통역을 했다. 공용어가 영어라는 사실은 그들을 더욱 혼란스럽게 만들었다. 한국인 장교는 서툰 영어로 말하고 미국인 통역자는 서툰 한국어로 통역했다. 그런 상황에서 북측이 먼저 항의를 했다.

"귀측의 비행기가 우리 마을에 들어와 기관포를 쏴서 어린애가 죽었소. 이건 정전협정 위반이오."

주장인즉, 38선 남부 2킬로미터에 속하는 비무장지대에서 비행 금지 조항을 어기고 미군 비행기가 넘어 들어가 기관포를 쏘았다는 것이었다. 미군 헬기가 한적한 민가의 세 살 난 어린애를 사살했다는 항의인데, 그 같은 작전이 미군 측에는 보고된 바가 없었다. 이에 남측 대표 이수영 대령이 응대했다.

"우리 측 비행기가 귀측 촌락에 들어가서 기관총을 쏘아서 귀측 어린애가 죽었다는 사실이 우리 측 기록에는 없습니다."

이수영 대령은 분명 한국인이건만 우리 미군 비행기가 휴전선 근처를 침범하여 당신네 한국의 촌락에 있는 한 어린애를 죽였다는 보고를 우리 미군은 접수한 바가 없다는 의사를, 그것도 서툰 영어로 밝혔고, 그것을 다시 한국에서 사는 미국인이 서툰 한국어로 통역했던 것이다. 그리고 회담이 끝나 해가 뉘엿뉘엿 서쪽으로 떨어지는 무렵이었다. 회담장을 빠져나와 서로 갈라지는 지점에서 북측 장춘삼 대좌가 마침내 역겨워 못 견디겠다는 듯이 시비를 걸었다.

"여, 이수영 대령! 우리말 다 잊어먹었나?"

그때 언더우드의 음성으로 통역된 이수영 대령의 답변이 이랬다.

"우리는 자유민주주의니까 영어로 말하고 싶을 때는 영어로 하고, 한국말로 하고 싶을 때는 한국말로 한다. 그건 우리 자유다."

장춘삼 대좌로서는 부아가 끓어서 견딜 수가 없었을 것이다. 그래서 가래침을 탁 뱉으면서 기어이 욕설을 해버렸다.

"에이, 개새끼야."

이 슬픈 에피소드야말로 당시 한국의 운명을 드러내는 절묘한 희극이었다. 북측의 엘리트들이 이데올로기에 경직되어 있다면 남측의 엘리트들은 한낱 '변방의 지식인'으로 전락해 있었다. 양측 어디에도 비극을 인식하는 능력이 결여되어 있었다. 정경모는 그것이 가져다주는 환멸을 피할 수가 없었다. 그러나 문익환은 그러한 사실들을 되도록이면 귀에 담지 않으려 했다. 분명히 같은 장소에서 습득된, 전쟁의 내장을 들여다본 자의 비애는 어디로 가버렸단 말인가. 아마도 그 상황에서 두 사람은 서로에게 넘어설 수 없는 심연의 강이 흐르고 있음을 확인했을 것이다. 정경모는 그토록 다정한 '익환 형님'과 역사의 고민을 함께 나눌 수 없다는 것을 안타까워했으며, 문익환은 정경모가 정세에 너무 예민하여 자칫 사회주의 사상에 경도될까 봐 염려했다. 6·25전쟁은 그렇게 뜨거운 개인과 개인 사이에도 휴전선을 만들어갔다.

하지만 전쟁은 끝날 기미가 보이지 않았다. 그 지겨운 공방 끝에 마지못해 체결된 휴전협정 풍경을 당시 《조선일보》 기자 최병우는 이렇게 묘사한다.

> 백주몽白晝夢과 같은 11분간의 휴전협정 조인식은 모든 것이 너무나 비극적이며 상징적이었다. 학교 강당보다도 넓은 조인식장에 할당된 한국인 기자석은 둘뿐이었다. 유엔 측 기자단만 해도 약 100명이 되고, 참전하지 않은 일본인 기자석도 열 명이 넘는데, 휴전회담에 한국을 공적으로 대표하는 사람은 한 사람도 볼 수 없었다. 이리하여 한국의 운명은 또 한 번 한국인의 참여 없이 결정되는 것이다.
>
> 27일 상오 10시 정각, 동편 입구로부터 유엔 측 수석대표 해리슨 장

군 이하 대표 네 명이 입장하고, 그와 거의 동시에 서편 입구로부터 공산측 수석대표 남일南日 이하가 들어와 착석했다. 악수도 없고 목례도 없었다. '기이한 전쟁'의 종막다운 기이한 장면이었다. 북쪽을 향하여 나란히 배치된 두 개의 탁자 위에 놓인 각 18통의 협정 문서에 교전쌍방의 대표는 무표정으로 사무적인 서명을 계속할 뿐이었다. 당구대 같이 퍼런 융에 덮인 두 개의 탁자 위에는 유엔기와 인공기가 둥그런 유기 기반에 꽂혀 있었다. 이 두 개의 기 너머로 휴전회담 대표는 2년 이상을 두고 총계 1천 시간에 가까운 격렬한 논쟁을 거듭하여 온 것이다.

한국어·영어·중국어, 세 가지 말로 된 협정문서 정본 9통, 부본 9통에 각각 서명을 마치면 쌍방의 선임 참모장교가 그것을 상대편으로 준다. 그러면 상대편 대표가 서명한 밑에 이쪽 이름을 서명한다. 정丁 자형으로 된 220평의 조인식 건물 동익東翼에는 참전 유엔 13개국 군사대표들이 정장으로 일렬로 착석하고 있으며, 그 뒤에 참모장교와 기자들이 앉아 있다. 서익西翼에는 북쪽에 괴뢰군 장교들, 남쪽에 제복에 몸을 싼 중공군 장교의 일단이 정연하게 착석하고 있다.

양편의 수석대표는 북면하여 조인하고, 멀리 떨어져 좌우에 착석한 양측 장교단은 동서로 대변하고 조인하는 것을 주목하고 있다. 조인이 계속되는 동안 유엔 전폭기가 바로 근처 공산군 진지에 쏟고 있는 폭탄의 작렬음이 긴장된 식장의 공기를 흔들었다. 원수끼리의 증오에 찬 정략 결혼식은 서로 동석하고 있는 것조차 불쾌한 듯이, 또 빨리 이 억지로 강요된 의무를 끝마치고 싶다는 듯이 산문적으로 진행한다.

해리슨 장군과 남일 장군은 쉴 새 없이 펜을 움직인다. 각기 서른여섯 번씩 자기 이름을 서명하여야 하는 것이다. 거기에는 의식에 따르는 어떠한 극적 요소도 없고 강화에서 예기할 수 있는 화해의 정신도 엿볼 수 없었다. 이것은 어디까지나 '정전'이지 '평화'가 아니라는 설명을 잘 알 수 있었다. 각기 자기 측 취미에 맞추어 가죽으로 장정하고 금金 자로 표제를 박은 협정부도協定附圖 각 세 권이 퍽 크게 보인다. 그 속에는 우리가 그리지 않은 분할선이 울긋불긋 우리의 강토에 종횡으로 그려져 있을 것이다.

지금 내가 앉아 있는 이곳이 우리나라인가, 이렇게 의아해한다. 그러나 역시 우리가 살고 죽어야 할 땅은 이곳밖에 없다고 순간적으로 자답했다.

10시 12분 정각, 조인작업은 필했다. 해리슨 장군과 남일은 최후의 서명을 마치자 마치 최후통첩을 내던지고 퇴장하듯이 대표를 데리고 나가버린다. 남일은 훈장을 가슴에 대여섯 개 차고 있는데 반하여 해리슨 장군은 앞 젖힌 여름 군복의 경쾌한 차림이라는 것이 다를 뿐이었다. 관례적인 합동 기념촬영도 없이 참가자들은 해산했다.

— 최병우, 「기이한 전투의 정지」, 《조선일보》, 1953. 7. 29.

이 슬픈 회담 풍경을 눈물 없이 들여다보기는 힘들다. 그러나 '종전'이 아니라 '휴전'이 선포된 후에도 총성 없는 전투가 진행되었다. 양측에 잡힌 포로 가운데 본국으로 송환되는 것을 거부한 숫자가 2만 3천여 명에 달했는데, 그들 송환 거부 포로들에 대한 자유진영과 공산진영 사이의 치열한 이데올로기 싸움이 그해 9월부터 시작되어 이듬해 2월 말까지 6개월 동안이나 계속되었던 것이다. 그것은 문익환에게 또 다른 임무를 떨어뜨렸다.

당시 유엔극동사령부는 미군들에게 한국말을 가르칠 '랭귀지 스쿨'을 운영하고 있었다. 아사카朝霞에 있는 그 한국어학교에서 문익환은 교장이 되고 정경모는 교무주임이 되었다. 그곳에서 문익환은 손수 우리말 교과서를 만들어 미군들에게 가르치면서 한글의 과학성과 아름다움을 발견했다. 아울러 그 시절은 문익환의 생애에서 경제적으로 가장 윤택한 생활이 보장되었던 시기로 기록되었다.

사실 일본은 그때까지도 가난한 나라에 속했다. 6·25전쟁을 통해 별안간 급속한 성장을 하고는 있었지만 미국과 경제 수준의 차이가 커서 일반 직장인이 고급 승용차를 타고 출퇴근하는 것은 엄두도 낼 수 없었다. 그러나 문익환, 정경모 등은 비록 한국인 군속일지언정 엄연한 유엔극동사령부의 일원이었고, 그곳에서 달러로 받는 월급이 상당했다. 특히 박용길의 형부가 당시 일본대사관의 서기관이어서 두 가족이 함께 살았는데, 한 지붕 아래 미제 승용차를 두 대나 두고 있었다. 그리하여 월남과 피난과 전쟁 속에서 태어나 배고픈 유년기를 보내야 했던 자녀들에 대한 마음의 빚을 한 사람에게만은 지지 않을 수 있었다. 바로 막내 문성근이 그런 윤택한 환경에서 태어났던 것이다.

하지만 그 생활도 오래갈 수는 없었다. 한글을 모르는 사람들에게 우리말을 가르치는 기쁨은 컸지만 그마저도 전쟁의 악취를 벗어날 수 없었다. 순전히 포로로 잡아온 인민군을 심문할 때 사용되는, 나이는 몇이고, 고향은 어디며, 군대에서 무슨 일을 했는지를 캐묻는 일을 돕는 것이야말로 '전락'에 다름 아니었다. 송환을 거부하는 포로들을 한 사람이라도 더 자기편으로 끌어들이려는 양측의 귀환 설득 노력은 어떤 무력전쟁보다도 더 치열하고 음험했다. 왜놈들의 앞잡이들을 그렇게 미워했는데 알고 보니 미국놈의 앞잡이가 되다니!

결국 진정한 의미에서의 6·25전쟁은 남과 북의 어느 쪽도 거부하고 끝까지 중립국을 택했던 여든여섯 명의 포로들이 인도 관리군 마지막 부대와 함께 인천항을 떠난 1954년 2월 23일에야 최후의 막을 내렸다. 전쟁의 폐허로부터 살아남은 것들은 모두 전란에 파괴되어버린 그들의 출생지로 돌아갔다. 문익환의 가슴에 마지막으로 남은 것은 체제 또는 사회제도에 대한 환멸이었다. 전쟁이 안겨다준 숱한 죽음들에 대해서, 적군도 죽으면 적군이 아니고 동포가 되는 그런 뼈저린 비극에 대해서, 그는 누구에게도 말하고 싶지 않았다. 다만 그 죽음이 삶에 대하여 무엇인가를 호소한다는 사실을 하나의 신앙으로 승화시키지 않으면 안 되었다. 아마도 민족통일의 가장 큰 장애가 되는 남북 간 '적개심의 발원지'이자 '불신의 벽'으로서 판문점 체험은 오래갈 것이었다. 그리고 그는 영문도 모른 채 떠맡게 된 분단의 종사자 역할을 그 지점에서 끝냈다.

그는 현실의 한계를 벗고자 할 때
자신이 확보한 존재의 크기에서 언제나
아름다운 뺄셈을 시켜갔다.
그리고 그 여백에 바람 빠진 풍선에
바람을 채우듯 꿈을 채워갔다.

세기의 방랑자

전쟁은 그에게서 너무나 많은 것을 빼앗아갔다. 삶에 대한 애착도, 죽음에 대한 생각도 거칠게 동요했다. 그동안 믿었던 '자연스런 생'에 대한 확신도 사라졌다. 씨앗 하나가 열매를 맺고 무르익어서 성장의 최종적인 종착점에 도달하는 과정으로서의 죽음은 한낱 허상에 불과했다. 전쟁이 터지자 수많은 목숨들이 향기라고는 없는 도그마 속으로 휩쓸려 들어가는 것을 목격했다는 사실 하나만으로도 충분히 절망적이었다.

"한반도가 강대국들의 각축장이 된 일이야 있었지요. 19세기 말에서 20세기 초에 우리 선조들도 그 같은 격동기를 살았지요. 그러나 그때는 국토가 분단되어 온 겨레가 두 쪽으로 갈라져 패싸움을 한 건 아니었거든요. 그때도 패싸움이야 있었지요. 친청파, 친러파, 친일파의 피투성이 부끄러운 싸움, 그러나 그것은 어디까지나 사회의 상층부 끼리끼리의 권력투쟁이었거든요."

그러나 이 전쟁은 공동체 내부의 싸움이었고, 사촌(한국에서는 이웃도 사촌이라고 부른다) 간의 살인극이요 가족들 간의 격전 체험이었다.

그로 인해 생겨난 정신적 혼란은 그의 신앙에 전폭적으로, 또 파상적으로 반영되었다.

> 전쟁 때문에 학업이 중단되지만 않았어도 나는 루터 연구로 방향을 바꾸었을지도 모른다. 그때부터 한국인의 기독교란 과연 어떤 것이어야 할 것이냐는 문제가 그림자처럼 나를 따라다니고 있는 것이다.
>
> — 문익환, 「내가 영향 받은 신학자와 그의 저서」, 《기독교사상》 1963년 12월호

그렇다! 모든 것이 끝났다. 그리고 모든 것이 다시 시작되지 않으면 안 되었다. 문익환은 판문점의 기억을 안고 미국으로 돌아가면서 4년 전에 보았던 세계와는 전혀 다른 세계를 보아야 했다.

문동환은 프린스턴의 아름다움은 그 한없는 평화로 인해 내적 저항감을 넘어 분노가 일었다고 말해야 할 만큼 눈부셨다고 기억한다. 길가에 늘어선 나무들과 마을을 따라 보기 좋게 정렬된 사물들은 문명의 능력을 한껏 자랑하고 있었다. 그 속에서 신의 축복을 노래하고 공부하는 것은 전혀 이상한 일이 아닐 터였다. 특히 프린스턴신학교는 더욱 그랬다. 넓은 캠퍼스의 한가운데 자리한 아담한 본관과 그 맞은편에 있는 기숙사 그리고 그 뒤편의 2층 건물은 모두 오육십 개의 방들을 가지고 있었는데, 마치 그림 속의 집들처럼 이름도 '알렉산더 홀' '하지 홀'이었다. 하지 홀 북쪽에는 흰색의 아름다운 교회가 있고, 반대편에는 식당을 겸한 학생회관이 있으며, 정문에서 들어오는 큰길 맞은편에는 정적에 잠긴 도서관이, 또 그 뒤에는 여자 기숙사가 있는데, 푸른 잔디로 덮인 한없이 넓은 마당의 여기저기에는 우람한 나무들이

만세를 하듯이 팔을 벌리고 서 있었다. 그 어디에도 굶주림과 폭격 그리고 피난과 같은 지겨운 상처들이 들어설 자리가 없었다. 부자 나라, 부자 신학교의 모습이란 과연 그런 것인가.

문익환은 이전의 동료들이 강물처럼 흘러가버린 자리에 끼어들면서 자신의 조국에 대한 한없는 비애를 느꼈다. 정녕 화가 나는 것은 그곳의 사람들이 한국이 어떤 나라이며 어디에 있는지조차 모른다는 점인데, 어쩌다 겨우 아는 사람을 만나도 6·25전쟁이 야기한 부정적인 이미지와 편견을 수정할 수 없이 지니고 있었다. '동족들끼리 싸우는 야만국을 돕느라 미국의 청년들이 가서 죽은 곳.' 그들에게 제2차 세계대전 이후에 형성된 새로운 열강의 틈바구니에서 평화를 이루려고 애쓰는 가난한 문화민족을 옳게 이해해주기를 기대하는 것은 거의 망상에 가까웠다.

그때 문익환에게 형성된 내면의 공황을 극복할 수 있게 도와준 것은 가족이었다. 전쟁 중에 유학을 떠나온 아우 문동환이 마침 프린스턴신학교에서 수학하고 있었다. 형제의 우애는 드넓은 세상에서 더욱 광채를 발했다. 사실 문동환이 성장기에 겪은 몇몇 부당한 경험들 속에는 분명히 형에 대한 항목이 섞여 있었다. 두 사람 사이에는 다른 사람들은 도저히 읽을 수가 없는, 오직 사랑 속에 감추어진 한없이 고요한 경쟁과 갈등이 있었다. 형은 언제나 동생을 심도 깊이 이해하고 사랑했지만, 동생의 입장에서는 불가피하게 형의 그늘에 가려져버리지 않기 위해 스스로의 영토를 개척하고 도전하지 않으면 안 되었다. 그것은 자연인 문익환의 성품에서 오는 것이 아니라 가부장제의 장남을 둘러싸고 조성된 유교적 사회구조에서 기인하는 것이었으며, 가족이 엄연히 하나의 세계임을 뜻하는 것이었다. 하지만 프린스턴에서 만났을 때는 그런 간극조차도 없었다. 생의 좌표를 같은 방향으로 설정하고 같은 캠퍼스와 문화공간들을 누리며 그곳에서 형성된 두 사람의 동지적 연대감은 신의 축복이라고 말해도 될 만큼 과분한 것이었다.

형제는 교회도 같이 나가고 산책도 같이 하며 영화관에도 같이 다녔다. 그들의 우애는 누가 봐도 한눈에 드러날 만큼 두드러져서 주위 사람들은 교회에서 예배순서에 참여하는 것도 같이할 수 있도록 배려해주었다. 그래서 형이 성서 봉독을 하면 동생이 기도를 하고 동생이 성서 봉독을 하면 형이 기도를 하는 경우가 많았다. 한번은 크리스마스 노래들을 이중창으로 불러서 그 녹음판을 서울 집에 보낸 적도 있었다. 그러던 중에 문동환의 전망이 먼저 열렸던 것은 오히려 복이었는지도 모른다. 문동환은 한국에서 안타까워했던 의문들, 특히 김재준 목사님 때문에 궁금하게 여겼던 생각들을 이곳에서 공부하면서 의외로 쉽게 답을 얻었다.

한국 교회사에서 기독교장로회와 예수교장로회의 분립으로 일컬어지는 '김재준사건'은 경건 때문이 아니라 신학, 좀더 정확히 말해서 신학방법론 때문에 갈라진 내분 중 하나였다. 서울에 세워진 조선신학교는 평양신학교가 신사참배 문제로 절망 상태에 있을 때 채필근, 김재준, 윤인구 목사 등이 주동이 되어 설립한 최초의 신학교였는데, 서양 선교사나 또 보수주의 신앙의 간섭이 침투되기 어려운 분위기를 띠고 있었다. 그런데 1947년 봄에 조선신학교의 일부 학생이 총회에 진정서를 제출해서 김재준 목사의 강의가 부실하고 비非복음적이라고 지적하면서 그들 속에서 형성된 새로운 신학방법은 한국 교회에 상당한 충돌과 반발을 일으켰다. 그 갈등은 마침내 1951년 5월, 전쟁의 와중에서 장로교 총회가 총회 산하에 오직 하나의 직영 신학교인 '총회신학교'를 둔다고 가결함으로써 조선신학교의 합법성을 자연 부인해버리고 말았다.

그리고 그러한 결과는 1953년 대구 총회에서 소란스럽게 드러났다. 총회 자체가 이미 그렇게 되어 있었다. 남측 노회의 대표만이 투표를 한다면 조선신학교를 지지하는 측이 오히려 다수였을 텐데 이북노회 총대에게도 투표권을 주었기 때문에 임원진도 보수파가 절대다수였다. 그리고 선교사들도 보수진영에 가담해서 투표를 했다. 김재준 목사를 이단으로 규정하고, 그와 같은 입장을 가진 캐나다 선교사까지 강단에 설 자격을 박탈했으며, 나아가 김재준을 따르는 목사들은 누구도 강단에 서지 못하도록 결정을 내렸다. 이렇게 되자 전국적으로 기독교 사회는 일대 혼란에 빠지게 되었다. 많은 교회들이 진보와 보수로 갈라져서 싸우기 시작했다. 그러다 종국에는 진보 쪽에서 교단을 새로 세워 자기 신앙에 따라 교회를 가르는 것이 낫겠다는 결론이 내려져 새로운 교단이 생기게 되었다. 그것이 바로 기독교장로회였다.

그 일파만파의 중심 인물인 김재준 목사의 '축자영감설 비판'이 바로 문동환의 세계가 열리는 입구였다. 문동환은 프린스턴에서 만난 새로운 신학의 세계로 주저 없이 걸어 들어갔다. 복음서란 가장 일찍 기록된 마가복음도 기원후 70년 전후에 쓰인 것이며 요한복음도 기원후 100년경에 쓰인 것으로, 그때쯤에는 예수가 신격화되어서 그 말씀과 행동이 절대적인 것으로 기록되었다는 사실을 깨달았기 때문이다. 그는 어렵지 않게 출구를 찾았다. "나는 길이요 진리요 생명이다"라는 말은 사실 예수님이 말씀하신 것이라기보다 이 복음서를 쓴 기록자가 자기의 신앙고백을 예수님의 말씀처럼 기록한 것이다! 그리고 그것은 문동환에게 새로운 전망을 안겨주었다.

"이렇게 해서 오랫동안 맺혀 있던 것을 푼 나는 이제 앞으로 무엇을 해야 할 것이냐 하는 것을 문제 삼게 됐다."

장차 한국의 민중신학에 새 바람을 불어넣을 문동환의 '저 낮은 곳을 향한 약진'은 그렇게 해서 열렸다. 그러나 문익환의 길은 간단하지 않았다. 만일 북간도 명동 시절의 세계를 '출애굽'에 비유한다면 문익환은 이집트 왕자였다. 그에게는 광야에서의 40년이 필요했는데, 아직 끝나지 않은 그 지루한 과정을 견디며 문익환은 미래의 길을 가늠할 수 없는 현실이 답답했을 것이다. 그 한 끝에서 그는 고백하고 있다.

"나의 신학적 사고는 아직도 유동하고 있다. ……부끄럽다면 부끄럽고, 가련하다면 가련한 일이라고 하겠지만 원체 타고난 보헤미안 기질 때문에 죽기까지 어느 한 곳에 정착하지 못하고 말지 모른다. 그리고 그것이 나의 바탕이라고 하면 죽기까지 자기의 것을 고집하지 않고 보다 깊은 것을 찾아 헤매다가 말 망정 그것 또한 즐거운 일이 아닐까 하고 자위도 해본다."

문익환을 지치게 하는 것은 삶의 정착지가 보이지 않는다는 점만은 아니었다. 성장기의 영양결핍으로 생겨난 폐결핵의 후유증과 어려서부터 이어온 만성두통 그리고 또 언제나 귓바퀴 속에서 벌들이 날고 있는 것 같은 이명의 고통 때문에 그는 학문의 길이 욕심났지만 강행할 엄두가 나지 않았다. 생의 목적지는 멀고 몸은 받쳐주지 않았다. 그는 언젠가 일본 유학길에서 그랬던 것처럼, 육신의 건강을 잃어버린 자의 불안과 흥분 속에서 끊임없이 어린 시절로 돌아가고 싶어 하고, 미국 사회의 안정 속에서 방황했으며, 자신의 고향 속으로 돌아가고 싫어 했다. 아, 북간도! 그러나 그곳은 20세기 국제질서의 각박함 때문에 이제는 지상에서 사라져버린 히브리 사람들처럼 오직 신의 빛 속에 들어 있을 뿐이었다.

마지막 귀향

문익환은 프린스턴의 마지막 시간들을 성서에 심취해서 보냈다. 어떠한 예술적 진리도 통일성도 없는 그 유서 깊은 묵시문학을 통하여 문익환이 추구한 것은, 한마디로 어떻게 살 것인가 하는 문제였다. 그가 성서의 세계를 탐구하기 위해 처음 프린스턴에 당도했을 때도 그에게 가장 커다란 문제는 어떻게 살 것인가 하는 문제였다.

그가 전쟁의 기억과 싸우면서 발견한 '영혼의 미개지'가 얼마나 넓은지를 아는 사람은 없었다. 그는 혼자서 머나먼 히브리 사람들의 광야를 헤매면서 공부하고 또 공부했다. 그와 함께 자신의 사색이 아직 가보지 못한 어떤 광활한 영역을 체험하면서 멀리서 어렴풋이 동터오는 세계의 윤곽을 보기 시작했다. 구약의 역사가들은 그들의 민족적 기억 속에 살아 있는 사건들에서 의미를 찾고 해석을 함으로써 고대 최고 최대의 역사를 인류 정신사상의 큰 유산으로 남겼다. 흥미로운 것은 히브리인들이 생물학적 동질성에 근거한 민족이 아니라 역사적 사건을 통해 태어난 민족이라는 사실인데, 그것을 가능케 한 '출애굽'과 '시내 산 계약'이 마치 저 아득한 1899년의 망명자들, 즉 네 가문이 두만강을 건너 명동을 일구고 떠나온 후를 연상시킨다는 점이었다. 어쩌면 자신의 조상들이 밟아온 궤적일지도 모르고, 또 어쩌면 자신이 앞으로 가야 할 길일지도 모르는 그곳에서 그는 오랫동안 잊어온 섬광의 원천을 맛보았다. 그래서 더욱 예언자적 섬광에 매달렸고, 보이지 않는 것들과의 영적 교류를 확대했으며, 구약 속을 방황하다 잠이 들면 무서운 꿈을 꾸었다. 그는 꿈과 대화하고, 꿈에서 길을 얻으며, 꿈과의 약속을 지키는, 말 그대로 꿈을 양식으로 살아가는 인간이었다.

그렇다, 꿈! 한국인들에게 이 꿈이라는 낱말은 두 가지 뜻이 있었다. 하나는 프로이트가 말하는 꿈(잠잘 때 꾸는)이요, 다른 하나는 희망(잠자지 않을 때 꾸는)의 한국식 표현이었다. 그러나 문익환에게 이 두 현상은 전혀 다르지 않은 하나의 현상이었다. 훗날 그가 꿈의 사상을 가졌던 사람이라고 말한다면 프로이트식으로가 아니라 그야말로 한국식으로 해석해서 그렇다고 말해야 옳다. 그는 잠 들었을 때도 엄청난 꿈을 꾸었고 깨어 있는 시간에도 엄청난 꿈을 꾸었는데, 남들에게는 전혀 다른 이 현상이 그에게는 하나였다.

그것이 그를 신경쇠약에 빠뜨릴 것은 당연했다. 그가 지속해서 꿈꾸는 일은 모두가 당시 문명의 풍요에 도취해 있는 미국문화—앤디 워홀이 출현하고 팝아트가 퍼지면서 겸손하지도 경건하지도 않고, 오로지 자신들의 이성만을 신격화하는 시대적 분위기—에 역행하는 일이었다. 육신은 갈수록 야위어갔고, 감정은 메말랐으며, 몽상의 시간은 나날이 늘어갔다. 그로 인해 한없이 야윈 어느 지점에서 그는 마침내 예언자들의 세계를 탐험하는 것보다 차라리 '자신의 자리'를 되찾는 것이 더 시급한 상황이 되고 말았다. 그리하여 제임스 조이스의 『젊은 예술가의 초상』에 나오는 소년처럼 "저 지금 아파요. 어머니, 저를 데려가 주세요"라고 말해야 할 지경에 이른 것이다.

그때가 이미 마흔을 바라보는 나이, 그가 자녀를 길러서 가정을 건설하는 '하느님의 기업(신학적 의미의 유산)' 속으로 복귀하려고 결심한 것은 1955년 봄이었다. 석사를 마치고 박사를 받아야 할 순간에 신체의 에너지는 고갈되고 마음은 길을 잃자 그는 홀연히 미국 생활을 청산하고 한국에 돌아와 가족의 품에 안겼다. 그것은 짧게나마 감격이요, 환희의 기쁨을 주었다. 그에게 가족은 결코 사사私事에 얽매이게 하는 부양인력이 아니었다. 전쟁으로 인한 방랑을 마치고 서울에 입성한 지 불과 3개월밖에 안 된 문씨 일가가 '신앙적 유목민' 생활을 계속하고 있다는 것만큼 그에게 가슴 아픈 일은 없었다. 거듭 말하지만 남쪽에 내려온 후 문씨 일가의 삶은 마치 통일신라시대를 사는 고구려의 몰락한 귀족과 같은 처지를 어떻게 해도 벗어날 수 없었다. 자신의 가족이 정착지를 갖지 못한 사정을 통해 언제나 '잘못된 해방'과 분단을 통탄해야 했으니, '통일의 욕망'은 그의 집안이 가족적으로 목말라 한 근원적 결핍감의 하나였다.

사실이 그랬다. 그의 삶이 긋고 간 궤적을 들여다보노라면, 현대사의 질곡 속에서도 이 땅의 명문가 하나가 붕괴되지 않고 굳건하게 이어지는 것을 발견하는 희열이 느껴진다. 전쟁의 와중에서 문재린 목사가 가족을 이끌고 서울을 빠져나간 것은 1951년 1·4후퇴 때였다. 중국군의 입성을 앞두고 미국 선교부 선교사들이 주선하여 납북될 위험성이 있는 주요 목사들 가족을 인천항으로 불러서 배에 실었다. 이 피난선은 처음에 거제도로 들어갈 예정이었으나, 그곳에는 북에서 온 포로들이 많았으므로 기수를 돌려 제주도로 향했다. 그 낯선 땅에서의 배고픈 평화를 겪은 게 몇 개월, 전쟁이 소강상태에 접어들자 문재린 목사는 또 다른 양떼들을 찾아 나섰는데, 그렇게 해서 도착한 것이 거제도 옥포교회였다. 과거의 권위에 연연치 않고 오직 새로운 신도들을 찾아 정진할 뿐인 아버지의 유산을 문익환은 승계했다. 어떤 유산들은 그것이 훗날 무슨 의미를 띠게 될지도 모르는 상태에서 문익환의 것이 되었다. 가령, 후에 조선소가 들어서는 거제 옥포교회에서 세례를 받은 신도 중에 김영삼 씨가 있었는데, 그로 인한 인연은 나중에 민주화추진협의회(약칭 민추협) 시대가 열릴 때 일부 언론으로 하여금 문동환을 친DJ계 인사로 분류하고, 문익환은 친YS계 인사로 분류하게 할 만큼 유지되었다.

어쨌든 문익환이 귀국했을 때 아버지는 을지로에서 중앙교회를 설립하여 목회를 하고 있었는데, 아들이 오자 교회를 맡기고 대구 한남신학교의 학장으로 가셨다. 이 중앙교회가 나중에 한빛교회로 개명되어 문익환이 봉직한 10년 동안 건강한 발전을 거듭했다. 그 무렵 한국의 기독교는 참혹하게 변질돼 있었다. 전쟁을 겪으면서 그리스도의 정신이 왜곡되어 거의 종교개혁이 필요할 정도였다. 막대하게 쏟아진 서방의 구호물자는 교회의 자립정신을 빼앗고, 교인들로 하여금 남을 도우려는 마음보다 받으려는 생각만을 만연케 했다. 또 전쟁의 이름으로 가정이 파괴되고 인명이 훼손당한 수많은 죽음과 상처 속에서 사람들은 하나같이 예수의 이름으로 병도 고치고 물질적 축복과 정신적 위로도 받자는 기복신앙에 사로잡혀 깨어날 줄 몰랐다. 게다가 북측 정권의 탄압을 피해 대거 남하한 기독교 세력들이 이승만 정권과 연대하면서 반공은 열심히 외쳤으나 다른 사회문제에는 기형적으로 무관심했다. 이러한 시기에 오직 양떼만을 위하며 살아온 아버지를 문익환은 진심으로 감사하게 생각했다.

그리스도의 길을 잃은 한국의 기독교에 문익환은 격앙되고 도발적인 태도를 가졌지만 그의 도전성은 천부적인 부드러움 때문에 언제나 은폐되었다. 그는 마음의 빛이 꺼진 듯한 어둠속에 살면서도 숲에서 죽어가는 한 마리 새처럼 절대로 타인의 영토를 넘보지 않았다. 남들 앞에서는 늘 세련된 예절을 지켰고, 어떤 상황에서도 자신의 의견만을 주장하거나 강요하지 않았다. 인간적인 소통을 중시하는 것은 그가 오랫동안 훈련해온 삶의 방식이자 문화였으니, 그는 가능한 한 그림자처럼 머물며 누구에게든 자신의 빛을 투영하도록 노력할 뿐이었다. 그럴 때 그의 마음이 어떤 상태였는지는 귀국한 지 얼마 안 되어서 숭덕교회 청년회에서 한 설교가 증명한다.

"주님께서 너희는 세상의 빛이 되라고 말씀하셨습니까? '……너희는 세상의 빛이라' 하셨습니다. 이미 우리가 빛이라 할 것 같으면 빛이 되려는 부자연스런 노력을 하지 않아야 합니다. 빛은 스스로 어둠을 몰아낼 힘이 있기 때문입니다."

문익환이 그림자 속에 머물며 내는 빛은 그렇게 엄청난 데가 있었다. 하지만 그의 열정은 과잉되어 때로 전혀 다른 모습으로 비춰지기도 했다. 그것이 두드러지게 드러난 것은 한신대학교에 봉직하면서였는데, 그의 사명감이 본격적으로 가동되기 시작한 시점에서 만난 제자는 이렇게 말한다.

> 내가 1956년 한국신학대학에 입학하여 문익환 교수에 대하여 처음 받은 인상은 지극히 여성적이고 문약文弱해 보인다는 것이었다. 해맑은 용모와 가냘픈 몸매도 그러했고 마음도 그러했다.
>
> — 이해동, 「꿈의 사람, 믿음의 사람」

이렇게 보호본능을 자극하면서도, 모던하고 신세대적이며 낭만적인, 그리하여 전쟁을 겪으면서 황폐한 것들만 체험해온 젊은이들에게 인기 있을 여건을 두루 갖춘 그였지만, 학교에 나가자 그는 금방 매력 없는 별명을 얻고 말았다. 사관생도처럼 찬바람을 일으키며 다닌다고 해서 "문익환"이 신경질적으로 문이 닫히는 소리 "문이 쾅!"이 되고 말았다.

그의 깎아지른 듯한 원칙주의는 학생들에게 일체의 요행심리를 허용해주지 않았다. 대부분 지방에서 갓 올라온 어린 제자들을 짧은 시간 내에 목회자로, 교회 지도자로 길러내기 위해 문익환은 시간엄수, 책임감, 올바른 글쓰기, 말하기 등을 엄격하게 가르쳤다. 다른 대학을 졸업하고 들어온 대학원생들에게는 부족한 공부를 보충시키느라 집에 데려가 몇 시간씩 과외지도를 해주기도 했다. 그로 인해, 바늘로 찔러도 피 한 방울 나지 않을 것 같은 이미지가 그의 것이 되었다. 학사과장을 맡았을 때는 납부금을 하루만 늦게 내도 등록을 안 시켰으며, 구약이나 히브리어 한 과목 때문에 낙제하는 경우도 비일비재했다. 인기가 있을 수가 없었다. 만성 비염 때문에 그가 복도에 나타나면 벌써 킁킁거리는 소리가 낭하를 따라 길게 울렸다. 그의 신체적 허약성이 청각적으로 드러나는 것을 학생들은 뒷전에서 세면서 한 시간에 몇 번이나 '킁' 소리를 내는지 '내기'를 하기 일쑤였다. 어떤 때는 오십 번? 또 어떤 때는 육십 번?

문익환이 가르치는 구약과 히브리어 그리고 작문에서 '베리 굿'을 받기는 굉장히 어려웠다. 특히 그의 히브리어 수업은 교육의 엄격성 때문에 많은 학생들이 탈락하고, 그 때문에 인식이 부족한 나이 어린 신학생들은 히브리어 교육을 기피하는 현상까지 생겼다. 그 독특하고 별난 수업 방식은 열심히 하는 학생과 그렇지 않은 학생을 크게 구별시켜놓았다. 우선, 전통적인 문법의 악센트 체계에 따라 리듬을 맞춘 읽기 연습을 강조했다. 유대교 회당 예배에서 사용하는 리듬을 가르치는 그런 본격적인 것은 아니었지만, 몇 가지 주요 악센트를 유념하게 했고, 특히 중간 휴지와 마지막 휴지를 살리는 독음讀音을 강조했다. 말하자면 한 자 한 자 겨우 더듬거리며 읽어가는 것은 질색이어서 호된 질책이 따랐다. 또한 문익환의 히브리어 교육은 외국 문법책을 번역하는 것이 아니라 한국의 토착적인 문법을 적용하려 했다. 예컨대 히브리어 자음·모음의 음역 또는 문법 용어들을 모두 최현배 선생의 우리말본처럼 순수 한국 음역과 문법용어들로 바꾸었던 것이다.

이렇게 어려운 방식으로 동사의 불규칙 형태는 물론이고 규칙 형태도 다 가르치지 않은 채 학기를 끝내곤 했지만, 그럼에도 그런 학생들에게조차 원전 읽기를 요구했다. 3분의 2는 더 남은 부분을 미뤄둔 채 원전을 읽자는 데는 그 나름의 지론이 있었다. 즉 못다 배운 문법의 틀은 학생이 자습하면 되는 것이고 히브리어의 지식은 히브리어의 '형태소'에 관한 관찰에 숙달되면 문제없이 난관을 헤쳐갈 수 있다는 것이 지론이었다.(김이곤, 「늦봄 문익환 목사의 구약성서 신학」 참고) 또한 구약학의 가장 기초적인 과제를 수행한 '구약개론서'들에 대한 그의 날카로운 비평들은 당시의 구약학 전반에 대한 그의 해박하고도 정확한 지식을 크게 시위하고 있었다. 그의 구약학 수준은 당대 한국의 학계를 석권하는 내공을 가지고 있었다. 하지만 그 시절의 문익환에게 세상은 결코 편안한 곳이 아니었다.

불치의 감탄사로 말하라

1950년대는 사람들로 하여금 이상한 자의식을 갖게 한 시대였다. 시인 고은은 이때를 "아아 50년대!"라고 한다.

> '아아 50년대!'라고 말하지 않으면 안 된다. 모든 논리를 등지고 불치의 감탄사로 말하지 않으면 안 된다. 그 50년대의 정열과 광태와 퇴폐들을 사랑한다는 것은 폐허를 사랑한다는 뜻이 된다.
>
> ― 고은, 『1950년대』

그처럼 황당하게 새로운 것에 도취하고 그처럼 열광적으로 미신적인 시대는 없었다. 모든 성급한 열정들이 난무하는 분위기는 당대의 지성에 정직한 자들에게 뜻밖의 절망을 안겨주었다. 그 시절의 문익환은 어디를 가나 부러움의 대상이 되었지만 본인은 정작 모든 것이 신파극 같기만 한 세태와 시대적 불화를 겪고 있었다. 당시 진명여고를 졸업하고 이화여대 국문과에 입학한, 그래서 부러울 것이라고는 없었을 육촌 윤순희 씨의 눈에 비친 문익환의 모습은 이랬다.

"틴에이저였던 나는 한창 낭만을 추구할 때여서 외국에 대한 관심과 호기심으로 가슴이 가득 부푼 때였기 때문에 외국에서 교육받고 돌아온 문익환 목사님의 설교는 그 어느 학교에서 배우던 국제 사회 역사보다 더 실제적이고 흥미로웠고, 고리타분한 전형적 구식형의 어느 목사님의 설교보다 나를 집중시켜주는 매력이 있었다. 그 당시 우리나라에서는 몰랐던 케네디를 연상케 했다."

그러나 미국에서 돌아온 문익환! 미국을 천국이라고 생각하는 사람들로 하여금 "아, 미국 냄새란 이런 것이구나" 하고 생각하게 만드는 문익환! 서울의 어디에도 그 귀공자 같은 미소가 어울리는 곳은 없었다. 염색한 군복과 미국 사람들이 보낸 헌 구호물자 양복 따위를 입고 전쟁이 남긴 가건물에서 실존적 허장성세에 집착하는 천박한 재능들이 활극을 펼치는 거리. 세상은 문익환이 가장 싫어하는 감정, 즉 집단적 열등감과 허무감에 시달리고 있었다.

도대체 지식인들이 무엇을 했다고 허무감에 빠진다는 말인가. 모든 것이 끝난 것 같지만 실제로 끝난 것은 아무것도 없는 그 허상의 그림자들 속에서 문익환은 고뇌했다. 전쟁이 가져다준 절망을 아무리 잊으려 해도 실제 그 전쟁에 의해서 초래된 변화는 일제 식민지에 의한 것보다 더 심각한 과제를 남겼다. 한 번 찢긴 하늘은 영원히 찢긴 채 펄럭이는 법이다. 그래서 36년간의 식민지 끝에 찾아온, 그 불안하기 짝이 없는 실낱같은 평화라도 되찾고 싶다는 천박한 구호 '복구!'라는 표현을 시대정신으로 받아들일 수밖에 없었던 사실이야말로 그 시절의 딜레마를 웅변하는 것이었다. 사람들은 '전후'라는 말로 위안 받고 싶어 했지만 복구의 지리멸렬이야말로 피곤의 극치였다.

당연히 모든 사회적 관계들은 쑥밭이 되어갔다. 전쟁 전까지만 해도 한국의 종교와 학문 그리고 예술은 아직 거대한 단일 가계家系의 모습을 띠고 있었다. 그러나 전후 복구 시대의 동일한 비극 관념과 폐허 속에서 지식인들은 각기 제 길을 찾아 뿔뿔이 흩어지기 시작했다. 예술도 세 갈래로 나뉘었다. 자고 나면 서낭당 고개를 넘어야 하는 봉건적 향토 미학과 제2차 세계대전을 체험하고 난 유럽 전후의 포즈를 마구 수입해 들여오는 외래 사조 그리고 온전성이 파괴된 채 현실의 곤혹과 대결하려는 경향들이 서로 얼굴과 이름조차 모를 만큼 편협한 패거리의 동굴로 분화되어갔다.

신앙의 세계라고 해서 예외가 아니었다. 스승 김재준 목사가 충돌했던, 성서 해석에서의 축자영감설, 교회관에서의 개교회주의와 교권주의, 사회관에서의 기복신앙과 타계주의로 대표되는 극단적 정통주의 신학이 파생시킨 '예장'과 '기장'의 분열은 '자유'와 '보수'의 범람으로 교계의 혼란과 갈등을 증폭시켜 침례교, 성결교 등으로 나누는 동시적 분열을 심화시켰고, 전쟁의 후유증으로 인한 열광적·종말론적 경건이라는 이상한 현상을 만들어냈다. 박태선의 '한국 예수교 전도관 부흥협회', 문선명의 '세계 기독교 통일 신령협회', 나운몽 등에 의한 기도원, 부흥회와 같은 분파적 기현상이 도처에서 발흥했다.

그 깊은 어둠의 시대에 문익환은 예언자들의 세계에 빠져서 실로 왕성한 집필 활동을 전개했다. 1956년 6월《신학연구》에「예언자와 역사」를 발표한 것을 필두로, 10월《군종월보》에「구약의 하나님」, 12월「구약에 나타난 계약의 의의」그리고 1957년부터 1960년까지《십자군》《기독교사상》등에 최소 매월 한 편 이상의 글을 써서 발표했다. 엄청난 열정이었다.

얼마나 바빴겠는가. 그래서 당시 교수가 그의 본직이라고 하기에는 문제가 있다는 안병무 박사의 지적은 옳았다. '밥을 제대로 못 먹여주는 직장은 직장이 아니라는 전제'로도 그렇지만, 다른 한편으로 그가 목회 생활을 비롯하여 여타 기독교 활동에 사방팔방으로 나서고 있어서 그중 어느 것이 주무였는지 분명치 않다는 점에서도 그랬다. 그럼에도 무엇이든 제대로 되지 않은 것을 묵과하지 못하는 엄격성 때문에 제자들은 자주 문익환 교수에게 불평했고, 때로는 항의를 하러 찾아가기도 했다. 인간의 진면목은 바로 그럴 때 드러나는 법이다. 문익환은 고집이 셌다. 신학도란 자신만이 아니라 남들을 챙겨주어야 하는 사람인데, 자신에게 철저하지 못하고서야 무슨 일을 하랴는 깎아지른 듯한 지론을 그는 무려 10년 이상을 포기하지 않았다. 그리고 한 발 더 나아가 그는 자신의 열정을 상아탑 안에 안주시키지 못하고 또 하나의 현장을 갖고자 했는데, 그것이 바로 저 유명한 한빛교회였다.

아, 한빛교회! 아버지는 전후 시대에 온통 강원도 일대를 순회하면서 교회를 신설하는 일에 전력을 퍼부었다. 강원도는 함경도에 접경한 지역으로 피난민도 많고, 또 캐나다 선교부가 관심을 가져야 할 지역이어서 선교부의 후원으로 여러 교회를 설립했다. 홍천군 홍천읍교회, 춘천 신평동교회, 춘천 교동교회, 신포리교회, 화천읍교회, 신사리교회…… 그중에서 경동교회에서 독립한 교회가 중앙교회였고, 중앙교회가 이름을 바꾼 것이 한빛교회였다. 문익환은 그 한빛교회의 목사가 되었다. 자신의 세대, 일제 식민지와 외세에 의한 전쟁과 군사적 개발독재에 시달린 이웃들에게 훗날 명예롭게 자랑할 만한 한빛교회 목사를 이미 그때 맡고 있었던 것이다.

그러면서 전후 한국 기독교를 짊어진 동료들과의 관계에서도 그는 지치지 않고 새로운 에너지를 불어넣었다. 여기서 언급할 단체가 복음동지회다. 복음동지회는 1956년부터 1959년까지 장윤철, 장준하, 전경연, 김덕준, 홍태헌, 백이언, 김정준, 전택완, 이호운, 윤성범, 이병섭, 유동식, 유재선, 서남동, 박대선, 김용옥, 이재면, 고영춘, 김찬국, 조선출, 이여진, 박창환, 김하태, 이장식, 문희상, 지원용 등 각 교파 신학교의 중견신학자들이 망라된 단체로, 다달이 월례회와 회보 발행을 하면서도 회칙도 회장도 없는 무두회無頭會로 자원봉사단의 체제로 운영되고 있었는데, 그 활동상 곳곳에 문익환의 이름이 나타난다.

> 1956년부터는 '복음동지회'라는 간판을 표면에 내세워 '임마누엘신학강좌'를 열기 시작, 강좌의 전체 성격을 '한국 교회가 당면한 기본문제와 신학적 해명'으로 규정한 뒤, 제1회 신학강좌의 제목은 "성령론", 강사는 문익환 「구약에 있어서의 하나님의 영」, 지동식 「사도시대의 성령」, 윤성범 「성령론」, 이병섭 「신비주의와 성령」, 이호운 「한국교회와 성령문제」 등으로 하여 남산 감리교회에서 10월 22일부터 27일까지 5일간 개최했다. ……한편 1957년부터는 성서 번역에도 손을 대기 시작했다.
>
> — 기독교문사, 『기독교백과사전』

복음동지회로 돌아온 문익환의 복귀는 한국 구약학의 부흥기를 의미했다. 그는 훗날 자신이 재야에 나갈 수 없는 이유를 이곳에서부터 비롯된 성서 번역으로 들곤 했다. 그만큼 복음동지회의 첫 순간부터 그는 자신의 선택을 후회하지 않았고, 어둠이 있는 곳이라면 어디든 호기심에 가득 찬 실험정신이 발동하는 소년의 눈을 하고 달려들었다. 그리고 머지않아 촛불처럼 흔들리는 사춘기적 기질과 천재성을 함께 가진 상상력을 발동시켜 동료들의 혼란스런 짐작을 열광적인 확실성으로 만들어버렸다. 게다가 구약을 가장 제대로 번역할 수 있는 재원이기까지 했으니, 그는 곧장 서울 기독교계의 중심부에 들어설 수 있었다. 그리고 그 속에서 그의 신학은 아주 특별한 주목을 끌었다.

성서 읽기를 다시 하는 문익환의 학문세계는 자유롭고 유연했다. 정통 보수주의 교단은 신앙의 순수성을 무기로 신학적인 인식의 풍요로움을 비웃고 어리석은 것으로 만들어서 전후의 현실에서 쫓아버리려 했다. 그러나 그에 대한 문익환의 인식은 확고했다. 정통 보수라고 자처하는 자들은 인간 내면에서 영원히 파괴할 수 없는 신앙의 욕구를 바로잡기는커녕 극히 기묘한 옆길과 신비로운 은둔처 속으로 몰아넣을 뿐이라고 문익환은 생각했다.

여기서 우리는 물어야 한다. 1950년대 후반기의 문익환, 그는 자신에게만 고유한 사상이 있었던 사람인가? 예컨대 그냥 목사였는가, 아니면 함석헌이나 그 이전의 몇몇 사상가들처럼 자신에게만 고유한 사상을 가진 사람이었는가? 주목할 것은 그가 명망에 집착하지 않았다는 점이다. 대가연大家然하지 않으려 한다는 것! 누가복음 18장 14절에 나오는 "무릇 자기를 높이는 자는 낮아지고 자기를 낮추는 자는 높아지리라 하시니라"를 따른다는 것! 이는 그의 중요한 삶의 형식 중 하나였다. 인간의 사상이 삶의 복판에 있지 못하고 주장으로 불거져 나오는 것을 그는 애써 무시했다.

한편으로 평범한 목사이고 거룩한 학문(신학)을 애호하는 사람에 지나지 않았던 문익환이지만, 그는 어느새 자신의 생애를 이끌고 갈 견고한 사상을 정립해가고 있었다. 문익환의 일대기에서 가장 찾아내기 어려운 비밀이 어쩌면 바로 여기에 있을 것이다. 아무도 믿지 않지만 쉰여섯이 되어서야 비로소 세상일에 관심을 기울이기 시작했다고 소문난 그는, 사실은 마흔 살 때 이미 향후 자신의 생애, 재산, 명성, 시간을 오직 그 하나에만 바치게 될 무엇인가를 갖추고 있었다. 마지막 숨이 멎는 순간까지 굽히지 않는 예언자로서 꿈의 사상이라는 '영구 기관'에 매달려서 생명의 진실에 대해 발언할 사상을 그는 한신대학교 개학 강연에서 이미 포효하고 있었다. 그런데 왜 드러나지 않았는가? 누가 만약 이렇게 묻는다면 그는 그에 맞서 반대로 물어야 한다. 사람들은 왜 소란하지 않을 때는 알아먹지 못하는가? 이런 집요함, 고집스러우면서도 불타오르는 끈질김이 그의 위대함이자 외로움이었다.

뼈아픈 후회

1956년 한신대학교 개학 강연에서 설파한 「예언자와 역사」는 당시 문익환이 도달한 인식의 높이가 어디에 이르렀는가를 가늠할 대표적인 논설에 속한다. 그는 다음 일곱 문장 속에 이후의 삶을 이끌어갈 실천의 나침반으로서의 예언자 사상을 요약하고 있었다.

> 예언자들의 역사관은 정지된 것이 아니고 앞으로 움직여 나가는 것이었다. 그들은 현재에 배태되어 있는 미래를 보았던 것이다. 현재에는 불원에 드러날 미래가 감추어져 있었던 것이다. 그들은 선견자적인 깊은 통찰력을 가지고 현재가 불가피하게 초래할 미래를 과거의 일처럼 말할 수 있었던 것이다. 그래서 그들은 미래의 일을 말하는 문장에 완료형(마침법)을 썼다. 이것이 소위 '예언적 완료형'이다. 그들은 앞으로 생길 일을 이미 된 일처럼 확실하게 말할 수 있었다. 그들이 예언자라고 불리게 된 까닭이 여기 있다.
>
> — 문익환, 「예언자와 역사」, 《신학연구》 1956년 6월호

예언자! 그의 사상적 실체가 바로 여기에 있었다. 문익환이 말하는 예언자는 '선견지명을 발설하는 사람'이 아니었다. 훗날 그는 이를 이렇게 설명한다.

> 예언자들이라고 하면 흔히들 '말씀'을 생각하게 됩니다. 앞으로 올 일을 미리 점쳐 말할 수 있는 사람을 예언자라고 생각하기 십상이지요. 물론 예언자가 하는 일 가운데 이 일이 포함되지 않은 건 아닙니다. 그러나 예언자로 번역된 히브리어 '나비'라는 말에는 그런 뜻이 없습니다. 어떤 학자는 이 말이 '입에 거품을 문다'는 말에서 왔다고 하지요. 입에 거품을 물고 땅바닥을 뒹구는 사람, 이를테면 접신 상태에 빠진 사람이라는 거지요. 어떤 학자는 또 이 말엔 '부르심을 받은 사람'이라는 뜻이 있다고 풀이합니다. ……말보다 더 중요한 게 뭐냐 하면, 몸짓이요 몸부림입니다. 무당이나 나비들은 접신 상태에서 몸을 떨기도 하고 땅바닥을 마구 뒹굴기도 하고 북소리를 따라 춤을 추기도 하지요. 이건 해방을 갈구하는 민중의 저항 의지의 표현 아니겠습니까? 구태여 '말'이라는 말을 써야 한다면 몸의 언어라고 해도 되겠지만, 이건 실상 말 이전이요, 말 이상이라고 하는 게 옳은 거죠. 말 이전입니다. 말로 질서가 잡혀 '이것이다' 하고 딱 부러지게 말할 수는 없지만, 이를테면 꿈틀거리는 격정이요, 터지는 힘으로 체험될 뿐 아직은 혼돈인 몸부림인 거죠. 이 뜨거운 저항과 항거의 몸부림이 앞서지 않은 말은 별 볼 일 없죠. 그런 몸부림이 앞서고 거기서 말이 터져 나오면, 그 말이야말로 역사를 변혁시켜 새 질서를 줄 수 있는 말인 거죠.
>
> — 문익환, 『히브리 민중사』

그가 평생 입에 달고 살았던 "내게는 윤동주 콤플렉스가 있어!" 또는 "나는 장준하 콤플렉스 때문에 여기에 온 거야!" 같은 말이야말로 그의 예언자적 태도를 감추는 은폐물 중 하나였다. 히브리서 11장 1절의 말씀대로 "믿음은 바라는 것들의 실상이요 보지 못하는 것들의 증거이니" 그는 '꿈'이라는 낱말로 자신이 동경하던 예언자적 태도를 당대의 육신 안에 구축해갔다.

그렇다, 꿈! 야만적인 무대를 동화 같은 세계로 바꾸어버리는 문익환적 삶의 실체, 그것이 곧 꿈이었다. 현실의 비어 있음을 발견할 때마다 그에 대한 꿈을 확보하려는 것은 그가 자신의 생애를 통틀어 진행시킨 매우 근본적인 노력 중 하나였다. 그는 세속의 결핍감에서 꿈을 찾음으로써 언제나 '속俗의 시간'을 '성聖의 시간'으로 승화시키고는 했다.

사실 꿈이야 결핍의 반증에 불과한 것이다. 누가 만일 꿈으로 현실을 구원하려 한다면 그처럼 허황된 관념적 자위는 없다고 보아도 좋다. 꿈이란, 말 그대로 '헛된 일'이기 때문이다. 그런데 그것이 문익환에게는 달랐다. 그는 현실의 한계를 벗고자 할 때 자신이 확보한 존재의 크기에서 언제나 아름다운 뺄셈을 시켜갔다. 그리고 그 여백에 바람 빠진 풍선에 바람을 채우듯 꿈을 채워갔다. 여기서 흥미로운 것은, 현실을 초월하려고 꿈꾸는 일이 그에게서는 사물의 본질에 침투하려고 꿈꾸는 일과 완전히 동일한 행동이 된다는 점이다. '역사'와 '꿈'과 '부활'이 이음동의어가 되어버리는 이유가 여기에 있었다. 남들이 "과거는 현재를 거쳐 미래로 흐른다!"고 생각할 때 문익환은 "역사는 꿈을 통해 부활에 이른다!"고 말해도 모순되지 않았다. 그로 인해 만일 그의 생에서 음악 소리가 난다면 그것은 '존재'와 '비존재', 현실과 꿈

사이에서 들리는 구별하기 어려운 미묘한 화음일 것이다. "민주주의는 이루어졌어!" "통일은 됐어!" "나의 이름도 너의 이름도 전태일이라네!" 같은 예언적 사유가 다 그것이었다.

문제는 이 모든 일이 아직 텍스트 상에서만 존재할 뿐 실제 현장에서는 유보되고 만다는 점에 마흔 살 문익환의 한계가 있었다. 4·19를 넘길 때까지 밥 먹고 출근하고 황폐한 이웃들과 어울리는 자리에서 그는 한낱 상아탑에 지나지 않았다. 어지러운 사회현실과 정치적 곤혹 앞에서 아무 출구가 없었다. 그가 말하는 모든 역사는 히브리 사람들의 것일 뿐, 아직 한국의 것은 아니었다. 속수무책의 나라, 여전히 활극의 수준을 벗어나지 못하는 한국의 정치 현실은 그에게 너무나 피곤한 '속俗의 일들'일 뿐이었다.

한국이 '일본과 공산권 아시아 사이의 완충지대'라는 사실을 문익환은 이미 판문점에서 목격했다. 미국의 공산주의 봉쇄정책을 충족시키기 위해 냉전의 최전선에 배치된 한국과 대만 각각에 있는 60만씩에 이르는 군대는 무장해제한 일본과 긴 방어선을 가진 미국에게 몰려드는 적색 홍수를 막아주는 모래포대들에 불과했다. 그것은 한국으로 하여금 대외의존이라고 말하기조차 무색할 만큼 심각한 대미 종속 현상을 겪게 했다. 미국에서 유입되는 어마어마한 현금이야말로 한국 경제의 유일한 활로였다. 달러는 미 대통령 관저에서 시작하여 민간과 군의 관료층을 거쳐 PX를 통해 암시장으로 나왔다가 운전사, 경비병, 심부름꾼, 호텔 보이, 남녀 잡역부, 암시장 운영자, 환전상, 거지 등등 서비스를 제공하는 사람들의 호주머니로 흘러들어갔다. 그것이 한국의 시정잡배들에게 얼마나 많은 기회를 제공했는지 모른다. 사회적으로 황폐화되는 것은 너무도 당연했다. 한국은 일제로 인해 봉건 지배

세력들이 몰락했고, 반공정권으로 지성인 그룹이 붕괴했으며, 토지개혁 등으로 지주세력까지 해체되었는데, 그 마당에서 가속화된 전쟁의 후유증은 참으로 놀라운 평등화 장치 중 하나가 되었다. 구지배층을 대신해 전쟁물자로 부를 쌓은 기업가들, 외국인 조직에 들러붙은 소수의 중산층들, 고리대금업이나 술과 섹스 등 인간적 절망의 연쇄 속에서 돈을 번 사람들이 한국의 신흥세력으로 떠오르고 있었다. (정주영은 이때 0.5톤짜리 트럭으로 군납을 하거나 미군 숙사를 짓는 일을 하면서 비약적인 성공을 거듭하고 있었다.) 그들에 의해 한국의 거대 시장들은 전례 없는 활성화로 벌집을 쑤셔놓은 듯했다.

그러나 전후 복구의 어둠속에 버려진 대다수 민중은 극도의 궁핍과 오욕 속에서 살았다. 고아의 무리가 거리를 누비는 패거리를 형성하고, 질병을 앓거나 부상당한 거지들이 지갑을 가진 사람만 보면 달라붙어 구걸하며, 사지가 절단되거나 굶주린 어른들이 어린아이나 젖먹이를 안은 채 떼 지어 다녔다. 돈이 되면 무슨 짓이든 하는 애처로운 여인네들을 가득 실은 트럭이 주말이면 미군 기지로 질주했다. 브루스 커밍스는 그것을 "전쟁이 끝난 지 20년이 지난 후에도 펠리니 영화와 같은 비극의 흔적이 서울 도심의 청계천 변을 떠나지 않았다"고 말한다.

이 같은 시대 상황 가운데 문익환은 수유리 한신대학교 교무실에서 신분적으로 몰락하고 지성적으로 외로운 영혼들과 답답한 시간을 보내고 있었다. 당시 한신대학교 교수진이야말로 순해터지기 이를 데 없는 사람들의 집합체였다. 양정신이라는 맹인 목사님, 이우정, 문익환…… 다들 신학대 교수가 된 것이 출세가 아니라 추락에 속하는 사람들이었다. 특히 이우정은 왕손이었으니, 광해군이 쫓겨나고 들어선

인조의 셋째 인평대군의 직계로서 신소설 『자유종』을 쓴 이해조의 친손녀였다. 가풍 상 유교적 미덕에서 여성해방 등 신사상까지를 익힌 젊은 지식인이었지만 그녀 역시 스승 김재준 목사의 문제의식에 감탄이나 할 뿐 그녀가 말할 수 있는 세상이란 아직 열쇠구멍 속으로 들여다보이는 파편 쪼가리에 불과했다. 그들에게는 종교문제 이외의 섬광이 없었으니 정치적으로 현실의 빛을 투사할 비판의 검이 벼려지길 기대하기는 어려운 일이었다. 하물며 냄새나는 저잣거리야 피안의 저쪽에 있는 세상일 터였다. 세태는 가파르고 사람들은 거칠었다.

"모두 마음이 말랐어요. 몸이 닿기만 해도 어찌들 마르고 모진지 아픕니다. 가는 곳곳마다 욕질과 헐뜯는 소리뿐, 넘치는 생의 의욕과 즐거움이 없습니다. 마른 뼈다귀를 씹는 것만 같습니다."(문익환)

이렇게 된 이유는 간단했다. 세상이 온통 분단의 귀신에 들려 있기 때문인데, 가령 이승만은 여전히 정적이 나타나면 제거해버리는 비열한 통치를 지속하고 있었다. 새로운 국가를 바라는 국민들의 기대를 저버리고 권력을 사유화하면서 오직 경찰력에 의존하는 장기 집권을 꾀했던 것이다. 조봉암의 죽음이 그러한 야만의 정치를 상징했다. 해방 당시 완전히 무명 인사였던 조봉암이 돈도 조직도 없이 인천에서 출마해 국회의원이 되자 이승만은 그를 초대 농림부 장관으로 발탁하고 제2대 때는 곧 국회부의장으로 임명했다. 문제가 되기 시작한 것은 1952년, 제2대 대통령 선거 때 출마하여 80만 표를 얻었다. 부정선거가 다반사로 일어나던 당시의 투·개표 상황을 고려하면 상당한 선전善戰이었다. 그리고 그 결과는 곧 제3대 대통령 선거에서 드러나, 이제 갓 조직된 진보당의 조봉암은 이승만의 간담을 서늘하게 만들었다. 부산시 영도구의 선거위원을 지낸 어떤 사람은 개표 현장을 본 순간 너무나 많은 차이가 있어서 등골이 오싹했다고 한다. 여기도 저기도 조봉암 표뿐이어서 어쩔 수 없이 조봉암 표를 가운데 넣고 상하로 이승만 표를 한 장씩 붙인 샌드위치 표 묶음을 만들었지만 이승만의 표는 상하로 붙일 것조차 없을 지경이었다. 선관위의 발표에 따르면 이승만 505만 표, 조봉암 220만 표였다.

금력도 조직력도 없는 그에게 그 정도의 표가 모인 근본적인 이유는 그가 평화통일 정책을 채택하려 한다는 데 있었다. 이승만에 의해 평화통일의 사상은 그 자체로서 이미 불온시되었다. 사상적 위험성을 이유로 조봉암은 결국 1958년 국가보안법 위반으로 기소되고, 1959년 2월 27일, 곧 사형판결이 내려졌다. 변호인단은 재심청구를 냈지만 대법원은 일방적으로 기각하고 판결 후 불과 십수 시간 만에 사형을 집행했다. 조봉암은 침실의 문을 열듯이 아주 평온한 걸음걸이로 교수대에 올랐다고 한다.(정경모, 『찢겨진 산하』 참고)

이 같은 정세 가운데 반공지식인 문익환은 매우 제한되고 소극적인 시국관을 가지고 있었지만, 만일 적극적이었더라도 그가 현실에 개입할 여지는 거의 없었다. 그리하여 어둠이 깊을 대로 깊은 그 완벽한 칠흑의 시간을 문익환은 오직 구약 속의 예언자들에게 사용했다. 그러다가 어느 순간, 그 같은 나태와 안일에 찬물을 끼얹는 사건이 발생했다. 4·19였다.

당시 구시대의 틀을 깨고 나온 기독교장로회의 신학자들에게 아마도 4·19만큼 강렬한 충동을 준 일은 없었을 것이다. 김재준 목사는 즉각 한국 기독교의 회개를 외치기 시작했고, 깨어 있는 목회자들은 새삼 현실에 다시 눈뜨는 흥분과 참회를 체험했다. 그러나 누구도 문익환만큼 충격을 받지는 않았다. 당시 한빛교회 청년 김창필이 목사님

(문익환)께 유서를 남기고 시위에 참가했다가 죽은 것이다. 문익환은 깊은 밤중에 철퇴를 맞은 사람처럼 아찔하게 어둠속에서 깨어났다. 그리하여 1960년 늦은 봄에 곧바로 「4월 혁명의 느낌 몇 토막」이라는 산문을 썼는데 내용이 이랬다.

> "기독교는 곧 아편이다"라는 명제에 나는 찬동하지 않겠다. 그것은 사실이 아니기 때문에! 그러나 이 땅의 그리스도인들이 기독교 중독증에 걸려 있는 것은 틀림없는 사실일 것이다.
>
> — 문익환, 「4월 혁명의 느낌 몇 토막」, 《기독교사상》 1960년 7월호

분명히 '기독교 중독증'이라고 썼다. 죄에 대한 불감증과 '움직여야 할 때 움직이지 않는' 증상을 드러내는 병. 종교성의 그늘 아래서 인간성이 죽고 존재의 온전성이 파괴된 대다수 기독교도들의 은총의 남용을 문익환은 자기비판을 하면서 비판했다. 한국 기독교는 다시 태어나야 한다! 그러면서 제시한 것이, 독일 나치에 대항하는 저항운동에 가담해서 싸우다가 사형당한 독일의 젊은 목사 본회퍼의 기독교였다.

사월이 닫히는 소리

어떤 정신은 종종 20년 또는 30년에 걸쳐 완성된다. 문익환의 정신 세계를 구축하는 중요한 개념들은 대부분 1956년의 개학 강연에서 이미 그 방향을 노정하고 있었지만, 그의 많은 설교들에서 흐르고 꽃피고 호흡된 정신들이 볕에 익은 낟알처럼 조밀한 언어들로 압축현상을 보이는 것은 4·19를 통과한 이후부터였다.

> 어깨가 축 늘어진 생의 패배자들이 새로운 생의 의욕을 가지고 일어서게 하는 것, 생을 저주하던 사람들이 생을 축복으로 받고 생의 찬가를 부르게 하는 것, 산송장들이 생기를 받아서 목적을 가지고 활발히 움직이는 사람으로 소생하게 하는 것, 이것이 바로 주님께서 하신 일이라는 것입니다.
>
> — 문익환, 「생의 권리」, 『한국설교대전집』 7권

권위적인 포즈는 배제되고, 소란스러운 웅변 투는 갈수록 사라진다. 종교적 상투어들은 그의 숨결이 담긴 어휘들에 밀려 숨어버린다.

그 투박한 생활어로 문익환은 외쳤다. 한국의 기독교는 다시 태어나야 한다! 4·19가 기회를 주었다. 변하자! 하지만 어떻게?

음울한 제3세계의 깊고 깊은 골짜기에 들어 있는 자투리 나라의 조그마한 대학 교정에서 문익환은 본회퍼를 노래하고 선진적인 기독교 사상을 강조했지만 그것만으로 삶이 구원되는 것은 아니었다. 친미 반공의 울타리 안에서 성장한 이 허약하기 짝이 없는 민주주의자에게 당시의 상황이 보태준 빛은 손바닥만큼도 안 되었다. 진달래가 흐드러지던 수유리의 4월은 그렇게도 짧았다.

한 시대가 가고 또 한 시대가 시작된다는 것을 꿈에도 생각하지 않았던 것이 잘못이었다. 학생들의 피로 얻어낸 이승만 반공 독재의 몰락은 20세기가 강요하는 이데올로기의 수렁에 빠지지 말라는 최초의 각성제였건만 김수영 시인이 노래한 대로 그들은 "혁명은 안 되고 방만 바꾸고 말았다."(「그 방을 생각하며」에서) 이승만의 저택에서 장면의 사무실로, 다시 박정희의 병영으로 옮겨 앉고 나서야 지식인들은 20세기의 최전선에서 산다는 불안과 실망을 가지고 자유의 빵 한 조각이나마 그리워할 수 있는 궁핍의 절정을 맛보았다. 그 눈부신 금빛의 시대가 광학적 투시력에 의한 조명 없이 그냥 저물어버렸다.

어쨌든, 모든 희망은 꿈결처럼 왔다가 사라져버렸다. 거리에는 의회정치가 아니라 다시 시네마스코프의 액션이 흐르고, 사람들의 내면은 가수 현미가 노래한 "거리마다 물결이 거리마다 발길이 휩쓸고 지나간 허황한 거리에서" 흐느끼는 〈보고 싶은 얼굴〉이 채워버렸으니, 4월이 살찌운 것이 있다면 문학적 낭만주의뿐이었다. 한국이 독재의 수렁을 벗어날 기회를 잃어버렸다는 것을 다른 영역에서 깨닫는 데는 아직도 몇십 년의 세월이 더 필요한지 가늠할 수 없었다. 그 사기당하기 쉬운 연대기를 통과하며 문익환은 스스로 '움직여야 할 때 움직이지 않은' 죄라고 비판한 실천의 부재 상태를 극복하지 못하고 다시 소시민적 삶에 주저앉아버렸다. 좋은 이웃이 있었다면 여기서 그 같은 주저앉음을 오히려 축하했을지 모른다. 본회퍼의 도이치 정신이 한 시대를 이루는 것처럼 그에게는 당시 무엇을 이룰 결심이 있었던 것도 아니었다. 그의 토막글에서 빛나는 몇몇 예감들처럼 그가 만약 현실의 구원을 향하여 광장에 나섰다면 틀림없이 '재야의 장면張勉' 같은 꼴이 되고 말았을 것이다.

한국현대사 속에 던져놓고 부감해본 장면 총리의 가치는 낮달보다도 못했다. 이승만과 프란체스카가 망명길에 오를 때 국부와 독재자도 구분하지 못하고 호곡했던 백성들이 노부부의 등 뒤로 손바닥이 아프게 울려준 슬픔의 갈채 소리가 제1공화국의 장송곡이었다. 그 놀랄 만큼 협소한 정치적 스펙트럼 속에서 새로운 한국을 구축할 재목을 어떻게 구할 것인가. 남한 어디에도 식민지와 전쟁에 지친 민중들을 전망 좋은 곳으로 이끌어갈 길잡이는 없었다.

야당인 민주당이 처녀 정부를 구성하고 장면 총리가 내각의 수반으로 섰다. 미국 쪽 문헌에 지적이고 유능하며 합리적이요 유순한 인물로 묘사된 이 달아날 데 없는 모범생은 이후 정부를 이끄는 동안 미국대사관이나 서울 주재 CIA 책임자와 상의 없이 중요한 조치를 취한 적이 한 번도 없었다. 영어에 능통하고 점잖으며 독실한 가톨릭 신자에 진지한 민주주의자이기까지 했지만, 프랑스풍의 세련된 문화적 민주화를 부러워하는 서울의 겉멋 든 지식인들에게 그가 확인시킨 것은 유약함의 전형이라 할 만한 친미 사대주의밖에 없었다. 나라살림은 멋대로 돌아갔다. 체제가 개방적일수록 국회는 더욱 심한 언쟁에 휩쓸렸고, 여기저기에서 독불 사상가들이 나타나 통일론을 내놓았다. 가두시위가 없는 날이 없을 뿐 아니라 학생들이 국회에 난입해 정치인들을 불러서 호통 치기도 했다.

때를 같이하여 북한의 산업경제는 전시의 파괴를 극복하고 남한을 앞질러 전력질주하고 있었으니, 북측이 8·15를 맞아 양쪽 정권 대표자들로 구성된 최고위원회를 근간으로 한 연방제 통일안을 제의하고 남한의 학생들이 북한 학생들과 판문점에서 만나려는 계획을 세웠을 때 남한의 우익과 분단 관리세력들에게는 공포도 그런 공포가 없었을 것이다. 민주주의란 슬픈 것, 경제적 침체와 외세 의존의 심화, 정치적 불안정, 좌경화를 부르는 재앙으로 취급될 수밖에……. 바로 그것을 상징하는 인물이 장면이었다. 1961년 5월 16일 자정을 기해 박정희와 소수의 육군 및 해병대 장교들이 서울의 요소요소에 기갑부대를 배치하였을 때, 미국대사관 건너편 반도호텔의 스위트룸에서 자다가 깨어 서울 가톨릭 대주교 관구로 도망쳐버리고 다음 날까지 나타나지 않았던 사람, 나약한 지식인들이 사모해 마지않는 민주주의란 이렇게 나약한 지식인의 손에 의해서는 지켜지지 않는 것이었다. 미국식 지식인들이 아무리 군인 출신의 지도자를 얕보고 경멸하며 군인들의 득세를 국가의 수치로 간주해도 하는 수 없이 한국현대사는 또 한 번의 커다란 파탄을 겪었다. 그리고 이로써 자신이 익히 잘 아는 사람들에 의해 저질러지는 그 모든 국면을 지켜본 문익환 역시 마음이 텅 빈 상태가 되었다.

그러한 문익환이 어떻게 해서 훗날 전혀 다른 문익환이 되었는지를 온전하게 이해하기는 참으로 어려운 노릇이다. 다만 그 시절 장면으로 대표되는 그 허망한 지식인들과 문익환이 다른 점이 있다면 딱 한 가지, 정말 지독하다고 할 만큼 강고한 민족애였다. 월남할 때에도, 전쟁 통에도, 미국 유학 중에도, 4·19의 와중에도 잠시도 잊지 않고 그리워하던 북간도와 근거지를 상실한 민족에 대한 끝없는 연민! 문익환의 그러한 태도는 그가 대자적 자아를 버리고 즉자적 자아에 파묻혀 살던 1964년 무렵에도 지속되고 있었다. 여러 편의 글이 그것을 증명한다.

"기차만 타면 나는 가슴이 울렁인다. 철원, 원산, 회령을 지나 두만강을 건너 '동드레 마을'로, 십대, 이십대의 벗들, 지금은 만날 길이 없는 벗들을 찾아 나의 마음은 달린다. 이 그리움 속에서 사무친 민족의 비원에 하늘은 무심하지 마소서!"

결혼한 지 20년 만에, 그것도 계엄령 덕분에 떠나게 되었을 때 늦은 신혼여행(?) 길에서 그의 노스탤지어를 자극한 것은 디젤 기관차의 금속성 소리요, 그가 아쉬워한 것은 '검은 연기에 흰 증기를 뿜으면서 고함을 치는 증기기관차의 고동 소리'와 함께 사라져버린 고향이었다.

여행에서 그는 가족들이 전쟁 때 떠돌았던 피난지를 돌다가 최종 목적지를 거제도로 잡았다. 아버지의 외로운 목회 활동을 짚어가는 길, 그런데 웬 불교 타령이란 말인가?

"불교는 한국 산천의 아름다움이라도 보존하는데, 한국의 교회들은 과연 얼마만 한 혜택을 교회 주변에 입히고 있는 것일까? ……시골 곳곳에 서 있는 교회들과 산간 계곡에 서 있는 불교의 건축물들을 비교해볼 때, 교회 건축들은 너무나 꼴불견이다. 버스에서 내려 헐어버리고 싶은 충동을 몇 번이나 느꼈는지 모른다. 왜 사가私家처럼 짓고 예배를 보면 안 될 것인가?"

소위 목사라는 자에게서 발설된 이 같은 언술에 대해 기독교 동지들이 보일 반응이란 불을 보듯 뻔한 일이다. 명심할 것은 그가 얼마나 고독했으며, 그의 열정이 시대와 마찰하느라 연소될 새도 없이 증발시킨 세월이 어느 정도일지를 아는 것이다.

과연, 마음이 편할 날이 하루도 없었다. 《기독교사상》 1961년 1월호에 쓴 「연세대학교 분규를 슬퍼한다」의 안타까운 외침은 주제도 없는 호소문이었다. 한 사람의 지식인으로서 '시대의 공기公器'라 할 교육기관을 둘러싸고 각기 상이한 천박성을 드러내는 이사회, 교수, 학생, 동창, 국민들 모두에게 절망감을 드러내는 것이 전부일 뿐, 대량생산체제의 교육공장(그는 다량생산의 생산품이라고 표현했다)이 되어가는 그깟 학교일쯤 그냥 외면이나 하고 지나가면 몸이라도 성하지…….

믿을 수 없지만, 마흔다섯 살의 문익환은 이렇게 호화찬란한 엘리트 코스를 밟고도 세상과 친하게 어울릴 수 없었다. 그리고 그 불편함은 가뜩이나 나약한 신체에 기록되어 오래오래 그를 괴롭혔다. 한번은 너무도 병약한 그를 보다 못한 제자가 보약을 지어왔는데, 한약마저도 문익환과는 불화를 일으켰다. 약을 달여 먹자 온몸이 신열에 들떠 사시나무 떨 듯이 떨면서 팔다리가 뜻대로 움직이지 않았다. 병원으로 실려가서 갖은 노력 끝에 겨우 진정되었지만 저승의 문턱에서 돌아올 때 청각기능을 도맡은 오른쪽 귀만은 데려오지 못했다. 한쪽 귀가 먹은 것이다.

그러나 이 놀라운 사태를 보고도 한 사람만은 지나치게 근심하지 않았다. 남편도 없이 시댁을 따라 오랜 방랑을 끝내고 마침내 수유리에 안착한 아내 박용길이었다. 신경과민에 융통성 없는 원칙주의자, 거기에 병약함까지 겹친 남편과 한 지붕 밑에서 호흡하는 것이 편치는 않았을 것이다. 그러나 어쨌든 이 여성은 그것까지 견뎌냈다. 6개월만 살고 죽는다면 여생을 선교나 하면서 보내기로 작정했고, 나이

쉰까지가 몫이고 나머지는 덤이라고 말해도 불평하지 않기로 마음먹은 박용길의 내조 속에 문익환은 그나마 중년에는 안락을 누릴 수 있었다.

남으로 내려와 긴긴 날을 신앙적 유목민으로 떠돌던 문씨 일가가 마침내 정착한 한신대학교 수유리 사택에서 3남 1녀 자녀들은 비 갠 뒤의 장다리 으르듯 축복 속에서 자랐다. 문익환과 오랜 정신적 동지 관계를 형성하는 한국 기독교계의 거장들이 한 마을을 이루었으니, 그곳도 하나의 명동촌이라면 명동촌이었다. 마음의 안식과 평화가 살아 있는 곳, 남하한 지 십여 년 만에 정착지를 찾아서 그 속에서 박용길이 이룬 가족사업, 그 풍성한 '하느님의 기업'을 우리는 '비도덕적 가족주의'와 구별시켜야 할 것이다. 한국의 일반적인 가정에 비추어 너무도 빨리 찾은 안정이었다.

완전주의자의 꿈

인간의 서사는 때로 불합리한 길을 따라 걷는다. 산의 정상에 닿기 위해 봉우리를 등지는 내리막을 하산이라고 말할 수는 없다. 하지만 그것을 오르막이라 부를 수도 없는 노릇이다. 문익환의 중년 세월이 그랬다. 깊고 깊은 생활의 계곡에서 허덕이고 있을 때 그가 과연 모세의 길을 찾을 수 있을 거라고 생각하는 사람은 아무도 없었다. 모든 완전주의자들이 그렇듯이 결벽증을 버리지 못해 작은 일들로 근심해야 하는 처량하기 그지없는 소시민적 고투를 세상은 애써 기억하려 들지 않는다.

당연히 지상에는 문익환의 사십대가 어떻게 저물었는지를 기록하려고 노력하는 사람이 없었다. 군사 쿠데타가 일어나고 한일협정이 체결되며 《사상계》를 앞세운 장준하의 정치운동과 함께 함석헌, 김재준 목사의 주위에 광범한 재야 지식인 그룹이 출현하는 그 숱한 시간 속을 문익환은 어떤 모습으로 통과했던가? 훗날 수도 없이 많은 단체와 출판사들이 작성한 문익환 연보에도 그 시기의 일들은 송두리째 빈칸이 되었다. 전체를 통틀어서 언급되는 것이라곤 마흔여덟 살이 되던 1965년에 덩그마니 "미국 유니온신학교에서 1년간 수학"만이 놓여 있을 뿐이다. 그 무렵 아버지가 매일같이 사과 하나씩을 먹되 한 번도 나눠주지 않는 것을 막내아들은 납득할 수 없었다고 한다. 그렇다면 1960년대 초엽의 어느 날, 한약을 먹고 쓰러져서 귀가 먹은 이후로 그 영혼은 하루에 한 알씩 사과를 축낸 것밖에는 한 일이 없었다는 말인가?

땅 위의 인간들이 뿜어대는 모든 시선은 하늘의 별빛처럼 저마다의 자리에서 투사되는 법이다. 인간 하나하나가 오직 만물의 척도라고 하지만 문익환은 주변의 누구에게도 자신의 그 시절을 납득시킬 수 없었다. 언젠가 그를 도쿄 유엔사령부로 보낸 이가 장면 총리이고, 군사쿠데타로 밀려난 윤보선 대통령이 공덕귀 여사와 선볼 때 박용길의 남편 자격으로 불려나가기까지 한 최측근이라는 점만으로 그가 정세의 흐름에서 깜깜하게 살아도 되는 처지는 아니었다. 한술 더 떠서 군사 쿠데타의 주역을 맡은 만주군관학교 인맥들은 온통 광명학교 동창이거나 선후배였으니, 문익환에게 낯선 얼굴이라면 박정희와 김종필 정도가 고작이었다. 그만큼 배우고 리더십도 있었다면 무슨 일을 해도 했어야 옳았던 것이다. 그런 의미에서 복음동지회 친구들과 '조언하기 게임'을 할 때 전택부가 적어준 "야인이 되소서. 험하게 놀기도 하시고……"는 정확히 정곡을 찌른 촌철살인이라 아니할 수 없었다.

그러나 관심을 막상 문익환의 내면 쪽으로 돌리고 보면 아무리 전택부라 할지라도 그렇게만 말하지는 못했을 것이다. 당시 문익환은 기웃거리지 않는 곳이 없을 만큼 분주한 나날을 보내고 있었다. 이승만 정부가 간간히 저지르던 암살의 기억에서 자유롭지 못했던 시절의 재야였지만 그런 동네라 해서 문익환이 피해간 것은 아니었다. 김경재가 쓴 『김재준 평전』에서는 1960년대 후반기를 논하며 "박형규를 비롯하여 장준하, 천관우, 김관석, 한승헌, 이문영, 서광선, 현영학, 이극찬, 홍동근, 안병무, 이우정, 서남동, 문익환, 문동환, 김용준, 신애균, 강문규, 김찬국, 지병관, 박상증 등이 김재준이라는 인물을 구심점으로 해서 반독재 지성인 그룹을 형성"했다고 서술한다.

현실 개혁에 앞장서지는 못했을망정 문익환이 세속의 구원에 무관심했을 턱은 없다. 추측컨대 그는 아마도 거장들의 뒷모습을 열렬히 응원하며 전위에 있는 자들을 아낌없이 부러워하고 추앙했을 것이다. 여기서 우리는 그가 타자와의 관계에서 자신에게 결여된 것을 끝없이 확인하고 객관화시키는 '아름다운 뺄셈의 사상'을 보유한 자라는 사실을 잊어서는 안 된다. 문익환이 공개적으로 '콤플렉스를 느끼는' 행위가 얼마나 적극적인 현실 참여의 일환이었는지를 이웃들이 깨닫는 데는 그 후로도 무려 10년의 세월이 필요했다. 그렇다면, 문익환의 사십대 후반은 차라리 그의 개인사에서 가장 거족적인 약진이 이루어진 시기로 평가되어야 옳다. 그 고요한 소시민적 일상에 배어 있던 고투의 냄새들은 훗날 낱낱이 예언의 말씀으로 전환되었다.

혹자는 너무도 빨리 거물이 되어 보란 듯 스승 노릇을 하려고 들지만 완전주의자 문익환은 너무도 오래오래 소년이기를 고집했고 학생이기를 희망했다. 조금도 서두르지 않고 끈기 있게 견디며 자신의 작업을 진행할 때 이따금 찾아오던 경제적 빈곤감과 장기간의 신경쇠약 그리고 참기 어려운 불면 속에서 그의 신학세계는 한 걸음 한 걸음 익어갔다. 그의 동료들이 애독하던 《기독교사상》은 거의 한 호도 거르지 않고 문익환의 글을 실었다. 1962년 11월호부터 다섯 차례에 걸쳐 연재되는 「예언운동의 개척자들」이 그 대표적인 사례다.

완전주의자! 스스로 납득되지 않는 일을 하지 못하는 사람!

세상은 그런 자에게 언제나 두 몫을 맡기고도 쉬이 결실을 안겨주지 않는다. 문익환의 까다로운 한글사랑은 성서 번역에서 한없이 완성도를 높이되 마침표를 찍기 어렵게 만들었다. 완전주의의 불완전성이 여기 있었다. 하지만 성서 연구와 한글연구가 똑같은 비중으로 개진되는 와중에서 그는 중요한 '생의 숙제' 하나를 해치웠다. 함경도에서 북간도로, 북간도에서 남한으로, 이후 서울의 허공에 떠버린 저 어둡던 날의 '19세기로부터의 망명자들'의 공동체를 육신화하는 고구려적 현현체로서의 '문씨 집안'을 수유리 한신대학교 캠퍼스 안에 무사히 안착시키는 위업(?)을 남기는 것이다.

한국인 모두에게 공통적으로 나타나는 가문에 대한 헌신은 한 가문이 다른 가문과 물질적 부를 다투게 하는 고질병 중 하나였다. 문익환의 가족애 역시 다른 사람들에게서 나타나는 비도덕적 가족주의와 다르지 않게 자녀들의 향학열을 부추기고 각자의 소질을 계발토록 하는 보살핌으로 작용했다. 그것은 그 모습 자체로만 보면 일반적으로 조세희의 『난장이가 쏘아올린 작은 공』에서 언급됐던 "햄릿을 읽고 모차르트의 음악을 들으면서 눈물을 흘리는 (교육받은) 사람들이 이웃집에서 받고 있는 인간적인 절망에 대해 눈물짓는 능력을 마비당하고 또 상실당하는" 결과를 낳는 것과 크게 다르지 않았다. 그러나 문익환은 그렇게 생각하지 않았다. 가계사의 존속이 그에게는 남에게 이해시키기 어려운 중요성을 갖는 것으로 인식되었다. 그것이 문익환의 역사에서는 반드시 갚아야 마땅한 '지상에 산 대가로 지불하지 않으면 안 되는 커다란 역사의 빚'이었다. 그 같은 인식이 성립될 수 있는 근거를 우리는 다시 문익환의 가계가 하나의 결사체처럼 움직였다는 사실에서 찾을 수밖에 없다. 명동촌을 지키는 마지막 패밀리라는 의식의 가족주의는 대부분의 명문 가계가 파괴되어버린 후에도 파괴되지 않고 보존된 보기 드문 사례에 속한다.

사실 문익환에게서 가족의 문제는 중년의 분발을 주저앉히는 세 가지 장애 중 하나였다. 만성 허약체질과 체험적 반공주의의 체득 이외에도 북간도에서부터 전해오는 문씨 가계의 유지. 그중 세 번째는 전적으로 장남의 몫이었는데, 어쨌든 문익환 대에 떠맡겨진 명문의 '가족 결사체'는 1960년대에 무사히 완성되었다. 문재린 목사와 김신묵 권사의 정착, 자녀들의 눈부신 성장, 아우 문동환의 귀국. 이로써 오랜 떠돌이 가족이 정상화되자 집안 곳곳에서 역동적인 힘들이 떠다니기 시작했다. 동생 문선희가 미국과 캐나다 유학에서 돌아오면서 피아노를 가지고 왔고, 그 피아노는 다시 문익환의 자녀들에게 훌륭한 음악교사가 되었다. 그보다 어린 문영환은 연세대학교 영문과를 다녔는데 연극반을 하면서 개교기념 축제 때마다 촌극 상을 제패했다. 대사도 없으면서 장장 두 시간 15분 동안을 무대 위에서 견뎌야 하는 장편 〈17포로수용소〉를 열연했으며, 이후 한양대학교 연극영화과에 학사편입해서 최불암 등과 함께 제1회 졸업생이 되었다. 막내여동생 문은희는 경기여고를 졸업하고 세브란스 의과를 다녔는데, 주로 교회에서 문익환의 설교를 모니터링하는 역을 맡았다.

텃밭이 좋으면 작물은 절로 익는 법이다. 아이들에게 최고급 지성을 갖춘 할아버지와 할머니 그리고 작은아버지 둘에 고모가 둘인 경우보다 더 좋은 환경은 없을 것이다. 게다가 이모조차도 넷씩이나 되었다. 큰이모 박갑길은 목사였던 남편을 전쟁 때 잃고(납치된 것으로 추정) 오남매를 길렀으며, 작은이모 박남길은 이화여고 교사와 서울여대

교수를 지냈는데, 조만간 한국을 대표하는 음악 명문가와 겹사돈을 맺어서 세계적인 지휘자 정명훈의 장모요 정명화의 시어머니가 되었다. 또 셋째이모부는 외교관이었다. 그 같은 환경에서 문호근의 성장기는 숱한 무용담을 낳아서, 어려서부터 온 집안을 장남 타령으로 들썩거리게 했다. 1·4후퇴로 피난을 가면서 목사와 국회의원들이 인천의 어느 교회 앞에서 모이기로 했을 때 문재린 목사가 통솔을 맡느라 경황없는 상황에서 문호근을 빠뜨린 채 떠나와버린 일이 있었다. 배에 타면서야 어린 호근이 없는 사실을 알고 문씨네 가족들은 다급해졌다. 부랴부랴 돌아가보니 거기 침착하게 서서 한다는 말이, "제자리를 지키고 있어야 할아버지가 찾으러 올 수 있을 것 같았다"는 것이었다. 두 번 들은 노래는 따로 배우지 않고도 그냥 부를 줄 아는 영특함도 있었고, 아버지가 미국에 가 있는 동안 동생들을 지켜내는 어른스러움도 있었다. 학교에 다닐 때도 한번은 머리에 붕대를 감고 와서 한다는 말이, "놀다가 머리를 다쳐서 혼자 병원에 가서 꿰매고 오느라고 늦었다"고 설명하더란다.

이 문호근은 고등학생 때부터 영금과 의근이 다니던 교회 중고등부 성가대 지휘를 맡았는데, 역시 아버지와 비교해서 조금도 모자라지 않는 고집을 지녔으니, 아버지 문익환과 아들 문호근의 대결은 아무도 막을 수 없는 고집 대 고집의 충돌이었다. 아버지는 학교에서 '문이쾅'이라고 부르는 제자들보다 훨씬 더 난처한 피교육자와 맞닥뜨렸다. 문호근의 불같은 열정은 경기고등학교를 마치고 서울대학교 음대에 들어간 후 연극 분야로 타올라, 조영남, 이건용, 김용만 등과 몰려다니면서 한번은 납부금을 타다가 연극을 한다고 몽땅 무대 올리는 데 써버리기도 했다. 아들은 낙제시킬 수도 없는 머리 아픈 제자에 속했다.

끝까지 원칙을 강조하는 아버지와 자신의 생각을 조금도 양보하지 않는 아들의 갈등은 가족공동체에 대해 각별한 가치관을 가진 문동환이라는 교육적 완충지대에서 끝없이 이해의 폭이 넓어지고 여과되어서야 해결이 되었다.

문씨네 가계는 이렇게 실로 삼대에 이르는 십수 명의 거물들이 한 지붕 아래서 공존의 훈련을 거듭한 끝에 순전히 토의와 자율로 운영되는 결사체(?)가 되었다. 이것은 이후 문씨네 가족과 다른 가족들을 가르는 가장 큰 차이점이 되었다. 가족들은 매일같이 식탁에 앉아 심포지엄을 방불케 하는 토론을 벌였다. 그때서야 문익환은 자녀교육 이야기를 수필에 쓴다.

> 나와 내 아내와 내 형제와 자식은 모두 세상에 던져진 미지의 씨알들이다. 우리는 움이 틀 때 한 번 놀란다. 잎이 날 때 또 한 번 놀란다. 꽃이 필 때 또다시 한 번 놀란다. 열매가 열릴 때 진정 놀란다. 그리고 그 열매를 먹으면서 비로소 우리는 인생을 놀라움으로 진정 알게 되는 것이다. 나나 아내나 형제나 자식에게서 어떤 움이 틀지, 그 움에서 어떤 잎이 날지, 또 자라서 어떤 꽃이 필지, 그 꽃이 지고는 어떤 열매가 맺을지 모르면서 키우고 가꾸는 것이기 때문에 우리의 삶이란 놀라움의 연속이다. ……내 가정에서는 노랑꽃이 피었다가 빨간 열매가 맺게 되어 있는데, 분홍꽃이 피어야 하고 주홍 열매가 맺어야 한다고 결정해놓고, 그런 방향으로 가정을 이끌어가려고 한다는 것은 어리석기 그지없는 일이다. 그렇게 살아가는 것은 놀라움의 연속이 아니라 실망의 연속일 것이다.
>
> — 문익환, 「바람직한 가정」, 《새가정》 1970년 4월호

한국인에서 히브리인으로

밥을 남겨서는 안 된다! 쌀 한 톨이 나오려면 1년 농사일을 해야 한다! 북간도 명동촌에서 들었던 말을 문익환은 수유리의 자녀들에게 고스란히 옮겼다. 밥 한 숟갈을 오십 번씩 씹으라는 말을 얼마나 열심히 했으면 식구들이 하나같이 어느 식사자리에 가나 자신의 가족들을 만나야 마음을 놓을 수 있었을까? 밥 먹는 속도가 유난히 느리고 식사시간이 긴 것은 문익환네 가족들의 특성이 되었다.

그 긴 식사시간 안에 그들의 토론식 가정문화가 담겨 있었다. 가족들이 모여 앉은 밥상머리에서는 많은 주제들이 상정되어 토론에 붙여졌지만 그중에서도 특히 우리말 바로쓰기 문제처럼 빈번히 오르내리는 주제는 없었다. 만약 "태초에 하나님의 말씀이 있었다"는 말이 등장하면 문익환은 '태초에'를 '한 처음에'로, '하나님'을 '하느님'으로 써야한다고 자녀들 앞에서 역설했다. 자신이 장차 부딪칠 성서 번역 문제를 미리 가족들과 토론했던 셈인데, 한글에 대한 이야기가 나올 경우 문익환의 열정은 숫제 학교가 따로 없을 지경이 되었다.

그의 주장에 따르면, 세계의 모든 언어는 문명의 우열과 약육강식의 논리에 따라서 모든 약소국의 문자들이 강대국의 문자에 흡수되면서 소멸의 길을 가는데 한글만은 가히 독보적인 존속을 과시하고 있었다. 다른 나라에서 차용한 문자도 아니고, 또 보기 드물게 소리글자였다. 세종조의 학자들이 구강의 혀 모양을 보고 만들었다던 자음과 모음은 발음의 연결만으로도 옳은 소리를 낼 수 있어서 아무리 낯선 문화를 가진 민족도 단기간에 배울 만큼 과학적이었다.

그러나 15세기 당시의 현실과 지금이 똑같은 것은 아니니, 필기구의 변화, 인쇄술의 발달, 기록매체의 변질에 따라 한글의 표기도 바뀌어야 하지만 표기상의 문제 하나가 해결되지 않고 있었다. 소리글자를 마치 한자처럼 조합하는 것이 당시의 한계였다면 이제는 한자 꼴의 틀에 가둘 필요 없이 철자들을 풀어서 알파벳처럼 횡으로 정열하면 된다는 것이 문익환의 주장이었다. 소위 풀어쓰기 이론을 펼치고 있었던 것이다. 문익환은 훗날 방북했을 때 김일성 주석에게도 같은 주장을 한다.

문익환의 막내여동생 문은희는 가끔 친구들이 와서 보고 나이 든 오빠가 친구처럼 마주앉아 그런 토론을 하는 것이 너무나 부럽다고 말했다고 한다. 그리고 자신은 그러한 삶을 통해 평화를 배우기도 했지만, 더욱 중요하게는 삶의 원칙을 배웠다고 술회한다.

"우리는 기독교도가 어떻게 살아야 하는지를 가정에서 배웠다. 남들이 일방적으로 쏠려가더라도 혼자서라도 제갈 길을 가는 것처럼 중요한 일은 없다. 그렇지 않고서 나중에 하느님 앞에서 뭐라고 변명할 것인가."

인간의 공동체는 때로는 객관적 능력에 상관없이 겸양의 미덕이 큰 자를 희생시키기도 한다. 그런 일은 문익환의 집에서도 있었다. 아버지와 장남의 격정적인 개성에 비추어 남은 동생들의 생활은 한없이 평화롭고 고요하기만 했다. 그러나 문영금은 1967년 연세대학교 물리학과 차석합격자였으며, 문의근은 이듬해 서강대학교 상경대학에 수석합격을 했다. 한 지붕 아래 이렇게 많은 주연이 모여 사는 경우를 상상하기란 쉬운 일이 아니다. 착하고 예쁘고 공부 잘하고 어떤 분야에 특별한 재능을 가지고 있더라도 문씨네 집에서는 누구도 왕자병이나 공주병에 감염될 수 없었다. 특정 개인 하나가 가족이나 친척들로부터 특별한 주목과 배려를 받기에는 한 지붕 아래 거장의 숫자가 너무 많았던 것이다.

그래서 방치되었던 사람은 막내 문성근이었다. 형이나 누나들이 모두 두 살 터울인 데 반해 자신은 세 살 터울이요(그 때문에 사남매 중 세 명이 대학생일 때 자신만 중학생이었다), 사춘기를 겪든 대학의 학과 선택에 고민하든 집안에서 왕성하게 토론하는 것은 모두 누나와 형의 일이었고, 자신이 부딪쳐가는 주제는 언제나 결론이 끝나버린 식상한 문제가 되어 있었다. 자연히 그는 집안의 토론문화에서 한발 밀려난 채 동네 아이들을 이끌고 놀아야 했다. 서울시내와 교통이 두절되다시피 한 수유리 산속, 한신대학교 캠퍼스 사택은 그가 아이들의 왕국을 만들어낸 하나의 동화 같은 세계였다.

수유리 종점에 못 미쳐 마찻길 같은 데서 버스를 내려 미루나무가 일렬로 늘어서 있는 시골 동구 밖 논두렁같이 생긴 길이 한신대학교 입구인데, 미루나무 길을 따라 북악산 산기슭 쪽으로 거슬러 올라가면 탁 트인 공간에 아담한 금잔디 동산이 나오고, 그 동산 위로 하얀 'L' 자 모양의 건물이 우뚝 서 있었다. 그 우뚝 솟은 탑 꼭대기에는 히브리어로 '임마누엘(하느님이 항상 우리와 함께 하신다)'이라는 조형 글씨가 있었다. 교문을 들어서면 자그마한 다리가 있고, 그 다리 밑으로는 다시 아름다운 개울이 졸졸 흘렀다. 바로 화계사를 돌아서 흘러내리는 수유계곡의 청정한 물이었다.

당시의 한신의 캠퍼스는 정말 아름다웠다. 학생들뿐만 아니라 교수 전원이 캠퍼스 안에서 같이 살았다. 조그마한 낮은 일이 층짜리 후생주택이 수유리 화계의 송림둔덕 위로 아름답게 배열되어 있었다. 한 집에 보통 학생들이 일고여덟 명 같이 살았다. 그리고 새벽 먼동이 트면, 학생들이 모두 소나무 숲의 새벽기운을 헤치고 성스러운 본관의 채플 홀로 모여들었다. 그들은 채플 가는 언덕 위의 등성이 오솔길에서 만났다. 여기저기 여명을 헤치고 나온 그들은 만나면 찬송가를 흥얼거렸다. 그러면 모두 교회에서 성가대의 경험이 있는 남녀였기 때문에 꼭 한사람이 멜로디를 시작하면, 테너, 소프라노, 알토, 바리톤의 사중주가 자연스럽게 울려 퍼졌다. 푸르른 새벽 기운, 여명이 입김을 붉게 물들이는 그 새벽, 우리들은 이러한 성스러운 합창 속에서 서로 만나고 헤어졌다. 더 재미있는 사실은 이러한 한신대학교 학생들의 합창의 배경으로 저 멀리서 들려오는 화계사의 범종 소리나 목탁 소리가 같이 하모니를 이루었다는 것이다. 우리는 우리의 신앙체험 속에서 성스럽게 살지라도 멀리서 울려 퍼지는 범종의 소리를 그 어느 누구도 불경스럽게 들은 적이 없다.

— 김용옥, 『노자와 21세기』

이 학교 건물 앞 넓은 잔디밭과 숲을 지배하며 문성근이 이끄는 아이들의 공동체는 한신대학교 교직자 모두가 그리워하는 추억이 되었다. 어른들이 교회에 나가고 없을 때 문성근이 나무에서 떨어져 팔이 휘어지는 바람에 훗날 배우가 되어 성형수술을 할 때까지 반소매 옷도 못 입게 되고, 화약물이 터져서 서남동 목사의 아이가 장님이 되는 불상사가 있었다. 하지만 그럼에도 수유리 공동체는 유구했고, 그 속에서 문익환은 훌쩍 쉰 살을 넘겼다.

문익환의 50세! 그 평화로운 시간들이 태풍 전야의 고요였다는 사실을 아는 사람은 없었다. 겉으로는 누가 봐도 가정사에 충실한 소시민이었고, 속을 아는 사람들도 다들 구도자의 그것처럼 경건하다고만 생각했다. 문영미는 당시 문익환의 생활을 다음처럼 회상한다.

"나의 어린 시절의 아름다웠던 많은 기억들은 큰아버지와 함께 만들어진 것들이다. 그 당시 그렇게 바쁘지도, 또 먼 곳에 떨어져 계시지도 않았던 큰아버지는 나에게 단 하나뿐인 어른 친구였다. 성서 번역을 하시면서 짬짬이 시를 쓰시던 큰아버지는 옛날 냄새가 나는 수유리 집, 마당이 내다보이는 서재에서 글을 쓰고 계시다가 학교에서 돌아오는 나를 반겨 맞아주셨다.

내가 다니던 한신초등학교는 큰집에서 그리 멀지 않았었기 때문에 학교가 일찍 끝나는 수요일이나 토요일에는 큰집에 자주 들르곤 했었다. 지금처럼 시원스럽게 길이 뚫려 있지 않았기 때문에, 때로는 개천을 건너고 꾸불꾸불한 골목을 돌아서 큰집에 갔다. 큰집의 대문은 항상 열려 있었고 마당에는 커다란 감나무와 배나무가 넓은 그늘을 드리우고 있었다. 대문 위에는 사방으로 뻗어나가는 대나무가 대책 없이 자라고 있었다. 지금은 확장공사를 해서 많이 넓어졌지만 그때만 해도 식구들도 훨씬 더 많았는데도 불구하고 마루도 부엌도 방들도 다 고만고만했었다. 일편단심으로 큰아버지의 뒷바라지를 하시느라 바쁘신 큰어머니도 그때에는 퍽 여유로우셨다. 손재주가 많은 큰어머니는 뜨개질과 바느질, 붓글씨와 수놓기 등 항상 자질구레한 구슬이나 레이스 따위를 가지고 뭔가를 만들고 계셨다."

하지만 수면 밑에서는 대하의 줄기가 굽이치고 있었다. 우리나라 사람들은 모든 위대한 헌신을 가족에게 바치고 남을 괴롭힐 때도 가족에 대한 사랑을 볼모로 잡는다. 대통령이 되어도 가족이 문제시되고 대부분의 민중은 자신의 지도자뿐 아니라 그 자식에게까지 경외심을 바친다. 그 같은 문화전통을 그대로 받아서 문익환의 집안에서도 먼 옛날 두만강을 건너갔던 선조들의 뜻이 오랜 세파에도 빛을 바래지 않고 구전되었다. 문익환은 어른이 되어서도 아버지에게 조상들 이야기를 들었으며 어머니로부터 거기에 스민 훈시를 가르침 받았다. 문익환이 채록한 「어머니와 아버지의 간도 이야기」가 증명하듯이 그는 계속해서 통일운동에 나서라고 떠밀렸던 것이다.

"1899년 2월 18일 두만강 찬바람을 가르며 간도로 들어가시던 그분들의 뜻은 아직도 이루어지지 않고 있어. 그걸 민족통일로 성취하는 것이 이 시대의 책임이 아니겠니?"

아버지가 이렇게 말하면 어머니도 거들었다.

"네 두 어깨에도 그 책임이 짊어져 있는 거구."

이제 아들은, "책임이 정말 무겁군요"라고 답할 수밖에. 문제가 있다면 나이 쉰이 되어서도 아직 길을 찾지 못했다는 점이었다. 그것은 그를 말할 수 없이 위축시켰으며 의기소침하게 했다. 후쿠오카 감옥에서 요절한 송몽규나 윤동주에 비추어서도 그러했고, 안병무, 강원용 등 용정에서 은진학교를 나온 민족주의적 기독교도들의 지성에 비추어서도 그러했으며, 김재준 목사의 다른 제자들이나 장준하 등 도쿄신학교 출신들과 견주어도 그러했다. 누구보다도 열심히 공부했고, 성적이 우수했으며, 프린스턴신학교까지 다녔음에도 불구하고 정작 초라한 것은 그였다.

그 같은 비교 속에서 형제간의 우애 어린 경쟁이 있었다. 문씨네 가계가 빚어내는 장남 편애의 일화들은 문익환 형제가 어른이 된 후에도 극복되지 않았다. 문익환이 건강상 포기한 박사학위를 문동환이 받아서 한신대학교에 봉직하고자 했을 때도 어른들이 염려한 것은 문동환이 아니라 문익환이었다.

문동환이 귀국하면서 계획한 한신대학교 옛 동료들과의 결합을 부모님들이 불편하게 여긴 사실은 문동환에게 상당한 상처를 주었다. 사실 당시 분위기에서 사회적 기여의 가능성은 문익환보다 문동환 쪽에 더 크게 열려 있었다. 4·19 이후에 형성된 김재준 목사를 둘러싼 기독교적 지성인 그룹의 역할 안에서도 문익환보다 문동환의 권위가 더 컸다. 나이는 비록 다르지만 강원용 목사도 문동환의 동창이요, 장준하도 문동환의 친구였다. 이후 급격한 산업화 과정에서 배태된 재야활동에서 리더 그룹을 형성하게 되는 박형규 목사도 문동환의 동지였다. 학교에서 수업을 받는 학생들도 문익환보다 문동환 교수를 좋아했다. 그런데도 한신대학교에 들어갈 때 정작 조바심을 낸 것은 문동환이었다. 차남이 공부를 많이 해서 얻어가는 교직을 막을 수는 없지만 행여 장남에게 불이익이 올까 봐 부모님들은 그다지 축하해주지 않았다. 오히려 이렇게 말했다.

"한 학교에 형제가 같이 있는 게 이상하지 않을까?"

이처럼 불편한 상황에서 문익환에게 위안되는 게 있다면 그것은 그가 성서 번역에서 거두고 있는 선구적 성취였다. 문익환은 과연 스승 김재준의 뒤를 잇는 구약학의 대가였으며, 복음동지회가 눈부시게 매진하고 있는 성서 번역에서 핵심적인 지위를 점하고 있었다.

> 한편 대한성서공회는 이에 자극을 받아 1960년부터 신약성서 새 번역에 착수, 그 번역의 전문위원으로서 전경연, 김철손, 박창환 세 사람을 요청해왔으므로 복음동지회는 이를 승낙했다. 한편 복음동지회는 이 방대한 사업을 강력한 재정적 뒷받침 없이 한다는 것은 무모하다는 판단 아래, 만약 대한성서공회와 같은 비영리적인 기독교 기관이 적극 추진한다면 대환영한다는 뜻에서 문익환마저 구약성서 번역의 전문위원으로 파견하는 동시에 나머지 신약성서 번역도 중단하게 되었다.
>
> — 기독교문사, 『기독교백과사전』

성서 번역! 바로 여기에 문익환의 삶이 진정으로 이루고자 하는 숨은 뜻이 있었다. 여태까지의 교회 역사에서 많은 개혁자들이 성서를 연구하면서 개혁의 기치를 닦았던 것처럼 문익환도 한국 기독교 사회에 대한 기여를 성서 번역에서 찾으려 했다. 그리고 마침내 그러한 기회는 왔다.

1968년 신·구교가 함께 하는 성서 공동번역의 책임위원으로 문익환이 위촉되었다. 공식 직함은 '대한성서공회 신구약 공동번역위원장' 신학자로서 당대 최고의 영광에 속했다. 문익환은 자신이 이 중차대한 일에 부름 받은 것을 "영광이라기보다는 이루 다 말로 할 수 없는 축복이요 즐거움"이라고 말한다. 그리고 그 일을 통해 세 가지 측면에서 '여리고 성'이 무너지는 경험을 했다고 한다. 첫째, 신교와 구교의 벽이 허물어지는 경험, 둘째, 신학적인 편견이 걷히는 경험, 셋째, 히브리인들과 한국인들 사이의 벽을 허물고, 교회와 사회를 갈라놓는 말의 담을 허무는 경험. 이 같은 경험이 어떠한 폭풍을 예비하는 것인지는 그 자신도 알 수 없었다.

삶은 선택을 허락하지 않는다.
생(生)은 명(命)이다.
살려면 살고 말려면 마는 것이 아니라
살지 않으면 아니 되는 것. 따라서
생명은 불가피하게 자라려고 하는 힘을 갖는다.

생의 반환점을 지나며

삶은 흐르는 물과 같다. 삶의 현실은 어디선가 끝없이 샘솟는 강물처럼 흘러와 잠시도 쉬지 않고 세상의 관계들을 재편해놓는다. 자만에 찬 전위들은 낙오의 길을 가고 선지자를 열심히 뒤따르던 이가 홀연히 전위가 된다. 1968년, 나이 쉰하나. 성서 공동번역의 책임위원이 되는 순간, 문익환은 정확히 생의 반환점에 서 있었다. 그는 어느 날 종로2가 대한성서공회로 출근하면서 자신이 비로소 한글 성서 번역에서 명실상부한 정상에 도달한 것을 확인했다. 그때 얼마만큼 설레었는지를 증명할 사람은 없다. 꿈이 이루어지는 순간에 자신의 감정을 전혀 드러내지 않았다. 다들 감쪽같이 속았을 것이다. 항상 누군가를 동경하고 부러워하는 것을 취미로 알던 사람이었다.

그리스도의 길을 따라 민족사에 기여하겠다는 것은 명동촌 시절부터 꿈꾸던 일이었다. 한글성서와 그리스도 교회가 겨레문화에 미친 영향에 대해 문익환 등이 가졌던 자부심은 컸다. 세월이 흘러 재야 활동에 묶였을 때 그가 성서 번역에서 손을 놓은 것이 민족사적 손실이라고 전택부가 항변했던 데에는 이유가 없지 않았다. 한글성서는 배우기 어려운 한자문화권 안에 갇혀 있던 겨레의 어문학을 해방하여 민중과 여성계의 문맹을 퇴치한 민족사의 교사였다. 그로부터 공공 집회에서의 남녀 동참, 인간평등사상 고취, 반상동석班常同席, 민주적 회의법의 훈련, 한글전용 문화의 정착, 새 음악 운동에 공헌한 찬송의 보급, 정치와 언론에서 보인 선각자적 공헌, 일제 때부터 이어진 민족주의적 계몽운동, YMCA 실내체육관을 모임의 장소로 한 시민체육운동의 육성 등 실로 눈부신 변화들이 파생되었다. 한글성서와 기독교가 이렇게 우리 겨레의 신문화 건설에 이바지한 사실을 회고하며 김재준 목사는 훗날 『한글성서와 겨레문화』의 축사에서 "성서가 일반 민중의 책으로 번역되었다는 것과, 그것이 지극히 싼값으로 바닥 민중에게까지 제공되었다는 것은 그것 자체가 일대 문화혁명이었다"고 증언한다.

과연, 한 나라의 성서 번역이 갖는 중차대한 의의는 기독교의 역사가 증명하는 바였다. 교회가 성장해서 로마의 국교가 될 때부터 하느님의 말씀으로서 성서의 권위야 아무리 강조해도 모자라지 않았다. 그리고 그것은 곧 성서를 해석하는 사람의 권위를 반영했다. 성서는 일단 그것을 읽을 수 있는 사람들에게 주어지는 것, 성서를 읽고 해석할 수 있는 사람은 교회에서 지도자 역할을 했다. 이렇게 해서 성서해석자들의 권위는 점차 성서보다 우월하거나 성서만큼 신빙성 있는 것이 되었다. 그 불합리한 권위체계를 파괴하는 자리에서 루터의 종교개혁이 일어난다.

1521년 루터는 단호하게, 성서를 해석하는 사람들에게서 성서 자체로 종교의 권위를 이양했다. 작센공의 배려로 바르트부르크 성에 머물면서 성서를 번역했는데, 라틴어 성서가 독일어로 번역됨으로써 성서는 모든 사람들이 읽을 수 있는 책이 되었다. 루터는 읽을 수 없는 라틴어 때문에 늘 누군가의 해석에 의존하고 그 해석자의 권위에 눌려 있던 사람들에게 성서를 돌려준 것이다. 한 젊은 신학자는 이를 일컬어 "루터의 성서 번역은 다른 어떤 신학적 주장보다 훨씬 더 그를 빛나게 한다"고 말한다.(김호경, 『인간의 옷을 입은 성서』 참고)

똑같은 비유가 문익환에게도 가능하다. 문익환은 번역가로서 성서의 이미지를 가능한 한 한국적 표현으로 옮기려 했다. 그가 가톨릭 측 번역자인 선종완 신부와 상의하여 내세운 원칙은 "한국인 전체가 읽을 수 있는 번역" 그리고 "한국인의 생각을 무리 없이 움직여 생의 궤도를 바꿀 수 있는 번역"이었다. "한국인 전체가 읽을 수 있는 번역"이란 교회 안에서만 통하는 번역이 아니라 교회 바깥에서도 통하는 번역을 의미했다. 구교의 장벽 안에서만 통하는 말이나 신교의 울타리를 못 넘어서는 말은 아낌없이 버리기로 했다. 더군다나 신학자들만 아는 말은 금물 중의 금물이었다. 한국말을 하면서도 서구적인 사고에 젖어 있는 지식인이나, 한국말은 토씨 정도요 중요한 말은 다 한자어를 쓰는 학자들의 말이 아니라 우리나라 서민 대중이 쓰는 말로 번역하기로 한 것이다.

그리고 "한국인의 생각을 무리 없이 움직여 생의 궤도를 바꿀 수 있는 번역"이란 곧 번역된 글이 번역투를 말끔히 벗어버린, 극히 자연스런 우리말이기를 원한다는 뜻이었다. 원문을 충실하게 재현시킨다는 이유에서 외국의 문법과 문장론적 형식을 그대로 우리말로 바꾸는 것이 종래의 번역이었다. 문익환은 이 같은 번역으로 성서의 어떤 부분이 우리나라 기독교인들에게 의미 없이 겉도는 현실을 안타까워했다. 예컨대, 「히브리어에서 한국어로」에서 그는 이런 실례를 들고 있다.

나는 얼마 전에 한 청년을 만나 이야기한 일이 있다. 그는 내가 목사라는 것을 알고는 대뜸 "크리스천? 원수의 머리에 숯불을 피워놓는 사람들"이라고 하는 것이 아닌가? 깜짝 놀라서 집에 돌아와 성경을 펼쳤더니, 잠언 25장에서는 "피인 숯으로 그의 머리에 놓은 것 같으니라"가 되어 있는데, 로마서 12장에서는 "숯불을 그의 머리에 쌓아놓으리라"가 되어 있다. 이러니 그런 인상을 받을 수밖에. 공동번역에서는 "그의 얼굴에 모닥불을 피워주는 셈이 된다."로 되어 있다. '머리'가 '얼굴'이 되고 '숯불'이 '모닥불'이 되고 '셈이 된다'는 말이 붙음으로 해서 원수에게 보복한다는 뜻은 사라지고 원수가 부끄러워 몸 둘 바를 몰라 하는 모습을 잘 나타내게 되었다.

— 문익환, 「히브리어에서 한국어로」, 『새 것, 아름다운 것』

히브리어는 구문이 간결하지만 섬세하지 못함에 비추어 우리말은 아주 세밀해서 생기는 현상이었다. 이를 그는 톱니바퀴에 비교했다.

이를테면 히브리어 톱니는 굵고 한국어의 톱니는 잘아서, 굵은 히브리어 톱니를 그대로 남겨두면, 그 번역은 한국인의 사고에 들어맞지 않아 겉돌고 만다. 그러므로 한국인의 사고, 한국인의 생과 문화와 역사를 돌리려면 히브리어의 굵은 톱니를 분해해서 한국말의 톱니처럼 잘게 다시 구성해야 한다. 번역한다는 것은 바로 이 일을 하는 것을 말한다.

— 문익환, 「히브리어에서 한국어로」, 『새 것, 아름다운 것』

그의 이 같은 주장은 번역의 정신을 넘어 선교의 정신이 어떤 것이어야 하는지를 보여주는 것이었다. 히브리어와 한국어가 부딪힐 때 깨어져야 하는 것은 한국어가 아니고 히브리어여야 한다! 똑같은 주장을 언어가 아니라 문화에 적용해도 될 것이다.

성서 번역에 돌입하자 문익환은 곧 자신감이 솟았다. 이제 그는 모든 판단에 거침이 없어진다. 1969년 《기독교사상》에서 「바람직한 지도자상」이라는 제하의 원고 청탁을 했을 때도 현실의 주제를 곧장 성서 속으로 끌고 가버린다. 히틀러, 스탈린, 마오쩌둥, 장제스, 수카르노 등 20세기의 문제적 인물들에게 환멸을 드러내며, 바람직한 지도자는 남을 지도하는 사람이 아니라 '남을 섬기는 사람'이라고 외치는 것이다. 모세도 종이었고 다윗도 종이었다. 하느님의 형상을 딴 인간들을 섬기는 야훼의 종! "백성의 괴로움과 아픔이 당신의 괴로움과 아픔이 된 하느님의 관심에 사로잡혀버린 사람들"이 어찌 종이 아닐 수 있단 말인가? 이 같은 태도는 그를 다소 엉뚱한 사람으로 보이게 했지만 그는 전혀 개의하지 않았다.

> 20세기 초반에 접어든 오늘 이 민주적인 시대의 '바람직한 지도자상'을 논하는 마당에 2천여 년 전 팔레스타인 땅의 지도자상을 더듬어 본다는 것은 아무리 생각해도 시대착오라고 느껴진다. 그러나 다시 생각해보면 역사를 쓰거나 역사소설을 쓴다는 것은 내가 지금 감행하려는 모험—시대착오에 빠질 위험을 뛰어넘는—을 감행하는 것이 아니겠는가?
>
> — 문익환, 「바람직한 지도자상」, 《기독교사상》 1969년 10월호

시대착오에 빠질 위험을 뛰어넘는 모험! 그는 제대로 된 한글성서를 내놓기 위해 기꺼이 이 모험에 뛰어들기로 했다. 그와 함께 학교에

서의 모습도 달라지기 시작했다. 다음과 같은 김용옥의 목격기가 포착하고 있는 것도 그때의 모습이다.

> 옆에서 누구와 유쾌히 대화를 나누고 있는 그 노신사의 모습에서 나는 신앙인의 삶의 어떤 영감 같은 것을 읽고 있었다. 그때 나는 그분이 누구인 줄도 몰랐고 감히 말을 걸 생각도 못 했다. 그렇지만 그 순간 그 얼굴에서 받은 해맑은 느낌이 나로 하여금 신학대학 입학의 결심을 굳건하게 만들고 말았던 것이다.
>
> — 김용옥, 『노자와 21세기』

저잣거리로 나오다

과연 공동번역은 문익환에게 한없는 정진의 시간을 가져다주었다. 그는 마치 삶을 단 한 가지 일에 저당 잡힌 사람처럼 사고하며 행동했다. 자기 안에 축적된 모든 능력을 오로지 한 방향으로만 투입하는 사람이 가장 강한 법이다. 단 하나의 믿음에 몰두하는 것처럼 꺾기 어려운 힘은 없다. 문익환은 그런 모범적인 편집증 환자의 한 사람이었다. 그의 정신은 오른쪽도 왼쪽도 궁금해하지 않고 '앞으로! 앞으로!' 한 방향으로만 나아갔다. 그것만으로도 나날이 축복과 감사와 기쁨이 넘쳤다.

사실 그는 어떤 일을 하든지 속박에 매이기를 싫어하는 사람이었다. 그가 꿈·모험·도전·직관·충동 같은 것들에 대해 독특한 지위를 부여하는 모습은 프로이트나 훗날 포스트모더니즘을 외치는 철학자들이 그러는 것보다 훨씬 안정되어 보인다. 1971년 여름《제3일》에 발표한 산문「김수영의 '폭포'」에서 그는 김수영의 시「폭포」가 '의연한 순교자의 기백'을 담고 있다고 평하면서 소감을 이렇게 말한다.

도대체 곧은 절벽을 무서운 기색도 없이 떨어지는 사람의 정신이 이성적이리라고 기대하는 사람이 미친놈이다. 규정 없이 떨어지는 물결이, 삶의 뜻을 이리저리 기웃거리며 찾아보고, 이리 재고 저리 재고, 이 저울에 올려놓고 달아보고 저 저울에 올려놓고 달아보는 이성에 침을 뱉는다. 더군다나 계절과 주야를 가리는 사람 따위랴. 금잔화의 아름다운 낭만과 인간의 행복한 안정이 어둠속에 묻히고 난 다음에야 김수영의 곧은 폭포 소리가 들려올 것이다. 나태와 안정으로 고이 잠든 대지를 쿵쿵 울리며 이 산 저 산에 곧은 소리를 불러일으킬 것이다.

— 문익환, 「김수영의 '폭포'」, 《제3일》 1971년 여름호

겸손하지도 경건하지도 않고, 오로지 자신들의 이성만을 신격화하던 시대에 그는 역행하고 있었다. 근대를 지배하는 시대정신, 즉 '과학'은 세상의 모든 현상들에서 '이유'를 찾고, 땅 위의 모든 것이 설명될 수 있으며 예측할 수 있는 것으로 보이게 만들었다. 당대의 지식인들은 지상의 어디에서 살든 모두 그 근대의 신념을 머리에 이고 살았다. 자신의 삶이 의미 있는 것이기를 바라는 인간은 자신의 행위에서 자꾸만 이유와 목적이 없는 것들을 제거해버린다. 그리하여 손익계산에 밝은 산문적인 인간들이 양산되는 것이다. 충동이란 억누를 수가 없는 것. 존재의 저 밑바닥에서부터 올라오는 생명의 분출은 억누른다고 해서 사라지는 것이 아니다. 프로이트의 해석에 따르면 그것은 고작해야 '억압되어 무의식층으로 옮겨질 따름'이다. 그리고 그 결과는 '위험하게 구부러진 충동'이 되어 '영혼의 방안에 갇혀서 끊임없이 들끓고 신경불안, 장애, 질병'들을 만드는 쪽으로 귀결된다. 그래서 충동을 삭이지 못하는 사람들은 지구상의 모든 도시와 마을과 촌락마다

반드시 있기 마련이다. 그러나 그들이 다 문익환 같지는 않을 것이다. 그가 내부의 욕망을 분출하는 방식은 참으로 독특했다.

"문학작품 중의 문학작품이라는 구약성서를 어떻게 훌륭한 작품으로 옮겨내느냐는 생각이 처음부터 나의 가슴을 무겁게 눌렀소. '특히 그 시들을 어떻게 하느냐?' 처음에는 한국시단을 총동원할 심산이었는데, 그것이 뜻대로 안 되더군요."

여기서 그는 충동적으로 '한국 시에 머리를 처박는' 것이다.

그가 시를 섬기게 되었다는 수다가 얼마나 소란했는지 온 나라가 들썩거릴 정도였다. 김현승을 존경하고, 박목월을 흠모하며, 황금찬과 어울리노라! 그럴 만하게도 당시 그의 별명은 나이에 걸맞지 않게 '둥근 달'이었다. 물론 그의 성씨 '문'이 영어로 '달'이기 때문에 가족들이 반달, 초승달 같은 이름들을 즐겨 썼다고는 하지만 그래도 그 나이에 둥근 달이라니! 사춘기적 향기로 가득 찬 습작시를 손에 든 오십대의 신학자가 인기 시인들을 찾아다니는 모습이란 퍽이나 엽기적이었을 것이다. 당시 문익환의 추앙을 받아보지 못한 문인은 없다시피 했다. 윤동주가 살아 있었더라면 화를 냈을지도 모른다. 황금찬, 조병화, 박목월 등 감상적 문학숭배자들을 몰고 다니던 시인들은 '자신의 팬'으로서의 문익환 이미지를 오랫동안 수정하지 못했다. 하지만 알 수 없는 일이다. 그가 시에 처음 관심을 보이기 시작한 때가 정확히 언제인지는 아무도 모른다. 구약의 40퍼센트가 시이기 때문에 성서 번역을 위해 시를 공부하게 되었다는 말에서는 공동번역 일을 하다가 우연히 시를 습작하기 시작한 듯한 느낌을 주는 애교스런 엄살을 걷어야 된다. 첫 시집 『새삼스런 하루』의 후기에 "나는 2년 전까지, 정확하게 1971년 봄이 되기까지, 시라는 것을 써본 일이 없었소"라고 쓰고 있지만, '통일의 집'에 있는 그의 친필 모음 상자에는 이미 1964년 3월 8일자에 쓴 「마음의 맑음」이라는 습작시가 있다. 물론 아직 풋내가 채 가시지 않은 기독교적 감상주의에 젖은 것이지만 거기에 있는 숱한 다른 메모들은 자못 치열한 습작의 고투들을 증명한다. 가령 "사랑은/ 감을 따서 익히듯/ 익힐 수는 없는/ 일" 밑에 "잠결에 놓친 詩句"라 써 놓은 사례는 그가 이미 돌이킬 수 없는 창작의 단계에 들어서 있었음을 웅변하는 것이다. 그렇다면 이 둔중한 천재는 도대체 언제쯤 자신을 드러내놓고 꽃피운단 말인가?

그 옛날 문익환 목사가 설교하던 한빛교회에서 지금 목회 활동을 하고 있는 유원규 목사는 그를 무화과에 비유한다. 무화과는 아무도 몰래 열매를 맺는다. 사람들은 무화과가 꽃을 보여주지 않는다고 해서 꽃이 없는 과일이라고 이름 붙였다. 그러나 무화과는 열매 안에 꽃을 감추고 있다. 그것이 자신의 내부에서 꽃을 틔우고 열매를 발육시키는 것을 외부에서는 보지 못한다. 그러다가 어느 순간 농축되고 농축되어서 마침내 터져버린 다음에야 사람들은 무화과에 깃든 훌륭한 결실의 서사를 이해하는 것이다. 세계를 사건들의 인과적 연속으로 축소시키는 것에 맞서서 시는 정신의 자유로움과 탈선을 부추기는 불온한 것이었다. 문익환이 시에 빠져들기 시작한 것은 바로 이러한 시의 불온성이 예언자 정신의 본질이라 봤기 때문이었다.

세련된 교양과 가없는 선량함, 구도자적 수양으로 다져진 최상급 지식인이 저잣거리에 나가 별로 영광될 것도 없는 시인들의 꽁무니를 따라다니며 문청文靑 기질을 발휘한 것이 그의 삶에 미친 영향은 컸다. 그토록 갈망했던 '탈脫 영토화(?)'의 꿈이 자신도 모르게 달성된 것이다.

"저는 어려서부터 교회의 울타리 속에서 자랐습니다. 과거 몇 년 동안 이 울타리 밖으로 나가보려고 했습니다. 그렇게 할 때마다 너무나 딴 세계의 사람이 되어서 어울리지 못하는 것을 절실히 느꼈습니다."

그런데 어느 순간 백면서생의 육신에 잠재된 강력한 천성이 솟구쳐 나왔고, 활동적인 재능도 살아났다. 감상적인 성향의 시인 지망생이 하룻밤 새 정력적이고 능숙한 시인으로, 피로에 지친 병자가 사람의 마음을 사로잡는 건강한 정열가로 변해가고 있었던 것이다. 다시 말하지만 그 놀라운 변화를 이웃들이 눈치 채지 못한 것은 순전히 '섬김'의 자질 때문이었다. 남을 섬기고 세상을 섬기는 일이야말로 그가 어려서부터 타고난 자랑할 만한 소질 중 하나였다. 이는 한 사람의 목회자로서 그가 평생 감내했던 숱한 설교와 집필 활동에서 구구절절 드러난다. 언제나 예술과 곡예의 불꽃을 뿜는 감각적인 시인들의 도취된 산문과 비교해보면 문익환의 산문은 냉정하고 침착하고 아무 색채가 없었다. 누구도 선동하지 않고 구애求愛하지 않으며, 시적인 밑그림도 음악적인 율동도 포기한 문체! 자신이 그렇게 글을 쓰는 이유에 대해 그는 어느 수필에서 이렇게 설명한 적이 있다.

> 한국신학대학이 서울역 앞 동자동에 있을 때였다. 하루는 사무실에서 김 목사님(김재준)과 단둘이 마주앉아 담소할 기회를 얻었다. 나는 이 비슷한 말씀을 드렸다. "교인들이 문 밖에 나서기 전에 잊어버리는 설교를 왜 해야 하는 겁니까?"
>
> 김 목사님은 지나가는 소리처럼, "콩나물에 물주기니라" 하시는 것이 아닌가! 나는 정신이 와짝 드는 것을 느꼈다. 설교란 잊어버려야 하는 것이구나. 그래야 사람들의 마음이 자란다, 이거지! 잊어버리지 않으면 시

커멓게 병든 콩나물 대가리처럼 마음이 썩는다, 이거지!

그제야 나는 김 목사님이 기념비적인 저서보다는 낱글을 즐겨 쓰시는 심정을 좀 알 것 같았다. "내 글을 읽고 잊어버리는 거야!" 이런 담담한 심정으로 쓰신 글이니 글치고는 샘물처럼 맑은 글이 아니겠는가?

— 문익환, 『늦봄 문익환 전집』 6권

콩나물에 물주기! 그 무렵의 문익환은 그것을 익히고 있었다. 과연 그때로부터 그는 콩나물에 물주기 같은 문체로 자신이 발견한, 구약에 펼쳐지는 광활한 대지 이야기를 사람들 앞에 내민다.

"이스라엘 민족과 한국 민족은 지리적으로 너무나 상통하는 점을 가지고 있습니다. 이스라엘은 남방에 이집트, 북쪽에 시리아, 바빌론, 동쪽에 페르시아, 서쪽에 헬라와 로마 같은 강대국들 틈바구니에 끼여서 이리 찢기고 저리 밀리고 하면서 독립을 유지하기 겨우 500여 년. 이스라엘 민족사는 그대로 수난사였습니다."

바로 이 대목이 그가 '정신적 히브리인'에서 한국인으로 귀화가 이루어지는 시기였다. 그는 젊은 날을 바쳐 탐구하고 탐구한 끝에 다다르게 된 '구약 속의 현실'에서 걷잡을 수 없이 빠른 속도로 '자신의 현실'로 되돌아오기 시작했다. 그 길이 결코 순탄한 것은 아니었다. 이 지점에서 우리는 다시 물어야 할 것이다. 그때, 하지만 그에게 저 가파른 1970년대로 진입하는 한국을 개선하려는 실천적 의지가 있었던가? 1960년부터 1970년까지 문익환의 설교는 온통 분단현실을 한탄하는 일에 몰두하지만 출구를 찾는 혜안은 없었다.

모든 지식인은 자신의 인식으로 세계를 투사한다. 인식의 힘은 대상에 떨어지는 빛과 같은 것이다. 책상은 어두운 공간에 보이지 않는 모습으로 있건 아니면 불빛에 노출되건 여전히 책상이다. 빛은 책상이 거기 있는 것을 감각적으로 알아보게 만들지만 그렇다고 빛이 책상을 낳지는 않는다. 문익환이 내쏘는 인식의 빛이 투사되건 말건 당대의 현실세계도 어둠속의 책상처럼 그렇게 놓여 있었다. 수십 년에 걸친 식민지 체험과 민족분단, 정치적 소요, 무참한 전쟁, 수백만 인구의 죽음과 이동 그리고 절망적인 분단과 가난…… 한반도는 이미 세계적인 갈등의 박물관이 되었건만 민족사적 전망을 기대할 곳은 없었다.

역사는 서구에 속하지 않은 나라들이 서구처럼 살려고 노력하는 것을 '근대화'라고 말한다. 산업적인 배경에서 일하고, 선진 기술을 도구로 사용하며, 고도 산업국들의 아류가 되는 것은 분명히 유혹적이지만 필히 독재정치를 경험시키게 되어 있었다. 한국이 군부독재의 의지로 근대화에 입문하여 거의 밑바닥에서 성장해가는 과정은 산업적 숙달을 향한 진보의 순조로운 서사가 아니라 분절되고 조각난 파행의 역사였다.

박정희는 쿠데타 이후 자신의 정통성을 국제사회에서 인정받기 위해 어떠한 악역도 피하지 않았다. 한일 국교 정상화를 서둘러 일본으로부터 3억 달러의 무상원조와 2억 달러의 차관을 받았으며, 민간 기업들로부터도 한국 수출 총액의 1.5배에 달하는 투자를 받아냈다. 또한 미국이 벌이고 있는 베트남전쟁에 참전하여 1973년 철수할 때까지 30만여 명의 장병을 복무시켰다. 그 대가로 수많은 계약을 따냄에 따라 베트남은 한국 기업들의 개척지가 되어 한국 강철 수출 총량의 49퍼센트와 수송 장비 수출의 52퍼센트를 흡수했다. 일본이 한국에서 했던 것처럼 한국도 베트남에서 전쟁을 틈타 돈을 번 것이다.

경우는 다르지만 모험의 길을 가기는 북측도 마찬가지였다. 구舊식민지 지위에서 정치적 독립을 획득한 후에 경제적·군사적 자립을 열망하는 대부분의 신생 후진국들이 갖는 최고의 관심사는 과연 약소국이 미국의 지배권 밖에서 정치·경제·군사적으로 독자의 길을 가는 것이 가능한가 하는 점인데, 당시의 북은 그것을 실증하는 산 견본이요 모델의 하나였다. 중국이나 소련 어느 쪽에도 예속되지 않고 그 나름의 자립체제를 확립시켰을 뿐만 아니라, 베트남의 민족해방 세력을 지원하고, PLO 편을 들며, 프랑스를 상대로 독립전쟁을 하고 있는 알제리에게 6·25전쟁 때 포획한 미제 무기와 탄환들을 주어버리는 기염을 토했다. 그것이 비동맹 제3세계 국가들에게 준 공감과 인상은 강렬했을 것이다.

그러나 이제 막 자본주의적 성공의 가능성을 엿보기 시작한 남측도, 주체적 사회주의의 길이 가능하다고 판단한 북측도 서로 멀어지지 않으려고 노력하지 않았다. 국경도 아니고 행정구역의 분할선도 아닌 휴전선 하나를 사이에 두고 전혀 다른 길을 가는 한 민족의 두 세력은 이렇게 분발할수록 더욱 곤혹스러워지는 냉전의 딜레마에 빠져 있었다. 오직 제1세계만을 동경하여, 값싸고 훈련받은 노동자, 재능 있는 기술관료, 높은 GNP 성장률, '양키 고 홈'을 한 번도 외치지 않는 시민들을 가진 나라가 박정희 치하의 한국이라면, 끝없이 제3세계화의 길을 가며 비동맹 국가들과 연대하여 미국의 불쾌감과 적개심을 자극하는 나라가 김일성의 북조선이었다.

당시 미국은 자본주의 진영에서의 리더십에 부하가 걸려 심히 어려운 상황이었다. 미국의 제국주의적 팽창은 과잉될 대로 과잉되어 각 대륙의 지역방어를 위한 다섯 개의 조직에 참여하는 것도 부담이었고, 30개 동맹국의 공개된 기지에 있는 100만 이상의 병사들을 유지하는 것도 힘겨웠으며, 소련의 남하를 막는 '봉쇄선'에 위치한 42개국과 방어조약을 체결하여 게릴라에 대응하거나 소련의 핵무기를 억제하는 정책을 준비하는 것도 벅찼다. 그런 와중에서 베트남전쟁의 실패로 각종 작전들에 대한 의문이 증폭되고 대학들이 동요되어 반전·반미 정서가 유럽의 도시들로 확산되어가고 있었다.

그 같은 현실을 문익환은 알고 있지만 등한히 하거나 침묵 속에 방관했다. 그 점은 동생 문동환과 대비되었다. 그 무렵 한국의 교회들은 박정희 독재에 저항하는 주된 성지가 되어 있었다. 하늘을 나는 새도 떨어뜨린다는 중앙정보부는 대학교 정문쯤이야 눈 하나 까딱하지 않고 부술 수 있었지만 교회를 무너뜨리는 일은 할 수 없었다. 와중에 라틴아메리카의 해방신학이 건너왔으며, 기독교인들이 운영하는 도시산업선교회가 맹활약을 펼쳤다.

"나는 성서 번역에만 몰두해 있었죠. 그것이 나의 평생의 일이라고 생각되었기도 하지만 그때에는 동환이가 인권운동의 일선에 나서 있었기 때문에 나는 마음 놓고 성서 번역에만 정력과 시간을 쏟으면서도 별로 마음이 괴롭지 않았던 거죠."

그러던 어느 날 놀라운 뉴스가 들려온다. 청계천 평화시장에서 한 노동자가 분신한 것이다.

새삼스런 하루

1960년대의 한국 노동시장은 외국 자본가들에게는 천국이었다. 한국의 노동자들은 미국 임금의 10분의 1을 받지만 2.5배의 생산성을 올렸다. 한국으로 이전하는 미국 기업은 당연히 25배의 노동비용 절감을 누릴 수 있었다. 당시 박정희 대통령은 농촌을 죽이고, 가난한 농민의 자녀들을 미숙련 또는 반半숙련 노동자 대열로 흡수했다.

농촌에서 떨어져 나온 십대 여성들은 부모를 위해 약간의 돈만 벌 수 있다면 방적, 편물, 재봉, 신발, 전자기기의 단순조립, 식품가공 또는 강철판으로 너트와 볼트를 찍어내는 것 같은 작업에 불평 없이 투입되었고, 이로써 한국은 국제적으로 경쟁력 있는 값싼 노동력을 유지시켰다. 그리하여 저임금 노동자들은 1960년대 수출 주도의 이륙 단계에서 진정한 보병 역할을 했다. 그러한 노동자들이 밀집한 청계천의 평화시장은 거대한 닭장 모양의 착취사업장이었다. 그들의 하루 임금은 다방의 커피 한 잔 값에 해당했다.(브루스 커밍스, 『브루스 커밍스의 한국현대사』 참고) 한 노동자의 죽음은 그 속에서 터져 나온 부활의 제의였다. 목격자는 말한다.

옅은 잿빛 구름이 하늘을 우중충하게 뒤덮은 1970년 11월 13일 오후 1시 25분경, 서울 음대로 들어가는 골목 평화시장 입구의 사람들 틈에 서 있던 한 청년의 옷깃에서 검은 불길이 타오르고 있었다.

사람들이 한 광인의 미친 짓이 아닌가를 생각하고 있는 동안 청년의 몸은 불길에 휩싸이기 시작했고 처음 멍청히 바라만 보던 행인들도 불을 꺼야 되지 않느냐고 술렁댔다. 그러나 어느 누구도 선뜻 나서지 않았다. 작업복 바지에 검은 빛 바바리코트를 입은 청년은 한 일 자로 굳게 입을 다물고 선 채 차츰 거세지는 불길 속에 몸을 내맡기고 있었다. 불길이 이미 상체에 붙어 타오르기 시작한 약 2분 후, 그를 둘러섰던 행인 중의 몇 사람이 구경꾼들을 비집고 들어가 입고 있던 잠바를 벗어 덮어씌웠다. 잠바에 덮인 부분은 잠시 불길이 잡히는 듯했으나 잠바를 떼는 순간 불길은 가쁜 숨을 들이마시는 듯 더욱 기세 좋게 타올랐다. 멀리서 이 광경을 보던 시장 경비원이 평화시장 2층으로 소화기를 가지러 뛰어갔다. 잠바를 덮는 것이 진화에 별 도움이 되지 않음을 알자 한 청년은 불타고 있는 옷을 잡아 벗기려 했다.

이때까지 이를 악물고 서 있던 청년은 갑자기 벌떡 드러누웠다가 잠시 후 다시 일어섰다. 사람들이 달려들어 코트를 벗기고 옷을 찢었으나 석유가 담뿍 밴 코트 속의 잠바가 또다시 숨을 몰아쉬며 불타기 시작했다. ……이미 청년의 눈썹과 머리털은 타버렸거나 그을려 있었으며 얼굴은 그을음과 불길로 새까맣게 뒤범벅이 돼 있었다. 그러나 눈동자만은 쏘는 듯한 빛을 내면서 허옇게 번쩍이고 있었다…… "근로기준법을 준수하라" "노동시간을 단축하라" "일요일은 쉬게 해달라"고 처음으로 입을 열고 외치기 시작했다.

그제서야 구경꾼들은 이 청년이 결코 미친 것도, 장난으로 몸에 불을 지른 것도 아닌, 바로 옆에 있는 시장 작업장의 근로조건을 개선해달라는 필사의 항변이었음을 알아차렸다.

— 강성재, 「그 후의 평화시장」, 《신동아》 1971년 3월호

그러나 청년은 끝내 그 밤을 넘기지 못했다. 《한국일보》 1970년 11월 14일자는 "분신자살을 기도한 전태일 씨(23, 성북구 쌍문동 208)가 메디컬센터를 거쳐 성모병원으로 옮겼으나 이날 밤 10시께 끝내 숨졌다"고 보도한다. 그 같은 사실은 한창 성서 번역에 몰두해 있던 문익환에게 커다란 충격을 주었다.

삶은 선택을 허락하지 않는다. 생生은 명命이다. 살려면 살고 말려면 마는 것이 아니라 살지 않으면 아니 되는 것. 따라서 생명은 불가피하게 자라려고 하는 힘을 갖는다. 생명의 마음, 생명의 본능은 내일을 지향한다. 생명은 '지금 있는 것'이면서 '장차 있어야 할 것에 대한 꿈'을 내포하고 있다. 전태일이 받든 '생'의 '명'은 죽음이었고, 그 죽음은 '죽임'을 파괴하는 부활의 길을 향하고 있었다.(박정철, 「문익환의 시세계에 나타난 생명사상」 참고)

전태일이 책자 『근로기준법』과 함께 불타버린 사건은 문익환의 감수성을 한없이 자극했다. 부활을 관념으로만 이해한 보수교단의 율법주의와 갈등해온 문익환과 그 동료들의 눈에 전태일의 죽음은 신학적 기초를 바꿀 만큼 의미 있는 사실로 받아들여졌다. 그러한 경향은 당시 한국기독학생회총연맹(약칭 KSCF) 사무총장 오재식이 쓴 추모사에서도 드러난다.

너는 죽을 때 "목이 마르다"라고 했다. 이미 죽는 마당에 물은 찾아서

무슨 소용인가. ……네가 죽은 후 예수여! 엉뚱한 사람들이 수군거리고, 생면부지가 헌화를 하는구나. ……네 초상화가 복사되고 네 생애가 돋보이고, 드디어는 네가 스승으로 되어가고 있었다. 죽음의 벽이 당분간은 누리를 덮었지만 그 밑으로, 고동 소리, 희망이 그 밑으로 흐르고 있었다. ……너는 죽어서 많은 예수를 낳고 그 예수들이 다 같이 예루살렘 거리에 서는 날, 너는 우리에게 부활의 의미를 가르칠 것이다.

— 오재식, 「어떤 예수의 죽음」, 《기독교사상》 1970년 12월호

과연 전태일의 죽음은 엄청난 에너지로 되살아나고 있었다. 그가 던진 일파만파로 한국의 정치·사회 정세는 갑자기 격동하기 시작했다. 죽은 지 사흘째 되던 날, 서울대학교 법과대학에서는 학생 100여 명이 모임을 갖고 전태일의 시체를 인수하여 서울법대 학생장으로 장례식을 거행하겠다고 주장했다. 서울대학교 상과대학생 400여 명은 무기한 단식투쟁에 돌입했으며, 11월 20일에는 서울대학교 법과대학생 200여 명, 문리과대학생 100여 명, 이화여대생 30여 명이 추도식을 갖고, 기업주 어용노총 지식인을 고발하는 항의시위에 나섰다. 연세대학생 200여 명, 고려대학생 300여 명도 항의집회를 열고 '국민권리선언문'을 채택했다. 이내 서울대학교에 무기한 휴교령이 떨어졌으며, 야당까지 나서서 노동정책에 항의하는 성명서를 발표했다.

교회 학생부에서도 금식기도회가 열리고, 여기저기에서 성토대회를 열었으며, 교인들도 신·구교 합동으로 추도예배를 가졌다. 그 밖에도 사회 여론의 움직임 속에, 신문과 잡지들의 보도와 논설 속에, 정치인들의 구호와 선전 속에, 종교인들의 참회와 기도 속에, 그리고 노동자들과 학생들의 부르짖음과 가슴속에, 쉴 새 없이 전태일의 이름이

떠올려졌다. 어떤 시민들은 조의금을 보내면서 이름을 밝히지 않았고, 어떤 단체는 기념비와 동상을 건립하겠다고 모금을 추진했다. 김재준 목사는 다시 한 번 "우리 기독교도들은 전태일의 죽음을 애도하기 위해 모인 것이 아니라, 한국 기독교의 나태와 안일과 위선을 애도하기 위해 모였다"고 포효했다.

전태일의 파장은 이렇게 컸으나 문익환은 할 수 있는 일이 없었다. 하지만 그는 이때부터 자신이 섬겨야 할 것이 무엇인지를 놓치지 않았다. 전태일이 남긴 가장 큰 유산은 아마도 그가 죽은 바로 그 달에 결성되어 어머니 이소선 여사의 주도 아래 혹심한 탄압을 견뎌낸 청계피복노조였을 것이다. 문익환은 자신을 그 노조 곁에 세웠다. 이소선 측에서 보자면 처음에는 이름을 밝히지 않은 익명의 시민에 불과했다.

많은 사람들은 문익환이 1976년 3·1민주구국선언으로 재야에 등장했다고 말하지만 이소선 여사는 곧장 '전태일이 죽은 후'라고 수정하라고 한다. 하긴 누구의 눈에도 띄지 않았을 것이다. 무화과답게 그는 꽃을 보이지 않았다. 하지만 『전태일 평전』은 표지를 넘기면 곧바로 전태일의 말을 기록할 자리에 문익환의 토막글을 기념비처럼 새겨두고 있다.

> 젊은 노동자 전태일의 이야기는 6천만 겨레의 눈물이 되어야 합니다. 앞을 죽음처럼 가로막는 절벽을 무너뜨리며 흐르는 민족사의 물줄기가 되어야 합니다.
>
> 아직은 땅 속을 흐르는 이 물줄기 속 한 물방울로서…….
>
> — 문익환, 「이 아픔, 이 진실, 이 사랑」, 『전태일 평전』

여기에 당시의 그가 정의하고 있는 자신의 모습이 투영되고 있다. 아직은 땅속을 흐르는, 민족사의 물줄기가 되어야 할 물방울 하나! 그것은 글 잘 쓰는 사람이 손쉽게 뱉어놓은 의례적인 수사학이 아니었다.

전태일의 어머니 이소선은 삼엄한 감시와 탄압 때문에 숨조차 제대로 쉴 수 없는 형편이었다. 자신은 물정에 어둡고 아들의 친구들은 아직 어리고, 전화는 도청되고 방문자들은 불이익을 당하고…… 그러한 상황에서 청계노조를 지켜낸다는 것은 엄두를 내기가 어려울 만큼 암담한 일이었다. 그때 용기를 불러일으키는 구원자가 나타났다. 이소선은, "장기표 선생은 우리를 가르치는 선생님이 되고, 문익환 목사님은 우리를 보호하는 아버지처럼 행동했다"고 말한다.

이후 문익환은 아주 자주 청계노조를 방문하여 밥을 사 먹이거나 뜨거운 격려의 말을 주고 갔다. '역사의 발'이라 할, 밑바닥 사람들을 섬기기 위한, 소위 문익환의 하방下方은 그렇게 시작되었다. 그는 이제 노동자들을 찾아다니기 시작한다. 가난과 질병과 무교육의 굴레 속에 묶여 버림받은, 저임금으로 혹사당하며 먼지 구덩이 속에서 햇빛 한 번 못 보고 하루 열여섯 시간을 노동해야 하는 어린 여공들의 '인간으로서의 최소한의 요구' 속에 들어 있는 그리스도를 만나러 하강하는 것이다. 부활은 틀림없다고 믿었다.

그렇다면 문익환이 1971년부터 시를 쓰기 시작했다고 스스로 강변했던 이유도 여기서 찾아야 한다. 그해에 그의 나이 만 쉰셋이었다. 그 1971년의 첫날을 '현재형'으로 노래하는 시 「53」은 내용상 문익환의 처녀작에 속한다. 그 이듬해의 시 「덤」이 말하듯 "'쉰까지만 살았으면' / 하는 폐병 들린 허약한 소원이/ 꺾일 듯 꺾일 듯/ 지나치"고 나서 3년 만에 맞는 새해 아침. "하늘까지 적시는 이슬비가/ 가만가만" 내리고, "극성스런 태양은 숨어버렸는데/ 내 뜨락은 환하기만 하다"고 노래한 소생의 분위기 속에는 문익환의 생이 전환점을 돌기 시작한 전기轉機가 숨어 있다. 문익환은 아마도, 그때부터 존재의 기원起原을 아버지가 아니라 그 자신에게 두기로 하고 그러한 기념으로 아호를 지었을 것이다.

늦봄. 그렇다, 늦봄! 그는 봄을 좋아했지만 "철도 없이 지레 나온/ 풀포기/ 두셋/ 길섶에서 오들오들"(「너무 이른 봄」에서) 떨거나, "그리 따뜻하지도 않은/ 봄볕에/ 허겁지겁 쫓겨 들어온/ 한기"(「이른 봄의 단상」에서)의 시간들을 포근해하지 않았다. 이른 봄에게 "어차피/ 너는/ 봄의 선구자다"라고 말할 때는 평소 삶의 태도가 그렇듯이 피안의 불을 보는 듯한 거리감도 느껴진다. 그래, 늦봄으로서 이제 세상에 갓 태어나기나 한 것처럼 노래하는 것이다. "생소한 골목길들을 지나/ 아름다운 노을이 비낀 저/ 낯선 문짝을 열고 들어서면/ 처음 만나는 얼굴들이 또/ 나를 반겨줄 테지."(「새삼스런 하루」에서) 그러나 한없이 여린 이 독백의 서정 속에는 그가 소승적인 신학자에서 대승적인 구도자로 탈바꿈하려는 예비 동작이 담겨 있었다. 아무도 모르는 시간에, 문익환이 전혀 다른 사람으로 재탄생하고 있었던 것이다.

바로 이 대목에서 한 가지 짚고 가야 할 것이 있다. 문익환이 꿈과 현실을 뒤섞어서 인지하며 살아온 것은 사실이다. 다섯 살 때도 그랬고, 스무 살 때도 그랬으며, 쉰 살 때도 일흔 살 때도 그랬다. 그러나 그것은 자아 안에서는 동일했지만 사회적으로는 매우 달랐다. 인생의 어느 한 시기를 기점으로 그의 모든 것이 달라져버리는 지점이 있다는 것을 모르는 사람은 많지 않다. 그러나 그 정확한 지점이 어디인지를 아는 사람은 아무도 없다.

그런 의미에서 1973년 6월 1일은 중요한 날이다. 그날은 그의 첫 시집 『새삼스런 하루』의 발행일인데, 그는 아무에게도 말하지 않고 이 날 세상에 다시 태어나고자 기도했다. 자신이 자신에게 명명한 이름은 늦봄! 이미 4월에 쓴 시집 후기와 아내에게 쓰는 편지에서도 '늦봄'이라는 표현은 사용되지만 아직 공인을 시도한 것은 아니었다. 그것을 처음으로 사회적으로 공식화시키는 자리가 될 시집 출간을 자신의 생일(6월 1일)에 맞추었던 이유는 무엇이었던가? 사실, 그의 지난 삶은 선대로부터 이어오는 삶이요, 그는 건강을, 가족을, 준비 부족을 이유로 '핏줄의 명령'에 부응하지 못했다. 그간에 있었던 숱한 절망의 시간들을 버리고 싶었지만 그럴 수도 없었다. 신학자로서도 그는 이제까지 '말씀의 수용자'였을 뿐이었다. 하느님의 말씀, 그것을 전하는 아버지의 말씀, 성서에서 새로 발견한 말씀 등.

그러나 어느 순간 그는 '말씀의 창조자'가 되는 길을 결심하게 되었다. 말씀을 주워듣고 발설하는 게 아니라 그 스스로 말씀이 되어 살아버리는 것. 그것을 깨닫는 순간의 새삼스러움을 표시하고 싶어서 시집의 제목은 『새삼스런 하루』가 되었다. 그가 좋아했던 동료이자(재야에서), 선배이자(문단에서), 또 후배인(연배가 낮아서) 시인 고은은 그가 시를 통해 "히브리인이 아니고 한국인임을 깨달았다"고 한다. 날카로운 지적이다. 그는 『새삼스런 하루』와 함께, 아니 그러한 형식을 구실로 삼을 수 있게 된 1973년 6월 1일과 함께 한국사 위에 다시 태어났다. 지상에서 그가 55년 동안이나 끌고 다닌 것은 '조상들이 만들어준' 그의 그림자에 불과했다.

「히브리서 11장 1절」

문익환의 신화에서 시인이라는 존재는 숭고한 사명을 부여받는다. 그러나 중년의 문익환은 그러한 사명에 부응할 만한 재능을 별로 가지고 있지 않았다. 탁월한 언어감각과 뛰어난 예술적 감수성을 지녔지만 그것은 모두 번역가적 자질이거나 음악 또는 연기의 영역에 속하는 재능이었다. 모든 시인은 반드시 받아들여야 할 모범이자 극복해야 할 대상으로서의 전범典範을 가지기 마련인데 문익환에게는 그것이 없었다. 평생을 두고 윤동주 콤플렉스를 이야기했더라도, 그것이 정녕 문학도의 것이려면 당연히 윤동주를 전범으로 삼고자 하는 흔적이 있어야 옳다. 그런데 윤동주는커녕 윤동주에게 전범이었던 사람들, 예컨대 정지용, 백석 같은 시인들에게도 전혀 관심을 두지 않았다. 그렇다고 다른 사람의 시를 본받으려고 했던가? 그에게 시의 길을 인도하는 전범이 굳이 있다면 그것은 구약의 예언자들이었으니, 당연히 그에게서 시는 '말씀'을 담는 그릇이었다. 그가 시를 '그림이 없는 회화' 또는 '악보가 없는 노래'로서의 양식적 틀을 갖춘 '장르'로 알고 덤비지 않았다는 것은 그의 시세계를 이해하는 중요한 실마리가 된다. 그에게서 시는 그의 발바닥이 지상에 쓴 것을 보충하는 각주 같은 것이었다. 바로 그 점에서 알 수 있는 분명한 사실 하나는 그의 시가 어떤 경우에도 결코 문학적 가공을 시도하지 않는다는 것이다. 일체의 허구가 개입되지 않는 시, 오직 정직한 고백과 예언자적 꿈만이 살아 있는 시.

시를 쓰면서 문익환의 변신은 가속화되었지만 여전히 가시화되지는 않고 있었다. 당시 그의 언어가 묵시적일 수밖에 없다는 사실에 이웃들은 별로 관심을 두지 않았다. 그것은 1972년의 어느 날, 삶에 관한, 꿈에 관한, 부활에 관한 의지의 노래를 완성했을 때도 마찬가지였다.

> 그것은 잔디씨 속에 이는 봄바람이다.
> 그것은 눈먼 아이 가슴에서 자라는 태양이다.
> 그것은 언 땅 속에서 부릅뜬 개구리의 눈망울이다.
> 그것은 시인의 말 속에서 태동하는 애기 숨소리다.
> 그것은,
> 그것은 오늘을 내일처럼 바라는 마음이요, 오늘을 내일처럼 믿는 마음이다.
> — 문익환, 「히브리서 11장 1절」

마침표를 찍으면서 그는 명치끝이 차올라 아주 크게 심호흡을 했을 것이다. 「히브리서 11장 1절」. '잔디 씨'와 '눈먼 아이'와 '언 땅 속'과 '시인의 말'에서 제각각 '봄바람'과 '태양'과 '개구리의 눈망울'과 '애기 숨소리'를 읽는 여섯 줄의 시에 그는 스스로 감탄했다. 자신의 사상적 실체라 할 만한 큰마음을 담았으니, 일부러 한 행씩 건너뛰어 기술한 다섯 칸의 행간에 모처럼 대지의 그림자가 어른거리는 것도 느꼈다. 얼마나 기뻤으랴.

"큥, 이 정도면 윤동주가 보더라도 못 썼다고는 하지 않을 테지!"

문익환은 곧장 거리로 뛰쳐나가 '동네 한 바퀴'를 시작했다. 읽어줄 사람이 필요했던 것이다. 하지만 지상은 이미 박목월의 전원적 향수에 도취되어 있거나 김지하의 귀기 서린 언어에 감전되어 있었다. 순수시 아니면 참여시의 고집불통들과 그는 어울리지 못했다. 문익환은 훗날 아내에게 보내는 옥중편지에서 그 점을 이렇게 설명한다.

"순수예술론자들의 소위 유미주의를 거부한다는 게 아름다움 자체를 예술의 옥좌에서 밀어내는 잘못을 우리가 저지르고 있지 않았던가 하는 생각이 드는군요."

아름다움은 그것 자체로서 기쁨을 주는 것, 사랑하고 찬양해야 할 덕목이니만큼 진정한 현실주의자라면 유미주의자들보다도 더 뜨겁게 아름다움을 사랑할 필요가 있다는 논지인데, 문제는 유미주의자들의 아름다움과 현실주의자들의 아름다움이 다르다는 데 있었다.

시인들은 똑같은 시를 보고도 서로 다른 잣대로 평했다. 탐미의 천재들은 언어의 성찬이 모자라다고 말하고 뜨거운 정신의 소유자들은 문익환의 시를 유약한 서정적 편린으로만 대했다. 목사에게 부여된, 안온하게 '코드화'된 영토를 박차고 나온 그로서는 이 차이가 숨막히기만 했을 것이다. 20세기가 분할해준 이데올로기적인 관계망에서 벗어나지 않고 살기로 이미 작정해버린 당시 남한 사람들의 세계를 문익환은 답답해했다. 그들 말고는 시를 보여줄 만한 사람이 또 없을까?

알아주지 않았지만 「히브리서 11장 1절」은 사실 문익환이 전태일의 죽음을 통해 목격한 것이 무엇이었는지를 보여주는 야심만만한 득

의작得意作이었다. "믿음은 바라는 것들의 실상이요 보지 못하는 것들의 증거"라는 성서의 구절을 빌려, 전태일이 '죽음'을 남기면서 '바라던 것의 실상', 전태일이 목숨을 바쳐서까지 보여주고 싶었던, 그날그날을 살아가는 사람들이 '보지 못하는 것들의 증거'를 노래하고 있었던 것이다. '믿음'을 갖는 일이 왜 그토록 중요했던가?

"우리는 흔히 믿음과 행위는 반대되는 것처럼 생각합니다. 믿음은 행위가 아니라고 생각하기 쉽습니다. ……고데라는 주석가는 '믿음은 최고의 행위'라고 말합니다. 왜냐하면 믿음은 자신을 내어맡기는 일이거든요. ……나무는 땅을 믿고 뿌리를 뻗어 들어간 만큼 자라는 것입니다. 물을 믿고 배는 뜨고, 공기를 믿고 비행기는 나는 것입니다."(문익환)

하지만 문익환이 문단에서 얻은 것은 "괜찮다! 명작은 아니지만 시인으로서 부끄러워할 수준은 아니다"가 고작이었다. 불만은 없었다. 기성 시단에서 냉대받지 않은 것만으로도 새로운 시인의 탄생은 충분히 완료된 것이다. 그 결과 1973년 생일에 맞추어 정가 500원짜리 문익환 시집이 출간되었다. 그리고 그 감격은 길고 길게 서울거리에 퍼졌다.

문익환이 시집을 내고 즐거워하던 모습은 도처에서 문인들에게 목격되었다. 그해 초여름이었다고 한다. 소설가 송영은 어느 출판사에 다녀오는 중이었다. 신촌을 지나는데 누가 불러서 돌아보니 중년의 멋이 넘치는 신사 문익환 목사가 땀을 뻘뻘 흘리며 뛰어와 차 마실 시간이 나는지도 묻지 않고 마구 다방으로 끌었다. 도대체 무슨 일이 있었기에 그렇게까지 감격해 있는지 알 수 없었다. 마구 끌려가 앉혀지고 나니 더 이상 말을 나눌 필요도 없다는 듯이 가방을 열면서 연신 기뻐하는데, 손에 꺼내든 것은 시집 『새삼스런 하루』였다.

"시집을 한 권 냈다고 그렇게까지 기뻐하는 경우를 나는 여태 본 적이 없어."(송영)

당시 문인들이 그러한 모습을 아름답게 여긴 것은 사실이었다. 세월이 모질어도 순결한 영혼과 창조의 열정이 지워지지 않는 사람! 하지만 그때까지도 문익환의 시에서 시대의 고뇌를 읽는 사람은 없었다. 그것은 동생 문동환조차 마찬가지였다.

"형님! 그런데 왜 형님의 시는 평소의 고민들이 그림자조차 없어요?"

"왜? 없는 건 아냐. 하지만 공동번역이 끝날 때까지 자제하는 거지"

당시 문씨 형제의 관심은 산업문화의 병폐에 있었다. 산업사회는 단지 기계문명만을 발달시킨 게 아니라 인간의 마음을 온통 물질 중심으로 묶어버렸다. 삶의 보람이라든지 기쁨이라든지 하는 것은 소유에서 생겨나는 것이 아님에도 불구하고 오로지 많이 생산하고 많이 소유하는 것만을 성공으로 여기게 만드는 제도였다. 이는 무한경쟁과 물신화를 불러일으켜 인간성과 환경을 통시에 파괴했다. 소유 만능이 아니라 더불어 위하고 아끼면서 공유하는 사랑의 삶이 들어설 새로운 라이프스타일의 창출이 절대적으로 필요했다. 많이 생산해서 골고루 소유하자는 물질주의적 세계관을 가진 공산주의 제도도 개인의 보람을 확대시키고 삶의 태도를 성숙시킬 수 있는 대안이 못 되었다. 그래서 민중운동이 발전했다. 공동체가 깨어진 상태에서 개발독재에 휘말리면서 사회의 구성원들은 걷잡을 수 없이 파편화되고 분절화되는데, 식어가는 연대감을 다시 살리고 공동의 선을 마련하는 일은 불가능할 것인가? 그 점에서는 형이나 동생이나 생각이 같았다. 하지만 그 실천에서는 달랐다.

동생 문동환은 운동의 일선에서 새로운 라이프스타일의 획득에 헌신하는 모범적인 활동가였다. 특히 그는 공동체운동의 중요성을 역설하여 사람들의 가슴을 흔들 뿐만 아니라 구체적인 실천에도 들어갔다. 김상근, 구경자, 박순녀, 송수미, 손정운, 서명실, 김종상, 최승국, 한승자, 이정님, 권경희, 전정순, 이우정 등이 그가 주도하는 공동체운동의 토의에 참여했다. 그리고 최승국, 한승자, 송수미, 전정순, 이우정, 권경회, 권경순, 문동환, 문혜림, 문창근, 문태근, 문영미, 문영혜가 직접 공동체 생활에 들어갔다. "일주일에 한 번씩 잠깐 교회에 나왔다가 집에 돌아가면 변하는 것은 하나도 없고" "꿀단지는 다 집에다 숨겨놓고 몸만 왔다 갔다 하는" 관습적 교회 활동의 대안을 찾는 실험이었다.

> 이스라엘의 키부츠 공동체, 미국의 코이노니아 공동체들을 공부하기도 하고 경제생활을 어떻게 할 것인지, 땅을 사고 집을 짓는 문제, 아이들 교육문제, 심지어는 숟가락, 젓가락을 몇 개 가져와야 할지까지 꼼꼼하게 준비했다. ……개인주의와 권위주의와 물질만능주의는 우리가 극복해야 하는 것들이며 '나' 대신 '우리' '물질' 대신에 '생명'을 소중히 가꾸고 즐기는 삶을 살아보자는 것이었다.
>
> — 문영미, 『새벽의 집』

그것을 보고 김재준 목사가 '새벽의 집'이라는 이름을 지었는데, 새벽의 집은 1972년 11월 30일 "우리는 '나'만을 위하는 '생리'를 깨뜨리고 '우리'를 소중히 여기는 삶을 살겠습니다" 하는 서약식을 갖는 것으로 시작되어 문동환이 여러 차례에 투옥되었음에도 불구하고 무려 8년 동안이나 이어졌다.

반면에 문익환은 위정자들의 국가 이데올로기에 의해 죽임의 상태에 이른 세상을 구원하는 일에 집착했다. 1968년부터 1970년까지 문익환의 설교는 온통 푸에블로호사건과 간첩단사건 등 냉전과의 갈등에 맞춰져 그가 20세기와 얼마나 마찰했는지를 실감시킨다.

> 역사가 진전을 정지했다면 거기에는 일종의 불변의 통합, 정지된 균형이 있을는지 모른다. 그러나 역사는 전진하기 때문에 거기에는 언제나 그 통합과 균형이 흔들리고 무너지는 위험이 뒤따르게 된다.
>
> — 문익환, 「국민통합과 비판 세력」, 《기독교사상》 1971년 11월호

문익환이 말하는 '국민통합'은 민중연대를 넘어 민족연대까지를 포괄하는, 즉 궁극적 통일에 닿는 문제였다.

> 오늘날 심하게 변천하는 국제정세 속에서 우리의 생존을 찾아야 한다면, 그리고 우리가 그대로 자주적인 민족 운명을 이끌어나가야 한다면 분명히 거기에는 거대한 국민통합이 있어야 한다. 그것은 현대사회, 특히 남북대립이라는 상황에서는 우리의 정신적 깊이에 있어서 이루어지는 일치감을 바탕으로 한 것이어야 한다.
>
> — 문익환, 「국민통합과 비판 세력」, 《기독교사상》 1971년 11월호

그것은 좀더 원대한 과제였다.

야만의 시간, 1974

생각이 큰 사람은 몸이 고단할 수밖에 없는 법. 문학을 하겠다고 뒤늦게 저잣거리에 뛰쳐나온 문익환은 그토록 열심히 나돌아 다니며 사람을 사귀고 세속의 일들과 친해졌지만 누구에게도 자신의 내면을 들키지 않았다. 다들 그의 고요한 용모와 안데르센의 인물 같은 '소년성'을 만났을 뿐, 불과 이삼 년 후면 휘몰아칠 천둥 같은 모습을 상상조차 하지 못했다. 안병무 같은 동료까지도 그를 은둔자로만 불렀다. 그러나 만인 앞에 노출된(은둔해 있지 않은) 은둔자를 도대체 어떻게 설명해야 한다는 말인가. 그것을 말할 수 있는 사람은 아마도 문익환밖에 없을 것이다. 종종 어울렸던 문학평론가 김병걸의 인품을 설명하는 자리에서 그는 이렇게 말한다.

"그는 결코 말이 없는 사람도 아니고 적은 사람도 아니다. 그는 언제나 당당히 소신을 피력하는 사람이다. 그러나 그는 언제나 자신을 실제보다 작아 보이게 하는 특성을 지니고 있다. 그는 언제나 있어야 할 때 그 자리에 나타난다. 그러나 늘 중심인물이기보다는 변두리에서 있는 것을 극히 당연한 것으로 받아들인다. 사람들도 그걸 당연한 것으로 생각한다. 이건 내가 보기에 그의 엄청난 미덕이다."

여기 묘사된 김병걸의 모습은 아마도 당시 문익환 자신의 모습이기도 했을 것이다. 성서 번역을 이유로 사회적 활동을 거의 하지 않은 것처럼 되어 있는 중년의 문익환은 사실 관심의 범위가 하도 넓고 다양해서 어떤 일도 제대로 하기 어려울 만큼 분주한 나날을 연속해서 보내고 있다.

1973년의 문익환은 릴케의 시를 번역하고 있었다. 릴케에 취하고 전태일의 유업에 봉사하며 위로는 함석헌 선생과 김재준 목사, 아래로는 문동환과 장준하 등 걸출한 시대정신의 구현자들을 쫓아다니는 것만으로도 쉴 틈 없이 바빴다. 당대 대표적 지성들의 이웃으로 살았다는 것만으로도 그를 1970년대의 상반기를 안락하게 산 것으로 치부해버리는 속세의 문익환 상像은 크게 수정되어야 할 것이다. 하물며 그 배후에서 발생한 보이지 않는 사건들이야……. 중요한 사실은, 그가 은둔자임을 앞세워 시대의 복판에서 일어나는 모든 일을 곁눈질하되 분단 이후 처음으로 하마터면 국민통합의 기회가 열릴 뻔한 시기를 치열하게 주시한 점이다.

정세는 과연 예측하기 어려웠다. 베트남전쟁에서 미국의 패색이 드러나면서 조성된 국제정세 안에서 한국 사회는 오직 미지의 어둠 그 자체였다. 반공을 국가이념으로 삼은 박정희의 바람과는 달리, 1970년대 초엽의 세계는 미국과 공산 중국이 국교 수립을 모색하는 등 점차 이데올로기적 화해(데탕트) 분위기를 만들어가고 있었다. 광기에 사로잡힌 듯 무력경쟁을 거듭하던 양대 진영의 이데올로기적 첨병들이 동아시아에서 서서히 반환점을 돌아나가는 형세였으니, 박정희의 위기감은 컸을 것이다.

1971년 7월 헨리 키신저의 은밀한 베이징 방문과 이듬해 2월 리처드 닉슨의 공식 방문은 대만에 대한 미국의 지원을 사실상 종결시켰다. '닉슨독트린'은 끝이 보이지 않는 베트남전쟁에서 철수하겠다는 신호를 분명히 함으로써 남한 정권과 유사한 처지의 사이공 정권을 위태롭게 했다. 미국의 이 같은 변화에 남한은 깊은 충격을 받았으며, 아시아의 마지막 도미노처럼 보였다. 베를린 장벽이 붕괴되기 무려 20년 전에, 그것도 20세기를 대표하는 냉전의 골짜기에서 상황이 이렇게 되는 것을 남한의 분단 관리세력들은 믿고 싶지 않았지만 어쩔 수 없었다. 보란 듯이 닉슨은 한국에서도 미군 1개 사단을 철수시키겠다고 발표했다. 서울 안팎에 위기감이 엄습했고, 박정희 정권은 즉각적으로, 그러나 내용은 매우 복잡한 반응을 보이기 시작했다.

유신정권은 곧장 플루토늄을 재처리하여 핵무기를 만들려는 고비용의 일급 비밀 핵계획에 착수했고, 키신저의 저지로 계획이 중단되자 다시 미사일을 만들려고 장비를 사들였다. 그러는 한편 중앙정보부장 이후락을 밀사로 평양에 보냄으로써 핵계획 실패로 인한 손해를 막았다. 이후락은 김일성의 동생인 김영주를 만나 서울과 평양을 번갈아 왕복하면서 국민들이 전혀 모르는 회담의 결과로써 세상을 깜짝 놀라게 하는 성명서를 발표했다. 그것은 다름 아니라 정권은 평화적 통일과 외세를 배제한 민족대단결을 맹세한다는 내용이 핵심인 7·4남북공동선언이었다.

평양이 모스크바로부터 상당 기간 거리를 두고 있는 상황에서 상호 면밀하게 조율된 성명서가 나왔다는 사실 자체가 남북 양 정권 합동의 독립선언처럼 보였다. 문익환은 여기에 고무되고 또 고무되었다. 저 어지러운 전쟁의 와중에서 통역원 근무를 했던 경험이 그로 하여금 국제적 감각을 예민하게 만들었을 것이다. 그는 닉슨이 동아시아에 대한 미국의 냉전적 개입으로부터 독립을 선언하고자 했다면, 박정희는 정치와 경제 그리고 국가안보에서 한국의 독립을 선언하겠다고 한 것이나 다름없다고 해석했다. 물론 그것을 미국이 방치할 턱이 없었다.

그러나 이후의 정세는 곧장 그를 깊은 실망 속에 빠뜨렸다. 박정희 정권은 당면한 국면을 장기집권의 기회로 전환시키고자 음험한 계획을 추진하고 있었다. 군사정부를 경직케 하는 긴장 요인이 국제사회에만 있는 건 아니었다. 1971년의 대통령 선거를 통해 출현한 또 하나의 골칫덩어리 김대중의 건재가 그들에게는 무엇보다도 짐이었던 것이다. 박정희는 그때 갖은 부정을 저지르고도 김대중을 간신히 이기는 데 그쳤다. 집권 초기부터 반공과 국가안보 그리고 경제 성장의 논리를 자신을 정당화하는 이데올로기로 동원하면서 편의상 차용한 것이 유교 전래의 충효사상이었는데, 그 이데올로기에 정면으로 도전하고 나서는 세력에게 국민감정이 휩쓸리고 있으니 박정희는 위협을 느끼지 않을 수 없었다. 터져 나오는 민주화 요구를 제압하기 위해 이제 새로운 이념적 장치를 개발할 필요가 있었다.

박정희는 정치적으로는 극단의 권위주의를, 경제적으로는 대대적인 중공업 추진을, 대외적으로는 분단 상황을 이용하는 정책으로 발 빠르게 대응했다. 위기의 물꼬를 틀어막기 위해 중앙정보부원들을 곳곳에 풀어놓은 상태에서 자신을 종신 대통령으로 선포하기로 결정한 것이다. 그러기 위해 선택한 파렴치하고 가혹한 조치들을 그는 '한국식 민주주의'라고 정당화했는데, 이는 지식인들로 하여금 북측의 '우리식 사회주의'를 연상케 만들었다.

어쨌든 그로부터 시작된 변화는 깊고 결정적이었다. 박정희의 율사들은 새로운 헌법을 쓰면서, 대통령 임기에 대한 모든 제한을 제거했다. 내각과 심지어 국무총리까지 임명하고 해고할 수 있는 권한, 국회의원의 3분의 1을 지명하는 권한, 시민의 자유를 중지하고 파괴할 수 있는 권한, 그리고 자신들이 입안 과정에서 빠뜨린 것을 무엇이든 다시 법령으로 다스릴 수 있는 권한까지를 포함시켰다. 국회는 이제 한낱 거수기에 불과할 수밖에 없게 되었다.

문익환은 다시 한 번 위정자들에게 실망했다. 특히 유신헌법의 '유신'이라는 말이 1868년 일본의 메이지 지도자들이 사용한 말이라는 점 때문에 박정희에 대한 경멸감을 더없이 크게 가졌다. 민족주의자임을 과시하려 했던 독재자가 이전의 식민지 통치자로부터 또 하나의 모델을 따오는 작태를 아무리 곱게 보려 해도 곱게 볼 수 없었다. 여기서 거명해야 할 인물이 장준하다.

문익환은 제법 믿을 만한 정치인과 재야인사들조차 남·북·해외를 망라하는 국민통합을 꿈꾸지는 않는다는 사실에 늘 절망하고 있었다. 그가 각별히 장준하를 주시한 것은 사적인 친분관계 때문만은 아니었다.

"장준하 선생은 저보다 나이로 말하면 몇 달 늦고 학교로 말하면 제 동생과 한반이어서 3년 후배지요. 늘 동생처럼 생각해왔고 그러다가 해방 후 서울에 와서 같이 지내면서 보니까 너무너무 내 눈이 미치지 않을 정도로 앞서가고 있는 대 선배라는 것을 발견하고 깜짝 놀랐습니다."

김구 선생이 죽은 이후 오직 유일하게 문익환의 눈높이에서 현실정치에 관여하는 사람이 장준하였다. 그런데 유신 대통령 박정희와 '재야 대통령' 장준하 사이에는 공적이면서도 사적인 갈등이 한없이 증폭되어 위험한 상황을 넘어서고 있었다. 과연 장준하에게는 예언자들로부터 시작된, 투쟁하는 기독교도의 기질이 없지 않았다.

1973년 8월 8일 중앙정보부가 도쿄의 한 호텔에서 김대중을 납치한 사건이 있었던 이후 10월 4일, 그에 대한 진상규명을 요구하는 서울대학생들의 궐기대회가 있었고, 11월 5일에는 함석헌 선생, 김재준 목사, 김지하 시인 등 열다섯 명의 지식인에 의한 시국선언이 나왔다. 그 연장선에서 장준하는 혼자 크리스마스 이브를 기해 '유신헌법의 민주적 개정을 위한 100만인 서명운동'에 돌입, 불과 열흘 만에 무려 40만 명의 서명을 받았다. 박정희의 긴급조치 제1호는 장준하에게서 받은 충격 때문이었고, 그로 인해 체포 제1호도 장준하가 되었다. 장준하는 체포된 뒤 "거꾸로 매달린 채 몸의 여러 군데에 화상을 입었고", 민간인 신분임에도 군사재판에 회부되어 15년 징역을 선고받았다.

그 야만적인 시간들을 문익환은 표면상 성서 번역을 이유로 침묵 속에서 건너가고자 했다. 그러나 자꾸만 그것을 불가능하게 하는 일이 생겨나고는 했다. 그 하나가 인혁당사건인데, 당국은 1974년 민청학련 관련자 여덟 명에게 사형 언도를 내리고는 곧바로 집행해버렸다. 그러고는 장례식마저 못 치르게 하는 폭거를 저질렀다.

"그 사람들 죽는다는 것도 모르고 끌려나왔어. 백열등 아래서 어리둥절해 두리번거리던 모습이 선해"라고 박정일朴政一(62세, 당시 군목으로 육군 소령) 목사는 말했다. 무엇이 그리 급해 형이 확정된 바로 다음 날 새벽 사형을 집행해야 했을까. 4시 30분 아직 잠이 덜 깬 첫 번째 사형수가 들어와 여기가 도대체 어디냐고 물었다고 한다. "여기가 어디야? 이게 도대체 무슨 일이야?" 법무관이 빠르게 판결문을 읽고 유언을 물었을 때 황당하다는 표정을 지었다고 한다.

1975년 4월 9일 서울구치소 내 교수대가 설치된 방. 도예종·이수병 씨 등 인혁당 재건위 사건의 여덟 명은 죽음에 대한 아무런 준비도 없이 30분마다 한 사람씩 그렇게 갔다. 아무도 자신의 죄를 인정치 않았다고 하며 단 한 사람만이 가족을 한번 보고 싶다고 했으며(물론 받아들여지지 않았다) 나머지 한 사람은 담배 한 개비를 피우고 싶다고 하여 그렇게 했다고 한다.

— 이시영, 「증언」 전문

이 기가 막힌 국가 폭력에 맞서 시위대 속에 들어 있던 문익환은 더 이상 참지 못하고 폭발해버렸다. 심약하고 소녀 같은 사람이 얼마나 무서운지를 처음 보여준 포효였다. 광분한 상태에서 짐승처럼 울부짖으며 경찰들과 몸싸움을 하는 그를 겨우겨우 진압한 것은 중앙정보부였다.

긴급조치는 가공할 만한 폭압의 통치였다. 긴급조치는 모든 형태의 파업이 불법임을 선언했다. 1974년의 악명 높은 긴급조치 9호는 정권에 대한 어떠한 비판도 국가안보의 위반과 거의 다름없는 것으로 만들었다. 정부에 대해 비판적인 발언을 하는 사람은 어떻게든 보복을 당했다. 문동환과 안병무가 정치교수 1호가 되어 1975년 6월 12일자로 문교부의 압력에 의해 학교에서 쫓겨나고, 얼마 안 되어 서남동, 이우정, 이문영 등도 실직 교수가 되었다. 그 실직 교수들이 문동환의 주도로 '갈릴리교회'라는 특수한 교회를 만들 때 문익환은 기꺼이 동참했다. 그리고 그 교회가 열린 첫날, 장준하가 약사봉에서 등산길에 실족사했다는 전화가 왔다.

장준하 충격

"허, 준하가 죽었어. 세상에, 장준하를 데려갔어."

전화를 끊으며 문익환은 참담한 절망감을 어쩌지 못했다. 마침내 올 것이 온 것이다. 갈릴리교회에 장준하를 참석시키기로 하고 시간이 안 되어 일주일을 미뤘는데, 그사이에 그만 사고가 난 것이었다. 그러게 주일날 모임에 나오게 했어야 하는데, 그것을 미루다니! 문익환은 그 죽음이 마치 자신에게 책임이 있는 것처럼 괴로워했다.

박정희와 장준하의 불화는 뿌리 깊었다. 장준하는 합법적인 제도정치의 틀 안에서 박정희와 싸우기 위해 정치에 입문한 사람이었으며, 박정희에 대한 비방으로 '구속'의 첫발을 내디딘 사람이었다. 1966년 초부터 정식 민중당원이 되어 정치인의 대열에 들어선 그는 어느 자리에서든 박정희 대통령을 '우습게' 보는 발언으로 주위 사람들을 긴장시켰다. 대구 수성천변의 연설에서도 예외 없이 "박정희 그 사람이 바로 밀수 왕초란 사실을 알아야 해요"라면서, 개인의 인신공격까지도 서슴지 않았다. 집권세력의 최고통치자를 재벌비호의 앞잡이로 몰아 '밀수 왕초'라 했는가 하면, 베트남 전 파병이 한국 청년의 피를 파는 행위라 하여 '매혈정권'으로 규정, 전쟁의 하수인으로 몰기도 했다. 또한 한일협정비준 이후 박정희의 인간적 자존심을 건드리는 '대통령 자격불가론'을 기회 있을 때마다 끄집어내어 집요하게 묻고 늘어졌다. "어떤 사람이나 다 일정 자격만 갖추면 모두 대통령이 될 수 있지만, 박정희만큼은 이 땅에서 무슨 일이 있어도 대통령을 시켜서는 안 될 사람"이라고 때와 장소를 가리지 않고 주장하곤 했던 것이다.

그 두 사람의 해결할 수 없는 불화의 심연을 문익환만큼 잘 아는 사람은 없었다. 사람들은 장준하의 행동을 쉽게 기질론적인 것으로 치부하고는 했지만, 사실 그것은 체험적 역사의식의 산물이었다. 일제에 의해 감행된 '강압적·폭력적 근대'가 그 시발이었다. 언젠가, 일제에 맞서 싸울 것인가 탈출할 것인가 부역할 것인가 회피할 것인가를 준엄하게 답해야 했던 때가 있었다. 돌이켜보면 윤동주도 장준하도 박정희도 문익환도 똑같이 그 역사의 물음 앞에 서 있었고, 그에 어떻게 응답했느냐에 따라 이후의 삶이 결정되어버렸다.

대동아전쟁이 일어나고 일본이 조선인을 끌고 갈 때 윤동주는 학도병으로 무기를 받아서 그것을 일본에게 겨누는 길을 구상했고(이것이 그를 옥사시킨 이유였다), 장준하는 학도병을 탈출하여 광복군으로 넘어갔으며, 문익환은 만주 봉천으로 회피하여 그리스도의 길을 걸었다. 그때 그들은 모두 일제에게 충성하여 윤동주들을 죽이고 장준하들을 공격하는 친일부역자들을 용서할 수 없었다. 그런데 박정희는 그 친일부역자 안에서도 가장 용서하기 어려운 최상급의 길을 선택했었다. 1942년 만주군관학교를 우등생으로 졸업하고 금메달을 수여받음과 동시에 졸업생을 대표하는 답사를 낭독할 때 그의 길은 이미 정해져 있었다.

"만주국의 왕도락토王道樂土를 지켜 대동아공영권을 확립하는 성전에 참여, 저는 벚꽃처럼 산화하겠습니다."

성적도 우수한 조선인 생도가 일본 천황에게 이토록 무서운 충성심을 보여주는 것으로 박정희는 일본 육사에 입학할 수 있는 특전을 얻었다. 그리하여 다시 1944년 일본 육사 57기를 3등이라는 우수한 성적으로 졸업, '오카모도 미노루'라는 이름의 일본군 소위가 되었다. 그 후에도 박정희는 충성 경쟁에서 앞서가며 일본 14연대를 거쳐 만주국 보병 제8연대의 소대장으로 전속돼 주로 만리장성 부근의 팔로군활동 지역에서 게릴라 소탕전을 독전하는 임무를 수행했다. 그리고 이듬해 7월에 중위가 되었는데, 불과 한 달 만에 8·15를 맞아서 일본의 무조건 항복으로 무장해제를 당해야 했다. 암담했을 것이다. 그는 군복을 벗자 갈 데 없는 몸이 되고 말았다. 일본에 증오심을 품은 만주 출신 사병들은 패잔병이나 다름없는 조선 출신 일본군들을 비참하게 보복했다. 하물며 장교 출신임에야……. 그는 이때 아마도 만주 신경에서 조선인 패잔병들을 구제하던 문익환, 정일권 등의 구호대상에 속해 있었을 것이다.

하지만 박정희는 민간인 복장으로 탈출, 피난민 대열에 끼어서 그 무렵 베이징에 주둔하고 있던 광복군 제3지대를 찾아가 급한 대로 광복군에 가담했고, 그곳에서도 전투경험을 인정받아 광복군 제1중대장이 되었다. 그러나 세상이 그렇게 호락호락하기만 한 것은 아니었다. 하필 그보다 훨씬 전부터 학도병을 탈출하여 광복군 간부로 있던 장준하와 만나게 되는 것이다.

한 사람은 민족의식을 일찍부터 깨우친 광복군 출신이요 한 사람은 출세욕에 불타는 일본군 장교였으니, 장준하는 박정희의 윤리적 약점을 절대로 용서하려 들지 않았다. 아니나 다를까 박정희의 궤적은 장준하가 말하는 틀을 한 치도 벗어나지 않고 이어졌다. 장준하가 용서할 수 없는 점은 기회주의적 처신 때문에 역사의식이 형성될 턱이 없는 자가 감히 위정자를 자처하고 나선다는 점이었다. 여기서 생겨난 문제의식을 단지 진정성의 문제로만 받아들인 인사들은 오랫동안 장준하가 뜨겁지만 감상적인 통일지상주의자인 것처럼 생각했지만 문익환은 그렇게 보지 않았다.

일제가 물러간 후에도 우리는 비극적인 분단으로 삶의 근거지를 회복하지 못했다. 개발독재라는 말로 상징되는 '압축적 근대'는 절대빈곤을 벗어나기 위해 오직 앞만 보고 달려야 했던 뿌리 뽑힌 사람들의 슬픈 여로旅路였다. 그로 인해 발생된 피해는 어떤 시대가 와도 여전히 내면의 상처를 치유하지 못한 채 살게 한다는 점이었다. 근거지 상실, 분단의 상처, 복구의 실패 등으로 인해 불구화된 내면을 치유할 틈 없이 달리고 있었던 것이다. 그 과정에서 박정희는 최악의 지점인 '개발독재를 앞세운 분단 관리세력'의 꼭짓점에 앉아 있었다.

그런데 장준하가 박정희에게 딱 한 번 기대를 보인 적이 있었다. 바로 7·4남북공동선언이 발표되었을 때, 사사건건 반대만 해오던 그간의 태도를 일변하여 일말의 회의도 없이 전폭적 지지를 보낸 것이다.

> 민족적 양심 앞에 살려는 사람 앞에 갈라진 민족, 둘로 나누어진 자기를 다시 하나로 통일하는 것 이상의 명제는 없다. 이를 위한 안팎의 조건을 만들어가는 일 이상의 절실한 과제는 없다. 어떤 논리도 이해도 이 앞에서는 뒤로 물러나야 한다. 이런 대원칙 아래서 굳어진 논리, 고집스러운 자세를 고쳐가야 한다. 근본과 말단을 바꾸어서는 안 된다. 무엇이 앞

선 당위이며, 가치며, 무엇이 거기에 따르는 것인가를 가려야 한다. 모든 통일은 좋은가? 그렇다. 통일 이상의 지상의 명령은 없다.

— 장준하, 「민족주의자의 길」, 《씨올의 소리》 1972년 9월호

장준하의 이 같은 태도는 통일지상주의라 하여 상당한 내부 비판자들을 양산하기도 했으며, 선민주 후통일이냐 선통일 후민주냐 하는 논쟁을 불러일으키기까지 했다. 하지만 문익환은 전율할 듯이 감격했다. 장준하에게는 예언자적 기개가 있었구나! 그 앞에서 '선민주'냐 '선통일'이냐 하는 것은 질문 자체가 오류였다. 히브리 민족에게서 배운 것이 그것이었다. 그들은 애굽을 떠났으며, 그들의 공동체, 그들의 역사가 의미하는 바는 영토를 어떻게 하느냐의 문제가 아니었다. 문익환은 말한다.

"그때 나의 관심은 남과 북으로 갈라진 '국토'가 아니라 '민족'이었다. 그 후로 민주냐 통일이냐 하는 문제가 제기되었을 때 이 둘을 하나로 묶어준 것이 바로 '민족'이라는 개념이었다. 남과 북으로 갈라진 국토는 무력으로도 하나가 될 수 있지만, 주종 관계로 갈라진 겨레를 하나로 묶는 길은 '민주'의 길밖에 없다는 것은 재론의 여지가 없기 때문이다."

그러나 이 탁견은 아무도 알아들을 사람이 없었으며, 있다손 치더라도 사회적 공명을 일으킬 수 없었다. 왜냐하면 문익환은 아직 장준하를 지지하는 세력의 한 사람일 뿐, 정치적 의미를 갖는 한 사람의 사회적 주체가 아니었던 까닭이었다. 그러나 박정희는 마지막 기회라 할 만한 기대까지도 저버리고 말았다. 장준하 같은 사람들이 7·4남북공동선언으로 들뜨는 것을 이용하여 치밀한 계산대로 비상계엄을 선포

하고 멋대로 법을 바꾸어서 유신체제라는 정치 암흑기를 만들어버렸다. 희대의 국민사기극이었다.

장준하가 그것을 묵과할 리가 없었다. 장준하는 곧바로 개헌청원 서명운동에 돌입했고 나날이 투쟁의 강도를 높여갔다. 위기감을 느낀 박정희는 긴급조치 1호와 2호를 선포했다. 비상보통군법회 검찰부는 그 첫 대상으로 장준하와 백기완을 구속했으며, 군사법정은 두 사람에게 각각 징역 15년형을 선고했다. 긴급조치 위반자에 한해서는 검찰 측의 구형량과 재판부의 선고량이 똑같이 떨어지는 것을 두고 사람들은 '정찰제 판결'이라고 비꼬았다.

"정찰제 판결? 좋아."

장준하는 분노했다. 그리하여 구속 10개월 20일 만에 간경화증과 협심증의 악화로 형 집행정지를 받아 풀려났으나, 병상에서도 자중하지 않고 박정희에게 보내는 공개서한을 발부했다.

"파괴된 민주헌정의 회복을 위해 대통령 자신이 개헌을 발의하되, 민족통일의 기초가 될 수 있는 완전한 민주헌법으로 하여 이 헌법으로 자신의 거취는 물론 앞으로의 모든 집권자들의 규범으로 삼게 하라."

이 병상기자회견은 각계각층의 인사들을 자극하여 성명 러시를 이루는 신호탄이 되었다. 문익환이 장준하의 안부를 염려하기 시작한 것은 이때부터였다. 언제나 한발 앞서 금기를 깨는 인물, 장준하는 이렇게 언제 어디서나 오로지 박정희에 맞서 두려움 없이 '최후통첩'을 행하는 동안 어느새 재야세력의 구심점이 되었다. 그의 과감한 도전과 신념 어린 결단 때문에 그의 곁은 언제나 진보적인 젊은이들이 들끓고, 그의 순도 높은 민족주의를 지지하는 사람들은 그를 민족민주운동의 정신적 지주로 생각했으며, 세간에서는 그에게 '재야 대통령'이라는 별명을 붙여주었다. 그런가 하면 그가 기자회견을 통해 분열된 범야권 단일화를 제의하자 윤보선 전 대통령과 김대중, 김영삼 신민당 총재, 양일동 통일당 당수가 한자리에 앉는 4자회담이 열렸으며, 그 자리에서 장준하가 제의하고 촉구한 야권 통합에 무조건 합의한다고 밝혔다. 그리고 곧이어 다가오는 8월 15일을 기해 김대중과 장준하 간에 모종의 중대결단을 내리기로 약속한 가운데, 그의 상봉동 집에는 시도 때도 없이 곧잘 주먹만 한 돌덩어리가 날아들곤 했다. 그러던 8월 13일, 문익환은 이우정, 문동환, 안병무, 서남동, 이문영 등과 갈릴리교회를 시작했고 바로 그날 장준하의 부음 소식을 들었던 것이다.

문익환은 장준하가 실족사했다는 자리에 쏜살같이 달려가서 여러 가지 정황을 수집해본 결과 군사독재정권에 의한 타살이라고 확신했다. 사고현장은 온통 의문투성이였다. 높은 언덕에서 굴러 떨어졌다고 하는데 그가 메고 있던 마호병이 하나도 상하지 않았다. 그리고 귀 뒤의 급소에 못으로 구멍이 뚫린 듯한 타박상이 있었으며, 낭떠러지에서 떨어질 때 생기는 상처가 없는 대신에 양 팔꿈치에 무엇인가에 꽉 조여진 자국이 있었다. 문익환, 문동환 등은 신체검사를 하고 사진까지 찍었다.

> 경찰이 장씨의 사인에 의문이 있다고 보는 점은, ① 추락사고 지점은 산이 너무 험해 젊은 등산가들도 마음대로 오르내리지 못하는 경사 75도 높이 12미터의 가파른 절벽인데 장씨 혼자서 아무런 장비 없이 내려오려 한 점, ② 사고현장 벼랑 위에 오를 때는 멀리 등산코스를 돌아 올라갔는데 내려올 때는 등산 코스도 아닌 벼랑으로 내려오려 한 점, ③ 사고 직후

김씨가 장씨의 시계를 차고 있던 점 등이다. 검찰은 특히 김씨가 장씨의 시계를 차고 있는 점에 대해 "사고 후 신고나 인명구조가 더 바쁜 시간에 장씨의 시계는 왜 풀어서 찼느냐"고 김씨를 추궁, 김씨는 "자신이 장씨의 곁을 떠난 사이 다른 등산가 등이 장씨의 시계를 훔쳐갈까 봐 그랬다"고 진술한 것으로 알려졌다.

검찰은 또 김씨가 65년부터 3년 동안 신민당 서울 제4지구당 총무로 있었는데 사고 당일 등산길 버스 안에서 장씨와 우연히 만났다고 진술한 점과 김씨가 사고 직후 경찰에 신고하지 않고 군부대에 신고한 점에 대해서도 의문을 갖고 있다.

—《동아일보》, 1975. 8. 19.

폭염이 이글거리던 1975년 한여름, 장준하의 죽음은 이렇게 해서 실족사에서 의문사로 일부 수정되어 전 매스컴을 통해서 세상에 전해졌다. 그러나 당국이 기세등등하게 반론을 펼치는 관계로 모든 것을 덮어둔 채 끝내 장례를 치르지 않을 수 없게 되었다.

영결식은 8월 21일 오전 10시 서울 명동성당에서 김수환 추기경의 집전으로 백낙준, 유진오, 김영삼, 김대중, 양일동, 김홍일, 김준엽, 천관우, 양호민 씨 등과 평소에 장준하를 따르던 젊은이 등 1500여 명이 참석한 가운데 엄수됐다. 문익환은 민족열사 장준하 영결식의 장례위원장을 맡았는데, 그때 이미 전혀 다른 사람이 되어 있었다.

조사弔詞를 하는 사람들 중에 유난히 카랑카랑한 목소리로 박정희 유신독재를 호되게 비판하는 이가 있었다. 바로 문익환 목사였다. 기자로서 이런저런 현장을 많이 보고 섬뜩한 일도 겪어보았지만 서슬 퍼런 유신독재의 괴수를 향해 그렇게 직격탄을 날리는 소리를 들으니 등골이 서늘해지는 것이었다. 그 얼굴과 목소리는 기독교회관 강당 뒷자리의 그 부드럽고 유순한 모습과는 하늘과 땅만큼이나 달랐다.

— 김종철, 「늦봄의 한울과 한마음」, 『마침내 하나됨을 위하여』

영결식이 끝난 다음 고인의 유해를 실은 영구차는 백기완의 제의에 따라 서대문구치소 앞에서 30초간 정차, '원혼끼리의 만남'의 기회를 가진 뒤 경기도 파주군 광탄면 소재의 천주교 나자렛 묘지에 안장됐다. 문익환은 장준하의 관을 땅 속에 내리면서 약속했다.

"그의 죽음을 땅에 묻어서는 안 된다! 그래, 네가 하려다 못 한 일을 내가 해주마!"

돌아오는 길에 문익환은 장준하의 모습이 생생한 영정을 자신의 방에 걸어둘 생각으로 껴안고 왔다. 그때 장지에서 돌아오는 버스에서 백기완이 문익환에게 말했다.

"이제 문 선생님이 장준하 영감의 대타로 나서주지 않겠습니까?"

타오르는 불길 속으로

문익환은 해맑은 평화 밑에 뜨거운 불덩이를 숨겨둔 사람이었다. 어쩌다 그 불덩이가 동할 때면 자신의 육신도 놀라서 바람에 꽃잎이 떨듯 파르르 흔들렸다. 그러나 그것은 사람들의 눈에 좀처럼 드러나지 않았다. 그의 천부적인 자제력이 조절하기도 했지만, 더러 인간적인 모멸감으로 분노가 타올라 불기둥이 몸 밖까지 솟구칠 때조차도 오래 훈련된 겸양과 덕성이 이내 수습해버리기 때문이었다. 평생을 다해야 다섯 손가락을 넘지 않을, 그 같은 대폭발의 순간을 제하고 나면 그의 일상은 언제나 지극히 평온했다. 아마도 그런 계기성의 순간을 빼놓고 몇 달 이상을 지속적으로 격앙되어 살았던 적이 있다면 그것은 장준하가 죽은 여름에서 이듬해 초봄까지였을 것이다.

세상은 더없이 불편한 곳이 되었다. 저항의 기운이 심상치 않다 하여 당국이 진압해버린 목요기도회를 한국기독교교회협의회(약칭 KNCC) 인권위원회 사무실에서 다시 시작할 때도 그는 첫 설교를 맡아서 깡마른 음성으로 정부를 비판했다. 그로 인해 중앙정보부에 끌려 들어가 2박 3일 동안 협박성 조사를 받았지만 그의 마음은 이미 강을 건넌 후였다. 경과조사를 핑계 댄 무서운 공갈과 협박에도 아랑곳없이 나오자마자 장준하에게 한 약속을 이행해 들어갔다.

장준하를 땅에 묻지 않고 역사 속에 살리는 일로 그가 생각한 첫 사업은《사상계》에 실린 장준하의 사설들을 모아 책을 펴내는 것이었다. 발 벗고 나선다고 해서 일이 순탄하게 되는 것도 아니지만, 그는 막내아들까지 동원했다.

"그것을 수집하는 일을 성근이(문성근)를 시켜서 했는데, '장준하 선생은 운동가이기 전에, 정치인이기 전에 사상가이군요' 이것이 그의 글을 모아놓고 하는 성근의 말이었어요. 나도 그의 글들을 다시 읽어보고 전적으로 공감할 수 있었어요."

그러나 원고는 인쇄 단계에서 적발되었다. 경찰이 출판중지를 요청해왔는데 단호히 거절했더니 엄청난 경찰력을 풀어서 인쇄소란 인쇄소를 다 뒤져 마침내 찾아내고 말았다. 중단하지 않으면 인쇄소가 철퇴를 맞고 도산할 위기에 처했다. 문익환은 거듭 절망했다. 과연 민족의 불행을 보고 있어야만 하는가?

당시 재야 지식인들은 국내정세를 심각해하는 만큼 국제 정세를 주목하지는 않고 있었다. 그러나 그는 삶의 무대를 누구보다도 크게 사용해온 사람이 아닌가. 지구촌을 내려다보면서 우리처럼 침략받으며 살아온 민족 하나를 예의 주시하고 있었다. 베트남과 한국, 두 나라는 1945년에 똑같이 일제에게서 해방되었으며, 남북으로 분단되어 반은 자유주의 정권이 반은 사회주의 정권이 들어선 점도 같았다. 통일을 과제로 둔 나라에서 전쟁이 일어나 북측 정권이 미국과 대결하게 된 것도 같았다. 그런데 베트남이 20년간의 전쟁에서 세계 최강의 육해공군을 패전시킨 것이다. 그것이 시사하는 바는 컸다.

박정희 정권은 베트남의 통일을 '월남 패망'이라는 용어로 포장하여 민중운동을 탄압하는 선전전에 써먹었다. 분별없는 민중운동이 빨갱이를 양산하여 나라를 망하게 한다는 이데올로기 공세는 한국의 양심세력을 꼼짝없이 묶어버렸다. 전태일이 지펴 올린 기적의 불씨조차 꺼질 위기에 처했다. 그 힘겨운 이념공세에 맞서 반공 제일주의를 세계사 바로알기 문제로 반전시켜버리는 기념비적인 투쟁을 감행하기 시작한 리영희를 제외하고는 누구에게도 대책이 없었다.

바로 그 시기에 개진된 베트남에 대한 사색은 문익환의 세계인식을 획기적으로 변화시켰다. 제2차 세계대전이 끝났을 때 제국주의에서 해방된 민족들은 당연히 자주독립을 얻어야 했다. 그런데 이미 물러난 구舊제국주의 국가들이 다시 돌아와 재침략을 꾀했는데, 베트남은 그렇게 해서 다시 들어온 프랑스를 순식간에 격퇴시켜버렸다. 그러자 다시 미국이 들어와 20세기의 양심을 실험한 전쟁이라는 야비한 무력행사에 나섰다. 부패하고 사대적인 남베트남의 매판세력은 미국을 등에 업고 반외세 민족세력과 싸웠다. 문익환은 사회주의 정권을 싫어했지만 그럼에도 어쩔 수 없이 베트남전쟁의 본질이 민족해방전쟁이요 통일전쟁임을 부정할 수 없었다. 그렇다면 민은 어디로 기울어져야 옳다는 말인가.

교회의 설교에서도, 수필에서도, 또 문인들이나 동생들(문동환과 인권운동가들)과의 대화에서도, 훗날 옥중에서 아내에게 보내는 편지에서도 문익환은 그 점을 거듭 강조하고는 했다.

"1974년 '구정 공세' 때 월맹군이 사이공 시내로 들어가 미국대사관까지 점령하는데도 사전에 정보가 새어나가지 않은 것은 사이공 시민 전체가 월맹군 편이었다는 것을 입증한다!"

이 같은 판단의 이면에는 유엔극동사령부 시절의 체험이 숨 쉬고 있었다. '민이 하나가 된다면 세계 최강의 힘을 가진 외세도 무릎을 꿇을 수밖에 없다. 베트남의 지도자 호치민은 사회주의자이기 이전에 민족주의자였으며, 사상과 이념을 초월하여 전 민족의 뜻을 하나로 모은 영웅이었다. 자유주의가 독재를 하면 분단된 사회의 민중은 공산주의를 선택해서라도 국민통합의 길을 가게 된다!' 그는 교회에서 목이 쉬도록 주장했다.

"월남전의 종식이 나에게 준 충격이 어떤 것이었느냐? 그건 이런 것이었죠. '이 땅에서 이대로 독재가 계속되어 민주화의 가망이 없다는 것이 우리 겨레의 확신이 되면, 우리 겨레도 월남 민중과 같은 불행한 선택을 하게 될 것이다. 민주냐 독재냐가 아니라 두 독재 가운데서 어느 하나를 선택하지 않으면 안 될 궁지에 몰리면 우리 겨레도 어쩔 수 없이 월남 민중과 같은 선택을 하지 않으리라는 보장이 없구나.' 이 같은 예감에 나는 몸서리쳐지는 걸 느꼈던 거죠."

그가 장준하를 중시한 배경에는 이렇게 베트남전쟁에서 얻은 남다른 인식이 숨어 있었다. 국민통합을 지향하는 민주주의 세력이 도덕과 지도력을 확보하지 못하면 사회주의를 용인할 수밖에 없다는 기독교적 민주주의자로서의 간절함이 거기에는 있었다. 민족통합의 이념도 순결한 자유주의도 보이지 않는 상황에서 장준하가 사라졌다는 것은 이 땅에서 역사의 퇴행을 막으려는 마지막 노력이 분쇄되었다는 것을 의미했다. 아, 이곳에서 장준하가 사라져서는 안 된다. 그러나 그는 돌아올 수 없다. 그럼에도 속수무책으로 바라볼 수밖에 없는 자의 슬픔, 절망, 부끄러움…….

상심한 마음이 기댈 곳은 민심밖에 없었다. 때마침 그해는 '《동아일보》 광고사태'를 놓고 민심이 폭발하는 '민족사의 빛나는 한 장'이 열리고 있었다. 《동아일보》 기자들이 언론노조를 만들고 '자유실천선언'을 발표하면서 치고 나가자 중앙정보부가 광고주들에게 압력을 넣어서 광고를 주지 못하게 만들었는데, 그 소식을 듣고 국민들이 성금을 모아서 백지 광고란을 의견광고로 채우는 운동을 대대적으로 전개한 것이다. 문익환은 이 사태에 각별한 애정을 쏟으며 적극적으로 동참했다. 날마다 끝없이 올라오는 국민의 응원을 읽는 것이 큰 기쁨이 되었다. 그때 가장 많이 게재된 의견이 윤동주 「서시」의 첫 구절, "죽는 날까지 하늘을 우러러 한 점 부끄럼이 없기를"이었다. 광고 사태는 문씨 집안의 축제처럼 여겨져서 문성근도 대학에서 연극반 친구들과 돈을 모아서 짤막한 의견광고를 냈고, 문익환은 아예 책 광고를 할 수 있는 지면을 사서 아직 출간도 안 된 책을 빨리 써서 내고 싶다는 내용의 광고를 냈다. 그래서 출간한 책이 『새 것, 아름다운 것』(훗날 『혁명의 해일』로 개정 출간)이었는데, 막상 책이 나왔을 때는 광고란이 유린당한 뒤였다. 온 겨레가 나서서 열화와 같이 피워 올렸던 뜨거운 마음들이 사주의 배신으로 사그라져버린 것이다. 그렇게 해가 저물자 문익환은 모든 게 속상하고 모든 일이 슬펐다.

"1976년을 맞이한 나는 온 겨레와 함께 암담하기만 했었죠. 장준하는 죽고 말았고, 《동아일보》 광고란에서 불타오르던 민의 민주 열망도 《동아일보》 사주 측의 배신으로 사그러들었고, 언론자유를 수호하려던 기자들은 쫓겨나고 학원마저 완전한 침묵 속에 잠겨버렸어요. 그러나 내게는 성서 번역이라는 나의 생을 건 일이 있어서 그 일에 몰두하는 것으로 암담한 오늘의 역사를 잊으려고 했던 거죠."

그 무렵 성서 번역에는 양성우와 이현주 목사가 참여하고 있었다.

문익환은 매일같이 시를 써서 양성우에게 보여주고 혼나고는 했다. 그에게는 시를 써서 평을 듣는 것도 성서 번역의 일부였다. 그러나 시대의 뜨거운 바람은 그를 성서 번역이나 하고 있을 수 없도록 쉼 없이 들쑤셔대었다. 가슴속의 무화과는 익을 대로 익어서 금방이라도 터져버릴 것만 같았다. 그러던 어느 순간, 그는 홀연히 푸에블로호사건 때 자신이 묘사했던 예언자의 모습이 되어버렸다.

"이른 봄, 아직도 찬바람이 볼을 때리는 때, 젊은 예언자 예레미야는 산등성이에 서 있습니다. 그의 얼굴에는 비장한 기운이 감돌고 있습니다. 그의 눈은 민족의 얼과 넋을 깊이 지켜보고 있습니다. 민족의 불신앙과 배신과 부도덕이 눈에 들어와서 가슴이 떨립니다. 눈을 감으면 감을수록 민족의 부패상이 보여서 눈을 감고 있을 수도 없습니다. 눈을 돌려 외면해도 눈을 돌린 뒤쪽의 현실이라고 해서 다를 까닭이 없습니다.

그의 눈에 봄이 왔다는 것을 알리는 활짝 핀 살구꽃이 들어왔습니다. 그와 동시에 그의 귀에는 하느님의 목소리가 들려왔습니다.

'너는 무엇을 보고 있느냐?'"

그랬다. 무엇인가를 꿰뚫어 응시하고 있었다. 정녕 길이 없다는 말인가? 문익환의 역사에서 뭔가 중요한 일이 있을 때마다 출현하는 하느님의 음성이 이때는 장준하의 목청으로 귀에 닿은 것이다. 문익환의 책상 위에는 언제나 장준하의 사진이 있었다. 영정으로 쓰려고 현상한 사진을 한 장 더 빼어 머리말에 모셔둔 것인데, 그는 여기에 마치 산 사람에게 이야기를 하듯이 말을 걸고는 했다. 이 지구상에서 생존하고 있는 여러 민족들이 오늘도 살아남은 이유는 나름대로 간직해둔 정신적 유산이 있기 때문인데, 우리의 위대한 유산은 3·1운동이 그 절정이었다. 그것을 낡은 역사 속에 묻어두기만 한다면 아무 의미가 없지 않은가. 그래서 문익환은 혼잣말로 이렇게 중얼거렸다.

"장형이 있었더라면, 세상이 이렇게 조용하지는 않았을 텐데."

쉰일곱 번째 맞는 3·1절을 그냥 지나가서는 안 될 것 같아서 해보는 소리였다. 군사독재의 쇠사슬에 눌려서 말 한마디 못 하고 있는 질식할 것 같은 때에도 사람이 살았다는 흔적은 후세에 남겨야 될 것 아닌가?

그러자 곧 장준하의 음성이 들렸다.

"내가 하는 걸 형은 왜 하지 못해?"

"맞아! 나는 왜 못 해?"

그러고는 바로 코앞에 《씨올의 소리》가 어른거려 펼쳐보니 거기 「한국 외교의 나아갈 길」이라는 장준하의 글이 실려 있었던 것이다. 단숨에 읽고 전적으로 공감하며, "아, 여기 장준하가 이 시점에서 하고 싶은 말이 있었구나!" 싶었다. 하느님이 연출하지 않고서야 이렇게 빈틈없는 각본이 있을 수는 없었다. 두말없이 수락하고 하룻밤을 꼬박 새워 문건을 만들어 누구보다도 먼저 아우를 찾아갔다.

"동환아, 이거 좀 읽어줘!"

57년 만의 만세운동

문익환이 내놓은 것은 흡사 기미독립선언서의 후편을 연상케 하는 성명서였다.

> 오늘로 3·1절 쉰일곱 돌을 맞으면서 1919년 3월 1일 전 세계에 울려 퍼지던 민족의 함성, 자주독립을 부르짖던 그 아우성이 쟁쟁히 울려와서 이대로 앉아 있는 것은 구국선열들의 피를 땅에 묻어버리는 죄가 될 것 같아 우리의 뜻을 모아 민주구국선언을 국내외에 선포하고자 한다.
>
> —「3·1민주구국선언서」

문동환은 눈이 휘둥그레지지 않을 수 없었다. 필체와 문체가 모두 형 익환의 것이었다. 어조는 부드러우나 내용은 뜨겁고, 문체는 온건하나 태도는 강건했다. 하지만 새 떼처럼 금방이라도 하늘로 날아가버릴 것 같은 글자들 밑에 달빛처럼 고인 것은 그 홍건한 문익환의 영성靈性이었다. 누가 알 것인가. 그 천성에 담긴 격정은 일상의 닫힌 문 뒤에서 그를 체험한 비밀스런 관련자들만이 아는 것이었다. 문동환은 문건보다 우선 그 점에 감동했다.

아마도 문익환의 인생에서 이때만큼 중요한순간은 없었을 것이다. 만약 문동환이 시큰둥한 반응을 보이거나, 뜻이야 좋지만 지금이 그럴 분위기는 아닌 것 같다고 난색을 표했더라면 문익환은 두말없이 주저앉아버리고 말았을 것이다. 곧바로 퇴각해 성서 번역을 완결하고 글쟁이로만 남았을지도 모르며, 그 자신의 표현대로 영영 "감옥 구경 한 번 못 하고 운동권의 박수부대 정도로 남아 있었을" 확률도 컸을 것이다. 그런데 아우의 반응은 고무적이었다. 꼼꼼히 읽어보고 몇 가지 의견을 건넨 뒤 경제문제는 이문영 박사와 의논하시라고 제언했다.

그리하여 이문영의 검토를 받은 문건이 확정된 뒤 이우정을 찾아가 이태영, 공덕귀 여사를 여성계 대표로 참석시켰으면 한다며 이태영 여사 집에 안내해달라고 부탁했다. 그때 이태영 여사 집에서는 마침 김대중도 찾아와 자신이 준비한 3·1민주구국선언에 정일형 박사가 동참해줄 것을 요청하는 중이었다. 서로 같은 시간에 같은 생각을 하는 사람들이 있었던 것이다. 이때 김대중이 쓴 성명서는 유신헌법을 철폐하라는 등 직설적이고 강경한 논조는 피하고 합리적이면서도 온건한 논조를 펴고 있었는데, 윤보선 전 대통령은 유신철폐 주장을 빼면 핵심이 빠지는 만큼 강력히 발언할 것을 희망했다. 문익환의 문건이 채택된 것은 바로 그 점을 충족시키고 있기 때문이었다.

이제 문제는 서명자를 확보하는 것이었는데, 그 일 역시 문익환이 맡게 되었다. 문익환은 「기미독립선언서」에 서명한 종교 지도자들처럼 3·1성명에 참여하는 이들에게도 영광을 부여했다. 누구는 맡은 일이 중요하니 빼고, 또 누구는 형무소에서 나온 지 얼마 안 되니 빼고, 자신은 성서 번역과 4·19행사를 준비해야 하니 스스로 빠지고…… 이렇게 해서 그는 함석헌부터 찾아갔다. 그가 함석헌을 대하는 태도는 각별했다.

"함 선생님의 저서를 읽어보면 초기에는 소위 학문적인 관심이 있었습니다. 『뜻으로 본 한국역사』라든지 『뜻으로 본 세계역사』라든지, 없어지고 말았지만 『교회사』라든지, 이런 것은 어떤 의미에서는 젊어서 가질 수 있는 학문적인 관심이었다고 생각합니다. 그러나 그것도 소위 학구적·학문적 관심이 아니라 이 세계 속에서 우리를 확인해보고 싶고, 그리고 그런 의미에서 나 자신을 확인해보고 싶은 그런 근본적인, 좋은 의미의 학문적인 자세였지요. 그러나 차츰 연륜이 드시면서 함 선생님은 그런 학문적인 관심을 버리신 것 같습니다. 달리 말을 하면 거대한 체계를 갖춘 사고를 형성해보려고 하는 그런 생각을 갖지 않으셨습니다. 다만 이 민족과 같이 고난을 받으면서 하루하루를 생각하시면서 그 생각하시는 것을 말씀하시고 적어놓으신 것뿐입니다."

문익환의 인물평은 언제나 자신의 생에 대한 설계도를 펼쳐놓는 느낌을 준다. 그는 도달할 수 없는 삶의 경지를 한껏 부러워해놓고 어느 날 홀연히 자신이 더 높이 도달해버리는 타자 숭배의 마술사였다. 자신의 콤플렉스를 만인 앞에 홍보하는 악취미의 배경에는 '간직하기 위해서가 아니라 버리기 위해서' 콤플렉스를 흠모하는 놀라운 지혜가 숨어 있었다. 인용문의 내용도 마찬가지일 것이다. 구한말이 낳은 엄청난 사상가의 흐름을 읽지 않고 그것을 이해할 수는 없을 테지만 다석 유영모로부터 함석헌, 김재준, 장일순 등에 이르는 토착 사상가들의 광야적曠野的 지성을 문익환은 흠모했고, 또 스스로 그 맥 위에 서 있고자 했다. 구약을 통해 문익환이 한국의 예언자들을 응시했던 흔적은 많다. 함석헌에 대한 존경도 그것의 일부였다. 얼마나 놀라운 일인가. 학자가 글의 함정을 경계하고 현학보다 구어체를 선호하며 자신의 언어를 학문이 아니라 생활 속에 담아두려는 '비우기'를 익힌 후 그는 이렇게 재야의 문을 두드려대고 있었던 것이다.

난세의 자식인 토착 사상가들에게 가해지는 시대의 핍박이야 이미 두려울 것이 못 되었다. 유신 때는 특히 정보원들이 밀착해서 일거수 일투족을 감시하고 있었다. 그 동네를 통틀어 자유로울 수 있는 사람이라곤 늦바람 난 이 은둔자밖에 없는지라 아무리 조심해도 다방 안은 어느새 감시하는 눈초리가 따가웠다. 원효로 자택으로 모시고 가서 문건을 펼쳤더니, 함석헌은 강고한 교회주의의 도그마에 빠지지 않은 믿음직한 후배 신학자가 보여주는 역사의식에 뜨겁게 찬동했다.

다음으로 갈릴리교회 동지들을 찾아가 취지를 설명했다. 무심코 달력을 보다가 3월의 첫날이 빨간 글씨임을 깨닫고 책상 맡의 장준하 사진을 보았더니 자꾸 촉구하는 느낌이었다. 까닭에 3·1정신을 되새겨서 그것으로 오늘의 암울한 현실을 극복할 것을 국민에게 호소하는 선언서를 만들기로 했으니 동참해달라! 문익환은 어느덧 히브리의 광야에서 길을 찾는 사람이 아니라 한국의 저잣거리에서 히브리를 살아가는 예언자로 변해가고 있었던 것이다. 그런데 문익환의 취약점이 여기에 있었다. 그가 찾아가서 열심히 설명한 것은 몇 사람뿐이고, 대부분 동의를 구할 틈이 없이 일을 급하게 추진했다. 서명자 명단에 오른 사람은 정확히 열세 사람이었다. 윤보선, 함석헌, 김대중, 정일형, 이태영, 이우정, 김관석, 은명기, 윤반웅, 안병무, 서남동, 문동환, 백기완. 이때 최종적으로 확정된 명단은 도합 열한 명이었다. 그런데 주동자가 서명에서 빠지다니! 이 엉거주춤한 자세가 한국 민주화운동사에 무수히 많은 기록경신을 하게 될 한 놀라운 질주자가 출발선에 엎드린 모습이었다는 것을 알 사람은 당시에 없었다.

명단이 확정되자 행사준비에 들어갔다. 자신이 명단에서 빠지는 관계로 검찰에서 져야 할 악역은 모두 문동환이 맡을 터였다. 발표는 명동성당에서 신부들과 함께 3·1절 기념예배에서 하기로 했는데, 누가 낭독만 한다고 되는 게 아니었다. 그래서 군대에서 받은 돈으로 타이프라이터를 사서 제대한 장남 문호근에게 밤새워 타자를 치게 하고(타자가 처음이라 온밤을 새웠다), 또 붓글씨를 잘 쓰는 아내는 낭독할 때 잘 보이도록 큰 글씨로 정서하는 일을 도왔다. 배포할 문건을 인쇄하는 부담은 이해동 목사가 맡아서 한빛교회 사택에서 그 역시 밤새도록 등사를 했다. 잡혀갈 것을 뻔히 알면서 하는 일이었다.

그리하여 마침내 3월 1일 오후 6시, 서명자와 신도 700여 명이 명동성당에 모였다. 사회는 장덕필 신부가, 미사는 김승훈 신부가 맡았다. 때마침 필화사건으로 구속된 김지하의 석방을 촉구하는 자리이기도 했으므로 다들 3·1절의 의의를 되새기며 유신정권을 비판했다. 이어서 신·구교 합동기도회가 열렸다. 신교 측 설교를 맡은 문동환은 '모세의 최후'를 읽고 설명한 뒤에, '박정희 대통령도 이제 민주적인 방법으로 후계자를 선정해서 대권을 인계해주고 물러나면, 한국 역사에 위대한 지도자로 기록이 될 것'이라고 대통령의 하야를 권고하는 것으로 끝맺었다. 또 문정현 신부가 전주에서 개최된 기도회의 보고에 이어 김지하 시인의 어머니가 석방을 요구하는 호소문을 문정현 대독으로 낭독했다. 당일의 핵심 주제인 「3·1민주구국선언서」 낭독은 개신교 기도 순서에서 소화하기로 되어 있었는데, 아뿔싸! 읽기로 계획된 윤반웅 목사가 강진경찰서에 억류되어 못 빠져나오고 있다는 소식이 왔다. 이제 와서 어떻게 할 것인가. 누가 대신 올라가는 수밖에 없었다. 그래서 졸지에 총대를 멘 이우정은 박용길이 붓으로 쓴 두루마리 성명서를 펼쳐서 그 낭랑한 목소리로 듣기도 좋게 읽었다. 그러고는 "이것이 우리 개신교 목사와 신도들이 마음을 모아드리는 기도입니다" 하고 단에서 내려왔다.

일은 이렇게 끝났다. 형사들은 당황했고, 장내는 긴장된 침묵으로 얼어붙은 듯 조용했다. 장덕필 신부가 합동기도회가 끝났음을 선언한 시간은 밤 9시 30분. 성당 계단을 내려오면서 종로5가의 기독교회관을 담당하는 중앙정보부 요원 하나가 문동환에게 말했다.

"문 박사! 이렇게 하고도 무사할 줄 알았소?"

당국은 모든 일을 문동환의 작품으로 이해하고 있었던 것이다. 다른 쪽에서 문익환은, 자신이 마치 장준하를 살려내기라도 한 것처럼 흐뭇해하고 있었다. 그래서 이만하면 내가 할 일을 했지, 하는 심정으로 이우정을 부르자 이우정은 "어찌나 긴장했던지 다리가 다 뻣뻣해요"라는 말을 남기고 공덕귀와 함께 어둠속으로 사라져갔다. 그 뒷모습을 보면서 문익환은 '가녀린 여자의 몸으로 앞으로 얼마나 시달릴까' 하는 안쓰러운 마음을 거두지 못했다. 마치 자신은 무사하기나 할 것처럼.

늦봄으로서 이제 세상에 갓 태어나기나
한 것처럼 노래하자.

난형난제

3·1민주구국선언사건(약칭 3·1사건)은 형식의 경건성에도 불구하고 이상한 폭발력을 대동하고 있었다. 종교계 인사들이 성당에 모여 성명서를 낭독하고 헤어진 것이 사건의 전모였다. 하지만 당국은 이 사건을 전적으로 중앙정보부에 맡겼다. 국경일에 남발되는 상습적인 성명으로 치부하기에는 불쾌한 구석이 많았던 것이다. 명동성당은 서울 제일의 번화가가 한눈에 보이는 아담한 언덕에 선 한국 최초의 벽돌 건물이었다. 종루가 있는, 첨탑의 높이 3미터, 실내 23미터에 달하는 이 구조물은 장소의 상징성 때문에 6·25전쟁 때 B-29기가 쏟아붓는 포탄들조차도 비켜간 곳이었다. 바로 그 자리에서 오전에 정부가 주최하는 기념식을 가지며 "유신체제의 정신은 3·1운동 정신과 같다"는 박정희의 식사式辭를 최규하 총리에게 대독시켰는데 그로부터 불과 몇 시간도 안 되어서 신·구교의 목회자들이 전혀 상반된 기도회를 갖다니!

당국이 더욱 괘씸하게 생각한 점은 그 내용이었다. "국방력도 경제력도 길러야 하지만 민주 역량의 뒷받침이 없을 때 그것은 모래 위에 세운 집과 같다"거나 "현 정권 아래서 체결된 한일협정은 이 나라 경제를 일본 경제에 완전히 예속시켜 모든 산업과 노동력을 일본 경제 침략의 희생물로 만들어버렸다"고 말하는 대목에서 왠지 서명자들이 우월감을 과시한다는 느낌을 지울 수 없었다. 표현이 우회적이고 어투가 점잖은 점이 오히려 비위를 상하게 했다. 역사학자 강만길은 이렇게 평가한다.

"문익환에게는 구일본군 장교 출신 박정희에 의한 1970년대의 '유신' 통치가 일본제국주의자 조선총독에 의한 1910년대의 무단통치에 비유되었다고 보인다. 그리고 1919년의 3·1운동이 식민지배를 종식시키려는 역사의식을 가진 종교인을 중심으로 발단된 사실임을 알고 있었기 때문에 '유신'체제를 반대하는 역사의식을 가진 종교인으로서 1976년의 3·1절을 '그냥 보낼 수 없다'고 판단하게 된 것이라 할 수 있다."

예리한 통찰이다. 사람들은 문익환이 자꾸 장준하의 대타로 나섰다고 말하는 이유를 이해하지 못했지만, 선언문을 기초할 때 문익환은 분명히 대동아전쟁이 식민지 청년들을 징발하던 무렵의 윤동주와 장준하와 박정희, 또 자신이 각기 다르게 선택한 길을 대비하고 있었다. 그곳에서 비롯된 경멸감이 박정희의 눈에 밟히지 않을 턱이 없었다. 한 술 더 떠서 서명자 중에는 버젓이 김대중의 이름까지 들어 있었다. 장준하가 주장하던 '대통령 자격론'이 연상되는 대목이었다.

검토해보니, 중앙정보부의 입장에서 문제삼을 대목이 적지 않았다. 성명서는 박정희의 경제입국론이 유신체제 성립의 원인이라고 분석하고, 유신헌법의 철폐와 사법부 독립을 촉구하면서 무역적자와 외채누적, 경제 부조리와 부패로 인한 경제파탄을 실정으로 들어 기어이 박정희 정권의 퇴진을 요구했다. 더구나 긴급조치를 철폐하라는 것도 과한데, 사회 지도층 인사라는 자들이 유신철폐를 넘어 아예 정권퇴진까지 주장해버렸다. 이제까지 개헌운동에 한정되었던 반反유신운동을 정권퇴진운동으로 상승시킨 것이다. 그를 위해 신교 측에서는 대부분의 지도자들을 설득해내는 치밀성을 보였고, 구교 측은 당일 장소를 제공한 점 외에도 같은 장소에서 김지하 석방 미사를 올리고 문제 있는 신부들이 온갖 성토를 퍼부었다. 두 팀을 하나로 묶어 처벌해버린다면 유신정권은 참으로 홀가분할 터였다.

중앙정보부는, 자신들을 저 일제하 만세운동의 서명자쯤으로 이해하고 있는 이 고지식한 인사들을 당장 거둬들이기로 하고 즉각 출동했다. '유신헌법 철폐, 긴급조치 해제'라는 표현이 있는 이상 법적으로 정당하기까지 했다. 때마침 이우정은 당일(3월 1일) 밤 명동성당 관할서인 중부경찰서에 끌려와 조사받고 아직 귀가하지 않은 터라 즉석에서 불러들이고 1차적인 과녁을 문동환으로 잡았다. 주동할 만한 사람으로 가장 도드라져 보이는 것이 그였던 것이다. 당시 문동환은 박형규와 더불어 왕성한 활동력을 보이는 신교지도자였을 뿐 아니라, 중앙정보부의 조사에도 전력이 있었다. 소위 인혁당 관련자들을 고문치사한 후 사형언도를 내리고 곧바로 처형해버렸을 때 목요기도회에서 이를 통렬하게 비판한 일로 연행되어 일주일 동안이나 조사를 받았는데, 어찌나 논리가 정연하고 치밀한지 다루기 어렵기로 소문이 나 있었다. 그래서 다른 사람들을 먼저 조사하여 확증을 잡아둘 필요가 있었다.

중앙정보부 요원들은 각각 관할 경찰서에 들이닥쳐 관련자 전원을 연행하게 하고 속속들이 남산으로 끌고 갔다. 부부가 다 서명자가 되는 것이 좋지 않다고 해서 명단에서 빠진 공덕귀, 이태영 여사조차 예외가 되지 못했다. 분위기가 삼엄해서 옆방에 누가 잡혀왔는지도 모르는 열흘간의 취조가 시작된 것이다. 그 살풍경을 안병무는 이렇게 설명한다.

"젊은 기관원 두세 명이 요소요소에 배치되어 있었다. 50은 넘은 듯한 계장이라는 사람이 들어와서 자기가 수사 담당자라고 소개했다. 이날부터 꼭 열흘 동안 조그마한 나무의자에 앉힌 채 이런저런 방법으로 단 1초도 잠들지 못하게 하는 것이 그들이 결정한 고문법이었다."

그런데 이 살벌한 장소에서 구속자들은 한심스럽다고 할 만한 두 개의 불협화에 시달리고 있었다. 문제의 제공자는 역시 문익환이었다. 실제 주동자는 문익환인데 성서 번역의 대미를 남겨둔 관계로 그 책임을 모두 감춰주지 않으면 안 될 처지였다. 당연히 문동환이 주도한 것처럼 나서되 사전에 합의해둔 바가 없었으니, 사건의 알리바이도 맞지 않고 그에 따른 디테일이 수합되지 않았다. 유인물을 집필 제작 배포한 경위, 서명을 받아낸 경위가 시원스레 밝혀지기는커녕 조사하면 할수록 오리무중이 되었다. 당국은 필히 배후 조종자라 할 만한 사람이 있으리라고 믿었다. 취조의 강도는 자연히 높아질 수밖에 없었다. 밤이고 낮이고 잠도 못 자고 쉬지도 못하게 하며 세 팀이 윤번으로 같은 질문을 하고 또 하는 심문을 가하자 피의자들은 일주일 만에 기진맥진한 상태가 되었다. 그때 이문영과 이우정을 대질시켰는데, 이우정은 자신이 둘러댄 말을 이문영이 모를 것이 뻔해서 얼른 자기 말을 해놓고는 "그때 그랬지요?" 했다. 이문영은 그냥 멍하게 듣고 있다가 슬그머니 맞장구를 쳐야 했다.

"이우정 교수가 그렇게 말했으면 그것이 맞을 겁니다."

참으로 옹색한 답변이었다. 당국은 김대중이 '순진한 목사'들을 조종했다는 단서를 찾기 위해 혈안이 되었다. 결코 호락호락 넘어갈 수 있는 취조가 아니었다.

그러나 같은 건물에 들어 있어도 한 발 늦게 들어간 문익환 쪽의 분위기는 사뭇 딴판이었다. 북부경찰서에서 처음 박용길을 연행할 때 혼자 보낼 수 없다며 문익환도 따라나섰다. 집에서는 난리가 아니었다. 우선 박용길이 낭독용 문건을 정서한 혐의로 붙들려가고, 문익환은 그 주범이었으며, 장남 문호근은 타이핑한 죄로 붙들려갔다. 며느리 정은숙은 시집오자마자 졸지에 남편은 물론 시아버지에, 시어머니에, 시작은아버지에, 한 술 더 떠서 시댁네 교회 목사님까지 끌려가버리는 기막힌 현실과 맞닥뜨려야 했다. 캐나다에 계시는 시할아버지와 시할머니도 아무 대책이 없었다. 하지만 연행된 세 식구는 남산으로 옮겨가 열흘 동안이나 조사를 받는데 위축은커녕 난데없는 늦바람이 불어 진풍경을 연출하고 있었다.

여기서 주목할 것이 '문익환의 등장'이라는 현상 뒤에 숨어 있는 또 한 사람의 역사적 등장이다. 정확히, 문익환 현상의 절반을 만들어내는 아내 박용길의 '재야 데뷔'는 눈부셨다. 그 쌀쌀한 3월에 처음 견학하게 된 중앙정보부 취조실은 밤낮으로 환한 전기가 켜 있어서 불야성이었는데, 박용길은 전혀 당황하는 기색이 없었다. 별달리 뾰족한 수가 있는 것도 아니었다. "문익환 목사가 선언문을 기초했지?" 수사관의 한마디에 대번에 막막해진 것이다.

이 대목에서 박용길은 남편이 구속되었음을 직감했다. 경과인즉, 문동환의 취조가 시작된 후에 갑자기 의사가 들어와 혈압을 재고 약을 주고 난리법석이 일어났다. 어찌 된 일이냐고 물었더니, 안병무가 위독하다는 것이었다. 문동환은 가슴이 덜컥 내려앉았다. 본디 안병무의 심장에 문제가 있다는 것을 잘 알고 있었던 것이다. 그렇다면 조사가 빨리 끝나야 하는데 자진해서 죄를 덮어쓰고 싶어도 조사관을 만족시킬 알리바이가 없었다. 하는 수 없이 형에 대한 이야기를 모두 털어버려서 문익환의 가족들이 연행되었고, 또 문익환도 즉석에서 모든 사실을 자랑스럽게 불어버렸다.

"빤히 아는 사실을 숨기지 못하기로는 동환이와 나는 그야말로 난형난제라는 게 드러나지요. 동환의 입에서 모든 것이 술술 들려 나왔으니, 아무리 그래도 당신이 정서한 것까지 이야기를 할까. 나와 너무 같아. 나도 이야기를 하다 보면 꼭 하지 않아도 될 일까지 술술 다 털어놓아버리거든요. 조사를 받다 보면 나는 조사관의 말동무가 되어버린다고요."

결국 홍일점 이우정만 고생한 꼴이 되었는데, 약이 오른 수사관들이 문익환의 자필 진술서를 보여줘서야 이우정은 놀란 얼굴로, 문익환 교수가 잡혀왔느냐고 묻고 그렇다면 그의 말이 맞다고 해주었다. 수사관들의 화가 머리끝까지 올랐음은 말할 것도 없었다. 수사관들이 더욱 어처구니가 없었던 것은 화장실에 가겠다고 나간 박용길이 복도에서 이 방 저 방 기웃거린 사실이었다. 연약한 아낙네들이, '남산'이 어디라고 겁도 없이 거짓말이요, 또 이 방 저 방 들락거린다는 말인가. 한 수사관은 그 점을 놓치지 않고 박용길에게 추궁했다.

"그 방에는 왜 들어갔어요?"

"동생이 있어서 반가워서 들어갔죠."

대답이 이렇게 나오니 기가 막혔을 것이다.

"지금 소풍 온 줄 알아요? 어디를 돌아다녀요, 어디를!"

윽박지르고 다그쳤지만 전혀 먹혀들지 않았다.

"그 방에 들어가지 말란 말 언제 했어요?"

키는 작고 몸집은 가늘어서 불면 날아갈 것 같았지만, 몸 어디에도 허세라고는 담겨 있지 않은 이 아낙네는, 그러나 독립운동가의 며느리이자 대한민국 국군 창설에 기여한 순직 대령의 딸이고 그 자신이 외국 유학을 다녀온 상류 엘리트였다. 겁을 주면 울어버릴 줄 알았는데, 웬걸, 박용길은 이루 말할 수 없이 자연스럽게 중앙정보부를 애먹였다. 수사관들은 이튿날 방마다 '조사 중 출입금지'라는 푯말을 써 붙여야 했다. 그래도 박용길의 처벌하기 어려운 이상한 말썽은 진압되지 않았다. 문익환과 나란히 그녀도 역사의 장정을 무슨 축복처럼 시작하고 있었던 것이다. 그다음 날 밤 12시를 지나 1시가 되어가는데도 조사를 한다며 지새우려 하자 박용길은, "고만 합시다. 잘 때는 자야죠" 해놓고는 고문 받는 침대에 덜렁 누워버렸다. 정보부가 만원이니까, 또 정보부에는 숙박시설도 없으니까, 하는 생각으로 다리를 뻗어버린 것이다. 수사관은 박용길을 원래 있어야 할 장소(중부경찰서)로 옮겨다 놓지 않을 수 없었다. 아내를 따라왔다가 가족들을 열흘간이나 고생시킨 끝에 결국 죗값을 받게 된 문익환은 하는 수 없이 성경 공동번역의 대미작업에 빠지게 된 사정을 편지로 써서 성서공회 총무에게 전했다.

"잠깐 심부름을 하려던 것이 이렇게 되어 죄송합니다."

신나는 법정

1976년 3월 10일, 당국은 3·1사건을 '일부 재야인사들의 정부전복 선동사건'으로 규정하면서 관련자 전원을 긴급조치 9호 위반혐의로 입건한다고 발표했다. 내용도 김대중을 중심으로 새로운 도표를 만들어, 윤보선, 김대중, 정일형 등이 정권욕에 사로잡혀 정부를 전복하려고 공덕귀, 이태영, 이우정을 연락원으로 삼아 교수와 신부들을 끌어들였다고 각색했다.

"민주회복이라는 명목 아래 정권퇴진 요구 등을 앞장서 주장함으로써 일반 대중이 이에 호응하여 전국적으로 대규모의 봉기를 일으킬 수 있을 것이라고 망상한 나머지 이른바 '민주구국선언'을 발표하기에 이르렀는바, 이들은 동 선언 발표로 청중을 선동하여 시위를 촉발함으로써 민중봉기로 유도, 확산시켜 사회를 혼란에 빠뜨리고 이를 이용하여 현 정부를 전복, 정권을 탈취할 것을 획책했던 것이다."

선언문을 발표한 사람들은 '3·1민주구국선언사건'이라 지칭했지만, 유신정부는 '3·1' 자가 들어가는 것을 싫어해 '명동사건'이라고 보도케 했다. 그리고 한낱 선언서 낭독으로 끝난 일을 '시위촉발' '민중봉기' '정부전복' '정권탈취'로까지 확대해석하여 문익환 등에게 '정부전복죄'를 덮어씌웠다. 이 같은 처사가 얼마나 무리한 것인지를 유신정권이 깨닫는 데는 그리 많은 시간이 걸리지 않았다.

3·1사건의 유별스러움은 문제의 심각성에도 불구하고 분위기가 자꾸만 고조된다는 데 있었다. 문익환은 구속되자 금방 10년 묵은 체증이 풀린 기분이 되었다. 처음 서명을 받으러 다닐 때 대부분의 인사들은 뭔가 마술에 홀리는 분위기였다. 구속의 각오와 비장한 결단이 필요한 일을 문익환이 아무런 예비동작도 없이 파티에 초대하듯 천연덕스럽게 권유하는데 거절하기가 쉽지 않았던 것이다. 안병무는 이렇게 말한다.

> 2월 28일 아침 문익환이 찾아왔다. 그는 그때까지 이른바 운동전선에 나서지 않았다. 뿐만 아니라 그 이름마저도 세상에 알리기를 거부해왔다. 그가 성서 번역을 필생의 사업으로 알고 그 일에만 집중하기로 다짐했던 탓이다. ……나는 사전협의가 없었던 것을 비롯한 몇 가지 이유로 마음에 들지 않는 점이 있었으나 박정희 정권이 날로 포악해지는 마당에 누군가가 저항의 봉화를 들어야한다고 생각하고 있던 터라 이에 동의했다.
>
> — 3·1민주구국선언관련자, 『새롭게 타오르는 3·1민주구국선언』

이 행간에 가득 찬 것은 문익환의 진행방식에 대한 아쉬움이다. 동생 같았으면 일을 그런 식으로 하지 않았을 텐데…… 아마도 이런 심정이었을 것이다. 그렇다! 문익환의 사고 속에서 서명에 참여하는 것은 영광의 초대일 뿐 형극의 짐을 지우는 부담이 아니었다. 당시 상황에서 대정부 투쟁을 그렇게 이해하는 사람은 문익환밖에 없었다. 그래서 서명자로 올려놓고 발표시간까지 만나지 못한 한국기독교 교회협의회 총무 김관석과 은명기 목사는 자신들과 상의하지 않은 것을 양해하지 않았으며, 검찰에서도 무혐의로 처리되었다. 백기완은 전날 밤의 통화에서, 내가 배경 좋은 목사들과 같냐며 당장 빼달라고 화를 내기도 했다.

그러나 나머지는 모두 문익환의 분위기에 고스란히 말려들었다. 오히려 명단에서 빠진 것을 서운하게 생각하여 항의하는 동지들 때문에 곤혹을 치러야 했다. 이해영 목사는 갈릴리교회를 같이 세운 창립멤버였지만 심장 상태가 안 좋아서 빠뜨렸는데 자신만 빠졌다고 못내 서운해하며 자꾸 입맛을 다셨다. 박형규 목사도 마찬가지였다. 너무 여러 차례 징역살이를 한 데다 출감한 지도 얼마 안 되는 상황이어서 또 수감될 일을 차마 다시 맡길 도리가 없었다. 그런데 사실은 당시 재야의 선두주자라 할 수 있었으니 그를 빠뜨린 일은 마치 월권이나 저지른 것처럼 여간 미안해지는 게 아니었다. 그 점이 마음에 걸려 선언서를 낭독한 다음 날 아침 일찍이 찾아가서 직접 성명서를 펴놓고 해명하고 와서야 마음이 편해질 정도였다. 하지만 또 하나의 거목 천관우는 그렇게 해서도 해결이 되지 않았다. 그는 훗날, 자신이 빠진 것에 통분해서 일 년 동안 깡소주만 마셨다고 술회했다. 이 같은 상황에서 문익환의 구속은 양측 모두에게 위안이 될 것이 분명했다. 누구보다도 우선 문익환 자신이 마음의 짐을 던 듯이 홀가분해졌으니, 그래서 일기 시작한 신바람이 세상을 어떻게 흔들기 시작했는지는 많은 사람들에게 회자된다.

문익환으로 인해 유신정권이 묵사발이 된 첫 장소는 법정이었다. 피고들의 구성은 더없이 화려했다. 전직 대통령, 한번 대통령이 되고 싶다고 했던 사람, 전 외무장관, 한국의 사상가요 양심의 상징, 야당의 거물, 기독교계 장로, 신구 양 교회의 지도자들, 대학교수, 그리고 변호사들까지 대거 참여해 극적 효과를 높이고 있었다. 문익환은 말한다.

"피고들이 한자리에 앉은 것을 둘러보면서 '야, 이것 만만치 않은 피고들이구나' 하는 걸 느꼈어요. 그리고 변호인단을 쳐다보면서 '사회가 이 재판에 임하는 자세가 보통이 아니구나' 하는 걸 알게 되었고요. 기라성 같은 원로 중진 변호사들이 총동원되었으니까요. 그 변호인들의 대장격인 박세경 변호사가 나의 담당인 걸 보면서 이 재판에서 나의 비중이 얼마나 무거운지도 실감하게 되었죠."

당국의 준비는 철저했다. 방청권을 발행하되, 피고인 1인에게 5매씩만 배부하기로 했다. 방청권에는 방청인의 성명, 주민등록번호, 현주소, 피고인과의 관계 등을 기록하게 해서 신청자들로 하여금 공포 분위기와 심리적 압박감을 느끼도록 만들었다. 그럼에도 1차 공판 때부터 많은 사람들이 몰려들었지만, 입정을 못 한 사람이 태반이었다. 2만 50명 정도가 들어갈 수 있는 법정에 가득 찬 약 300명의 인파들은 대부분 정보부와 경찰 당국에서 보낸 사람들로 채워졌다.

재판은 지방법원 대법정에서 열려 매주 한 번씩, 대개 화요일에 진행되었다. 당국의 통제는 엄격해서 방청하려는 사람들을 막고 몸수색을 하고 핸드백까지 다 뒤졌다. 불구속 피고인 이우정까지도 못 들어가게 해서 "피고가 재판정에 못 들어가는 재판이 어디 있느냐?"며 항의할 정도였다. 재판부는 될 수 있는 한 이 재판을 세상에 알리지 않으려 했다. 특히 외신에 보도되는 일이 없도록 노력했으나 그것은 가당치도 않은 꿈이었다.

결국 재판은 당국이 희망하는 바와는 판이하게 다른 쪽으로 전개되었다. 변호인 가운데 가장 고령은 광주에서 올라온 홍남순인데, 그는 "이 자리가 바로 만해 한용운 스님이 3·1독립선언문사건으로 앉으셨던 자리입니다"라고 말해 장내를 숙연하게 만들었다. 그러한 가운데 피고인들은 마치 물때를 만난 물고기들처럼 날뛰었다. 첫눈에 도드라지는 피고는 함석헌인데, 그는 한국 전통 상복을 입고 재판정에 나타났다. 사람들이 놀라서 누가 돌아가셨느냐고 묻자 함석헌은 태연스럽게 "민주주의가 죽었어" 했다. 그에 응답이라도 하듯, 신현봉 신부는 자기 차례가 되자 "아이고! 아이고!" 곡을 하면서 판사 앞에 섰다. 판사가 놀라서 "무엇하는 겁니까?" 묻자 "한국에서 민주주의가 죽어서 곡을 하고 있습니다" 했다. 장내의 분위기는 경건하다 못해 거룩하기까지 했지만 방청객들은 내면 깊숙이 이 기상천외한 재판에 통쾌해하고 있었다.

재판부가 평정을 유지하는 것은 불가능해 보였다. 유신정권의 사법부가 물이 오를 대로 오른 피고들을 어떻게 제압한다는 말인가. 그러나 방청객으로 초만원인 대법정에서 피고인들은 딱딱한 나무의자에 하루 종일 앉아 있다가 차례가 되면 불려나가 육성으로 몇 시간씩 선 채로 진술했으니, 검사와 공방전을 벌이는 데 이루 말할 수 없이 불리한 조건이었다. 판사, 검사, 변호사들은 다 편한 자리에 앉아서 확성기로 말할 수 있었던 것이다. 이 같은 불평등은 세계여성변호사회 부회장이었던 이태영 박사도 문제 삼지 않을 정도로 당연하게 받아들여지고 있었으나 피고들은 그것부터 문제 삼기 시작했다.

"아니, 고령이신 전 대통령까지 이런 딱딱한 나무의자에 앉아 계시게 하고, 또 우리만 육성으로 말하게 하깁니까?"

이문영의 쓴소리였다. 공방은 이내 피고인들이 일방적으로 압도하는 강의실이 되어버렸다. 「3·1민주구국선언서」에 흐르는 정치, 경제, 외교, 민주주의적 가치들을 논리적으로 설파하고 긴급조치 유신헌법 등의 부당성을 반론의 여지없이 논박해버리는 김대중의 해박함과 달변은 보는 사람을 질리게 했다. 그 시원한 웅변에 함석헌이 무릎을 탁 치며 큰 소리로 "진짜 대통령은 여기 있군!" 했다. 정리가 달려와서 조용히 하라고 주의를 주었지만 허사였다. 이문영도 특유의 논리로 강의를 해서 판사가 여러 차례 제지했는데 그때마다 "제 이야기 좀 들어보세요" 하며 오히려 판사를 제지하는 진풍경을 연출했다. 안병무, 서남동은 민중신학을 전개하고, 문동환은 장차 문교정책이 어떤 각도에서 세워져야 할지를 알게 되었다고 김대중이 감탄할 만큼의 교육학 강의를 펼쳤다. 판·검사들이 피고들에게 세뇌당할 지경이었다. 함께 구속된 신부들도 기가 세서 신현봉 신부가 잠시 머뭇거리자 함세웅 신부가 손을 번쩍 들고 큰 소리로 답했다.

"판사님! 그 일은 제가 잘 아니까 제가 답하겠습니다."

판사는 기가 막혔다.

"여기가 교실인 줄 압니까? 지금 신현봉 피고에게 심문하는 중입니다."

언론은 이 법정을 '민주교실'이라고 이름 지었다. 기자들 사이에서는 민주대학 강의실에 수업 받으러 간다는 말이 공공연하게 사용되었다.

무엇보다 한국 민주화운동의 흐름을 바꿔버린 이 기념비적인 재판에서 누구보다도 돌변해버린 사람은 문익환이었다.

"저게 만성병약자 문 목사가 맞아?"

가족들조차도 믿기 어려웠다. 자신이 왜 그렇게 강건한지를 그 스스로도 믿을 수 없었다. 조서를 꾸미는 동안 정신적 긴장으로 위장 기능이 무너져 사흘을 내리 물만 먹고 법정에 섰었다. 그런데 웬 신바람이 그렇게 나는지, 남들이 건드리지 못한 통일 문제까지 일갈했다.

"가히 입신의 경지에 들어가 있었던가 보죠. 안병무 박사는 나의 진술을 들으며, 내 속에서 성령이 말하고 있다고 느꼈나 봐요. 법정에 설 때 무슨 말을 할까 미리 걱정하지 말라, 성령께서 할 말을 주시리라, 하는 성경 구절을 실감할 수 있었다더군요. 서남동 목사는 꼭 시낭송을 듣는 것 같았다고 했고요. 내 생각에도 그건 내 힘이 아니었어요. 힘든 것이 아니라 즐겁기만 했으니까요."

장미들의 반란

삼엄한 유신 치하의 민주화운동이 어느 한편에서 서서히 신명을 받게 된 현상은 도대체 어떻게 해서 생겨나게 된 것이었을까? 돌이켜보면 문익환이 재야에 뛰어들면서 엄숙한 결단과 비장한 슬픔이 아니면 헤쳐갈 수 없던 모든 과정이 전혀 다른 것으로 뒤집혔다. 재야의 선봉장이었던 박형규는 문익환이 등장하자 민주화투쟁이 신나고 즐거우며 함께하지 못하면 혼자만 소외되는 느낌이 들 만큼 웃음이 넘치게 되었다고 말한다. 기적의 힘은 법정 공방의 바깥에서도 꽃을 피웠다.

피고들이 분투하는 동안 가족들은 밖에서 소란을 피우고 있었다. 공개재판을 요구하며, 입에 검은 테이프를 십자가 모양으로 붙이고 입정을 거부하고 시위를 벌였던 것이다. 하지만 당국도 지지 않으려고 탄압을 강화했다. 1차 공판에 이어 2차 공판도 방청권을 조금만 발부하고 기관원들을 꽉 채운 채 진행했다. 그러나 이 역시 당국의 실수임을 확인시킬 뿐이었다. 한국의 민주화 세력이 동원할 수 있는 최고의 여성부대가 3·1사건의 가족들이었다. 그 속에는 서명자 전원을 가두더라도 침묵시킬 수 없는 사람이 여럿 있었다. 윤보선 전 대통령의 아내 공덕귀, 김대중의 아내 이희호, 우선 이 두 사람은 박 정권이 부당하게 정적을 탄압하는 것이 아닌지 지켜보는 국제여론을 등에 달고 있어서 전 국민의 인권을 유린하더라도 이들만큼은 형식상 법의 범위를 넘어설 수 없었다. 그런데 머리 아프게도 이 두 사람의 지원을 한몸에 받으며 문익환의 아내 박용길이 구속자 가족의 중심인물로 부각하고 있었다. 박용길은 금방 이문영의 아내 김석중, 이해동의 아내 이종옥과 결속되어 타의 추종을 불허하는 삼총사를 만들어냈다. 그러나 거기까지만 갖추고 말았더라도 그토록 막강한 힘을 발휘하지는 못했을 것이다. 또 한 사람, 한국현대사가 결코 잊어서는 안 될 빚을 지고 만 미국인 페이 문(한국 이름 문혜림)이 있었다.

여기서 페이 문에 대해서는 잠깐 보충해둘 필요가 있다. 문동환과 페이 문 사이에서 '서구적인 얼굴을 가진 동양인 혼혈아'로 태어난 2세 문영미는 자신의 어머니를 이렇게 소개한다.

> 아주 오래전부터 나는 어머니와 아버지의 인연에 대해 뭔가 신비로움을 느껴왔던 것 같다. 그래서 언젠가는 아버지가 태어난 만주와 어머니의 선조들이 살았다는 영국의 핀치백에서 두 분의 인터뷰로 시작하는 다큐멘터리를 만들어보고 싶었다. ……〈선구자〉 노래에 나오는 독립군들이 말을 달리던 북간도에서 1921년에 태어난 수줍음 많은 한 남자아이와, 그로부터 15년 후 미국에서 태어난 한 여자아이가 만나 사랑을 하게 되었다는 사실이 그저 우연이라고만은 생각되지 않았다.
>
> 영국과 만주 벌판을 사이에 놓은 그 넓은 공간에서 벌어졌던 수많은 이야기들이, 공통점이라고는 찾아볼 수 없는 동양과 서양이, 두 사람을 통해 한 지점에서 만난 것이다. 나는 두 사람의 가족사와 어린 시절의 이

야기를 듣고 있노라면, 마치 극장에서 스펙터클한 역사물을 보고 있다는 착각에 빠져들곤 했다. 두 사람의 만남을 거창하게 표현하자면, 서로 다른 문화와 역사를 가진 앵글로색슨족과 한민족의 부딪침이었다. ……사랑하는 남자를 위해 자신이 누리던 윤택한 생활을 버리고 한국에 시집왔을 때, 어머니는 한 남자의 아내에 불과했다. 물론 그 선택이 쉽진 않았지만, 어머니는 미련 없이 핀치백이라는 이름과 미국을 버렸다.

— 문영미, 『아무도 그녀의 이야기를 들어주지 않았다』

감옥 안에서 문익환이 웃음을 만들어내고 있을 때 감옥 밖에서는 페이 문이 한국의 양심적 지식인을 사랑한 슬픔을 완벽한 촌극으로 뒤바꾸어 구속자 가족의 문화를 흔들어놓고 있었다. 페이 문은 우선 한국 여성들에게는 좀처럼 없는 사회적 감각과 넓은 시야가 있었다.

검은 잠바를 입은 형사들이 네댓 명 몰려와 아버지를 검은색 승용차에 태우고 갔다. 아빠는 마음의 준비를 하고 있었는지 선선히 차에 올랐고 어떤 표정을 지어야 할지 몰라 어정쩡하게 웃어 보였다. 엄마는 나중에 붙잡혀가는 장면을 사진으로 찍어두지 않은 것을 후회했다. 외국에 알리려고 할 때 그런 사진이 있어야 좋은데 처음 겪는 일이라 생각을 못했던 것이다. 그래서 YH사건으로 두 번째 붙잡혀 들어갈 때에는 사진기를 준비해두었다가 찍었는데, 아빠는 그때도 강제로 끌려간다는 표정을 잘 연기하지 못하여 얼굴에 어색한 웃음이 떠올랐다.

— 문영미, 『새벽의 집』

한국의 민주화운동을 좁은 땅에서 일어나는 정치세력들 간의 각축

관계가 아닌 인류 보편의 가치를 지키는 일로 인식하고, 그것을 역시 인류의 지평을 향해 호소하려는 시각이 페이 문에게는 체득되어 있었다. 또한 외국인이기 때문에 그것이 가능하기도 했다.

> 외국으로 들어오고 나가는 모든 우편이 검열되던 시기였지만 미군부대 우체국을 통해서는 신속하고 안전하게 무엇이든 보내고 받을 수 있었다. 그래서 나는 한국의 소식을 해외로 알리고, 또 그곳의 소식과 지원금, 물품 같은 것들을 전달받는 소식통 역할을 하게 되었다. 미국에서 한국의 민주화를 지지하는 하비 목사를 비롯한 단체들로부터 신문기사나 미국 정부의 동향 등을 전달받았다. 부인들이 기금을 마련하기 위해 만든 여러 가지 물건들도 소포를 통해 외국으로 보냈다.
>
> — 3·1민주구국선언관련자, 『새롭게 타오르는 3·1민주구국선언』

그로 인해 아내들은 무수히 많은 '시각적인 보도자료'를 생산하게 되었다. 공개재판이 유지되지 않자 방청권을 불사르자고 주장한 페이 문의 제안을 필두로 아내들은 기상천외한 방법들을 구상해 유신정부의 권위를 묵사발로 만들기 시작했다. 접는 부채에 "공개 재판하라!"는 구호를 써두었다가 일정한 장소에서 한꺼번에 부채를 펴기도 하고, 양산에 큰 글씨로 "민주주의 회복 만세" "공정한 재판을 하라" 등을 써두었다가 기습적으로 펼치기도 했다. 그때마다 신이 나서 몰려드는 것은 외신기자들이었다. 시각적 효과가 너무도 뛰어났으니 긴급조치로 삼엄하게 얼어붙은 한국에서 부인들이 용감하게 투쟁하는 이야기를 사진으로 찍어 전송하기에 너무도 좋았던 것이다. 한국이 얼마나 비민주적이고 독재국가인지를 그만큼 실감나게 보여주는 것은 없었다. 당국은 신경질이 올라 이 아내들을 미행하고 감시하며 갖은 괴로움을 안겨주려 했다. 그러나 그럴수록 아내들은 정교해질 뿐이었다.

가족들은 재판이 끝나면 기독교회관 6층에 있는 인권위원회 사무실에 모여 이우정에게서 그날 있었던 재판 이야기를 듣고, 다음 행동 계획을 짰다. 처음에는 그 계획이 매번 새어나가 시위 장소에 기동경찰대가 먼저 도착해 있었는데, 그것이 도청(盜聽)에 의해서 밝혀진다는 사실을 알고는 다른 날짜를 잡아서 큰 소리로 전달하면서 실제로 모이는 장소나 시간은 글씨로 써서 약속했다. 그래서 아내들을 이끌고 형사를 따돌리는 일에 박용길은 금방 고수가 되었다. 택시를 잡는 척하다가 갑자기 아무 버스나 잡아타기도 하고, 버스를 타는 척 택시를 타버리기도 했다. 갑자기 지하철로 들어가 안팎이 다른 바바리코트를 뒤집어 입고 다른 출구로 나가면 속지 않는 형사가 없었다. 이뿐만 아니라 아내들은 숫자가 적은 불리함을 극복하기 위해서 똑같은 색으로 한복과 여름 원피스를 해 입었다. 고난과 승리를 상징한다고 해서 선택한 보라색은 엄청난 파장을 불러일으켰다. 박용길은 '통일의 집(자택)' 대문을 아예 보라색으로 칠해버렸다.

이렇게 해서 보라색 옷을 입은 여인들은 겁을 잃어버리게 되었다. 긴급조치고 유신헌법이고 아랑곳하지 않고, 중앙청 앞이고 덕수궁 앞이고 재판소 앞이고 나타나 "민주주의 회복하라! 정의를 실현하라! 공정한 재판을 하라! 구속자를 석방하라!" 외쳐댔다. 매번 경찰기동대가 와서 실어다가 교외로 데리고 나가 떼어놓고 오곤 했지만 날이 바뀌면 또 시작되었다. 이우정은 말한다.

"지금도 놀랍고 고맙게 생각하는 것은 나이 많으신 공덕귀 전 대통령 부인이 버스 안에서 옷을 갈아입는 등 극성스런 우리 행동을 주저 없이 따라주시고, 경찰차에 실려 한적한 곳에 버려지는 일 등을 당하면서도 한 번도 창피하다고 불평하거나 우리의 대열에서 빠지려 한 일이 없었던 일이다."

가족들은 똘똘 뭉쳐서 무슨 일에나 한마음으로 행동을 같이했다. 영치금을 넣을 때도 아귀가 맞아 떨어지지 않도록 반드시 잔돈을 남겼다.

"3100원을 넣어주세요."

교도관들은 의아해하며 불편을 호소하지 않을 수 없었다.

"왜 100원은 붙입니까?"

"100원은 돈이 아니에요?"

가족을 찢는 것이 생나무를 찢는 아픔임을 표현하고자 함이었다. 뜨개질을 해서 물건을 만들 때도 셋과 하나를 조화 시키는 무늬를 짜 내려갔다. 이 아름다운 '장미들의 반란'은 아무도 막을 수 없는 강물이 되었다. 감옥에서 누가 단식을 하면 아내들이 소장실로 몰려가 일제히 의자에 앉아서 뜨개질 감을 내놓았다. 보라색 숄을 뜨는 사람, 내복을 뜨는 사람, 양말을 뜨는 사람. 이쯤 되면 소장은 무적의 아내들이 장기 농성을 시작했다는 걸 알아채고 빠져나갈 길을 찾지 않을 수 없었다. 뜻하는 바가 이루어지는 것은 금방이었다. 여기서 중요한 것은 그들에게서는 모든 고난이 축복으로 전환되어버렸다는 점이다. 그러한 사례는 많다.

당시 3·1사건 피고인들의 면회는 일주일에 1회 가능했다. 그리고 면회 장소는 유리창으로 가로막힌 면회장이 아니라 보안과 사무실에서 서로 손이라도 만질 수 있는 자리에서 이루어졌다. 일종의 특별면회 형식이었다. 가족들은 면회가 끝난 후에도 제각기 흩어지지 않고 기다렸다가 함께 피차의 안부를 묻고 또 면회 시에 있었던 일들을 소상히 나누면서, 서로 껴안기도 하고 가볍게 '뽀뽀'한 이야기들을 스스럼없이 나누며 웃곤 했다. 그런데 유독 두 가정, 즉 김대중 내외와 이문영 내외만은 그렇게 하지 못했다. 유교문화를 대표하는 '남녀칠세부동석'의 여파가 그들에게는 뿌리 깊이 남아 있었던 것이다. 가령, 이희호는 김대중의 아픈 다리를 만져보고 부기만 확인하고 오는 게 고작이었으니, 행동이 스스럼없이 트인 페이 문의 무용담 앞에서 놀림감이 되지 않을 수 없었다. 페이 문은 면회 시 두 사람 사이를 가로막는 책상을 타고 올라가서 문동환을 붙들고 포옹하고 입 맞추고 갖은 애정표현을 다 하기 때문에 참관하는 교도관이 몸 둘 바를 몰라 했다고 한다. 한번은 페이 문의 애정표현이 너무 진해서 교도관의 얼굴이 새빨개지자 페이 문이 대뜸 이렇게 말했단다.

"뽀뽀는 내가 하는데 왜 아저씨 얼굴이 빨개져요?"

이런 이야기를 나누면서 박장대소를 하는 아내들은 구속자 가족이 되고 나서야 인생의 참맛을 알아가는 기분이 들기까지 했다. 이 같은 분위기는 자연히 아이들에게도 영향을 미쳤다.

3·1사건으로 감방에 간 아버지들을 둔 아이들은 초등학교 1학년에서 중학교 3학년까지 쪼로록 있었다. 영혜가 가장 어리고, 욱이, 재권이, 수연이, 나, 선아, 선표, 태근, 창근 그리고 현아까지. 아버지들의 구형이 언도되는 날, 우리들도 종로5가 기독교회관에 모였다.

"우리 아빠는 5년 받았다!"

"우리 아빠는 7년이다. 7년은 금메달이야!"

더 많이 받을수록 멋진 것이라고 생각했다. 학교 친구들에게는 아빠가 감옥에 있다는 사실을 뭐라고 잘 설명하기 힘들었지만 우리들끼리는 그럴 필요가 없었다. 어머니들이 농성하느라 법정에 다니느라 모이면 우리들도 모여서 놀았다.

— 문영미, 『새벽의 집』

그러는 동안에도 날씨는 추워지고 크리스마스가 다가왔다. 가족들은 머리를 맞대고 의논한 끝에 수감자들에게 성탄을 알리는 새벽 찬송을 들려주기로 결정을 보았다. 그러려면 크리스마스 이브에 서울구치소 가까이에 있는 수도교회에 모여서 밤을 새우고 새벽에 걸어서 서울구치소가 마주 보이는 높은 언덕으로 올라가면 되었다. 그리하여 마침내 그 새벽에 구치소 불빛을 향하여 〈고요한 밤 거룩한 밤〉을 부르기 시작했다. 처음에는 조용하게 시작했는데 점점 커지면서 눈물이 솟아오르는 감격을 느꼈다. 서로들 도취하여 어느 순간 환희의 노래 〈기쁘다 구주 오셨네〉도 끝내고, "메리 크리스마스! 메리 크리스마스!" 하고 목청껏 소리쳤다. 서울구치소 쪽에서도 웅성거림과 함께 함성이 들려왔다. 문익환이 듣고 대답을 시작하자 다른 수감자들이 함께 외쳐준 것이다. 엄청난 감격이었다. 물론 구치소 쪽에서 달려와서 막고 연행했지만 가족들은 이미 목적한 바를 달성해버린 후였다. 이 같은 과정은 한국 민주화운동사에서 매우 중대한 의미가 있었다. 1974년 갈릴리교회에서 만들어진 구속자가족협의회가 3·1사건 가족들의 활발한 활동을 거치면서 곧 민주화운동가족협의회(민가협)로 성장해간 것이다. 어쨌든 3·1사건이 만들어낸 이 이상한 운동권문화는 장차 한국의 재야문화라 부름직한 사회적 에너지를 만들어냈다. 그리고 그것의 생명력은 비단 나라 안에서 끝나지 않았다.

아내들은 물고기 모양의 목걸이, 물고기 모양의 손잡이를 단 차숟가락, 갇혀 있는 사람들을 생각해서 만든 십자가 열세 개가 든 반지 등을 제작했는데, 뜻을 같이하는 국내외의 많은 가족들이 여기에 동참했다. 또한 끊임없이 보라색 털실로 브이v 자 숄을 짜서 기부도 하고 외국 여성단체에 팔아 무의탁 죄수들을 위한 겨울 내의를 마련해서 차입하기도 했다. 나중에는 다른 사건의 구속자 가족이나 교회 여신도회 회원들도 이 숄을 열심히 떠서 팔아주게 되었다. 그런데 이것이 서양인들에게 엄청난 반향을 일으켰다.

1976년 여름, 미국 연합 장로교회 전국 여신도 대회에 초청을 받았다. 라피에트 인디애나에 모인 수천 명의 미국 여성들 앞에서 나의 개인적인 경험과 한국의 민주화운동에 대해서 말했다.

"……부인들은 남편의 면회시간을 기다리거나 또 책이나 옷 같은 물건을 주기 위해 교도소에서 많은 시간을 보냅니다. 지루하게 기다리는 시간을 좀 의미 있게 보낼 수 없을까 생각하다가 뜨개질을 하자는 의견이 나왔습니다. 제가 두르고 있는 이 보라색 숄은 이렇게 부인들이 틈틈이 시간을 내어 짠 것입니다. 브이 자 모양이어서 빅토리 숄이라고 이름 붙였지요. 보라색은 기독교에서 예수가 부활하기 전 고난을 당하는 기간을 상징하는 색깔이지요. 또 한국의 꽃인 무궁화의 색깔이기도 합니다."

나는 두르고 있던 빅토리 숄을 펼쳐서 보여주었다.

"숄 전체는 코바늘 네 코로 만들어진 작은 브이 자들로 이루어져 있습니다. 코바늘을 네 번 움직이면서 부인들은 '민주회복'을 반복해서 외웁니다. 마치 기도를 하듯이. 남편을 생각하면서 눈물을 흘리기보다는 뜨개질을 하면서 마음을 굳게 다지며 민주주의를 기원하는 것입니다. 그리고 빅토리 숄 하나를 완성하려면 코바늘을 정확히 만 번을 떠야 합니다. 우리는 사람들에게 이 선물을 주면서 만 명의 기도와 도움이 필요하다고 말을 합니다. ……저는 손재주가 없어서 코바늘뜨기는 직접 못 했고, 만들어진 숄을 커다란 상자에 포장해서 미군부대 우체국을 통해서 외국으로 보내는 일을 했습니다."

— 3·1민주구국선언관련자, 『새롭게 타오르는 3·1민주구국선언』

버스 안에서도, 택시 안에서도, 구치소에서 면회를 기다릴 때도, 집에서나 밖에서나, 혼자 있을 때나 함께 모여 앉았을 때나 기회만 있으면 아내들의 손은 뜨개질에서 떠나지를 않았다. 한 올 한 올에 민주회복의 염원을 담아 정성스레 열심히 뜨개질을 했다. 그때 이희호는 지병인 관절염 때문에 손가락이 몹시 아팠음에도 불구하고 가장 열심히, 가장 많은 숄을 떴다. 여기에 당국이 얼마나 스트레스를 받았는지는 다음 사례가 증명해준다.

이 빅토리 숄 제작의 재료라 할 수 있는 보라색 털실을 구입하는 일은 언제나 승용차가 있는 이희호를 모시고 박영숙과 이종욱이 맡았는데, 처음에는 실을 구하는 일이 그리 힘들지 않았다. 그런데 어찌 된 일인지, 마치 판금조치라도 내려진 것처럼, 장안의 모든 털실가게에 보라색 실만 품절이어서 구할 수가 없었다. 그래서 즉각 해외 여러 나라에서 지원해주는 분들에게 연락하여 그곳에서 보라색 털실을 구입하여 보내오게 했다. 그러니까 수입도 하고 수출도 하는 국제무역을 한 셈이 되었다.

— 3·1민주구국선언관련자, 『새롭게 타오르는 3·1민주구국선언』

이 같은 사태 전개가 해외에 미치는 파장은 엄청났다. 당시 해외에 사는 한국인은 약 500만 명이었는데 북미주에만 약 20만 명이 살고 있었다. 한국은 해외에서 이름도 없는 나라였지만 어쩌다 간혹 알려지기를, 일본에게서 해방되고 동족전쟁을 치렀으며, 분단국가이면서 군사정권이 들어선 어두운 이미지를 가진 나라로 혹평을 받는 상태였다. 그래서 해외 교포들은 누구나 조국이 좀더 떳떳하고 밝은 인상을 갖기를 소망했다. 3·1사건은 여기에 크나큰 서광과 희망을 주었다. 그해 5월 북미주에 사는 한국인 중 2만 50명이 워싱턴에 모여서 이민 역사상 최초의 시위를 벌였다. 당시 캐나다에 거주하던 김재준 목사와 문재린 목사를 중심으로 중고등학생들까지 참여했다. 지도자들은 흰 죄수복을 입고 가슴에 열여덟 명에 이르는 3·1사건 구속자들의 이름을 하나씩 붙이고, 백악관, 국무성, 한국대사관, 일본대사관 앞에서 해가 질 때까지 시위를 하는가 하면, 「3·1민주구국선언서」와 특별 메시지를 미국 대통령과 국무장관에게도 전달했다. 그 때문에 《뉴욕타임스》《워싱턴포스트》《내셔널 매거진》에는 군사독재정권의 잔인한 탄압 밑에서 용감하게 항거한 정치, 종교 지도자들의 재판을 공개 보도했다. 그 같은 언론의 역할은 한국 국민에 대한 존경심을 불러일으켰고, 한국에 대한 이미지를 바꿔놓았다. 한국의 민주화와 인권운동이 훌륭한 외교 역할을 하여 나라의 위상을 높였던 것이다.(3·1민주구국선언관련자, 『새롭게 타오르는 3·1민주구국선언』 참고)

첫 번째 감옥, 22개월

문익환의 첫 투옥은 이렇게 흥미진진한 축제의 양상을 띠었다. 그 원인은 역시 문익환의 내부에 있었다고 봐야 할 것이다.

성명서에 대한 모든 책임을 애초에 문동환이 지려고 한 배경에는 성서 공동번역 문제도 있었지만 문익환의 건강에 대한 염려도 없지 않았다. 사건이 있기 전 문익환의 건강 상태는 최악이라 해도 좋았다. 만성병약자가 성서 번역에 매달리느라 체중 80킬로그램의 비만까지 된 것이다. 그럼에도 불구하고 두 형제가 이해영, 안병무의 심장병을 먼저 걱정한 이유는 문익환의 심장이 더 건강해서가 아니라 '덤'의 인생을 산다는 의식을 가지고 있어서였다. 쉰을 넘기지 못하리라던 사람이 쉰을 넘긴 이후에 시인이 되고 성서 번역을 마무리하며, 자식 농사를 완료했다는 점을 문익환은 오히려 쑥스러워해야 할 상황이었다.

하지만 분명히 허약함과 만성피곤은 극한에 닿아 있었다. 계단을 오르내릴 때마다 심하게 쌕쌕거리고, 편안히 앉아 있을 때조차 숨이 차올라서 킁, 킁, 하고 콧구멍을 몇 번씩 뚫고 나서야 호흡조절이 되는 사람에게 무병장수를 기대한다는 것은 어리석은 일이었다. 그런데 그 점이 오히려 문익환을 지켜주는 역할을 하고 있었다. 신체 상태가 열악한 점이 심리적 불만을 낳기보다 만족감을 준다는 데 문익환적 세계관의 예외성이 있었다. 그 허약하고 부스러지기 쉬운 육체 안에 얼마나 신비한 힘이 숨어 있었는지에 대해 이 놀라운 인간은 3·1사건 이후 어처구니없이 증명한다. 만으로 쉰여덟, 그는 신체적 무력증을 느끼면서도 끊임없이 어떤 위대한 것, 의미심장한 것을 희망하고 꿈꾸었다. 마치 의지의 조율사처럼 하느님의 약속을 확신하고, 그 타고난 '섬김'의 자세와 고독을 견디는 인내를 스스로 과신하며 지상에서 자기에게 배정된 역할을 기다렸던 셈이다.

그리고 마침내 기회가 왔을 때 이 수수께끼 같은 인간의 무시무시한 힘이 감쪽같이 표면에 드러났다. 이웃들은 놀랐다. 어떻게 그렇게 터무니없는 일이 일어나고, 모든 의학과 건강의 상식을 비웃는 기적이 일어날 수 있다는 말인가? 그렇다, 그가 구속된 후의 시간들은 모두 기적의 영역에 속했다. 구름에서 벼락이 멋대로 생겨나지 않는 것처럼 영혼의 기적이 일어나기 위해서는 언제나 특별한 조건이 필요한 법이다. 기적의 시간을 오래전부터 정열적으로 기다려오지 않은 사람에게 기적이 일어나는 일은 없다. 이제 이웃들은 그 점을 목도하게 된다. 문익환에게 모든 것은 치열한 구약 속의 예언자들을 통해 수없이 리허설되어 있었다. 일단 투옥되자 두려워하기는커녕 오히려 전성기를 맞는 기쁨을 누렸다. 그에게 근심이 있다면 그것은 자신의 건강이 아니라 공동체의 건강, 즉 국가와 민족의 안녕이었다.

3·1사건은 이미 입법부와 행정부의 치유불가능성 때문에 발생한 것, 재판과정에서 문익환은 내내 사법부의 불구성을 성토했다.

"나는 그때 구형을 얼마 받고 언도는 얼마로 떨어졌는지 통 기억이 없군요. 애당초 그런 일에는 관심이 없었으니까."

그 결과 윤보선, 함석헌, 김대중, 문익환 네 사람은 5년형을 언도받고, 윤보선과 함석헌은 고령이라는 이유로 집행 유예가 내려졌다. 2심에서도 사법부의 자주성은 기대할 수가 없었고, 또 대법원 판결에서도 엉터리 판결이 나오기는 마찬가지였다. 하나의 재판이 끝날 때마다 판사는 우물쭈물 판결문을 읽고는 도망치듯 법정에서 나가버렸다. 피고 전원이 출석한 가운데 결행된 마지막 재판에서 민복기 대법원장조차도 고개를 쳐들지 못한 채 판결문만 읽고 달아나버렸다. 문익환은 그것을 본 소감을 아내에게 이렇게 전한다.

"그날 법정은 사법부의 장송곡을 울리는 자리였다고나 할지, 아니, 대법원장 민복기도 감옥 속의 죄수라는 느낌이 들더군요. 그러니 3천만 겨레 모두가 커다란 감옥 속에 갇혀 있다는 걸 알게 된 거죠. ……처음으로 한국 사람이라는 것이 슬퍼졌어요."

최종 형이 확정되자 문익환은 서대문구치소 9사 상 3방에 들어가서 성경에 손을 얹고 혼자서 소리를 내어 하느님께 맹세했다.

'대한민국이라는 감옥의 문이 열려 3천만 국민이 다 자유인이 되기까지 나는 감옥 안에 있으나 밖에 있으나 죄수입니다. 그때까지 머리를 깎고 살겠습니다!'

다음 날 아침 이발사에게 머리를 빡빡 깎아달라고 부탁했을 때 담당이 놀라 뛰어왔다.

"뭔 일입니까?"

"왜 안 돼! 난 기결수야. 이것이 내가 여기서 행사할 수 있는 마지막 자유야."

그때부터 문익환은 민둥머리가 되었다. 그리고 머리를 깎은 다음

날 그의 둘째 고향이 될 전주로 이송되었다.

아, 전주! 여기서 문익환의 전주 시절이 시작된다.

교도소 측에서는 0.5평짜리 방에서 이틀 밤을 재우고 0.75평짜리 방으로 옮겼는데, 이는 자신들에게 고마움을 느끼게 하려는 배려였다. 그런데 문익환은 0.5평이건 0.75평이건 전혀 답답함을 느끼지 못했다.

"이 불감증은 어디서 온 걸까요? 황량한 만주 벌판을 숨쉬던 가슴으로 그 좁은 공간을 견딜 수 없어 안병무는 머리로 벽을 들이받곤 하다가 협심증에 걸리고 말았는데 난 이게 도대체 뭐죠?"

문익환을 불편하게 만드는 것은 전혀 다른 쪽에 있었다. 가령, 문익환이 수감된 전주교도소 4사에는 빨갱이 사상범들이 들어 있는데, 교무과에 그들을 사상적으로 전향시켜야 한다는 사명을 가진 투철한 사람이 있었다. 그는 신념을 다해 4사에 〈김삿갓 북한 방랑기〉나 〈대북방송〉을 녹음했다가 계속해서 틀어주었다. 문익환은 동족끼리 헐뜯고 비꼬는 그 욕지거리를 날마다 듣는 게 지겨워서 견딜 수가 없었다. 그래서 하는 수 없이 "그렇게 하는 것은 역효과를 낼 거"라며 중단해달라고 요청했는데 도무지 말이 통하지 않았다. 결국 교도소장을 독대해서야 세뇌방송을 중단시킬 수 있었는데, 문제는 그다음에 있었다. 〈김삿갓 북한 방랑기〉 대신 아침저녁으로 어떤 이상한 목사의 설교를 들려주게 된 것이다. 그 천편일률적인 설교를 듣자니 문익환은 숨이 막혀서 견딜 수가 없었다. 예수를 믿으면 모든 병이 나아 건강해진다는 것, 세상에서도 행복하게 하늘 축복을 누리고 사후에도 천당에 가서 복락을 누린다는 것 등등으로 일관하는 기복신앙처럼 선교에 장애가 되는 것은 없었다.

"내세의 축복을 아름답게 그려줌으로써 현실의 괴로움을 잊게 하기도 하고, 가난한 형편을 하느님의 예정으로 믿고 참고 나가도록 하기도 한다는 것입니다. 남이 잘사는 것은 하느님의 예정이요 축복이기 때문에 바라볼 필요도 없고, 오늘의 가난 속에서 하늘나라를 쳐다보고 마음의 평화를 누리는 것만을 소중하게 여기고, 위로를 받고, 감사하면서 살아가도록 한다는 것입니다. 사실 이렇게 되면 종교는 아편이 됩니다."

그런 형편없는 설교를 듣느니 차라리 〈김삿갓 북한 방랑기〉를 듣는 게 낫다는 생각이 들었다. 소장에게 다시 바꿔달라고 해야 하나 싶었지만 그 말은 끝내 하지 못했다. 교도관을 불필요하게 괴롭히지 않는다는 것, 교도소의 말단 관리를 적이 아니라 사랑하는 양떼로 대한다는 것, 여기에 수인囚人 문익환의 남다름이 있었던 것이다. 간수들을 대하는 문익환의 태도는 당시 감옥을 드나들던 누구의 태도와도 닮아 있지 않았다. 한국의 공무원들 가운데 사회를 새롭게 할 근본적인 사명을 띠는 것이 교도관인데, 그들이 대접받을 기회가 원천적으로 봉쇄되어 있다는 사실을 문익환은 간과하지 않았다. 사회의 환부요, 가장 절망적인 사람들이 모여 사는 곳에서 새살이 나오지 않는 한 세상은 계속 곪을 터였다. 그러나 그것을 치유해보려는 사명감을 가진 교도관이 없지 않지만, 부당한 법 집행과 과도한 책임, 사회적 편견에 밀려 교도관들은 직업을 바꾸지 않는 한 장가조차 못 들 처지에 놓여 있었던 것이다. 그래서 문익환은 '형리'라는 말 속에 담긴 멸시와 증오, '간수'라는 표현에 감추어진 적개심을 잘못된 것이라고 안타까워했다. 그 때문에 그는 어디를 가나 교도관들에게 존경받았다. 훗날 황석영의 회고에도 그런 사실은 묻어나온다.

"저는 감옥의 곳곳에서 목사님의 자취를 만나게 되었지요. 제가 몹시 화를 내면 교도관들은 문 목사님은 그러지 않았다고 넌지시 핀잔을 주더군요."

전주교도소 시절은 문익환에게 그런 '광야의 양떼들'을 사랑하는 수련장이 되었다. 그는 가족들에게 편지를 쓰면서 생명의 소중함을 아는 사람들과 함께 사는 것이 얼마나 감격적인 것인지를 거듭 자랑하고는 했다.

"예수가 밥 한 덩어리의 철학으로 나에게 열려왔으니 난 감옥에 오지 않았다면 예수를 헛 믿을 뻔했다고 말해야 하지 않을까 싶군요. 밥 한 덩어리에 담겨 있는 생명, 우리 모두의 소중한 생명, 생명사랑이 너와 나, 이것과 저것 사이의 담장들을 다 허물어버리는 것이었어요."

이것과 저것 사이의 담장을 허무는 일을 문익환만큼 자주, 많이, 또 기꺼이 감내한 사람은 없었다. 문익환은 평생 그래왔지만 전주교도소 시절은 그 완성판이라 할 수 있었다. 내면에 움츠린 편견이며 방어본능의 마지막 담장을 그는 그곳에서 헐어버렸다. 이제 만나는 사람마다 즉각 친구가 되어버린다.

"선생님은 5년이라면서요? 나는 내일 모레로 만 17년이 됩니다."

운동하러 나서다가 스친 어떤 늙수그레한 사람이 말했다. 문익환은 "그때 철퇴로 뒤통수를 얻어맞는 게 아니라 이마빡을 얻어맞은 기분이었다"고 한다. 그러나 한국의 감옥에는 그보다 더한 사람이 많았다.

"난 내일 20년 만기가 찹니다."

문익환은 진심으로 축하해주었다.

"정말 축하합니다."

그런데 웬걸, 상대방이 이렇게 답하는 것이었다.

"난 내일 대전으로 이감 갑니다."

이 같은 충격은 사상범이 아닌 잡범들 속에서도 끝없이 일어났다. 위궤양으로 다 죽게 되어 가출옥이 허락되었는데 지정된 날 가족이 오지 않아 나가지 못하던 장물매매범의 절망, 또 아내가 신을 거꾸로 신었다고 해서 자신의 그것을 돌로 찍어낸 어떤 강도의 이야기 속에서 그는 세속 사회의 경이와 그 속에 담긴 하느님의 자취를 읽었다. 그것은 어쩔 수 없이 우리에게, '미디안 광야에서 40년 동안 생의 수수께끼를 풀지 못하고 양들의 뒤를 따라다녔던' 모세의 이야기를 상기하게 만든다. 문익환은 모세가 신앙과 행위, 종교와 윤리의 이율배반 속에서 40년 동안 갈등한 사실을 주목해왔다.

"그는 어느 날 양떼를 따라 시내산 기슭을 돌고 있었습니다. 아마도 모세는 그리로 여러 번 지나다녔을 것입니다. 그곳은 결코 거룩한 땅이 아니었습니다. 대상도, 강도떼도, 목자도, 먹을 것을 주우러 다니는 부인들도 아무 거리낌 없이 마음대로 다니는 곳이었습니다. 모세는 똥오줌을 싸는 양떼를 아무 두려움 없이 그리로 몰고 지나갔던 것입니다. 그의 몸에는 때 묻은 더러운 옷이 그대로 걸쳐져 있었고, 그의 발에는 더러운 신이 그대로 신겨져 있었습니다. 그는 거룩한 경내로 들어가는 차림을 하지 않았습니다. 그는 일상 입는 옷을 입고, 일상 가진 마음가짐으로 지나가고 있었습니다. 그곳은 거룩한 곳이 아니었습니다. 그 거룩하지도 않은 속된 땅에서 모세는 홀연히 하느님의 음성을 들었습니다.

'네가 선 땅은 거룩한 땅이니, 네 발에서 신을 벗어라.'

……종교적인 장소가 있는 것이 아니고, 종교적인 사람이 따로 있는 것도 아니고, 종교적인 일이 따로 있는 것도 아닙니다. 교회는 거룩한 곳이고 사회는 속된 것이라는 생각은 그릇된 생각입니다. 모든 장

소가, 모든 사람이, 모든 일이 거룩한 것입니다."

사실은 이때가 문익환이 신학을 결심한 지 물리적인 시간으로 딱 40년이 되는 때였다. 40년 만에 '선 자리'에서 신발을 벗은 것이다.

불발이 된 '생의 피날레'

사람들은 흔히 정치인들이 활동하는 내용을 '정치'라 여기거나 세상살이의 권모술수를 '정치'라 생각한다. 그러나 진정한 의미에서의 정치는 어떤 사건이나 현상이 만인의 문제로 비화되는 순간에 발생한다. 그 당사자들이 아무리 정치를 피하거나 혐오해도, 또 어떤 문제가 사소한 일이라고 아무리 억지를 써도, 그 여파가 개인만이 아니라 세상 사람들의 문제로 옮겨가는 순간 그것은 꼼짝없이 정치가 되어버린다. 그런 의미에서 '정치와 종교의 통일'은 문익환이 신학을 시작한 이래로 최대의 고민이요 과제였다. 신학의 주제가 언제나 '지금 이곳에서의 삶'에서 나와야 한다는 주장이 그 때문에 가능했다. 전주교도소에서 '모세의 신발'을 벗는 순간 '광야는 통째로 하느님을 예배하는 거룩한 곳'이 되어버렸다. 이미 문익환에게서 매우 추상적인 것 같은 과제를 향한 모험적인 투신이 빈발하기 시작한 것은 그때부터였을 것이다. 지상의 삶이 '죽음'이 되지 않게 해야 한다는 절박한 과제를 향해 자신의 목숨을 내맡겨버리는 이 외로운 예언자의 언어(몸짓)는 매우 작은 계산에만 밝은 사람들의 눈에는 잘 띄지 않았다. 전주교도소에서 민족을 위해, 나라를 위해 극단적인 단식을 개시한 것도 그러한 예였다. 당시 문익환의 장남 문호근은 소설가가 될 꿈으로 신춘문예 작품을 준비하고 있었는데, 아버지의 단식이 심상치 않아서 전주교도소까지 내려가 나날이 경과를 기록해야 했다. 문학도가 쓴 그 정갈한 현장 기록은 문익환의 본질을 생생하게 보여주는, 참으로 소중한 자료가 아닐 수 없다.

6월 1일

1977년 6월 1일은 그분의 59회 생신이었다. 우리는 그 이틀 전에 아버님이 단식하고 계시다는 것을 풍문으로 알 수 있었다. 6월 면회는 그래서 특별면회로 이루어졌다.

어머님, 두 동생과 함께 소파에 앉아 아버님을 기다렸다. 들어서시는 그의 모습은 그러나 약간 여윈 듯할 뿐 지난 달 면회 때와 별로 다르지 않았다.

"단식하신다면서요?"

"응, 이 나라가 민주화의 방향으로 전환할 때까지 무기한으로 하는 거야. 사람은 죽을 자리를 잘 찾아야 하는 건데, 필생의 사업인 성경 번역이 일단락이 되었고 또 지금 내가 민주화운동의 핵심적인 위치에 놓이게 되었으니, 이처럼 좋은 죽을 자리가 어디 있어? 당신 6개월만 살고 혼자되어도 좋다고 하면서 시집왔는데, 이제 33년 살았으니까 됐지? 애들도 다 컸고 자기 길을 찾을 수 있게 되었으니 됐고. 아버님, 어머님이 좀 걱정인데, 다니엘서를 읽어주시라고 그래."

6월 17일이 결혼 33주년이시란다. 웃음기를 띤 목소리는 평소와 조금도 다르지 않았다.

"단식하시는 경과를 좀……."

"18일 저녁부터 안 먹기 시작했지."

"예비 단식도 없이요?"

"응, 처음 닷새 동안은 끄떡 없었지. 그런데 엿새 되던 날 잠을 설치면서 힘들어지더군. 열흘째부터는 다시 힘을 얻기 시작했어. 공판정에서 스무 날이나 제대로 먹지 못하고 세 시간 진술할 수 있었던 때처럼, 이번에도 내 힘으로 되는 게 아님을 느껴. 이건 투쟁이 아냐. 저 사람들이 나 같은 거 단식한다는데 눈이나 깜짝하겠어? 그래도 하는 거야. 다른 사람들, 나를 위해 기도하지 말라고 해줘. 나라를 위해서 기도해야지. 아직 두 주일은 더 버틸 수 있어. 예수님은 40일 금식하셨어. 그것도 광야에서. 생각해보면 예수님은 그 어려운 상황에서 목숨을 걸고 싸우셨던 거야. 거기 비하면 편안히 누워서 의사 진찰 받으며 하는 단식은 아무것도 아니지. 시 하나 받아써 줘. 「마지막 시」가 되겠는데……."

그러면서 「마지막 시」와 함께 시 두 편을 더 불러주셨다.

"머릿속에 시가 가득 차 있어. 좀 긴 것은 펜으로 쓰면서 정리해야 할 텐데, 그럴 수 없으니 머릿속에서 정리될 수 있는 짧은 것만 불러준 거야."

오늘로 보름째 단식이신데 저렇듯 건강하신 걸 보니, 우리도 좀 마음이 놓였다. 우리는 캐나다에서 보내온 가족사진 얘기, 아버님 요즘 읽으시는 책 얘기를 나누었다. 그리고 성경 얘기로 돌아갔다. 최종 단계에서 '스물'이 '이십'으로, '하려고'가 '하기 위해'로 고쳐진 따위, 우리말이 한자말로 고쳐진 것에 불만을 표시하셨다.

"여기 소장님과 보안과장님께 성경책을 한 권씩 기증해드려. 그 성경 한 권으로 난 다 살았다고 생각해. 예수님이 시험받으시던 기사. 그 시험들은 40일 금식이 끝난 후에 받으신 것이 아니라 금식하시는 기간 중에 받으신 것이 아닌가 생각돼. 특히 6, 7, 8, 9일째가 제일 힘들었어. 그때가 먹는 유혹을 강하게 받을 때였지. 꿈에 당신이 삼십대의 고운여자로 예쁘게 단장하고 맛있는 음식을 돌리는 모습이 보이곤 했지."

우리는 영금이(딸)의 결혼 얘기를 했고, 막내조카 영미가 보내준 편지 얘기를 했고, 한빛교회 이 장로님이 직장암으로 중태라는 얘기를 했다.

"아, 왜 모두 그래야만 할까? 하늘나라에서 뵙자고 전해줘. 그리고 선 신부님 묘에 비석 하나 세워줘. 그 비석에 이렇게 새겨줘. '선 신부님 말씀-하느님도 이제 한국말을 제대로 하시게 되었군요.' 그리고 그 옆에 성경을 한 권 놓고 유리로 뚜껑을 해 덮고 '문익환 드림'이라고 해주고."

선종완 신부님은 아버님과 함께 성경 번역 일을 하시다가 작년에 암으로 별세하셨던 것이다.

"하고 싶은 일이 많아. 오늘도 창밖으로 죄수들이 일하는 것을 보고 있었는데, 젊은 재소자들을 양아들로 삼았으면 좋겠어. 장가보내서 소요산에서 같이 살았으면 해. 전에도 말했지만 내가 나가서 그 사람들을 위해 뭔가 일을 못 하면 저주를 받을 것 같은 심정이야. 한빛교회 목사관 일은 어떻게 되었지?"

"좀 어렵지만 모두 열심히 도와서 잘되어가요."

"음, 한빛교회는 전 세계를 향한 등대니까 자라야지."

"밖에 와 계신 분들도 아버님 단식 계속하신다면 같이 단식하신대요."

"밖에선 단식하지 마. 내 맘이 약해지니까. 그리고 다른 여덟 분, 내 소식을 알게 될까? 알게 되더라도 단식하지 마시라고 해. 이건 나 혼자 하는 거니까. 오늘 교도소장이 생일이라고 국화를 한 송이 갖다주었고, 보안과장이 장미 두 송이를 갖고 왔어. 그리고 보안과장 부인이 깨죽을 끓여서 보내셨더군. 그래, 그 정리를 생각해서 세 순갈, 아주 맛있게 먹었지. 의근이 청춘사업은 잘 되어가나?"

의근이도 웃었지만 우리 모두 웃었다. 그러나 아버님은 곧 성경 얘기를 하고 계셨다.

"기무병 총무에게 사과해줘. 사실 번역의 과정에서 여러 가지 실험을 했는데 그것이 마지막 단계에서 통일되지 않고 출판되어버렸으니까. 학계에서 문제삼지 않나? 문제점이 나와야 할 거야."

말씀은 한동안 계속되었다. 우리말을 어떻게 사랑해야 한다는 것에 대해서. 나는 면회가 끝나기 전에 단식을 철회하실 의향을 다시 한 번 여쭤보아야 했다.

"단식하시는 데 어떤 조건이 있는 건 아닌가요?"

"이건 조건부 단식이 아냐. 강제 급식 얘기를 하지만, 내가 쓰러진 다음에 강제 급식하는 거야 어쩔 수 없지. 아직 끄떡없어. 혼자서 난간을 잡지 않고 계단을 오르내릴 수가 있으니까."

수염도 기르고 손톱도 길렀다.

"별로 깎고 싶지 않아. 이 엄지손톱으로 서울구치소 있을 땐 사과를 깎아 먹었지."

면회는 끝났다. 우리들은 차례로 아버지를 얼싸안았다. 넓고 푸른 수의 속에 감춰진 앙상한 그 몸을. 어머니가 마지막으로 그의 가슴에 얼굴을 묻고 울음을 삼키고 계셨다.

우리는 눈물을 감추면서 어머니를 모시고 나왔다. 밖에는 전주의 여러 목사님들, 서울에서 급히 달려오신 친지들이 근심스런 얼굴로 우리를 맞이했다.

6월 2일

더 많은 분들이 교도소 밖에 와주셨다. 그중에는 함석헌 선생, 안병무 박사, 박세경 변호사, 이우정 선생, 은명기 목사, 이해동 목사, 이재정 신부, 김상근 목사, 백기완 선생, 조아라 장로의 모습도 보였다. 그분들은 여러 가지 말씀으로 어머니와 나에게 설득할 방법을 일러주셨다. 그러나 면회실에 먼저 와 앉아 계시던 아버님은 우리를 보자,

"왜 또 왔어? 이번이 마지막인 줄 알아. 또 오면 안 만날 거야."

그러나 웃음 띤 얼굴이었다. 어머니는 오래 사셔서 여러 가지 하실 일들을 구체적으로 말씀하셨다.

"예수님이 내 나이까지 사셨으면 일을 얼마나 많이 하셨겠어? 너무도 엄청나게 일을 많이 하셨을 거야. 그러나 그는 돌아가셨거든. 죽어서 가장 큰 일을 하신 거야. 하고 싶은 일은 많아. 성경 번역? 번역이란 이렇게 하는 것이다, 하는 것을 보여주었으니 후배들이 잘해주겠지. 우수 한 학자들이 많아. 그들을 믿어."

"밖에 함 선생님, 안 박사님, 그밖에 많은 분들께서 오셔서 걱정하고 계세요. 함 선생님 같은 분은 당신이 죽으면 우리 같은 늙은이는 어떡하느냐고, 우리가 먼저 죽겠다고 그러세요. 철회 안 하시면 전부 같이 단식하시겠대요."

아버님은 몹시 흥분하셨다.

"그럴 줄 알았어! 왜 여기 와 앉아 있어? 서울에 큰일을 잔뜩 놔두고 여기 와 있다고 민주화가 되나? 나로서 지금 할 수 있는 최대의 투쟁은 이것밖에 없어. 만약 밖에서 그런다면 주사도 거부하겠어. 팔십 살, 백 살을 살아도 할 일은 남아 있는 법이야."

"해위 선생도 내려오시겠대요."

"아, 그분이 내려오시면 내가 좀 곤란하지. 내려오지 마시라고 해줘."

나는 단식의 방법에 대해 우연히 알게 된 몇 가지 요령을 말씀드렸다. 아버지는 웃으셨다.

"내가 연명을 하려는 게 아냐. 그런 건 문제가 안 돼. 나도 알아. 당국이 나를 쉽게 죽게는 안 할 거야. 그래서 주사도 응하고 있기는 하지만, 그건 단식 기간을 늘리는 효과밖에 없어. 내가 바라는 것은 마지막까지 맑은 정신으로 버티는 거야. 내가 빈사 상태가 되어 의식을 잃고 쓰러지면 강제 급식을 해서라도 살려내겠지. 그럼 또 단식을 할 거야. 또 살려내면 또 단식을 하고……."

"캐나다에 전화했더니, 할아버지 할머니 곧 나오신대요."

"어머님, 보고 싶어. 소요산에 큰 무덤을 나란히 마련해드리고, 난 그 옆에 작은 무덤에 묻히고 싶어. 하늘나라에서 뵈어야지."

"이재정 신부님은 젊은이들이 아버님에 의해서 용기와 희망을 얻는데, 죽으시면 그들에게 좌절감을 주지 않겠는가, 염려하시던데요."

아버님은 좀 흥분하셨다.

"내가 그렇게 위대한 사람이야? 나 하나 죽어서 민주화운동이 좌절된다면 그건 벌써 죽은 운동이지. 그런 운동은 있으면 뭘 해?"

나는 어쨌든 좀 집요할 필요가 있었다.

"슈바이처 선교사는 로마서 4장 18절에 바울이 아브라함의 신앙을 설명하면서……."

아버님은 더 듣지 않고 어머니를 향하셨다.

"당신이 나를 늘 '문고집'이라고 하지. 난 사소한 일은 양보하고, 웃으며 여유 있게 살려고 해. 여기 보안과장님도 계시지만, 내가 언제 찌푸린 얼굴을 하고 고집을 피웁디까? 그러나 가장 중요한 것, 내가 하겠다고 결심한 일은 끝까지 고집을 하는 거야. 이건 하느님의 명령인지도 모르니까. 나가서 열심히 뛰시라고 해줘. 교회가 민주통일을 내다보고, 우선 민주주의를 회복하고, 그에 대한 신념과 역량을 키우는 것이 필요하다는 것을 알아야 해. 교회가 그런 확신을 가져야 해! 그렇지 않으면 공산통일이 돼! 내 생각을 말고 나라 생각을 하라고 해줘. 걱정 마. 아직 한 달은 더 버틸 수 있어. 은숙이 어때?"

아버님은 성악가 며느리가 노래하는 것에 대한 부탁 말씀을 하셨다. 이번엔 어머니 차례였다.

"어떤 분은 크리스천으로서 스스로 죽는 것은 죄가 되며, 옳지 않은 일이라고 말씀하세요."

"내 생은 내가 결정하는 거야. 이 나라를 위한 최선의 길은 살아서 일하는 것보다 이 길을 택하는 거야. 밖의 분들께 너무 안이하게 생각지 말라고 해줘. 찾아와주는 것은 고맙지만, 나의 생명이나 재능이 아깝다거나 하는 미련은 버려달라고."

어머니는 최근에 일어나고 있는 몇 가지 희망적인 일을 말씀하셨다.

"그런 일로 방향 전환이 된다면 그만두겠어. 난 원래 낙천가라서 모든 걸 밝게 보는 사람이야. 물론 언젠가는 민주화되겠지. 그러나 이대로는 어려워. 잘못하면 공산통일이 돼. 난 지금 동주의 원한, 창필이, 태일이, 상진이, 그리고 무엇보다도 준하의 원한을 풀어주는 것 같은 심정이야. 사실 난 준하의 대타로 일을 시작했던 것이고, 지금까지의 일들은 내가 한 게 아니고 준하가 한 일이야. 단풍나무 심었어?"

생신 기념으로 우리는 단풍나무를 심기로 했었던 것이다.

"너무 급히 내려오는 바람에 못 심었죠."

"나는 사실 여기서 나가도 뒤로 물러나려 했었지. 소요산에 가서 당신이랑 조용히 살려 했지. 일선에 서려는 생각은 없었어. 김재준 목사님 편지가 생각나. 그 편지 어디 있을 거야. 여섯 장에 걸친 편진데, 그건 우리 집 가보家寶다. 미국에서 어서 나오셔야겠다고 내가 편지했을 때, 목사님은 준엄하게 꾸짖으셨어."

"그래, 이 늙은이가 꼭 나가야 하겠는가!"

"너희들 젊은이들은 무엇하고 이 늙은이가 나가기를 기다리고 있는가! 그분에겐 우리가 어린애지."

우리로선 더 이상 아무 말도 할 수 없었다. 밖에 계신 여러분에게 문안을 부탁하시고, 어머니 붓글씨 쓰시는 것 격려해주시고, 나와 동생들 하는 일에 충고를 해주시고, 나는 마지막으로 마치 신문기자나 된 듯 질문을 하나 만들었다.

"아버지, 민주회복의 방향으로 전환할 때까지라고 하셨는데, 그 전환했다는 것을 어떻게 판단하시겠습니까?"

"그건 내가 해야지. 내가 생각해서 과연 민주화의 방향으로 전환되었다고 확신이 서면 철회해야지. 사실 나도 살고 싶은 거니까."

마침 법무부에서 아버님 일로 직원이 내려와서 우리 방에 들어섰다. 아버님은 그 직원과 꽤 긴 시간 동안 교도 행정 일반에 관한 개선책을 논의하셨다. 우리는 그저 듣고 있을 뿐이었다. 말씀을 마치자 아버님은 우리에게로 얼굴을 돌리셨다.

"이제 가지. 안 박사 스웨터 고마웠나고 해줘. 그, 왜, 비아프라(1967년부터 1970년까지 나이지리아에 있던 국가로 내전에서 패해 사라졌다-지은이)에서 아사지경에 빠진 소년의 사진 보았지? 내 다리가 그 애 다리 되려면 아직 한 달은 더 있어야 해. 그리고 아버지 러시아 감옥에서 나오셔서 찍은 사진, 내 얼굴이 그때 아버지 얼굴 같아지려면 아직 두 주일은 더 있어야 되구. 잘 가요. 다시 와도 안 만날 테니까 이번이 마지막인데, 염려 말아요."

그는 나가는 우리에게 웃으며 손을 흔드셨다. 우리도 웃으며 손을 흔들었지만, 무얼 어떻게 생각해야 할지 몰랐다. 그저 밖에 나와서, 근심하시는 여러분들에게 그분의 말씀을 단편적으로 전해드리는 수밖에 없었다. 어떤 분들은 어리둥절해하는 것 같았다. 사실은 나 자신 아버님 뜻을 정확히 헤아렸다고 할 수 없으니, 내 단편적인 보고를 받은 분들 중에서 어리둥절하신 분들이 있었음도 당연했으리라. 나는 다만 "방향 전환이 되었다는 확신이 서면 철회한다!"는 말씀으로 미루어, 밖에 계신 분들에게서 어떤 행동을 기대하시는 게 아닌가 하고 말씀드렸다. 모두들 집으로 향하면서 막연하게나마 그런 생각들을 했으리라고 생각한다.

6월 3일부터 6월 6일까지

나는 이 기간 동안 줄곧 전주에 남아 있었다. 매일같이 여러 곳에서 여러분들이 찾아오셔서 같이 염려해주시며, 위로와 격려를 해주셨다. 매일 오전이면 교도소에 찾아가든가 전화로 연락하여, 아버님이 여전하시다는 소식만을 듣고 있었다.

서울에서는 그분의 마음을 돌이킬 만한 인사들을 면회시키려는 교섭이 이루어지고 있다고 했다. 4일, 토요일에는 기독교교회협의회 인권위원장 조남기 목사와 이두성 국장, 조승형 목사가 면회 허락을 받고 내려오셨다. 처음 아버님은 서울서 목사님들이 오셨다고 하니까 면회를 거절하셨으나, 조남기 목사가 이 세 분 이름을 메모해 보내니 나오셨다고 한다. 나는 귀경 차표 심부름으로 왔다 갔다 하느라 자세한 소식을 듣지 못했으나, 인권위원회는 공식적으로 아버님의 상황을 확인하고 위로를 전달했을 뿐이고, 단식철회를 위한 강력한 설득은 이루어지지 않았다고 했다.

5일 주일과 6일 현충일은 갑갑한 하루였다. 성근이와 나는 교대로 여관에 누워 사방에서 오는 전화 연락을 기다렸다. 해외에서 많은 위로 전화가 왔다고 했다. 무엇보다도 중요한 소식은 할머니가 6일 캐나다로부터 김포에 도착하셨다는 전갈이었다. 그리고 6일 전주에서는 두 가지 기도회가 있었다. 전북 노회교회와 사회위원회 주관의 나라와 인권과 선교를 위한 기도회가 오전에, 저녁에는 신·구교 합동 월요기도회였다. 김용준 박사가 내려와서 두 기도회에서 설교했고, 나와 성근이가 아버님 일에 대한 보고를 했다.

6월 7일

아침 첫 차로 할머니와 어머니가 도착했다. 6년 만에 뵙는 할머니는 많이 늙고 여위어 있었다. 그 몸으로 서른여섯 시간의 비행기 여행을 하시다니! 우리가 면회 들어 갈 때 교도소 밖에는 아직 사람들이 많이 모여 있지 않았다. 우리는 할머니를 부축하고 안으로 들어가서 기다렸다. 아버님이 나오셨다.

"어머니!"

"얘, 기막히게 되었구나. 기막히게 되었어."

그리고 두 분은 오랫동안 얼싸안고 계셨다. 모두 눈물을 긷잡을 수 없었다. 먼저 말을 꺼내신 것은 아버님이었다.

"어머니, 만주에서 싸우실 때 용기를 잃지 마세요."

아버님은 할머니를 자리에 앉히시며 우셨다.

"그래, 아버님은 어떠세요?"

"응, 다리 상하신 게 영 쉽게 낳지를 않는다."

"저요? 염려 마세요. 이 손을 보세요. 아직 말끔하죠. 그리고 이 다리를 보세요. 층계를 난간 잡지 않고 오르내린다니까요."

"그래, 언제가 한계냐? 다리 못 쓸 때까지?"

"캐나다 얘기나 좀 하세요. 영금이 어때요?"

두 분은 한동안 궁금하셨던 가족들의 얘기를 나누셨다. 영금이 신랑감 얘기, 삼촌, 고모 살아가는 얘기, 할아버지 얘기, 조카들 얘기.

"어머니, 그곳에 가셔서 주스, 우유 많이 드시고 살이 불어오시길 기대했는데 많이 늙으셨군요."

"응. 5년 반 만에 오는 거니까."

"이 손을 보세요. 아직 힘이 있어요. 저 교도관 양반하고 팔씨름도 할 수 있겠어요."

우리는 웃었다. 오랜만에 할머니를 뵈어서 그런지 아버님 얼굴은 지난 번 뵈었을 때보다도 오히려 좋아 보였다. 오늘로 스무하루째 단식이신데…… 어머니도 같은 느낌인 모양이었다.

"그렇게 머리 깎고 계신 걸 보니, 우리 약혼사진 찍었을 때 얼굴 같네요."

"야! 이거 새 출발인데. 33년은 젊어진 느낌이야. 어제도 12시 반까지 책을 봤지. 그리고 대여섯 시간 푹 자고 나면 아침에는 개운하게 일어나, 아침에 또 한 시간가량 책을 읽고 쉬지. 허기를 안 느끼니까. 6, 7, 8, 9일째가 제일 힘들었어. 그때 「마지막 시」를 늘 외웠지."

"죽어서 산다는 것은 예수님 말씀이라고도 하고, 김재준 목사님 말씀이라고도 하던데요?"

"그야 본래는 예수님 말씀이지. 그러나 죽어서 산다는 표현은 김 목사님의 한국말 표현이지. 가장 힘들었을 때 그 말만을 생각했지. 이젠 그 시 그리 안 외워."

할머니는 긴 여행이 끝난 데다 낮밤이 바뀌어 몹시 피곤하신 것 같았다. 이제 본론으로 들어갈 때가 되었다.

"어머니, 서울 가셔서 전태일 어머니 만나주세요. 그리고 제가 불쌍한 직공들의 권익을 위해 단식한다고 전해주시면 위로가 될 겁니다. 그리고 상진이 어머니 만나 뵙고 그의 뜻을 받아 그것이 이루어지기 위해 단식한다고요. 그러면 위로가 될 겁니다. 그리고 장준하 부인도 만나주세요. 그래요, 태일이는 직공들의 권익을 위해서, 상진이는 자유와 민주를 위해서 죽었지만, 준하가 원했던 것은 민주통일이었죠. 그분들을 만나보시면 제가 이렇게 극한적인 단식을 하는 심정을 아실 겁니다. 그리고 그래도 부족하면 만주에서 죽으신 선열들의 뜻을 생각하시면 용기를 얻으실 거예요."

"내가 오기 전에 김 목사님을 뵙고 전해드릴 말씀이 없느냐고 하니까 이리저리 몸을 뒤척이시면서, '일하자면 몸이 건강해야지' 하셨다. 그리고 아버지는 워싱턴에서 데모하시던 얘기를 하셨다. 작년 2월에 다리 부러진 후에 영 낳지를 않으셨어. 10월에 워싱턴과 뉴욕과 샌프란시스코와 로스앤젤레스에서 데모를 했지. 죄수복을 준비하고 명패를 달고 아버지가 네 명패, 김상돈 씨가 김대중 씨 명패, 김재준 목사님이 윤보선 씨 명패를 달고 시위를 했지. 아버지는 지팡이를 짚고 온종일 다니셨어. 내가 나오려 하면서 아버지께 아들한테 해줄 말씀이 있거든 내가 전해주겠다 하니, 그때 처음으로 얘기하셨다. 나도 그때까지 몰랐는데, 시위가 끝나면 할복하실 생각으로 칼을 갈아 품에 넣고 가셨다는 거야. 그러나 가만 생각해보니, 온 세계가 한국을 위해 기도하는데, 기독교연합이 기도하고,

미국 교회가 기도하고, 모두 한마음이 돼서 한국을 위해 기도하는데, 한두 사람의 기도도 들으시는 하느님께서 온 세계가 민주와 자유와 통일을 위해 기도하니 내가 이럴 수 없다! 하느님이 해주실 텐데 내가 왜 이래! 그리 되면 내가 동지들에게서 혼자 뛰어나가는 것이 아니냐! 모든 것이 무르익어가는데 내가 지금 할복할 필요가 있느냐 생각하시고 그만두셨다고, 그저 그 말만 전해달라고 하셨다."

아버님은 안경을 벗으셨다. 손으로 그 야윈 얼굴을 만지시며 생각에 잠기셨다. 할머니는 계속하셨다.

"지금은 태일이, 상진이 때와는 다르거든. 유엔에서 인권헌장이 나온 게 69년인가? 그 후에 모두들 민주를 위해 싸우고, 하느님의 종 카터가 인권을 위해 외치는데, 이게 다 공연한 게 아니거든."

아버님은 한동안 생각에 잠겨 있다가 입속말처럼 말씀하셨다.

"아버지는 참 위대하셔, 참으로 위대하셔. 전 아브라함이 그 아들로 제사 드릴 명령받은 말씀을 드리려고 했는데."

"그 말씀은 나도 생각했다. 그러나 엘리야가 더 이상 싸우지 못하겠다고 하느님께 죽여주십사, 하고 기도했을 때, 까마귀를 시켜 음식을 물어다주게 하시고, 하느님은 엘리야에게 아직도 바알을 섬기지 않는 사람이 7천이 있으니 희망 있다, 나가 싸우라고 명령하셨지 않니? 그런데 지금 현실은 기독교인이 몇백만이니 하느님이 멸망시키겠나? 난 사실 너에 대해서는 동환이보다 덜 걱정했다. 너는 늘 제 몸을 생각하며 살아왔으니까. 그렇지만 난 두 아들 위해 따로 기도해본 적이 없다. 그저 민주주의를 위해 기도했지. 1899년에 우리가 만주로 넘어갈 때 내가 네 살이었는데, 그 후로 중국인들의 폭정에 시달렸지. 그 후에 만주에 러시아 세력이 내려오니까 우리 오촌이 거기 가담해서 일하다가 다시 중국 세력이 내려오니까 잡혀서 사형당할 뻔하지 않았나? 그 후에 일본 사람한테 고생하고, 해방이 되어 이젠 한시름 놓겠구나 했더니 공산치하에서 고생을…… 그러면서도 기독교인들은 그런 숱한 수난을 겪으면서도 정의를 위해 사는 게거든. 당신네들처럼 그냥 먹고사는 문제를 생각지 않거든. 권력에 아부하며 먹고사는 게 어디 사는 게야? 백성을 짓누르고 독재하니까 싸우는 게지. 그러나 아버지 9월에 나오실 텐데, 그 전엔 너희들도 나온다. 해제되고 자유된다. 우리보다 더했던 비율빈(필리핀을 한자로 받아쓴 말-지은이)도 해제되었거든."

아버님은 마지못한 듯 대답하셨다.

"글쎄, 우리도 해제되면 철회하죠."

한동안 침묵이 흐르다가 할머니는 말씀하셨다.

"아버지가 할복을 철회하신 것은 이것이 개인의 명예를 위한 것으로 생각될까 염려하신 것도 있다."

"네, 그 문제는 참으로 중요한 거예요. 예수님 광야에서 같은 시험을 당하신 것을 생각해보면, 평생을 두고 끊임없이 찾아오는 시험이라는 것을 알아요. 내가 찬양받고 싶다는 것. 그건 밀려오는 바다와 같이 무서운 시험이에요. 그 둘째 시험은 일주일 전에 극복했어요. '나에 대한 찬양을 물리치자!' 그래서는 물리쳐지지 않아요. '하느님께 돌려야!' 하고 생각했지요. 그러고 나니까 맘이 가벼워지고 기뻐졌지요. 사실 나만큼 하느님께 찬양 올려야 할 사람이 없어요. 일생 동안 일제 밑에서 남의 눈에 안 뜨이는 목사로 살려고 했던 제게 성경 번역이란 큰일을 주셨지요. 이것은 교회사에는 물론이고 문화사에 있어서도 큰일로 꼽힐 수가 있어요. 민주투쟁의 맨 중심에 서게 해주셨지요. 굉장한 책임을 느끼지요. 부모님 이렇게 연로하시면서 해로하시지요. 아이들 다 훌륭히 커가지요. 찬양을 돌릴 밖에 없어요. 찬양을 막을 길이 없어서 기도를 드릴 수 없어요. 눈만 감으면 찬양이 터져 나오거든요."

할머니는 얼른 말을 받으셨다.

"찬양도 기도지."

또다시 침묵이 흐르다가 아버님 건강 얘기로 옮겨졌다.

"예학이(제수) 말이 20일이 되면 정신을 못 차릴 거라고 하더구나."

옆에 앉았던 의사가 거들었다.

"장이 유착될 염려도 있죠."

"사실은 내가 제일 이상하게 느껴요. 그렇지만 앞으로 한 주일은 문제 없어요. 내 말은 지금의 컨디션으로 계속할 수 있다는 거죠. 사람이 빵으로만 살지 않는다는 것을 실감해요."

할머니는 말문을 여셨다.

"아버지는 늘 쉽게 생각하셔서 늘 곧 될 것이다, 곧 될 것이다 하시지만, 김재준 목사님은 그렇게 쉽게 되겠습니까? 하시다가 이번에는 이젠 오래지 않았습니다, 하신다."

할머니는 그밖에 해외에서 얘기되고 있는 희망적인 전망들을 말씀하셨다. 우리도 밖에서 여러분들이 열심히 일하고 계시다고 얘기했다.

"그래, 나도 결국 이 나라가 민주화될 것이라는 것을 믿어. 그러나 앞으로 삼사 년이 통일을 위한 중요한 시기라고 볼 때 하루가 새롭다는 거지."

"다 안다. 다들 알지만 너무 눌리니까 나타나지 않아서 그렇지."

"그렇게 꼼짝 못 하면 안 된단 말이에요."

"꼼짝한단 말이야."

"이 나라의 자유를 우리가 쟁취해야지. 우리의 운명을 이번에도 외국의 힘에 의지해선 안 된다는 거예요. 각자가 처한 자리마다 투쟁방법이 다르죠. 내가 처한 이 자리에선 투쟁방법이 죽는 것뿐이거든요. 내가 어쩌다가 이렇게 영광스러운 죽음을 할 수 있게 되었나, 생각하면 늘 감사하고 찬송하는 마음을 갖게 돼요. 그렇지만 다시 반성하고 생각하겠어요. 아버지 생각은 늘 더 크고 원만하세요. 하느님께 영광 돌리는 일이냐, 내 영광을 위한 것이냐, 하는 것을 냉철하게 다시 생각해보겠어요."

"그래, 조급히 굴지 말고 여유를 두고 생각하렴."

"철회하실 때까지 여러 번 면회할 수 있도록 교섭해놓았으니, 여유를 갖고 생각하세요! 결국 모두 민주를 위해서 죽는 거예요. 내가 죽는 방법은 뭐냐 이거죠. 그런데 민주운동의 핵심에 서게 되었으니 누구도 내 위치를 대신해줄 수 없죠. 민주구국선언사건이 역사적으로 큰 의미가 있기 때문에 저의 행동은 중요할 수밖에 없고, 그래서 신중에 신중을 기해서 결정한 일이에요. 부모님 생각을 제일 했는데, 먼저 죽는 것이 불효가 아닌가 생각되면서도, 우리 부모님은 대국적으로 생각하시는 분들이니까, 마지막 효도로 이해하실 거다,라고 생각했죠. 처음에는 시한부로 할까 생각도 했다가, 아니지, 후퇴할 다리를 다 끊고 하는 거지, 계란으로 바위를 치는 무모한 짓인 줄 알지만 하는 거지, 하고 결심한 거예요."

"너희들이 들어간 후에 구약을 다시 읽는데, 감명이 굉장하다. 다윗 왕과 히스기야 왕은 둘 다 훌륭한 왕이었지만 그 자식들은 달랐거든. 왕은 위대하더라도 그 가정교육이 얼마나 중요한 것인가를 느꼈다. 그래서 할아버지와 가훈을 정해서 보냈던 거다."

작년에 할아버지, 할머니가 가훈으로 삼기를 원해서 보내주신 것은 "너희는 먼저 그의 나라와 그 의를 구하라"라는 말씀이었다.

"네, 염려 마세요. 며칠만 시간 여유를 주세요."

"당신, 전에 쓰러진 적이 있잖아요? 그러니까 더 걱정이 되는 거지요."

"네게 성령의 힘이 있는 줄은 안다."

"네, 내 힘이 아니에요. 내 힘만이었다면 벌써 쓰러진 지 오랬을 거예요. 다시 생각하고 마음 결정 짓고 통지하겠어요. 밖에 계신 여러분들, 특히 해위 선생님께 죄송하다고 전해주세요."

아버님은 생각에 잠기신 채 면회실을 걸어 나가셨다.

전주교도소 민원실 앞에는 등나무 넝쿨 아래 돌 벤치가 네 개 놓여 있다. 그 돌 벤치로는 부족해서 민원실의 나무 벤치를 여럿 내다가 자리를 마련하고, 서울에서, 전주에서, 광주에서, 부산에서 오신 많은 분들이 우리를 기다리고 있었다.

그곳은 아버님을 걱정하시는 분들만이 모여 있는 곳은 아니었다. 김제 강희남 목사의 가족은 5월 5일에 연행되어간 후로 아직 행방조차 알지 못하고 있는 목사님을 염려하여, 그리고 전날 연행되어간 백윤석 목사의 교인들도 목사님을 염려하여 그곳에 있었다. 우리는 서로 인사하고, 안부를 묻고, 소식을 전하고, 서로 위로를 나누었다. 그러나 오래지 않아 연락이 왔다. 단식을 철회하려 하시니 가족은 얼른 들어오라는 것이었다. 우리는 들어갔다. 우리는 가슴을 설레며 기다렸다.

아버님은 활짝 웃으며 들어오셨다. 자리에 앉자마자 말씀하셨다.

"너무나 분명한 일이어서 더 지체치 않고 알려드립니다. 첫째로 내게 돌아오는 찬양을 하느님께 돌려왔는데, 아버님 말씀 듣고 생각해보니 이 이상 하면 둘째 시험에 빠지는 거라는 것이고, 둘째는 국내·국외에서 관심을 써주시고 걱정해주시고 기도해주시는데 내가 고집을 부린다는 것은 나를 과대평가하는 것이고, 교만으로 떨어진다는 것이고, 셋째는 예수님의 세 번째 시험을 이제까지 저는 그다지 심각하게 생각지 않았는데,

이제 더 계속하면 하느님을 시험하는 것이 된다는 거예요. 하느님께서 나에게 주신 체력을 시험하는 것이고, 우리를 붙들어주시는 하느님의 능력을 시험하는 것이죠. 오늘에야 예수님의 세 번째 시험의 의미를 실감하게 됩니다."

"그럼! 성경은 감격을 갖고 보아야 하는 거니까."

"저의 확신은 4·19 때 유서를 써놓고 뛰어나갔던 창필이, 태일이, 상진이, 준하들의 생명이 내게 들어와 이 역사의 한복판에 떨어져 죽어야 한다는 것이었죠. 이것은 아무도 대신 못 하는 것이고 오직 내 생명을 요구하는 거라는 확신이었죠. 그런데 아버지 말씀 듣고 생각해보니, 주님의 뜻은 다른 데 있는지 모른다고 생각되었어요. 모든 사람들이 기도해주시는데 더 버티는 것은 내 찬양을 위한 것이 되고, 그렇게 되면 헛 죽음이죠."

우리는 어쨌든 기뻤다. 그것을 어떻게 설명해야 할까?

"밖에 계신 분들에게 전하실 말씀이 있으시면 제가 대신 전하죠."

"응, 나를 위해서 인간적으로 염려해주셔서 고맙다고. 그리고 내가 원하는 것은 모두들 민족을 위해 열심히 살아주십사는 것, 아니, 그런 말씀 드릴 필요 없겠지. 그저 밖에서 열심히들 뛰시는데 혼자 안에서 아무것도 못 하고 있다는 초조감이 있었던 것이고, 그래서 밖에서 일하시는데 힘이 될 수 있는 적극적인 길은 이 길이라고 생각하여 시작했던 일이었다는 것을 전해드려. 그리고 정말 민족통일이 눈앞에 다가왔으니, 이 나라의 민주화도 시각을 다투는 것으로 생각된다고. 이 안에서나마 열심히 기도하겠다고……."

이제 그동안의 긴장도 조금씩 풀어지고, 흥분도 가라앉아가고 있었다. 아버님은 웃음을 띠고 말씀하셨다.

"면회 마치고 들어가서 한 주일쯤 더 버틸까 생각해보았죠. 아! 이것이 시험이구나. 하루만이라도 더 계속해서 만 삼주일을 채울까 생각해보았죠. 아, 이것 시험이구나. 마음을 결정하면 즉각 옮겨야겠구나! 그래서 제 방에서 왔다 갔다 걸으면서 생각하다가 교도관을 불렀죠. 철회한다고요."

"잘했다."

"사실 제 마음을 돌이킨 것은 아버지였어요. 어머니가 며칠을 와서 우셔도 마음을 돌이키지 않으려고 했어요. 그리고 태일이, 상진이 어머니 만나시면 감당하실 수 있으리라 생각했죠. 아, 아버지는 정말로 위대하셔."

"그렇고말고. 아버지는 어디서든지 화해시키는 일을 하신다."

"사실 예수님은 30일이셨으니까, 저의 한계는 20일일 거라고 생각했어요. 그런데 뜻밖에 잘 견디고 있죠."

우리는 회복단계에 주의하실 일에 대해 얘기했다. 회복 단계가 훨씬 중요하고 힘들다는 것을 말씀드렸다.

"이제 제3의 인생이 시작되었어요. 63년에 쓰러졌다가 살아났을 때부터 제2의 인생이었고."

"덤이 또 하나 생기셨네요."

"밖에 나가면 모두 모여 감사예배 드리겠어요."

"아침마다 이사야 35장을 읽어요. 그리곤 〈시온의 영광〉 찬송을 부르죠."

아버님은 조용조용히 〈시온의 영광〉 찬송을 부르셨다. 2절, 할머니도 따라 부르셨다. 3절, 4절, 우리 모두 낮은 소리로 불렀다. 교도관들은 조용히 듣고 있었다.

우리는 서로 얼싸안고 헤어졌다. 아버님은 굳이 할머니 손을 이끌고 복도까지 나오셔서 계단을 내려가시는 걸음걸이를 보여드리겠다고 하셨다. 과연 옆에서 부축하려는 교도관의 손을 뿌리치고 혼자서 계단을 힘있게 내려가셨다.

너무 갑작스럽게 철회하셨기 때문에 밖에 와주셨던 분들은 뜻밖이라는 표정이었다. 그러나 모두 기뻐해주셨다. 우리는 김경섭 목사 인도로 감사예배를 드렸다. 〈시온의 영광〉 찬송을 불렀다. 나는 할머니를 모시고 먼저 여관으로 내려왔다. 여관은 성광교회 바로 건너편에 있었다. 한참 후 교회로 행진하며 부르는 노랫소리가 들려왔다.

"오, 자유. 오, 자유. 나는 자유하리라."

6월 8일, 그 이후

모두들 올라가시고 가족만 남으니 어쩐지 허전했다. 오후에 할머니와 어머니는 교도소를 다시 한 번 방문하셨다. 죽는다 생각하니 마음이 가벼웠다가 다시 산다고 생각하니 정신적인 부담을 느끼신다는 것, 해위 선생님, 그 밖에 여러분들이 여기까지 내려오시게 한 것 죄송스럽다는 것, 내가 뭔데 그렇게까지 애쓰시게 할 수 있겠는가 싶어 풀 바에는 빨리 풀자고 생각하셨다는 것, 다시 한 번 여러분께 감사하신다는 것, 성근이(막내)가 집어넣은 단식요법 책을 보시며 회복에 주의하시겠다는 것 등의 전갈이 나왔다.

우리는 아버님이 계신 전주를 떠났다.

이후 문익환은 참으로 훌륭하게 수감 생활을 마쳤다. 그가 첫 번째 감옥살이를 얼마나 여유 있고 멋있게 했는지를 설명하자면 편지 한 줄을 소개하는 것으로 족할 것이다.

"이제 지면도 다 돼가는 것 같아 내게 필요한 걸 적죠. 제일 필요한 건 당신. 꿈자리는 비어 있으니까 언제나 오시오."

당국도 그를 예상보다 빨리 형 집행정지로 풀어주었다. 그리하여 1977년 12월 31일, 가족들은 아무것도 모른 채 '동아자유언론수호투쟁위원회(약칭 동아투위)' 망년회에 참석하고 있었는데, 갑자기 박용길에게 집에 가보라는 연락이 왔다. 석방되리라는 생각을 못 했기 때문에 옷도 넣지 못하여 문익환은 교도소에서 준 국방색 양복을 입고 석방되었다. 가벼운 조사차 연행되는 아내를 따라간 지 꼭 22개월 만에 한 귀가였다.

두 번째 감옥, 15개월

형 집행정지로 풀려나서 하룻밤을 자고 맞은 1978년은 문익환에게 또 다른 기념비를 안겨준 해가 되었다. 삶에서 단일하고 연속적인 진화란 존재하지 않는다. 첫 번째 투옥은 문익환에게 성과 속의 세계가 따로 있다는 생각을 깨뜨려버렸다. 그로부터 그의 세계는 알을 깨고 나온 것처럼 커졌고, 그와 함께 그가 이전까지 해오던 모든 일들의 차원이 달라졌다. 사실 문익환의 모든 신분적 정체성 속에는 그의 삶을 설명해줄 알리바이가 들어 있었다. 그가 윤동주에게서 느꼈던 문학적 콤플렉스는 그를 시인으로 만들었고, 장준하에게서 느꼈던 사회적·정치적 실천에 대한 콤플렉스는 그를 재야운동가로 만들었으며, 건강에 대한 콤플렉스는 그를 민중의학자로 만들어갔다. 통일의 사도가 된 배경에도 분단 당사자로서의 콤플렉스가 있음은 물론이다. 이 모든 콤플렉스는 후천적인 것들이었으며 또한 극복됨으로써 세상에 알려지기 시작했으니, 그처럼 보람 있는 생애는 더 없다고 해야 할 것이다. 그래서 막내 문성근은 이때, 아버지의 회갑이 코앞이었으므로 회고록을 써 보실 것을 건의했다.

"회고록?"

이것이 대장정의 출발이었다는 것을 감히 어떻게 알았겠는가?

그렇다. 그 이전까지의 문익환의 삶에서 가장 강렬하게 읽혔던 의지가 있다면 그것은 활화산 같은 투사의 면모가 아니라 '조용한 아침의 나라'에서 '조용한 아침의 생애'를 '은자의 나라'에서 '은자처럼 살고자 했던 의지'였다. 이러한 노력의 실패는 그에게 고통과 시련을 수반했지만, 한국 사회에는 감동과 역동을 주었다. 그것을 문익환은 어느 교회 집회에서 박형규를 만나 얼싸안고 춤을 추는 것으로 축하했다. 자신은 늦게 깨닫고 늦게 본 사람이니 박형규와 같은 '이른 봄'들에게 갚아야 할 빚이 많다는 '보디랭귀지'가 그것이었다. 그리고 날마다 재야인사들을 만나 열기를 높여갔다. 사람들은 이제 그에게서 더 이상 '모범생 목사!'의 이미지를 읽지 못했다.

그에게 문학적 영광을 안겨주는 옥중시 「꿈을 비는 마음」이 입에서 입으로 퍼져가면서 성서 번역을 위해 시를 쓰기 시작했다는 그의 겸양은 한낱 너스레였음이 드러나고, 그가 시를 쓰기 시작한 진정한 이유가 전면에 드러났다.

"살아 있는 구체적인 인간들, 그들이 모여서 살아가는 사회를 총체적으로 파악하고 묘사해주는 것이 문학인 줄 알면서 문학을 어찌 기웃거리지 않고 견디겠어요?"

과연 한국의 저잣거리는 세계적인 냉전의 압박 속에서 들끓고, 그 속의 '실존'들은 시대의 뻘밭에서 진흙더미들을 뒤집어쓰고 있었다. 그해 한 해 동안 1천 명 이상의 시민과 학생들이 정치적 이유로 체포되었다. 서울에 있는 수백 군데의 다방에서는 사람들이 모여들어 틈만 나면 정치에 대해 쑥덕공론을 했다. 그것이 어쩌면 한껏 갈기를 세운

성난 문학인들을 길렀다고 봐도 될 것이다. 가히 문학의 시대였다. 그 한복판에서 자유실천문인협의회가 출범하고 5년 만에 열린 '문학의 밤'에 문익환이 나타나자 시인들은 열광적으로 환호했다. 박용수 시인은 이렇게 회고한다.

"한 차례 시 낭송이 끝나자 진행을 맡아보던 소설가 이 문구가 단상의 고은 시인에게 말할 기회를 주었고, 고은 시인이 단상에 앉은 캐나다에서 건너온 문재린 목사 부부, 해직교수 성내운 연세대학교 교수를 소개하자 모두 몸을 일으켜 가볍게 머리를 숙인 뒤 자리에 앉았지만, 두 팔을 만세 부르듯 번쩍 들고 흔드는 사람, 수인번호를 둘이나 단 가슴을 손으로 치며 팔을 흔드는 사람, 명동성당 3·1민주구국선언으로 옥고를 치르고 나온 문익환 목사. 내가 처음으로 문익환 목사를 본 모습이었다. 훌쩍한 키에 수인복을 입고 수염을 기른 얼굴은 옥고가 컸음을 말해주듯 핼쑥했으나 박수를 치는 청중을 향해 웃는 웃음은 어린애같이 천진해 보였다. 나는 좀 놀랐다. 아, 저런 사람도 있구나!"

그러나 한국의 시인이라는 자들이 실천적 대가의 권위를 인정해줄 턱이 없었다. 자신들은 그렇게 살지 못하지만 그렇다고 해서 옳은 자의 엄숙주의가 삶을 지배하는 순간 그곳에서 틀림없는 이데올로기적 도그마가 발생된다는 점은 다들 알고 있었다. 박용수는 말한다.

"그 건방진 땡초 녀석은 목사도 떼고 '문익환 형!' 하고 손아랫사람 부르듯 하지를 않나. 기완이와 어울려 술이라도 한 잔 들어가면 예의고 경우고 홀랑 벗고서는 '익카나, 익카나!' 이런단 말이야." 땡초 녀석이란 고은이고, 기완이는 백기완을 일컬음이다. 이들 셋은 내가 옆에서 보기에도 부러우리만큼 잘 어울린다. 술 몇 잔 들어가면 백기완은 소리를 하고 문, 고 두 시인은 매사니 시절 동무처럼 옷을 훌랑 벗고 춤을 춘다.

— 박용수, 『사랑, 그 짓궂은 이야기』

문익환은 그것을 이미 졸업한 사람, 자신도 그들의 야성미를 좋아하며 그들과 함께 기꺼이 저잣거리의 사람이 되었다. 그는 이제 그들 속에서 똬리를 틀었다.

"전주교도소에서 나의 입소를 알리는 음악회가 열렸거든. 다들 한 곡조씩 뽑는 거야. 나더러도 노래를 부르라는데 나야 〈봄이 왔네〉밖에 부를 노래가 있어야지. 그래서 그 노래를 불렀어. 목사가 무슨 저런 노래를 부르나 싶었을 거로구먼"

역시, 예의 콤플렉스 타령이요 자신을 낮추고 남을 섬기기식의 접근이었다. 그러나 그와 어울리는 사람들은 누구나 각종 노동투쟁 대책과 강연과 강제연행, 연금 등으로 너 나 할 것 없이 철저히 사생활을 내던져야 했다. 그 같은 격류 속에서 두 번째 시집 『꿈을 비는 마음』이 출간되었다. 사실상 환갑기념이 된 이 시집의 출판기념회는 윤보선의 집 마당에서 베풀어졌는데, 이 자리에서 백낙청은 그를 한용운과 비교하는 덕담을 남겼다. "한용운은 문단의 주류가 아니면서도 그의 시는 문학사의 정통을 이룬다." 문익환도 한국 문단의 변두리에 있으면서도 민족문학의 주류에 속한다고 평한 것이다. 또한 소설가 박태순은 서평에서 "오늘날 문단 일각에서 문학 그 자체에 대하여 반성이 일고 있다면 그것은 문학이 의당 자신의 아픔으로 아로새겨야 할 민족사의 당면 문제와 우리 삶의 현실에 대한 사랑의 열도가 과연 어떻게 되었는가, 하는 의문 때문이라고 할진대, 시인 문익환의 시는 바로 이에 대한 뜨거운 답변으로서 제시되고 있다고 하겠다"라고 했다. 당대 문단의 복판에서 터져 나오는 호평이었다. 과연 「꿈을 비는 마음」은 고은의 「화살」, 양성우의 「지금은 꽃이 아니라도 좋아라」 등과 함께 최고의 낭송가 성래운의 목소리를 타고 울려퍼지면서 민족시의 명작 반열에 들어섰다.

개똥 같은 내일이야
꿈 아닌들 안 오리오마는
조개 속 보드라운 살 바늘에 찔린 듯한
상처에서 저도 몰래 남도 몰래 자라는
진주 같은 꿈으로 잉태된 내일이야
꿈 아니곤 오는 법이 없네

그러나 벗들이여!
보름달이 뜨거든 정화수 한 대접 떠놓고
진주 같은 꿈 한 자락 점지해줍시사고
천지신명께 빌지 않으려나!

벗들이여!
이런 꿈은 어떻겠소?
155마일 휴전선을
해뜨는 동해바다 쪽으로 거슬러 오르다가 오르다가
푸른 바다가 굽어보이는 산정에 다다라
국군의 피로 뒤범벅이 되었던 북녘 땅 한 삽

공산군의 살이 썩은 남녘 땅 한 삽씩 떠서
합장을 지내는 꿈,
그 무덤은 우리 5천만 겨레의 순례지가 되겠지
그 앞에서 눈물을 글썽이다보면
사팔뜨기가 된 우리의 눈들이 제대로 돌아
산이 산으로, 내가 내로, 하늘이 하늘로,
나무가 나무로, 새가 새로, 짐승이 짐승으로,
사람이 사람으로 제대로 보이는
어처구니없는 꿈 말이외다
— 문익환, 「꿈을 비는 마음」 부분

아니나 다를까, 그의 「꿈을 비는 마음」은 파도처럼 요동을 치는 사람들 속으로 물결쳐 들어갔다. 물론 세상은 아직 살벌했다. 군사독재의 검은 구름이 하늘을 뒤덮어 달빛도 별빛도 없는 정치의 밤이 계속되고 있었다. 그리고 그러한 밤이 깊어갈수록 중앙정보부는 유신시대를 맞아 막강한 권력을 제멋대로 휘둘러 우군을 포상하고 정적을 응징하는 완전히 불한당의 기관이 되었다. 지휘 계통 외에도 국립경찰, 국군보안사, 지역 지방 행정조직, 그 밖의 수많은 기관들과 신속하게 의사소통이 이루어졌다. 중앙정보부 요원은 도처에 깔려 있었는데 야당적 성향을 약간이라도 지닌 정당단체뿐 아니라 신문사, 라디오와 텔레비전 방송국, 회사의 노조, 심지어는 미국 대학의 교실에까지 깔려 있었다. 문익환은 이제 「꿈을 비는 마음」의 시인으로서 그 같은 상황을 그냥 지나가지 않았다.

생명의 마음, 생명의 본능은 내일을 지향한다. 생명에는 지금 있을 뿐 아니라 장차 있어야 할 것에 대한 꿈이 있다. 창백하고 조용한 지식인의 모습으로 신학의 복도를 걸어다니던 문익환은 세계무대의 단상에 올라 꿈을 외치고 다녔다. 그의 의지는 예언자들의 묵상에 단련되어 있었고, 그의 연설은 오랜 세기의 전통 있는 사제들의 설교술에 다듬어져 있었다. 그와 수난을 같이 한 제자 이해동 목사의 해명처럼, "거짓투성이의 현실에서 진실은 꿈일 수밖에 없는 것, 사슬에 묶인 노예에게 해방과 자유는 꿈의 세계일 수밖에 없는 것, 그는 꿈을 꾸는 게 아니라 사는 사람이었다." 그리하여 출감 10개월 만에 유신헌법의 비민주성을 폭로한 혐의로 형 집행정지가 취소되었다. 이번에는 15개월 동안 이어지는 옥살이였다.

그는 언제나
'낡은 우리'의 내부에 있는
'사적 인간성'을 몰아내기 위해서
티끌 하나 없이 맑은 모습으로
새로운 공동체,
즉 민중 앞에 서 있었다.

겨울이 긴 나라의 봄은 아름답다

1979년 10월 27일 아침, 안양교도소는 부산했다. 정부가 충격적인 뉴스를 발표한 것이다. 26일 밤, 박정희 대통령이 안가安家에서 중앙정보부장이 쏜 총에 사망했단다. 대통령 경호실장 외에 네 명도 그 자리에서 함께 죽었다! 순식간에 교도소는 들끓고, 온갖 추측과 소문이 난무했다. 1970년대 내내 요지부동이던 시국이 YH사건으로 격동하다가 부마 시민항쟁으로 이어지더니 대통령이 피살되는 사태로까지 발전한 것이다.

다들 기쁘다기보다도 허망하다는 표정이었다. 그간 무지막지한 공포의 연대기를 수호한 것은 중앙정보부였다. 날아가는 새도 떨어뜨린다는 한국의 중앙정보부! 미국 국무부의 한 연구는, 한국의 중앙정보부가 자유세계 곳곳에서 필요한 '반反전복 활동'의 일환으로 미국 정부가 세운 '1290-d 프로그램'이라는 계획에 의해 미국 당국이 제공하는 "장비와 적당량의 훈련 프로그램"을 지원받아 탄생되었음을 밝히고 있다. 그러나 한국의 중앙정보부는 금방 "조언자의 의도를 훨씬 뛰어넘는" 조직력을 갖추고, 조언자들도 깜짝 놀랄 만한 정치공작을 감행하는 곳으로 자리잡아버렸다. 그것은 미국에서도 화제가 되었다. 1973년에 《뉴욕타임스》가 쓴 기사에는 '남산(중앙정보부가 소재하는 곳)의 공포'가 이렇게 그려져 있다.

중앙정보부 요원들은 도처에서 모든 일과 모든 사람을 감시한다. ……한번은 한 외국인이 휴일 날 아무한테도 알리지 않고 떠돌아다니다가 먼 시골의 분식집에 들어가게 되었는데, 중앙정보부가 서울에서 거기까지 전화를 연결해준 적도 있다. 한국의 시민들은 중앙정보부의 감시에 대응하는 최상의 방법은 "어떤 일에 관해서건 아무한테도 말도 하지 않는 것", 심지어 가족한테도 하지 않는 것이라고 믿었다.

— 브루스 커밍스, 『브루스 커밍스의 한국현대사』에서 재인용

그 가공할 통치체제가 어떻게 해서 느닷없이 종결을 맺게 되었는지, 그 정확한 진실은 아직도 밝혀지지 않고 있다. 그날 김재규가 박정희를 죽인 것은 첨예한 이해 당사자인 북한이나 미국에게도 반은 수수께끼로 남아 있는 것처럼 보인다.

당시 북한에 밤의 유흥이라는 것이 거의 없었기 때문에 저녁이 되자 내 안내원들은 나를 어떻게 해야 할지 난감한 모양이었다. 그래서 그들은 호텔의 영사실에서 영화를 보여주었다. ……〈안중근이 이또 히로부미를 쏘다〉라는 (한국인의) 심금을 울리는 제목의 총천연색 대형 화면의 다큐멘터리 역사극인데, 이 영화의 끝머리의 하얼빈 역에서의 암살 장면에 나오는 1909년 10월 26일이라는 거사 날짜가 화면에서 서서히 사라지는 것이었다. 안내원 가운데 하나가 나를 보더니 "박정희가 언제 총을 맞았

지요?" 하고 물었다. 나는 "1979년 10월 26일이지요"라고 대답했다. 그는 "70년이라는 세월이 그다지 긴 시간이 아니지요"라고 말하더니 자족적인 미소를 씽긋 지으면서 동료 안내원을 쳐다보았다. 그 후 나는 이 날짜가 김재규의 동기에 어떤 영향을 주었는지 생각해보았으나 십중팔구 순전한 우연이었을 것이다.

— 브루스 커밍스, 『브루스 커밍스의 한국현대사』

과연 그럴지도 모른다. 하지만 박정희의 죽음은 이전까지 형성된 모든 흐름들을 단절시켜버렸다. 그로 인한 공백은 컸다. 지배세력은 지배세력대로 저항세력은 저항세력대로 갑자기 나타난 역사의 무중력 지대를 아무런 좌표 없이 건너야 했다. 예견되지 않고 준비되지 못한 정치의 계절이 시작된 것이다. 언론에는 연일 차후의 정치 일정에 관한 모든 '행보'들이 낱낱이 특종에 올랐다. 그런데 정작 바빠야 할 청와대의 움직임은 느리기만 했다. 카터 행정부는 한국의 민주주의를 지원하는 행동을 일체 하지 않았고, 남한 내부의 정치적 분열은 가속화되었다. 최규하 대통령권한대행은 즉시 민주주의에 대한 청사진을 제시했어야 함에도 불구하고 헌법을 개정하기는커녕, 유신헌법에 의한 통일주체국민회의에서 96.7퍼센트의 득표율로 제10대 대통령에 취임했다. 그로써 얻어진 가시적 성과는 대통령 긴급조치의 해제밖에 없었다. 12월 7일, 문익환이 석방된 것은 그 때문이었다. 15개월 만에 형 집행정지로 출옥했을 때 문익환을 끌고 가는 영혼의 엔진은 이미 안주하는 데 필요한 기능들이 퇴화되고 난관을 헤쳐가는 기능만 펄펄 살아 있었다. 그런 의미에서 12월 13일자 조간은 그에게 또다시 어두운 앞날을 예시하는 최초의 징조라고 할 수 있었다. 1면 톱기사가 이랬다.

"계엄령이 계속되는 시내에서 총격전 끝에 계엄사령관이 합동수사본부 헌병에게 체포·연행되었다."

한 치 앞을 내다볼 수 없는 격변의 물밑에서 한국의 여러 세력들 가운데 정치군인들이 가장 숨 가쁘게 움직이고 있다는 증거가 수면 위로 슬쩍 드러나버린 사건이었다. 참모총장이자 계엄사령관인 정승화는 박정희가 시해되던 날 밤, 김재규의 호출로 함께 있었기 때문에 내란동조 혐의를 받고 있었고, 계엄사령부 합동수사본부 전두환 본부장은 같은 달 12일 오후 8시, 정 참모총장의 체포를 위해 헌병대를 파견했다. 그 헌병대가 참모총장 공관의 경비 병력과 총격전을 벌여 장교 한 명, 병사 두 명이 사망했으며, 네 명이 중상, 열여섯 명이 경상을 입었다. 나중에 '12·12사태'로 불리는 이 사건의 본질은 전두환 소장을 중심으로 한 신군부세력이 정 총장에게 일으킨 명백한 군사반란이었다. 국방부는 사건 발생 12일이 지나서야 그 경위를 발표했다.

"김재규 수사과정에서, 정 총장에 대한 의혹을 발견했다. 게다가 정 총장은 이건영 장군(당시 제3군사령관), 정병주 장군(당시 특전사령관) 등과 연락을 취하고 회합을 가졌다. 수사관은 총장에게 자발적인 출두를 요구했지만, 총장이 이것을 거부해서 경비병과 총격전이 벌어졌다. 정 총장의 연행 사실을 알고 앞에 언급한 두 장군은 동조자를 모아 병력을 출동시켰다. 이 사태가 진전되면 단순한 저항이 아닌, 국가질서를 어지럽히는 사태로 확산될 위험이 있어 계엄군을 증원 배치하고 추종분자들을 검거했다."

국방부는 횡설수설했지만 사건의 요지는 간단했다. 국군이 정승화 파와 전두환 파로 나뉘어 싸운 것이다. 당일 오후 6시, 전두환은 최규하 대통령권한대행에게 정승화의 체포를 요구했고, 최규하는 "체포는 국방장관을 통해 신청해야" 한다며 재가를 거부했다. 그러자 합동수사본부는 정식 서류도 없이 참모총장 관저에 들어가 총장을 연행했다. 놀란 육군본부가 비상소집을 갖고, 정 특전단장과 장태완 수도경비사령관이 병력 결집을 도모했다. 한편, 합동수사본부 측도 병력 동원을 하고, 신군부세력의 일원인 장군들이 모였다. 그중 한 명인 노태우 소장은 전화로 38선에 배치되어 있는 사단병력을 급히 서울로 불렀다. 그러자 심야의 서울은 양쪽에서 동원된 부대가 서로 대치하는 일촉즉발의 긴장에 휩싸였다. 합동수사본부는 최규하에게 정승화의 연행 재가를 요청했지만 22일이 밝아도 재가는 떨어지지 않았다. 그러다가 행방불명이던 노재현 국방장관이 도착해서야 허락이 떨어졌다. 그 시각이 오전 3시, 전두환 세력이 군내 쿠데타에 성공하는 순간이었다.

그러나 언론은 이 같은 사태를 투명하게 보도하지 않았다. 박정희가 죽은 이후, 국민들은 당연히 민주화가 될 것이라고 기대하고 있었기 때문에 군인들의 움직임에 그다지 신경을 쓰지 않고 있었다. 누가 봐도 당시는 민주정치로 가는 과도적인 상태였으므로 최규하 대통령이 나서서 헌법을 고치고, 새 헌법을 제정하여 그 위에 민주정치 체제를 수립하는 것이 순리였다. 하지만 국민의 마음을 아는지 모르는지 알 수 없었다. 그렇게 헛김을 빼는 '과묵함'을 무엇에 쓴다는 말인가. 참으로 맥 빠지는 상태에서 어정쩡하게 밝아버린 대망의 새해가 1980년이었다. 1980년? 그렇다.

이 해를 나타내는 숫자를 쓸 때마다 손끝에 경련이 인다고 말하는 사람이 있다. 지구 위 백열몇 나라 수십억 인구 가운데서 그 까닭을 이해할 사람은 우리 말고 없을 것이다.

— 조세희, 『침묵의 뿌리』

아무도 상상해보지 않은 일이었다. 20세기가 만들어낸 한국사 최악의 시한폭탄이 그 시각에 맞춰 째깍째깍 돌아가고 있었지만 어찌 된 일인지 정세는 좀처럼 침착해지지 못했다. 문익환은 그 무렵을 '흥분과 불안의 뒤범벅'이라는 말로 회고한다. 지상은 어지럽고, 국가의 미래에 작용하는 힘들은 열정과 냉정으로 나뉘어 있었다. 문익환은 열정의 편을 이끌어가는 기관차였다. 당시 그의 표정이 어떠했는지는 영등포 산업선교회에서 주관한 노동절 예배설교에 적나라하게 새겨져 있다.

"우리는 모든 분야에서 주인의 자리로 밀고 들어가야 합니다. 학원에서는 교수와 학생이 주인이 되고, 농촌에서는 땅을 갈아 농사를 짓는 농민들이 주인이 되고, 공장에서는 근로자들이 기업주와 동등한 주인의 권리를 행사하게 되어야 하는 게 아니겠어요? 언론에서는 일선 기자들이 주인이 되어야 하는 거죠."

그의 언어는 뜨겁고 사람들을 사로잡는 마력이 있었다. 그는 언제나 '낡은 우리'의 내부에 있는 '사적 인간성'을 몰아내기 위해서 티끌 하나 없이 맑은 모습으로 새로운 공동체, 즉 민중 앞에 서 있었다. 그의 설득력은 민중에 대한 전적인 신뢰와 의존에서 굴뚝의 연기처럼 솟아나왔다. 하지만 주변에서는, 불이 물을 이기지 못하는 것처럼 문익환의 열정이 싸늘한 전략가들을 이기지 못하리라고 염려들을 했다. 그때만 해도 그는 시국을 보는 눈이 위험하기까지 했다.

"김재규 씨에게 총을 들게 한 것은 우리 국민입니다. 바로 78년 총선거에서 주권을 행사한 국민이요, 그 주권이 계속 짓밟히는 것을 참을 수 없어 분노를 터뜨린 부산·마산 시민들이었습니다. ……그렇기 때문에 김재규 씨를 사형에 처하는 것은 우리 국민을 사형에 처하는 것이요, 국민의 정당한 주권을 목매다는 일이요, 저 궁정동의 추잡한 주인공을 정당화하는 일입니다. 국민의 주권을 마구 짓밟으면서 더럽게 놀아나는 일에는 잘못이 없고, 그 일에 종지부를 찍은 총성이 죄악이라는 겁니다."

당시의 상황에서 이렇게 민감한 예각을 자꾸 건드리는 것이 옳은지 그른지는 모르지만 교활한 신군부가 혼란을 조장하면서 명분이 주어질 날을 기다린 것은 사실이었다. 얼마나 음흉한 봄이었던가.

역사란 가끔 가면을 쓴 얼굴로 목도되는 법이다. 그 가공할 기만정국의 입구를 세상은 '서울의 봄'이라고 부르는 데 조금도 주저하지 않았다. 20년 동안의 군사독재를 구가하던 박정희라는 철벽이 없어졌다는 사실 하나만으로 꽉 막힌 숨통이 열릴 것 같았을 뿐, 모든 것은 한 가닥 예측도 허용할 수 없는 불안이었고 어떠한 희망도 보이지 않는 시절이었다. 역사를 사는 어려움이 여기에 있을 것이다. 대부분의 사람들은 T. S. 엘리엇의 「황무지」를 읽듯이 그 봄을 기대하고, 자연은 그에 화답하는 시처럼 봄 햇살 아래 난만히 개나리와 진달래를 흩뿌리고 있는데, 문익환은 감옥에서 나온 지 얼마나 됐다고 다시 고은 등과 어울려 예측하기 어려운 위험한 시간들을 가늠해보고 있었다. 피우지 않는 담배까지 꺼내 물었던 것을 보면 문익환이 시대의 위기를 직관하고 있었던 것은 사실이었다.

"3월 어느 날이었다. 시내 어느 식당에서 점심을 먹고 이런저런 이야기를 하는데, 누가 느닷없이 '아마 우리 다 다시 들어가야 할걸' 하는 것이었다. 그 말에 콧날이 찡해와서 피울 줄도 모르는 담배를 얻어 입에 물었더니, 고은 시인께서 왈, '그 담배는 내가 붙여드려야지.' 그러면서 성냥을 북 그어주는 것이었다. 그때 우리 두 사람의 가슴 사이를 오간 만감을 무엇으로 다 말할 수 있을까?"

그러나 문익환은 자신이 역사의 블랙홀 속으로 빠져드는 것을 두려워하지 않았다. 사람들은 한결같이 새로운 시대를 상징할 인물이 누가 될 것인지를 관심 있게 지켜보았다. 대통령 후보자는 자타가 공인하는 세 명으로 압축되었다. 신민당의 김영삼, 재야의 지지를 받는 김대중, 보수 공화당의 김종필. 신학기가 되자 대학생들은 '학원민주화' '유신체제에 협력한 교수 퇴진'을 촉구하며 농성을 시작했다. 문익환도 '민주주의와 민족통일을 위한 국민회의'의 일원으로 학생들의 동향에 호응해서 민주화 촉진을 위한 국민운동을 호소했다. 그리고 계엄령의 즉각 철회를 요구했다. 이때까지 학생들의 요구는 학원의 자유화와 민주화에 그치고 있었고, 일부를 제외한 시위와 집회는 학원 내에 한정되어 있었다. 그렇지만 학생들의 집회도 점차 반정부 양상을 띠었다.

그 종착점인 5월 14일, 박용길, 고은 등 문익환의 측근들은 서울역 대시위에 참여했다. 버스 한 대가 불타고, 신세계·미도파 백화점 일대에서 벌어진 학생 시위행진에서는 '북은 오판 말라'는 방어적 구호가 내걸리기도 했지만, 시위의 주제는 어디까지나 '전두환은 물러가라'였다. 전국 대학교의 총학생회장들이 서울로 집결하고 광주, 부산 등지의 지역 시위도 기세가 등등했다. 그런데 문익환은 정작 그 자리에 없었다. 당일 오후 2시, 이문영, 예춘호, 이해동과 함께 동교동에 간 것이다. 전날 집회에 고무되어 몹시 흥분한 상태에서 김대중을 만났고, 국민연합 명의로 된 성명서를 들고 있었다. 문익환이 거기에 서명해달라고 했을 때 김대중은 펄쩍 뛰었다. 다음 내용이 발견되었기 때문이다.

"모든 군인들은 무기를 놓고 병영을 나와라. 모든 노동자들은 해머를 놓고 공장을 떠나라. 모든 상인들은 문을 닫고 철시하라. 모든 국민들은 가슴에 검은 리본을 달고 장충단공원으로 모여라."

김대중은 자신의 자서전에서 그 아찔한 순간을 이렇게 회고하고 있다.

> 군인에게 전선을 방치하고 나오라는 것은 도대체 무엇이란 말인가? 물론 당사자들로서는 계엄군과 후방 부대에 한한 것이었겠지만, 문서 내용은 그냥 '군'으로 되어 있었다. 비상계엄 중에 이런 성명을 낸다면 즉결 처분되어도 불평할 수 없었다.
>
> 나는 강경하게 반대하고 세 시간 격론 끝에 일반적인 국민의 요구인 '계엄령 즉시 해제'와 '전두환, 신현확 퇴진'으로 압축한 성명을 다시 썼다.
>
> — 일본 NHK취재반 구성, 『역사와 함께 시대와 함께』

그리고 이틀 후, 서울의 봄은 아직 오지도 않은 상태에서 끝나버렸다.

봄이 끝나다니! 하지만 그 봄을 가장 열정적으로 준비하던 꽃들을 일거에 쓸어가버리기 위해 때 아닌 폭풍우가 몰아쳐온 것은 사실이었다. 그 불길한 징조를 문익환은 알았지만 그냥 지나갔었다.

하, 그림자가 없다

그해 봄, 문익환의 집은 온통 민주주의의 문제로 들떠 있었다. 문익환은 오직 어떻게 하면 욕심이 없는 사람, 예수님이 '마음이 가난한 사람'이라고 말했던 이들이 활개를 치는 세상이 올 수 있는지에 대해서만 관심을 쏟았다.

"저는 요즈음 다니면서 이런 이야기를 합니다. '윗물이 맑아야 아랫물이 맑다'는 속담은 이제 그만두자고. 윗물이 맑아야 아랫물이 맑다는 속담은 이미 가치가 없어. 이미 가치가 없는 것이 아니라 벌써부터 가치가 없었습니다. 윗물이 맑아본 역사가 없었습니다. 언제 저 윗동네가 맑아집니까? 저 윗동네는 쟁탈전의 명수들만 올라가는 곳입니다. 욕심이 많은 사람들이 다른 모든 사람을 밀어 젖히고, 그리고 모든 사람을 짓밟고 올라가는 데가 저 윗동네입니다."

그러던 5월 16일, 박용길은 이상한 소식을 들었다. 주한미국대사관에서 페이 문에게 손님이 왔는데, 곧 큰일이 벌어질 테니 모든 미국인은 속히 본국으로 돌아가라는 명령이 떨어졌다는 것이었다. 마침 문동환은 유럽에서 세계교회협의회(약칭 WCC) 회합이 셋씩이나 열리고 있어서 회의 참석차 멀리 출장을 간 상태였으므로 페이 문은 혼자서 떠날 수밖에 없었다. 박용길은 이 사실을 그다지 심각하게 여기지 않았다. 페이 문과 헤어지는 게 섭섭해서 눈물바람을 하면서도 그 뒤에 별다른 일이 숨어 있을 것이라고는 꿈에도 생각지 못했던 것이다.

당연한 일이었다. 거리에는 연일 시민들과 학생들의 민주화행렬이 이어지고, 한국 재야운동의 주역이라 할 만한 3·1사건의 가족들도 모두 모처럼만의 평온을 만끽하고 있었다. 서울거리가 마치 해방 직후처럼 활기에 차 있었다고 해도 좋았다. 이문영이 가장 기뻐하는 것은 복직이었다. 1974년《민우》사건으로 퇴직한 이후 오랫동안 고려대학교로 돌아갈 기회를 찾지 못하던 차였으니 하루하루가 기쁘지 않을 수 없었다. 이제 민주화 일정만 마치고 나면 다시 교수의 신분으로 돌아가 부족한 연구를 위해 한동안 유학을 떠날 생각이었다. 그래서 이미 출국신청까지 해놓은 상태였고, 12일 저녁 북악 파크호텔에서 있었던 모임에서도 재차 그 뜻을 확인했다.

김대중은 일전에 그에게 정치에 참여할 뜻이 있는 인사들을 알아봐 달라고 부탁했었다. 이제 민주화의 봄이 왔으니 오랫동안 시련 속에서 민주주의를 지켜온 분들에게 현실정치의 일선에 나설 기회를 주겠다는 배려였다. 하지만 이문영은 물론이고 문익환, 고은, 예춘호, 이해동, 한승헌 등 고락을 같이 했던 누구도 정치에 나서겠다는 사람이 없었다. 모두가 하나같이 투사로서의 길을 접고 자기의 본분으로 되돌아가겠다는 마음뿐이었다. 당시의 분위기가 이랬으므로 설혹, 미국대사관이 갑작스레 이상한 움직임을 보였다 하더라도 그 때문에 시국을 걱정하고 싶은 사람은 없었다. 그 길고 길었던 공포의 세월이 끝나고 이제 막 따사로운 햇볕이 쏟아지는데, 누가 방정맞게 다시 밤이 올 것을 생각하고 싶겠는가. 하지만 조짐은 그뿐이 아니었다.

14일, 고려대학교 정문을 지키고 있던 전경들이 갑자기 사라졌을 때에도 조심스러운 사람들은 어딘가 미심쩍어했다. 김대중은 특히 염려가 많아서 분위기에 들뜬 학생들이 너무 과격하게 나가지 않도록 요청했고, 이화여대 집회에서도 비슷한 의견이 모아져 일단은 교문 밖으로 나가지 않을 것을 결정했다. 이렇게 약간 석연치 않은 분위기가 흐르는 가운데 꺼림칙한 것은 가끔 흉측한 망언들이 내비쳐지고는 한다는 점이었다. 이를테면, 13일 '3·1사건' 관련자들이 한완상 교수의 모친상에 갔는데, 문상은 하지도 못하고 다른 방으로 안내되었다. 그 방에는 김대중을 제외한 거의 모두가 모여 있었고, 토론 끝에 성명서가 채택되었다. 그 성명서를 들고 동교동에 들러 문안을 수정한 뒤 다시 윤보선 댁으로 갔을 때였다. 윤보선이 대뜸 미국에서 온 교포 누군가의 얘기라며 섬뜩한 소문을 하나 소개했다.

"그가 김영삼과 김대중의 의견 조정에 나섰는데 실패했다. 둘 중 하나는 이제 죽어야 한다고 하더라."

죽는다? 그건 결코 함부로 입에 담을 말이 아니었다. 그 말이 한국의 정치를 걱정하는 일반 시민에게서 나온 말이라면 너무 지쳐서 그렇겠지, 하고 대수롭잖게 흘려버릴 수도 있지만, 그 교포라는 사람이 누군지는 몰라도 이 미묘한 시기에 혼자 독자적으로 중재에 나선 것은 아닐 것임에 틀림없었다. 따라서 그 말은 혼란의 와중에서 권력을 놓고 시소게임을 벌이고 있을 정치권과 군부세력 어디쯤에선가 흘러나온 말이었을 것이다.

그리고 17일 아침, 이문영은 예춘호와 함께 동교동에 들어갔다. 거기엔 상도동에서 온 박권흠 일행이 있었다. 예컨대 김대중과 김영삼,

두 세력이 만난 셈인데, 그 자리에서 두 세력이 합칠 것을 합의하고 성명서가 만들어졌다. 성명서는 다음 날 발표하기로 합의되었다. 그러나 바로 그 시각 또 다른 곳에서는 이 성명서가 발표되지 못하도록 당장 그날 밤 음모를 시행하기로 결정하고 있었다.

검은 세력이 행동을 개시한 것은 토요일 밤 10시가 넘어서였다. 가장 소란스럽게 찾은 것은 한빛교회 이해동 목사 댁. 이해동이 설교 준비를 하느라 서재에 있다가 그대로 잠이 든 사이에 전화벨이 울렸다.

"이해동 목사님 댁이죠?"

아내 이종옥이 받았다.

"그런데요?"

"지금 계십니까?"

"서재에서 주무시고 계신데, 누구세요?"

전화는 곧장 끊겨버렸다. 그리고 10분 후, 네 명의 사내가 들이닥쳐 다짜고짜 소리를 질렀다. 이해동을 데려가겠다는 것이었다.

"대체 누구신데 한밤중에 이러세요?"

"알 것 없어."

이럴 때 할 수 있는 일은 한 가지뿐이었다.

"신분증을 보여주세요."

사내들은 신분증을 꺼냈다. 굵고 붉게 사선으로 그어진 두 줄. 그 두 줄은 그들이 무슨 짓이든 할 수 있고, 어떤 못된 짓을 하더라도 반항할 수 없다는 것을 의미하는 것처럼 보였다. 이종옥은 왜 이러냐고 소리를 지르며 이해동을 잡아당겨 남자들의 손아귀에서 빼내보려고 했다.

"내일 예배는 보게 해주세요. 목사잖아요. 예배 마치고 자진해서 출두하겠어요."

그러자 사내 하나가 귀찮다는 표정으로 겨드랑이에 손을 넣더니 불쑥 권총을 꺼냈다. 그러고는 총부리를 이해동의 이마에 들이댔다.

"못 가? 나는 데려가야겠어. 안 간다면 모가지를 빼서 가져가야지."

금방이라도 방아쇠를 당겨버릴 것 같은 기세였다.

똑같은 시간에 문익환의 집에서도 같은 사달이 벌어졌다. 사내들이 덮치는 순간, 박용길은 문익환의 책상 밑에 있던 서류가방을 챙겨 시어머니 방으로 가져갔다. 문익환이 현관에서 시간을 끄는 동안 시어머니가 누워 계신 이불 밑에 그것을 감추고는 무슨 일이 있어도 일어나지 마시라고 당부했다. 그들이 권총을 꺼내들지 않은 이유는 문익환이 까다롭지 않게 응해준 까닭이었다. 완력을 쓰지만 않는다면 상대가 누구든 가리지 않는 것이 문익환의 성미였다.

다음으로 이문영의 집에 들이닥친 사람들은 거의 무례하게 굴지 않았다. 신분증을 제시하자 순순히 들어오게 했고, 그들은 제법 신발을 벗는 예의도 차렸다. 여고생인 딸이 주방에서 차를 내오는가 하면 음악까지 틀었다. 비발디의 〈사계〉. 따뜻한 차와 온화한 음악 때문에 사내들이 서재를 뒤지는 소리도 그다지 요란하지 않았다. 하지만 태풍은 본래 고요 속에서 시작되는 법이다. 이문영은 '도대체 무슨 혐의일까?' 생각하다가 자신의 알리바이를 증명하기 위해서 다이어리를 챙겨갔다. 소위 김대중 내란음모사건의 족쇄를 채우는 결정적인 역할을 하게 되는 다이어리였다. 그 무렵, 이문영은 시국에 관한 글을 모으고 있었다. 재야인사들이 각기 자기 전공에 맞는 글을 써서 한꺼번에 발표하기로 했던 것인데, 신군부는 바로 그 명단을 가지고 반국가단체를 구성했다는 그림을 그렸다. 경제에 관한 글을 쓰기로 한 사람은 경제장관, 주변국과의 관계를 쓰기로 한 사람은 외무장관…… 하는 식이었다.

이윽고, 남자들이 끌려가자 아내들은 긴박하게 움직이기 시작했다. 그럴 때 중요한 것은 항상 어디로 잡혀 갔나 소재지를 파악하는 것이었다. 사내들이 내민 신분증은 합동수사본부였는데, 합수부는 중앙정보부, 보안사, 검찰을 모두 합해놓은 것이니만큼 실질적으로 데려간 곳이 어디인지 알 수 없었다. 전에는 없던 일이었다. 아무리 느닷없이 일어난 일이라 해도 누군가 잡혀가면 금방 말이 새나오게 마련인데 이번에는 짐작조차 할 수가 없다니!

다음 날 아침, 한빛교회 주변은 경찰들이 완전히 점령하고, 사복경찰들은 골목 입구에서 철저하게 신분을 확인하며 외부를 막았다. 평소에도 교회 앞은 늘 사복형사들이 서성거리고 있었지만 그날은 규모가 달라서 골목 입구부터 들끓었다. 아침 일찍 들어가 있던 사람들이 예배를 진행하자 형사들이 교회 안까지 덤벼들어 사람들을 끌어내기 시작했다. 이종옥을 비롯한 몇 명은 현관에 드러누워 문틀을 붙들고 늘어지면서, 들어가려면 밟고 들어가라고 악을 썼다. 가족들은 교회 안에서, 그리고 들어가지 못한 사람들은 길목에서 웅성거리며 소식들을 나누었다. 그러나 아무도 잡혀간 사람들에 대한 소식을 가지고 오지 못했다. 이리저리 연락을 취하던 김옥두마저 잡혀갔다는 소식, 그리고 안병무 댁에 연락을 했는데 그 소식을 듣고 안병무가 심장발작을 일으켜 세브란스병원 응급실로 실려가는 바람에 화를 피할 수 있었다는 얘기 등만 더해졌다.

이제 가족들은 KNCC 인권위원회 사무실을 찾아야 했다. 사무실에는 그들 말고도 구원을 요청하는 비명이 쏟아져 들어오고 있어서 정신을 차릴 수가 없을 지경이었다. 광주로부터 시시각각 무서운 소문이 날아들었다. 그제야 가족들은 이번 일이 전과는 비교할 수 없이 엄청나다는 것을 느끼기 시작했다.

박용길, 김석중, 이종옥 삼총사는 아침마다 만나서 새로운 소식을 주고받으며 대책을 세우려 애썼다. 남편들을 수없이 붙들려 보내고 옥바라지를 해왔기에 이런 일은 누구보다 경험들이 많았다. 그러나 매일같이 모여 신발 밑창이 터지도록 돌아다녀도 소식 한 자락 얻을 수 없었다. 동교동으로도 몇 번이나 전화를 했지만, 이희호 대신 낯선 남자가 나와서 바꿔주지도 않았다. 안 되겠다 싶어서 찾아가보았더니 사복형사들이 골목 입구부터 들어차서 접근 자체가 가능하지 않았다.

도와줄 사람도, 요청할 기관도 없었다. 그림자처럼 따라 붙는 미행자만 셋. 하나는 보안사 요원, 또 하나는 중앙정보부 요원, 나머지 하나는 치안본부 정보과 요원. 삼총사가 다 모이면 뒤따르는 그림자도 아홉 개가 되었다. 마치 일개 군대처럼 느껴지는 그림자들이 시장에 갈 때, 학교에 갈 때, 심지어 목욕탕에 갈 때까지 쫓아다니며 주변을 맴돌았다. 친척집을 방문하면 친척이 협박을 받았고, 친구들을 만나려 하면 친구들도 무서워했다. 심지어는 민주화운동을 같이했던 사람들조차 부담스러워 피하려 했다. 그러다가 함께 붙잡혀 갔던 윤반웅 목사가 돌아왔는데 부랴부랴 찾아가보니 고개만 흔들었다. 잡혀갔던 사람들끼리도 전혀 모른다는 것이었다. 워낙 연세가 많고 허약해서 돌려보낸 모양인데, 그는 당도한 곳이 지하실 같았고, 옆방에서 수없이 비명소리가 들렸다는 것뿐, 체포한 사람이 누구인지 목적이 무엇인지 짐작조차 하지 못했다.

가족들은 궁리 끝에 육군본부 계엄사령부로 찾아가 잡혀간 곳만이라도 알려달라고 사정했다. 담당 중령도 한숨을 내쉬며 머리를 흔들 뿐이었다.

"저 역시 최선을 다해 도와드리고 싶습니다. 가족들에게 연락이라도 해줄 것이지……. 하지만 제 능력으로는 불가능합니다."

이문영의 집에 제자가 찾아온 것은 그러고도 며칠이 지나서였다. 자기가 근무하는 학교에 이상한 공문이 내려왔는데, 이번에 잡혀간 사람들이 모두 적색분자들로서 북의 지시를 받고 내란을 획책했다는 내용이라는 것이었다. 아니, 내란이라니! 계엄하에서 내란죄가 씌워지면 어떻게 된단 말인가. 국가전복 기도, 북의 지시 ……하나같이 무시무시한 용어들이었다. 풍문에 떠돌던, 몽땅 죽일 거라는 이야기가 눈앞을 막아서서 숨이 막힐 것 같은 공포감이 엄습했다. 둘 중 하나는 죽어야 한다던 말, 그리고 광주에서 벌어진 수많은 참상들…… 3·1사건 때도 죄목은 국가전복이었지만, 그때와는 상황이 너무도 달랐다. 이제 기대할 곳이라고는 외국밖에 없을 것 같아서 현충일에 맞추어 미국대사관을 찾아갔다. 참사관이 나왔는데, 그는 미리 준비해둔 대답인 듯 짧게 "즉시 법의 보호를 받을 수 있도록 노력하겠다"고만 말하고 입을 닫아버렸다. 만족할 만한 성과는 아니었지만, 재판절차를 밟을 수 있게 하겠다는 것만도 위안이 되었다.

아내들은 다시 침착하게 검토했다. 신군부 악당들의 최종 목적은 두말할 것도 없이 권력을 거머쥐는 것이다. 그들이 가장 무서워하는 것은 국제사회에 인정을 받지 못하는 것. 따라서 외국 언론에 그들의 실상을 공개하는 것은 큰 타격이 될 것이었다. 그래서 다음 날부터 국제여론에 호소하기로 전략을 세우고 외국인들을 찾기 시작했다. 제일 먼저 종로5가로 가서 KNCC 인권위원회 주변의 외신기자들부터 만나려고 시도했다. 아홉 명의 감시자들이 놓아둘 리가 만무했다. 한번은 인권위원회에 외신기자가 모인다는 소식을 듣고 뒷길로 뛰어 연동교회 뒷담을 넘었다. 이종옥이 먼저 뛰고 다음에 김석중, 마지막으로 박용길이 뛰었는데, 나이 때문인지 그만 나동그라지고 말았다. 무릎이 다쳐서 피가 배어나왔다. 절룩거리는 박용길을 부축하고 지하주차장 쪽으로 들어섰지만 거기엔 또 다른 감시자가 있었다. 시경 소속의 형사가 별도로 배치되어 있었던 것이다.

이때부터 가족과 감시자들의 숨 가쁜 추격전이 시작되었다. 아침마다 각자 속옷과 양말과 성경책 등을 보따리에 싸들고 나가서 내내 갖고 다녔다. 셋이 만나면, 어떻게 하면 감시자들을 따돌릴까 궁리했다. 원남동 고가차도 위에서 잠시 버스가 서 있는 틈을 이용해서 얼른 다른 버스로 바꿔 타보기도 하고, 택시를 타고 가다가 커브 길에서 차가 지체될 때 박용길만 남고 김석중과 이종옥이 재빨리 뛰어내리기도 했다. 그러던 중에 파격적으로 쉬운 방법을 알게 되었다. 그림자들의 하루 경비가 1300원, 세 명이 모아봤자 4천 원. 그들은 매일같이 4천 원 어치의 감시를 수행하고 있었던 것이다. 당장 그날부터 하루에 1만 원씩 경비를 모아서, 택시를 타고 드라이브를 하다 보면 그림자들은 결국 자금 부족으로 떨어져버리고 말았다.

그러나 미행자를 따돌렸다 하더라도 남의 눈에 띄지 않게 외신기자들을 만나는 것은 무척 어려운 일이었다. 이상하게도 민주화운동 과정에서 알게 된 외신기자들을 만날 수가 없었다. 우호적이던 외신특파원들은 다 어디로 가버렸단 말인가. 먼저 외국인 선교사들을 만나서 도움을 요청하는 한편, 사건내용을 상세히 적은 유인물을 만들어 외신기자가 많은 연합통신 건물 9층에 올라가 방마다 밀어 넣었다. 이런 일은 주로 김석중과 이종옥이 맡았지만 성명서에는 가족대표로서 박용길 이름을 넣었다. 만일 잡혀가는 일이 생길 경우 자녀교육이 끝나버린 박용길이 책임지기 위해서였다.

활동은 주로 야밤에 이루어졌다. 아내들이 모두 가정주부여서 저녁에 귀가하면 밀린 집안일과 식구들 뒤치다꺼리를 하느라 한 번도 나오지 않았기 때문에 저녁이 되어 집으로 들어가면 그림자들은 '재가중'이라는 보고를 끝으로 감시의 눈길을 풀었다. 그러면 때론 뒷담을 넘기도 하고 때론 야음을 틈타 살며시 대문을 나섰다.

선교사들이 많은 도움을 주었다. 외국 언론과 연락을 취해주기도 하고, 외국 대통령에게 보내는 호소문도 기꺼이 전해주었다. 특히 미국인 선교사 박대인 목사는 그의 집에서《뉴욕타임스》와 회견을 주선해주었고, 부인 김진희는 고립된 이희호에게 시장바구니를 밀어 넣어주는가 하면 직접 만든 케이크를 전하여 혼자가 아니라는 희망을 갖게 해주기도 했다. 캐나다에서 온 구미혜, 구애련, 방매륜 씨의 도움도 컸으며, 슈바이처 씨를 비롯한 독일 선교사들도 자기 일처럼 걱정하고 도와주려 노력했다. 안병무의 노력으로 독일의 유력 언론지《슈피겔》과 인터뷰도 가졌다. 하소연 한 번 제대로 할 곳 없어 가득 고여 있던 눈물을 펑펑 쏟아내며 겨우겨우 인터뷰를 마쳤을 때, 독일 기자는 사진을 찍겠다면서 뒤로 돌아서게 했다. 앞모습이 나오면 해가 미칠까봐 뒷모습을 찍겠다는 배려였는데, 등 뒤에서 플래시 빛이 터질 때 신세가 얼마나 처량하게 느껴졌던지 박용길은 억울해서 견딜 수 없었다.

그렇게 시간은 흘러 가까스로 파릇한 싹을 내밀던 서울 거리의 가로수들이 검푸른 잎으로 단장한 채 비를 맞고 있었다. 죽어간 수없이 많은 영혼들의 원한 때문인지 장마가 시작된 하늘은 전에 없이 무거운데, 눅진한 바람결에 한 가닥 소식이 묻어왔다. 끌려간 사람들이 중앙정보부에 갇혀 있다는 소식이었다. 거의 두 달 가까이 소문조차 흘러나오지 않았던 데에는 그만한 이유가 있었다. 남편들을 붙잡아간 사내들은 물론 신문을 담당한 요원들까지도 그 안에서 나오지 못하도록 철저하게 통제했던 것이다.(박용길·김석중·이종옥, 「가족일기」, 『김대중 내란음모의 진실』 참고)

지옥의 한철

바깥에서 아내들이 이렇게 피를 말리며 헤매는 동안 붙들려간 사람들은 안에서 '지옥의 한철'을 나고 있었다. 남산의 수사본부 지하 2층은 나치가 만든 유태인 수용소 같은 공포극의 장소로 사용되고 있었다. 방음장치가 된 하얀 벽들과 방안의 동작을 관찰할 수 있도록 네 모서리를 스크린으로 두른 천장 그리고 조사관 앞에 책상 하나를 둔 피의자의 의자. 방마다 피의자 한 사람당 조사관 아홉 명이 에워싸고 서서 온갖 협박과 폭언을 퍼부었다. 고은의 회고에 따르면, 자신은 이때 한 마리 물고기처럼 도마 위에 놓여 조사를 잘 받거나 고문을 피할 생각은 감히 하지도 못하고 우선 당장에 급한 문제만 호소해야 할 만큼 절박한 상태에 빠뜨려졌다. 언젠가 고문으로 다친 한쪽 귀를 수술하고 다른 한쪽 귀 수술을 예약한 상태였는데, 조사관들은 일부러 그러는 것처럼 그 부분을 집중적으로 건드렸다.

"내가 왜 귀 환자인지는 이곳에서 더 잘 알지 않소?"

수술 부위만은 제발 건드리지 말아달라는 하소연이었는데, 대답이 이랬다.

"짜아식, 되게 살고 싶은 모양이구나!"

이 정도는 그래도 얌전한 편에 속했다.

"임마, 너는 이제 끝장이야. 너 하고 김대중 하고 문익환 하고는 죽어. 뭐? 귀 두 쪽이 아깝냐?"

그런가 하면 제법 논리적으로 협박하는 자도 있었다.

"너 1933년생이지? 이 정도로 네 일생은 충분해. 새로운 세상에서 너 같은 건 필요 없어!"

인간으로서 기대할 수 있는 최소한의 고려도 가능하지 않은 곳이었다. 고은이 원망해야 할 것은 차라리 그들이 아니라 그것을 태연히 비추는 불빛이었다.

> 천장의 형광등 불빛은 무정했다. 그 불빛은 그때부터 나에게 낮과 밤을 잃어버리게 했다.
>
> — 고은, 「그날 0시 이후」, 『김대중 내란음모의 진실』

이 같은 분위기에서 펼쳐지기 시작한 고문의 양상들은 폭력의 경연장이라 할 만큼 심각했다. 삼사 일씩 잠을 자지 못하게 하는 것은 기본이었고, 틈만 나면 발가벗겨져 비굴함을 느끼게 하는 수모를 맛보였다. 어찌나 심하게 때리는지 한 번 맞으면 앉는 건 물론이고 누울 수조차 없어서 3일간을 엎드려 지내야만 했다. 말 그대로 복날 개처럼 매타작을 하여 온몸이 피멍으로 덮이면 그 피멍을 빼느라고 날고기를 포로 떠서 멍이 심한 상처 부분에 붙여주었다. 그렇게 하룻밤을 지내고 나면 고기가 상해서 참기 힘든 악취를 풍겼다. 그러한 밤낮을 60여 일 동안이나 지내는 과정에서 결국 피의자들은 수사관이 불러주는 대로 진술서를 써주었다. 그들이 불러주는 내용을 그대로 쓰다가 너무도 터무니없어서 쓰지 못하겠노라고 하면 다시 고문을 가했다. 차라리 죽으면 죽었지 이것만은 쓸 수 없다고 버티면 그럼 어디 죽는지 실험해 보자며 고문을 했다.

> 이러기를 수없이 반복했다. 결국 나는 죽지 못하고 이미 짜인 각본에 따라 수사관이 불러주는 대로 사실이 아닌 거짓 진술서를 써줄 수밖에 없었다.
>
> — 이해동, 「내 잔이 넘치옵니다」, 『김대중 내란음모의 진실』

실존하는 인간들이 엮어가는 드라마에서 헤게모니를 둘러싼 모든 추악한 싸움이 그렇듯이, 이때의 신군부도 야만적인 기도로 희생양을 만들어냈다. 그리고 억울한 희생양을 담보로 헤게모니를 장악한 사람들은 당한 자들의 억울함에 대한 답례로 최소한의 반대급부를 남기는 것이 일반적인 상례였다. 가령, 어느 축구경기에서 부당한 패널티킥을 두 개씩이나 만들어주어 패배시킨 팀에게 그 심판은 내내 불필요한 프리킥을 제공하는 호의를 베풀게 되어 있다. 이것이 인간사다. 그러나 김대중 내란음모사건이라는 이 가혹한 폭력은 우리에게 전혀 다른 사례를 제공한다.

> 실컷 두들겨 팬 사람들이 세 그룹인 것을 알 수 있었다. 하나는 내 양 옆방에 있는 이해동, 한승헌 두 분이다. 이해동의 조사관이 그 건너편 한완상 취조실에 가서 한완상의 조사관 보고 "나는 애국심까지는 몰라도 애향심이 있습니다"라고 말하는 소리를 들었다. 한승헌, 이해동이 호남

사람이니까 대구 사람인 전두환이 겸직을 법으로 금지한 중정부장의 대리를 하면서까지 우리를 잡아들인 의도를 알 만했다. 다른 하나는 정치인들이 호되게 매 맞은 것을 알았다. "때렸다고 이택돈 몸이 어떻게 그렇게 튀어 올라오지?" "별거 아니던데"라고 자기네끼리 주고받는 말을 들었다. 예춘호도 많이 맞았을 것이 걱정되었다. 끝으로 진보적인 사상을 가진 사람이 호되게 다뤄진 것을 나는 알았다. 서남동이 취조 받는 방이 바로 화장실 앞방이었는데, 서남동이 나를 보고도 못 본 체할 뿐 아니라 눈알이 죽은 사람의 눈같이 움직이지 않는 것을 보았다. 서남동을 공산주의자로 몰고 있는 것을 직감했다.

— 이문영, 「5·17과 오늘」, 『김대중 내란음모의 진실』

애국심까지는 몰라도 애향심은 있다니! 이게 도대체 무슨 소리란 말인가. 백인이 흑인을, 나치가 유태인을, 반공주의자들이 사회주의자를 학대한 모든 범죄의 역사에서, 적들 중에서 죄질이 더 심각한 적보다도 덜 심각하지만 지역적으로 친화력이 적은 쪽을 구별하여 일부러 더 잔혹하게 굴었던 사례를 이곳이 아닌 어디에서도 우리는 찾을 수 없다. 광주학살로 권력을 쟁탈한 신군부라면 당연히 호남에 대해 원죄의식을 느껴야 하는 것이 범죄심리로 합당한 것이다. 그래서 이 고문은 완벽한 질병의 산물이라고밖에는 달리 설명할 도리가 없다.

문익환이 이때 동안 인간적인 굴욕감으로 얼마나 고통을 받았는지에 대해서는 그의 육필들도, 편지나 다른 기록들도 침묵하고 있다. 참으로 난처한 일이다. 어쩌면 그는 이곳에서 아무런 치욕감도 느끼지 않고 지나가버렸는지 모른다. 자신의 멍에를 십자가로 생각했다면, 예컨대 1974년 3월 24일의 설교에서 말했듯이 "십자가는 치욕이요 패배요 비극이라고 모두 생각할 때 예수만은 그렇게 생각하지 않았습니다. 예수에게서 십자가와 치욕은 영광으로, 패배는 승리로, 비극은 축복으로 바뀌지 않았습니까? 최악을 최선으로 바꾸는 일, 당연한 것을 당연한 것으로 환원하는 일, 이것이 바로 예수가 인류에게 보여주신 것 아니겠어요?"처럼 말이다.

어쨌든 이 대목은 이 평전이 도달하지 못한 '다다를 수 없는 세계'로 남게 되었다. 취재에 따르면 훗날 방북 때에도 출몰하게 되는 '문익환의 눈빛'을 이때 만나게 되는데, 어떤 특정한 순간 문익환의 눈빛은 '심리적인 힘'이 아니라 '물리적인 힘'을 느껴야 할 만큼 저항할 수 없는 위력을 발했던 것 같다. 그 이상의 원인을 알 수 없지만, 아무튼 이때 문익환은 고문을 받지 않았다. 당시에 문익환이 가족과 나눈 대화는 이랬다.

문성근: 고문당하신 적 없어요?

문익환: 없어.

문성근: 협박도 없었어요?

문익환: (짧게 생각하다가) 있지.

문성근: 언제 어떻게요?

문익환: 내가 잘 시인하지 않으니까 하루는 지하실로 데려가더라고. 문을 열고 방을 보여주는데, 고문 도구들이 즐비해. 그러고는, "목사님! 계속 이렇게 협조하지 않으시면 애들 붙여 며칠 여기 계셔야 합니다!"

문성근: 그래서 뭐라 하셨어요?

문익환: 그러라고 했지. 왜 다른 사람들만 고문하느냐. 나도 해라. 어

서 가자.

문성근: (어떻게 '사람'이 이럴 수가 있을까? 죽음을 각오한 사람? 죽는 걸 두려워하지 않는 사람? 이런 생각을 하고 있는데.)

문익환: 그랬더니 내 눈을 물끄러미 보더니, 그냥 올라가자고 하더라고.

극한의 폭력 앞에서 오만해지는 문익환의 이러한 태도야말로 그에게 인간적인 위대성을 부여하는 것이었다. 문익환은 시련에 부딪칠수록 구약의 예언자들에게 도취되는 사람이었다. 아니, 그 자신의 표현을 빌리면 '예수의 아류'요 한빛교회 유원규 목사의 어조를 빌면 예수의 가르침을 가장 전면적으로 실천한 '겨레의 큰 목회자'였다. 최악의 시간을 최선으로 바꾸기 위해 그가 이곳에서 치켜든 과제는 한글 풀어쓰기에 대한 연구였다.

"1980년 안기부에 가서 55일간 조사받을 때였다. 자필 진술서를 쓰기 위해서 종이와 펜이 주어진 거야. 조사를 받지 않는 시간에는 정신없이 써보는 거지. 나의 풀어쓰기 체계는 그 55일 동안에 거의 완성되었다 할 수 있겠다. 이렇게 해서 그 무지막지한 55일이 보람찬, 생산적인 나날이 되었던 거다."

그는 이곳에서 주변이 온통 아비규환에 빠져 있을 때 윤동주의 시들을 한글 풀어쓰기로 정서하고 있었다. 그가 한글 풀어쓰기에 처음 관심을 가진 것은 최현배 선생의 『글자의 혁명』을 읽고 난 뒤부터였는데, 1949년 미국으로 공부하러 들어가기 전에 설교문을 풀어쓰기로 써보기도 했고, 미국에서 나와 신학교에서 가르치면서 학생들에게 주는 자료에 풀어쓰기 타이프라이터를 사용해보기도 했지만, 그 활자라는 게 모듬글씨의 자모를 그대로 쓴 것이어서 모양이 좋지 않아 그만 두고 만 일도 있었다. 그러다 바쁜 일정에 쫓겨 중단되었는데 감옥 출입을 하면서 다시 기회가 왔다. 감옥 안의 전압이 낮아서 초저녁에는 30촉짜리 알전구가 감질나기 그지없었다. 밤이 깊어야 불이 밝아지는데, 그 희미한 불빛 아래서, 놀라운 것은 우리말 책은 읽을 수 없지만 영어책은 읽을 수 있다는 점이었다. 영어 글씨는 고루 굵은데, 우리 글자는 그럴 수가 없었다. '나' 자야 굵게 할 수 있지만, 그 좁은 공란에 '빨' 자를 굵게 할 수는 없었던 것이다. 여기서 그가 깨달은 것이 모듬글씨체는 눈을 피곤하게 한다는 사실이었다. 그래서 '우리의 말을 쓰려고 만든 글자를 최대한으로 살려' 쓰려면 모듬글씨보다 발달된 표기법을 찾는 것이 급선무였다. 그는 수도 없이 쓰고 또 써보았다. 어떤 모음 글자와 어떤 자음이 같이 쓰이면 생기는 혼란을 찾아내기 위해서였다.

도봉산 1호

지옥의 한철도 끝나는 날이 있었다. 모든 경과는 신군부가 예정한 대로 진행되어 첫 수사기록부에는 국기문란사건이라고 보고되었다. 국기문란이라면 사형선고까지 가능한 것인데, 수사의 초점은 문익환, 이문영 등이 장충단공원에서 대집회를 선동한 뒤 거기 모인 사람들을 앞장세워서 화염병을 던지며 데모 진압부대를 뚫어가려고 계획했다는 데 맞춰져 있었다. 그러나 점점 국가보안법 적용을 철회하고 내란음모 쪽으로 몰아가기 시작했다. 지하실의 수사관들은 회의차 지상을 자주 오르내리고, '국기문란사건'이 슬쩍 '내란음모사건'으로 바뀌었으며, 내란음모사건은 어느 순간 '김대중 내란음모사건'으로 고착되었다. 그리고 7월 하순, 2개월 이상 강행되던 수사가 종결되었다. 그와 함께 문익환은 수사관들과 이별주를 나누고, 김대중, 이문영, 예춘호, 고은 등과 함께 육군교도소로 송치되었다.

굴욕적인 학대는 송치 과정에서도 생략되지 않았다. 호송관은 계엄사 헌병. 일개 군인 하나가 시대의 거목들에게 군복을 갈아입히고 군화발로 차면서 고개를 숙이게 했다. 이어 지프의 선도하에 피고 한 사람당 합수부 수사관 둘과 계엄사 호송관이 따라붙어 송치하는데 중죄인의 혁수정(가죽으로 만든 수갑)이 어떠한 몸부림도 불가능하게 만들었다. 고개를 허벅다리 틈에 처박아버려서 피의자들은 자신들이 어디로 가는지도 몰랐다. 차가 남산터널을 빠져나와서 경부고속도로에 접어들었을 때에야 비로소 남한산성 육군교도소에 도착한 것을 알 수 있었다.

그리고 그 육군교도소의 특별감방에 갇힌 이후에야 수감자들의 상황이 가족에게 통보되었다. 그 소식을 듣고 박용길은 한달음에 달려갔다. 철문 한편에 '희망대'라는 이름이 씌어져 있는 남한산성 육군교도소는 기관총좌가 정문 쪽으로 향해 있었다. 김석중, 이종옥 이하 다른 가족들도 위병소에서 차례로 면회를 신청했다. 한 사람씩 순번대로 3분씩의 면회시간이 주어졌는데, 박용길이 제일 먼저 지프에 올라탔다. 정문과 교도소 건물의 중간쯤에 위치한 하얀색 면회소를 향해 지프가 움직이자 위병은 무전기에 대고 이렇게 보고했다.

"도봉산 1호 출발한다. 이상."

박용길이 면회를 마치고 나오자, 이번에는 도봉산 1호가 도착했다고 무전을 했다. 이어 김석중이 지프에 올랐을 때는 도봉산 2호가 출발한다고 보고하고 이종옥이 타자 도봉산 3호라고 호칭했다.

이제 면회를 다니기 시작한 아내들이 시급히 처리해야 할 일은 두 가지였다. 하나는 남편들을 둘러싼 시국 상황을 이해시키는 일이었다. 신문은 대서특필하고 있었지만, 남편들은 자신들을 인질로 삼아 역사의 바다에 떠오르기 시작한 '전두환호號'가 어느 항구쯤에 정박해 있는지를 알지 못했다. 특히 이무기 한 마리가 개천에서 승천하기 위해 광주에서 일으킨 피보라를 반드시 이해시켜야 함에도 불구하고 알릴

길이 없었다. 그 무서운 5·18. 그것을 헌병들이 입회한 면회장에서 어떻게 암묵적인 언어로 전달하는 게 가능하다는 말인가. 하지만 어머니 김신묵이 나서서 면회를 가되 아들과 며느리가 얘기하는 동안 곁에서 기도를 하면서, 광주에서 4·19보다 큰 난리가 났다는 것을 기발한 독백으로 묘사해버렸다.

두 번째로 절박한 것은 계엄령하의 군사법정에서 전개될 공판투쟁을 준비하는 일이었다. 무엇보다도 필요한 것은 그 엄청난 싸움을 이끌 유능하고 정의감 있는 변호사였다. 박용길은 3·1사건 때 문익환을 변론한 박세경 변호사에게 당부했는데, 박세경이 변호인단을 구성하려고 뛰어다니자 신군부는 변호인단에 참여할 사람들에게 하나씩 죄목을 걸어 전원 잡아가버렸다. 박세경은 구속되고, 나머지 사람들은 1년간 영업정지를 내려서 변호사 일을 못 하게 만들었다. 그중 한 사람(이돈명)이 대안을 가르쳐주었다. 변호사 사무실을 가가호호 방문해서 변호사 선임이 가로막힌 사실을 확인하여 국제여론에 호소하면 신군부가 큰 비난을 받으리라는 것이었다.

구속자 가족들은 바로 행동에 들어갔다. 3인 1조로 팀을 짜서 7월 말의 찌는 듯한 삼복에 서대문 일대를 돌기 시작했다. 근 백 군데나 되는 변호사 사무실을 헤맨 끝에 단 한 곳도 예외가 없었음을 확인했다. 어떤 사람은 아예 자리를 피했고, 어떤 사람은 능력이 없다며 물러섰다. 예상한 바였지만 막상 당하고 보자 세상이 원망스럽고, 외로웠으며, 무서웠다. 계획대로 국제엠네스티를 찾아가 그간 방문한 변호사 명단과 방문 일자 그리고 거부 사유를 기록한 자료와 호소문을 전달했다. 정말 어지간한 의지가 아니고서는 가능해 보이지 않는, 금방이라도 자포자기를 해버릴 것 같은, 힘들고 지치는 싸움이었다. 그것은 아마 신군부도 마찬가지였을 것이다.

참으로 집요하고 무서운 아내들이었다. 도봉산 1·2·3호, 박용길·김석중·이종옥 행동대가 추동해내는 구속자 가족들의 에너지는 조금만 방심하면 신군부가 출범하기도 전에 국제여론의 총공세를 받게 할 만큼 강력한 대결능력을 보여주고 있었다. 사실 이때는, 유럽 출장을 갔다가 김대중 내란음모사건 소식을 듣고 일본까지 왔다가 "박사님은 해외 지원을 해야 하지 않겠느냐"는 말을 듣고 방향을 바꾼 문동환이 미국에 있었고, 문재린이 캐나다 쪽에, 안병무는 독일 쪽에 막강한 응원군을 두고 있는가 하면, 김대중의 신변에 대해서도 세계의 정치권이 촉각을 곤두세우고 있었다. 아무리 광주에서 대학살을 감행했다고 해도 김대중 내란음모사건의 관련자들을 초법적으로 해치우는 것은 가능하지 않았다. 자기들 딴에는 자존심이 상했지만 중앙정보부는 하는 수 없이 아내들을 졸졸 쫓아다니면서 제발 변호사를 선임하라고 조르기 시작했다. 하지만 가족들은 국선변호인으로 재판을 강행했다. 예외는 한 사람, 김대중은 죽일 것이라는 소문이 돌고 있었기 때문에 어쩔 수 없이 허경만을 찾아가 부탁했다. 소문으로는, 김대중을 죽일 날짜는 이미 받아놓은 상태이고, 그와 함께 죽을 사람이 한 명이 될지 두 명이 될지를 저울질하고 있다는 말까지 돌았다. 만약 둘이라면 이문영과 문익환일 터요, 하나라면 문익환일 것이었다. 사실은 김대중조차도 독일, 프랑스 등 국제적 압박이 드세어 결코 사형을 집행하지는 못할 것이라는 자신감을 가지고 있었지만, 마침 파키스탄에 군사쿠데타가 일어나 부토 대통령을 사형시켜버린 일이 있었고, 김대중도 면회 때마다 유언을 남기고 있어서 분위기는 더없이 을씨년스러웠다.

이렇게 하루하루 숨 막히는 상황에서 가족들은 옥바라지 투쟁을 나날이 본격화했다. 육군교도소는 민간인을 수용했던 전례가 없어서 모든 게 어수선하고 일관된 규칙이 없었다. 당연히 면회의 권리를 둘러싼 갈등이 없을 수 없었다. 행형법상 형이 확정되기 전까지는 날마다 면회를 할 수가 있는데, 매주 수요일을 골라 주 1회씩만 허용하는 것은 불법이었다. 이에 가족들은 날마다 몰려가서 농성을 벌였다. 한번은 수요일인데도 문익환에 대한 추가 면회신청 접수를 받지 않았다. 가족들의 불안은 이루 말할 수 없었다. 사고가 난 건지, 병이라도 생긴 건지, 아니면 맞아서 다치거나 다른 큰일이 있어서 보여줄 수 없게 된 건지, 별의별 걱정이 들게 마련이었다. 가족들은 눈에 보이는 것이 없었다. 철창을 열라며 흔들고 차다가 아예 위병소를 점령해버렸다. 군인들은 여자들이 한꺼번에 들이닥치자 어떻게 해야 할지 몰라 쩔쩔매었다. 이때 유인호 교수의 부인 김정완이 차 트렁크에서 솥단지를 꺼내왔다. 그걸 위병소 한복판에 걸어놓고 밥 지을 준비를 하고, 가지고 온 음식들을 몽땅 풀어놓고는, 보자기를 깔고 주저앉아 장기전에 돌입한 것이다. 박용길은 언제나 그렇듯이 보따리를 베개 삼아 드러누워서 면회를 시켜주지 않으면 한 발짝도 물러서지 않겠노라 버텼다. 성남경찰서 소속의 기동대까지 출동하자 가족들은 끌려 나가지 않으려고 철망에 달라붙었다. 끌어내리려고 하면 더 높이 올라가고, 따라서 올라오면 발을 휘두르며 반항했다. 경찰들은 가족들을 하나씩 떼어내어서 차에 싣고 한 시간쯤 내달리다가 낯선 곳에 내려놓고 가버렸다. 나중에 알고 보니 이학봉이 문익환을 회유하려고 밖으로 데려가는 바람에 면회가 되지 않았던 것이다. 이학봉은 그날 문익환을 회유하는 데 실패하자 박용길에게 손을 뻗쳤다. KNCC 인권위원회의 목사 한 사람을 통해서 만나자고 제의해온 것이다. 박용길은 일언지하에 거절했다. "전두환이라면 만나겠지만, 그 졸개들과는 절대 만나지 않겠다"고 오금 박아 말했다.

그러다가 8월 4일, 용산 국방부의 군사법정에서 첫 공판이 열렸다. 피고들은 자신들의 혐의가 정확히 어디에서 어디까지인지조차 모르는 상태로 재판에 임했다. 준비란 애초부터 불가능한 상태였다. 그러던 어느 날 갑자기 이세중 변호사가 한밤중에 잡혀가더니, 슬리퍼 차림으로 이문영을 만나 강제로 변호사로 선임되어 법정에 나왔다. 재판이 일사천리로 진행되자 김대중의 담당자 외에 유일한 선임변호사였던 이세중도 결국은 엉터리 재판을 그만두겠다며 사퇴서를 제출했다. 법정은 그만큼 살벌했다.

비공개 군사재판! 내신기자는 한 사람도 들어오지 못했고, 외신기자 두 명에게만 방청권이 주어졌다. 가족에게도 피의자 한 사람당 두 매씩만 방청권이 배당되었다. 가족들은 육군본부 입구에서 군용버스에 태워졌는데, 버스는 재판정 건물에 다다르기 전에 마당에 세워져 모든 소지품이 압수되었다. 특히 필기도구는 절대불가였다. 그러고도 모자라 다시 재판정 인근에 급히 만들어진 임시 가건물로 끌려 들어갔다. 그 안에서 다시 철저한 몸수색을 하여 완전히 맨손으로 들어가게 하는 것이었다. 재판정 안에는 재판관이 있는 단상만 빼고 3면 전체가 제복을 입은 헌병들로 메워졌다. 피고석은 그 앞이고, 피고들은 온몸이 묶인 채 양편에 헌병들을 달고 있었다. 가족들도 마찬가지여서 민둥머리의 사복 청년들이 가족 한 사람당 두 명씩 붙어서 감시를 했다.

그럼에도 공판 첫날부터 고문 사실이 불거져 나왔다. 피고 이문영이 통명스럽게 일갈해버린 것이다.

"고문을 많이 받아서 오래 버티기 힘드니까 시간 끌지 말고 재판을 빨리 끝내주시오."

재판을 인정할 수 없으니 아무렇게나 빨리 끝내달라는 소리였다. 재판은 도저히 지켜보기조차 가증스러울 정도로 엉터리였다. 국선변호인들은 몸조심 하나로 일관하면서 아무 말이나 지껄이며 시간을 때우려 들었다. 딱 한 사람, 소정팔 변호사가 소신껏 임했다.

"내란사건이라고 하는데, 피고들은 각목이나 화염병은커녕 부지깽이와 박카스 병 하나 가지고 다녔다는 증거는 물론, 사실기록도 기소장에 없습니다. 도대체 뭘 들고 내란을 하려 했다고 말하는 겁니까?"

검사 측이 터무니없다고 윽박질러 입막음을 했는데도 소정팔은 따지다가 재판 중간에 쫓겨나 소식조차 두절되어버렸다. 나머지 국선변호인들은 노골적으로 검사 측을 합리화시키려 들었다. 특히 김숙현 변호사는 피고들이 재판 진행을 거부하는데도 무시하고 하나마나 한 소리로 진행을 거들자, 젊은 송기원이 참지 못하고 버럭 소리를 질렀다.

"야, 이 자식아! 너, 하지 마! 도저히 못 들어주겠으니까, 너 그만해! 변론하지 말라구!"

김숙현도 지지 않고 대응했다.

"이 자식이라니! 넌 애비 에미도 없냐? 새파랗게 젊은 놈이"

"네가 지금 변호사냐, 검사냐? 아무리 조작이라도 그렇지. 이건 뭐 삼류소설보다 못한 얘길 지껄이고 있잖아!"

송기원은 당장이라도 달려들 기세로 펄쩍펄쩍 뛰었지만 헌병들의 완력으로 주저앉혀지고 말았다. 가족들도 일제히 집어치우라고 소동을 벌였지만 옆에 있는 군인들에게 팔다리가 붙잡히고 입이 막혔다.

그래도 변호사가 얼토당토않은 말을 계속하자 참다못한 김종완이 소리쳤다.

"야, 이 자식아! 입 닥치라는데 왜 자꾸 하고 있어? 피고가 변론하지 말라는데 왜 자꾸 헛소리야, 헛소리가!"

다시금 고성과 삿대질이 오가는 난장판이 되어버렸다. 끝내 문익환이 일어섰다.

"재판부 기피신청을 하겠소. 우린 이런 재판을 받고 싶지 않소."

그러자 김대중이 일어났고, 나머지 사람들도 그 뒤를 따라 걸어서 나가버렸다. 이 같은 일이 있은 다음부터 피고 가족들은 성명서를 쓸 때마다 재판이 개판이라는 뜻에서 "검사도 검사, 판사도 검사, 변호사도 검사"라는 표현을 단골로 썼다. 그리고 김숙현 변호사는 재판 후 민정당 공천으로 인천에서 국회의원에 출마하여 당선되었지만, 변호사가 법정에서 의뢰인과 다투었던 희귀한 사례는 변호사의 근본 의무를 망각한 일로 변호사협회에서조차 논란이 되었다.

재판이 이렇다는 사실을 세상에 알릴 사람은 가족뿐이었다. 어차피 국내 언론은 외면하고 있으니 포기하더라도, 국제사회에는 분명히 알려야 했다. 그런데 재판정에 필기구를 가지고 갈 수 없으니 재판기록을 할 수가 없었다. 생각다 못해 볼펜의 심만 숨겨가지고 들어가는 시도를 해보았다. 가지고 들어가는 데에는 성공했지만 그걸 꺼내자마자 옆 자리의 빡빡머리들에게 뺏기고 말았다. 연필심을 부러뜨려서 가지고 가봤지만 그걸로 빠르게 진행되는 재판을 따라갈 수는 없었다. 고심 끝에 송기원의 부인이 초소형 녹음기를 고무줄에 묶어서 치마 속에 매달고 들어갔는데 나중에 틀어보니 하나도 알아들을 수가 없었다. 거리가 너무 멀었던 것이다. 어쩔 수 없이 가족들은 각기 한 사람씩 역할분담을 했다. 재판관이 하는 말만 외우는 사람, 검사관이 하는 말만 외우는 사람, 변호사가 하는 말만 외우는 사람 등으로 나누어서 휴식 시간이나 점심시간이 되면 얼른 밖으로 나와서 잊어버리기 전에 자기가 외운 것을 읊어내고 그걸 받아 적기로 한 것이다. 그 과정에서 드러난 자식들의 공에 대해서 문익환은 훗날 이렇게 고마워한다.

"의근이 만사에 모범생. 80년 재판 때에 성근이와 같이 교대로 법정에서 재판이 진행되는 걸 귀에 담았다가 나가는 길로 쓴 재판기록은 정말 모두를 놀라게 했던 거죠. 속기한 것 같은 기록이 머리에 입력되었으니, 그 기억력이 부럽기 그지없군요."

차남 문의근, 막내 문성근, 두 형제가 방청권 하나로 번갈아 들어가서 기억해두었다가 재생한 방청기는 마치 현장의 내용을 그대로 녹취했다가 풀어낸 것처럼 감쪽같았다. 이 공판기록은 나중에 광주에서 복사본이 발각되어 두 형제로 하여금 일주일간 안기부 조사를 받게 만들었다. 그래도 형제의 채록 분은 공판이 있을 때마다 성명서를 만들어 발표하고 그 성명서와 호소문 등을 세계 각지의 인사들에게 보내는 데 결정적인 기여를 했다. 그것을 외부에 알리는 방법으로는, 우편을 이용할 수가 없으니 외국으로 나가는 사람의 신발 밑창에 넣기도 하고, 선교사에게 부탁하기도 하며, 미행을 따돌린 뒤 외신기자의 방을 직접 찾아가서 밀어 넣기도 했다. 이런 노력에도 불구하고 재판은 계속 군인들의 의도대로 진행되어 마침내 선고가 내려졌다.(박용길·김석중·이종옥, 「가족일기」, 『김대중 내란음모의 진실』 참고)

계엄령 속의 눈

1심 재판이 끝난 것은 여름이 지나고 아침저녁으로 찬바람이 불기 시작할 무렵이었다. 일부 정치군인들의 빗나간 야망에 의해 시작된 이 사건은, 군사재판을 통해 그들의 의도대로 모두 유죄를 선고했다.

"김대중, 사형!"

사형이라는 말은 이전까지 숱하게 들어온 징역형과는 근본적으로 느낌이 달랐다. 누가 먼저랄 것도 없이 방청석에서 애국가가 울려 퍼지자 피고들도 따라 불렀다. 당황한 빡빡머리들이 얼른 입을 손바닥으로 막았지만 이미 제압이 불가능했다. 그러자 빡빡머리들은 더 제지할 수 없다고 판단했는지 밖으로 끌어내기 시작했다. 기를 쓰고 버텨보았지만 여럿이서 번쩍 들고 나가는 데에는 도리가 없었다. 신발짝이 나뒹구는 아수라장 속에서 박용길은 계속 애국가를 불렀다. 헌병들은 아내들이 끌려나올 때마다 한 명씩 차에 태워 어디론가 싣고 가서 내다 버리고 돌아와버렸다.

계절이 바뀌어서 시작된 항소심 역시 그다지 시간이 걸리지 않았다. 결과까지도 비슷했다. 어차피 신군부가 스스로 각본을 개작하지 않는 이상 바뀔 것은 없었다. 마음 탓인지 그해에는 유난히 추위가 빨리 와서, 그해 겨울은 바깥세상의 살벌함만큼이나 날씨도 칼날 같고 눈도 많이 쌓였다. 추위가 절정에 이르렀던 1월 23일, 대법원은 김대중의 사형을 최종 확정지었다. 아! 비뚤어진 인간들이 폭력으로 만들어낸 그릇된 제도가 무고한 한 사람을 죽이기로 최종 결정을 보았다는 판결이 내려지는 순간 그 참혹한 군사법정을 함께 체험한 사람들, 김대중·문익환·이문영·예춘호·고은·김상현·이신범·조성우·이해찬·이석표·송기원·설훈·심재철·서남동·김종환·한승헌·이해동·김윤식·한완상·유인호·송건호·이호철·이택돈·김녹영 등은 모두 자신이 인간이라는 사실에 몸서리를 쳐야 했다. 역사·체제·구조 안에서 개인의 힘이란 얼마나 실낱같은 것인지, 절벽 같은 세상에 맞선다는 것은 또 얼마나 무모한 것인지, 그 덧없음으로부터 자유로운 사람은 없었다. 그 덧없음은 한편으로는 그들의 내면을 새로운 방향으로 성숙시켰다.

삶이란 힘든 것 아니겠습니까? 왜 힘이 듭니까? 사람이 약해서입니다. 사람이 약한 것은 범죄와 다릅니다. 군법 회의가 말한 우리가 지었다는 죄, 김대중 내란음모는 물론 무죄입니다. 그러나 이 범죄의 무죄가 다음 두 가지의 약함을 지워주지는 않습니다.

하나의 약함은 1980년에 취조 받았을 때 무죄한 김대중 씨를 내란의 괴수로, 그리고 우리 스스로를 내란자로 허위 자백한 것입니다. 혹독한 고문에 의한 것이지만 비록 죽더라도 안 한 것을 안 했다고 말하지 않은 것이 약함입니다. 즉 살아남은 것이 죄인 것입니다.

— 이문영, 「5·17과 오늘」, 『김대중 내란음모의 진실』

이 육중한 참회록 앞에서 생명의 거룩함을 느끼지 않는 사람은 없을 것이다. 삶! 그 환희와 슬픔, 기쁨과 절망, 희열과 낙담은 하늘과 땅과도 같고 빛과 어둠과도 같은 것. 극과 극이 마주쳐서 태어난 생명은 반드시 서로 상반된 두 여울 사이를 오가며 무상의 길을 지나가게 되어 있다. 구속을 벗어나려 하고, 인연의 질곡을 끊으려 하며, 원심을 향해 치닫고자 하면서도 조직 속으로 기어드는가 하면, 틀을 확보하려고 하고 구심력을 필요로 한다. 문익환의 생이라고 해서 다를 턱이 없을 것이다. 그도 다른 구속자들과 똑같이 삶의 편으로 분류된 행운이 고통이었을 것이다. 한 사람의 사형결정이 이루어지는 과정에 동참한 상태에서 이루어진 '생'의 판결은 지옥이었을 것이다. 그러나 깊고 깊은 마음의 상처 속에서도 오직 인내와 겸손으로 자신의 아픔을 참고 견뎌서 마침내 뜨거운 사랑을 발휘해 타자를 껴안아가는 과정이야말로 문익환의 정신이 도달한 진정으로 훌륭한 성취 중 하나였다. 어쩌면 모세가 가진 광야에서의 40년을 그가 가지고 있었기 때문에 가능한 일이었는지 모른다. 그 무겁고 우울한 영혼들 속에서 그는 어리석어 보일 만큼 천연덕스러운 사랑 표현을 시도하고는 했다. '김대중 내란음모사건'이라는 절대적 공포의 시간을 살면서 그가 연기한 '불치의 사랑 표현'들은 그의 동지들에게 문익환이 어떤 영혼을 가진 자인지 뼛속 깊이 새겼다. 그에 대한 에피소드는 많다.

그해 8월 4일, 군법회의에서 첫 공판이 있던 날이었다. 남한산성에서 용산 국방부의 군사법정까지 피고들을 송치하는데, 육군교도소 측은 한 차에는 김대중을, 한 차에는 문익환과 고은을, 또 한 차에는 이문영과 예춘호를 태워 외부와 차단했다. 그 긴 시간이야말로 갇힌 자의 해방감을 누릴 수 있는 시간이었다고는 하지만 옛날로 보자면 대역죄인을 끌고 가는 무서운 호송차 안이었다. 피고끼리 말해서는 안 된다고 호송 헌병이 둘 사이를 수시로 가로막고는 했다. 그런 속에서 문익환은 고은에게 "장가 가!"라고 결혼을 권유했다. 왜냐하면 좋은 일이 많기 때문이라는 것이었다.

"나, 면회 온 박용길하고 입 맞췄다!"

이럴 때 문익환이 풍기는 따뜻한 가족 사랑의 냄새야말로 풍찬노숙으로 자란 고은을 정신이 혼미해지도록 취하게 만드는 유혹의 손길이었다.

여기서 '가족!' 이야기를 꺼낼 필요가 있을 것이다. 가족주의의 나라 한국은 거의 모든 개인이 '이상으로 삼는 가족'이 깨진 사람들의 나라이기도 했다. 이산가족 찾기가 보여주듯, 일제와 분단과 전쟁과 지배 이데올로기에 의해서 삶의 근거지가 이렇게까지 처참하게 파괴되어버린 나라는 없었다. 그 속에서 '문익환가'가 유지되는 과정을 살피는 것은 사회학적인 의미가 적지 않다. 한국사의 소용돌이를 문익환 집안만큼 전면적으로 겪은 곳은 없다. 한국 근현대사의 수난은 언제나 문씨네 집안의 안방을 쓸고 갔다. 그런데 신기하게도 문익환은 가족의 원형이 조금도 깨지지 않게 지켜냈다. 아니, 오히려 역사의 중심을 회피하지 않았기 때문에 문씨 가계의 가족적 힘이 보존되었다. 문씨네는 그 험한 세월 속에서 문익점의 가치를 문병규, 문치정, 문재린, 문익환, 문호근 세대까지 고스란히 계승했다. 가족은 사회를 구성하는 세포 단위의 하나인 만큼 정의가 훼손된 사회에서 '가족 밖의 정의와는 동떨어진 채 가족 안에서의 정의만 지킬 수 있는 권리'는 보장되지 않는다. 이 중차대한 과업(그는 언젠가 이를 '하느님의 기업'이라고 했다)을 남녀상열지사의 기쁨으로 표현해버리는 자유로운 '야함'이 그에게는 있었다.

가족이 사회적 정의에 기여하면서 유지되는 것이 시련의 시기에 얼마나 큰 힘이 되는지를 아는 순간 사람들은 누구나 문익환식의 가족단체(?)를 부러워하게 되어 있다. 가령 그해 11월에도, 이미 초겨울 날씨가 시작되어 설악산과 오대산에 연일 서리가 내린다는 예보를 듣자 가족들은 추위가 걱정되었다. 감옥에서 또 어떻게 한겨울을 날지…… 어쩔 수 없이 농성이 시작되었는데, 이 농성장까지 문익환의 가족이 대거 점령해버렸다. 아내 박용길은 물론 시어머니 김신묵, 아들 문호근·문성근, 손자 바우까지 4대가 모두 농성장에 와서 시작부터 끝까지 자리를 지켰다. 박용길이 손자를 교회에 가자는 말로 데려왔는지 바우가 할머니더러 다시는 이런 교회에 오지 말자고 투정을 부리고는 했지만, 그것까지도 다른 가족들에게 힘이 되었다.

어쨌든 고은은 문익환의 권유대로 출감한 지 얼마 안 되어 결혼식을 올렸다.

또 호송차 안에서 이런 일도 있었다. 역시 고은에게 "우리 신·구약하고 불경하고 정수만 뽑아 책 하나 내지" 하고 말했다. 문익환은 고은에게 기독교를 느끼고 그 자신에게서 불교를 본다고 말했는데, 이런 무애의 경지는 신·구교 공동번역 이전부터의 체질이었다. 고은이 "우리 민족의 고토인 북간도의 끝없는 대륙에서 터득한 크기와 하나"라고 말한 그의 체질은 끊임없이 기독교 문화에 대한 '생산적인 회의'를 제기하여 종종 아내를 당황스럽게 만들고는 했다.

"당신은 어제 내가 스님이 되는 거 싫다고 했지요. 목사가 스님이 된다거나 스님이 목사가 된다는 문제가 아니지요. 종교적인 경험을 말로, 논리로 표현해버릴 수 있는 것이 아닌데 기독교는 말로 다 해버릴 수라도 있다는 듯이 '말씀' '말씀'을 지나치게 강조해왔거든요. 말, 말씀이 전부인 양 강조하는 신학에 내가 좀 진저리가 났었거든요. 말이 중요하지 않은 것은 아니지요. 말이란 본래 일회적인 성격이 강한 거 아니겠소? 구체적인 상황에서 구체적인 일에 대한, 그 한 번 있는 일에만 적용이 되고 그 일에만 타당한 판단이 말로 표현되는 것이거든요. 그나마 언제나 그 일의 어느 한 면밖에 표현할 수 없는 것이 말인데, 그 말이 그대로 보면 타당한 진리가 되어버리는데 기독교 신학의 중대한 문제가 있다고 느끼던 차에 불교가 강조하는 '마음'에 눈을 돌리게 되었던 거죠."

그런가 하면 문익환은, 삼엄한 '계엄령 속의 눈'을 아름다운 낭만의 벌판으로 바꿔버리기도 했다. 육군교도소에서 1월도 기울어가던 어느 날, 한승헌은 밖으로 불려나갔다. 이송을 앞두고 육군교도소 측이 베푼 호의를 한승헌 변호사에게 할애한 것인데, 안기부 요원 두 사람이 기다리고 있다가 문익환과 둘이서 바람이라도 쐬라는 것이었다. 차가운 겨울 하늘에 달이 떠오르고 있었다. 눈 덮인 콘세트 지붕 위에 비치는 달빛은 연약했지만, 밤하늘을 더욱 숙연하게 만들었다. 두 사람 중 누구도 얼마를 살게 될 것인지, 어떻게 하는 게 유리할 것인지 따위의 말을 하지 않았다. 그러기로 약속이나 한 것처럼 동시에 한없이 처연한 '조선의 겨울밤'을 올려다보고 있었다.

"저렇게 기막힌 하늘 본 적 있어요?"

문익환의 말이었다. 두 사람은 그날 밤 한탄이나 걱정 따위가 아니라 지상의 풍경이 얼마나 아름다운지에 대해 침묵으로 이야기했다. 한승헌은 훗날 그 같은 상황에서 '문익환 목사님과 함께 올려다본' 그날 밤의 야경이 세상에서 가장 아름다웠다고 말한다.

이 같은 에피소드들은 마치, 문익환이 젊어서 행한 설교의 한 대목을 연상시킨다.

"20일째 되던 날 그들의 곡괭이 소리는 '우리는 아직 살아 있다'는 소리에 일제히 멎었습니다. 20일 동안 땅굴 속에 열다섯 명의 광부가 살아 있었던 것입니다. 이렇게 되면 사람의 체력과 정신력이 얼마나 크냐는 것을 알 수 있지 않겠습니까? 그런데 그 힘을 무엇이 터뜨릴 수 있었느냐 하면, 그것은 사랑이었다는 것입니다. 그 열다섯 명 중의 한 사람이 나머지 열네 명을 사랑으로 격려하고 도와서 20일을 땅 속에서 살아남아 있었다는 것입니다. 사랑의 용기가 그들을 구원했던 것입니다. 구원은 사랑 이외에서 올 데가 없습니다."

세 번째 감옥, 31개월

이후 문익환은 공주교도소에서 김대중의 처우개선과 생명의 안전을 보장하라는 단식투쟁을 감행했다. 그리고 단식투쟁을 끝내고 나서도 도대체가 따분할 틈이라고는 나지 않게 분주한 나날을 보냈다. 1976년 3월에 첫 번째 투옥을 경험한 이후로 21개월을 살고 나와 10개월 만에 감옥에 가고, 15개월을 살고 나와 5개월 만에 다시 철창신세가 되었지만, 그는 감옥을 학교 이상으로 생각하지 않았다. 대하소설을 쓴 작가가 길고 긴 금욕을 견딘 집필의 시간들을 '글감옥'이라고 비유하는 것처럼, 또는 대학입시에 매달렸던 학생이 시험이 끝난 것을 '해방'이라고 말하는 것처럼, 문익환은 비유가 아닌 실제상황으로서의 감옥을 그들이 비유로 말하는 감옥처럼 여겼다.

수유리 집에서도 마찬가지였다. 박용길은 문익환이 기결수 생활에 들어가자 곧 하루도 거르지 않고 편지를 썼다. 혹시 중간에 가로채는 편지가 있을까 봐('보안'을 이유로 편지를 검열해서 전해주지 않는 사례가 비일비재했다) 날마다 한 통씩 번호를 매겨가며, 수험생을 둔 어머니가 새벽마다 일어나서 도시락을 싸는 것처럼 편지를 쓴 것이다. 모든 재판이 끝나고 육군교도소에서 이감되어 공주교도소에 도착한 1981년 음력 설날부터 시작한 '세 번째 편지쓰기'는 687신에서 끝났다.

수인에게 결여되어 있는 것은 바깥사람들이 누리는 자질구레한 일상의 시간들이었으므로, 박용길은 시시콜콜한 이야기들을 일기를 쓰듯이 쓰되, 판에 박힌 단조로운 감방 생활에 조금이라도 새로움을 더해주려고 갖가지 사진도 붙여 보내고 시와 그림들도 적어 보냈다. 매일같이 신선한 기쁨을 누릴 수 있게 하려는 박용길의 정성이 너무도 가상했으므로 주변의 많은 사람들이 이들 부부의 편지 교류를 도왔다. 고운 편지지를 보내주거나 그림·시·노래 등을 찾아주는가 하면 산이나 들에 갈 때 풀이나 꽃, 나뭇잎을 따다 주었다.

문익환은 한 통도 똑같이 생기지 않은 아내의 편지를 받는 것이 너무나 기뻐서 다시 연애 시절로 돌아가서 답장을 썼다. 안타까운 것은 감옥의 규칙상 한 달에 한 통밖에 쓸 수 없다는 점이었다. 단 한 번의 기회에 좀더 많은 사연을 담고 싶어 그의 글씨는 알아보기 힘들만큼 작아졌다. 깨알 같은 글씨로 아내는 물론, 아버지, 어머니에게, 갓난 손주·며느리·딸·아들·가족 모두에게 그는 돌아가면서 정성껏 편지를 써 보냈다. 매일 매일의 일상과 건강 그리고 기도와 함께 오히려 밖에 있는 사람들을 위로하는 섬세한 편지들이었다. 노부부의 편지 교환은 감옥 안에서도 파다하게 소문이 나서 교도관들이 서로 그 편지를 전하려고 다투어 기다렸다.

문익환의 감옥살이는 이렇게 별났다. 교도소 시절이 없었더라면 '예수를 헛 믿을 뻔했다'고 말할 만큼 그에게 그리스도의 세계를 확장시켜준 곳도 감옥이었다. 그래서 그의 종교적 세계관이 커져가는 경로는 그가 쓴 숱한 옥중서신들에 새겨져 있다고 할 수 있다.

"택시 운전기사 강박수 씨가 새벽 공기를 흡사 사이다처럼 들이키며 하늘을 향해 이렇게 뇌까리더군요. '밤새 잘 있었소? 하늘 나으리, 오늘도 한번 으쌰으쌰 살아볼 테니 전지전능하신 당신께서 팍팍 좀 밀어주시구랴.' 이런 기도. 하느님이 들으신다면 얼마나 흐뭇하실까요? 하느님을 향해서 우리 경건을 가장한 사람들은 너무 굳어 있지 않은가요? 하느님도 이렇게 인간적인 대접을 받는다면 우리와 하느님의 관계가 훨씬 가까워지지 않을까 싶군요."

세 번째 감옥살이를 할 때쯤이면 그는 본회퍼의 신학세계를 한참이나 추월해버렸는지 모른다.

어쨌든, 어떤 상황에서도 삶을 짐이 아니라 축제로 받아들이려는 그의 생활태도는 '세계에 대한 이타성'을 집요하게 추구하게 만들었다. 그렇게 해서 얻은 성취들 중 결코 빼먹을 수 없는 업적 중 하나가 '몸의 신비를 탐색하는 일'이었다. 만성병약자 문익환이 질병의 손아귀에서 벗어나는 기적을 이룬 것은 이미 첫 번째 감옥에서였다. 이후 점점 자신이 아니라 남을 위해 육체로 드러나는 생명의 진실들을 학습해갔는데, 그것은 징역살이를 하는 민주투사들, 돈이 없어서 병원에 가지 못하는 노동자들에게 자기 스스로 질병을 다스릴 수 있는 방법을 가르쳐주어야 한다는 사명감 때문에 독학이 깊어지면서 보통의 의사들이 다다를 수 없는 영역까지 접근해갔다. 실험대상은 자신의 몸이었고, 실험도구는 대나무 침이었다. 이 방면의 소양은 점점 깊어져서 나중에는 시술하기 까다로운 침 대신에 독창적으로 파스요법을 고안하기에 이르렀다. 팔과 다리에 몰려 있는 경락을 하나하나 짚어가면서 단 5분 만에 종합건강진단을 끝내고 난 후 그 결과에 따라서 아픈 부위와 연관돼 있는 경락 위에 파스를 붙이면 정말 믿어지지 않을 만큼 감쪽같이 병을 낫게 하는 대중 요법인데, 그는 이 방법으로 옥중에서 숱한 사람들을 치료하고 나와서 사랑하는 이웃들에게 '말씀'을 주는 것보다도 '파스'를 주는 일을 훨씬 더 중요하게 여겼다. 이는 단순한 민간요법을 행하는 차원을 크게 벗어나는 의미 있는 일이었다.

독재정권이 아무리 벌하려 해도 벌할 수 없는 인간이 되어야 한다는 신념에서 시작된 그의 의술능력은 여러 사람을 통해 효험을 검증받으면서, 점점 그의 세계관과 사상체계에 심대한 영향을 미쳐갔다. 훗날 그가 이야기하는 '몸에 관한 해석'들은 세계에 존재하는 모든 것들의 보편적 진리를 그곳에서 찾은 것 같은 어떤 경지를 느끼게 한다. 그는 사람의 생리가 철저하게 민주적이라고 말한다. 그에 따르면, 첫째, 인체의 세포들은 하나하나가 독립성과 자주적인 힘을 가지고 있다. 이 세포들이 몸 안의 민주시민들인 것이다. 둘째, 대뇌의 지시를 받지 않는 자율신경이 있어서 신장·위·폐·간장 등을 각각 자율적으로 관장한다. 지방자치제라 할 수 있다. 셋째, 교감신경과 부교감신경이 있어서 교감신경은 부교감신경을 촉진시키는 기관을 억제하고, 역으로 부교감신경은 교감신경의 작용을 촉진시키는 기관을 억제한다. 그렇기 때문에 신체의 균형이 유지된다. 이것은 여당과 야당의 관계와 같다. 마지막으로 대뇌가 의식적인 신체의 움직임을 지시하는데, 이 지시는 무턱대고 내려지는 것이 아니다. 대뇌는 전신의 세포가 보내온 정보를 분석, 종합한 후에라야 지시를 내린다. 정부는 민의를 받아들이고, 그 민의를 기초로 삼아서 정책을 결정해야 한다는 민주주의의 원리와 정확하게 일치한다. 이처럼 사람의 몸은 철저하게 민주적이다. 그런데 사람은 생명의 역사가 장구함에도 불구하고 겨우 이제야 그런 진리를 깨달았다. 따라서 그 깨달음이 완전치 못하다. 그러므로 사람의 마음은 사람의 몸에 전적으로 순응해야 한다. 거짓이란 언제나 몸이 아니라 마음을 통해 들어오기 때문에, 마음을 몸에 순응시키면 진리에서 크게 벗어나는 일은 없다.

그러나 감옥은 감옥이었다. 아내의 편지와 친지들의 면회를 통해 중개되는 바깥 일들은 옥중에 있는 문익환을 한없이 슬프게 했다. 희소식이라곤 들려오지 않았다. 그래서인지 그는, 생명의 본질과 우주의 본질이 기쁨인데 지상의 현실이 그렇지 못한 것을 보면서 이 세 번째 감옥에서 윤동주의 시를 유난히 많이 읽었노라고 고백하고 있다.

"그의 시집은 성경 다음으로 많이 읽은 책인데도, 육군교도소에서 비로소 그의 시 한 편 한 편이 눈물범벅인 슬픔이라는 걸 깨닫게 되거든요. 나는 그의 하느님이자 나의 하느님을 '슬픔'이라고 부르게 됩니다. 세상에 불행한 사람 하나라도 있는 한 하느님은 기쁘실 수 없다는 걸 깨닫게 되거든요. ……이 무지무지한 슬픔은 저 흐드러진 꽃밭으로 전개될 기쁨의 비나리라는 걸 깨닫게 되었다 그 말입니다."

오월의 양심

그동안 바깥에서는 국내외적으로 '1980년대의 세계'가 직조되느라 경황이 없었다. 가장 큰 사건은 재판 중에 이미 결정되었던 것으로, 미국 대통령선거에서 민주당의 지미 카터가 공화당의 로널드 레이건에게 패한 일이었다. '인권외교'를 기치로 내건 카터가 낙선하고 미국 군수자본가들의 지원을 받는 레이건이 당선되었다는 것은 지구촌의 정세가 전쟁의 암운을 드리우게 되었다는 것을 의미했다. 군수자본가들의 관심은 무기 장사에 있으며, 그들이 거느린 영화산업을 통해 발탁된 배우 출신의 정치인은 대통령이 되는 순간 필히 전쟁을 선호하는 정책을 펼치게 되어 있었다. 그것이 김대중 내란음모사건 관련자들에게는 신으로부터 버려지는 것 같은 절망감을 주었으나, 전두환 세력에게는 희소식도 그런 희소식이 없었다.

그와 때를 맞추어 한국 사회도 변하기 시작했다. 전두환 세력은 먼저 악명 높은 중앙정보부를 폐지하고 국가안전기획부를 발족시켰으며 강압적으로 언론기관을 통폐합시켰다. 또한 기존의 정당과 정치가들의 활동을 모두 정지시키고 한국 정치 지형도를 인위적으로 재편해버렸다. 구여당인 민주공화당의 개혁파는 전두환을 총재로 민주정의당을 창당했다. 거기서 밀려난 주류파는 한국국민당을 만들어서 김종철을 총재로 선출했다. 야당도 유치송을 총재로 민주한국당을 만들고 보수적인 그룹은 민권당을 만들어 김의택을 총재로 뽑았다. 형식상으로는 모양을 갖춘 야당이 세 개나 되었지만, 국민들은 그것들을 공공연하게 민정당 1중대, 2중대, 3중대라고 불렀다. 과연 민정당과 그 예하 중대급 야당들은 일사불란했다. 1981년 2월 새 헌법에 의해 대통령선거인단의 선거가 실시되었을 때 전두환은 90.2퍼센트라는 압도적 득표로 대통령에 당선되어 저 유명한 '제5공화국 시대'를 열었다.

그러나 문익환은 절망하지 않았다. 그 물 밑에서 숨 쉬는 맥박 소리를 듣고 있었기 때문이었다. 1980년 5월 17일 밤 12시, 권총을 가진 자들에게 체포된 이후 신군부가 저지른 범죄는 무섭고도 끔찍하기만 했다. 하지만 그는 감방에 앉아 깊은 명상 속에서 민중이 역사의 위기를 어떻게 헤쳐가는지를 깨닫고 그에 대한 사유를 놓치지 않았다. 생각할수록 그 일은 놀랍기만 했다.

국토의 서남단을 지리적으로가 아니라 정치적으로 지도를 그려 섬 하나가 만들어졌다. (김원중이라는 가수는 '오월의 광주'를 〈바위섬〉으로 노래했다.) 그리고 그 섬을 제외한 나머지 지역에는 비상계엄령이 내려져 있었다. 나머지 지역의 국민들은 눈이 가려지고 입에 재갈이 물렸다. 섬에서 일어나는 어떤 일도 그들에게는 전달되지 않았다. 그 상태로 전쟁이 일어났다. 한 번 동란을 겪은 후 무려 30년 동안이나 실전을 준비해온 국군을 한편으로 하고, 대학생·실직 가장·청소년·부랑아·아녀자들로 구성된 폭도(?)를 다른 한편으로 한, 실로 경악할 만한 전투였다. 최신 무장을 한 대한민국 국군은 특전단을 전면배치하고 사방에 응원군을 대기시킨 상태에서 베트남전쟁을 방불케 하는 시가전을 펼쳤다. 폭도라는 이름의 시민군은 자연발생적으로 형성된 민간인 대오를 이끌고 시민들의 안전과 재산을 지키며 지구전을 꿈꾸었다.

"미국이 알면 도와줄 것이다, 아니, 세계 민주주의 시민들이 악독한 군사정권을 압박할 것이다. 그런데 다른 지역의 국민들은 왜 아무도 도우러 오지 않는가?"

시민군은 사무치는 외로움 속에서 하루하루를 버티어갔다. 이때 시민군을 이끈 지도자 중 가장 존경받았던 사람은 공단에서 어린 여공들을 모아 야학을 하던 나이든 청년이었는데, 뻔히 죽을 것을 알면서도 끝까지 자리를 뜨지 않고 죽음을 지켰다. 그가 전사한 후 발견된 총에서는 사격을 한 흔적이 남아 있지 않았다. 적의 모습을 한 군인들을 향해 도저히 총을 쏠 수 없었던 것은 그들이 군인이나 적이 아니라 자신과 똑같은 '사람'이라 느껴졌기 때문이었다. 도청에 마지막까지 남아 죽어가면서도 '사람'을 향해 총을 쏠 수 없었던 폭도들이 바로 5월의 사람들이었다. 김대중 내란음모사건의 후폭풍으로 시작된 이 안타까운 민주주의 전쟁은, 그러나 철저한 배신과 고립으로 종결지어졌다.

5·18이 마치 잔인한 폭동의 길손처럼 한반도를 짓밟은 뒤에 남겨진 것이 무엇인지를 언술화言述化할 수 있는 사람은 많지 않았다. 그 거대한 역사의 발자국을 판독하기에 당시의 사람들은 그 상처로부터 너무나 가까이 서 있었다. 너무 아파하거나, 너무 분노하거나, 인간사에 염증을 느끼거나, 의식분열 속으로 침잠해 들어갔다. 어떤 경로로든 인간의 도덕 본능 때문에 발생하게 되는 그 숱한 정서적 변형 작용 속에서 문익환은 오히려 역사의 명령을 읽었다. 입만 열면 콤플렉스 타

령이었지만 모든 종류의 콤플렉스로부터 완벽하게 자유로운 인간만이 구가할 수 있는 온전한 영혼의 반응이 그에게서 나왔다. 그는 5월을 겪은 사람들이 난폭하게 드러내는, 일견 황폐해 보이는 다양한 '자해적 증상'들을 기상천외한 컨셉을 들이대어 이를 역사 창조의 동력으로 읽어내고 '오월의 양심'이라는 말로 이렇게 노래해버렸다.

당신만이
오직 당신만이
오월의 양심이어요
육칠월의 양심 팔월대보름의 양심이
당신일 수는 없어요
크리스마스의 종소리 초파일 연등행렬이
당신일 수는 없어요
그건 사치예요 놀이에 지나지 않아요
보랏빛 향기 뿜어내는 오동나무 무더기 꽃이
오월의 꽃이라고 해서
당신일 수는 없어요

짙어가는 설악의 녹음 지리산의 녹음
그 속에서 밝은 물소리 구슬처럼 부서진다고 해서
당신일 수는 없어요
동서고금 인류의 희망으로 아침마다
눈 덮인 산등성이에서 또는
푸른 바다 하늘 끝에서

이글거리는 눈망울 하나로 솟는 해도
당신일 수는 없어요
그건 찬란한 영광으로 하늘과 바다에 잠깐 비꼈다가
사라지는 허세에 지나지 않아요
수십억 광년 어둠을 뚫고 날아와
흐르는 냇물에 쏟아지는
임마누엘 칸트의 별빛들도
당신일 수는 없어요
그건 한낱 감상이어요 관념이어요
핏대를 세우며 목청을 높이는 무슨 주의 무슨 사상
그것도 모두 위선이어요
당신 앞에서 그 짙은 화장이 벗겨지면
본색이 드러나는 게 보이지 않아요
아니어요 아니어요
당신일 수가 없어요

갈비뼈 앙상한 그 야윈 가슴
숭숭 뚫리며
포화 속을 걸어가는
걸어가다 쓰러지는
당신이 아니어요
쓰러졌다 일어서는
일어서서 자유의 깃발로 나부끼는
당신이 아니어요

당신일 수가 없어요

— 문익환, 「오월의 양심」

가장 쉬운 말로 쓰였으면서도 가장 어려운 '관념'을 담고 있는 이 시는 문익환이 쓴 몇 편의 명시들 중 하나에 속하지만 누구에 의해서도 조명되지 못했다. '오월의 양심'이라니…… 그것은 이렇게 해석되어야 할 것이다.

생각해보면, 광주민중항쟁이 초토화되고 막을 내리는 와중에서 발견된 역사적 생명체가 하나 있었다. 기존에 한국의 재야운동가들이 명명하던 어떤 개념에도 부합되지 않는 전혀 새로운 실체였다.

"그들은 결코 나라를 절대화하지 않았습니다. 나라가 최고도 아니요. 나라에 대한 충성이 우리의 마지막 충성일 수 없다는 것입니다. 나라의 명령이면, 누구나 절대 복종해야 하는 것도 아니었습니다. 그들은 나라라고 하는 무인격적인 힘을 절대적인 것이라고 생각하지 않았습니다."

여기서 문익환이 말하는 '그들', 곧 히브리인이자 한국 민중이요 또 광주시민이었던 그들의 이름을 1980년대는 내내 '오월'이라고 불렀다. 그렇다, 오월! 김대중, 문익환 등의 구속과 함께 태어난 그 '오월'은 한국 시간으로 1980년 5월 27일 오후 2시경 광주 도청 옥상에서 최후 사살되었지만 한국인들의 의식 속에서는 끝까지 절명해버리지 않았다. 부상한 채로, 그 '부서진 오월'은 묵시의 언어들을 발설하며 다시 숱한 젊은이들을 몽롱하고 달콤한 '비非정치의 지대'에서 깨어나게 만들었다. 그리하여 새로 태어나는 오월의 자식들은 다시는, 릴케의 시에 나오는 저 아름다운 은빛의 계절들 속에 파묻히는 게 불가능한 사람들이 되어야 했다. 그들의 성장에 의해 반도 곳곳에서, 삶을 오직 개인의 안락을 위하는 일에만 사용하던 모든 '사적私的 인간(그리스인들은 오래전에 바보에 대한 정의를 사적 인간이라고 내려놓고 있었다)'들의 권리는 점점 박탈되었다. 그 전까지 맹위를 떨치던 세속적 출세자들의 영광은 이내 한국사의 변두리로 떠밀려갔다. 오월의 양심이 개인에서 '우리'로, 우리에서 다시 역사로 크고 둥그런 파장을 그리며 멀리멀리 퍼져갔던 것이다.

그 파장에 의한 첫 번째 양심선언은 광주에서 일어났다. 그러니까 그해 5월 17일, 신군부세력이 급습했을 때 광주의 지식인 운동가들은 한 발 앞서서 도피한 상황이었다. 폭력을 예감한 점은 뛰어났지만 역사의 현장을 회피한 자괴감이 그들을 괴롭혔다. 그들은 사태의 추이를 지켜보면서 개죽음에 가까운 핏자국 위에서 '오월'이 자발적인 에너지로 고통의 축제를 만들어가는 것을 보았다. 거기서 얻은 충격은 크게 두 가지였다. 하나, '오월'은 독재자들이 총칼을 들이밀자 침묵하거나 피하지 않고 맞서 싸웠다. 더욱 충격적인 것은 그다음이었는데, 둘, 일주일이 넘는 치안 부재의 상태에서 도덕적으로 우월한 '대동세상'을 만들어냈다. 일주일간 지속된 '오월의 나라'에서는 강도·살인 등 어떠한 범죄도 없었다. 그로 인해 '오월'이라는 그 정치사회학적 생물체가 재야 또는 진보적 사회운동 세력에게 미친 영향은 거의 전면적이었다. 역사의 주체는 민중이라고 말로만 떠드는 것과, 역사가 인텔리들의 것이 아니라 민중의 것임을 몸으로 보여주는 것은 다르다는 사실 때문에, 그 이후의 사회운동은 철학적 인식을 중시하게 되었다. 또한 그 같은 인식을 바탕으로 세계정세를 분석하는 안목이 생겨나 한반도의 질곡에 미국의 세계전략이 작동하고 있는 것을 중시하게 되었다. 한반도에 사는 민중의 적이 20세기의 지배자들이라는 것을 깨달은 것이다. 이제 그들에게 '레드 콤플렉스' 같은 것은 별로 중요하지 않은 일이 되었다. 오히려 유럽의 지성들이 마르크스주의에 대해서 갖는 균형감을 찾느라 역사의 합법칙성에 대한 믿음이 커지고 좌파에 대한 의존도가 높아졌다. 1980년대의 영혼들이 이전 세대, 즉 함석헌·김대중 같은 이름들이 숨 쉬던 세대와 철학적으로 결별하기 시작한 것이다. 그 달라진 '역사의식'의 획을 긋는 사건이 '부산 미문화원 방화사건'이었다.

1982년 3월 18일 부산의 대학생들이 휘발유를 가득 채운 플라스틱 물통 네 개를 들고 미문화원에 들어가 불을 질렀다. 학생들은 광주학살 뒤쪽에 미국이 있음을 알리기 위해 미문화원에 불을 지르고 나라 안팎의 눈을 끌어들인 뒤 성명서를 통해 그 실상을 알리려 했었다. 주모자 문부식은 불이 나면 사진을 찍기 위해 건너편에서 지휘하고, 류승렬, 최충언, 박원식 등은 유인물을 뿌릴 자리에서 기다리며, 최인순과 김지희는 문화원에 들어가 출입문 앞에 있다가 김은숙과 이미옥이 휘발유통을 들고 오면 문을 열어주고, 김은숙의 휘발유가 지나가면 최인순과 김지희가 불을 지르고 뛰는 계획을 빈틈없이 짜고 실행에 옮겼다. 그런데 그만 예행 연습 때 준비하지 못한 돌발적인 변수 하나가 생기고 말았다. 열람실 안쪽에 있는 학생을 보지 못하여 질식해 숨지게 하고 만 것이다. 만약 살인이라는 부작용이 없었더라면 이 사건은 엄청난 파급 효과를 낳았을 것이다. 그러나 동료 학생이 죽었으니 재야나 학생운동권 어디에서도 여기에 내놓고 동조하지 못하게 되었다. 아무리 민주주의를 위해 싸운다지만 감히 상상할 수 없는 실천 형식에 선배 세대는 경악을 금치 못했다. 도대체 무엇이 젊은이들을 이렇게 만들었단 말인가?

이 같은 상황은 불가피하게 '문익환적 위엄의 재탄생'이라고 하는 도약의 배경을 이룬다. 아마 그 부서진 오월이 없었더라면, 아니, 그 부서진 오월 때문에 절망한 젊은이들이 없었더라면, 그의 이름은 '과거를 수놓는 많은 별들 중 하나'로 끝났을 것이다. 문익환은 새롭게 체감되는 역사의 실감을 자신의 양심 속 깊은 곳에 전면 수용했다. 무엇에 대한 양심인가? '살아 있는 주검'들이 아니라 '죽어버린 생명체', 즉 장차 부활할 몸체들에 대한 양심이었다. 오월은 왜 부활할 수밖에 없는가? 한 시인은 망월동 묘지를 보면서 "무덤은 큰 입이"라고 노래했고(이영진, 「무덤은 큰 입이다」), 한 사회과학자는 그로부터 15년이 지난 후 이렇게 말한다.

> 그들(5·18의 젊음들-지은이)이 무기를 놓고 도청을 계엄군에게 비워줬더라면 6월 항쟁은 없었을 것이며, 지금 이 순간도 5공 치하였을 것이다.
>
> — 최정운, 『오월의 사회과학』

문익환의 「오월의 양심」은 바로 이를 의미하는 직관의 노래였다. 그리고 그로부터 이제 문익환의 역사의식은 동년배들의 역사의식과 차별화되기 시작했다. 젊은이들은 그간의 재야인사들을 존경했지만 따르지 않았고, 투쟁의 정신을 계승하려 했지만 현재진행형의 지도력으로 인정하지 않았다. '역사'에 대한 실감이 달라졌으니, 선배 세대들이 말하는 '역사'가 관념 속의 가치였다면 새로운 세대들이 일컫는 '역사'는 눈앞에 있는 물질 그 자체였다. 선배들 역시 새로 성장해 올라오는 양심적인 젊은이들을 사랑했지만 후원할 수는 있을지언정 함께 어깨를 걸 수는 없었다. 선배 세대의 눈에 후배들은 급진적이고 폭력적이며, 무엇보다도 이데올로기적이었다. 그로 인해 1970년대의 운동가들과 1980년대의 운동 사이에는 건너기 어려운 단절과 비약이 발생했다. 이제 모든 것이 지워졌고, 모든 일이 백지에서 시작되었다.

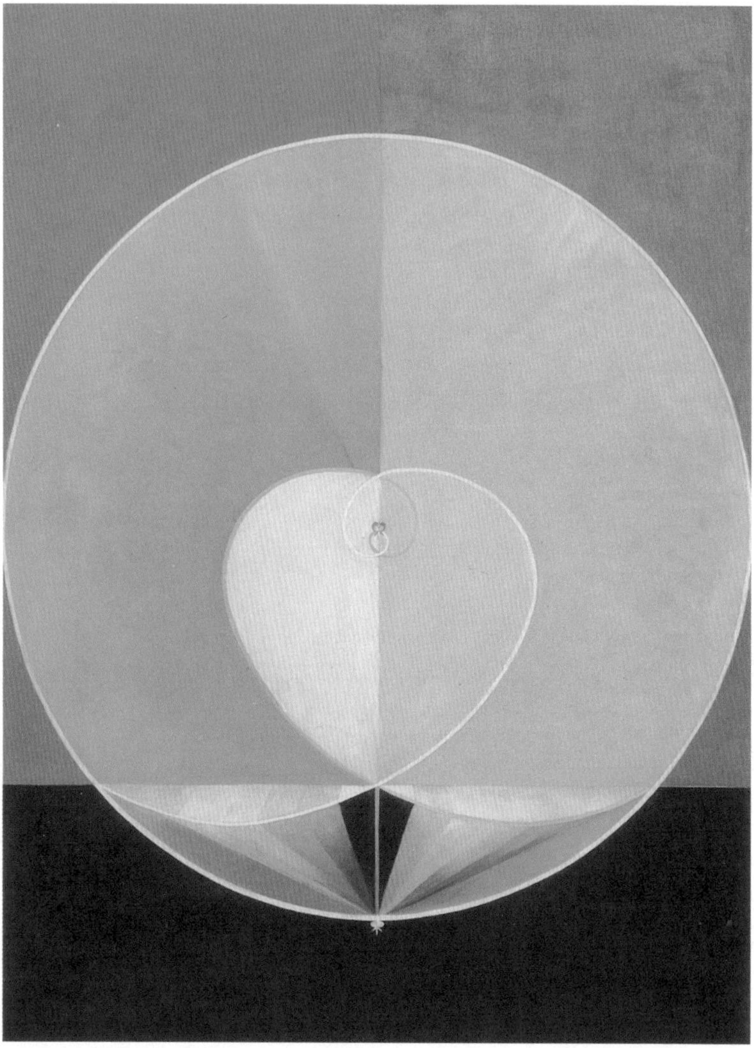

남한 사회가 신격화시켜버린 분단 이데올로기 때문에 발붙일 곳이라고는 없는 사상범이나 간첩단 사건으로 구속되었던 사람들까지 문익환은 전혀 가리지 않고 마구 껴안고 사랑했으며 그들을 위해 기도해주었다.

재야의 사령탑에 오르다

1982년 12월 24일, 31개월간의 옥살이를 끝내고 바깥에 나올 때 그는 다시 성서 번역에 파묻힐 생각이었다. 역사의 환란이 그의 마음 속에 깊이 고여 있던 신학적 사명을 일깨웠던 것이다. 그러나 그 일은 기약 없이 연기되었다. 세상이 그를 놔두지 않았다.

재야가 부산 미문화원 방화사건을 보고도 침묵할 수밖에 없었던 것은 억울한 학생의 죽음이 곤혹스럽기도 했지만 성명서 한 장이라도 낼 만한 조직체를 가지고 있지 못한 데에 더 큰 원인이 있었다. 일제 강점기의 애국지사는 거의 별세했고, 그들의 영향을 받은 몇몇 인사가 개인적인 명망을 따르는 젊은이들을 이끌고 있었으나 그것은 사적이고 자연발생적이며 아마추어적이었다. 나라 안에서 국군에 의해 수천 명(2천 명의 사상자가 났다고 이야기되고 있었다)의 시민이 죽임당한 현장이 엄연한 터에 명망가 몇이 모여 성명서나 발표하고 마는 것은 시대가 용납하지 않았다. 현실은 보다 적극적이면서 치열하게 싸울 조직체를 필요로 하고 있었다. 1970년대의 재야는 이제 박물관의 유물이 되어버렸다.

이 같은 상황에서 문익환의 석방은 이상한 파급력을 만들어내고 있었다. 서울의 봄 이후 전두환 정권이 들어서는 과정에서 빚어진 혹독한 국가폭력 아래 작지만 소중한, 어둠이 깊을수록 더욱 빛나 보이는 보석 같은 공동체가 하나 있었다. 1975년 문동환의 발의로 해직교수들이 만든 갈릴리교회가 그것이었다. 예수가 살았던 곳이 예루살렘 같은 중심 도시가 아니라 벽촌 갈릴리라는 생각에서 만들어진 교회답게, 갈릴리교회는 '3·1사건'의 모태가 된 이후 시국사건으로 고난 받는 자들의 안식처가 되었다. 처음에는 특정 해직교수들만의 공동체였지만 점점 민주인사들을 늘려가더니 문익환이 석방될 당시에는 구속자 가족들을 이끌고 이 교회 저 교회 떠돌아다니며 근근이 명맥을 이어가고 있었다. 그나마 탄압이 심해 앙상하게 잔해만 남아 있었는데 문익환이 석방되어 담임을 맡자 금방 권위를 회복하기 시작했다. 남한 사회가 신격화시켜버린 분단 이데올로기 때문에 발붙일 곳이라고는 없는 사상범이나 간첩단 사건으로 구속되었던 사람들까지 문익환은 전혀 가리지 않고 마구 껴안고 사랑했으며 그들을 위해 기도해주었다. 그러다 보니 문익환의 갈릴리교회가 들어 있는 한빛교회는 이내 민주인사들의 명소가 되었다. 양심수가 석방되는 날 저녁이면 한빛교회에 사람들이 모여들어 석방 축하모임을 갖는 것이 불문율이 되었다. 이에 문익환은 어쩔 수 없이 다시 재야의 중심에 서지 않을 수 없었다. 그리고 한국 사회에 그것이 필요하다는 사실이 공공연하게 확인되는 계기가 되었다.

1984년 9월 초, 전두환 대통령이 이른바 한일 신시대의 막을 올린다는 명분으로 일본을 방문하겠다고 밝혔다. 보도가 나오자 함석헌, 홍남순, 송건호 등 재야인사들과 신·구교 성직자, 문학예술인, 해직

언론인, 노동·농민운동가, 청년운동가 20여 명이 경찰의 봉쇄망을 뚫고 오장동 제일교회에 모여 '일본 재침략저지 민족운동대회'를 열고, 전두환의 방일은 신식민지주의적 침략을 자초하는 매국행위라는 내용의 '구국선언문'을 발표했다. 문익환은 이날 대회장으로 추대되어 "1984년 9월 6일은 제2의 국치일로 기록될 것"이라며 "진정으로 국치를 벗어나는 날, 즉 분단을 극복하고 통일을 이룩하는 날까지 항일의 의지를 이어나가자"고 호소했다. 이 모임은 곧바로 재야가 단일대오를 가져야 할 필요를 확인시켜 이후 '민통련'이라는 공개 투쟁단체의 거점을 만들어내는 이정표가 되었다.

한 달 후 '민주통일국민회의(약칭 국민회의)'가 출범하고, 이듬해 3월, '국민회의'가 '민민협'을 흡수하는 방식으로 통합이 이루어졌다. 이름하여 민주통일민중운동연합(약칭 민통련)! 의장은 문익환이었다. 당년 예순일곱의 노익장이 재야의 사령탑을 맡는 것이 쉬운 일은 아니었다. 안병무는 이렇게 말한다.

"그가 민통련을 조직하기로 마음을 굳힐 때 그의 민주화 동료들이 말렸다. 그것은 그를 둘러싼 젊은이들에 대한 시각의 차이도 그 이유 중 하나였으나, 무엇보다도 시인이요 목사로서의 그가 어떤 조직을 끌고 갈 수 있을까 하는 의문과 더불어 자유인으로서의 그를 아끼는 마음도 작용했다."

여기서 안병무가 말하는 두 가지 요인을 문익환이 극복할 수 있다고 믿는 사람은 아무도 없었다. 먼저, '젊은이들과의 시각 차이'는 교양과 연륜의 차이에서 빚어진 '정적인 요소'가 아니라 철학과 신념의 차이에서 발원하는 매우 '동적인 요소'였다. 오월항쟁이 낳은 세대들은 기성의 역사인식이 감상적이고 관념적이었던 점을 반성하면서 '과학적 인식'을 꾀하기 시작했다. 비합법 학습조직을 만들어서 소위 '의식화 팸플릿'이라는 문건들이 나돌기 시작하면서 발상의 전환을 촉구하는 '지하논쟁'이 활성화되었다. 세상이 모르는 사이에, 언론사 기자들도 국가정보원도 모르는 사이에 지하 골방에서 하룻밤에도 몇 명씩 약관 20세 나이의 운동권 지도자들이 탄생하고는 했다. 명망은커녕 대여섯 개의 가명을 바꾸어가며 사용하는 그들의 사회적·역사적 실천에 대한 '비평'은 대학가와 공단 주변을 넘나들며 엄청난 학습 열풍을 불러일으켰다. 그들에 의해 군사독재가 철저하게 통제하던 동유럽의 이념서적들이 보급, 토론되었다. 그 과정에서 어른들은 젊은 세대들이 급격히 마르크스주의에 경도되는 것을 깊이 염려했다. 겉보기에는 문익환도 그중 한 사람이었다.

문익환은 평생 유물론적 역사관을 수용한 적이 없는 사람이었다. 내용을 몰라서가 아니라 너무 잘 알아서였다. 그가 긍정적으로든 부정적으로든 마르크스 철학을 검토하기 시작한 것은 1950년대부터였고, 마르크스주의와 기독교사상의 공통점을 언급하기 시작한 것은 1960년대부터였다. 그는 4·19 어간에 행한 한 설교에서 "공산주의는 기독교의 서자다. 기회의 균등이라든지 분배의 균등을 나쁘달 사람이 없다"고 말하고 있다. 하지만 종교적 신념의 문제와는 별개로 그는 순수 인식론 상으로 유물론과 관념론의 이원론을 너무도 일찍 졸업해버렸다. 그가 마르크스주의에 대해서 염려하는 것은 결코 '냉전 감정' 탓이 아니었다.

"비단 종교뿐만 아니라 인간사는 모두 예외 없이 사회적인 차원과 실존적인 차원이 있는 건데 마르크스주의자들은 실존적인 차원을 아주 무시하려고 하거든요. ……원치 않는 암에 걸려 사랑하는 사람과 이별해야 하고 자동차 사고로 사랑하는 남편이 죽어서 땅에 묻혀야 하는 일 등등. 이런 것들이 다 사람에게 생에 대한 문제를 제기하는데 평등 분배만 이루어지면 종교는 불필요하게 된다는 식으로 결론을 내고 책을 덮어버리다니, 이건 인간의 깊이를 너무 못 보는 소박한 생각이라고 하지 않을 수 없군요."

이 같은 인식이 유물사관과 충돌하지 않을 턱은 없었다. 역사발전 이론에 대한 그의 비판적 태도는 확고했다.

"우리 인간이 세계의 주가 아닙니다. 우리는 이 지구를 반대방향으로 돌릴 수는 없습니다. 우리는 역사의 주도 아닙니다. 역사는 우리의 계획대로 움직여가지 않습니다. 역사의 주가 되려는 모든 독재자들은 인류 역사의 패배자들이 되고 말지 않았습니까?"

또한 그는 시인 특유의 자유인적 기질을 가져서 어른들 속에서도 좀처럼 '조직적 실천'에 응하기가 쉽지 않은 스타일이었다. 도대체가 틀에 묶이는 것을 견디지 못하는 사람, 그는 언제나 주장하고는 했다.

"두 커다란 이데올로기의 틀 속에서 우리 겨레는 검은 리본을 쓰고 탈색된 존재가 되어 있는 것이 아닐까? 이것만으로도 우리의 분통은 다 터졌는데 '무슨 파'니 '무슨 그룹'이니 하고 우리에게 씌워지는 검은 리본이 감긴 틀이 어찌나 그리 많은지! 우리에게는 터뜨릴 분통마저 남아 있지 않다. ……우리 다 이 틀에서 걸어 나가야 한다. 모세가 왕궁에서 걸어 나갔듯이! 아모스가 양을 몰고 들로 나갔듯이! 세례 요한이 광야로, 예수가 인간사회 속으로 걸어 나갔듯이! 사울이 헤롯의 성전에서 걸어 나갔듯이! 루터가 수도원에서 걸어 나갔듯이!"

이러한 문제의식 때문에 그가 '검은 리본이 감긴 틀' 속으로 들어가는 것을 옛 동료들은 강력히 만류하지 않을 수 없었다. 그로 인해 점점 의견 차이가 커지자 그는 젊은이들이냐 동료들이냐를 택해야 하는 기로에 서게 되었다. 그의 바람은 동료들을 끌고 젊은이들에게 함께 가는 것이었지만 그 뜻은 이루어지지 않았다. 몇 차례 곡절을 겪은 끝에 결국 아들 또래의 동지들과 의기투합하여 품이 넓은 조직을 건설하고 의장이 되었다. 문익환의 성격을 아는 사람에게는 거의 불가능해 보이는 일이었지만 신기하게도 그는 그곳에서 놀랄 만한 지도력을 펼쳐가기 시작했다.

'민통련'은 통합선언문에서 '운동의 통일, 통일의 운동'을 바라는 민중의 뜻을 받아들여 '국민회의'와 '민민협' 두 단체가 통합하는 것은 하나의 시대적 사명이라고 규정했다. 그리고 통합단체가 기층운동과 일반 부문운동 위에 군림하게 하는 게 아니라 독자적인 활동을 강화하면서 항구적으로 연대하여 민주화와 통일을 이룰 수 있는 하나의 디딤돌을 마련해야 한다고 밝히고, 앞으로 민주화와 통일을 민족의 지상과제로 하여 어떤 집단이나 개인과도 흔쾌히 연대해나갈 것임을 분명히 했다. 당연히 여러 부문단체의 연합체이므로 미리 시간을 두고 전통을 띄워 사람을 모으고 회의를 해서 "찬성이오!"를 받아낸 뒤에 움직여야 하는 단체였다. 따라서 그곳에는 한국에서 말주변으로는 한몫씩 하는 온갖 리더십들이 모여들어 회의 때마다 말잔치를 벌이게 되어 있었다. 재야의 회의는 때로 성과라고는 없는 '열매 없는 흥분'에 사로잡히기도 했는데, 그는 하필 그런 회의를 넌더리나게 싫어하는 성미였다. 배운 사람들의 입심에 진저리를 치거나, 급하다고 생각될 때는 의논 없이 혼자서 행동하여 말마디나 하고 싶은 논객들을 당황하게 만들기 일쑤였다. 그런데 신기하게도 그는 그 같은 기질을 발휘하면서도 연대의 균형을 깨뜨리지 않는, 말 그대로 기적 같은 리더십을 만들어냈다. 안병무는 훗날 감탄하고는 했다.

"아무도 그에게 그 같은 능력이 있으리라고는 생각지 않았다."

도대체 무엇이 그에게 이 같은 능력을 주었단 말인가. 그것을 논리적으로 해명하기는 쉽지 않다. 다만 그에게는 만인이 동의하는 미덕이 있었다. 가령, 문익환이 마르크스주의를 학습한 세대들과도 뜨겁게 소통하는 모습은 마치 한 편의 예술 같았는데, 그는 젊은 세대가 사상적으로 경직되는 것을 염려하기는커녕 젊은이들이 학생운동의 발전을 통해 '대학이라는 공적인 기관이 학생 하나하나의 개인적인 행복이나 영달을 위한 기관'의 성격에서 벗어나 민족공동체의 문제로 고민하는 학풍을 세워가는 것을 희망적으로 생각했으며, 명문 학교 출신들이 민중과 더불어 살기 위해 미래의 보장된 안락을 과감히 내던지는 것을 보고 진심으로 감동받고 충심으로 사랑했다. 그것은 젊은이들에게는 그의 조직원답지 못한 기질, 즉 자유분방한 기질 때문에 생기는 모든 단점을 덮고도 남을 만큼 매혹적인 존경스러움으로 받아들여졌다. 게다가 아무도 따를 수 없는 압도적인 헌신성과 탁월한 대승적 기질이 그에게는 있었다. 당시 민통련 대변인을 했던 김종철(전 연합통신사 사장)은 이렇게 말한다.

> 문 목사를 민통련 의장으로 모시고 일하던 3년 동안 나는 참으로 많은 사건을 그의 곁에서 보았고, 진한 감동을 받은 적이 셀 수 없이 많았다. 그는 '어느 노동자가 또는 학생이 분신하거나 투신했다'는 전화만 걸려오면 한밤중이라도 자리를 박차고 달려갔다. 그는 숯덩이처럼 된 젊은이를 온몸으로 껴안았고, 피투성이가 된 주검도 따뜻하게 감싸 안았다. 어디엔가도 쓴 적이 있지만 내가 '스승 문 목사'께 배운 바 중 가장 큰 깨

달음은 '한마음'이었다. 크고도 하나인 마음을 뜻하는 이 말은 늦봄의 계명이었다. 목사인 그는 교회에서는 기도하고 절에 가면 부처님 앞에 합장하고 큰절을 올렸다. "하나가 되는 것은 더 커지는 일입니다"라는 유명한 일절도 늦봄의 한마음이 낳은 철학이었다.

— 김종철, 「늦봄의 한울과 한마음」, 『마침내 하나됨을 위하여』

이 같은 문익환의 미덕에 고무되어 민통련의 세는 급속도로 팽창해나갔다. 그리고 그에 비례하여 전두환 정권의 탄압도 강도를 높여갔다.

네 번째 감옥, 26개월

민통련이 출범한 뒤 한국현대사가 전혀 다른 궤도를 밟아가기 시작했음은 말할 것도 없다. 1970년대와는 다른 형태의 재야운동이 민통련에서 결집되고 지도되었다. 그 초기의 분위기를 강제한 것이 서울에서 있었던 미문화원 점거농성사건이었는데, 시발은 이랬다. 1985년 5월 23일 정오, '전국 학생총연합 광주학살원흉 처단투쟁위원회' 소속 서울 시내 대학생 일흔세 명이 을지로 입구에 있는 미문화원을 기습 점거했다. 투쟁위원장 함운경은 그 농성을 주도하면서 그때까지 금기시되었던 광주사태의 실상을 폭로하고 군사작전권을 가진 미국에 대하여 배후조종의 책임을 물으며 공식 사과를 요구하고 나섰다.

한국군의 작전지휘권은 한미연합사령관에 있고, 한미연합사령관은 주한미군사령관이 겸하고 있다. 미국은 당시 광주학살을 자행했던 제7공수특전단의 투입을 거부하여 광주 대학살의 비극을 막을 수 있었다. 그런데 왜 제7공수특전단과 제20사단의 병력 투입에 동의했는가? 미국의 지원을 업고 들어선 전두환 군사정부가 학원 탄압을 무자비하게 자행하고 민주주의를 외치는 학생들을 강제징집, 제적, 투옥했으며, 강제징집된 여섯 명의 학생이 의문의 죽음을 당하기도 했다. 이에 대해 민통련은 강력하게 항의했다. 미국은 즉각 반민주적·반민중적 정권에 대한 지원을 중단하라! 그리고 촉구했다. 민주주의를 옹호하는 미국 국민은 한미관계의 올바른 정립을 위해 진지하게 노력하라! 학생들이 미문화원 창문에 써 붙인 세 가지 주장—하나, 광주학살 지원 책임지고 미행정부는 공개 사과하라! 둘, 미국은 전두환 군사독재 정권에 대한 지원을 즉각 중단하라! 셋, 미국 국민은 한미관계의 올바른 정립을 위해 진지하게 노력하라!— 모처럼 대형 특종을 만난 외신기자들의 흥분 어린 생중계를 타고 순식간에 서방세계로 전달되었다. 친미 반공국가의 복판에서 장차 그 엘리트층을 형성하게 될 명문대학의 학생 대표들이 다름 아닌 미국의 군부를 향하여 통렬한 일침을 쏘아붙이는 이 당돌한 사건은 미국뿐 아니라 유럽의 지식인들을 크게 놀라게 했다.

예전의 민주화운동과는 사뭇 양상이 다른 이 같은 흐름은 비단 학생운동에 국한되지 않았다. 군사독재에 의해 막혔던 민중의 민주의식이 차고 넘쳐서 여기저기서 터지기 시작했는데, 농민들은 외국 쇠고기의 대량 수입으로 소 값이 폭락한 점을 들고 일어났으며, 노동자들은 대우자동차 노조를 비롯한 여러 단위 노조의 임금인상투쟁, 장성광업소 임금인상투쟁 등으로 군사독재의 방파제를 넘어 물보라를 쏟아놓기 시작했다. 이 숨 가쁜 전개를 조율하고 지도하는 사령탑에 서서 문익환은 '영원한 청년'다운 역사적 현재형의 모습을 만인 앞에 증명했다.

위기를 느낀 전두환 정권은 학원안정법이라는 묘안을 짜내어 학생들의 발에 족쇄를 채우려 들었는데, 민통련이 걱정하는 것은 미국의 움직임이었다. 아마도 미국은 '학생들의 반미감정을 잠재울 근본대책을 세우라!'는 지시를 전두환 정권에게 내렸을 것이고, 학생이 묶이면 민통련도 당연히 묶일 것이었다. 대비책의 실무를 떠맡은 장기표 정책실장이 동으로 서로 뛰어다닌 끝에 '학원안정법 반대투쟁 전국위원회(학반투위)'라는 투쟁기구를 만들었다. 1985년 8월 12일 오후 4시, 민통련은 한국교회사회선교협의회, 자유실천문인협의회, 민주화운동청년연합 같은 천주교, 개신교, 문화계, 노동, 농민, 청년, 지방 부분의 39개 운동단체를 이끌고 학원안정법 반대투쟁 전국위원회를 결성하고 종로5가 기독교회관 인권위원회 사무실에서 농성에 들어갔다. 그리고 8월 9일, 김수환 추기경이 문교부장관을 만나서 학원안정법이 통과되면 현 정권이 위험하게 될 뿐만 아니라 국가가 커다란 위기에 직면할 것이라고 충고했다.

그럼에도 당국의 탄압이 강화되자 이제 극한적인 투쟁이 동원되었다. 1985년 8월 15일, 광주의 도청 앞에서 건축노동자 홍기일(25)이 분신하자 뒤이어 계급·계층을 불문하고 분신의 행렬이 꼬리를 이어갔다. 대학가에서도 1985년 9월 17일 경원대학교 법학과 2학년 송광영(27)이 분신했다. 전태일 이래 오래도록 뜸하던 분신이 1980년 5월 광주의 참혹한 살육을 겪고 나서 급격하게 늘어난 것이다. 그리하여 1986년 8월 12일, 평화의집에서 민주화운동유가족협의회(약칭 유가협)가 창립될 때는 회원이 (열사 한 사람을 회원 한 사람으로 쳐서) 딱 열 명밖에 안 되었는데, 이듬해 절두산 옆 마리스타 수도원에서 가진 '유가협 창립 한돌 기념식' 때는 회원이 두 배나 더 늘어 있었다. 이제 누군가가 나서서 이 같은 역사를 매듭짓지 않으면 안 되었다. 그런데 그 '누군가'는 누구인가? 시대는 이미 문익환뿐이라고 답하고 있었다. 분신자들을 수습하는 어머니가 유가협의 어머니들이라면 그 아버지는 문익환이었다. 분신자들이 남겨놓은 과제를 헤쳐갈 아우들이 살아남은 젊은이들이라면 그들의 아버지 역시 문익환이었다.

문익환은 이미 시대의 아버지였다. 정치적인 의미에서만 그러한 게 아니라 실제로도 그러해서 이 불행한 민족의 아들딸을 사랑하는 온갖 종류의 에피소드들이 전국의 젊은이들에게 퍼져 있었다. 1985년의 일인데, 문재린 목사의 병상을 지키던 중 그는 바로 옆 병상에서 한 처녀 아이의 생명이 촛불처럼 꺼져가고 있는 것을 알게 되었다. 이화여대 영문과에 재학 중이던 스무 살의 장호경. 촛불처럼 쇠잔한 장호경의 손을 잡고 날마다 기도하다가 얼마 뒤 구속되었다. 독재정권 퇴진을 선동하며 전국을 누비는 그를 전두환 정권이 가둬버린 것이다. 그러나 옥중에서도 문익환은 장호경이 숨져가는 것을 안타까워하면서 날마다 편지를 썼다. 박용길은 그 편지를 전하기 위해 인천 어느 병실에서 죽음을 기다리고 있을 장호경을 찾느라 말할 수 없는 고생을 겪었다.

"호경아, 나는 독재와 싸워 이기마. 너는 병마와 싸워 승리해야 하느니라. 그러다 보면 우리 둘이 서로 만날 수 있어. 그날이 꼭 오고 말 거야."

장호경은 며칠 뒤 문익환의 편지를 움켜쥔 채 세상과 이별했다. 이 같은 현장을 가장 많이, 그리고 매번 가장 가까이에서 지켜본 사람은 사진을 찍는 시인이자 민통련 후배 박용수 선생이었다.

"비교적 가까이에서 보낸 18년 동지 생활의 기억은 유년 시절의 그것처럼 해맑고 즐거운 것이 절대로 많지만, 눈으로 모든 소리와 뜻을 읽는 나의 눈에 잡힌 사람 문익환은 괴로움이 많고 눈물이 많은 분이었다. 특히 젊은이의 분신 소식을 들으면 곁에서 보고 있기 민망할 지경이었다. 분신 투사들에 대한 그분의 괴로움은 저렇듯 똑똑한 젊은이들이 분신까지 하도록 내버려둔 자괴감이었고, 어두운 시대를 살아가는 민중을 어떻게 이끌어갈 것인가, 군부독재의 저 완강한 벽 앞에서 도무지 앞길을 가늠할 수 없는 자신의 무능에 대한 번민이었다."

이 같은 연민이 자주 문익환적 지도력의 마력으로 작용했기 때문에 당국은 그가 '시대의 젊음들'과 섞이는 것을 여간 불편해하지 않았다. 문익환이 광야의 선지자처럼 멀리까지 안 가는 데 없이 가서 역사의 꿈을 지피는 것처럼 군사독재를 불편하게 하는 것은 없었다. 그리하여 당국이 궁리하고 궁리한 끝에 기획한 사건이 문익환의 네 번째 투옥 사건이었다.

1986년 5월 20일 오후, 서울대학교 총학생회는 '광주항쟁의 민족사적 의의'라는 주제를 걸고 문익환을 초청하는 강연회를 가졌다. 이때, 선견지명이었을까 아니면 신의 계시라도 있었을까? 문익환이 집을 나설 때 어머니 김신묵이 아들을 불러 세워 발을 동동 구른 것이다.

"익환아, 왜 대학생들이 자꾸 죽는다니? 한 사람이라도 더 살아서 싸워야지. 일제 때 독립운동을 하신 분들이 단 한 사람이라도 그렇게 죽는 걸 봤니? 네가 가서 꼭 좀 부탁하거라. 제발 죽지 말고 좀 살아서 싸우라고!"

문익환은 엄청난 감동을 받았다.

"옳아, 어머님 말씀이 너무도 옳아."

그리하여 강연에 앞서 이재호 열사와 김세진 열사에 대한 묵념을 올린 뒤 민통련에 대한 당국의 부당한 처사를 폭로했다. 그리고 어머니 말씀대로 분신만은 제발 하지 말라고 막 부탁하려던 참인데 눈앞에 뻔히 바라보이는 학생회관 옥상에서 원예과 1학년 이동수 군(23)이 온몸에 불을 붙여 뛰어내린 것이다. 숨이 막혀버릴 것 같았다. 그동안 분신 소식도 많이 들었고, 화상을 입은 채 병원에 누워 있는 사람도 많이 보았지만 자신의 눈앞에서 활활 타오르는 불덩이가 뛰어내리는 장면을 본 것은 처음이었다. '허! 이럴 수가 있나. 어머니 말씀부터 먼저 전했어야 하는 건데. 그랬으면 안 죽었을 수도 있었는데…….'

경찰은 이를 문익환이 선동한 결과라고 뒤집어씌우면서 분신의 배후조종자로 지명수배했다. 지명수배란 도망친 사람을 잡기 위한 조치인데, 마치 문익환이 서울대학교에 가서 이동수의 분신을 선동하고 몰래 숨어버린 것처럼 발표한 것이다. 이런 사정을 까맣게 모르고 또 다른 강연초청으로 장소를 옮겨가야 했던 문익환은 대구 계명대학교에 도착하여 그곳의 학생들로부터 지명수배 사실을 전해 들었다. 더 이상의 강연순례가 불가능한 상황이었다. 대구경찰서는 형사들을 급파했고, 학생들은 자진출두하겠다는 문익환에게 목말을 태웠다. 어떤 누명이나 죄목을 뒤집어쓴 자진출두도 이렇게 아름다운 풍경을 보여준 적은 없었다. 문익환은 즉석에서 준비한 성명서를 읽고 이 시대 젊은이들의 목말을 타고 경찰에 인도되었다. 그러나 당국은 파렴치하게 이 사실까지도 곡해하여 '지명수배된 문익환 목사 체포'라고 보도했다. 혐의는 '서울대학교 분신사태의 배후조종'. '공권력'으로서 있을 수 없는, 일말의 정직성조차도 내던져버린 추악한 기만이었다. 그러나 그것은 며칠 후면 그 장엄한 출두에 동참하여 노래로 응원한 학생들에 의해 더욱 폭발적인 문익환 신화를 만들며 전국의 대학생 사회에 퍼져나갈 것이 분명했다.

조사를 통해 문익환이 분신을 배후조종한 게 아니라 만류하는 강연을 다녔던 게 드러나자, 당국은 그를 '집회와 시위에 관한 법률 위반'

으로 정정해서 구속했다. 그러나 이때쯤이면 문익환의 생각과 행동방식은 이미 온 세상 사람들에게 익숙해져 있어서 어떤 모함도 그 '성자聖者 이미지'를 벗겨내지 못했다. 그래서 그의 일거수일투족은 곧 사회에 반영되어 마치 오케스트라의 지휘자처럼 재야 양심세력을 움직이는 힘으로 작용했다. 이제 이름도 필요 없이 '문 목사님!' 또는 '문 목사!'라는 칭호가 재야를 상징하는 보통명사가 되어버렸다.

> 문 목사는 감옥 생활을 '즐겼다'고 할 수 있다. 그는 감옥에 가면 좋다고 사람들에게 말하고 다녔다. 어느 재야 지도자는 고백하기를 감옥에 가면 그렇게 좋을 수가 없다는 문 목사의 말을 곧이곧대로 믿고 감옥에 갔다가 고생했다면서 "문 목사에게 속았다!"고 농담을 하기도 했다.
>
> — 홍근수, 「통일의 예언자 문익환 목사의 통일사상」, 《길》

신랑이 신부의 방을 찾듯이

그는 과연 자신의 방에 '신랑이 신부 방을 찾듯이'라는 문구를 써놓고 '죽임의 세력'과 싸워야 하는 고통을 삶의 기운을 되찾는 환희와 축복의 행사로 바꿔버렸다. 그가 네 번째 투옥 중에 수인의 몸으로 나와서 받은 민통련 재판은 대표적으로 그러한 사례였다. 그 일은 아무래도 현장 풍경을 그대로 들여다보는 게 좋을 것이다. 당시에는 마침 문성근이 연극을 하던 때였는데, 그가 채록한 그 진귀한 법정 풍경은 마치 한 편의 희곡작품을 연상시킨다.

장소 : 서울지방법원 대법정

일시 : 1986년 10월 7일 화요일 오전 10시

(오전 10시 개정에 맞추기 위해 급히 공판정을 향해 가다가 마침 9시 45분경 흰색 봉고차에 호송되어 오는 문익환 목사를 만났다. 푸른 수의를 입고 여섯 명의 교도관이 앞뒤 좌우에 앉았다. 주먹을 쳐들어 보였으나 수갑을 찬 탓인지 조금 손을 들어 반길 뿐이다. 그러나 표정은 매우 밝다. 많은 정사복 경찰이 공판정 입구를 막고 2차, 3차 계속 가방 검사를 한다. 앞

에 누군지 오십대 여인은 녹음기를 뺏겼다. 많은 분들이 보인다. 고은, 이우정, 공덕귀, 김종완, 김승훈, 이해찬, 박용수, 유원규, 장을병, 박종태, 박찬종…… 10시 조금 못 미쳐 이돈명, 한승헌, 김명윤, 신기하 등이 입장한다. 10시 정각에 검사 세 명이 보따리를 들고 들어온다. 푸니 두께 20센티미터 가량의 서류이다. 또 판사 세 명이 들어온다. 정리가 "일어서!" 외치는데 웅성웅성 일어나는 사람도 있고, 그냥 앉아 있는 사람도 있다.)

판사: 문익환 피고 입정시키시오.

(교도관 세 명이 오른쪽 문을 통해 호송한다. 문 목사가 입정하자 방청석에 있는 사람들 모두 '와!' 하는 함성과 함께 일어나 박수로 맞이한다. 여기저기서 "목사님!" "의장님!" 외치며 인사말을 건넨다. 문 목사는 오른손을 들고 웃으며 한 사람 한 사람 눈으로 인사한다. 문 목사가 착석한 후 판사는 잠시 무표정하게 방청석을 보다가)

판사: 법정에서는 조용해야 합니다. 소란스러우면 공정한 재판에 도움이 되지 않습니다.

(방청석 뒤쪽에서 "안 들려요! 좀 크게 얘기 하세요" 하는 소리가 들린다. 바로 앞에 있는 마이크를 잡아당겨 말하면 될 것을 그대로 계속한다.)

판사: 이름이 문익환 맞습니까?

문 목사: (잘 안 들리는지 몸을 앞으로 굽히며) 네.

판사: 주민등록번호 외웁니까?

문 목사: 주민등록증이 없습니다.

판사: 생년월일은?

문 목사: 1918년 6월 1일.

판사: 직업은요?

문 목사: 목사입니다.

판사: 주소는?

문 목사: 중구 신당동 377-23 (23에서 머뭇거리다가) 맞지요?

판사: (조금 웃으며) 그걸 제가 어떻게 압니까?

문 목사: 맞습니다.

판사: 공소장을 받아 보았습니까?

문 목사: 네.

판사: (검사 측을 보며) 기소요지 낭독하십시오.

문 목사: (손을 들어올려 앉으라는 시늉을 하며) 검사는 앉으세요. (판사에게) 인정심문이 끝나면 저에게 묵비권을 행사할 수 있다거나 하는 저의 권한을 얘기해주는 절차가 있지 않습니까? (변호사를 보며) 어때요? 그런 것 아닙니까?

판사: 잠시 기다리세요. 기소요지 낭독한 다음에 얘기하는 겁니다. (검사가 일어나 낭독 준비를 하자)

변호사: (일어서며) 피고인이 말하고자 하는 뜻은 그런 뜻이 아닙니다. 공소장이 피고에게 전달되었으니 내용은 알고 있고 또 피고가 원하지 않으니 낭독 절차는 생략합시다.

문 목사: 인정심문도 받지 않고 얘기하려다가 그건 받았습니다. 저는 지금 재판받으려고 나온 것이 아니고 저에게 국가보안법을 추가적용해 달라고 나온 것입니다. 검찰은…….

판사: (문 목사의 발언을 제지하며) 그러면 기소요지를 낭독한 것으로 인정하겠다는 것입니까?

변호사·문 목사: 네.

판사: 좋습니다. (문 목사에게) 피고는 개개의 질문에 답변을 거부할

수 있고 피고에게 유리한 증언을 할 수 있습니다. 하고 싶은 진술을 하십시오.

문 목사: (일어서며) 이것은 너무 중요한 이야기라 서서 하고, 나중에 국가보안법 문제 등은 앉아서 하겠습니다. (잠시 숨을 가다듬고 차분한 목소리로) 제 생애에 최대의 충격은 지난 5월 20일 서울대학교 강연에서 젊은 학도가 국가를 위해 자기 몸에 불을 지르고 떨어져 죽는 엄숙한 경험이었습니다. 이 일은 제가 죽어 무덤에 가더라도 제 망막에 남아 있을 것입니다. 지금도 그 불덩어리가 보입니다. 그의 숭고한 죽음을 생각하면서 그에게 명복을 빔과 동시에 그의 죽음에 값하는 인생을 살아가겠다는 그러한 심정입니다. 그의 죽음에 욕이 돌아가지 않도록 옷깃을 여미고 이 자리에 서려고 합니다. 그 일이 그토록 가슴이 아픈 것은 저기 뒤에 아흔이 넘으신 저의 어머님이 앉아 계신데, 제가 그날 서울대학교에 강연을 간다고 말씀드리니 '이 얘기는 꼭 해라. 제 몸에 불을 지르고 죽는 일은 제발 중단해달라고 간곡히 부탁해라'고 말씀하시는 것이었습니다. (목소리에 조금 울음이 섞여나온다. 자제하려 애쓴다.) 제 어머님은 분신한 사람들 이름 모두를 적어 가슴속에 지니고 계신 분입니다. (방청석 맨 앞줄에 앉은 문 목사의 어머니 김신묵은 '헉!' 하고 갑자기 작은 소리로 울음을 터뜨린다. 옆에 앉은 손녀가 할머니 손을 잡으며 진정시킨다.) '일제시대에 만주에 있던 독립군 중에서 자살한 사람은 없다. 절대로 죽지 말라. 간곡히 부탁해라', 그 얘기를 먼저 하려 했는데 못 했습니다. 그때 대검에서 민통련을 과격단체로 몰고 과격단체의 두목으로 이 문익환이를 매도하는 데 충격받아 그 얘기부터 하느라고 뒤로 미루었는데, (자책하는 심정이 목소리에 나타난다) 얘기 끊고 말문을 돌리려고 주변을 돌아보는데, 그때 떨어져 죽은 겁니다. 그 학생은 미리 유서를 준비해두었고, 제

가 강연하는 동안에는 이미 그 자리에 올라가 있었겠죠. 제 얘기가 스피커를 통해 거기까지 다다랐는지도 모르겠고 또 다다랐어도 그의 결심을 바꿀 수 있었을지는 모릅니다. 그러나 어머님의 부탁을 왜 처음에 하지 못했나? 나중에 학생이 분신한 것을 알고 가슴을 쳤으나 이미 때는 늦었습니다. 저는 영원한 죄인입니다. 그의 죽음이 나의 죽음입니다. 나는 그때 죽었고 남은 생은 너를 위해 살겠다고 다짐했습니다. 그리고 다음 날 대구에 강연이 있어 내려갔다가 내가 도피 중이라는 보도가 나오는 바람에 자진출두한 것입니다. 이 시간 저는 그 얘기부터 해야 할 심정이었습니다. 이제 마음 가다듬고 "나는 죽고 남은 생은 너를 위해 살겠다"는 심정으로 재판정에 섰습니다.

(문 목사가 자리에 앉는다. 방청석 여기저기에서 훌쩍이는 소리가 들린다. 10시 15분) 꼭 10년 만에 이 법정에 섭니다. 1976년 민주구국선언사건 때 계셨던 변호사들 얼굴도 보이고, 방청석에 동료 피고들의 모습도 보입니다. 10년이면 강산이 변한다는데 우리나라는 변하지 않아 민주화를 위해 일한 이유로 다시 이 자리에 온 것이 서글프다면 서글프고, 억울하고, (조금 격해졌다) 또 통탄스럽습니다. (호흡을 가다듬고) 저는 그때 법정에 앉아 형을 얼마나 받을까, 하는 것은 전혀 고려하지 않았습니다. 왜냐하면 저는 죄가 없기 때문이었습니다. 저는 정부와 대화하는 자리로 생각하고 재판에 임했고, 정부에 하고 싶은 얘기를 했습니다. 또 사법부가 행정부로부터 탄압받는 약한 국민을 보호해주는 사법부다운 사법부가 되어달라고 요청했고, 정확한 판단을 요청했습니다. 죄 없는 사람에게 죄를 주는 무법천지가 아니고, 인권이 보장되는, 법이 보장되는 나라, 그래서 세상을 향해 긍지를 가지고 살기를 바랐습니다. 1심, 2심 모두 최선을 다했으나 결과는 유죄였습니다.

1978년에도 다시 설 뻔했습니다. 유신 여섯 돌에 유신을 비판하는 성명을 내고 구속됐을 때였습니다. 그때 계훈제 선생을 병동에서 만났습니다. 그러나 검찰이 기소중지하고 형 집행정지를 푸는 바람에 재판은 못 받았습니다. 긴급조치 9호로 5년 받아 3년을 살고 나갔습니다. 그러고는 1980년 봄입니다. 무시무시한 군사 재판이었습니다. 제 옆에는 사형을 받은 분이 계시고 나는 20년을 구형받은 재판이었습니다. 할 만한 변호사들은 모두 자격이 박탈되어 저는 국선변호사로 재판을 받았습니다. 한 사람의 생명이 달린 재판이지만 생명 못지않게 저는 1976년 재판 받던 심정으로 임했습니다. 정부와 대화를 트고, 내 심정을 알리고 싶었습니다. 재판을 제대로 해서 법치국가임을 알려달라, 2심 시작할 때 저는 그 얘기를 했습니다. 이제 5공화국이 시작하는데 이 재판이 시금석이니 법치국가임을 세계에 알려달라, 제대로 재판해달라! 그러나 역시 그대로 유죄였습니다. 이번에도 또다시 정부와 대화하면서 정부에 국민의 주권을 알리고 국민의 의사를 밝히는 자리를 만들고, 또 사법부는 사법부대로 제대로 재판해서 법치국가를 만드는 것을 도와드려야 하지 않겠나 생각하다가 이 생각이 어디서 나왔는가를 보니, 아버님이었습니다. 그분은 90세 인생을 오직 이 겨레를 위해 살다가 가신 분입니다. 아버님은 계속 청와대를 향해 편지를 쓰셨습니다. 아들 둘을 번갈아 잡아넣는 청와대에 편지를 계속 보냅니다. 그래서 제가 그랬습니다. "아버님, 뭐 하러 쓰세요. 보지도 않고 쓰레기통에 들어갈 텐데……." "그래도 쓴다. 듣든 말든 나는 내가 할 일을 한다"고 하셨습니다. 사약을 내리는 상감을 향해 상소문을 올리는 충신의 모습, 민주국가의 주인의식, 민주시민의식을 보았습니다. 아버님의 편지, 그것이 모르는 새에 내게 와 있었다고 생각되었습니다. 이번에도 그렇게 해야 하지 않겠나 생각했습니다. 제가 징역 살고 있는 동안 아버님은 저에게 편지를 보내 감옥에서 저랑 같이 살고 싶다고 하셨습니다. 그런데 요번에 서대문(형무소)에 걸어 들어가 옷을 벗는데 잠바가 아버님 것이고, 신발도 아버님이 신던 선발이었습니다. 그래서 저는 '이제 아버님하고 같이 살고 있다'고 생각을 하고 아버님하고 많은 얘기를 나눕니다. "어떻게 할까요?" 하고 여쭸더니 "예전과 같이 국민된 도리를 다해 사법부를 도와라"고 하셔서 (재판을) 받으려 했습니다. 그런데 곰곰이 생각을 하니, 공소장 받던 날이었습니다. 안 되겠다 싶어요. 왜 안 되느냐. (조금 격해졌다) '민통련을 깨려는 재판이다. 각본에 의해 깨려고 민통련 의장을 끌어냈다. 민통련 깨려는 각본으로 만들어진 재판에 내가 꼭두각시놀음에 춤추는 꼭두각시 아니냐? 못 나가겠다.' 아버님도, "그렇기도 하겠군" 하세요. 민통련 의장인 나를 구속하고, 부의장인 계 선생을 조사하고, 전 간부를 수배하고, 이건 지방조직도 마찬가지예요. 이렇게 민통련을 깨려는데 이런 놀음에 놀아날 수는 없다. 안 그렇습니까, 판사님? 꼭두각시로 춤을 출 수는 없잖아요?

민주구국선언사건에서 우리는 재판에서는 유죄를 받았지만 역사의 재판정에서는 무죄를 받았습니다. 민주구국선언의 내용이 무엇인지 아십니까? 민주화해라. 그래 빈익빈, 부익부를 시정하고 민주주의의 신념을 회복하고 통일의 길을 닦으라는 겁니다. 판사님, 그것이 죄가 됩니까? 삼척동자도 알아요. 죄가 아니라고. 그런 정부에 대한 충언을 전 대통령 윤보선 씨, 이 나라의 양심 함석헌 선생, 전 대통령 후보 김대중 씨, 우리나라 의회의 상징 정일형 박사 등이 서명을 했는데 전 대통령까지 정부에 대한 충언으로 죄를 받아야 합니까? 우리를 그 일로 감옥에 보낸 박정권의 말로, 그 비참한 말로를 봤습니다. 유죄를 받은 우리는 무죄가 되고 우리에게 죄를 준 사람들은 유죄를 받았습니다. 78년 유신의 비민주성을 밝힌 성명사건도 역사는 저에게 무죄를 언도했습니다. 제5공화국이 유신헌법이 비민주헌법으로 나쁘다고 폐지하지 않았습니까? 그러니 그때 유신을 비판한 것은 당연한 것이고 나를 잡아넣은 사람이 유죄가 됐습니다. 1980년 사건도 마찬가집니다. 공산주의자인 김대중의 사주를 받아 내가 학생들을 선동했다는 것인데, 이 정부가 김대중 씨가 공산주의자가 아니라고 인정하지 않았습니까? 공산주의자라면 소련이나 중공에 보내야지 왜 미국에 보냅니까? 또 국내에서 활동 중인데 공산주의라면 잡아넣어야지 왜 그냥 둡니까? 그것으로 80년 재판도 뒤엎은 겁니다. 역사는 우리에게 무죄를 언도한 겁니다. 저는 무죄입니다. 무죄이면서도 고생하고 있는 천여 명의 양심수들은 앞으로 또 얼마나 더 늘어날 것인가? 저는 그들과 같이 유죄를 받고 역사에게 무죄를 받을랍니다. 역사에 세 번 무죄를 받은 문익환은 유죄를 받고 손에 시커먼 것을 묻혀 손도장을 찍겠지요. 저는 천여 명 유죄 받은 양심수를 위해 손도장을 찍습니다. 그들이 유죄이고 내가 무죄라면 혹시 사람들이 그들이 정말 유죄라고 생각할지도 모릅니다. 그래서 나는 유죄를 받아야 합니다. 그래서 저에게 국가보안법을 추가로 적용해달라고 요청하는 것입니다. 저는 무죄 여부를 놓고 검사와 싸움할 생각이 전혀 없습니다.

셋째, (그러니까 민통련 와해가 첫째, 천여 명 양심수가 둘째가 되겠다.) 저는 세 번이나 남들보다 먼저 나온 무정한 사람입니다. 들어와본 사람 아니면 정말 모릅니다. (감정이 높아 잘 말로 되어 나오지 않는다.) 다른 사람이 먼저 나가고 뒤에 남을 때 받는 충격, 판사님은 모를 겁니다. 나와서 (교도소에 남아 있는 사람들의) 가족을 만나면 나는 죄인입니다. 그들을 남기고 먼저 나왔나? 부족한 사람이지만 부족한 대로 구속자 가족들을 보살피려고 하는 이유도 이것입니다. 이제 다시는 그들을 뒤에 남기고 먼저 나갈 수는 없습니다. 천여 명 양심수들을 먼저 내보내고 늙은 사람, 나 이제 칠순이 다 됐습니다. 인생 다 산 내가 나중에 나가야 한다는 것입니다. (방청석에서 한숨 소리가 들린다.) 저에게 국가보안법을 추가적용해야 하는 것은 너무나 당연한 얘기입니다. 법에는 형평의 원칙이 있습니다. 제가 법 전문가가 아니라 자세히는 모르나 그런 것이 있는 것으로 압니다. 저는 민통련의 총책입니다. 내가 모르고 이루어진 일이 없고 따라서 민통련의 모든 움직임은 내 책임입니다. 7·4공동성명 14돌 성명이 국가보안법 위반이라는데, 그 성명은 제가 낭독했습니다. 그런데 왜 저한테는 국가보안법을 적용하지 않습니까? 그것으로 누군가가 처벌, 구류를 받았습니다. 일사부재리원칙이라면 또 모르겠습니다.

다음은 민통련의 운동론 문제인데, 제가 정책연구실장 장기표에게, 전지시라는 말은 쓰고 싶지 않습니다, 부탁해서 그가 기초했습니다. 그것 때문에 그 사람(장기표)이 기소됐고 수배된 간부들이 잡히는 대로 국가보안법으로 모두 기소될 것입니다. 그런데 왜 저에게는 적용하지 않습니까? 신 검사님, 저를 국가보안법으로 추가기소해주십시오. 안 하면 직무유기입니다. (방청석에서 웃음이 인다.) 운동론에서 문제된 것은 두 가지인데 하나는 생산수단의 공유화이고, 하나는 민중봉기입니다. 이것에 대해 저는 장기표와 근본적으로 견해 차이가 없습니다. 그러므로 신 검사님, 법정에서 공식으로 요청합니다. 저에게 국가보안법을 추가적용시켜주십시오. 이것은 우선 민통련의 토론과정을 먼저 얘기해야 합니다. (김영삼 고문이 검사 출입구로 입정한다. 10시 30분. 김종완 씨가 자리를 양보한다. 1~2분 후 박영록 씨도 뒤따라 입정한다.) 민통련은 24개 단체의 연합체입니다. 정의구현사제단을 위시한 전국 인권 민주단체의 연합으로, 모든 단체를 다 망라했다면 지나친 얘기겠지만 민통련에서는 새로운 정책 수립이나 전략 전환 때는 24개 단체 모두의 인준을 받아야 합니다. 장기표 군이 작성한 운동론을 토론하기 위한 1차 독회 때 저도 참석 요청을 받았으나 지방강연 때문에 참석하지 못했습니다. 그러나 젊은이들이 지도부 몰래 평양 지향의 정책으로 가려 했다는 것은 말도 안 됩니다. 왜냐하면, 저도 참석 요청을 받았었기 때문입니다. (이때 뒤쪽 방청석 입구 밖에서 '불법재판 거부하라!'는 구호가 들린다.) 정책은 24개 단체의 인준을 받기 전에도 문제가 있으면 중앙위원회의에 회부되어야 합니다. 이때 정책위의 임무는 운동 면에서 있을 수 있는 모든 가능성, 문제점을 토의에 붙이기 위해 제안할 필요가 있습니다. 그래서 장기표 실장에게 부탁한 것입니다. 제안된 것을 토의하고 결정하면 운동론이 정립되는 것입니다. 항상 당시에 논의되어야 할 것을 기초할 책임이 장기표 실장에게 있는 것입니다. 그 운동론은 1차 독회하고 더 논의되어야 한다고 해서 해산한 것으로 압니다.

그러면 세부 내용에서 생산수단의 만인 공유화를 보면, 생산수단의 만인 공유화는 기독교윤리의 기초입니다. 저는 생산수단의 공유화를 기독신앙으로 신봉해온 사람입니다. 기독교인은 나의 모든 것, 재산, 건강, 심지어 생명까지 내 것으로 사유하는 것은 죄악으로 압니다. 그것은 하느님의 것입니다. 하느님의 것은 곧 만인의 것입니다. 재산, 건강…… 이 모든 것을 어떻게 다루어야 하는가? 하느님이 맡긴 것을 관리하는 겁니다. 이게 청지기 직분입니다. 하느님의 것을 받아 관리하여 하느님의 자녀 모든 세계 사람들, 우리에게는 한국인인데, 이들을 위해 써야 합니다. 만일 생산수단의 공유화가 공산주의라면 전 기독교인을 공산주의자라고 판단하는 겁니다. 나는 생산수단의 공유화를 신봉하는 사람이니 그들을 기소하자면 저도 하십시오. (이때 밖에서 다시 싸우는 소리가 들린다. 뒤에 들은 바로는 방청석이 찼다는 이유로 입장을 제지하여 심한 몸싸움 끝에 박형규 목사, 구속자 수배자 가족들이 다수 입장했다.) 공산주의에서 얘기하는 것은 공유화가 아니라 국유화입니다. 국유화는 공유화의 한 방식이나 결함이 많은 방식입니다. 그런데 한국에는 이 국유화가 없습니까? 많습니다. 미국의 경우, 전신, 전화, 철도는 사유이나, 한국은 국유입니다. 요즈음 말썽 많은 담배도 미국은 사유이나 우리는 국영입니다. 발전시설도 미국은 사유이나 우리는 한전, 반半국영입니다. 제가 자세히 조사하지 못해서 얼마나 되는지 더는 모르겠습니다. 미국의 경우 국영은 체신뿐입니다. 이렇듯 국가 사정에 따라 각양각색으로 되어 있는데 생산시설의 공유화를 얘기했다고 빨갱이로 몹니까? 언어도단이에요. 최근에 감옥에서 중공에 주식시장이 열렸다는 소리를 들었습니다. 중공이 공유화(국유화를 잘못 얘기하는 것 같다) 정책을 버렸나? 아닙니다. 공유화가 기여할 수 있는 것을 알기 때문에 보조하려고 한 것으로 봅니다. 미국 주식의 50퍼센트 이상을 가정주부들이 갖고 있습니다. 가정주부들이 생산시설의 주인일 겁니다. GM의 소제부가 주식을 사면 사장에게 불신임투표를 할 권한이 생깁니다. 새로운 사장을 뽑을 투표권도 갖게 됩니다. 사장은 돈을 갖고 있는 사람이 아니고 운영능력이 있는 사람 중에서 선거로 뽑히는 사람입니다. 물론 주식의 첫 목적은 돈을 동원하는 데 있었지요. 그러나 결과는 공유화가 된 겁니다. 중공도 돈을 동원하고자 하는 목적일 겁니다. 그런데도 불구하고 이런 것으로 민통련을 평양으로 끌고 간다고 해도 좋습니까? 세계의 모든 공산국가들이 국유화문제로 고민 중에 있습니다. 심각하게 궤도 수정을 검토 중입니다. 유고가 그랬고 루마니아, 동구라파 많은 나라들이 그렇고, 서구의 공산당들도 마찬가지입니다. 소련이 중공과 화해하자는 것도 저는 중공의 변화가 소련에 영향을 주었기 때문이라고 봅니다. 이것은 세계사적인 추세입니다. 그러면 자본주의 세계는 어떻습니까? 벌써부터 자본주의의 한계를 느끼고 시험해온 것이 사회민주주의 아닙니까? 노동당이 집권하기도 하고 보수당이 집권하기도 합니다. 호주에는 노동당이 집권하고 있는 겁니다. 이러한 세계사적 조류에 저항하는 나라가 미국과 일본입니다. 그들도 이를 극복해야 한다는 것은 알고 있습니다. 자본주의의 한계는 미국이 채권국에서 채무국으로 전락한 것으로 알 수 있습니다. 제1세계가 무너지고 있다, 그중 대표격인 미국이 곤란하니까 7개국 정상회담이 미국 요청으로 열리는 것 아닙니까? 그러나 모두들 미국을 도와줄 여유가 없습니다. 자기들 앞의 국가이익 때문에 협조를 못 하고 있습니다. 결과적으로 한국 같은 약소국들이 엄청난 희생을 강요당하고 있습니다. 보험, 증권, 은행, 담배, 저작권 등 모두가 미국 자본주의의 한계에서 오는 몸부림을 우리가 떠맡고 있는 것입니다. 이만큼 자본주의가 한계에 와 있는 것입니다. 일본의 군국주의화 가능성 얘기가 자주 나오는데, 자본주의는 자본이 굴러 확대되는, 계속 굴러 확대되어야 하는 자전거 생리를 갖고 있습니다. 일본의 공장은 국내, 세계 수요를 넘어섰습니다. 그러면 남는 것은 군수산업뿐입니다. 그렇기 때문에 일본이 아시아는 물론 세계평화에 위협이 되는 겁니다. 우리가 일본에 가서 평화헌법을 고치라고 했다는 얘기 듣고 저는 이게 무슨 날벼락이냐 생각했습니다. 이 정부의 본질을 그대로 보게 하는 겁니다. 어떻게 이런 것을 할 수 있는가? 일본 제국주의에 고생한 모든 국가들이 빗발치는 항의를 할 것입니다. 나카소네까지 곤경에 넣는 이러한 제안을 어떻게 했는지 저는 도저히 이해할 수 없습니다.

이러한 상태에서 한국에서 민통련이 할 일은 무엇인가? 민족통일을 주요 과제로 생각하고 두 체제 사이에서 민족의 살 길을 지향하는 것,

(단호하게, 격하게) 민족주의입니다. 평양을 향한 게 아닙니다. 저는 장실장의 심정을 이렇게 (위와 같이) 단정합니다. 요새 헌법을 논의하고 있는데 민통련이 정한 민주헌법의 조건은 첫째 대통령직선제…….

판사: 피고에게 기회를 준 것은 기소 사실에 대해 진술하라는 것이었습니다. 정치소견…….

문 목사: 저는 국가보안법을 추가적용해달라고 얘기하는 중입니다. 더욱이 오늘로 공판이 끝납니다. 공판을 계속한다면야 최후진술 기회라도 있겠지만…….

판사: 정치소견을 밝히는 자리가 아닙니다. (협조를 구하듯 변호사석을 바라보나 변호사들은 외면하고 문 목사를 바라본다.)

문 목사: 보안법을 추가적용해야 하는 이유를 말하고 있는 것입니다. 그럴 자격도 없습니까?

판사: (다시 변호사들을 보면서) 잠시 휴정할 테니 변호사와 의논해서 간략하게 해주십시오. 10분간 휴정합니다. (장내 정리에게) 방청석 통로에 앉지 못하게 하십시오. (좌석이 부족해 뒤에 입장한 방청객들은 좌우 통로에 앉아 있었다.)

(문 목사 피고인석에서 일어나 방청석으로 돌아서자 방청객들 모두 일어나 환호하며 박수를 보낸다. 문 목사는 입정할 때와 같이 손을 들어 웃으며 답례한다. 11시 5분. 박형규, 허병섭, 김승균, 김병걸, 이철, 설훈, 김민석의 어머니 등이 보인다. 김영삼은 문 목사 어머니께 가서 손을 잡으며 위로의 말을 건넨다. 방청석 뒤쪽에서 구속 학생 어머니들이 〈타는 목마름으로〉를 합창하자 장내 정리들 제지한다. 김영삼은 퇴정. 11시 10분. 판사 입정. 문 목사 입정할 때 다시 환호와 박수.)

문 목사: 생산시설 공유화문제는 거의 끝났고, 민중봉기 얘기만 하면

됩니다. 저도 빨리 끝내고 집에 돌아가 점심 먹겠습니다. (방청석, 변호사, 판사, 검사 모두 잠깐 웃는다.)

민통련의 최대 과제는 민주화와 민족통일입니다. 이것은 둘이 아니고 하나입니다. 이는 선후 문제가 아니고 하나입니다. 이것을 이 자리에서 길게 얘기하지는 않겠습니다. 아무튼 이는 민통련의 통일철학입니다. 따라서 우리는 민주헌법쟁취위원회를 구성할 때 민주헌법의 조건으로 첫째, 대통령직선제, 실제 권력구조 문제가 결정적인 주요 사항은 아닙니다. 박정희도 민주헌법으로 독재를 했기 때문이죠. 그러나 대통령직선제는 2·12총선에 나타난 국민의 총의이다, 신민당, 민한당, 국민당이 직선제를 내걸고 70퍼센트 이상의 표를 얻었으니 이는 국론이다, 따라서 이의를 달 수 없습니다. 둘째, 인권이 철저하게 보장된 민주헌법, 셋째, 통일지향적인 헌법입니다. 후에 신민당이 개헌현판식 추진을 결정하면서 낸 성명서를 보니 우리와 같았습니다. 참 기뻤습니다. 장기표 씨는 정책위 실장으로서 위에 3개 강령 위에 민주적 민족통일을 놓고 생산수단 문제를 언급해야 했을 것입니다. 그 문제는 많은 전문가의 의견을 듣고 공청회도 갖고 해서 국론으로 결론을 내려야 할 문제입니다. 민통련 내부도 거르고 국론으로까지 가야 한다는 것입니다. 공유화의 내용은 아직 토론도 못 해본 것입니다. 후에 알고 보니 사유재산의 제한이라는데, 그런 것 갖고 평양 지향이라고 할 수 있을까 생각했습니다. 제5공화국에는 사유재산의 제한이 없습니까? 저는 그래요. 검찰이 기소유지가 안 될 줄 알면서도 기소한 것이라고 봐요. (방청석, 변호사 가볍게 웃고, 검사들도 미소 짓는다.) 그럼에도 불구하고 계속 기소하는 것은 민통련을 깨고, 평양 지향적이라고 해서 국민과 민통련을 유리시키려는 음흉한 저의에 기인한다고 봅니다.

다음은 민중봉기 얘기인데, 민통련의 원래 강령은 민중궐기론입니다. 이것도 상당한 토론을 거쳐 내린 결론이었습니다. 저는 정부가 국민의 압력 없이 민주개헌을 할 것이라고는 추호도 믿지 않습니다. 정부에 기회가 없었던 것도 아닙니다. 2·12총선 이후 국민이 뜻에 따라 궤도수정을 착실히 했으면 용서도 받고 임기도 채우고, 평화적 정권교체도 할 수 있었을 것입니다. 국민의 확실한 의사 표현에 이 정권은 당황했고, 더 이상 국민의 지지를 받는 정권이 되려는 노력을 포기하고 때려 누르려는 발악상태가 되었습니다. 학원안정법은 학원뿐 아니라 국민 모두를 잡으려 했던 법입니다. 그건 상정도 안 됐는데 그대로 살아 있습니다. 새파랗게 살아 있습니다. 그것은 학원을 때려잡고 민통련을 부수려 하고 있습니다. 현 정권은 민주화 의사도 없고 능력도 없습니다. 그러면 어떻게 해야 하나? 민중의 힘으로 압력을 가해 받아들이도록 해야 합니다. 그것이 민중궐기입니다. 방법으로는 서명운동, 대중 집회 등이 있습니다. 이것은 신민당과 같습니다. 민중궐기의 시작은 신민당에서 했습니다. 부산을 시발로 광주에서도 가졌습니다. 민통련은 원래 좀 느립니다. 24개 단체의 합의가 필요하므로 늦을 수밖에 없습니다. 부산, 광주를 보고 대구에서부터 참여했습니다. 그래 광주, 대구의 민통련 단체의 간부는 모두 수배, 구속됐습니다. 원래 대전대회는 제가 축사를 하게 되어 있었습니다. 그런데 4·19와 겹쳐서 못 갔고, 청주에서는 계 선생이 축사를 했습니다. 그다음이 인천입니다. 인천대회를 민중봉기로 유도하려 했다고 하는데, 설사 그렇다고 해도 유죄가 될 수는 없습니다. 민통련은 신민당 현판식 참가 후에 별도 시민대회를 갖기로 하고 저는 2시에 서울을 출발해 3시에 도착할 예정이었습니다. 그런데 신민당 현판식을 시작도 하기 전에 경찰이 최루탄을 쏘며 민중을 공격했습니다. 그다음 날 ABC TV와 인터뷰를 했는데 기자한테 영어로 물었습니다. "Who made the first move?" "Police." 간단하게 답변하는 것이었습니다. 그러므로 우리가 했다 해도 무리가 됩니다. 물론 한 것은 아니지만. 또 인천대회에서 우리는 개헌을 요구했고, 정부는 호헌이라고 했었는데 이제 정부도 임기 내 개헌으로 후퇴했으니 우리는 무죄가 됩니다. 이렇게 신민당대회 후에 시민대회를 가지려 했는데 신민당도 못 하게 하니 민중궐기로는 한계가 있다고 보고 한 걸음 더 전진해야 하는 것은 당연합니다. 자기의 책임상 토론에 붙이기 위해 제안하는 것은 당연합니다. 정부가 민주헌법 제정 의사가 있다면 왜 국민이 궐기를 합니까. 저는 교도소 체질이라 (방청석에서 웃는다) 즐기는 편이지만 좋은 것은 아닙니다. 정부가 민주화 의사가 있으면 왜 민중이 궐기를 해요? 미쳤어요? (방청석에서 "옳소!" 하는 소리와 함께 크게 박수친다.) 정책위 실장으로 제안한 것입니다. 이 정부가 의회정치를 통해 민주화할 것인가? (단어 하나하나를 또박또박 끊어) 이 정부는 의회정치를 통해 민주화할 의사가 추호도 없습니다. 그 증거로 드러난 것을 보면, 첫째, 작년 국가예산통과 과정입니다. 한 가정의 예산문제도 식구들이 모여 앉아 종일 의논해야 하는데, 하물며 국가예산을 뚝딱, 몇 분 동안에 해치울 수 있습니까? (차츰 소리가 높아진다.) 그리고 그것을 항의하는 신민당 의원을 기소할 수 있습니까? 이것은 의회민주주의의 부정, 압살 정도가 아니라 반란행위입니다. ("옳소!" 하는 함성과 함께 박수 소리) 그것을 보면서 저는 이 정부가 민주주의를 할 의사가 있느냐? 분명히 알았습니다. (다시 차분하게 시작하나 고문문제에서 보기 드물게 흥분된다.) 둘째, 얼마 전에 정신보건법 상정했다는 소식 듣고 놀랐습니다. 소련이 정치범들을 잡아 정신병원에 평생을 가두어두는 것을 여기에서 하겠다는 겁니까? 지금 감옥마다 아우성입니다. 내 이번이 네 번째지만 이건 감옥이 아니고 고문장입니다. 학생들이 똥을 싸고 있어요. (방청석에는 학생 어머니들이 웅성거린다.) 이걸 보면서, 나라를 비민주, 반민주가 아니라 야만국으로 끌고 가는데 젊은이들이 민중궐기에 만족 못 하는 것은 너무나 당연합니다. 민중봉기를 검토할 단계에 분명히 와 있습니다. 또 정부는 민주화를 위한 최소한의 성의, 즉 구속과 석방문제도 보이지 않았고, 민주화 문을 여는 열쇠는 언론인데 개헌하기 전에도 얼마든지 개정이 가능한 언론기본법을 고치지 않는 것은 분명히 민주화 의사가 없다는 것입니다. 저는 정부가 임기 내 개헌을 밝힐 때 궐기를 안 해도 될지 모른다, 얘기로 해결할 수 있을지도 모른다고 생각했습니다. 그런데 내놓은 제도가 대통령직선제가 아니라 (역시 또박또박 강조한다) 국무총리 독재제입니다. (방청석에서 "맞습니다!" 소리) 어떻게 정부의 민주화 공약을 믿습니까? 그러므로 분명 민중궐기를 봉기로 바꾸는 문제를 검토해야 할 단계입니다. 그러나 제 개인 생각으로는 아직도 궐기로 해낼 수 있다고 판단하고 있습니다. 물론 중요한 전제가 있습니다. 민주적인 절차를 통해 민주화헌법이 제정되면 궐기나 봉기는 없어도 됩니다. 다시 말해 봉기도 궐기도 정부의 태도에 달렸습니다. 정말 정부도 더 이상 나라 사랑하는 학생들을 감옥에 넣는 욕된 일은 안 해도 됩니다.

신광호 검사님, 이러한 의미에서 저는 장기표의 운동론에 이의가 전혀 없습니다. 그러므로 국가보안법을 제게도 추가적용해주어야겠습니다.

이제 얘기 끝났습니다. 제 개인 얘기를 좀 하겠습니다. 저의 아버님은 별이 넷입니다. 처음 1920년대 간도 대토벌 때《독립신문》기자로 활동하다가 구속되었고, 해방 직전에는 일제에 잡혀서 청진 땅굴에서 살아나오셨습니다. 물이 질퍽한 곳에 담요 한 장 달랑 주었으니 죽으라는 것이었죠. 밤중에 세 번 끌려 나오셨답니다. 밤에 끌려 나오는 것은 총살이죠.

그런데 그때마다 폭격이 와서 살아나셨고, 마지막은 소련 사람에게 잡혀 당시 한인사회에서 저명한 사람 열다섯 명을 잡아서 소련으로 데려가는데 아버님만 남으셨답니다. 어머님은 그때 건물 앞뜰에 나가서 시체 하나하나를 들추며 아버님을 찾았고, 안 계시자 소련으로 간 줄 알고 집에 오셔서 실신했는데 아버님이 수척한 모습으로 나타나신 겁니다. 제 아버지의 염원은 민족 통일이었습니다. 병석에서 헛소리 하실 때도 통일을 중얼거리시다가 가셨습니다. 제가, 부덕한 제가, 병구완을 해드리는데, 하루는 '네가 나를 살리려고 애쓴다만 이제는 틀렸다. 힘이 있을 때 실컷 뛰어라' 그래 실컷 뛰다가 들어왔습니다. 저는 효도를 했습니다. 아버지 유언 따라 뛰다가 들어왔습니다. (방청석 여기저기에서 '허!' 하는 탄식 소리가 들린다.) 지금 저는 병사 1층 9호실에 있습니다. 혼자지만 부모님과 같이 있습니다. 그래 요즈음은 부모님과 대화하는 시를 많이 짓습니다. 언젠가 저의 집에 젊은이들이 찾아와서 "목사님, 이제는 감옥에 가지 마십시오" 하기에 "나도 가기 싫어!" 했더니 옆에 어머님이 계시다가 "그게 무슨 소리야? 갈 일이 있으면 가야지. 항상 준비해야지" 하셔서 준비하고 있다가 들어왔습니다. 저는 노부모님의 격려를 받고 있습니다. 감옥에 오가는 것을 효도로 알고 있습니다. 아주 기쁘게 받아들이고 있습니다. 천여 명 양심수들과 같이 있는 것이 기쁩니다. 그들을 남기고 나오는 것은 송곳방석에 앉는 것입니다. 그러니 국가 보안법을 추가적용해서 언도해주십시오. 마음대로 구형하고 마음대로 언도하십시오. 그러나 저는 사법부가 인권의 보루가 되는 것을 보고 죽을 겁니다. 죽어서 뼈가 가루가 되더라도, 죽어서라도 보겠습니다. 그리고 이 나라가 민주화가 되는 것을 보고 죽을 겁니다.

(문 목사 진술을 끝내고 일어나자 방청석에서는 모두 일어나 박수를 치

는데 옆에 앉아 있던 교도관 두 명이 밖으로 나가려는 문 목사를 만류하여 도로 앉힌다. 판사가 무엇인가를 변호인과 문 목사에게 질문한다. 박수도 그치고 조용해지나 판사의 목소리는 들리지 않는다. 마이크를 사용하지 않을 뿐 아니라 목소리까지 낮기 때문이다. 그중에)

문 목사: 연기할 필요 없습니다. 안 받을 거니까.

(문 목사의 말로 미루어보아, 재판 거부로 공판을 진행할 수 없자 판사가 공판 연기를 의논하고 있었다고 생각된다.)

판사: (계속 조용한 소리로) 다음 공판은 10월 14일 오전 10시입니다.

1차 공판이 끝났다. 11시 42분. 문 목사는 밝게 웃으며, 손을 들어 방청석에 인사하고, 방청석에서는 박수로 보낸다. 박형규 목사가 출구 쪽으로 나가 교도관들의 만류를 제치고 문 목사와 악수한다. 김병오 민추협 부간사장도 다가가 악수한다. "며칠 전에 안양에서 나왔습니다"라는 말을 건넨다. 방청석에 있는 사람들은 학생 부모들의 선창으로 〈선봉에서서〉와 〈흔들리지 않게〉를 합창한다. 언제 준비했는지 머리에는 '구속자 석방하라' '소내 폭행 중단하라'는 구호가 적힌 흰 머리띠들을 하나씩 이마에 둘러매었다. 누군가 "군사독재 타도하자!"고 외치면 모두들 오른손을 높게 쳐들며 "타도하자!"를 두 번 따라 외친다. "전두환 몰아내자!" "문귀동을 찾아내어 죽이자!" "폭력구치소 박살내자!" 등의 구호가 연속적으로 터져 나온다. 방청객들 퇴정 완료했다. 11시 50분.

밖에는 학생 부모를 중심으로 계훈제, 박용길, 김승균 등도 앉아 이미 농성이 시작되었다. 구호와 노래가 번갈아 계속된다. 학생 부모들은 최근 서대문구치소 내에서 있었던 폭행사건이 제일 가슴 아프다. 12시 5분, 호송차 한 대가 도착했으나 농성자들이 비켜주지 않아 되돌아간다. 12시 25분, 법원관계자인 듯한 사람이 해산을 종용한다. 계훈제에게 끈질기게 요구하나 거절한다. 12시 50분, 학생부모 대표의 요청으로 김병오가 인사말을 한다. "여러분 걱정이 많으시겠으나 학생들은 공부 열심히 하면서 잘 지내고 있으니 용기를 잃지 마세요." 계훈제가 '여러분의 고생은 분단 때문이니 분단독재를 물리치자'는 요지의 말을 하고, 박용길이 "여러분들 뜻은 충분히 전달했다고 본다. 2시에 학생 재판이 또 있으니 만세 3창을 하고 해산하자"고 하자 모두 동의하고 일어선다. 민주주의 만세! 만세! 만세! 민족통일 만세! 만세! 만세!

— 문성근 작성

한편, 해산 명령이 떨어진 민통련은 11월 8일 농성에 들어갔다. 현장에는 외신기자의 출입이 유난히 잦았다. 민통련 폐쇄조치는 국제적인 관심사였던 것이다. 11월 11일, 문익환 의장은 옥중에서 성명서를 발표했다.

"동지들이여! 조금도 흔들리지 말고 민중과 함께 나라의 민주화와 통일 대업이 끝날 때까지 민통련의 깃발을 들고 앞으로 전진해주시오. 겨레여! 두려워 맙시다. 두려운 것은 우리가 아니라 저들입니다. 민주와 통일을 위해서 일어선 우리들의 의연하고 단호한 모습에 저들은 겁을 먹고 발작을 일으킨 것입니다."

민통련 간부들은 건물을 겹겹이 에워싼 백골단 머리 위에 확성기를 내걸고 차례로 성명을 낭독하고 구호를 외쳤다.

"민중의 힘으로 민통련을 사수하자!"

"사수하자! 사수하자! 사수하자!"

"군부독재 타도하고 민주정부 수립하자!"

"수립하자! 수립하자! 수립하자!"

"장기집권 획책하는 군사독재 타도하자!"

"타도하자! 타도하자! 타도하자!"

나흘 동안 이어진 철야농성으로 회원들이 지칠 대로 지쳐 잠에 빠져든 12일 새벽 4시, 마지막 상황이 오고 있었다. 창문에 어른거리는 플래시 불빛. 칠흑 같은 어둠속에서 백골단의 헬멧이 번들거리고 밤샘을 하던 기자들도 빠져나갔다. 회원들은 안에서 튼튼한 철판문을 걸어 잠갔지만 5분이 채 안 돼서 찌그러져버리고 우우 밀려드는 백골단들에게 농성자들은 한 사람씩 들려나가 해체되었다. 문익환이 없는 동안 민통련은 그렇게 파괴된 것이다. 그 깊은 칠흑의 밤 속에서.

절정

밤이 깊을수록 새벽은 가까워지는 법이다. 탄압의 강도가 최고조에 이른 그 겨울의 어느 순간에 결정적인 반전의 시기가 오고 있었다. 1987년 1월, 서울대학교 학생 박종철이 치안본부에서 물고문을 받다가 죽은 사건이 일어났다. 민청련 의장 김근태 고문사건과 권인숙 부천경찰서 성고문사건의 뒤를 이어 터진 이 사건으로 국민들의 원성이 전국적으로 드높아갔다. 수많은 사람들이 거세게 항의를 시작했다. 위기감을 느낀 전두환 정권은 4·13호헌조치를 발표하기에 이르렀는데, 그것은 오히려 국민의 분노에 기름을 붓는 역할을 했다.

"박종철 고문치사사건이 모든 운동권을 한곳으로 모았다면, 4·13호헌조치는 그 운동권과 국민들을 마침내 하나가 되게 하는 계기가 되었다."(이명식, 당시 민통련 활동가)

호헌조치가 발표되자 한국의 모든 단체가 마치 약속이나 한 듯이 반대성명을 발표하기 시작했다. 실로 자연발생적이면서도 조직적인 범국민적 투쟁이 개시된 것이다. 이내 김영삼과 김대중을 고문으로 하는 국민운동본부가 조직되었고, 각 지역의 민통련 가맹단체들이 대열을 정비했다. 심상치 않은 역사적 기운을 국민 모두가 느끼고 있었다. 서울 시내 곳곳에서 걸핏하면 터지는 최루가스 연기가 그것을 여실히 드러내고 있었다.

외신기자들 중에는 한국을 '최루가스의 나라'라고 부르는 사람도 있었다. (이미 1965년 봄 일본과의 국교정상화 반대시위 동안 반대자들은 미국이 박정희 정권에게 '유독성 화학무기'를 공급한다고 비난했는데, 사실 미국은 원조계획하에 한국군에게 상당 기간 '최루가스와 같은 표준적인 폭동 진압 자원들'을 공급해왔으며, 그 후에도 수년간 계속 공급했음이 밝혀졌다. 1980년대에 이르러 한국은 그 제조기술까지 넘겨받았다. 『브루스 커밍스의 한국현대사』는 눈과 코에 견딜 수 없는 통증을 주는 한국의 최루 가스가 미국 경찰의 최루탄 세례를 받을 때보다 훨씬 더 강력한 '페퍼가스' 종류였음을 밝힌 바 있다.)

갈수록 시위는 격화되고, 경찰이 최루탄을 조준 사격할 경우 살상용으로도 쓰일 수 있었다. 그리고 이내 그것은 정말 살상용이 되었다. 그리하여 마침내 6월 9일, 연세대학교 학생 이한열이 최루탄에 맞아서 중태에 빠지고 말았다. 그것이 '절정의 시간'의 시작이었다. 이튿날 전국 동시다발로 개최되는 박종철 추모투쟁과 함께 온 나라가 순식간에 도가니 속으로 빠져 들어갔다. 전국 18개 도시에서 '호헌철폐, 독재타도'의 목청이 울리고 시위대와 시민은 하나가 되었다. 누가 시키지 않아도 명동으로 모여든 사람들, 어디선가 시작된 애국가 그리고 박수와 환호 소리, 만세 소리. 처음에는 학생과 노동자들에 의해서 촉발된 시위에 넥타이부대가 가세하자 시위대 주변의 모든 건물에서 창문과 옥상이 열리고 일제히 꽃잎 같은 지폐 조각들이 흩날렸다. 차량 속에 있던 사람들은 경적을 울렸고, 거리에 나선 사람들은 남녀노소를 가리지 않고 눈물을 흘렸다. 특히 6월 10일부터 15일까지 5박 6일 동안 진행된 명동성당 농성투쟁은 민주화를 염원하는 국민들의 희망이 되었다. 명동성당을 중심으로 그 희망의 파문은 전국으로 퍼져나갔으며 6월 항쟁의 기폭제가 되었다. 그 여파는 6월 하순까지 지속되어 26일, 전국 34개 도시에서 무려 100만 명이 거리로 나와 시위에 참여했다. 이 같은 상황에서 미국은 6월 20일, 백악관에 한국대책특별반을 편성해 운영하는 등 당황한 빛을 보이더니, 한국 민중의 시위가 반미로 이어질 것을 우려하여 직선제 개헌 수용을 종용했고, 전두환 정권은 노태우 민정당 대표를 내세워 6·29선언을 발표하게 했다.

6·29선언으로 사회의 흐름은 급격히 바뀌었다. 군사정부가 꾀한 것은 속임수에 불과했지만 세상의 기운이 이미 언젠가 밤 12시를 통해 빼앗겨버린 '서울의 봄'을 되찾고 있었으므로 분단 관리세력들은 한발 한발 후퇴해가는 수밖에 없었다. 시국사범들이 하나둘 풀려나기 시작하면서 드디어 7월 8일 오후 정부의 가석방 결정으로 문익환이 진주교도소에서 출감하게 되었다. 문익환은 석방되자마자 곧 진주교도소 앞 노상 환영식에서 건강한 모습으로 재야 일선에 복귀했다. 그의 제일성은 너무도 차분했다.

"모든 양심수들을 앞세우고 가장 나중에 나오려고 했는데 많은 양심수들을 뒤에 두고 먼저 나와 석방이 결코 기쁘지 않습니다."

노상 환영식이 끝난 오후 4시 반경, 교도소에서 멀지 않은 목성동 민주당 경남 제3지구당(진주) 당사에 차려진 이한열 분향소에 들러 슬픈 얼굴로 분향한 후 출감하면서 가지고 나온 영치금 9만 2천 원을 모두 조의금으로 냈다. 방명록에는 '문익환, 민통련 의장'이라고 서명했다. 문익환은 이한열의 영정 앞에서 '그대의 죽음은 결코 헛되지 않을 것이다'는 내용의 독백을 했다. 기자가 다가가 이한열의 장례식에 참석할 것인지를 묻자 수감 중에 이한열 소식을 들었고, 밖에 나와서 자신이 장례식에 고문으로 추대된 사실을 알았다며 당연히 참석하겠다고 밝혔다.

그리고 이튿날, 이한열 장례식을 맞아 서울거리에는 이한열이 가장 좋아했다는 노래, 정태춘의 〈떠나가는 배〉가 곳곳에서 울려 퍼지고 무수히 많은 인파가 연세대학교로 몰려들었다. 끝없는 역사의 수난 속에서 숨진 안타까운 젊은이를 애도하는 사람들의 마음은 숙연할 대로 숙연해서 "봄날 꿈같이 따사로운 저 무욕의 땅을 찾아가는 배"가 되어 있었다. 문익환이 장례식에 참석하기 위해 연세대학교 앞에 도착했을 때 기자들이 몰려들어 최근의 정국을 어떻게 보느냐고 물었다.

"현 정권이 전진하는 민권 앞에서 버티다 못해 후퇴할 수 있는 데까지 온 상황이라고 볼 수 있습니다. 다만 정국이 파국으로 치닫지 않고, 문제는 많습니다만, 민주화의 문턱으로 들어섰다는 데 역사적인 의미가 있다고 봅니다."

언론의 관심이 특히 집중되고 있는 민통련의 '재건'에 대해서도 문익환은 확고한 신념을 내보였다.

"재건이란 말은 있을 수 없습니다. 민통련은 죽은 적이 없습니다. 민통련이 해산 명령을 받았다는 말을 들었을 때, 민통련 사무실을 교도소에 옮겨서라도 민주화운동을 계속하겠다는 뜻을 밝히자 후배들이 민통련은 엄연히 존재하므로 걱정하지 말라는 위로의 말을 전해왔습니다."

그러고는 곧 민통련 활동 방향과 관련 중요한 포부를 밝혔다.

"민주화가 어느 정도 이루어진 이 시점에서 민통련의 활동 방향도

한 차원 뛰어넘어 통일문제에 역량을 결집시킬 생각입니다."

이 같은 문익환의 귀환이 대중에게 어떤 영향력을 미칠 것인지를 확인할 기회는 금방 왔다. 문익환이 기자들과 일문일답을 하는 동안 장내에는 "몇 시간 전에 진주교도소에서 석방된 문익환 목사님이 지금 이곳으로 오고 있다"는 안내방송이 나오고 있었다. 잠시 후 문익환이 교문으로 들어서자 밀물 같은 인파가 문익환의 걸음을 따라 모세의 바다처럼 갈라졌다. 전날 오후에 출감한 이후 겨우 집에 가서 옷을 갈아입었을 뿐 일체 사적인 시간을 갖지 않아서인지 문익환의 움직임은 고요했지만 그 동작 하나하나에서는 숨 막힐 듯이 짙은 감옥 냄새가 풍겨 나왔다. 김대중 등 저명인사들의 순서가 진행되면서 재야대표 문익환도 이내 연단에 섰다. 무슨 말을 할 것인가? 군중들은 문익환이 그 시각에 그 장소에 도착한 사실만으로도 이미 감동할 준비가 되어 있었다. 그런데 그날의 침통한 하늘을 향해 눈을 감더니 조용히 두 팔을 벌렸다. 문익환 특유의 세계를 섬기는 자세, 자신의 앞가슴으로 세계를 껴안아버리는 자세, 언제 봐도 겸허와 순정으로 충만한 그 자세를 해보였다. 이윽고 처절하게 타 들어가는 목소리로 죽어간 이들을 호명하기 시작했다.

"……전태일 열사여! ……김상진 열사여! 김세진 열사여! 이재호 열사여! 박영진 열사여!"

스물여섯 명의 열사 이름을 아무런 순서 없이 가슴에서 터져 나오는 대로 외쳐 불렀다. 땅과 하늘에 대고 외치는 절규였다. 그리고 끝. 단 한마디의 군더더기도 없이, 문익환의 외침은 고요하게 퍼져나갔다. 연세대학교 집회장을 꽉 메운 대중들은 더 이상 숨을 쉴 수 없는 지경이 되어버렸다. 어디서도 본 적이 없는, 감히 어떤 연사도 흉내 낼 수 없는 너무도 문익환적인 연설이었다. 한국 군중언어사(史)에 기록될 최고의 연설이었다. 사람들의 마음은 더욱 고조되어 그 순간에 만들어진 역사의 대열을 빠져나가는 사람이 없었다. 군중들은 대장관을 이루며 시청으로 향했다. 전열에 김대중, 김영삼, 문익환, 계훈제, 백기완 등이 서서 어깨를 걸고 앞장섰다. 문익환이 열사 이름을 절반쯤 외웠을 때부터 흘리기 시작한 거대 군중의 눈물은 대열이 아현 고가도로를 넘을 때도 전혀 멈출 기색이 없었다. 그 풍경을 한 시인은 이렇게 쓴다.

> 그 비좁은 대지 위에 발 딛는 것만으로도 저절로 성스러워져 스스로의 부끄러움과 비겁함을 털어낼 수 있었으며 남몰래, 정말 남몰래 모두를 껴안고 세계 속에 내 육신을 소신공양하고 싶어졌다. 그날 우리 모두는 영원한 미래의 기획자들이요, 새로운 시간의 씨앗들임을 믿어 의심치 않았다. 살인과 살육으로 이어진 권좌, 아니 그 문화가 되어버린 삶의 양식을, 그 비참이 지어올린 모든 천한 죄를 씻어 내리기 위해 피를 흘린 제의와 제의의 날들을 통해 들끓는 비참과 욕망에서 스스로가 구원되는 헌신의 시간을 체험하고 있었다. 누구를 위해서도 아닌 스스로를 위해, 새로운 시간의 지평에 서는 자들, 그들은 자신이 익혀야 할 사람의 규범을 깨달아가고 있었다.
>
> — 이영진의 시, 「다시 서울이 바다가 되기 위해·5」 부분

한국현대사가 다다른 절정의 순간이었다. 연세대학교를 출발해 시청으로 향하던 그날의 굳건한 어깨동무는 끝내 "통합된 아름다운 권력을 창출하지 못한" 채 서로 분열돼 "존경과 사랑으로부터 멀어져"갔

지만, 문익환의 안내로 한 번 도달한 역사의 절정은 영원히 지울 수 없는 집단적 기억으로 자리 잡았다. 그날의 감격을 문익환도 자주 회고하고는 했다.

"100만이 넘는 서울 시민들과 함께 비벼대면서 서울거리를 걸었습니다. 저는 바로 그때 맑디맑은 호수 속에 들어가 있는 것 같은 느낌을 가졌습니다."

문익환의 위력이란 바로 이런 것이었다. 이 같은 분위기에 힘입어 여기저기 가맹단체 사무실을 옮겨 다니던 민통련은 1987년 8월, 종로 3가에 다시 사무실을 열었다. 민통련 종로 시대가 개막된 것이다. 사실 장충동 시대를 마감하고 종로 시대로 들어서면서 민통련이 주력하고자 한 것은 문익환이 말했듯이 통일의 전기를 만드는 것이었다. 그러나 당면 현안 하나가 그 길을 막았는데, 바로 대통령선거였다. 당시 민주화운동 진영 내에서는 김대중을 지지하는 세력과 후보단일화를 주장하는 세력, 민주화세력의 독자후보를 추대하자는 세력 등이 있었고, 그 세력들이 가장 관심을 갖고 주목하는 것은 민통련의 결정이었다. 아차하면 사분오열될 상황이었다. 특히 민중이 쟁취한 대통령직선제이니만큼 민중이 이기지 않아서는 말이 안 되게 되어 있었다. 6월항쟁에서 확인된 민심은 확실한 승리를 보장하는데 그건 어디까지나 군사정부와 일 대 일로 맞섰을 때이고, 재야에서 후보를 난립시켜 표를 분산시킨다면 얘기가 많이 달라질 것이었다. 그런데 김대중과 김영삼 양김은 서로 '내가 아니면 안 된다'였다! 민통련은 어떤 희생을 치르더라도 단일후보를 내야 할 처지였다. 양김의 입장이 너무도 달라 하루도 쉬지 않고 구수회의를 거듭했으나 뾰쪽한 수가 보이지 않았다. 난처한 사람은 문익환이었다. 한 사람은 사선을 함께 넘은 동지요, 한 사람은 아버지(문재린)에게서 세례를 받은 신앙적 가족, 문익환은 새벽마다 한강 다리를 건너다니며 상도동과 동교동을 오고갔지만 언제나 빈손이었다. 빼꼼한 눈으로 무슨 좋은 소식이 없나 기다리고 앉아 있는 민통련 식구들 앞에 문익환이 휘적휘적 들어서는 것을 보면 모두가 맥이 탁 빠지는 그런 시절이었다.

하지만 양김은 한 치도 물러설 틈이 없었다. '중집위'와 '중앙위'를 되풀이해서 소집하고 문익환을 비롯한 의장단은 어떻게 하면 상도동과 동교동을 합할 것인지를 궁리했으나 해결책은 나오지 않았다. 그래서 고민 끝에 나온 대안이 두 김 씨를 상대로 '정책 세미나'라는 일종의 공개 심사를 해보는 것이었다. 그를 위해 민통련은 종묘 옆의 백천여관에 널찍한 방을 얻어 김종철, 이해찬, 임채정, 김병곤 등 젊은 실력파들을 모아 사흘을 밤샘한 끝에 질의서를 만들었다. 통일, 외교, 국방, 교육, 문화, 농수산, 교통 등 국정 전반에 걸친 정견을 묻는 내용이었다. 그리하여 1987년 10월 12일 오전 10시에는 김영삼을, 오후 1시에는 김대중을 불러 앉히고 일단 정견을 듣고 난 뒤 미리 준비한 질의서를 여러 사람이 돌아가며 읽는 식으로 질문공세를 퍼부었다. 결과는 너무도 분명했다. 김영삼은 대답도 제대로 못 할 뿐 아니라 사안마다 시각의 차이를 보였지만 김대중은 조목조목 대답할 뿐 아니라 민통련에서 애써 만든 질의서의 오류까지 지적하여 질문자들을 쩔쩔매게 하기도 했다. 민통련은 어쩔 수 없이 정책 세미나를 통해 어느 한 후보를 지지키로 한 중앙위의 결의에 따라 김대중을 지지키로 최종결론을 내릴 수밖에 없었다.

그러나 그것을 결행하기는 결코 쉽지 않았다. 이미 결과에 따라 한 사람을 지지키로 합의까지 한 중앙위원 사이에 논쟁이 일고 퇴장하는 사람이 생기고, 결국은 다시 전체 의견을 물어 다수결로 결의할 수밖에 없었다. 후보단일화를 이루지 못할 적에는 대선의 패배가 불을 보듯 뻔한 일이고 군정종식을 이끌어내는 데 실패한 책임을 면키 어렵기에 김영삼이 정책 세미나에 참석하면서 민통련과 한 약속을 지켜줄 것을 바랄 수밖에 없었다. 하지만 아무런 대답이 없었으므로 10월 13일 아침 9시 기자회견을 통해 전날 중앙위에서 최종결정을 내린 '비판적 지지'를 발표하기에 이른 것이다.

때 묻은 십자가

'비판적 지지'란 "김대중을 대선후보로 지지하되 그의 정견을 전폭 지지하는 것이 아니라 비판하여 앞으로 민통련의 의견을 수용해야 한다는 조건을 달아 지지하는 것"을 말했다. 따라서 김대중이 전날 정책 세미나에서 발표한 정견 가운데 민통련이 부당하다고 지적한 부분을 수용하면 비판적 지지가 효력을 발생하는 것이었다. 보도가 나가자 김대중은 즉각 비판적 지지를 받아들이겠다고 했고, 김영삼은 정책 세미나와 관계없이 출마하겠다는 뜻을 분명히 했다. 정책 세미나의 결과에 승복한다는 다짐을 서면으로 받지 않은 것은 사실이었으니 어떠한 후속조치도 취할 수 없었다. 이제 문익환이 할 수 있는 일은 김대중을 당선시키기 위해 뛰는 것밖에 없었다. 민통련은 선거 국면에 돌입했고, 문익환은 유세장에 나가 지지연설도 했다. 각 가맹단체는 가맹단체 나름의 표밭갈이에 열을 올렸다. 선거전이 막판으로 치달으면서 불리한 사람이 양보할 것을 기대했으나 양김은 화해가 불가능한 거리로 굳어져갔다. 김영삼은 처음부터 끝까지 일체의 상황을 고려하지 않았고, 김대중을 지지하는 쪽에서는 양김이 그대로 출마해도 김대중의 승리가 유력하다는 '4자 필승론'까지 내세웠다.

역사를 사는 어려움이 여기에 있었다. 상황은 끝내 전환되지 않고 그대로 흘러가버렸다. 훗날 문익환은 일체의 변명이 없이 비판적 지지에 관한 모든 책임을 혼자서 뒤집어썼다. 그러나 여기에는 해석을 달리 하는 후일담들이 없지 않다. 정경모는 문익환이 일본에 방문했을 때 그 점을 물었다.

"형님, 어떻게 후보단일화 하나 못 만들어내요?"

이 질문에 문익환은 매우 난처해하더니 마지못해 해명했다. 자신은 본래 김대중 지지이지만 후보단일화가 안 되면 지는 것이니 투표 일주일 전까지는 열심히 뛰어보고, 그래도 김영삼의 양보가 없을 경우에는 김대중이 결단을 내리기로 약속하고 선거운동에 나섰다는 것이다. 그래서 일주일 남겨놓고 이제 결단할 때라고 판단해서 찾아갔는데, 결과는 자신이 오히려 설득당했다. 문익환은 훗날 3·1사건을 회고하는 편지에서 김대중에 대해 이런 평을 한 적이 있다.

"열여덟 사람 피고들 가운데 가장 신나하던 사람은 김대중 씨였다고 생각되는군요. 정치인들과만 사귀다가 어린애 같은 사람들을 사귀어 알게 되는 게 그리 신나는 일이었던 거죠. 앞으로 정치 활동을 하는데 순수한 민족세력과 동지가 된다는 게 얼마나 큰 자본이냐는 듯한 암시를 풍기는 말을 하는 걸 몇 번 들은 일이 있어요. 이문영 박사 말대로 "계산능력이 없는 사람들"을 자기의 장부에 한 자본으로 써넣는 계산능력을 버리지 않은 사람, 그가 김대중 씨였지요. 나는 그게 불쾌하기는커녕 유쾌하기조차 했다구요. 그는 적어도 우리의 가치를 알아주는 정치가라는 게 드러나는 일이었으니까요."

이야기의 소재는 1976년의 일이었지만 이 같은 인물평은 대선 실패 이후에 한 것이었다. 어쨌든 문익환이 비판적 지지에 참여한 대가는 혹독하게 찾아왔다.

1987년 12월 16일 오전 11시 20분께 이상한 화물차(봉고트럭) 두 대가 구로구청 마당에 서 있었다. 대통령선거를 하는 날, 시민들이 양김의 입후보로 선거에 자신을 잃어 신경들이 날카로워진 때라 그 이상한 화물차를 감시하는 눈이 늘어났다. 조금 있자 전경들의 경호를 받으며 이 트럭에 투표함 비슷한 것을 싣는 게 보였다. 이 시간에 무슨 투표함을 실어 나르느냐? 누군가 곧장 공정선거감시단에 알리고 트럭이 나가지 못하게 막았다. 공정선거감시단이 도착해서 트럭을 조사해 보았더니 투표함 네 개가 빵과 우유, 과자 따위로 덮여 있었다. 이것이 소위 '구로구청 부정투표함사건'의 발단이었다.

이 소식은 곧 민통련에 접수되었고, 민통련은 불길한 예감에 구로구청으로 달려갔다. 문익환을 비롯하여 임채정, 김종철, 이해찬, 김병곤 등이 구로구청에 당도했을 때 구청 마당은 사람들로 가득 차 있었다. 오후 2시경에는 구청 마당이 가득 찰 정도로 사람이 몰려들었고 밤에는 김대중 후보의 유세용 확성기 차까지 들어와 여러 사람이 마이크를 넘겨받으며 부정선거를 규탄하는 자리로 바뀌어갔다. 민통련은 곧 '대책위'를 구성하고 정책실 김병곤 차장을 위원장으로 내세웠다.

그날 밤 개표 방송은 도저히 납득할 수 없는 상황을 연출했다. 예를 들면, 밤 11시 29분에 86.3퍼센트가 진행된 부산의 각 후보 득표상황은, 노태우 55만 5963표, 김영삼 95만 7886표, 김대중 19만 95표, 김종필 4만 3844표였는데, 그로부터 21분 뒤인 12시 정각에는, 노태우 55만 7935표, 김영삼 96만 21표, 김대중 5만 8745표, 김종필 4만

3969표가 되었다. 개표가 진행될수록 단 한 표라도 많아지는 것이 원칙이건만 21분 동안에 김대중 후보는 13만 1350표나 줄어들어 있었다. 신뢰할 수 없기는 다른 방송국도 마찬가지여서 22시 02분의 전남 개표상황이 노태우 2584표, 김영삼 177표, 김대중 2만 2134표, 김종필 57표이던 것이 22시 13분에는 노태우 1979표, 김영삼 20표, 김대중 3만 1418표, 김종필 89표가 되었다. 노태우를 찍은 표가 12분이 지나는 사이에 605표나 줄어든 것이다.

민통련 간부들은 기가 막혔다. 구청 마당에는 정체불명의 투표함이 네 개나 뒹굴고 있고, 텔레비전에서는 컴퓨터 집계라는 미명하에 도깨비놀음이 벌어지는 상황을 좌시할 수 없었다. 무엇보다도 현장 보존이 절박했다. 그러나 구로구청에 진입한 공권력은 전쟁을 방불케 하는 폭력적 진압을 감행했다. 대책본부가 이틀 밤을 새우고 나서 돌아온 사흘째에 구로구청은 죽음의 장소로 바뀌었다. 많은 사람이 옥상까지 쫓겨 올라갔다가 경찰에 떠밀려 수십 명이 5층 옥상에서 시멘트로 된 마당에 떨어진 것이다. 당시 현장에서 불구자가 된 양원태의 증언 요지는 이랬다.

"12월 18일 오전 6시 50분, 쇠파이프를 든 백골단이 새까맣게 몰려와 기겁을 한 농성자 수십 명이 5층 옥상으로 올라가 비상구에 바리케이드를 치고 버텼으나, 30분도 안 되어 비상구가 깨지고 백골단들이 마구 휘두르며 갈기는 쇠파이프를 피해 뒷걸음질을 치다가 아래로 떨어졌는데, 하늘이 도운 듯 정원의 회양목에 걸려 허리를 꺾이는 부상을 입고 살았다."

결국 아무것도 얻은 것이 없이 대선은 끝났고 구로구청은 진압되었다.(박용수, 『사랑, 그 짓궂은 이야기』 참고) 문익환에게 남은 것은 재야 후보의 단일화를 이루어내지 못했다는 자책감과 패배의 오명뿐. 상상을 뒤엎는 선거부정과 투표함 바꿔치기, 최첨단 문명이 동원된 개표부정, 어느 하나 인정할 수 있는 것이 없었다. 그리하여 1987년 12월 23일 오후 5시, 명동성당에서 '민주쟁취국민운동 부정선거무효화 투쟁 본부' 주최로 범국민 규탄대회가 열렸는데, 분위기는 무겁고 여기저기서 눈물을 흘리는 사람이 많았다. 문익환은 노구에 다시 무기한 단식기도에 들어가겠다는 입장을 밝히고 곧장 혜화동 보나벨뚜라 수도원으로 들어갔다. 5·16 때 장면 박사가 은신했던 이 수도원은 혜화동의 일반 주택 가운데 있는 오래된 2층집인데, 난방이 된다고 하지만 내복도 입지 않은 얇은 바지저고리로 단식을 하기에는 너무 추웠다. 때를 같이하여 전주의 고백교회에서도 민통련 대의원총회 의장인 강희남 목사가 삭발 단식기도에 들어갔다. 암울한 민통련의 분위기는 두 사람의 단식으로 빠르게 회복되었다. 단식은 결국 16일 만에 끝날 수 있었다. 그러나 대선에서 입은 마음의 상처는 이미 돌이킬 수 없었다. 그는 울면서 다음과 같은 성명을 발표했다.

"사랑하는 국민 여러분! 우리는 지난 12월 23일부터 금년 1월 7일까지 16일 동안 민족문제를 앞에 놓고, 특히 지난번 대통령 선거를 생각하며 하느님 앞에서 깊이 반성을 했습니다. '왜 그렇게도 장담하던 야당 대통령 후보 단일화를 이루어내지 못했느냐?'는 국민 여러분의 원성을 귓가에 쟁쟁이 들으면서, 야당 대통령 후보 단일화가 우리 국민의 손에 넘겨진 일은 한국 정치사상 일찍이 없었던 초유의 일이었습니다. 제도적인 장치 없이 한 당의 대통령 후보를 단일화하는 일이 얼마나 어려운 일이냐는 점을 우리는 충분히 알지 못했었습니다. 민정당과 정부가 어떤 부정을 저질러서라도 기어코 노태우 씨를 당선시키고야 말리라는 인식이 부족했던 것도 사실입니다. 대통령 선거를 둘러싸고 얼마나 치밀한 국제적인 음모가 우리의 등 뒤에서 꾸며지고 있느냐는 인식도 퍽 희박했었습니다. 또 그 후유증이 이렇듯 심각하리라는 것을 예측하고 이에 대한 대비책을 강구하지 못했던 것도 사실입니다."

대선의 실패는 간단히 아물지 않았다. 민통련은 대선 실패와 더불어 빗발치는 비난과 책임론 속에 분열이 더욱 가중되었고, 다음 해 13대 국회의원 선거를 준비하기 위해 이해찬, 임채정, 장영달 등이 정치권으로 떠나면서 세력 역시 약화되었다. 결국 1988년 말 민통련은 해체되었고, 나뉘었던 세력들을 다시 규합하여 1989년 2월에 전국민족민주운동연합(약칭 전민련)이 창립되었다. 김대중 내란음모사건의 그 무서운 호송차 안에서도 따뜻한 웃음을 만들어내던 문익환의 얼굴에서 웃음이 사라져버렸다. 문익환은 젊고 똑똑한 후배들이 국회로 진출하는 것을 겉으로는 축하하고 응원하며 열심히 쫓아가서 뒷바라지를 했지만, 속으로는 절망하고 비통해했다. 무엇보다 민통련을 사랑했기 때문이었고, 또 민통련의 위세를 키워나가는 것만이 통일을 가능하게 하는 것이라는 사실을 굳게 믿는 때문이었다. 민간이 만들어낸 도덕적 권력집단이 앞장서서 민중의 이해와 요구를 대변하지 않고 한국 상황에서 순전히 제도정치를 통해서만 통일이 이루어지는 것은 가능하지 않는 일이었지만, 그 상태에서 문익환이 할 수 있는 일은 없는 듯해 보였다.

저는
민주는 민중의 부활이요
통일은 민족의 부활이라고
믿는 사람입니다.

잠꼬대 속의 시대정신

1988년이 기울 때 그는 일흔한 살을 넘기고 있었다. 그를 둘러싼 모든 것이 저녁의 시간이었다. 가깝게는 민통련 시절이 저물면서 한국의 1980년대가 황혼 속으로 떠밀려가고, 멀게는 냉전시대의 광기가 약화되면서 인류의 20세기가 끝나가고 있었다. 생명이 있는 모든 것의 생체 리듬 안에 저녁은 어차피 조망을 위해 할애된 축복의 시간으로 입력되어 있다. 동물에게도 식물에게도 낮의 일은 끝났고 열매는 거두었다. 이미 통과해온 삶의 풍경 속으로 하늘은 아득히 먼 곳까지 빛을 보낸다. 모든 사물은 노을 속에서 더욱 눈부신 광휘를 발한다. 그 속에 놓인 문익환의 발자국을 더듬는다면 경탄하지 않을 눈은 없을 것이다. 신학자로서, 목회자로서, 시인·번역가·언어학자로서, 그리고 무엇보다도 꿈의 사상을 실천하는 시대의 예언자로서, 그는 어느 방면에서도 충일한 거인의 자취를 새겨놓고 있었다. 재야의 최전선에서 지휘봉을 놓은 후 2선에 물러앉아 지난날을 돌아보는 노년의 문익환에게도 그것은 믿기 어려운 과거였을 것이다. 자신이 한반도에서 민중을 향한 그리스도의 길을 얼마나 하염없이 걸어와버렸는지 스스로도 가끔 놀라워했다. 그 불타는 연대기가 긋고 가는 길을 '교회주의'에 사로잡혀 불만스러워하는 기독교도들에 대해 그는 아쉬워하고는 했다. 한빛교회 유원규 목사에게는 이런 말까지 했다.

"교계에서 나를 세상에 파송했다고 생각하면 될 텐데……."

한 인간의 일대기가 이쯤 된다면 대부분의 전기작가들은 이제 주인공의 그 화려한 인생을 정리하면서 서서히 종막을 준비해야 한다. 그러나 문익환! 시작도 끝도, 앞도 뒤도 없이 생의 벌판을 가로지르며 우리의 상상력을 깨뜨려버리는 이 가공할 인물은 과연 '하느님의 발길에 채인' 자였다고 말할 수밖에 없는 사람이던가.

1988년의 끄트머리에 놓인 마지막 몇 시간을 그는 한반도에서 '개인이라는 생명 단위가 겪을 수밖에 없는 극심한 자아상실의 공허감'을 확인하고 있었다. 그 시각까지도, 이 땅의 사람들은 다들 포수에게 쫓기는 토끼처럼 살고 있었다. 서울은 빌딩의 숲이요, 그 속에는 문명의 편리를 넘어 환락의 기색마저도 없지 않지만 그 속의 사람들은 한 사람도 어김없이 마음의 안식처를 찾을 길이 없었다. 경쟁할 이웃마저도 없이 산골벽지에서 농사짓는 사람이 편할 것인가, 아니면 제법 면책특권 같은 것이라도 얻은 국회의사당의 사람들이 편할 것인가? 아무리 생각해도 이는 욕망의 제어장치를 풀어버린 자본주의의 속도문명에서 오는 불안만은 아니었다. 그를 뛰어넘는 한 가지, 바로 분단이 주는 불안이 있었다. 이를테면 서로 다른 원리로 작동되는 두 개의 사회를 구별시키는 휴전선을 통해 우리나라 사람들은 거의 모든 주권행사에서 매번 민주주의를 생각할 틈이 없다고 판단했다. 휴전선으로 포위해오는 걷잡을 수 없이 긴박한 반공주의의 토끼몰이에 쫓겼던 것이다. 냉전의 질서들이 무너지는 시대에 이런 종류의 재앙에 빠져 있는 나라는 세계에 한 곳밖에 없었다. 20세기의 아침에 시작된 민족 단위의 수난과 상처를 이토록 오래 끌고 있는 나라가 어디에 있다는 말인가. 이 불구의 몸으로는 결코 어떤 미래로도 나아갈 수가 없다! 그때의 심정을 그는 이렇게 술회한다.

"세계사적 흐름을 살펴보면서 현 시점이 20세기 초의 상황과 유사하며, 자칫하면 우리는 그 전철을 다시 밟을 수 있다는 우려가 들었다."

몇 시간 후면 밝아올 1989년이라는 시간이 세계사적으로 갖는 의미를 소름끼치도록 정확하고 날카롭게 꿰뚫어보고 있었던 것이다. 그렇다!

> 16세기는 1492년에, 19세기는 1789년에, 20세기는 1918년에 시작되었다. 21세기는 아마도 1989년에 이미 시작한 것이 아닌가 싶다. 몇 달 간격으로 최후의 제국이 몰락하고 복제기술과 인터넷이 출현한 바로 그 때부터…….
>
> — 자크 아탈리, 『21세기 사전』

그는 거대한 세기의 벽을 뛰어넘으려는 야심에 들떠 잠을 설치며 그 새벽 시간의 어딘가에 침묵과 도약으로 이루어진 급격한 반전의 페이지를 만들어내고 있었다. 온밤을 꼬박 새워 쓴 시 한 편은 이를 예고하고 있다.

> 난 올해 안으로 평양으로 갈 거야
> 기어코 가고 말 거야, 이건

잠꼬대가 아니라고 농담이 아니라고
이건 진담이라고
……
난 걸어서라도 갈 테니까
임진강을 헤엄쳐서라도 갈 테니까
그러다가 총에라도 맞아죽는 날이면
그야 하는 수 없지
구름처럼 바람처럼 넋으로 가는 거지
— 문익환, 「잠꼬대 아닌 잠꼬대」 부분

마지막 줄을 쓰고 나서 그가 흥분해서 여기저기 전화를 걸었을 때, 그 꼭두새벽에 수화기에서 흘러나오는 시낭송을 듣고 이웃들은 이 시가 무엇을 의미하는지 알지 못했다. 가장 첫 번째로 전화를 받은 고은 시인은 "절실한 바가 느껴진다!"는 말로 작품의 진정성을 평해주었다. 다른 이들에게도 당장 보기에 이는 틀림없이 '괜찮은 시 한 편'이었을 터이니 아마도 그 '기분 좋은 잠꼬대'를 기뻐하는 수준을 넘지 않았을 것이다. 언젠가 이오덕이 말했듯이 이 시는 과연 시대 안에서 살아 있는 '가장 깨끗한 우리말로 쓴 걸작'이었다. 모두 70행이나 되는 긴 시이지만 어느 줄 어느 구절도 한국인의 혀로 만들어서 내놓는 '입말'이 아닌 게 없었다. 그러나 새해 첫 새벽의 이 수확이 비단 시로서 의미를 갖는 것만은 아니었다. 젊은이들이 장장 "40여 년에 걸친 분단, 앞으로 언제까지 계속될지 모르는 분단, 날이 갈수록 높아만 가는 분단의 장벽, 깊어만 가는 불신의 심연을 더 이상 참을 수 없어 한 번밖에 살 수 없는 인생을 민족의 제단에 초개처럼 버리는 걸 보면서, 이 젊은이들의 죽음의 행렬을 막기 위해서라도 나라는 사람이 무언가 이 장벽을 깨기 위해서 해야 된다는 강박감"의 산물이었던 것이다.

그가 '잠꼬대 아닌 잠꼬대' 같은 생각을 처음 한 것은 1986년이었다. 서울대학교에서 김세진·이재호가 분신한 이후 "제발 죽지 말고 살아서 민주와 통일을 쟁취해야 할 게 아니냐"는 강연을 하러 갔다가 그 현장에서 다시 이동수가 죽는 것을 보면서, 또 조성만이 명동성당 구내 문화관 옥상에서 배에 칼을 꽂고 떨어져 죽는 것을 보면서, 어떻게 하면 이 죽음의 행렬을 멈출 수 있을까, 어떻게 하면 이 고귀한 죽음들을 헛되게 하지 않을 건가, 어떻게 이 죽음들의 뜻을 이루어줄 건가, 고민하지 않을 수 없었다.

육체도 정신도 더 이상은 가지 못하도록 모든 길이 허리쯤에서 막혀 있는 사회에서 감행되는 청년 학생들의 분신자살이 문익환에게는 나이 들어서도 잘 살고 있는 기성세대에 대한 항의로 보였다. 휴전이 말 그대로 '싸움을 일단 중지시켜놓기만 한 상태의 지속'이 됨으로써 발생된 폐해에 대해서 통절하지 않을 수 없었다. 사실인즉, 그 긴 시간 동안 우리는 '전시체제'로 살아왔던 것이다. 아무도 그 전시체제의 본질을 거역할 수 없었다. 시인 신동엽이 '후고구려적 장수'를 그리워하거나(「진달래 산천」에서) 김지하가 힘들여서 '빈 산'의 공허를 슬퍼하는(「빈 산」에서) 아름다운 저항이 없었던 것은 아니지만, 공식적으로는 '한 시대의 꿈'이라 할 문학까지도 '전시상황에서 명령불복종이 받아야 할 처우'를 '국가보안법'에게 고스란히 받으면서 존속해왔다. 그러나 매번 덮어두다니! 아니, 배웠다는 사람들까지도 그 강요된 침묵을 허용하다니! 이 모욕적인 상황이야말로 한국의 어른들이 자라나는 세대들에게 받아야 할 돌이킬 수 없는 상처요 부끄러운 콤플렉스였다. 그래서 서둘러 방북을 결심한 것이 1988년 6월 10일, 대학생들이 남북학생예비회담장인 판문점으로 가려다 곤봉과 최루탄으로 깨지는 것을 보면서였다.

여기서 상기할 것이 시대적 높이의 변화였다. 근대가 이룩한 정보·통신기술의 발전은 남쪽의 민주화운동을 더 이상 반국적半國的 관점에서 운영되지 못하게 만들었다. 예전 같으면 극소수의 지하활동가들에게나 가능한, 대남방송의 청취로 인한 남북 간의 소통을 상당수의 학생운동가들이 하고 있었다. 시대는 더 이상 영토의 한계가 절대적인 구속이 되지 못하는 단계로 옮겨가 있었던 것이다.

라디오를 '종이도 없고 국경도 없는 신문'으로 파악했던 레닌부터 1980년에 CNN을 설립하여 텔레비전을 세계적 사건의 감독자로 변화시킨 테드 터너에 이르기까지 20세기에는 완전한 영속성의 측면이 존재했다. 20세기에 지상에 구축된 것은 '근대적 자본'의 환희를 보여주는 도로나 항만, 공항 등의 건물들만도 아니었다. 세계는 라디오 방송, 시각매체, 시청각 매체들로 인해 또 다른 구조적 기형물이 되었으며, '국가의 일주', 그 영토와 국경선을 넘나드는 것도 용이해졌다. 레닌·히틀러·루스벨트 등은 라디오를 이용해 국민들에게 직접 호소하고 군중을 흥분시키고 자신들의 이미지를 강화했다. 만일 BBC가 없었더라면 1940년 6월 드골 장군이 행한 레지스탕스에 대한 호소는 상징적인 영향력을 발휘할 수 없었을 것이다. 이러한 전파전쟁은 미국과 소련 두 진영의 양극화와 이데올로기적 대립을 통해 더욱 강화되었다. 1989년과 1990년에 미디어는 어느 때보다 더 유럽에서의 사회주의 활동에 종지부를 찍는 혁명의 주체가 되었다. 통일 전 동과 서, 이 두 개의 독일은 서독의 프로그램을 방송하는 텔레비전 앞에서 하나가 되

었다.(마르크 누쉬, 『연표와 지도로 읽는 20세기 세계사』 참고)

그러한 영향은 한반도에도 왔으며, 문익환에게도 왔다. '7·7선언'이 발표되는 것을 보면서 방북 계획을 포기했다가 대학생들의 8·15행사가 좌절되는 것을 보면서 다시 결심을 굳히기를 반복하는 중인데, 그가 「잠꼬대 아닌 잠꼬대」를 쓰고 있었던 바로 그 시간에 북에서도 김일성 주석이 4당 총재와 김수환 추기경 그리고 문익환과 백기완을 라디오 방송에 초청한 것이다. 거기에다 더욱 결정적인 계기가 왔으니, 바로 정경모의 제안이었다.

두 세기 사이의 아시아

그 이야기를 하려면 다시 1988년 9월로 돌아갈 필요가 있다. 그 어느 날 문익환이 방북의 결의를 다지고는 있으나 구체적으로 길을 찾지는 못한 채 하루하루를 보내고 있는데, 유원호에게서 전화가 왔다. 유원호는 당시 국회부의장 김녹영의 비서실장으로, 병마에 붙들린 김 의원이 도쿄의 병상에서 기도를 부탁했을 때 만난 적이 있는 사람이었다. 만났더니, 김 의원의 부탁 말을 전하고는 별도로 정경모의 사신私信을 내놓으며 방북 이야기를 꺼내는 것이었다.

"정 선생님이 문 목사님이 평양에 다녀오실 수 있다면 좋을 텐데 갔다 오실 의사가 있을까, 하기에 제가 의향을 타진해보겠다고 해서 왔습니다."

문익환은 편지를 뜯어보고, 전혀 망설임 없이 답장을 썼다.

"나도 갔다 올 생각을 하고 있었소!"

당대를 호흡하는 거장들의 이심전심이었다. 아마도 두 사람은 그때 같은 눈높이에서 새롭게 굽이치는 인류사의 지평을 쳐다보고 있었을 것이다.

문익환이 보낸 편지가 정경모에게 전달된 것은 3개월 후였다. 정경모도 곧 답신을 보냈다.

"형님이 다녀오실 의향이 있으시다면 제가 사전답사를 하고 올까요?"

문익환은 다시 좋다고 했다.

"내가 가는 목적은 김 주석을 만나 통일문제를 논하려는 것이니까, 그것이 가능한지 확인해주시게."

같은 시간에 서로 다른 땅에서 문익환과 정경모가 같은 꿈을 꾸고 있었다는 것은 신비한 일에 속한다.

이 같은 정세가 형성된 배경에는 틀림없는 세계사적 지각 변동이 있었다. 지구촌의 곳곳에서 다들 20세기의 업보들을 풀어가기 시작했다. 그것을 보면서 문익환은 날로 새로워지고 있는 세계정세를 수없이 호소했다.

"세계는 엄청나게 변하고 있습니다. 지난 5월 5일 독일 통일문제를 놓고 양국 외상과 미·소·불 외상들이 독일 본에서 모여서 독일 통일을 향한 결정적인 첫 걸음을 내디뎠습니다. 소련 외상 셰바르드나제의 중대한 양보로 독일의 통일에 큰 걸림돌이 되어 있던 것이 제거되었습니다. 독일 통일 논의의 진전과 함께 구라파에 평화의 기틀이 급속도로 잡혀가고 있습니다. 남미의 마지막 군사독재정권이 칠레에서 물러나고 민간정권이 들어섰습니다. 중미에서는 니카라과가 내전을 끝내고 선거를 통해서 민주 정부를 세우고 모든 문제를 평화적으로 해결해가고 있습니다. 아프리카 남단 남아프리카공화국에서 마침내 백인의 철권독재정권이 인종차별 정책을 포기하고 흑인에게도 참정권을 허락하기에 이르렀습니다.

풀려야 할 세계 문제의 마지막 고리로서 우리의 조국이 분단의 사슬에 묶여 있습니다. 인류 역사가 시작된 이후로 최대의 변혁이라 할 수 있는 이 변혁에 우리 조국은 언제까지 저항할 것인가. 우리는 7천만 겨레의 이름으로 남과 북의 두 당국에 묻지 않을 수 없습니다.

'당신들은 정말 통일을 원하는가?'"

탁월한 통찰이었다. 이미 결정적인 변화의 불결이 소련에서부터 넘쳐나고 있었다.

제2차 세계대전이 끝나기 전에 소비에트 지도자들은 '일국사회주의론'을 내세우며 유럽 혁명 계획을 단념했다. 그 결과 노동자에 의해 성숙된 세계는 '국가 이성'에 종속되고 말았다. 소련은 하나의 행정부를 갖는 국가가 되고 만 것이다. 1945년 승전국들 사이의 '위대한 연합'의 영속성은 냉전과 함께 분열되었으며, 그 결과 유엔기구는 상호 일치되지 않는 두 진영으로 분열되었다. 소련은 반제국주의 투쟁의 리더로 자처하길 원했지만 주위에 늘어선 열네 개의 공화국 국가들에 대해 제국주의적이 되었다. 1955년 이후 모스크바는 바르샤바 조직체의 설립과 경제적·문화적·정치적·군사적 연대를 요구하게 된다. 그들은 주변의 변화에 대해 다소 격렬한 방식으로 영향을 미쳤다. 1953년 베를린 시위진압, 1956년 부다페스트에서 민중봉기 분쇄, 1956년, 1970년, 1980년의 폴란드 침공…… 표면적으로 소련은 미국을 따라잡을 수 있는 체제였다. 워싱턴과 모스크바는 핵을 다루는 능력에서 서로 동격이라고 인식했다. 그러나 소련은 여러 차례에 걸쳐 새로운 노선을 취하기 위해 과거에 선택한 것들과 단절하려 했다. 흐루시초프, 코시긴, 고르바초프는 주요한 개혁정책의 주인공들이었다. 이것은 물론 소련의 권력 체계를 무너뜨리기 위해서가 아니라 강화하기 위해 추진된 개혁정책이었다. 궁핍 상태에 있는 소련 인민의 요구를 만족시키기 위한 것이었으며, 서양을 따라잡고 사회주의에서 공산주의로의 이행을 수월하게 하기 위한 것이었다. 그러나 소련의 개혁은 매번 난관에 봉착했다. 고르바초프가 권력의 중심부에서 비롯되는 운동보다는 근본을 바꾸는 운동에 기초한 페레스트로이카를 추진한 이유가 여기에 있었다.

돌이켜보면, 세계대전이 진행되는 동안에 소집된 각종 회의들은 국제통화기금(IMF), 국제부흥개발은행(IBRD), 국제무역기구(WTO) 등에 근거를 둔 세계적인 통합을 교란시켰다. 유럽은 미국의 원조를 분배하는 '유럽경제협력기구'와 소비에트 중심부로 주변들의 재화를 이동시키는 '동유럽경제상호원조회의'로 분열되었다. 냉전의 종식은 그런 의미에서 그것의 종식 자체가 곧 세계화를 의미했다. 그러나 세계화가 순탄하게 진행될 수 있는 것은 아니었다. 지역적 상호 통합의 지도는 대륙의 불평등성이라는 증상을 뚜렷이 보여준다. 아프리카는 효율적인 제도와 권력의 집중이 결여되어 고통을 당했다. 아메리카(북중미, 남미)는 멕시코와 같은 주변국과 밀접한 관계를 형성하려는 워싱턴의 주도로 편성되었다. 한편 아시아 대륙은 강한 지역적 정체성을 찾으려 했다.

> 아시아가 멀리 2025년에 이르면 세계가 보유하고 있는 부의 절반을 보유하고 있을 것이라는 예측이 있을 만큼의 경제적 성공에도 불구하고, 이곳에는 지역을 짓누르는 수많은 위협들이 존재한다. 협약에 의한, 핵에 의한 과잉 군비확장으로 역사적 유산이라 할 수 있는 각종 분쟁들의 결과 분열된 국가들과 여전히 끝나지 않은 냉전 때문에, 악화된 상황에 처

해 있는 국가들 관계에서의 경쟁관계가 뚜렷이 나타나고 있다.

— 마르크 누쉬, 『연표와 지도로 읽는 20세기 세계사』

이처럼 결정적인 시기에 '불안한 미래'가 뚜벅뚜벅 다가오고 있는데도 남측은 한밤중의 악몽에서 깨어날 기미가 없었다.

북쪽의 초청장은 허담의 명의로 되어 통일원을 통해서 공식으로 전달되었다. 하지만 문익환은 자신의 방북 구상이 백지화가 되었다고 생각했다. 4당 총재가 거부하는데 김 주석이 제안하는 정치협상회의가 성사될 가능성이 없다고 생각한 것이다. 그런데 2월 9일, 유원호가 도쿄에 가서 정경모가 받아온 초청장의 복사본을 들고 돌아왔다. 그러나 그사이에 이미 정주영이 방북을 하고 와버려서 문익환은 다시 포기했다.

'7·7선언에서 약속한 남과 북의 교류가 그런 식으로 이미 시작되어 버린 것일까? 그렇다면 더욱 더 방북할 필요가 없는 거지. 그냥 두어도 통일이 될 테니까!'

이 생각을 끝으로 문익환의 계획은 또다시 원점으로 돌아가버렸다.

그런데 가만히 보니 그게 아니었다. 전민련 대표들이 북쪽 대표들을 만나러 판문점으로 가다가 경찰의 저지를 당하고 경찰에 끌려가 조사를 받는 사건이 벌어졌다. 아무리 생각해보아도 남북의 당국자들이 20세기를 바르게 빠져나갈 길을 찾고 있는 것 같지는 않았다. 문익환은 다시 유원호를 불렀다.

"세상 돌아가는 꼴이 아무래도 내가 가야 할 것 같아요. 그런데 이 중대한 시기에 내가 관광한다며 일본으로 갈 수는 없지 않아? 일본 기독교회협의회(약칭 NCC)의 초청장을 얻어 보내달라고 정 선생에게 연락해주시오."

이렇게 해서 그는 3월 9일, 일본 NCC 총간사장 나카지마 목사의 초청장을 받았다. 그리고 그다음 날 문동환(당시 평민당 부총재를 지내고 있었음)을 불러 김일성 주석을 만나러 갈 생각인데 김대중 총재에게 조언을 들을 기회를 만들어달라고 부탁했다. 주선이 이루어진 것은 그 이틀 후였다. 장소는 셋만이 앉을 수 있는 독방으로 정해졌다. 김대중은 자리에 앉자마자 '촌지(寸志)'라고 쓴 봉투를 아무 말 없이 건넸고, 그는 여비에 보태라는 뜻으로 알고 받아두었다가 나중에 세어보니 10만 원짜리 자기앞수표 30장이었다. 그리고 문익환이 알고 싶었던 두 가지, 첫째, 국가원수를 만나는 의전에 대해 묻자 그런 것은 안내하는 대로 따라서 하면 되는 일이니 전혀 걱정할 필요가 없다고 가르쳐주고, 둘째, 정계의 통일 논의에 대해서는 이렇게 말했다.

"목사님의 연방제 통일 제1단계와 저의 공화국연방제 안은 같은 것 아닙니까? 그런데 지금 정부가 구상하고 있는 체제연합은 우리의 통일안과 별다를 것이 없습니다. 이번에 목사님이 북쪽을 이리로 끌어올 수만 있다면 큰 성과입니다."

김대중은 탁월한 현실주의자로서의 감각을 가지고 있었다. 양측 제도간의 소통에서 보자면 일개 민간인에 불과한 신분이었지만 민족의 양심을 상징하는 인사로서 문익환이 거둘 수 있는 성과가 없지 않다는 것을 그는 알고 있었던 것이다. 그에 반해 문익환은 그런 엄청난 성과에 대한 기대를 처음부터 가지고 있지 않았다. 다만 이쪽의 통일방안을 알리고 저쪽의 진심이 무엇인지를 타진하려는 것뿐. 진실로 중요한 것은 전략과 전술이 아니라 양측의 본심이라는 것이 그의 생각이었다. 그런데 김대중은 그런 이야기를 할 틈을 주지 않고 단도직입적으로 물었다.

"목사님이 평양으로 가려는 목적이 무엇입니까?"

"김 주석의 결심을 타진해내는 일과 45년간 굳어진 장벽을 뚫는 일입니다."

"장벽을 뚫는 게 목적이라면 정부의 승인을 받아가지고 가셔야 합니다. 그래야 다른 사람도 갈 수 있는 길이 열립니다."

허를 찔리는 느낌이었다. 그래서 그날 저녁 이야기는 어떻게 하면 정부의 승인을 얻어낼 수 있느냐 하는 것으로 시종했는데, 결론은 문동환 부총재가 통일원장관을 만나서 설득작업을 벌인다는 것으로 끝이 났다. 그러나 그러한 일이 가능할 리는 없었다. 이홍구 통일원장관은 강경파들에게 몰려 제대로 소리도 못 내는 때였으니, 문익환은 문동환에게 그 같은 기대는 아예 하지 말자고 선을 그어버렸다.

"그건 가지 않겠다는 것과 같아. 난 그냥 모험할 거야."

"형님, 그러면 도쿄에 가서 주일대사관에게 신고하십시오. 그리고 전화를 해주세요. 그러면 내가 통일원장관을 만나서 설득해볼 테니까."

마지막 남은 걱정은 새로이 재야의 사령탑을 맡은 후배들의 문제였다. 문익환은 먼저 백기완을 불렀다.

"나 20일에 서울을 떠나 평양으로 가. 김주석을 만나 통일 이야기를 할 거야. 미리 의논을 못 해서 정말 미안해. 갈지 말지 망설이다가 가기로 결정하고 수속을 시작하자 금방 떠나게 되었어. 어제 비자와 비행기표를 받아 쥐었는데, 20일이라는 거야. 주선은 정경모 씨가 했어. 무슨 할말이 없어?"

"형님, 내 마음 알지 않수. 잘 다녀오슈. 김 주석 만나면 무슨 이야기하려우?"

"난 그냥 그의 진심을 타진해내려고 가는 거라구. 그 이상도 그 이하도 아니야."

"이부영이한테 이야기했수?"

"오늘 아침 회의가 끝나는 대로 이야기하려고 해."

그날 아침 10시에 '중간평가 국민투표를 통한 노태우 정권 타도운동 준비모임'이 있어서 10시에 (전민련) 사무실에 올라가 회의에 참석, 폐회한 다음 이부영에게 이야기했더니, 전민련 중진들과 의논하는 것이 좋겠다는 것이었다. 그래서 다음 날 일찍 계훈제, 백기완 고문, 이부영 상임의장, 이재오 통일분과위원장과 만났는데, 모두 한결같았다. 국민 투표를 앞두고 떠날 수 없다는 것이었다. 이재오는 무서운 박해가 올 것이라고 충고까지 했다.

"이부영 의장도 같은 생각인가요?"

"그렇습니다."

"그러면 가는 걸 포기하겠습니다."

대화는 이렇게 끝났다. 문익환은 아쉬운 마음으로 계획을 접었다. 그리고 그날 오후 장기수후원회 발기총회에 참석하여 초대회장으로 선출되고, 간부들과 함께 저녁을 먹으러 근처 식당으로 갔을 때, 옆에 앉은 아내에게 방북 계획이 포기된 상황을 전했다.

"내일 떠나려던 걸 중단해야겠어."

"남자가 간다고 했으면 가는 거지, 이제 와서 중단이 뭐예요. 나 이제 당신 못 믿어."

박용길은 찬바람을 일으키며 혼자서 집에 간다고 일어서버렸다. 걸리는 문제는 '대통령 중간평가'인데, 문익환은 잠시도 쉴 틈 없이 치받아오는 눈앞의 현안 때문에 민족의 통일과 같은 아주 근원적인 문제가 뒤로 밀려나야 하는 현실을 생각할수록 입 안이 썼다. 하지만 세상은 혼자서 사는 곳이 아니니만큼 후배들의 뜻을 무시할 수가 없었다. 문익환은 '노태우 정권 타도 국민운동'에 평민당을 끌어들여달라는 후배들의 요청을 받아 무거운 발길을 끌고 김대중을 만나러 갔다. 그리고 격론을 벌였지만 김대중은 요지부동이었다.

"내일 아침 노 대통령이 중간평가에 대한 성명을 발표할 테니까 텔레비전을 보십시오."

김대중은 이미 중간평가가 연기되리라는 것을 알고 있었던 것이다. '그것이 사실이라면 나는 내일 출발하는 거다.' 다음 날, 대망의 출발 예정일 아침에 두근거리는 가슴으로 텔레비전 앞에 앉았다. 과연 가게 되는가, 포기해야 하는 것인가.

일본에서

한편 요코하마의 정경모는 이처럼 갈팡질팡하는 상황이 어떻게 결말을 보게 될지 초조하게 기다리고 있었다. 도쿄에는 이미 문익환의 방북 계획이 누설되어 있어서 그는 잠시도 마음을 놓지 못하고 긴장과 불안 속에서 하루하루를 견디는 중이었다. 마침내 문익환이 도착하기로 한 3월 20일 아침이 되었을 때, 정경모는 조바심이 나서 더 이상 요코하마에 앉아 있지 못하고 작은 아들을 데리고 도쿄로 나갔다. 유원호에게서 전갈이 오기를, 문익환의 입장은 "대통령의 담화 발표를 보고 결정하겠다, 중간평가가 실시되면 못 가는 거고, 연기되면 갈 거다"였다. 만일 못 오게 되면 몰라도 오게 된다면, 문익환이 출발한 소식을 듣고 공항으로 나간다면 마중할 시간은 늦게 된다. 그 두 사람 사이의 연락을 위해서 문익환과 유원호, 정성모(정경모의 동생)와 정경모 사이에는 첩보전을 방불케 하는 숨막히는 전화통화가 몇 차례고 이어졌다.

결국 문익환이 비행기를 탄 것은 오후 2시 40분, 일본 나리타공항에 도착한 시간은 오후 5시 10분. 수속을 마치고 공항에서 기다리는 정경모와 그 작은아들을 만나 얼싸안았을 때는 전기불과 네온사인이 눈부신 밤이었다. 전차를 타고 시내로 들어오면서 정경모는 왜 자기 부자 둘만이 마중을 나오게 되었는지를 설명해주었다.

"형님이 평양으로 간다는 얘기가 새나갔습니다. 이 정보가 한국 정보기관에 넘어가서 형님이 못 오지 않나? 비행장에서 끌려가지 않았나? 정말 똥끝이 타는 몇 시간이었습니다. 그래서 조용히 들어오시도록 했고, NCC에도 알리지 않았습니다. 여기서 머뭇거릴 수 없습니다. 내일 유원호 씨가 오면 23일 떠나야 안심하겠습니다. 형님이 부탁한 좌담회나 강연회는 돌아오는 길에 하는 수밖에 없습니다."

"도대체 내가 평양으로 간다는 게 어떻게 누설이 되었지요?"

"황석영 씨가 얼마 전에 도쿄에 와서 평양 가는 길을 찾기에 목사님 이야기를 했었던 건데, 황석영 씨도 철석같이 믿는 친구에게 말한 겁니다. 그 말이 밖으로 새어나갔는데, 한국의 정보기관이 알고 있는지 여부는 알 길이 없습니다. 고요히 있다가 23일에는 떠나도록 해야 합니다."

문익환도 바짝 긴장이 되었다. 언젠가 김대중이 그랬던 것처럼 괴한들에게 납치될 가능성을 배제할 수 없었다. 사실 문익환의 방북은 그렇게 유동적이고 불확실한 것이었지만 도쿄에서 정보기관의 안테나에 포착되었을 가능성은 컸다. 그런 상황에서 도부호텔에 방을 잡고 저녁을 먹으러 밖으로 나오자 두 사람의 가슴은 이내 유엔사령부 시절의 추억 속으로 들어갔다.

"형님, 나 요새 깜짝깜짝 놀라기도 하고 두려워지기조차 합니다. 보이지 않는 손이 나를 이끌어주고 커다란 눈이 위에서 내려다보는 것 같은 느낌이 들어서요. 40년 전 제가 이 도쿄에서 형님을 만났습니다. 형님 덕에 저는 결혼하고 아들딸을 낳고 살아가고 있습니다. 그런데 그 인연이 이제 와서 민족사의 중대한 길목에서 이렇듯 엄청난 일로 이어지리라 생각이나 했습니까? 난 요새 정말 섭리를 믿게 되었습니다."

감격이었다. 유물론자가 되어버린 줄 알았던 정경모에게서 이런 신앙고백을 듣다니!

1954년 도쿄에서 헤어진 이후 두 사람의 우정이 순탄하게 지속되지는 않았다. 문익환이 정경모를 다시 만난 것은 1960년대의 어느 날이었는데, 당시 정경모는 화학 전공자로서 자신의 과학지식을 산업건설에 쏟고자 노력하고 있었다. 외국인 부대에서 외국인들이 주도하는 정전회담의 통역자로서 조국의 분단을 같이 지켜본 동병상련의 뜨거움이 있었지만, 두 사람 사이에는 감각의 차이로 인한 냉전의 골이 숨어 있었다. 민족주의적 기독교도로서 본디 하나였던 두 사람이 똑같은 현장체험을 통해 서로 다른 성향의 정치의식을 갖게 되었다는 것은 하나의 아이러니였다. 하지만 어쩔 수 없이 정경모는 6·25전쟁에서 미국의 추악한 모습에 주목했으며 문익환은 이념과 체제의 환멸에 집착했다. 그래서 정경모가 동생에 대한 주례를 부탁했을 때 문익환은 기꺼이 응했고, 두 형제의 결혼식 주례를 맡는 남다른 인연을 맺긴 했지만, 문익환은 정경모가 사상적으로 급진적일 것을 염려하여 정치적으로 멀리했다. 그것은 정경모가 해외에서 전개하는 민족운동의 성격을 오해한 데서 비롯되었다.

정경모는 일본으로 건너간 후 한국민주통일연합(약칭 한민통)의 신문 편집장을 했는데, 문익환은 그가 재일본조선인총연합회(약칭 조총련) 신문 편집장을 하고 있다고 오해했던 까닭에 1978년 윤보선이 정경모를 통해 국민연합 일본 지부를 세우려 할 때 '아직도 그의 사상을 믿을 수 없다'며 반대해버렸다. 스승 김재준 목사가 정경모를 강력히 추천했을 때도 문익환은 그 태도를 바꾸지 않았다. 그러나 정경모는 《아사히 신문》에 한국문제에 관한 짧은 칼럼을 쓴 것이 계기가 되어 과학도에서 문필가로 탈바꿈한 이후 한국의 민주화와 통일운동에 지대한 관심을 가지고 열정적인 활동을 전개하고 있었다. 그는 이내 한국 근현대사에 대한 탁월한 안목과 유려한 문체로 일본에서 '세계정세 속에서의 한국문제'를 이야기할 수 있는 독보적인 문필가가 되었다. 그의 눈에 문익환은 인간적으로는 훌륭하지만 정치적으로 무심한 '깨끗한 선비 신학자'에 불과했다. 그런데 장준하의 죽음 이후 문익환이 역사의 일선에 눈부시게 등장하는 것을 보면서 깜짝 놀라지 않을 수 없었다. 저 형님에게 저런 저력이 있었다니!

문익환이 '도쿄에서 만난 그리운 아우 정경모'를 사상적으로 의심하지 않고 다시 흉금을 터놓는 관계로 돌아설 수 있었던 것은 정경모의 명저 『찢겨진 산하』 때문이었다. 『찢겨진 산하』는 우리 근현대사의 세 순교자 여운형·김구·장준하가 구름 위에서 만나 종횡무진으로 민족사를 논하는 가상 정담인데, 이 책에서 그는 여운형의 입을 빌려 '북쪽의 개인숭배를 신랄하게 비판'하고 있어서 어떤 경우에도 북쪽의 공작원일 가능성은 없다고 판단했다.

이후 정경모의 제자들이 문익환의 옥중서간집 『꿈이 오는 새벽녘』을 일본에서 번역 출간하면서 우정을 완전히 회복하게 되는데, 그 책 서문에서 문익환은 정경모를 지목해 이렇게 썼다.

"우리 둘은 긴 방황 끝에 민족주의자로서 만나게 되었다."

그때까지도 자신은 반공주의자에서, 또 정경모는 사회주의자에서 민족주의로 경사해왔다고 생각했다. 사실 정경모는 일본에서 여운형에 대한 추모제를 지내고 있었다. 망명 아닌 망명을 살고 있는 반反분단 지식인의 '외롭고 높고 쓸쓸한' 축제였다. 그 점에 대해 북의 여연구에게서 고맙다는 인사가 왔고, 김 주석의 안부도 전해들었다. 이 관계가 문익환의 방북을 상상할 수 있게 해주었는데, 자신의 조언을 기쁘게도 문익환 목사가 받아줬다.

일이 여기에 이르는 사연을 남들은 모르지만 그것은 어쨌든 한 시대를 굵은 발자국으로 헤쳐가는 거인들의 낭만적인 해후였다. 그들에게 정치적인 의미는 오히려 부차적이었다. 그래서 어디서 감시의 눈초리가 번뜩이고 있을지 모른다는 생각을 다 잊어버리고 두 사람은 그 옛날의 거리에서 술을 마시고 어깨동무를 하면서 〈선구자〉를 부르고 〈마른 잎 다시 살아나〉를 노래했다. 두 세기를 뛰어넘는 위대한 모험이 그렇게 시작된 것이다.

문익환과 정경모의 결합은 과연 환상적인 앙상블을 이루었다. 일찍 각성한 자의 고독감으로 〈선구자〉를 부르고자 하는 사람과 한 발 늦어 보이지만 부활의 화신이 되어 〈마른 잎 다시 살아나〉를 부르는 사람 간의 차이에서 드러나듯이 두 사람의 노선이 같지는 않았다. 하지만 인간의 선택과 행위가 비굴하고 구차해지는 것을 싫어하며 시대적 호흡을 장쾌하게 그어간다는 점, 또 유난히 예민한 감수성을 가졌으면서도 비약과 미학을 발휘하는 예술가적 미덕을 지녔으며 사적 욕망을 앞세우지 못하는 결벽증이 심하다는 점도 같았다. 아마 그런 공통점이 두 사람을 모두 속俗에서의 미숙성과 성聖에서의 천재성을 살게 한 이유였는지 모른다.

정경모는 여운형을 사모하고 여운형의 미래를 살고자 노력했던 사람으로서, 분단을 끝내는 20세기 최고의 이벤트를 실현하는 일이 최대 관심사였다. 어떻게 하면 김일성 주석과 문익환 목사가 껴안는 그림을 만들어내느냐, 그리하여 우리 민족의 20세기 역사를 '죽음과 단절의 역사'로 남겨버리지 않고 '만남과 소생의 세기'로 기록되게 하느냐에 모든 관심을 세우고, 그것을 민족사의 사명으로 알고 준비하고 있었다. 그에 비추어 문익환은 김구의 길을 가려는 생각에 부풀어 있었다. "38선을 베고 누울지언정 민족이 둘로 나뉘는 것을 더 이상은 용납하지 않겠다"는 생각의 재판이었던 것이다. 그를 위해 문익환은 머릿속에 장준하의 얼굴을 담아두고 이번의 거사로 마음에 남은 마지막 빚을 갚겠다는 생각밖에 없었다.

사람들은 장준하를 통일지상주의자라는 말로 '무정견한 통일'을 감상적으로 주장한 듯한 느낌을 주어왔지만, 문익환이 생각할 때 그것은 단견이었다. 장준하는, 정확히 예언자였다.

"해방 후 무너져가는 이 땅의 젊은이들의 정신세계를 민주, 자유, 정의로 일으켜준 사람 아닙니까? 해방 후 한국 정신사에 최대의 거목이었다는 건 이미 움직일 수 없는 사실입니다. 그는 통일을 민족사의 최대과제로 보는 민족주의자임에 틀림없습니다. 민주도 자유도 정의도 통일에 기여할 때만 가치 있는 것, 그에 배치될 때에는 그 모든 선이 '거짓 명분'이 된다고 합니다. 그와 동시에 통일은 당연히 그 모든 가치 있는 것의 '실현'이라고 합니다. 민주, 자유, 평등, 평화가 실현되는 통일이라면 그 형태야 이러면 어떻고 저러면 어떠냐는 겁니다. 어쩌면 그런 모든 선한 가치의 실현으로 통일을 이룩하고 그 가치들이 실현되어 나가는 체제를 새롭게 창출해내는 것이 우리의 정치적 과제가 아니겠습니까?"

문익환의 장준하 평가에서 주목할 것은 바로 이 점이었다. "모든 선한 가치의 실현으로 통일을 이룩하고, 그 가치들이 실현되어 나가는 체제를 새롭게 창출해내는 것!" 이 점에 대해 그간에는 어떻게 설명해도 시기상조였다. 가을을 체험하지 못한 사람들에게 무슨 수로 감이 붉다는 것을 가르칠 수 있다는 말인가. 문익환은 방북을 앞두고 이제 장준하 노선의 정당성이 입증될 지점에 왔다고 생각했다.

"그가 간 지 15년이 지난 오늘에 와서야 세계는 새 체제, 새 질서의 창출을 위해서 온통 몸부림치고 있습니다."

문익환의 방북은 그런 점에서 그가 중립화통일론이라고밖에는 달리 설명할 수 없었던 자신의 탈냉전, 탈이념, 탈20세기적 통일론을 확인하고 각인시키는 계기가 될 것이었다. 하지만 그것은 결코 쉬운 일이 아니었다. 아마도 정경모가 『찢겨진 산하』에서 누누이 살피고 증명했듯이 한반도에서 어떠한 유형의 실천을 하면 반드시 죽음(은유로서의 죽음이 아니라 실제로서의 암살 내지는 사형)에 이르게 되어 있었다. 두 사람이 바로 그 같은 일을 결행하기로 의기투합할 수 있었던 가장 큰 이유 중 하나가 두 사람 공히 분단이 고착화되는 회담에 복무했고, 이후 남북이 영구불가침 체제를 구축하는 것만이 평화를 보장할 수 있다고 생각했다는 데 있었다. 그리고 굴욕스럽게 삶을 구걸하기보다 죽음을 무릅쓰고서라도 인간의 장엄함을 구가한다는 것이 그 둘의 이상이었는데, 마침내 그 기회가 왔다. 이제 정경모는 어렵게 만들어낸 기회를 유실시키지 않기 위해서 도쿄에서의 사흘을 최대한도로 지혜롭게 버티지 않으면 안 되었다. 문익환이 한국에서 떠나오지 못했거나 북에 들어간 이후에 생겨날 변수라면 모르지만, 그 도정에서 생겨난 일에는 절대로 실수가 있어서는 안 된다고 초긴장의 주의를 쏟고 있었다.

문익환이 도쿄에서 결코 생략해버릴 수 없는 일로 생각한 것은, 남측의 민을 대표하는 입장에서 거행하는 방북이라 하더라도 그 결행을 남몰래 비밀스럽게 해치워서는 안 된다는 점이었다. 얼마나 민통령民統領다운가. 그는 민의 대사나 밀사가 아니었다. 그래서 정경모에게 단도직입적으로 물었다.

"어제 들어오는 전차에서 들은 이야기인데, 황석영 씨는 양심선언을 쓰고 비공개로 들어간 모양이지만, 나는 양심선언도 안 쓸 것이고 공개로 들어갈 생각인데 정 형 생각은 어떻소?"

여부가 있을 턱이 없었다.

"제 생각에도 그렇게 하는 게 좋을 것 같습니다."

그런데 그 방법 면에서는 재고의 여지가 없지 않았다.

"도쿄에 와서 동생(문동환)에게 전화를 걸어 동생이 통일원장관을 만나 나의 방북 계획을 이야기하고 승인을 얻는 일을 하려고 했는데, 시간이 없어. 그러니 당신이 오늘 이원경 대사를 만나 점심에 초대를 해주면 내가 직접 그에게 양해를 구해보고 싶은데 어떻게 생각하는가?"

"형님, 그건 안 됩니다. 그건 평양에 안 가자는 이야기나 마찬가지입니다."

결국 이원경 주일대사에게는 편지를 남기기로 했다. 반은 '사후신고'의 형식이 되겠지만 관官에 대한 예의는 갖추는 셈이었다. 또한 문익환이 중시하고자 하는 '민에 대한 예의'는 직접 언론을 통해서 갖추기로 했다. 《한겨레》 도쿄 특파원 이주익 기자를 만나 세 가지의 취지를 밝히고 다음과 같은 말을 남겼다.

"나 자신은 정치인이 아니지만, 정치협상을 통하여 정치인들이 문제를 푸는 데 돌파구를 마련해주고 대화의 바탕을 제공할 수도 있다고 생각합니다."

그리고 평양에서의 활동을 위해 두 사람과의 만남을 추진했다. 한 사람은《세카이》지 편집장 야스에인데, 그는 세계정세에 정통한 일본의 지식인으로서 한국의 재야에도 파다하게 권위를 떨치고 있었다. 문익환도 1987년에 그와 인터뷰를 한 적이 있는지라 그에게 김 주석을 만날 계획임을 밝히고 조언을 구했다.

"북쪽에서 제거해주어야 할 통일의 걸림돌로서 주체사상이나 개인숭배 문제를 제기해도 되겠습니까?"

"꼭 하셔야지요. 그런 이야기를 문 목사님 말고 누가 하겠습니까? 김 주석이 남한 국민의 소리를 직접 들을 기회가 언제 있었습니까? 앞으로 또 언제 있겠습니까? 문 목사님 이야기에는 귀를 기울여 들을 테니까 하고 싶은 이야기는 무엇이든 기탄없이 툭 털어놓고 하십시오."

비록 짧은 대화였지만 야스에와의 만남은 문익환에게 김 주석과 만나는 마음가짐을 갖추는 데 큰 도움이 되었다. 다음으로 문익환이 만난 또 한 사람은 일본 사회당 도이 다카코 당수였다. 그녀는 아시아를 대표하는 여성 정치인인데, 본인이 가장 존경하는 사람으로 '한국의 문익환'을 꼽을 만큼 우호적인 거물 인사였다. 문익환은 그녀를 방문해 일본의 대정당 당수의 사무실이 상상할 수 없을 만큼 작고 소박한 데 놀라며 자신의 방북과 아시아의 미래에 관한 이야기를 나누었다. 도이 당수는 문익환의 방북이 갖는 역사적인 의미를 높게 평해주었고, 좋은 성과를 거두기를 진심으로 빌어주었다.

그리고 도쿄를 떠나 베이징으로 향하려는데, 정경모가 그토록 치밀하게 준비했음에도 불구하고 한 차례 일정상의 변동 요인이 발생했다. 중국대사관 직원이 출장을 가게 되어서 비자 발급이 이틀 연기되었다가 정경모의 노력으로 다시 하루 앞당겨진 것이다. 그것은 곧 베이징에서 문제를 일으켜 방북의 마지막 변수가 되었다.

베이징에서 평양으로

3월 24일 오후 8시 10분. 베이징공항에 도착했을 때 문익환은 45년 전에 떠나간 옛 만주 땅을 다시 찾은 사람처럼 향수에 젖어 있었다. 베이징의 뒷골목을 차로 달릴 때에는 차에서 내려 사람들 속에 섞여 같이 걷고 싶은 마음이 일 정도였다. 그런데 잃어버린 고향에라도 돌아온 듯이 설레는 가슴에 뜻하지 않은 찬물이 끼얹어졌다. 북측에서 마중 나온 사람이 없었던 것이다.

누구보다도 당황한 것은 정경모였다. 자신의 방북을 성사시키기 위해 그토록 혼신의 노력을 기울였던 정경모가 베이징까지 와서 안절부절못하는 것을 보면서 문익환은 화가 솟구쳐 견딜 수가 없었다. 이 자들이 내게 물을 먹이려는 수작인가? 북이 정녕 내 기를 꺾으려는 것인가? 부글거리는 가슴으로 경륜반점(토론토호텔)으로 들어가 여장을 풀고는 참고 참다가 분통을 터뜨려버렸다.

"이런 식이라면 나는 이 길로 북간도에 갔다 올 거다. 평양에는 안 가."

얼굴을 파르르 떨면서 고함을 치는 문익환을 정경모가 겨우 달래어서 저녁이나 하자며 식당으로 끌고 갔다. 그리고 음식을 막 주문하려는 참인데, 북측 대사관 직원이 헐레벌떡 뛰어왔다. 두 사람이 베이징에 들어오는 시간이 23일에서 25일로 연기됐을 때는 괜찮았는데, 24일로 앞당겨졌을 때는 연락을 받고 움직였지만 이미 때가 늦어 있어서 마중을 나가지 못했고, 한발 늦은 상태로 외국 손님들이 묵는 호텔을 하나하나 뒤지던 끝에 이곳에 이르렀다며 백배사죄하는 것이었다. 들어보니 커다란 오해를 했고, 완벽한 해명에 값하는 진정성이 있었다. 문익환의 분노도, 정경모의 불안도 일거에 해소되어버렸다. 과연 북측은 문익환의 방북에 최선의 예의를 다하고 있었다.

물리적으로는 바로 코앞이었지만 서울에서 평양까지는 참으로 멀고도 먼 길이었다. 베이징과 평양 사이엔 하루건너 한 번씩 민간항공노선이 있는데, 베이징에서 보하이만(황해의 발해만)을 건너는 항해노선이 열려 있지 않았다. 중국 항공노선을 따라 선양(예전 봉천)으로 갔다가 안동으로 해서 압록강을 굽어보면서 평양으로 돌아가야 하는 까닭을 생각하면서 문익환은 기가 막혔다. '바깥세계와 개방의 길을 트려고 몸살을 앓고 있으면서도 그 한계가 뚫리지 않고 있다는 것을 여실히 말해주는 것이 아닐까? 평양과 베이징 사이의 정기 항공노선이 이틀에 한 번밖에 없다는 것은 북의 주체사상과 자립경제정책이 북쪽을 얼마나 고립시켜왔는지를 말해주는 것이 아닐까?' 이렇게 생각하고 있는데, 정경모가 국경을 내려다보며 말했다.

"형님, 국경을 넘는 기분이 어떻습니까?"

"나는 압록강을 국경이라고 생각해본 적이 없어요. 방금 우리가 지나친 곳이 다 우리 옛 선조들의 생활권인 발해문화권이요, 저 아래는 고구려 유적지거든."

그 점에 대해 문익환은 언제나 할 말이 많고 역사의 비애를 한껏 맛보며 사는 사람이었다. 그러던 차에 예기치 않게 발해문화권을 한 바퀴 휘돌아보게 되었으니, 그날의 감격은 컸다.

> 지금도 중국 지도에는 우리가 황해라고 부르는 바다가 보하이만으로 되어 있다는 것은 중대한 의미가 있다고 생각되지 않습니까? 중국은 발해의 역사를 자기들 역사의 일부로 생각하는 거겠지요. 발해는 중국민과 한국민이 공유하는 역사와 전통인 거지요. 발해를 매개로 한국과 중국은 동북아시아에서 한 문화권을 이루는 것이, 아니, 이루어야 하는 것이 아닐까 싶군요. 발해만을 둘러싼 산동반도와 요동반도와 한반도, 이 셋이 손발로 튼튼하게 설 때에라야 아시아의 평화와 번영은 확고하게 보장되는 것이 아니겠습니까? 그리 될 때에라야 미·일·소 등 외세도 아시아의 평화와 번영에 기여하는 세력이 될 것입니다. 이 세 손발이 튼튼하지 못하면 외세들은 이 지역의 평화와 번영을 교란시키는 세력이 될 것입니다. 19세기 말에서 20세기 초의 이 지역 역사가 그것을 여실히 보여주는 것 아니겠습니까? 지금 그 역사가 되풀이되려고 하고 있는데 이를 막는 일이 바로 한반도의 안정, 곧 통일입니다.
>
> —「방북재판 상고이유서」

한편, 문익환과 정경모의 시대적 감각이 인류사의 전환기를 읽는 데 동시적으로 작동되었던 것처럼 북에서도 역시 그 같은 변화의 감각이 작동되고 있었다. 동유럽이 무너지고, 동서독의 내왕이 활발할 때 한반도는 여전히 긴장국면에 들어 있었는데, 북에서는 숨이 막힐 노릇이었다. 북은 몇십 년 만의 대홍수를 입은 상태에서 남측이 전개하는 팀스피릿 훈련에 초긴장을 하고 있고, 미국에서는 공산권이 다 무너졌는데 북만 남아 있다고 노려보고 있었으며, 남에서는 6월항쟁이 만들어낸 민주화의 국면을 겨우 모면하자 곧 공안통치를 시작하는 상황이었다. 민족의 화해와 통일을 위해서 간절히, 참으로 간절히 민간교류가 필요한 시점이었다. 그래서 누군가가 와주기를 희망했지만 기대는 하지 않고 있었다.

그 상황에서 정경모가 문익환의 방북을 타진했을 때 북은 남쪽의 재야지도자를 외부에 노출시키지 않겠다고 했으며, 그를 보호하기 위해서 끝까지 보안을 유지하겠다고 약속했다. 그러나 문익환은 '밀입북'을 선택하지 않았다. 도쿄를 떠나면서 남측 당국에 편지를 남기고 기자회견을 했으며, 방북을 위한 수속 일체를 공식적으로 밟았다. 남측 정부가 희망하는 절차를 밟은 것은 아니지만 이제까지 북을 다녀간 남측의 어떤 인사도 보여준 적이 없는 대담한 행보였다. 그래서 북측은 부랴부랴 공식 환영행사를 준비하면서 문익환에게도 도착성명을 부탁하게 되었다. 비행기 안에서 정경모가 급히 작성한 성명서를 읽고 문익환은 북측 기자들에게 이렇게 말했다.

"나는 이번에 말로 하는 대화가 아니라 가슴과 눈으로 하는 대화를 하러 왔습니다. 어느 한편을 이롭게 하고 한편을 불리하게 하러 온 것이 아닙니다. 모두에게 이로운 말이 무엇이겠느냐는 걸 찾아왔습니다. 한편이 이기고 한편이 지는 일이 아니라, 우리 모두가 승리자가 되는 길을 찾아 왔습니다."

이 같은 경과는 온 세계를 놀라게 하는 행위였지만 누구보다도 놀란 것은 북측이었다. 김구 이후 최초로 스스럼없이 찾아와서 흉금을 털어놓는 사실 하나로 북은 남측의 재야운동이 가진 위엄과 정세인식 능력 그리고 그의 장엄한 실천형식에 대해서 다시 보지 않을 수 없었다. 그래서 북측 인사들은 이구동성으로 문익환 목사가 좋은 정세를 타고, 또 좋은 분위기를 몰고 왔다고 말했다. 민족의 위기가 가속해 오는 상황에서 활짝 숨통이 트일 팔을 벌리니 안팎으로 고마웠던 것이다.

그로부터 놀라움과 충격의 연쇄가 시작되었다. 문익환의 일거수일투족은 모두가 예상했던 수준을 훨씬 뛰어넘는 것이어서 북은 모든 의전 관계를 재조정해야 했다. 이를테면, 문익환을 초대한 사람은 조국통일평화위원회(약칭 조평통) 위원장 허담이었는데, 문익환이 예정보다 빨리 들어오는 바람에 그는 아직 이탈리아 공산당대회의 일정이 끝나지 않아서 마중 나가고 환영사를 하는 등의 일을 정준기 부위원장이 했다. 아마도 그 정도의 수준이 남측의 재야대표에게 북이 베풀 수 있는 호의의 최대치였을 것이다. 그런데 다음 날부터 문익환의 일정이 시작되고 보니, 우리 민족에게 내장된 엄청난 양의 집단적 에너지가 꿈틀거리기 시작했다.

문익환의 공식 일정은 평양 봉수교회에서 부활절 예배를 보는 것부터 시작됐는데, 그는 목이 잠겨 음성이 제대로 터져 나오지 않는 소리로 첫 발언을 이렇게 했다.

"저는 민주는 민중의 부활이요 통일은 민족의 부활이라고 믿는 사람입니다."

북측 사람들의 느낌이 전혀 달라져버리기 시작한 것은 아마 이 말을 듣고서부터였을 것이다. 그의 설교는 부활에 대해서 추상적으로 생각하고 있던 북측 사람들의 인식을 완전히 뒤엎어버렸다.

"예수의 죽음은 갈릴리 민중의 죽음이었습니다. 기다리던 구원, 자유와 해방이 예수와 함께 이루어지리라고 믿고 따르던 민중은 예수의 죽음과 함께 죽었던 겁니다. 그의 죽음이 민중의 죽음이었다면, 그의 부활은 민중의 부활일 수밖에 없습니다. 예수와 함께 다시 살아난 민중의 모임이 교회였던 겁니다. 그래서 교회를 다시 사신 그리스도의 몸이라고 하는 것이 아닙니까.

1970년 11월 17일 서울 평화시장 골목에서 한 젊은이가 몸에 석유를 끼얹고 불을 붙여 불기둥으로 타오르다가 쓰러집니다. 그의 이름이 전태일입니다. 작년 11월 17일 연세대학교 노천극장에 모인 수만 명 노동자들의 외침 속에서 저는 전태일의 부활을 보았습니다. 그것은 다시 살아난 전태일의 목소리였습니다. 이 문익환이도 부활한 전태일입니다. 전태일은 예수의 부활이었고요, 부활한 전태일들은 부활한 예수인 겁니다. 민족통일은 우리 그리스도인에게 정치적인 일만이 아닙니다. 우리 그리스도인이 하는 통일운동은 부활신앙을 역사 속에서 사는 일입니다."

그가 목사라는 점에 대해 한편으로 아쉽게 생각하고 있던 북측의 사람들은 문익환의 설교를 듣고 깜짝 놀랐다. 그리스도나 예수, 또는 부활의 실체가 자신들이 아는 것과는 전혀 다른 차원의 것이었기 때문인데, 그것을 이해함으로써 얻어진 최고의 성과는 문익환이라는 사람이 무엇을 동기로 어떠한 궤적을 그려가려 하는지가 명징하게 드러났다는 점이었다. 그 같은 충격은 회담에서도 이어졌다.

그날 오후 3시 만수대 의사당 소회의실에서 조평통과 1차 회담을 하는데, 조평통 쪽은 민족의 통일은 북과 남의 현 제도를 그대로 두고 쌍방이 서로 상대방의 제도를 용인하고, 자치제에 근거하여 두 지역 정부가 하나의 연합공화국을 창립하는 방법으로 이루어져야 하며, 연방제 통일방안에 대한 민족적 합의를 위해 지도급 인사들이 정치 협상을 활발히 이루어야 한다고 했다. 문익환은 남북이 소아와 아집을 버리고 대승적인 입장에서 서로 단합함으로써 유구한 역사를 가진 민족의 슬기와 존엄을 과시하고 통일의 위업을 성취해야 한다는 것을 강조하면서 북에게 서로 양보하면서 통일문제를 풀어보자고 제안했다. 북에 가서 이 말을 한 것은 북쪽이 양보하라는 뜻이었다. 북쪽은 남쪽에 동조하고, 남쪽은 북쪽에 동조하게 되어야 통일이 된다는 생각의 일환이었다.

사사건건 엇먹으면서 말하는 통일은 거짓말일 수밖에 없었다. 이쪽이 2자회담을 제의하면 저쪽이 3자회담을 제의하고, 저쪽이 3자회담을 제의하면 이쪽이 4자회담을 제의하는 식으로 어떻게 통일이 된다는 말인가. 1974년 1월에 남쪽에서 남북불가침협정 체결을 제안하니까 북쪽에서 항구분단을 획책하는 일이라고 거부하고, 1974년 2월에 평화협정 체결을 제안했었다. 이제 북쪽에서 평화협정 체결과 남북불가침선언을 같이 하자고 하니까 불가침선언을 해야 한다는 사람들을 남쪽에서 '북괴에 동조하는' 동조죄로 몰았다. 아무리 옳은 제안과 주장이라도 한쪽의 제안이나 주장을 옳다고 하면 그것이 동조죄가 되는 상황에서 통일은 가능할 턱이 없었다. 이 같은 과오들에 대해 문익환이 지적하자 정준기 부위원장은 흥분하면서 말했다.

"좋습니다. 우리 주석님 당대에 통일을 이룩하는 것이 간절한 소원입니다."

바로 그때 쪽지가 전달되었는데, 그것을 읽고 나서 정준기의 목소리에 강하게 힘이 실렸다.

"주석님이 지금 발전소 건설현장에 가 계신데 급거 귀환해서 내일 아침 문 목사님을 만나뵙겠다고 하십니다."

문익환은 직감적으로 자신의 회담이 진행되는 것을 김일성 주석이 어디선가 보고 있다고 생각했다. 그리고 다음 날 아침 9시, 문익환·정경모·유원호 세 사람이 주석궁으로 안내되었다. 도착하는 길로 정경모와 유원호는 뒤에 남고 문익환 혼자 안에 들어가게 되었는데, 김일성이 방에서 나와 금강산 구룡연 폭포그림 앞에 서 있었다. 참으로 감격스러웠다. 문익환은 김일성을 보는 순간 두 팔을 한껏 벌리고 망설임 없이 다가가서 부둥켜안았다. 세계를 섬기는 자세, 세계를 껴안는 자세, 언젠가 이한열의 장례식장에서 스물여섯 명의 열사들을 거명하면서 하늘을 향해 내보였던 그 동작으로 뜨겁게 포옹해버린 것이다. 그 장면은 참으로 충격적이었다고 북의 안내원은 말한다.

"도대체 어떤 사람이 저렇게까지 담대할 수가 있을까. 남에서 재야운동을 하는 사람들은 그렇게까지 크다는 말인가. 정말 위대한 재야인사가 왔구나!"

분단을 하나로 일치시키는 그 동작을 북에서는 의전과 의례를 뛰어넘어서는 동포애로 받아들였다. 여기서 평양에 취재 가서 듣고 보았던 일들을 소개하지 않을 수 없다. 호텔에서 기록영화를 보았는데(아마도 브루스 커밍스가 〈안중근이 이또 히로부미를 쏘다〉를 보았던 그 장소였을 것이다) 과연 김구 이후에 방북한 그 많은 지도자들이 모두 하나같이 김주석의 품에 옴싹 안기는 모습들이 담겨 있었다. 마치 아이들이 어른의 품에 안기는 느낌이었다. 거기에서 유일한 예외자가 문익환이었다. 두 사람은 포옹한 이후 다정하게 손을 잡았으며 우애 깊은 형제처럼 서로를 아껴주었다. 그래서 북의 사람들은 말한다.

"작가 선생님은 국가수반이 손님의 손을 잡고 부추기는 것을 본적이 있습니까? 외국 지도자는 관례가 있기 때문에 보통 관례대로 합니다. 그런데 문익환 목사님께는 마치 형제처럼 다정했더랬습니다."

파란과 신명의 축제

그랬다. 두 사람은 친형제처럼 다정했다. 문익환이 구룡연 폭포 그림 앞에서 김일성과 나란히 사진을 찍고 회담장에 들어갔을 때, 처음에는 꽤 멀리 떨어진 자리에 앉았는데 곧 김일성이 문익환을 옆으로 불렀다.

"이거 너무 멀어서 안 되겠으니 이리 가까이 오십시오."

일체의 외교 사례가 필요 없었다. 문익환도, 옆으로 불러주어서 고맙다는 말을 할 것도 없이 앉자마자 이야기보따리를 풀었다.

"분단 50년을 넘기지 맙시다. 분단 50년을 넘기는 것은 민족의 수칩니다."

김일성도 문익환의 손을 덥석 잡으면서 대답했다.

"좋습니다. 해봅시다. 잘하면 될지도 모르지요."

이것으로 45년 동안 갈라놓았던 분단의 장벽이 적어도 그 두 사람 사이에서는 일순에 무너져버렸다.

"목사님의 통일론은 민주이자 통일이요, 통일이자 민주라지요?"

"그것은 70년대의 통일론입니다. 80년대의 통일론은 민주·자주·

통일을 하나로 보는 것입니다."

"나와 같구먼."

김일성은 좋아서 다시 악수를 청하며 손을 잡았다. 이에 문익환은 지체할 것 없이 더 깊은 질문에 들어갔다.

"유엔 동시 가입(통일에 이르는 과도기적인 조처로서 교차승인을 전제함), 이것은 반드시 필요한 절차는 아닙니다. 그렇다고 부정적으로만 볼 필요도 없습니다. 3년 또는 5년 정도 시한부라면, 연방제 통일에 이르는 긴장완화의 과도기적인 단계로 이를 거치는 것도 무방하다는 것이 저의 판단입니다."

남측이 희망하는 유엔 동시 가업에 대해서 김일성이 단호하게 부정하자 이번에는 연방제에 관해서 물었다.

"분단 50년을 넘기지 않고 통일하려면서 외교·군사까지 통합하려는 겁니까? 5년 안에 그것은 안 됩니다. 외교·군사권을 남북 자치정부에 맡겨둔 채 유엔 등록만 한 나라로 해야 5년 안에 통일국가가 될 수 있는 겁니다."

예컨대 유엔 외교만 단일화하자는 것이었다. 당분간 군사·외교까지 남과 북이 독립적으로 운영하는 영국의 연방제도와 같은 것을 실시하자는 말이었던 것이다. 그리고 이렇게 보충설명을 했다.

"북쪽이 주장하는 통일을 이루자면 부지하 세월입니다."

이 말에 김일성은 완전히 설득당했다.

"좋습니다. 한꺼번에 할 수도 있고 협상을 통해서 단계적으로도 할 수 있습니다. 단, 유엔에 한 나라로 가입한다는 것이 절대적인 조건입니다."

기뻤다. 문익환의 통일방안을 김일성이 수용해준 것이다. 하지만 문익환에게는 아직도 더 욕심내고 싶은 문제들이 많이 남아 있었다. 가령, 문익환은 통일방안을 세 단계로 구성했는데, 북측이 말하는 통일의 완결단계는 제2단계로, 문익환은 그것으로는 모자라다고 보았다. 그가 꿈꾸는 최종 단계는 우리 겨레가 모두 한 나라 시민인 동시에 한 체제에서 살아가는 단계였다. 그 마지막 단계에서 창출될 '한 체제'는 현재 남북이 따로따로 살고 있는 두 체제의 결함들이 보완된 체제일 것이었다. 그것은 지금 세계가 모색하고 있는 것이요, 다음 세계에 가서나 모습을 갖추고 역사에 나타날 것이라고 그는 믿고 있었다. 그것까지를 다 타진해볼 수는 없지만, 그래도 정치·군사회담 우선을 주장하는 북쪽과 경제·문화교류 등 가능한 교류를 우선하자는 남쪽의 주장을 동시에 추진하도록 설득시킬 수는 없을까, 하는 것이 그의 강한 희망사항이었던 것이다. 그 점만 얻는다면 한국에 돌아가서 어쩌면 환영을 받을 수도 있다는 희망까지 생겼다. 왜냐하면 남측 정부가 주장하던 가장 큰 과제가 그것이었으니까. 그래서 조심스레 그 이야기를 꺼내보았는데, 예상했던 대로 김일성은 거부감을 보였다. 그것은 항구분단을 전제로 한 독일식 교류라는 것이었다. 인민의 통일염원을 갈증만 해갈시켜주고 마는 것은 사실상 통일의 길을 가로막는 것과 같다는 것이 김일성의 생각이었다.

"민중을 믿읍시다."

문익환이 어렵게 말을 꺼냈다. 그리고 잠시 뜸을 들여,

"다방면에 걸친 회담과 교류는 정치·군사회담에 좋은 압력이 됩니다."

이것이 그의 소신이었다. 그런데 이 두 마디에 김일성이 간단히 수긍하는 것이 아닌가.

"좋습니다. 동시에 추진하도록 합시다."

문익환은 정말 하늘을 날듯이 기뻤다. 자신이 평양에 가서 이루고자 했던 최대치의 성과를 여기서 얻어버렸던 것이다. 모든 것이 만족스러웠다. 김일성의 통일의지가 얼마나 뜨겁고 확고한지도 확인했고, 통일에 임하는 자세가 경직되어 있지 않다는 것도 알 수 있었다. 분단 50년을 넘기지 않고 통일이 이룩될 수도 있다는 믿음이 강하게 생겼다. 그러면서 한편으로 김일성의 거인적인 면모에 놀라기도 하고 안심도 하면서 본인이 하고 싶은 이야기를 자유롭게 털어놓았다.

"남쪽에도 통일의 장애요인들이 있어서 이걸 제거하려고 우리는 있는 힘을 다합니다. 그것이 곧 민주화운동입니다. 그것은 남쪽에서 사는 우리 책임입니다. 그런데 북쪽에 있는 통일의 장애요인은 북에서 책임지고 제거해주셔야 하겠습니다. 남쪽에서 북쪽을 바라보면서 통일의 저해 요인으로 생각하는 것은 주체사상입니다. 이제 주체사상도 그 강조점이 인민에게로 옮겨져야 하지 않겠습니까?"

입 밖에 내놓기는 하지만 내심 꺼내기가 조심스러워 참고 참았던 이야기가 이것이었다. 그때 가만히 앉아 기록을 하고 있던 비서가 벌떡 일어섰다.

"목사님이 주체사상이 무엇인지 몰라서 그런 말을 하신 겁니다."

거의 외치듯이 흥분한 목소리였다. 그런데 김일성의 반응은 달랐다. 아주 무거운 분위기가 되어 잠깐 눈을 아래로 깔더니 무겁게 입을 열었다.

"그렇지요. 주체사상도 인민에게서 온 거지요."

순간, 문익환의 어깨에서 무거운 맷돌이 내려지는 것 같았다. 곧이어 김일성이 비서를 불러 지시했다.

"4월 1일, 내가 문 목사님 숙소로 답방을 갈 테니 준비를 하시오."

그리고 문익환에게는 "그때 좀더 이야기를 나눕시다"라고 하면서 예정에 없던 2차 회담까지 성사되게 되었다. 회담이 끝난 게 11시 30분이었으니까 꼭 두 시간을 이야기한 셈인데, 밖으로 걸어 나오는 두 사람의 얼굴을 쳐다보면서 정경모는 이야기가 잘되었다는 것을 직감했다. 이 같은 분위기는 2차 회담 때도 마찬가지였다.

4월 1일, 정확히 아침 9시 30분에 김일성이 문익환의 숙소에 나타났다. 날씨는 더없이 쾌청했다. 이번에는 손만 내밀면 잡을 수 있을 만큼 두 사람이 마주앉도록 좌석배치가 되어 있었다. 배석은 비서 한 사람. 또 문익환이 먼저 입을 열었다.

"제가 가슴에 품고 왔던 질문을 다 한 줄 알았는데, 돌아와서 생각하니 꼭 하나 빠뜨린 게 있다는 걸 알았습니다. 그게 미군 철수 문제입니다. 북쪽에선 미군의 단계적 철수 제안에 변동이 없는 겁니까?"

"예, 변동이 없습니다."

국회 예비회담을 전후해서 북쪽은 미군 철수론을 미군 단계적인 철수로 후퇴시켰었다. 미군 철수가 통일협상의 전제 조건이 아니라는 것을 공표한 것이다. 북측의 통일문제에 접근하는 자세가 현실적이라는 걸 보여주는 일이었다. 기쁜 일이 아닐 수 없었다. 혹시 부정적인 답변이 나오면 어쩌나 근심했는데 그것은 기우였다. 그래서 지체하지 않고 바로 물어보았다.

"주체사상이 뭡니까?"

조심하다 보니 오히려 퉁명스런 억양이 되어버렸다. 그래도 김일성은 불쾌한 기색이라고는 없이 답했다.

"주체사상은 어느 나라에나 있는 겁니다. 소련에도 있고 중국에도 있습니다. 그러나 우리가 강조하는 이유는 약소국가이기 때문입니다."

김일성은 경쾌하게 대답했지만 문익환은 쇠방망이로 뒤통수를 맞는 것 같았다. 사실 주체사상은 역사 발전법칙을 변증법적 유물론으로 설명하는 사회주의 국가들의 철학에 비추어 대단히 진보한 것이었다. 주체사상은 물질이 아니라 사람이 모든 것을 결정하는 역사의 주체로 보면서 그 근거를 자주성·창조성·의식성에 두는데, 문익환이 다만 아쉬워하는 부분은 거기에 비판성이 빠져 있다는 것이었다.

"그렇다면 주체사상은 민족주의인가요?"

"사회주의도 민족을 위해서 있는 것입니다. 기독교 신앙도 민족을 위한 것이어야 한다고 저는 종교인들에게 말합니다."

이 말은 김일성이 사회주의자이기 이전에 민족주의자라는 것을 의미하는 것이었다. 언젠가 이동휘 선생도 나라의 독립을 위해서는 기독교인도 될 수 있고 사회주의자도 될 수 있다고 했는데, 민족의 수난기를 살면서도 거인의 풍모를 잃지 않았던 옛 지도자들의 기풍이 이즈막의 정치인들에게는 거의 사라져버리고 없었다. 그런데 김일성에게 그런 모습이 남아 있는 것을 보면서 문익환은 깊은 감동을 받았다. 그러자 이번에는 김일성이 물었다.

"남측은 정말 통일을 원하는 겁니까?"

김일성이 던진 처음이자 마지막 질문이었다. 김일성에게 진심으로 궁금한 것은 그 하나뿐이라는 생각이 들었다. 그것은 통일의 관건이 남측 정부의 손에 있다는 것을 의미하는 것이기도 했다.

"대한민국 정부는 통일을 원치 않는다고 부정적으로만 볼 것이 아닙니다. 지금 대한민국 정부가 구상하고 있는 '체제 연합'은 실질적으로 북이 제안하고 있는 연방제통일 방안에 매우 가까이 접근되어 있습니다."

문익환의 입에서 이 말이 떨어지자 김일성은 곧바로 비서를 부르며 '오늘 밤 당장 방송하라'고 해놓고는 흥분을 감추지 못하고 이렇게 말했다.

"그렇다면 노태우 대통령도 만나지. 김대중 총재, 김영삼 총재, 김종필 총재도 개인적으로 만날 수도 있고, 집단적으로도 만나지."

이때 김일성이 처음으로 노태우에게 대통령 칭호를 붙였다는 사실을 문익환은 의식하지 못했다. 다만 '남측 정부가 그토록 바라던 정상회담이 이루어지나 보다' 하는 생각만 들었을 뿐이다. 하지만 그것만으로도 가슴이 터질 것 같은 뿌듯함을 느끼며 평소에 생각하던 구체적인 제안 몇 가지를 격식 없이 전했다. 하나는 베이징 아시아경기대회에 단일팀으로 참가할 때 국가 대신에 아리랑을 부르기로 합의했다는데 그보다는 새 노래를 지어서 부르는 것이 어떻겠느냐는 제안이었다. 북에서 곡을 지으면 남쪽에서 가사를 짓고, 남쪽에서 곡을 지으면 북에서 가사를 붙이도록 하자고 했더니 김일성이 찬성했다. 두 번째는 남북 공동 국어사전을 편집하는 작업을 시작하면 어떻겠느냐고 제안했는데, 그것도 좋다고 했다. 세 번째는 이산가족문제에 대해 말하자, 자유로운 민간교류가 열리면 그 문제는 자연히 해결되는 것이 아니겠느냐고 답변했다. 네 번째는 남쪽에서 출판되는 책을 팔 서점들을 열면 어떻겠느냐고 말했는데, 여기에는 긍정도 부정도 하지 않았다.

2차 회담이 끝난 시간, 역시 정확하게 11시 30분. 두 사람은 초대소 식당에서 정경모·유원호·안병수·비서 등과 점심을 했는데 화제는 그 식탁에서 김일성과 오찬을 나눈 외국 원수들의 이야기로 시작되었다. 김일성은 오스트리아 수상 이야기를 하면서 '나는 당신들이 부럽다'는 말을 오스트리아 수상에게 했노라고 두 번 세 번 되새겼다. 노태우 대통령을 만나겠다고 할 때의 흥분과는 강도가 다르지만 역시 매우 흥분된 상태에서 그 말을 거듭하는 것을 보면서, 문익환은 김일성이 오스트리아의 중립 통일을 얼마나 부러워하는지를 실감했다. 오스트리아는 1955년 중립 통일을 전취하고 첫 총선거에서 공산당이 단 네 석밖에 얻지 못하는 참패를 맛보았는데도 거기에 전혀 구애받지 않고 있었다. 문익환은 그 점을 적이 만족스러워했다. 왜냐하면 예전에 민족의 장래를 위해 가장 순수한 명상의 시간에 그가 생각한 것도 중립화 통일론이었기 때문이다.

"지금의 한반도는 대륙세력과 해양세력이 만나는 중요한 다리가 되어 있습니다. 이 다리가 두 세력이 평화적으로 교류하는 다리가 되도록 만들어가야 해요. 이 다리를 폭파시키면 사대 강국 모두가 손해다, 다리를 파괴시켜서는 안 된다는 논리가 중립화입니다. 이 같은 논리를 실현하기 위해서 충분히 주변 국가들을 납득시킬 수 있다고 봅니다. 한반도에 관련을 가진 국가들을 우리는 주체적으로 끌고나갈 수 있어야 하며, 그러려면 국민의지 위에 선 민주정부가 수립되어야 합니다."

이것이 1985년 5월 1일에 한 말이었다. 방북했을 때도 그는 그 같은 생각에 확고한 신념을 가지고 있었다. 중립국론이 한반도가 20세기의 수렁을 벗어나 새로운 인류에게 필요한 21세기의 패러다임을 맞아들일 수 있는 유일한 길이라고 생각했기 때문이었다.

"70여 년에 걸친 자본주의와 사회주의의 대결과 갈등을 다들 적당한 선에서 얼버무리겠지만……우리는……이 대결과 갈등에서 새로운 이념과 질서를 세계 인류를 대표해서 책임지고 있다고 해야 하지 않을까 싶습니다."

그런데 이러한 중립화 통일을 북의 주석이 부러워하고 있었다고 하니, 문익환은 통일을 향한 김일성의 진정성과 상식이 추호도 의심할 바가 없는 것임을 완전히 믿게 되었다.

일파만파

문익환과 김일성은 매우 각별한 교분을 나누었다. 두 사람은 처음에는 동지라고 했다가 나중에는 형제라고 했는데, 문익환이 의형제라는 표현을 쓰자 김일성이 그걸 예전에는 '작의作義형제'라고 했다고 가르쳐주었다. 그리고 그 같은 연대감은 인민대중들과도 맺어져 문익환이 평양에 머무르는 동안 북의 인민들은 다들 텔레비전 앞을 떠나지 않았다. 우리 민족이 "20세기의 구조를 벗어나는 과정에서 장애가 될 수 있는 요인들"을 최대한 극복해보려는 그의 진심이 북의 인민들에게 전달되면서 평양은 온통 파란과 신명의 축제장이 되었다. 여기에 결정적인 영향을 미친 것은 문익환이 사람을 대하는 태도였다.

문익환은 눈이 마음과 마음을 통하는 창구라는 사실을 중시하고 있었다. 백만 마디 말로도 전할 수 없는 마음이 눈빛 하나로 오가는 창이 바로 눈이다. 그래서 순안 비행장에서 북쪽 기자들에게 그는 말했다. "난 눈과 가슴으로 대화하려고 여기 왔다." 그리고 평양에서 누구하고 이야기할 때도 눈을 똑바로 쳐다보고 이야기했다. 김일성과 이야기할 때도 마찬가지였다. 사람은 누구나 마음에 없는 말을 할 때는 슬쩍 외면하는 법이다. 외면하지 않아도 눈빛이 흐려진다. 그 같은 생각 때문에 문익환의 태도는 거침이 없었다. 일정을 마치고 숙소에 돌아오면 그곳에서 일하는 사람을 다 들어오라고 해서 식사를 같이하고, 지위고하를 막론하고 어떤 사람을 만나도 친구처럼 대했다. 정경모·유원호와 함께 모란봉 산책길에서 만난 문씨 청년과의 에피소드도 그래서 생겼다. 젊은 남녀 두 쌍이 술잔을 나누며 데이트하는 걸 발견하고 문익환이 뛰어들어 대뜸 이렇게 말했다.

"나는 남에서 온 문익환 목사요. 나도 술 한 잔 주구려."

그러자 한 청년이 벌떡 일어났다.

"제 이름은 문익선입니다. 친구들이 너 문익환 목사 동생 아니냐고 묻습니다. 남조선에서 통일을 위해 싸우시다가 여기까지 오셨으니 반갑습니다."

청년의 말을 듣는 순간, 문익환은 자신이 문익점 선생의 이름을 들을 때마다 느껴지던 어떤 섬광의 기억이 떠올라 껴안아버렸다. 곧장 의기투합이 일어나 그들과 술을 마시면서 즐거운 한때를 보냈음은 말할 것도 없다. 또 소년문화궁전에서는 이런 일이 있었다. '바른말 쓰기' 소조를 방문했는데, 마침 바른말 훈련을 위한 연극을 하는 중이었다. 인민학교 3학년 여자아이와 2학년 여자아이 그리고 1학년 사내아이가 하는 촌극인데, 3학년 여자아이가 봉투를 들고 말한다.

"이 편지를 부치려면 어떻게 하면 되지?"

"우표를 붙이고 우체통에 넣으면 되지."

2학년 여자아이의 대답이었다.

"그런데 이 편지는 우표를 붙여도 못 간단다."

3학년 여자아이가 말하자 1학년 사내아이가 묻는다.

"왜 그렇지?"

"광주에 사시는 할아버지한테 보내는 편지거든."

그때였다. 갑자기 문익환이 뛰어들었다.

"그 편지 나 줘. 내가 그 편지 너희 할아버지한테 갖다드릴게. 너희들 광주 계시는 할아버지 할머니 만나는 세상 만들어줄라고 내가 온 거야."

그러자 어린이들이 눈물을 펑펑 쏟으면서 울음을 터뜨렸다. 황석영이 옆에서 "우리 어른들이 못나서……"라고 말하는 바람에 눈물바다가 된 것이다. 이 같은 방식으로 문익환은 주체사상탑에도 가고, 북의 체제를 지키다가 숨져간 열사들의 묘소인 '신미리 애국열사릉'에도 참배했다. 물론 남파간첩들이 묻혀 있는 열사릉임에도 개의치 않고, 묵념도 하고 예를 다 갖췄다. 북측은 그렇게 예의를 다해주는 것이 눈물겹도록 고마웠을 것이다. 뒷날 안기부에서는 당연히 그 점을 문제삼았다. 그때 문익환의 답변이 이랬다.

"통일을 한다는 것이 갈라진 역사를 통일한다는 것인데, 통일된 다음 어떻게 남쪽 영웅만 영웅이겠어. 북쪽의 영웅도 민족의 영웅이 되는 거야. 김유신만 영웅이 되나? 을지문덕, 계백 장군도 민족의 영웅이 되는 거야."

이 같은 소식이 남쪽까지 전해지자 남한 사회는 벌집을 쑤셔놓은 것같이 아수라장이 되었다. 여론이 여론을 부추기고 정국은 일시에 이른바 공안정국으로 급선회했다. 반공단체는 물론 교회 내부의 공격도 심각했다. 연일 그의 방북을 비난하는 성명이 나오고 시위가 일어났다.

"문익환 씨는 지은 죄를 회개하고 온 국민 앞에서 사죄할 것을 강력히 촉구한다."

"사회가 혼란하고 이념과 노선이 갈리는 현상을 보이는 이때에 자의적으로 평양에 가서 획일적인 지도자와 만난다는 것은 남북관계 개선이나 통일에 과연 보탬이 되는 것인지를 냉철하게 생각해야 합니다."

"문익환 씨의 월북사건은 국민을 더 놀라게 하고 있다. 대관절 정부는 그렇게도 무력한가? 아니면 방관하고 있는가? 무엇을 더 기다려야 하고 언제까지 참고 기다릴 작정인가?"

"7·7선언 이후 정부가 취해온 일련의 북방정책 발표들은 국민에게 통일에 대한 성급한 환상을 갖게 하기에 충분했으며 ……혼선을 초래케 했다고 봅니다."

"그의 방북에 이르는 과정과 절차, 그곳에서의 언행이 실정법과 어떤 연관이 있는 가는 당국이 판가름할 일입니다."

이러한 입장을 피력하는 악의적인 여론의 주체가 기독교 단체들이라는 사실은 슬픈 일이었다. 한국기독교 나라와 교회를 위한 연합대책협의회, 한국기독교 남북문제 대책협의회, 한국기독교 지도자협의회, 한국개신교 교단협의회, 세계복음화운동 중앙협의회, 한국기독교 교역자협의회, 한국기독교 보수교단협의회, 한국예수교협의회, 한국기독교실업인회 중앙연합회, 한국장로협의회, 한국기독교 평신도단체협의회, 기독교 국민화합운동협의회, 한국기독교 평신도지도자협의회, 한국기독교 교회청년연합회, 한국기독교 청년지도자연맹, 북한선교통일훈련원, 한국기독교 농민운동연합회, 대한예수교장로총회, 한국기독교 멸공협의회, 한국기독교장로회 신앙수호동지회 등등이 펼치는 이 비난의 목소리 들은 광기에 가까운 '반공 도착증'을 보이고 있었다.

그러나 교회 안에 비판만 있는 것은 아니었다. 선교사와 민족사라는 관점에서 커다란 의미를 부여하는 사람들은 그에 맞서 문익환을 옹호했다.

"우리는 문익환 목사의 평양 방문 소식을 접하고 놀라움과 감격을 금할 수 없다. 이는 ……현 정권의 물리력에 봉쇄되어 제자리걸음을 하고 있는 조국통일운동의 새로운 전기를 이룰 것으로 확신하는 바이다."

"애족 애국에 몸 바쳐 살아온 문익환 목사를 우리는 존경과 사랑으로 지지한다. 또한 우리는 우리 국민 모두가 문익환 목사를 이해하고 지지해줄 것을 호소한다. 그리고 정부, 정당, 언론 등은 분단의식을 떨쳐버리고 문 목사의 애족적 행동을 민족이라는 대승적 차원에서 받아들이고 대해주기를 간곡히 바란다."

"문익환 목사의 금번 북한 방문은 이 장벽을 뚫고 민의 숨결을 생동시켜내겠다고 하는 장엄한 신화, 바로 그것이라고 믿는다."

"실정법 위반 여부를 들먹이거나 평양 도착 성명의 표현 일부를 문제삼아 시비를 거는 근시안적 집단들은 이번 사건의 본질을 호도하지 말고 도리어 통일의 물꼬를 트는 역사적 계기로 삼아 환영해야 할 것이다."

"우리는 이 순간, 하느님이 이 민족의 역사를 사랑하시어 마침내 행동하시는 은혜에 감사하며, 이 민족의 분단을 극복하고 평화를 이루시려는 거룩한 행군에 끝까지 함께할 것을 굳게 다짐하는 바이다!"

이 같은 입장을 밝힌 것은 한국기독교장로회총회, 한신대학교 교수(서명자), 기독교대한복음교회, 한국기독교교회협의회 통일문제연구원 운영위원회, 한국기독청년협의회, 한국기독교사회운동연합, 이 땅의 자주·민주·통일을 염원하는 목회자 일동(1294명), 전국 신학대학원 학생대표자협의회 등등이었다.(김상근, 「늦봄 문익환의 삶과 방북의 진실」 참고)

그에 대한 문익환의 입장은 아주 간단하고도 명료했다. 그는 상대가 누구든 가리지 않고 이렇게 답해주었다.

"고무·찬양이 잘못된 것이 아니라 그것을 적용시키는 국가보안법이 잘못된 것이지요. 서로 고무·찬양해야 통일이 잘되는 것이에요. 내가 주 아무개 검사에게 신문받을 때 '이봐 주 검사? 집에서 부인하고 이불을 덮고 사랑할 때도 고무·찬양해야 잘 된다구'라고 이야기했어요. 그랬더니 '그야 그렇지요' 하며 웃더군요."

발자국을 흐트러뜨리지 말자

1989년 4월 3일, 점심식사를 끝으로 방북일정은 모두 끝났다. 그가 평양에서 거둔 모든 성과는 전날 조인된 '4·2남북공동성명'에 집약되었다. 국제사회에서 기적 같은 외교 역량을 가진 것으로 평가되는 정부가 문익환이라는 일개 민간인에게 중요한 외교적 약속을 보장하는 파격적인 우대가 그 속에는 담겨 있었다. 이제 선물을 듬뿍 안고 돌아서는 문익환에게 마지막 아쉬움이 있다면 판문점을 통과해서 내려가지 못한다는 점이었다.

"이제 저는 대한민국의 시민이 아닙니다. 백두에서 한라산에 이르는 내 조국의 일원입니다. 그런 자격을 획득했습니다."

이렇게 말하면서 판문점을 거치지 않고 베이징, 도쿄를 거쳐서 돌아가야 한다는 걸 생각하면 민족의 비극이 사무치지 않을 수 없었다. 그러나 신변안전이 보장되지 않는 판문점행을 만류하는 북측의 뜻을 고맙게 받아들여 그는 제3국행을 택했다. 그것이 마음에 걸리는 듯 그는 여러 차례를 곱씹다가 뒤이어 방북한 임수경의 판문점 통과로 그것조차도 축복이었다고 좋아했다.

저같이 때 묻은 늙은이가 아니라 어린 임수경 양이 휴전선을 밟고 건너온 걸 생각하면, 돌아오기를 백 번 잘했다는 생각이 듭니다.

—「방북재판 상고이유서」

베이징에 도착했을 때, 문익환은 한없이 커져 있었다. 불과 며칠 사이였지만 갈 때와는 전혀 다른 사람이 된 것이다. 그는 분단이 우리 민족을 얼마나 축소시켜놓았는지를 통렬하게 지적하면서 호소하기 시작했다.

이번에 평양에 가서 발견한 것 가운데 뼈아픈 사실 하나가, 남에서 표현되는 민족적인 열등감의 위장된 모습을 거기서도 발견할 수 있었다는 사실입니다. 세계에서도 가장 우월하다는 것을 전시하려는 욕구를 평양에 가서도 발견하면서 씁쓸한 감정에 사로잡히곤 했습니다. 그 대표적인 것이 105층짜리 호텔의 건설이라고 하겠습니다. 거기에 비해서 베이징에서는 그런 과시욕을 볼 수 없었습니다.

—「방북재판 상고이유서」

그러나 이때까지 그는 자신이 저지른(?) 일의 객관적 위상을 전혀 실감하지 못하고 있었다. 민족사의 심연 속으로 너무나 깊이 헤쳐들어간 탓이었을 것이다. 베이징에서부터 그는 다양한 이해와 요구로 충돌하고 있는 현실세계로 돌아 나오기 시작했다. 잠시도 긴장을 풀어서는 안 될 상황이었다. 문익환의 본래 계획은 도쿄에서 정경모의 주선으로 기자회견을 할 예정이었으나, 뜻밖에도 외신기자들의 관심이 큰 것을 발견하고 베이징에서도 기자회견을 가졌다. 그의 방북이 한반도의 통일문제를 세계사적인 관심사로 부각시키리라는 것은 미처 생각하지 못한 문제였다. 그래서 북한대사관 측에 공동기자회견 주선을 부탁했다.

또한 서울과 도쿄에서 국내 기자들의 전화가 빗발치는 것을 보면서 국내 정계와 신문들이 이성을 잃고 들끓고 있다는 것을 알았다. 그 광풍과도 같은 일대 파동을 목격하면서 그는 또 하나의 기대하지 않은 성과를 발견했다. 통일문제가 전 국민이 양단간 태도를 결정하지 않을 수 없는 문제로 부각된 것을 깨달은 것이다. 당국은 비난하지만 이 충격파가 지나가고 냉정해져서 이성적으로 생각하게 된다면 그의 방북은 통일운동의 중요한 전환점이 될 것이 거의 확실했다. 그는 공동기자회견 때 귀국해서 체포되면 어떻게 하겠느냐는 질문에 이렇게 답했다.

"체포되지 않기를 바라지만 체포된다면 나는 그걸 정부와 이성적인 대화를 하는 기회로 삼겠다."

정부와 이성적인 대화로 문제를 풀겠다는 태도는 베이징의 호텔방에서 결정된 것이었다.

국내외 기자 오육십 명이 참석한 기자회견에서, 가장 크게 관심을 갖고 있는 것은 김일성이 노태우에게 보내는 친서를 문익환이 과연 가지고 있는가, 하는 질문이었다. 사실 그것도 평양에서 검토되었으나 한국 정부가 경솔하게 '문익환을 통해서는 어떤 제안도 받지 않겠다'는 태도를 미리 밝힘에 따라 무산되었었다. 베이징에서 질문하는 기자 중에 한국인이 있었는데, 바로《조선일보》기자였다. 그는 문익환의 방북이 남한 사회에 대혼란을 야기시킨 점을 어떻게 생각하느냐고 물었다. 문익환은 혼란을 두려워하지 말자고 대답했다. 민주주의란 혼란

속에서 토론을 거쳐 합의에 도달하는 창조적인 과정이라는 것이 그 이유였다. 그리고 모든 기자가 예외 없이 묻는 것은 '북쪽의 통일방안과 문목사님의 통일방안은 어떻게 다른가'였다. 다르다는 것을 부각시켜서 문익환을 보호해주려는 심정이 배어나는 질문이었다. 그에 답하는 과정에서 그는 비로소 북이 그의 통일방안 제1단계를 받아들이게 되었다는 것을 깨닫게 되었다.

도쿄에 도착한 것은 예정보다 약간 늦은 오후 2시 5분이었다. 일본 NCC 총간사 나카지마 목사, 일본 그리스도교단 총간사 마에지마 목사 등 일본인 측근들에게 안내되어 NCC 회관으로 향했다. 조총련계 사람들이 환영을 나오지 않도록 베이징 주재 북측 대사관에 부탁을 해두었기 때문에 환영인파가 없으리라고 생각했는데 많은 사람들이 환영을 나와 있었다. 도쿄 경시청 경호팀 차가 뒤를 따랐다. 문익환이 도쿄에 닿기 전에는 이탈리아 수상을 경호했고 문익환이 떠난 다음에는 중국 리펑 수상을 경호한다는 귀빈 호위대들이었다. 일본이 그토록 문익환의 신변안전에 신경을 쓰는 것은 김대중 납치사건 같은 일이 벌어질 것을 염려했기 때문이기도 하지만 문익환의 일거수일투족이 아시아 정세에 미치는 영향력이 그만큼 컸던 탓이기도 했다. 따지고 보면 일개 민간인에 불과할 수도 있는 한국의 재야 지도자가 일본에서 국빈급 경호를 받는 것을 보면서 민족운동에 참여했던 재일교포들은 무한한 긍지를 느꼈다. 당시 기자회견 풍경을《한국일보》는 이렇게 보도하고 있다.

"100평의 기자회견장은 주일 한국 특파원들을 비롯, 일본 기자 등 200여 명이 몰려 대혼잡이 빚어졌다."

이 기자회견장에서도 역시 문익환의 통일방안과 북의 연방제 통일방안이 어떻게 다른지를 묻는 것이 가장 큰 질문이었는데 문익환은 차이점만을 찾아 강조하려고 하는 태도에 격앙된 소리로 응대했다.

"그 공통점이 무엇이냐. 그것은 근 반세기 동안 갈라져 살다 보니 이제 정말 하나가 되어야겠다는 염원입니다. 다시 하나가 되는데 너무 오래 다른 생각과 다른 체제로 존재해 왔기 때문에 서로 상대방의 이념과 제도를 존중하면서 공존하는 형식으로 하나가 되는 길밖에 없다는 점도 중요한 공통점일 것입니다. 그럼 다른 점은 무엇인가? 북쪽이 주장하는 연방제의 전 단계를 설정했다는 점입니다. 또 연방제를 민주주의의 기본제도인 지방자치제라고 볼 때, 북쪽의 연방제에는 남북을 두 단위로 하는 지방자치제인 데 비해서 저는 도 단위로 분화된 지방자치제를 상정했던 겁니다. 도민들의 자주적인 선택권이 보장되는 진정한 민주제도로까지 발전되어야 한다는 점에서 저의 통일방안과 북쪽의 통일 방안은 다르다고 하겠습니다."

이때《조선일보》는 문익환이 귀국하기를 원치 않는다는 보도를 하고, 연합통신은 문익환이 망명할 거라는 뉴스를 외신에 돌렸다. 정부가 그에게 망명을 종용하고 있다는 증거였다. 문익환은 다음 날 도쿄주재 한국 특파원들을 식당에 초대하여 점심을 같이하면서 그것들이 모두 사실 무근이며 자신은 13일 비행기 편을 예약해놓고 있다는 것을 밝혔다.

그 밖에도 문익환은 일본에서 계획했던 애초의 일정을 모두 마쳤다. 시나노마치교회에 가서 '평화의 복음'이라는 제목으로 설교도 했다.

"저는 이번에 평양에 갔다 왔습니다. 핵전쟁의 도화선을 제거하려고 갔다 온 겁니다. 그것이 무엇입니까? 그것은 휴전선입니다. 분단입니다. 한반도의 평화를 위해서, 아니, 아시아의 평화, 일본과 중국과 소련의 평화를 위해서 갔다 왔습니다. 생명이 소중해서 생명을 사랑하는 마음으로 갔다 왔습니다."

《한겨레》는 이날 설교를 끝냈을 때 교회를 가득 메운 일본인들이 일제히 일어나 우레와 같은 박수를 보냈다고 보도한다. 마에지마 목사도 호텔로 돌아가면서 자기 생애에 설교를 듣고 기립박수를 하는 광경은 처음이라고 했다. 문익환은 나카지마 목사, 마에지마 목사 등에게 진심으로 고마움을 느꼈다. 일본 NCC측은 아흐레 동안 사무를 전폐하고 문익환을 보살폈다. 일본을 떠나올 때도 그 외롭고 슬픈 귀국길에 동행하도록 한 사람을 딸려 보냈다. 그리스도 안에서 형제자매로 맺어진 우정의 발로였다.

한편 한국에서는 한국 나름의 대책을 세우느라 분주했다. 문익환의 신변을 보호하기 위해 가장 먼저 행동에 들어간 것은 박형규 목사였는데, 그는 방북 소식을 듣자마자 일본 NCC에 전화를 걸어 최선의 노력을 기울여달라고 부탁했다. 또 당시 기독교장로회 총회 총무였던 김상근은 어떻게 해서든지 문익환이 체포되는 것을 막아보려고 궁리한 끝에 한 서른 명 정도의 목사들을 일본에 보내 호위해올 계획을 세웠다.

그런데 시국 상황이 너무도 불리하게 돌아갔다. 처음에는 간다고 한 목사들이 나중에는 모두 못 간다고 해서 인명진과 이우정 두 사람만이 동행하기로 했다. 그나마 당일에는 인명진까지 형사들에게 발이 묶여 이우정 혼자서 겨우 비행기를 탔다. 호텔은 특실층 특실이어서 엘리베이터도 멈추지 못하게 했다. 철저한 경비였다. 이우정이 전화를 하자 유원호가 나와서 안내를 했다.

"내가 목사님을 모시러 왔어요."

이것이 문익환이 세상 사는 기쁨이었다. '저 연약한 여성 동지가 나를 구출하러 오다니!' 문익환은 장난기가 발동하여 큰 소리로 웃었다.

"그래, 이 선생이 나를 호위하러 왔다고?"

그리고 그동안 경호해준 경호팀과 고마운 악수를 나누고, 마지막으로 눈물이 마구 쏟아질 듯한 정경모와 부둥켜안고 새 세상에서 만날 것을 기약하면서 작별인사를 하고 세관 뒷문을 통해 공항 안으로 들어섰다. 민단계 사람들이 동원돼 나올 경우를 대비해서였다. 비행기 안에서도 기자들, 카메라맨들이 달려들어 정신을 차릴 수 없었다. 돌아오는 시간을 혼자서 가만히 묵상과 기도로 보내고 싶었으나 그럴 수 없었다. 가슴속으로 잦아드는 슬픔을 온몸으로 느끼며 현재의 심정을 묻는 기자들의 질문에는 이렇게 말해주었다.

"나는 지금 슬프다. 45년 분단이 우리를 이렇게도 비이성적으로 만들다니!"

생각할수록 정말 슬픈 일이었다. 가랑비처럼 온 강산에 내리는 슬픔에 젖으며 미동도 않고 서 있는 사랑하는 이들의 얼굴이 하나하나 문익환의 눈앞에 떠올랐다. 그 많은 얼굴들 속에서도 아흔 살 중턱에 다다른 어머니의 얼굴이 더욱 가슴 아팠다. 옆에 유원호가 있다는 사실이 유일한 위안이었다. 비행기가 멈추었을 때 형사들이 비행기 안까지 들어와서 다른 사람들은 못 내리게 하고 문익환과 유원호를 체포했다. 억센 팔로 끌어내리는 기관원들에게서 느낄 수 있는 것은 물리적인 힘뿐이었다. 연속해서 터지는 플래시, 촬영기 필름들이 돌아가는 소리…… 그렇게 세계 언론의 주시 하에 대한민국의 폐쇄성과 치부가 만천하에 드러나는 순간이었다. 기관원들에게 끌려 내려가면서 문익환은 민족의 치욕을 온몸에 뒤집어쓰는 느낌을 이길 수가 없어서 눈을 감아버렸다.

다섯 번째 감옥, 19개월

문익환은 남측 당국이 북에 대한 예의를 갖추어줄 것을 간절히 원했지만 노태우 정부는 아랑곳하지 않았고, 두 사람은 김포공항에서 안기부로 끌려가 곧바로 구속되었다. 수사부에서는 문익환이 북의 지령에 의해 움직였다는 혐의를 뒤집어씌우기 위해 갖은 노력을 다했지만 그의 행적에서는 도대체 빈틈을 찾기가 쉽지 않았다. 한 생의 알리바이가 대중 앞에 그처럼 명백하게 드러나버린 사람에게서 어떻게 지하 공작원의 냄새를 만들어낼 수 있다는 말인가. 수사의 초점은 자연히 주변인에게로 옮겨질 수밖에 없었는데, 일본의 정경모를 간첩으로 만들자면 그의 심부름을 도맡은 유원호를 불가피하게 공작원으로 몰아야 했다. 하지만 유원호를 공격하는 것도 옹색하기는 마찬가지였다. 유원호를 곤경에 빠뜨릴 만한 디테일이 두 가지 정도밖에 없었는데, 하나는 신의주 출신인 그가 고향에 다녀올 수 있도록 헬리콥터를 제공받은 점이었고, 또 하나는 김일성이 포옹해준 시간이 문익환보다 2초 반이 길다는 점이었다. 도대체 유원호 따위가 뭐길래 북에서 특별기를 제공하며 문익환보다 오래 껴안아줄 만큼 애정 표현을 했는지 근거를 대보라는 것이 수사관의 주장이었다. 유원호는 상상도 해보지 못한 문제로 추궁당하며 펄쩍 뛰었지만 당국이 떼쓰는 것을 잘라낼 길은 없었다.

마침내 문익환이 법정에 섰을 때 두 손이 밧줄에 묶인 채 사진기자들에게 보여주었던 소년 같은 미소는 그가 고령임에도 불구하고 흉악범처럼 묶여 있는 처지와 미묘한 부조화를 이루어 보는 사람들의 마음을 안타깝게 했다. 물론 그의 표정과 눈에는 통일에 대한 확신과 열정이 빛나고 있었지만 재판은 구역질이 날 만큼 유치한 여론몰이에 활용되었다. 법정이 어수선하지 않을 턱이 없었다. 정체불명의 사람들이 미리 방청석을 차지하고 '진짜' 방청객들과 시비를 벌였다. 소란을 방지하기 위해 경비를 불러들였다는 재판장의 말에 진짜 방청객들은 크게 반발했다. 이윽고 인정신문이 끝나자 방청석에서 한 할머니의 외침이 울려나왔다.

"재판 시작하기 전에 내가 아들에게 부탁할 일이 있소. 아들은 일흔두 살이고 나는 아흔다섯 살이오. 익환아! 너는 우리 7천만 민족을 위해 일하고 감옥에 들어가 있는데……."

이때 판사가 발언을 중단시키려고 했으나 김신묵 할머니는 당당하게 말을 이었다.

"예수님의 십자가를 메고 골고다를 향해 가는 심정으로 재판을 받아라! 익환아, 그것을 기억해라!"

법정 안은 이루 말할 수 없이 숙연해졌다. 그 무거운 공기를 온전히 감당할 수 있는 사람은 할머니밖에 없었다.

"문 목사가 김일성이를 안아줬다고 뭐라 하는데, 여보시오, 문 목사가 아니면 김일성이를 안아줄 사람이 없어요!"

그때 터진 요란한 박수 소리와 판사의 제지, "그냥 두시오" 하는 방청객의 반발로 법정 안은 벌집을 쑤셔놓은 듯했다. 문익환도 법정 유죄에 연연치 않고 '역사의 판결은 다르다!'는 태도로 한없이 너그럽기만(?) 하던 예전과는 전혀 다른 모습으로, 당국의 태도에 대해서 조금치의 양보도 없이 일대 격돌을 벌였다. 모두冒頭 진술에서는 이런 말도 나왔다.

"검사님이 공소장 낭독하는 것을 들으니 '북괴' '북괴' 하는데, 노대통령이 북의 김 주석을 만날 때 '당신, 북괴 수령이오?' 할 수 있습니까? 할 수 있어요? 한 입으로는 북괴! 또 한 입으로는 민족공동체! 정부의 정신분열증은 전 국민에게 정신분열증을 일으키게 하고 있습니다."

예상을 훨씬 뛰어넘는 논쟁이었다.

"45년이나 남이 그어놓은 금을 지우지 못하고 있다는 사실, 정말 부끄럽습니다. 아직도 이 금이 지워질까 봐 와들와들 떨고 있는 사람들에게 이 나라의 역사가 맡겨져 있다는 것을 참으로 부끄럽게 생각합니다."

그리고 문익환은 평소에 주장해오던 분단의 병폐를 낱낱이 지적했다. 민족문제를 고민하다 절망한 젊은 대학생들의 죽음도, 국제사회에서 당하는 분단독재의 수모도, 1천만 이산가족의 눈물도, 노동자·농민의 가난도, 남북 권위주의 체제의 강화도, 그 모든 원인이 쌍방간에 한 해에 쏟아붓는 10조 원에 이르는 분단 비용에 있음을 성토했고, 남들이 우리 땅에 그어놓은 분단선을 걷기 위해 서로 적대할 것이 아니라 '고무' '찬양'할 것을 역설했다. 여기에 안기부와 검찰은 문익환과 유원호의 방북이 북의 지령에 의한 것이고 그들의 대남혁명전략에 이용당한 행위라고 주장했다. 변호인단은 재판부가 예단을 갖고 심리하면서 피고인을 위한 중요한 증거신청을 모두 기각하는 등 불공정한 재판으로 일관했다고 비판했고, 이에 문익환은 재판부 기피신청을 했다. 재판장의 일방통행적 진행에 항의하는 뜻에서 변호인단의 총 퇴장이라는 거부 표시도 서슴지 않았다. 재판부는 재판부대로 변호인 없는 재판을 강행하여 훗날 항소심에서 위법이라는 지적을 받기도 했다. 재판부도 "피고인들은 모든 통일은 선善이라는 전제 아래 감상적 통일론에 사로잡혀 밀입북을 강행, 북한의 연방제 통일방식에 동조, 이용당했다"면서도 "민족을 사랑하는 마음이 밀입북의 동기가 된 점을 다소나마 참작했다"는 말을 부언하지 않을 수 없었다. 판결은 문익환의 출정거부로 연기되다가, 그해 10월 5일, 피고가 퇴정해버린 가운데 검사는 무기징역을 구형했고 판사는 각각 '징역 10년'을 선고했다. 문익환은 이번에도 역시 형량을 문제 삼지 않았으므로 상고는 자동 포기되었다.

문익환의 방북은 국회에서도 치열한 공방의 대상이 되었다. 1989년 5월 23일, 국회 외무·통일상임위원회에서는 그의 방북 성과를 놓고 김대중 의원과 이홍구 통일원장관 간에 논란이 일어나 몇 페이지에 걸치는 속기록을 남겼다.

> 김대중: 문 목사는 개인 자격으로 북한에 간 것이다. 그렇다면 그가 김일성하고 무슨 얘기를 했건, 그중에서 우리가 취택할 것은 취하고 아니면 무시하면 되는데, 마치 문 목사가 북한에 이 나라를 팔아먹으러 간 것같이 난리를 피울 이유가 있었는가?
>
> 이홍구: 문 목사님 방북문제는 그 동기의 순수성이나 그 목적성을 가

지고 논의하는 것이 아니고 현행법을 위반했다는 실정법상의 문제다.

김대중: 장관은 문 목사의 동기의 순수성을 의심한 것은 아니고 실정법 위반만이 문제가 되는 것이다 하는데, 정부 발표는 북한의 지령에 의한 적지 잠입이라고 했다. 다음, 김일성과의 면담 얘기를 살펴보자. 남북정상회담은 이유가 어찌 되었건 우리 남한 정부가 더 적극적이었다. 그런데 이번에 문 목사가 갔을 때 김일성이 처음 "노태우 대통령과 만나고 싶다"고 대통령 호칭을 붙였고, 또 조자양에게 같은 얘기를 했다. 이것은 굉장한 변화이다. 그러면 이를 재빨리 잡아서 언제 판문점에서 예비회담을 하자고 제안해야 하지 않는가?

……

이홍구: 정상회담의 중요성에 대한 정부의 입장은 전혀 바뀐 것이 없다. 따라서 정상회담의 가능성이 생긴 것을 절대 정부가 가볍게 생각해 온 것은 아니라는 것을 다시 밝힌다.

……

김대중: 문 목사는, 이번 방북의 둘째 성과는 김일성이 고려연방제를 고집하지 않고 어떤 안이든지 서로 협의하겠다는 것, 셋째는 북한이 종래에 정치·군사문제만 앞세웠던 것을 이제는 경제·문화·체육·이산가족 등 모든 문제를 병행해도 좋다는 입장 변화라고 주장하고 있다. 이 점에 대해 장관의 평가는 어떠한지? 그리고 문 목사를 가두어두고 남북대화를 원만히 추진할 수 있다고 보는지?

이홍구: 북한이 고려연방제를 고집하지 않겠다고 말했다는 사실이 아직까지 나는 신빙성 있게 들리지가 않는다. 북한이 모든 문제, 정치·군사를 비롯해서 교류협력에 대한 모든 문제를 논의할 용의가 있다는 그 하나만으로도 남북 고위 당국자 회담의 전망이 밝아질 수 있다고 볼 수 있

겠다. 마지막으로 전망에 대해서, 나는 문 목사에 대한 사법처리가 끝나면 금년 후반기에 가서 다시 회담은 속개될 것이라고 전망하고 있다.

김대중: 문 목사를 가두어두고도 남북회담 전망에 지장이 없다는 뜻인가?

이홍구: 지금 가두어둔다고 했는데, 이것은 사법처리가 되지 않겠는가? 그 일련의 사법처리가 끝난 후에는 남북 회담을 속개할 것으로 본다.

이 같은 당국의 조치에 대해 문익환은 처음에 상당한 마음의 상처를 입었다. 노태우 정부의 반응이 끝없이 옹졸함의 극치를 보이는 것에 대해 그는 거듭 실망했다. 남북대화의 틀을 만들어주었는데도 노태우 정부는 그것을 통일의 기회로 활용할 생각이라고는 눈곱만큼도 없이 북에 대해서 시종 몰상식과 몰예의로 일관했다. 오직 절망스러울 뿐이었다. '절망!' 그것은 문익환에게 참으로 생경한 어휘였지만, 그는 진실로 절망했다. 결코 좌절을 모를 것 같은 그 모습을 향하여 당국이 가한 환멸의 강도는 그만큼이나 컸던 것이다.

그 때문에 그는 안양교도소에서 곧 병을 앓기 시작했다. 머리가 너무나도 아파서 아무 일도 할 수 없었다. 어려서부터 앓던 만년두통이나 1976년 첫 번째 감옥살이를 하면서 겪었던 고통과는 비교가 되지 않았다. 머리의 통증이 점점 퍼져나가 몸 전체가 붓고 위기감이 왔을 때 그는 종양(암)이 생겼다고 판단했다. 감옥살이에 대해 그토록 자신하던 지난 네 번의 수감 생활과는 전혀 달랐다. 생을 마감할 준비를 하고 「죽음을 앞에 두고」라는 시까지 썼다. 밖에서는 가족들이 큰 병원에서 치료 받게 해달라고 운동을 벌였다. 끝내 서울대병원에서 치료를 받게 되었는데, 이번에는 의사라는 자가 거만하기 그지없이 굴었다.

새파란 친구가 문익환의 몸을 함부로 툭툭 쳐서 돌아눕게 하는 등 모독적인 언행으로 환자를 다루었다.

"저 양반은 내가 싫었던 모양이구먼."

문익환은 결국 스스로의 힘으로 몸을 추스르지 않으면 안 되었다. 병은 생사의 위험을 무릅쓰고 평양까지 갔다 왔는데도 남북 간의 교류가 뚫리지 않은 정신적 좌절감에서 생긴 감옥병이었는데, 경락을 보는 한방에서 '상초경변'이라고 말하는, 병명이 예전에는 '시어머니에게 구박받는 며느리 병'이라는 것이었다. 그 '상초경변'을 문익환은 삼초경에 파스를 붙여서 치료했다.

한편, 북에서는 문익환이 돌아간 뒤 김일성이 그를 지칭해 "(한 시대에 한 분) 나오기가 좀처럼 어려운 사람"이라며 자주 회상하고 그리워했다. 문익환이 구속됐을 때는 안타깝고 가슴이 아프다며 슬퍼했다. 당시 문익환이, "우리 어머님이 백 살까지 사시면 통일을 본다"고 말했던 것을 상기하며 "문익환 목사의 어머님이 백 살까지 사시라고 건배!"를 제의하고는 했다고 한다. 마침내 실형이 결정되었을 때는 발을 동동 구르다가 10월 11일 '문익환 목사 구원대책위원회'를 발족했으며, 이듬해 1990년 8월 해방 45주년을 맞아 중앙 인민위원회가 조국통일상을 제정했는데 수상자로 문익환이 결정됐다.

그리고 문익환은 감옥에서 자신의 희생으로 남·북의 통일정세가 나날이 급변하는 것을 보면서 오래지 않아 다시 낙관주의자가 되었다. 그의 방북 효과가 나타나기 시작하자 남북통일 축구단이 비자 없이 판문점을 넘어서 올라가고 내려오는 등 바야흐로 통일의 계절이 시작되었다. 그는 기쁜 마음으로 편지를 쓰면서 당시의 정세를 이렇게 분석하고 있었다.

"나는 마르크스주의자들이 바둑을 알았어야 된다고 생각해요. 그 무한한 변화의 가능성을 알았더라면 70년 전 러시아혁명을 어디나 그렇게 똑같게 놓으려는 어리석음을 범하지 않았을 것 아닙니까? …… 그 바둑판의 우상귀인 이 동북아시아에서도 한반도에서는 어떻게 판이 벌어질 건지 사뭇 궁금하군요. 좌상귀에서 놓이는 바둑돌의 판세와 이쪽에서 놓이는 바둑돌들의 판세는 유기적으로 전개되어나갈 수밖에 없지요. 어제는 강택민이 평양에 가서 김 주석을 부둥켜안았고, 미국 국회에서는 한반도 비핵화가 논의되고 있고, 오랜만에 여기서는 민방위 사이렌 소리가 없어졌잖아요? 마지막 돌을 놓고 개가를 할 날이 다가오고 있는 것 같군요."

한반도에서 그토록 완강하게 버티던 난공불락의 냉전체제가 문익환이 가한 균열로 흔들리기 시작하더니 통일을 눈앞에 두게 된 것은 사실이었다.

고인이 그렇게도 좋아했던
온 나라의 젊은이들이 수없이 많은 만장을
들거나 상여 앞뒤에 매달렸다.
사람들은 다들 목사님이 가시는 길에
눈이 예쁘게 내렸다는 것으로
그 억장이 무너지는 슬픔을 아름답게 달랬다.

통일의 르네상스

사면초가! 이것이 문익환이 다섯 번째 감옥에서 살아야 했던 정치적 가옥의 형태였다.

당국은 문익환의 방북을 민주세력에 대한 탄압의 빌미로 삼았고, '5공비리 청산' '광주학살 책임자 처단'을 요구하던 재야세력은 공안정국의 한파에 휘말렸다. 삼사 월 임금투쟁으로 달아오르기 시작한 노동자들의 투쟁도 방북사건의 회오리가 몰아쳐 금방 궤도를 잃었다. 언론을 통한 정부의 매카시즘적 매도와, 국민들 사이에 남아 있던 반공이데올로기의 파편들에 의해 문익환의 방북은 '소시민적 원성'의 초점이 되었다. 뒤이어 서경원 의원의 방북 사실이 밝혀지고 임수경의 평양축전 참가로 정국은 더욱더 경색되어 공안정국의 한파에 꽁꽁 얼어붙었다. 성급한 사람들은 그 모든 책임을 문익환에게 돌리려 했다. 육신은 교도소에 갇히고 영혼은 근시안들의 정세관에 갇혔다.

근시近視는 아무리 정직해도 먼 곳의 움직임을 읽지 못한다. 가령 시력이 0.5인 사람은 간절히 그리운 것이 2킬로미터 지점에 당도하고 있을 때 낙담을 벗지 못하고 슬퍼하지만 보통의 시력이 3.0이 넘는 초원의 유목민이라면 옷깃을 여미고 설렘의 상태에 접어들 것이다. 근시안들의 나라에서 고구려인 문익환이 지불해야 하는 고독이 꼭 그와 같았다. 정세가 어려워지자 재야운동권 사람들조차 비판의 목소리를 높여, 혹시 정부가 문 목사의 방북사실을 사전에 알고 있었던 게 아닌가, 안기부가 그를 방조, 공안정국 조성에 이용한 건 아닌가, 하는 의혹을 제기했다. 그것이 오류였음은 물론이다.

> 지난 89년 노태우 정권이 문 목사 방북사건 등을 빌미로 한창 공안정국을 펼칠 무렵, 본란(65호 '책머리에')은 "분단체제는 본질적으로 공안체제이며, 적나라한 공안정국과 눈가림하는 공안정국이 대거리하면서 유지되는 체제"임을 지적했다. 동시에 그때로서는 마치 항구적으로 지속될 듯한 느낌도 주던 '적나라한 공안' 국면은 그다지 오래 지속되지 않으리라 내다보았다. 실제로 당시의 탄압 국면은 89년 말의 '5공 청산' 합의와 90년 초 3당 합당의 사전 정지작업이었다.
>
> —《창작과비평》85호 '책머리에'에서

그릇된 정세관은 곧 수정되기 시작했다. 계절을 모르고 우거지던 '악의 꽃'은 어느 틈엔지 쇠락의 기미가 역력했다. 꿈을 지피는 한 고구려인의 끝 모를 도전으로 인해 45년 동안 냉전의 피를 먹고 자란 분단의 꽃은 어느덧 뿌리부터 흔들리고, 그 텃밭이었던 국민들의 가슴에는 희미한 통일의 그림자가 어른거리고 있었다. 모든 비관적인 증상은 금방 뒤집힐 동작에 접어들었다. 결정적인 날들이 다가오고 있었다.

1990년 10월 20일, 문익환이 형 집행정지로 19개월 만에 전주교도소를 출옥하자, 온 나라에 통일의 열기가 달아오르기 시작했다. 문익환은 하루도, 그야말로 단 하루도 쉬지 않고 즉각적으로 전선에 나섰다. 자신이 가서 확인했듯이 우리 민중이 조금만 더 박차를 가하면 통일은 금방 손으로 만질 수 있는 지점까지 다가와 있었다. 문익환은 가는 곳마다, 또 만나는 사람마다 붙들고 외쳤다.

"1989년을 거치면서 남과 북의 7천만 겨레가 지금까지 품어온 적대감을 풀고 한겨레라는 의식을 갖게 되었어. 제도적인 통일, 정치적인 통일은 안 됐지만 민족은 통일이 된 거야. 이건 아주 중요한 것이야. 통일의 실체는 민족의 통일이거든. 그리고 나머지는 정치적·제도적인 것이고. 이제는 7천만 겨레의 통일의지 앞에 남과 북의 두 당국이 무릎을 꿇는 것만 남았어. 통일은 됐어!"

그러면서 그는 "1995년을 통일의 원년으로!"라는 구호를 공식화시켰다. 사람들은 약간 당황스러워했다. 문익환의 방북으로 통일의 국면이 열리기 시작했다고는 하나 그렇다고 어떻게 그렇게 빨리 통일이 이루어질 수 있다는 말인가? 너무 성급해 보이는 건 사실이었다. 하필 1995년이어야 할 이유는 또 무엇인가? 꿈과 현실, 신화와 사실, 가공과 실제를 한꺼번에 살아버리는 예언자의 고독이 여기에 있었다. 문익환도 처음에는 그렇게 생각했다. 1995년을 '통일의 해'로 삼자는 이야기가 처음 나온 것은 1988년 스위스 글리온에서였다. 그때 남한 기독교 지도자들이 북쪽 기독교 지도자들을 만나는 자리에서 분단 50년이 되는 해에는 원상회복을 하도록 기도하며 노력하자고 제안하면서 '희년' 이야기를 꺼냈던 것인데, 그 말을 듣는 순간 문익환은 곧장 레위기 25장을 떠올렸다.

너희는 또 일곱 해를 일곱 번 해서 안식년을 일곱 번 세어라. 이렇게 안식년을 일곱 번 맞아 49년이 지나서 일곱째 달이 되거든 그 달 10일에 나팔 소리를 크게 울려라. 죄 벗는 이날 너희는 나팔을 불어 온 땅에 울려 퍼지게 하여라. 50년이 되는 이 해를 너희는 거룩한 해로 정하고 너희 땅에 사는 모든 사람에게 해방을 선포하여라. 이 해는 너희가 희년으로 지킬 해이다. 저마다 제 소유지를 찾아 자기 지파에게로 돌아가야 한다. ……너희는 밭에서 난 소출을 먹고 지낼 수 있을 것이다.

— 레위기 25장 8절부터 12절까지

희년이란 일곱 안식년(7년)이 지난 다음 해(50년째 되는 해)로서, 빚으로 밭이 넘어가도 무상으로 돌려받고 종으로 팔려갔던 사람도 무상으로 풀려나 자유인이 되는, 말 그대로 '민중해방이 선포되는 해'였다. 문익환이 생각해보니 과연 일리가 없지 않은 이야기였다. '우리가 결코 못난 민족이 아닌데, 남이 멋대로 그어놓은 금을 반세기가 되도록 못 지우고, 서로 오가지도 못 하며 욕질, 총질로 증오하며 끌어오다니! 그런 말도 안 되는 상황을 50년이나 끌다니! 이렇게 부끄러운 일이 어디 있다는 말인가.' 그래서 11월 16일, 부산을 시발로 하여 문익환은 전국투어 '방북보고대회'를 시작했다. 그의 '발길이' 닿는 곳마다 열화와 같은 민중의 탄성이 울리고 싸늘한 국토에 온기가 돌았다. 노동자·농민·종교·문화·체육 등 각계각층과 각 분야에서의 통일운동과 교류가 활발히 추진되었다. 여기에 한국민족예술인총연합(약칭 민예총) 등 문화예술계, 전국언론노동조합연맹(약칭 언노련) 등 출판언론계, 전국교직원노동조합(약칭 전교조) 등 교육계, 민중당 등 정당들에서도 자주적 교류운동과 통일염원 집회 등이 꾸준히 조직되었다. 그해 통일운동은 각계각층 민중이 참가하는 거족적인 대중운동으로 발전했으며, 마침내 11월 20일, 분단 45년 만에 남·북·해외동포 대표가 베를린에서 만나 '조국통일 범민족연합(약칭 범민련)'을 결성했다. 1990년 12월 16일 범민련 해외 본부(의장 윤이상)가 결성되면서 일본, 북미주, 유럽, 호주 등지에서 각각 범민련 지역 본부가 결성되었고, 남쪽에서는 1991년 1월 23일 범민련 남측 준비위(위원장 문익환)가 발족되었다. 북에서도 범민련 북측 본부가 구성되어 이북 당국도 참여하고 있었다. 바야흐로 통일의 르네상스가 열리는 중이었다.

그러나 다른 한편으로 남한의 지식인들을 둘러싼 시대상은 암울했다. 걷잡을 수 없는 국제정세의 변동 속에서 지식인들은 갈수록 무기력해가고, 분단 관리세력들은 필사적으로 역사의 길을 가로막고 있었다. 명백히 세기말의 증상이었다. 20세기는 '개발의 신화'가 지배하는 시대였다. 냉전체제는 정치·군사적 패권경쟁에만 머문 것이 아니라 더 근본적으로는 '근대화'와 '산업화'의 경쟁체제였는데, 개발의 방식, 전략, 모델에 서로 차이가 있을 뿐 산업화를 통해 물질적 삶의 기반을 풍요롭게 한다는 목표 면에서는 사회주의권과 서방세계 간에 별로 차이가 없었다. 문제는 세계 도처에서 자연을 파괴하고 인간 희생과 삶의 고통을 초래해온 서방의 '개발' 이데올로기에 맞선 사회주의권의 대응, 즉 자본주의가 자본주의적 생산관계를 청산하지 못하는 한 그 생산 관계에 입각한 사회발전은 근본적으로 제국주의의 구조, 비인간화의 구조, 불평등과 착취의 구조를 벗어날 수 없다는 깨달음에서 출발한 사회주의적 발전모형의 대안이자 주장이 실패로 귀결되었다는 것인데, 그 실패는 사회주의적 이상 자체의 전면적 무효화를 의미하는 것도 아니고 현존 자본주의 문명에 어떤 형태의 질적 전환을 가져와야 한다는 인류의 과제를 후퇴시키는 것도 아니었음에도 불구하고 파급효과가 실로 컸다. 무엇보다도 자본주의적 사회발전 모형, 전략, 이데올로기의 유효성, 정당성, 유일성에 대한 믿음을 결정적으로 강화해주고 모든 대안적 상상력의 고갈을 가져오는 동시에 자본주의의 전지구화를 현실화하기에 이르렀던 것이다.(도정일, 「문명의 야만성과 세계화 비전」 참조)

명지대학생 강경대 군이 시위에 나섰다가 경찰의 진압봉에 맞아 죽은 것은 그런 와중이었다. 그래서인지 이 안타까운 청춘의 죽음 앞에서 장례위원장을 맡을 사람이 선뜻 나타나지 않았다. 아! 그 많던 후배들이 없다니!

옛날의 풍선들은 바람들이 빠졌고, 솜씨 있는 기회주의는 탈출해간 지 오래였다. 그래서 사람들은 이 장례식이 어쩌면 1980년대에 대한, 아니 한국 사회의 정치적 진보에 대한 장례식이 돼버리지는 않을까 하는 일말의 포기와 허탈감까지도 지니고 있었다. 그렇다면 다시 그가 나서야 하는 셈인데, 당국은 연일 "문익환 목사가 장례위원장을 맡을 경우 재수감하기로 방침을 굳혔다!"는 보도를 신문, 라디오, 텔레비전으로 내보냈다. '통일이 급한데…… 통일이 급한데…….' 그는 풀리지 않은 옥독獄毒으로 육신이 많이 상해 있었지만, 추스릴 틈도 없이 그 나이에 다시 장례위원장이 되었다.

문익환의 우산 아래 민주시민들은 다시 집결했다. 그날의 장례식 행렬은 신촌 로타리에서 신영극장 앞길을 지나 이화여대 앞까지 이르렀다. 흡사 20세기의 파장罷場을 기다리는 장터와 같았다. 페퍼포그차를 앞세운 진압 전경들과 쓰레기차, 바리케이드, 지하철 공사할 때 쓰는 철근 기둥, 그리고 시가지 한복판을 길게 가로지르는 지랄탄과 쫓기는 사람들……. 문익환은 강경대 군의 영정으로부터 수많은 대오와 플래카드와 최루가스를 지나 마침내 학정의 현장에서 아스라하게 넘겨다볼 수 있는 진압경찰들까지 다 지켜보고 나서 그 무거운 나이에 여섯 번째 투옥을 받아들였다. 아, 얼마나 힘든 시기였던가.

여섯 번째 감옥, 21개월

하지만 그것으로도 끝이 아니었다. 1992년은 한국의 민주화행렬이 가장 크게 좌절되고 외면 받는 시기였다. 이때를 지나면서 지난 한 세기 동안 유지되었던 세계질서는 변하고 상당수의 사회에서 진보와 보수는 그 위치가 변동되었다. 이것은 국내외가 다 마찬가지여서, 우리나라에서도 페레스트로이카부터 독일 통일, 걸프전, 소비에트 해체 등에 이르는 국제적 변동과 3당 야합부터 대선 패배에 이르는 국내적 변동에 의해 크게 정치적 패러다임이 바뀌게 되었다. 이는 통일운동의 올바른 전환이 필요한 시기에 조급한 위기론들을 낳아 진보에 대한 몇 가지 소모적인 반성을 불러일으키게 했다. 역사에 대한 불신과 진보에 대한 회의를 낳게 한 것이다.

강경대 군의 장례식 이후 한국판 드레퓌스사건이라는 별명을 가진, 김기설의 유서대필 공방이 있었고, 정원식 전 총리의 계란 세례가 있었으며, 연이은 사회변혁 세력의 좌절과 대통령 선거에서의 패배가 있었다. 그리고 그 와중에서 한국의 다수 지식인들은 동유럽 사회주의권의 침몰을 보며 비관적으로 '역사의 종언'을 노래했던 장 보드리야르의 기분에 젖어들었다.

> 한때는 우파들이 비관적이었고 좌파들은 명확히 낙관적이었다. 그러나 오늘날 우리는 우파들에게서는 '찬연한' 자유주의를, 좌파들에게서는 슬픈 열대를 발견한다.
>
> — 송두율, 『역사는 끝났는가』에서 재인용

한국의 변혁세력이 바로 이러한 패배의식에 젖어 있는 동안 그는 감옥에서 안타까운 현실을 지켜보았다. '역사의 끝'을 외치는 모든 반역사주의의 저변에 깔린 사상적 박약을 경계하는 일이 급선무였다. 그는 전문성의 내용이 아무리 진보적인 것을 담고 있다 하더라도 지식을 하나의 기득권으로만 사용했던, 민중 사랑이 없는 전문성 숭배자들을 비판했다. 그가 여러 곳에 편지를 띄워 세기의 전환기에 지식인들이 동요하지 않도록 환기시키는 내용들에는 평생의 실천이 뒷받침되는 무게가 담겨 있었다. 요지가 이랬다. 첫째, 전문가들은 아마추어에겐 별것도 아닌 사소한 것들을 굉장히 중요하게 생각한다. 지엽적인 사소한 차이가 본질적인 동질성을 밀어내고 본질적인 차이로 자리를 잡게 되는 데서 온갖 분쟁과 갈등이 생긴다. 밖에서 들어온 이념과 제도의 차이가 한겨레, 한민족공동체, 한생활공동체, 한운명공동체라는 본질적인 동질성을 밀어내고 본질적인 차별성으로 자리를 잡은 것 때문에 분단 반세기의 억울하고 오욕스러운 역사를 살아오게 되었다. 둘째, 전문은 직업이 되어야 한다. 그것으로 먹고살며 그것에만 몰두해야 전문가가 될 수 있기 때문이다. 그래서 이 세상은 전문가만이 말발이 서게 돼버렸다. 각 분야의 전문가, 소위 엘리트의 판단에 따라 모든 일이 결정되는 것이다. 상식으로 살아가는 비전문가들인 민은 완전히 발언권을 상실하게 된 것이다. 그래서 세상은 점점 더 반민중적이요, 반민주적이 되어가고 있다. 전문이 직업이 되면 전문은 기득권이 된다. 그랬을 때 전문은 기득권 수호를 위한 귀걸이도 되고 코걸이도 될 수 있다. 민은 전문가들의 수호를 위한 도구에 지나지 않게 되는 것이다.

문익환이 프로를 거부하고 아마추어의 자리에 머물기로 의식적으로 결단을 내리도록 도와준 것은 요가였다. 프로의 지도 없이 온갖 시행착오를 거듭하면서 깨달은 것이 수도의 길로써는 프로란 있을 수 없다는 생각이었다.

"수도에 전문가란 있을 수 없다. 수도가 직업이어서는 안 된다. 수도자는 완성된 경지에 들어가 있어서는 안 된다는 것을 깨달은 것이다. 수도자는 언제나 초심자여야 한다. 수도자는 지금 도달한 경지를 언제나 헌신짝처럼 버릴 수 있어야 한다. 모든 것을 어린애처럼 새로운 안목으로 바라보고 새로운 해답을 구하는 자세가 수도자의 자세다."

그는 매사가 전문화된 오늘 세계에서 문제를 일으키는 것은 대체로 전문가들이라는 확신을 오래전부터 굳혀오고 있었다. 다음과 같은 이유에서였다.

"전문이라는 게 너무 전문화되다 보니 한 분야의 전문가가 다른 분야에 가면 무식쟁이가 되어버리기도 한다. 결국은 각 분야의 전문지식을 하나로 모아서 총정리하는 중심이 필요하게 되어 있다. 그것이 권력을 가진 자의 손에 들어가면 전문인이라는 것도 실상은 그 권력을 가진 자들의 권익 수호를 위한 일이 되고 손발이 되는 것이다. 그런데 전 세계, 각 분야의 전문 정보가 집결되어 있는 곳은 어디인가. 모스크바와 워싱턴이었다. 모스크바가 무너진 오늘 세계의 전문 정보는 워싱턴 한 곳에 총집결되어 있다. 전 세계의 민이 워싱턴의 기득권 수호의 희생제물이 되어가고 있는 셈이다. 그 상에서 떨어지는 부스러기로 살아가는 사람들이 각 나라의 권력가들, 재벌들, 전문가들인 것이다."

문익환은 21개월 동안 지속된 여섯 번째의 감옥살이도 청년 학도의 마음으로 견뎠다. 무엇이든 묻고 탐구하며 깨닫고자 노력했으나 그 깊이와 수준은 이미 그가 관심을 기울이는 전 영역에서 일가를 이루다시피 하고 있었다. 자녀들에게 보내는 편지에 드러나는 그의 견해들은 모든 것이 농익을 대로 익어 있었다.

"토요일에는 뜻밖에 반가웠다. 그전 같으면 '웠었다'라고 썼을 텐데, 왜 오늘은 그렇게 안 썼느냐고 묻고 싶겠지. 이오덕 선생에게서 배운 거다. 우리말에는 본래 '웠었다'식 대과거란 시제는 없다는구나. 이 한 점에 관해서만 나는 이 선생의 주장에 동조할 수 없다. 말이란 변하고 발전 하는 건데, 외국어의 영향으로 시제가 분화되어 대과거형이 무리 없이 생긴 건데, 그리고 이것은 바람직한 발전이라고 생각되거든. '영금이 어제 왔다'는 어제 와서 지금은 그대로 있는 걸 말하는 거지. 소위 현재완료형 아니겠니? '영금이 어제 왔었다'는 왔다 갔다는 걸 말하는 거지. 그러니 '반가웠다'는 그 반가운 심정이 아직도 계속되는 걸 말하는 거 아니겠니? 그런데 이런 때는 '반가웠었다'로 쓰고 싶어지는 거야."

발바닥으로 외칠 거야

1993년 봄은 유난히도 어수선했다. 김영삼 정부가 들어선 첫 봄, 황사처럼 거친 개혁바람에 민심이 뒤집히고, 천하를 흔들던 권력자도 허망할세라 걸핏하면 꽃잎처럼 떨어져 나뒹굴고는 했다. 그리고 한 번 떨어져나간 꽃잎은 어김없이 여론의 발에 밟혀 으깨어져야 했다. 사뭇 신이 오른 듯 신문은 연일 권력무상을 보도하고 사람들은 또 하룻밤을 자고 나면 도덕성을 앞세우던 재야인사가 하루아침에 고급관료로 바뀌어 푸른 기와집에 들어앉게 되었다는 소문을 듣고는 했다. 잘나가던 여당이 야당이 되고, 꼭 그래야 할 필연도 없이 야당이 여당이 되며 또 관료가 야인이 되는가 하면 야인이 관료가 되어 서울거리를 활개치고 다니는 경우가 비일비재했다. 부끄러움들도 잊었는지 세상은 눈치도 안 보고 잘도 둔갑하여 어지간해서는 말벗도 찾기 힘든 판이 되었다. 도대체 누가 머릿속에 어떤 생각을 담고 있는 줄을 알아서 김아무개 흉을 보고 이아무개 칭찬을 할 수 있다는 말인가. 그 어지러운 3월, 문익환은 다시 정든 거리로 돌아왔다. 마지막 가석방이었는데, 고령에도 불구하고 문익환은 인권과 민주화 그리고 통일을 위해 당장

해야 할 일을 눈앞에 두고 지체하지 않았다. 석방되어 박형규 목사를 만나자마자 이렇게 말했다.

"6전 7기라는 말은 없으니까 내가 한 번 더 들어가서 민주주의와 통일을 완수하겠어."

그 무엇도 그의 진실을 가두지 못했다. 겁이라고는 없는 사람, 도대체가 세상의 무서움을 전혀 모르는 사람 같았다. 1970년대 이후 한국의 상황은 그러한 사람을 눈에만 띄면 감옥으로 보냈지만, 그 같은 위협이 그의 뜨거운 삶을 묶는 게 불가능하다는 사실을 이렇게 적나라하게 보여주는 사례는 없었다.

문익환은 사회에 복귀하는 제1성을 다시 '통일!'로 시작했다.

"아주 시급히 통일 이후를 대비해야 해요. 준비 없는 광복이 50년 동안 얼마나 혼란과 불안을 가져왔어요? 다가오는 통일은 탄탄히 준비한 통일이 되어서 통일의 축포와 함께 하나가 되어 건강한 통일국가, 신선한 민족문화를 창조할 수 있어야 해요. 이번에 감옥에서 나올 때부터 그것이 내 숙제예요. 구체적으로 시작해야 해요. 모든 분야에서 모두가 달라붙어서 해야죠. 종교, 교육, 예술, 언어, 정치, 경제제도, 가족문제까지 그동안 이질화된 것이 너무 많아 진짜 하나가 되기 위해서는 할 일이 정말 많아요."

그는 곧바로 '통일맞이 칠천만 겨레모임'을 제창하고 거리로 나섰다. 그의 발길이 닿으면 우울한 대학가도 금방 새 바람이 불었다.

1993년 5월 14일 오후 2시. 성균관대학교의 금잔디광장을 가득 메운 학생들에게 한 인물이 소개되고 있었다. "첫째, 이분은 종교인입니다. 둘째, 이분의 아들 역시 이분만큼 우리에게 잘 알려져 있습니다. 셋째, 이분은 우리가 갈 수 없는 북쪽 나라에 다녀오셨습니다. 넷째, 그것 때문에 감옥살이를 하신 분입니다. 다섯 째, 이분은 자주·민주·통일의 선봉이시며 통일의 바다에 우뚝 솟은 등불입니다. 자, 이분은 누구일까요?"

"문익환! 문익환! 문익환!"

사회자의 익살스런 소개에 터져 나온 학생들의 연호에 문익환은 환한 웃음으로 응답하며 단상에 올랐다. 이미 별다른 소개를 필요로 하지 않는 우리 민족의 정신적 지주가 되어 있었다. 강연 요청을 하면서 더 이상 주제 같은 것을 주거나 행사 제목 같은 것을 따로 붙일 필요조차도 없어졌다. 문익환의 입에서 나오는 것이라면 모든 언어가 피요 살이었다. 그것은 가정에서도 그랬다. 문영미는 다음과 같이 회상한다.

"큰아버지는 지칠 줄 모르는 소년처럼, 풍차를 쫓는 돈키호테처럼 언제 어디서나 새로운 것에 취미를 붙이시고 만들어내신다. 감방 생활 초기에는 요가를 하셨다. 그다음에는 현미밥 먹기, 생수 마시기, 심호흡하기, 죽염 등에 대하여 이야기하신다. 건강에 대하여 알리는 것도 복음을 전파하는 것이라며 무척이나 진지하시다. 그런데 신기한 것은 다른 사람이 이야기했으면 그러려니 하면서 지나쳤을 그런 이야기들도 큰아버지의 입을 통해서 나오게 되면, 워낙 열정적으로 또 신비스럽게 말씀을 하시는 바람에 모두들 긴가 민가 하면서도 설득을 당하게 된다는 것이다.(문영미)

그러나 사람들의 마음은 깊이 병들어 있었다. 한국 민주 세력에서 김영삼 정부의 출현만큼 혼란스러운 것은 더 없었다. 그것은 어떤 측면에서 보면 틀림없이 역사발전의 한 반영이었다. 1988년 총선에서 제1야당의 지위를 놓친 김영삼 그룹이 민정당과 합세하여 3당 야합을 이루었을 때, 많은 사람들은 그의 집권 가능성을 그리 높게 보지 않았다. 한반도에서 반세기 가까이 분단을 유지시키고 관리해온 거대한 냉전 수구세력을 결코 과소평가할 수 없었기 때문에 아마도 대개는 그를 비관하여, 그는 이용만 당할 것이며 끝내는 좌절하고 말 것이라고 생각했던 것이다. 그러나 뜻밖에도 아슬아슬한 곡예와 같은 경쟁에서 참담한 패배를 하여 훗날 추풍낙엽의 길을 걷게 되는 것은 그가 아니라 그의 무시무시한 경쟁자들이었다. 그 군부를 비롯한 분단 관리세력들이 1980년대를 통해 이미 성장할 대로 성장해버린 민중의 힘에 밀렸던 것이다. 한마디로 한국 민중은 그들의 집권욕을 받아주지 않았으며 그들은 끝내 권력의 2선으로 퇴진할 수밖에 없게 되었다. 이것이 김영삼 정부의 집권 드라마였다.

이 때문에 김영삼 정부는 들어서자마자 문민정부라는 언술을 앞세워 일부 절차적 민주주의를 제도화시킬 개혁의 기회를 얻을 수 있게 되었다. 기득권을 놓지 않고 싶었지만 그대로 버티기에는 역부족인 분단세력과, 혁명적일 수는 없지만 자신의 주권을 군사폭력에 빼앗길 수준은 넘어선 국민의 힘이 서로 충돌하여 발생된 어떤 역사적 여백을 그는 개혁이라는 명분을 앞세워 차지하려고 서두르게 되었던 것이다. 그래서 한국의 역사 안에 민간의 힘이 다소 활발해질 수 있는 공간이 생겨났다. 이를테면, 군부독재의 후퇴로 지배세력도 물리력을 앞세우기보다 언론재벌 등 여론을 장악하는 방식을 취하게 되고 이에 따라 민주세력의 저항도 육탄전의 시대에서 말싸움의 시대, 힘의 시대에서 지성의 시대로 변화하게 되었던 것이다.

그러나 역설적이게도 바로 그 때문에 지난 시대에 비해 상대적으로 좋아진 시대를 당시 민주세력은 평화롭게 생각할 수 없었다. 여기에는 명백히 다른 한 측면, '민주세력이 실패한 결과'에 따른 절망감이 있기 때문이었다. 민주세력 안에서 군부와의 야합을 통해 선거에서 다수표를 차지한 김영삼 정부는 많은 변절자들을 권력의 사람으로 징발해 갔다. 그리고 그 변절자들의 이벤트에 가까운 개혁 공세는 민주세력을 대단한 혼란에 빠뜨렸다. 국민들 눈에 얼핏 개혁세력에 대해 반감을 가지고 있는 민주세력이 차후 개혁에 걸림돌이 되는 듯한 천덕꾸러기로 보일 수도 있게 되기 때문이었다. 그것이 개혁에 대한 반감이 아니라 변절에 대한 반감이라는 것을 이미 도덕적으로 훼손당한 입장에서 어떻게 내보일 수 있다는 말인가. 이리하여 한국에는 매우 독특한 국면이 창출되었다. 본질적으로는 엄연히 정의(민중)가 불의(군부)를 이겼음에도 불구하고 현상적으로는 불의(변절자)가 정의(양섬세력)를 이기는 역설이 생겨났던 것이다. 그 역설은 양심적인 민주인사들에게 상당한 상처를 입혀서 한편으로 역사적 허무주의를 확산시키고 내부 결집력에 타격을 주었다.

김영삼이 가질 수밖에 없었던, '역사에 대한' 마음의 부채로 한완상이 통일원장관이 되고, 개혁 드라이브가 시도되었으며, 여러 가지 민주화정책이 모색되고 있었다. 문익환은 이 같은 국면을 전향적으로 이끌어가야 한다는 생각에, "어떤 동맹국도 민족보다 나을 수 없다"는 김영삼 대통령의 취임사에 주목했고, "김영삼 정권의 실패는 민족사의 총파탄이기 때문에 실패하도록 내버려두어서는 안 된다"고 말했다. 이는 단발적인 생각이 아니라 그가 5·18 후에 느꼈듯이 다시 한 번 변화되어버린 '역사의 실감'에 대한 확인에서 나오는 말이었다. 하지만 김영삼 정부에 대한 이러한 시각은 자꾸만 파문을 일으켜갔다. "김영삼 정부를 실패하도록 방관해선 안 된다"는 말은 여기저기서 "그것이 김영삼 정부를 지지해야 한다는 말인가"라는 논박을 가져왔다.

"목사님은 95년에는 꼭 통일이 된다는 믿음을 가지셨고 통일을 맞이하기 위해 고심을 하셨다. 지금이 1908년 한일 합방 직전과 똑같다고 느끼시고 통일이 아니면 우리 민족은 또다시 강대국에게 먹혀버린다는 강박을 갖고 계셨다. 남과 북의 한 민족이 외세의 간섭을 물리치고 자주의 길로 가느냐 아니면 또다시 예속의 길로 가느냐가 김영삼 정부의 임기 내에 결정되고 그래서 우리 민족사가 실패의 길을 걷지 않기 위해 김영삼 정부로 하여금 개혁과 통일의 길로 나아가도록 하자는 게 목사님의 뜻이었다."(박용길)

어쨌든 문 목사의 이러한 생각은 범민련 일각뿐만 아니라 북측과도 상당히 달랐던 게 사실이었다. 당시 문익환이 통일 반대세력으로 생각하는 부분과 김영삼 정권에 거는 기대는 이랬다.

"(통일) 저해세력은 정부와 여당 내 공안세력과 미국 아닙니까. 여론에 민감할 수밖에 없는 김 대통령으로서는 당연히 통일을 우선하는 정책을 취할 수밖에 없지요. 또 하나는 경제적 이유인데, 경제협력으로 남북문제를 푸는 데에서 공안세력과 재계는 불일치하고 있어요. 재계는 공안정국 때에 발을 동동 굴렀어요. 이런 이유가 김 정권으로 하여금 통일문제에 적극성을 띠게 한 게지요. 우리는 현재 적어도 여론에 민감한 정부를 가졌는데, 김 정권이 민주정부가 될 수 있는 가능성은 바로 여기에 있지요."

그리하여 문익환은 오래지 않아 범민련 남측 본부 의장이란 직책을 사퇴하고(11월), 명실공히 남쪽의 통일운동을 담당하는 새로운 조직을(통일맞이를 위한 민족모임) 조성하기 위해 동분서주했다. 이 조직은 각계각층을 망라하는 약 2만 명의 회원을 갖는 사단법인의 형식을 갖추고, 이듬해 3월 1일(3·1절)을 기해 닻을 올리려고 했다. 하지만 재야의 후배들은 그의 말을 심각하게 경청하지 않았다. 대부분의 사람들이 '큰 이야기'에서 '작은 이야기'로 도피해버린 시대에 그는 "큰 이야기가 작은 이야기와 하나가 되는 물길을 잡아가"고 있었는데, 그 깊은 뜻을 모르는 사람들은 통일맞이의 사단법인화를 김영삼 정권에게 순응하는 태도로 보았고, 한구석에서 험담하는 소리까지 들렸다. 문익환은 어느덧 통일 운동 내부의 심각한 진통의 한가운데로 떠밀려가고 있었다.

폐허의 숲을 헤치며

1994년은 그 후 몇 년 동안 전개될 민간 통일운동의 혹심한 내부 진통이 본격화될 조짐을 보이고 있었다. 당시 대부분의 통일운동가들과 함께 그 한가운데 서 있었던 문익환에게 일부 운동가들은 "CIA의 간첩(?)일 수 있다"는 놀라운 비난을 가하기도 했다. 1993년부터 시작된 '새 통일운동체'의 구상이 알려지면서 불거진 안타까운 현상이었다.

당시 문익환은 범민련 북측 본부 백인준 의장 앞으로 이렇게 편지를 썼다.

"7천만 겨레의 통일 열망을 담아내고 통일세력들을 조직하는 데 범민련이라는 틀이 뚜렷한 한계가 있는 데다 세 지역의 사정이 너무 달라 각 지역의 통일체들이 좀 느슨한 관계로 맺어져서 서로 구속을 덜 받으면서도 하나로 일해갈 수 있어야 합니다."

남·북·해외는 각기 독자적인 통일운동체를 되도록 크게 만들고 세 지역의 관계를 새로 설정하자고 제안한 것이다. 그러나 범민련 남측 본부 내에서 이 제안은 많은 논란을 불러일으켰다. "통일운동은 어디까지나 남쪽만의 운동이 아니라 북과 해외, 3자가 함께 밀고 나가야 하는 운동인데 범민련을 대중화하기 어렵다는 이유로 3자연대의 틀을 깰 수는 없다"는 주장이 드세게 불거졌다. 이에 대해 '큰 규모의 통일운동체를 만들자는 것을 3자연대의 해체로 규정짓는 것은 잘못'이라는 반론이 없을 수 없었다. 범민련이 통일운동의 구심체로 광범위하게 인정받지 못하는 것은 엄연한 사실이었다.

사실, 민간 통일운동에서 정부와의 관계를 어떻게 설정하느냐 하는 문제는 통일운동의 오랜 화두 중 하나였다. 7·4공동성명에 명기된 '민족대단결'이라는 원칙은 민간 통일운동뿐 아니라 정부 당국과 기업까지도 포함하는 민족구성원 모두를 통일문제의 당사자로 인정한다는 내용이었다. 문익환은 노태우 군사정권마저도 통일의 동반자가 될 수 있다고 생각했다. 그가 1989년 방북하여 북측 조국평화통일위원회 허담 위원장과 합의한 '4·2공동성명'의 마지막 부분은 이렇게 되어 있었다.

"쌍방은 이상 여러 가지 문제에 대한 합의가 금후 남북 사이의 다각적인 공식 대화에서 협의의 기초가 될 수 있고, 가교의 역할을 할 수 있다고 인정하고 그 실천 대책을 남북 당국과 제 정당, 단체들에 건의한다."

이러한 구상을 가진 문익환은 문민정부가 들어선 후 정부에 대해 보다 적극적인 설득에 나섰다. 1993년 4차 범민족대회 대회장을 맡아 당시 김영삼 대통령 앞으로 초대장을 보낸 것이다. 물론 김영삼은 '대회 불허' 입장을 고수하고 초대에 응하지 않았지만, 대담한 조치가 아닐 수 없었다. 문익환은 어떻게든 정부를 설득하려고 했고, 민간 통일운동이 도덕적 힘으로 정부를 끌고 올 수 있다는 자신감도 있었다. 정부 당국이 직접 나섰을 때 통일운동이 더욱 활발해질 수 있다는 것은 훗날 김대중과 김정일 간에 있었던 '6·15공동선언'을 통해 확인되었다. 그에 대해 '통일자료실' 대표 노중선은 이렇게 평가한다.

> 4·2공동성명이 합의 발표되고 나서부터 11년 만인 2000년 6월 15일, 마침내 분단 이래 처음으로 남과 북의 최고지도자가 만나 '6·15공동선언'을 합의 발표함으로서 그동안의 냉전적 분단시대를 마감하고 남북화해의 시대, 평화통일의 시대가 열리게 되었다.
>
> '통일의 이정표'로 규정되고 있는 6·15공동선언은 ① 통일문제를 우리 민족끼리 자주적으로 해결, ② 남측의 연합제 안과 북측의 낮은 단계의 연방제 안의 공통성을 인정하고 이 방향에서 통일 지향, ③ 이산가족문제, 비전향장기수문제 등 인도적 문제 해결, ④ 남북 간의 경제협력과 제반 분야의 교류 활성화 등을 그 내용으로 담고 있다.
>
> ……
>
> 4·2공동성명은 재야 통일운동사에서 남북 간의 첫 합의라는 역사적 의미가 매우 크다. 그리고 6·15통일시대가 열린 것도 바로 4·2공동성명에서 그 합의의 가능성이 확인되었기 때문에 가능했다는 점에서 큰 의미를 부여할 수 있다. 실제로 4·2공동성명과 6·15공동선언은 11년이라는 시차와 합의당사자가 남과 북의 민간과 당국이라는 차이만 있을 뿐 6·15공동선언의 핵심 내용인 ①항과 ④항은 4·2공동성명에서 합의한 내용과 일치하고 있다는 점에서 6·15통일시대는 이미 4·2공동성명에서 열리기 시작했음을 확인할 수 있다.
>
> — 노중선, 「6·15통일시대는 4·2공동성명에서 열리기 시작」, 《민족지》 2004년 1월호

그러나 사람들은 가파르기만 했다. 전년도 범민족대회가 정부로부터 불법집회로 규정돼 무산된 이후 한 월간지와의 인터뷰에서 그는 이렇게 말한 적이 있었다.

"김영삼 정부가 통일할 생각이 없는 것이 아니냐고 단정할 일이 아니다. 김영삼 정부는 군대를 장악하고 있지 않기 때문에 여론에 의해 움직이지 않을 수 없다. 민의 여론을 따라나가는 것이 정권의 유지에 유리하다고 판단하는 것이다. 지금은 많은 국민들이 통일을 원하고 있다. 그런데 문제는 정권 내에 역대 군사정권의 기득권을 유지하고 있는 반통일 세력들이 통일을 원하지 않으니까 통일운동을 탄압하는 것이지, 그리고 범민족대회를 합법적으로 치르려고 한 것은 올해만이 아니야. 범민족대회는 남과 북과 해외동포가 함께 하는 일이라 합법성이란 불가결한 것이야……."

이 같은 태도에 대해 기존의 범민련을 고수하려는 사람들은 문익환의 의지가 '범민련의 해체'에 있음을 깨닫고 심각한 문제제기를 하기 시작했다. 요컨대 문익환이 구상하는 새로운 통일운동 조직은 '범민련을 해체시키려고 기도하는 안기부의 책동에 호응하면서 흡수통일을 노리는 김영삼 정권의 신통일정책과 연계시키려는 의도를 은폐하려는 것'이라는 규탄의 소리를 높인 것이다. 이는 사실상 '문익환, 너는 안기부의 명령을 받아 움직이는 스파이가 아니냐'는 비겁한 중상을 도모하는 것과 다를 바가 없었다. 범민련이 발단이 된 이러한 고발은 그에게는 큰 충격이었다.

나이 일흔여섯이 되어서 문익환은 다시 세상에 홀로 섰다. 급진적인 학생들은 그가 제2의 이광수가 되었다고 비판했다. 내막을 잘 모르는 학생들은 혼란스러워했다.

93년에서 94년으로 넘어가는 겨울, 정국은 '쌀수입개방 반대'로 어수선했다. 아마 그 겨울의 여러 집회 중 하나였을 것이다.

집회는 종묘공원에서 시작했다. 집회가 끝난 이후 대열은 기세대로라면 시청을 지나 청와대까지라도 가버릴 듯한 분위기였다. 종로3가를 조금 지나서 경찰들은 쓰레기차로 바리케이드를 치고 시위대열을 막아섰다. 또다시 싸움이 시작되고, 농사가 다 망하고 미국 쌀을 사먹게 되는 것은 인정할 수 없다는 투지로 우리들은 전경들을 밀어내었다. 그리고 이제 시청으로 이동할 참이었다.

바로 그때였다. 쓰레기차 바리케이드 위로 문익환 목사님이 나타나셨다.

"이제 되었으니 돌아가자. 더 이상 나가는 것은 무리다!"

목사님은 흥분한 시위대열에게 그렇게 외치셨고 시위는 거기에서 끝났다.

— 박병언, 「저희들 역시 더욱 깊어지겠습니다」

이 비참한 시절에 그는 오직 민족통합의 길만을 걸었다. 그럼에도 불구하고 그가 언제나 경외심에 가득 차서 자신이 섬길 사람들을 찾아다니고 있었다는 사실만큼 그의 천재성, 저항할 수 없는 평화의 능력을 잘 입증해주는 것도 없다. 사람들은 고백한다.

문 목사님, 정하은 박사님 그리고 내가 한국기독교 장로회 사회선교 문서 작성자로 선발되어 모임을 갖게 된 적이 있었다. 시간이 조금 남게 되어 찻집에서 문 목사님과 담화할 수 있는 기회가 주어졌었다. 거기에서 나는 노동자, 농민, 도시빈민의 해방에 관한 이론을 한참이나 열을 내서 이야기했었는데, 그 말씀을 한참 듣고 나신 후에 문 목사님은 나에게 이런 말씀을 해주셨다. "고 박사! 노동자, 농민의 구원을 당신이 어떻게 아느냐? 노동자가 진정으로 원하는 것이 무엇이고 그것을 쟁취하는 방법이 무엇인가를 당신이 어떻게 알 수가 있느냐? 그들의 구원과 그것을 이루는 방법을 그들 이상 정확히 아는 사람은 없다. 우리는 그들에게서 배워야한다." 이 말씀을 듣고 나는 한대 얻어맞은 기분이어서 머리가 멍해짐을 느꼈다.

— 고재식, 「늦봄 문익환 목사님」

그를 따르는 사람들은 거의 예외 없이 가난한 사람들이었다. 돈도 없고 정신적인 여유도 없지만 고귀한 것을 향한 감동적인 사랑으로 이 특이한 예언자와 교제하는 것을 영광으로 여기고 그에게 헌신하는 것으로 그것을 보상하려는 사람들이었다.

출옥 후 기독교회관 2층에서 환영회를 가졌을 때, 어떤 오십대 정도의 주부 두 사람이 문 목사님을 보더니 부둥켜안고 춤추는 모습을 보았다. 다른 사람들이 보기에 좀 지나치다고 보여질 정도였으나 세 사람은 환희에 차서 옆 사람들이 무슨 생각을 하든 상관하지 않는 것이었다. 그 부인네들은 목동 철거민 아주머니들이었는데, 문 목사님은 길바닥에 자면서 그들과 2개월을 같이 살았다고 한다.

— 고재식, 「늦봄 문익환 목사님」

당시에는 김남주 문제로 고심하고 있을 때였다. 김남주는 오랜 투옥으로 신체적 결손을 느끼더니 결국 췌장암으로 누워버렸다. 병상에서 그는 사람이 찾아오는 것을 불편해했다. 유일하게 편안해하고 좋아하는 어른이 문익환이었기 때문에 문익환은 그것이 자신의 마지막 시간들인 줄도 모르고 김남주를 '기 치료'하겠다고 매일같이 방문했다. 그러던 1994년 1월 18일, 늘 하던 대로 방제명과 유원호와 박용수를 만나 점심을 하기로 했는데, 그날은 무슨 급한 일이 있다면서 전화가 와서 30분 늦게 식당에서 만났다. 점심시간을 늦춘 것도 마침 범민련 해외 본부에서 문 목사를 비난하는 성명서 성격의 편지가 와서 이 회답을 쓰느라 30분이 늦었던 것이며, 점심 자리에 범민련의 진관 스님을 불렀던 것은 그 무렵 범민련 사람들이 문익환을 비방한다는 소리가 들려 그 진위를 캐묻기 위함이었다. 문익환은 잔뜩 화가 나 있었다. 당시 문익환의 통일운동은 재야와 일정한 거리를 두고 추진되었으므로, '통일맞이'에 대한 범민련이나 재야인사들의 비방은 어느 정도 감수하고 있었다. 하지만 프락치라는 말을 동지들로부터 들었을 때 그 충격이 어떠하랴. 더욱이 그날은 국내 범민련과 해외 범민련의 말이 한꺼번에 들려왔으니, 화가 나도 이만저만 난 것이 아니었다. 진관에게 "내가 왜 프락치냐?"고 꾸짖었다.

그가 죽던 날 우송한 그에 대한 답신은 문익환이 쓴 마지막 글이 되었다. 범민련의 북, 남, 해외 본부에 보내는 글이었다.

"우리는 지금 분단의 장벽을 결정적으로 돌파해내야 할 1994년 벽두에 서 있습니다. 금년에 벽을 뚫어내지 못하면 1995년은 민족통일의 원년이 될 수 없습니다. 이 중대한 시점에서 우리는 둘로 갈라져 있습니다."

그가 쓴 글씨 하나하나는 절규의 숨결을 담고 있었다. 쉽게 지워버릴 수 없는 편지였다.

"7천만 겨레의 통일의지를 담아낼 틀을 다시 짜고, 세 지역의 통일 운동이 한 흐름이 될 수 있는 길 또한 진지하게 모색되어야 하지 않겠습니까? 세 분의 답신을 기다립니다."

이 간절한 마지막 줄에 대해서 '그날 죽지 않은 사람들'은 아무도 답신을 하지 못했다.

비둘기들의 장례식

1994년 1월 18일, 저녁뉴스 하나에 온 나라가 술렁거리기 시작했다. 믿기 어려운, 아니 믿고 싶지 않은, 그 과격한 뉴스에 상심하지 않는 사람이 없었다.

> 추운 겨울밤이었어요. 9시뉴스를 통해 목사님께서 돌아가셨다는 아나운서의 냉정한 소리를 들었습니다. 저는 정말 믿을 수가 없었어요. 9시뉴스가 평소 거짓말을 잘해왔듯이 저는 그것이 거짓말이라고 생각했습니다. 그리고, 아나운서의 목소리는 왜 그렇게 차가운지, 마치 아무 일도 아닌 것처럼 그렇게 메마르게 읽어내려갈 수 있는 건지, 저는 그날 이후부터 아나운서라는 직업을 그다지 좋아하지 않게 되었답니다.
>
> — 임수경, 「목사님!」

뉴스를 듣고 사람들은 곳곳에서 한일병원으로 밀려들기 시작했다.

"문 목사님이 별세했대요."

"지금 무슨 소리를 하는 거야."

"문 목사님이 돌아가셨다니까요."

"도무지 무슨 소린지 모르겠다."

"방송에 나오는데 심장마비래요."

거의 모든 사람이 예외 없이 빈소에 도착하는 순간까지도 이 같은 소란을 계속했다. 한일병원의 빈소에는 움직이지 않는 문익환이 사진으로 웃고 있었다. 하루에도 수천 명씩 몰려오는 조문객들 때문에 병원 영안실이 비좁아서 이내 한신대학교 강의실로 빈소를 옮겼지만 좁기는 마찬가지였다.

장례 기간 전국 각지에서 여기저기 자발적으로 빈소가 차려져 수많은 사람들이 참배했다. 거기에는 그의 방북을 극렬하게 비판하던 사람들도 뒤섞여 있었으며, 그의 진실을 뒤늦게 신뢰한 사람도 많았다. 그리고 끝없이, 그가 생전에 거리에 뿌리고 다닌 숱한 아름다운 일화들이 입에서 입으로 퍼져나갔다.

어느 노동자가 이름도 밝히지 않고 들려준 얘기이다. 마산·창원 지역에서 문익환 초청 강연회가 있었다. 예정된 시간이 저녁 7시였는데, 8시가 지나고 9시가 되어도 도착하지 않았다. 연사가 다른 사람이었으면 틀림없이 다들 해산했을 것이다. 하지만, "우리가 기다리는 줄 알면 '문 목사님'은 무조건 오신다!"는 것은 노동자·농민들에게 오랜 전설이 되어 있었다. 그 이야기는 나도 고향에서 들었는데, 1978년 '함평 고구마사건' 때도 그랬다.

경찰은 농민들의 시위 장소를 겹겹으로 에워쌌습니다. 신문기자도 들어갈 수 없게 했습니다. 그런 상태로 며칠이 흘렀습니다. 그런데 갑자기 누군가가 쑥 얼굴을 들이밀며 소리쳤습니다.

"동지들, 힘내세요!"

농민들은 깜짝 놀랐습니다. 며칠 동안 농성을 하느라 오도 가도 못한 농민들은 몸도 피곤했지만, 자기들만 갇혀 있다는 생각 때문에 마음이 더욱 지쳐 있었습니다. 그런데 바깥에서 누군가, 그것도 자기들이 그토록 보고 싶어 하던 사람이 나타난 것입니다.

"와! 문익환 목사님이다!"

농민들은 일제히 일어나며 함성을 질렀습니다.

"목사님, 경찰의 포위망을 어떻게 뚫고 여기까지 들어오셨어요?"

"하하, 아무리 막은들 가려는 마음만 있으면 못 갈 데가 어디 있겠습니까? 여러분이 저를 원하는데 안 온다는 건 도리가 아니지요. 게다가 제가 이래 봬도 둔갑술에 축지법까지 쓰는 현대판 홍길동 아니겠습니까?"

농민들은 집회장이 떠나갈 듯 큰 소리로 웃음을 터뜨렸습니다. 문익환이 나타나 농민들은 백만 원군을 얻은 듯 힘을 낼 수 있었습니다.

— 김남일, 『통일할아버지 문익환』

이런 이가 공식 강연회를 빼먹을 턱이 없었다. 그래서 노동자들도 참고 기다렸는데 어느 순간 문이 활짝 열리더니 문익환이 들어섰다. 밤 10시, 온몸에 억수같이 땀을 흘리며 잠시 쉬지도 않고 곧장 연단으로 올라가, 중간에 차가 막혀 아무리 발을 굴러도 오도 가도 할 수 없었노라고 지각을 해명하고는 늦은 강연회를 한 문장으로 마쳤다. "오늘 주제가 전태일인데, 여러분이야말로 전태일이오, 오늘 강연은 딱 이 한마디야" 해놓고는, 많이 기다리게 한 벌이라며 참석자들을 붙들고 '파스 치료'를 시작했다. 처음에는 몇 사람 하다가 말 줄 알았는데 마지막 한 사람까지 정성을 바쳐 치료했다. 다 끝났을 때는 새벽 4시,

그는 자리를 털고 일어서면서 이렇게 부탁했다.

"전태일이 명령한 일을 왜 자꾸 잊는 사람이 나오는 거야. 제발 죽지 말고 살아서 싸워!"

도착한 순간에 이미 감동을 받았건만 마지막까지 퍼붓고 가는 그 뜨거운 사랑에 노동자들은 그날 몸을 떨었다.

어떤 측면에서 그의 참배는 종교적인 느낌을 더해갔다. 연도에서 그의 죽음을 영결하던 겨레의 눈빛에서도 그것은 마찬가지였다. 그 많은 사람을 문익환은 다 알지 못할 것이다. 그러나 사람들은 자신의 생애에서 놓치고 싶지 않은 귀중한 것을 잃어버린 듯이 슬퍼했다.

"문 목사님, 사랑해요!"

빈소의 방명록이라기보다는 차라리 편지라고 해야 좋을 글들이 많았다. 영정 앞에는 붉은 장미가 놓이기 일쑤였다. 이것이 사랑이다.

빈소의 접대 봉사는 막내아들의 영화계 동료들 명계남, 이경영 등이 맡았다. 조객들을 맞는 일에는 거물 정치지도자들도 총동원되었다. 어떤 경로로 당도했는지 모르지만 북에서 보낸 조화도 버젓이 그의 죽음을 애도하고 있었다. 안내는 전대협에서 맡았으며, 전국해고자 투쟁위원회의 노동자들이 운구를 비롯해 장례식에서 필요한 모든 노동력을 제공했다. 사회의 최하층에서 최상류층까지 각자 자신이 잘할 수 있는 일들을 맡아온 국민을 장례식에 모시는 듯한 참으로 진귀한 풍경이었다.

상여가 수유리 한신대학교를 출발해 대학로, 종로5가, 동대문을 지날 때 하늘에서는 탐스러운 눈이 다습게, 참으로 예쁘고 다습게 내렸다. 고인이 그렇게도 좋아했던 온 나라의 젊은이들이 수없이 많은 만장을 들거나 상여 앞뒤에 매달렸다. 사람들은 다들 목사님이 가시는 길에 눈이 예쁘게 내렸다는 것으로 그 억장이 무너지는 슬픔을 아름답게 달랬다.

울지 않는 기념비

늦봄 문익환!

그의 장례식이 끝났을 때 뒤에 남겨진 사람들에게는 엄청난 '정서적 후유장애'가 찾아왔다. 사람들은 부랴부랴 그의 흔적을 간직하기 위해 챙기기 시작했지만 그 삶의 알갱이를 기념할 만한 것은 남아 있지 않았다. 기억에 담긴 그의 체취는 시간이 흐르면 연기처럼 흩어질 것이었다. 뒤에 남은 사람들은 그의 영혼과 좀더 밀착된 기념물을 소유하고자 원했으나 문익환적 영혼의 깃털이 아니라 몸통이라 부를 수 있는 것이 없었다. 사상서라 할 만한 것조차 남아 있지 않았다. 평소 그를 존경하던 출판사에서 두꺼운 책으로 열두 권짜리 『늦봄 문익환 전집』을 출간했으나 말년의 역작 『히브리 민중사』와 건강문제를 다루는 유고작 『더욱 젊게』를 빼고 나면 자투리 글들의 모음이었다. 그 고명하던 학식은 다 어디로 가버렸단 말인가. 문익환의 혀, 문익환의 잇몸, 문익환의 입술은 초등학교 문턱보다도 낮아서 한글을 깨친 자는 누구나 알아들을 수 있을 만큼 명료했다. 지식인이라면 응당 있기 마련인 지적 오만과 권위주의가 그의 언어에는 터럭만큼도 담겨 있지 않았다. 죽을 때까지 목사였지만, '양'과 '목자'의 구분도 없이 스스로 양이었다. 그러나 그 속에 담긴 내용들은 우리에게 깔깔 웃고 난 뒤에 통곡하게 한다.

"사랑은 남아도는 젖처럼 넘치는 생명을 가진 강자에게만 있는 것입니다."

도대체 이게 무슨 말이란 말인가. 그는 자신의 마음을 글자가 아니라 발바닥으로 쓰고자 했으니, 세월이 흐르면서 숱한 존재들의 발자국이 덮어버리면 점점 지층 밑으로 사라져갈 것이었다. 그렇다고 살아있는 사람들을 못 돌아다니게 할 수도 없는 일 아닌가.

그러나 그것이 문익환이 지상의 사람들에게 남긴 선물이었다. 그가 예수의 말 중에서도 가장 경외하는 말이 이것이었다.

"나는 섬김을 받으러 온 것이 아니라 섬기러 왔노라."

문익환! 그의 민중 사랑은 이렇게 넓고 컸다. 넓고 컸던 사랑도 떠난 뒤에야 확인할 수 있었다. 그 헌신적 인간애와 지사적 풍모에 거듭 감복했던 사람들도 그가 말하는 민족의 위기에 대해서는 그것이 직접 드러날 때까지 알지 못했다. 그 실체는 이렇다.

미국에는 6·25전쟁의 재발에 대비해 벌써 1960년대에 작성한 '작전계획 5027Operation 5027 plan'이라는 것이 있어 정세에 따라 이를 수정해왔는데, 클린턴 대통령이 주한미군 사령관 게리 러크 장군에게 최근 정세를 반영한 작전계획 5027의 재검토를 명령했다. 1994년 3월경이었을 것이다. 클린턴이 당시 국방장관 페리에게 개전 준비 명령을 내리고 수정한 작전계획 5027에 따라 전쟁을 개시했을 경우의 제반 정세를 검토하기 위해 통합참모본부 의장 섈리캐슈빌리, 주한미군 총사령관 러크를 비롯해 4성장군 이상의 모든 군 수뇌부를 소집해 펜타곤의 한 방에서 군사회의를 연다. 1994년 5월 18일이었다. 이 군사회의에서는 항공모함과 육상 항공기를 포함해 미국이 소유한 전체 전투력의 반 이상을 동원한다는 가상 아래에 작전계획 5027의 결행결과를 시뮬레이션했는데, 이 시뮬레이션을 준비한 총책임자 플래니건 해군 대령(펜타곤 간부)은 그 결과에 대해 "정말 냉수를 뒤집어 쓴 느낌"이라고 말했다. 다음 날, 페리와 섈리캐슈빌리, 러크, 세 사람이 백악관으로 갔다. 그리고 개전 여부에 대해 최종결정권을 쥐고 있는 클린턴에게 전날 펜타곤 군사회의 결과를 보고했다. 전쟁이 터질 경우 처음 90일 동안 미군이 입게 될 사상자수는 5만 2천 명으로, 이것은 베트남전쟁 10년 동안 미군이 입은 피해와 맞먹는 것이다. 미국이 지출할 직접 전쟁비용도 일단 610억 달러로 추정은 했지만 한국이 입을 전화를 비용에 포함하면 실제 전쟁비용은 1조 달러에 달할 것이라는 게 러크의 견해였다. 게다가 더 큰 문제는 한국과 일본에 있는 원자력발전소였다. 이것들이 포격을 받는다면 그 참화는 트리마일 섬이나 체르노빌이 문제가 아니었다. 펜타곤 군사회의에서는 전쟁이 터질 경우 한국 측이 입게 될 피해를 한국군 예상 사상자 49만 명, 민간인 사망자 100만 명으로 추정했다. 이것은 60만 한국군의 80퍼센트로, 다시 말해 한국군이라는 존재의 소멸을 뜻한다. 게다가 민간인 피해 규모인 사망자 100만 명이라는 숫자는 어디까지나 사망자이고 사상자가 아니다. 유감스럽게도 오버도퍼의 책에는 북한 '핵 의혹' 문제가 제기되자 CIA와 DIA(국방정보국) 공화당의 우익세력 등 미국의 매파를 부추겨 전쟁열을 부채질해온 김영삼 씨가 이 숫자를 들이대자 깜짝 놀라 전쟁을 단념했다고 한다.(정경모, 『이제 미국이 대답할 차례다』 참고)

"그의 행동이 국민들의 뜻과 일치하였느냐 하는 것은 그가 돌아가

신 다음 드러난 국민들의 반응에서 잘 볼 수 있다. 나는 그가 돌아가신 다음 각계각층의 국민들이 물결치듯이 그의 빈소를 찾아와서 소리내어 울면서 몸부림치는 것에서 국민들의 심정을 명확히 볼 수 있었다.

그 추운 장례식 날 그의 죽음을 애도하는 무리들이 거리를 메운 것에서 국민들이 얼마나 통일을 갈망하느냐를 볼 수 있었다. 그의 얼이 정의롭고 평화로운 통일을 갈망하는 민중들 속에 면면히 흐르고 있는 것이다. 그리고 앞으로도 때가 이르면 많은 은둔자들이 역사의 광장으로 뛰쳐나와 우리의 역사를 새로운 차원으로 끌어올리고야 말 것을 믿는다."(문동환)

그렇다! 한 걸음만 떨어져서 생각해보면, 한반도에서 지난 한 세기 동안 인간성을 위협해온 '냉전 감정'이라는 위험한 심리는 누구보다도 그를 통해서 물러났다. 그리고 그로 인해 우리는 잘못된 수치심 없이 저 아득한 20세기의 나날들을 다시 들여다볼 수 있게 되었고, 또 분단·전쟁·국가 폭력 같은 두려운 단어들이 아닌 따뜻한 언어로도 우리의 역사를 기록할 수 있다는 사실도 배웠다. 어떤 악조건 속에서도 인간의 품위를 잃지 않고 꿈과 사랑을 보여준 그의 업적 덕분에 새로운 세대는 다른 눈으로, 더 잘, 더 자유롭고, 더 정직하게 자기들의 시대를 껴안을 수 있게 되었다. 그 미세한 일부에 대해서 논쟁의 여지가 있을지 모르지만, 그런 차이가 대체 무엇이란 말인가! 한반도의 정치 지도 안에서 그는 틀림없는 '중립화 통일론자'였고, '좌'도 '우'도 아닌 길을 가려 했던 게 아니라 '좌'도 '우'도 다 같이 갈 수 있는 길을 꿈꾸었다. 그 같은 견해에 동의할 수 없는 사람도 그의 아름다운 구어체의 친화력 앞에서는 어쩔 수 없을 것이다. 모든 편가름은 속수무책이 되고 말 터이니, 그는 인간을 편협하게 만드는 경계를 만나면 다음과 같은 노래로 단 한순간에 허물어버리는 사람이었다.

나는 가고 너는 와야지
나는 철조망 너머 터진 발 끌며 네게로 가고
너는 지뢰밭 지나 절뚝거리며 내게로 와야지
이것밖에 우리에겐 딴 길이 없으니
— 문익환, 「나는 가고 너는 와야지」 부분

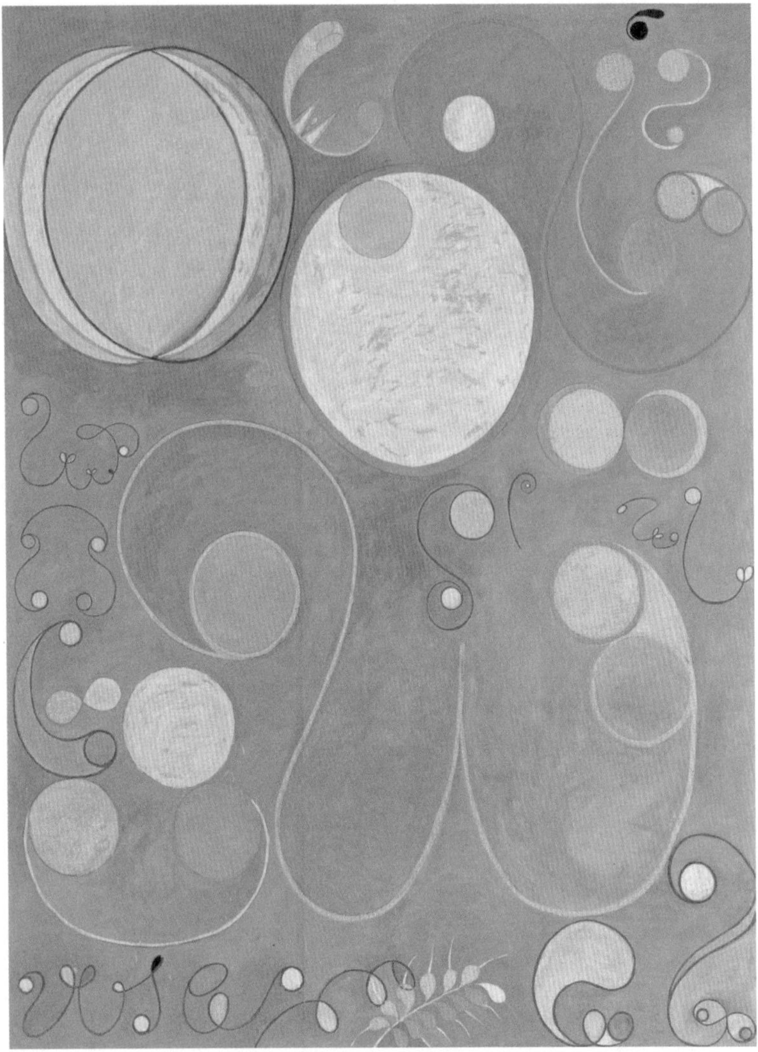

그는 꿈을 꾸는 게 아니라 사는 사람이었다.

에필로그

삶의 환희! 삶의 슬픔!

1

모든 존재는 우주의 심층深層에 뿌리박혀 있다. 밤하늘에 가득 찬 별빛들처럼 그것은 '존재한다!'는 사실만으로도 벌써 유의미한 것이다. 하지만 개인의 생애가 점유하는 무대는 지상의 극히 일부밖에 안 된다. 그 때문에 우리를 두려움에 빠뜨리는 문구가 『장자』에 있다.

"涸轍之魚, 수레바퀴가 지나간 자국에 고인 물에서 노는 물고기."

이 말을 듣고도 흔들리지 않는 영혼이 있다면 그는 아둔한 자에 속할 것이다. 제아무리 우월감에 사로잡힌 종족도 자신의 대지에서 필요한 만큼의 자질밖에는 갖지 못한다. 칭기즈칸은 바다를 무서워했고, 나폴레옹은 사막을 두려워했다. 릴케의 하느님은 백인이었고 무하마드 알리의 신은 흑인이었다. 그보다 더한 말을 들어도 우리는 놀라거나 웃을 수 없다.

인간의 신체는 자연의 사슬에 묶여 있고 영혼은 거기에 깃든다. 지중해 같은 곳에서는 인간의 머리카락이 수천 년의 바닷바람과 햇살에 간섭을 받아서 갈색이 되었다. 프랑스 장교에게 발견된 베트남 여인의 슬픈 체구는 그녀의 것이 아니라 자연의 것이었다. 모든 위대성은 그 안에 있다. 한 존재가 지상의 어디에서 목숨을 부여받는가 하는 것이 우리의 능력이 아니듯, 그것들의 가치 역시 우리의 의지로 수정할 수 있는 것이 아니다. 하지만 우리는 속는다. 인간의 관념 속에서, 어떤 일부는 중심이었고 어떤 일부는 변방이었다. 그리고 '변방'에게는 '중심'이 모르는 '폐허'가 있었다.

한국은 대략 영국만 한 크기에, 남북을 합쳐 통일 독일의 인구에 맞먹는 규모를 가진 유서 깊은 국가다. 만약 한국이 중국에 붙어 있는 반도가 아니었으면 세계는 한국을 작은 나라라고 생각하지 않았을 것이다. 그렇다면 무엇 때문에 한국은 '변방의 폐허'로 남게 되었을까? 아무리 생각해도 이유를 찾을 곳이라고는 20세기밖에 없다.

2

인류가 체험한 세기들 중에 20세기가 특별히 나빴다고 말할 수는 없을 것이다. 20세기는 위대하고 멋진 일에서부터 끔찍하고 상상도 할 수 없는 일에 이르기까지 전 스펙트럼을 망라하는, 기절하리만치 대단한 사건들로 가득 차 있었다. 브루스 커밍스는 한국이 "그 엄청난 근대의 밑바닥에서 20세기를 시작하여 거의 꼭지점까지 접근하여 20세기를 마감했다"고 말한다. 그럼에도 20세기가 저물 때까지 대부분의 한국인들은 '영토의 지방성'을 이기지 못하고 있었다.

한국인들은 자신의 정신으로 세계를 투사해내는 의식의 광학光學을 갖지 못한다. 한국인들에게 지상의 척도는 언제나 자신이 아니었다. 저 도도한 '중심'의 조종으로 소용돌이치는 문명의 급류에서 오직 낙오되지 않기 위해 한국인들은 끝없이 '자아'를 버렸다. 지식인이 먼저 뉴욕과 도쿄를 복제했고, 예술가가 나중까지 베를린과 파리를 탐닉했다. 바로 이 같은 폐허, 자기의 원점을 포기하게 만드는 정신적 바이러스로부터 한국적 사고의 오리지널리티는 손상을 입는다. 그리고 그로부터 한국의 모든 자아사自我史는 세계사로부터 소외당한다. 더욱 심각한 것은 또 하나의 새로운 세기가 왔음에도 여전히 분단된 채로, 전 세계 나머지 나라들이 냉전의 오랜 세월 동안 체험한 모든 갈등과 격정에 사로잡힌 채 남아 있다는 점이다. 과연 한국인들이 어떻게 두 개의 서로 다른 체제를 화해시키고 마침내 통일을 이룰 것인가는 미래의 수수께끼로 남아 있다.

도대체 무엇 때문이라는 말인가? 이 같은 질문이 우리에게 상기시키는 이름이 있다. 바로 문익환이다.

3

문익환은, 1976년 3·1구국선언을 첫발로 삼고, 1994년 1월 18일 사면되지 못한 가석방 상태로 마석공원에 묻힐 때까지 햇수로는 19년간, 달수로는 215개월, 날수로 6529일 동안에 달수는 102개월, 날수로는 3102일을 밖에서 우리와 함께 살았다. 한국인들이 알고 있는 문익환에 대한 모든 추억은 그 백여 개월 동안의 것에 불과하다. 그러나 그는 우리에게 너무나 많은 추억을 남기고 말았다.

"영원한 청년이었다!"

"통일의 사도였다!"

"가슴이 뜨거운 인간!"

"낭만과 열정의 인간!"

결과적으로 청년도 아니었고 튼튼한 심장을 가진 것도 아니었지만(심장마비로 죽었다) 어쨌거나 그는 "청년처럼 가슴이 뜨거운 열정의 인간"으로 기억되고 있다. 그것은 우리에게, 천 번을 만나도 스쳐 지나가는 사람이 있고 한 번을 만나도 심장에 남는 사람이 있다는 북측의 한 노랫말을 생각하게 한다. 그가 생을 통해 그 같은 위업을 달성하는 데 사용한 것들은 지금 저잣거리의 사람들이 목숨을 바쳐서라도 성취하고자 하는 것들과는 온통 거리가 먼 것들뿐이었다. 우리가 가진 것, 비록 빈털터리일지라도 가지고 있는 생명과 사랑 그 자체만을 사용해서 그는 우리가 끝없이 '미완성적 허기'에 시달리며 애가 닳도록 돌진하고자 하는 부와 명예, 기타 성취의 영광들을 모두 합해서도 얻을 수 없는 것을 얻어버렸다.

그는 평생을 가난하고 근검하게 생활했다. 30평 남짓한 수유리의 자택에서 그는 노부모와 4남매를 부양하며 눈감는 날까지 자동차 한 대도 소유하지 않았다. 지금도 그의 집에서는 종이 한 장 헤프게 버려지지 않는다. 우편물 포장지나 서류봉투는 모두 재활용되고 나머지 내용물들은 책상에 보관된다. 이뿐만 아니라 아직도 최루탄 연기가 자욱한 현장에서 문익환이 받아든 유인물·배지·이름표 하나까지 그날 그 거리를 증언하며 고스란히 남아 있다. 허름하게, 낮게, 밑바닥의 사람들과 더불어 울고 춤추고 이야기하면서 한 번도 궁색한 음식을 탓하거나 밥 한 톨 남기는 것을 본 사람도 없다. 오히려 삶을 기뻐하며 어려운 이웃들을 위로하고 아픈 이들을 발본해 의술을 베풀었다. 교도소 안의 '개털 인생'과 하급 교도관들을 치료하면서 그가 개발한 '경락 파스 치료법'은 어지간한 병원 하나보다 더 큰 '진료 보시'를 세상에 남겼다.

4

이제 10주기가 지났지만 아직도 세상에는 그를 잃은 내면의 공동화로 마음고생을 겪는 이들이 남아 있다. 전태일의 어머니 이소선 여사는 이렇게 말한다.

"난 문 목사님 얘기는 가급적 피하려고 해요. 어디서 그 가족들만 마주쳐도 막 눈물이 나니까. 목사님 얘기를 한 번씩 쏟아놓고 나면 몸이 아주 엉망이 되어서 보름씩은 아무 일도 할 수 없어. 특히 우리 유가협 어머니들은 목사님 없는 세월을 어떻게 살았는지 모르겠다고, 목숨이 참 독하다고들 말해요."

그들을 그렇게 만든 무용담을 듣다가, 말하는 사람도, 듣는 사람도, 캠코더를 들고 녹화하는 사람도 눈물이 흘러 더 이상 취재를 할 수 없었다.

우리 세대의 많은 벗들은 '문익환 목사님!'을 각자의 전범典範으로 삼고 싶어 한다. 하지만 우리로부터 문익환까지의 거리는 마치 문익환으로부터 예수님까지의 거리만큼이나 멀 것이다.

그 먼 거리가 더욱 그립게 하는지 모르겠다. 어떤 대학생이 쓴 글에서 다음과 같은 이야기를 읽었다.

"지난해 겨울을 맞이할 때쯤이었다. 그런 고통으로 힘겨워하며 밤샘 회의를 마치고 난 새벽, 어디로든 훌쩍 떠나고 싶어 무작정 학교를 빠져나온 적이 있다.

이상하게도 발걸음이 청량리역을 향했고, 이른 아침 마석행 버스에 몸을 실었다. 말로만 듣던 모란공원 묘지에 처음 발을 내딛고 열사분들의 영정을 한 분 한 분 바라보며 무거운 발걸음을 위로 향하다 문득 유난히 커다란 영정사진 앞에 섰다. 통일할아버지, 우리들 마음속에 영원한 청년으로 살아남아 계신 늦봄 문익환 목사님의 너른 가슴이 환한 미소와 함께 반겨주고 계셨다. 그리고 또 하나의 영혼이 나를 맞았다.

문 목사님을 찾아왔던 수많은 사람들이 목사님께 전하고 간 글들, 그 한마디 한 글귀가 나의 가슴을 쓸어내리며 부끄러움을 돋아나게 했다. 왜냐하면, 한 평생을 신명나게 사셨지만 숱한 고생의 가시밭길을 온몸으로 거부하지 않으셨고 이제야 좀 편히 쉬고 계신 목사님께 다시 내 힘든 고단함을 내려놓고 짐 지우려고 찾아 왔던 우리 살아남은 자들의 못남이 서러웠기 때문이다. 물론 목사님은 넉넉하게 품어 안아주시고 계셨지만……."

우리 세대라고 해서 다르지 않다. 가끔 세상이 너무 추울 때, 밖에는 펑펑 함박눈이 내리고, 삶이 무거운 형벌이다 싶을 때 문득 '문 목사님의 말씀'을 떠올리게 된다.

"우리는 사랑이 없으면 아무 일도 못한다."

밤 서너 시. 일을 하다 말고 창밖을 내다보면 검은 밤거리는 언제나 고즈넉하다. 그 어둠속에서 '문 목사님'이 나타나는 날이 있다. 장난기 담긴 그 눈을 좋아했던 사람은 나 혼자만이 아니다. 이 시대 민중의 마지막 어버이였던 문익환. 그는 삶에 지친 우리에게 잔잔히 타이른다.

"사랑을 가져라! 사랑은 지치지 않는다."

후일담

낡은 수첩

1

1999년 3월 25일 정확히 오전 10시에 첫 걸음을 떼었다. 2년이면 끝낼 수 있다고 믿었는데, 만으로 5년을 까먹고도 완료형 시제를 사용하지 못한다.

그 이름 문익환!

그가 나서 자라고 헤쳐온 세상은 한없이 컸다. 북간도로, 요코하마로, 평양으로 취재를 다니면서 느꼈던 아득한 기분들을 표현할 언어가 내게는 없다. 내심 자신했던 1980년대조차도 감당할 수가 없었다. 얼마나 많은 영혼들이, 나도 살았던 그 역사 속을 굽이쳤던가.

그날들, 그 거리들을 아직 통과 해버리지 않은 어린아이로 다시 태어나고 싶어 하는 것은 얼마나 과욕한 마음인가.

하지만 사람들이 자꾸 이 아름다운 거인을 잊어간다는 조바심 때문에 눈 딱 감고 원고를 넘겨버리기로 했다. 2000년《작가》지 가을호부터 세 차례에 걸쳐서 장문의 문익환 이야기를 썼으며, 2002년 11월부터 1년간 시사주간지 《뉴스메이커》에 연재를 했는데, 그것이 책을 내는 데 결정적인 도움이 되었다.

그간 신세졌던 분들에게 나는 나쁜 사람이다.

2

'문익환 정보'를 사유화하지는 않을 생각이다. 취재한 결과물(인터뷰 내용 및 사진 등)은 대부분 '통일맞이' 자료함에 보관해두었으니 언제라도 열람할 수 있을 것이다. 더불어 이 평전이 '가지 않은 길'을 위해 약도를 남기는 게 도리라고 생각했다.

문익환의 영토를 내 방식으로 개괄하면 이렇다. 이 거인은 1918년 북간도 명동촌에서 출현하여 1994년 성남모란공원에서 자취를 감추었다. 그 경로를 생물학적으로 추적하는 것은 어렵지 않다. 만주에서 유·소년기, 일본과 미국에서 청년기, 남한에서 장년 이후를 살았는데, 생의 태반은 만성 병약자였고, 노년에는 강건했다. 거주지를 옮긴 것은 열여덟 번. 명동촌-용정-평양-용정-도쿄-금강산-도쿄-봉천-신경-경북 영천-서울-프린스턴-도쿄-판문점-도쿄-프린스턴-서울-뉴욕(유니온신학대학)-서울(여기에는 여섯 번의 법무부 장소들이 따로 있다). 하지만 우리가 주목할 것이 생물학적 건재는 아니다. 거인은 사회학적으로, 명동소학교생-외할아버지 김하규의 서당교육생-용정 해성소학교생-은진중학생-평양 숭실중학생-용정 광명중학생-일본 도쿄신학교생-만주 봉천 만보산교회 전도사-신경 중앙교회 부목사-김천 배영중학교 영어교사-조선신학교생-미국 프린스턴신학교생-연세대학교

강사-한신대학교 교수-한빛교회 목사-성서 공동 번역 책임 위원-3·1민주구국선언사건 수감자-김대중 내란음모사건 수감자-민통련 의장-시국사건 수감자-전민련 고문-방북사건 수감자-범민련 남측 본부 의장-시국사건 수감자-칠천만 겨레모임 통일맞이 발의자 등의 신분을 거쳤다. 신학적으로는, 김약연·이동휘·문재린·김신묵의 영향 아래서 '영성'이 발현되기 시작하여, 처음에 교사의 길을 꿈꾸다가 목회자의 길을 발견했고, 이권찬 목사의 권유로 일본 유학을 떠난 후 줄곧 신학적 심화의 길을 걷는다. 와중에 김재준 목사, 함석헌 옹의 영향을 받았으며, 문동환, 안병무, 장준하, 전택부 등과 복음동지회에서 활동했다.

여기까지의 자취는 뚜렷하나 정작 어려운 것은 이제부터다. 도대체 그 내면이 형성된 경로는 어떻게 추적해야 하는가. 그의 사회학적 정체성은 무엇인가.

1999년이라고 기억된다. 언론에서 한창 20세기를 대표하는 한국의 인물들을 선발한 적이 있다. 10대 인물을 뽑을 때는 신분적 정체성을 묻지 않으므로 거기에서 문익환이 제외되는 경우는 드물다. 그러나 20대 인물을 뽑을 때는 조금 달라진다. 어떤 자리에서는 종교 지도자에, 또 어떤 자리에서는 문화 인사에, 그리고 어떤 자리에서는 정치 인물(민족 지도자)에 분류된다. 내가 취재를 시작할 무렵 한신대학교 총학생회에서도 학생들에게 '늦봄 문익환'의 신분적 정체성을 묻는 여론조사가 있었다. 문익환을 '통일할아버지'라 부를 것인가, '문익환 선생'이라 할 것인가, '문익환 목사'라 할 것인가를 묻는 질문이었다. 가장 많이 득표한 항목은 '문익환 선생'이었다. 한용운 스님이 '선생님'이라 불렸던 것과 같은 맥락이었다. 문익환을 통일할아버지라 부르는 것도 틀리지는 않을 것이다. 갑오농민운동을 이끌었던 전봉준은 서당 훈장 출신이지만 녹두장군을 살려서 장군이라 부른다. 한 인물의 역사적 위대성을 만들어낸 '삶의 영감'이랄까, '상상력'이랄까, 생의 진로를 이끌어가는 힘이 어디에서 나왔는가를 살피는 것은 중요한 일이다.

나는 '목사님!'이 옳다고 보았다. 문익환은 그리스도인이요, 그가 추구해온 가치는 정치 사회적으로 인권운동, 민중운동, 통일운동 등으로 보이지만 내면적 실체는 '그리스도적 가치의 실현'이 아니었겠는가. 중년을 넘기면서 관심의 초점을 '교회에서 세계로' 옮겨가지만 그러한 '동력'을 준 것도, 또 그러한 삶을 통해 도달하고자 한 곳도 '그리스도적 가치의 구현'이었다. 그는 재야의 실천을 통해 끝없이 그리스도인의 자리로 회귀한다. 이뿐만 아니라 객관적으로도, 나는 '교회 밖에서 성장'한 사람이지만 그의 궤적을 더듬으면서 예수에 대해 '한 민족의 고민이 아닌 전 세계의 고민을 지고 죽은 그리스도'라는 상을 갖게 되었다. 문익환의 행적에서 '인류 보편의 가치', 즉 우리 민족만의 가치가 아니라 '지구적이고 우주적인 가치'가 발견된다는 점은 분명히 다른 재야인사들과 다른 점이다. 다른 이들이 '불의와 싸웠다!'고 이야기할 만한 곳에 뛰어들어 그는 '양들을 섬겼다!' 다만 한 가지, '민족주의적 기독교도'를 자임하면서 '민족사적 수난'을 통해 '히브리인의 슬픔'을 읽은 것은 뛰어난 역사의식의 산물로 보인다. 그래서 나는 그의 "정서적 조국은 고구려였으며, 영혼적 혈통은 유목민"이라고 썼으며, 이것이 내가 세운 '문익환상'의 열쇠어가 되었다.

이 같은 인식이 평전의 골격에 세울 자료군을 다소 바꾼게 사실이다. 문익환의 존재적 근원을 재건하면서 참고한 자료는 작가 송우혜 선생의 『윤동주 평전』이었다. 『윤동주 평전』에, 문익환은 '구술자의 입'으로 동참하고 있다. 윤동주의 생애는 대부분 '문익환가'의 구술로 재건되고 있는 것이다. 성장기를 그리는 데 결정적인 도움을 준 것은 문동환 박사가 손수 정리한 회고록이었고, 재야 시절 이후는 자필 회고록이라 부를 만한 편지글들이 있었으며, 말년의 풍경은 박용수 시인이 쓴 몇 편의 산문에 의존했다

문익환의 내면세계를 파악하는 데 중요한 역할을 한 것은 아버지 문재린 목사의 삶인데, 그분에 대해서는 하나의 독자적인 평전이 나와야 할 필요가 있는 게 아닌가 생각된다. 기초 자료로 라면박스 두 개 분량의 기록물이 있지만 해독이 쉽지 않았다. 더불어 어머니 김신묵에 대해서는 손녀 문영미가 정리한 자료를 참고했다.

다음으로, 김을 빼지 않기 위해서 일부러 되도록 적게 건드린 영역이 있다. 바로 아내 박용길 장로의 일대기이다. 박용길 장로의 성장기와 문익환 사후의 일화들에 얽힌 그 많은 이야기들 중 재미있는 부분을 이상한 심리가 작동하여 나는 되도록 건드리지 않으려 애썼다. 이 이상한 심리를 남들이 작가적 철저성이 결여된 것으로 질타할 것인지 아니면 "감나무 가지에 까치밥 하나"를 남겨둘 줄 아는 '조선의 마음'을 가진 자로 읽어줄 것인지에 대해서는 타산해보지 않았다. 분명한 것은 누군가 '박용길 장로'의 평전을 쓰려고 나선다면 그 극적인 요소들이 이 평전에 의해 거의 훼손되지 않았음을 느낄 수 있을 것이다. 엄청나게 재미있는 일화들이 많지만 나는 그것을 매우 '성숙된 여성관'을 가진 필자가 썼으면 좋겠다고 생각했다. 문익환의 역사에서 박용길 장로가 완성시켰다고 이야기되는 페이지가 생략된 것은 이 때문이다.

3

이제 문익환 기행을 떠날 분들을 위해 현재 상태를 소개해두겠다.

하나, 북간도 생가.

북간도 명동촌은 중국 지린성 허룽현에 속해 있다. 용정에서 택시로 30분쯤이면 닿을 수 있는 거리. 문익환 생가는 장재촌 위의 둥거우에 있는데, 그 터는 현재 흔적 하나 없이 밭이 되었다. 명동교회 앞에 '생가'라고 소개되는 곳이 있으나 명동교회와 옛 명동학교 터 사이에 있는 집이 생가 터는 아니다. '생가'라고 소개되는 곳에 사시는 할머니가 집안 친척인 것은 확실하며, 실제로 기억들을 간직하고 있다. 김약연 선생이 사시던 장재촌은 건재하며, 그 마을에 있는 오래된 기와집 한 채는 문익환이 태어날 당시의 생가와 비슷하여 옛 맛을 느낄 수 있다.

장재촌에서 나오면, 문익환 형제가 가장 아름다운 곳으로 꼽았던 과수원(문익환, 윤동주, 송몽규와 함께 시인이 된 친구 김정우네 집이었던)이 있었는데, 그 과수원은 중국공산당의 토지개혁과 문화혁명 때 참화를 입어서 자취를 감추었다. 또한 안중근이 권총사격을 연습했으며 15만 원 사건이 일어났던 선바위는 한눈에 알아볼 수 있다. 조정래 선생님이 『아리랑』을 쓰기 위해 답사하면서 기행문을 남긴 적이 있다. 아쉬운 점이 있다면 명동 사람들이 성소로 생각했던 그곳을 중국 공산당이 사형집행 장소로 사용했다는 점이다.

둘, 명동교회.

정재면 선생의 주장으로 시작된 교회는 옛 모습대로 복원되어 지금 당장이라도 여행을 가면 둘러볼 수 있다. 윤동주의 시에 나오는 교회가 이 교회인데, 교회 옆 우물이 있는 집이었던 윤동주 생가는 복원되어 여행객이 쉽게 찾을 수 있게 표지판이 있으나 크기와 방향, 규모 등이 조금씩 달라져 있다. 현지에 약간 촌스러워 보이는 안내원 아저씨가 배치되어 있는데 설명력이 탁월하여 매우 인상적이었던 기억이 새롭다.

셋, 명동학교.

문익환, 윤동주 등 동기생 열네 명이 다녔던 명동학교는 마을 동쪽 벌판 가운데로 옮겨갔다. 당시의 학교 터는 교회 앞 골목을 따라 들어가면 공터가 나오는데, 그 시절을 기억하는 분을 만나서 설명을 들으면 학교 터를 충분히 알 수 있으나 안내자가 없으면 식별이 어려울 것이다.

넷, 용정 은진학교.

문익환 목사님이 중학교를 다니던 무렵의 학교들은 모두 한곳에 모아져 기념관을 가지고 있어서 옛 모습이나 느낌은 실감할 수 있다. 그러나 장소는 다르다. '영국덕이'는 동산을 낀 언덕인지라 지금도 충분히 찾을 수 있는데 내가 방문할 당시는 큰길가에 목재소가 있었다.

다섯, 봉천과 신경.

이 두 곳의 지명은 본래 일본 사람들이 지은 것이라 하여 봉천은 현재 선양으로, 신경은 창춘으로 바뀌어 있다. 문익환 목사가 일본에서 징병을 파해 옮겨온 봉천신학교는 지금도 교회로 운영되고 있어서 어렵지 않게 찾을 수 있다. 해방을 맞았던 신경 중앙교회는 아파트촌으로 변해 있어서 흔적을 찾을 길이 없다.

여섯, 일본 도쿄와 요코하마, 그리고 일곱, 평양. 이것들은 생략하자.

여덟, 서울.

수유리 '통일의 집'에는 박용길 장로님이 사시고 그 바로 앞집에 딸 문영금 선생님이 사시는데, 모든 정보는 그분에게 묻는 것이 가장 빠르고 정확하다. 목사님의 유지사업이었던 '칠천만 겨레모임 통일맞이'는 영등포에 위치하고 있으며 그곳에서는 현재 '통일을 맞이하려는 사업'과 '문익환 목사 기념사업'이 이루어지고 있다.

그 밖에도 해외의 주요 나라에는 모두 문 목사님의 친지들이 살고 있어서 예의 바르게 문의하면 언제라도 도움을 받을 수 있다. 연변에는 문영환 교수, 미국에는 문동환 박사, 캐나다에는 문선희 선생님이 사신다.

끝으로 내가 구술을 받으러 다니면서 음성 또는 영상으로 녹취한 분들의 명단과 참고문헌으로 사용한 자료들의 목록은 따로 정리하겠다. 1999년에 자료를 수집할 때는 출처에 대한 기억들이 전혀 염려되지 않았으나 5년이 지나는 동안 대부분의 기억이며 메모들을 잃어버렸다. 복사본을 가지고 있을 뿐 이제 와서 그 출처를 찾아내는 것은 불가능하다. 연보는 내가 이 작업을 시작하면서 취재를 위해 작성한 것을 그대로 사용하는 것이 좋을 것 같아서 고치지 않았다.

이제 내가 할 수 있는 이야기는 모두 끝났다. 그러나 마음이 왜 홀가분해지지 않는지 모르겠다. 마음먹고 덤볐으나 결과가 미흡하다는 생각이 끝없이 남는다. 모든 게 성격 탓이라면 다행이련만!

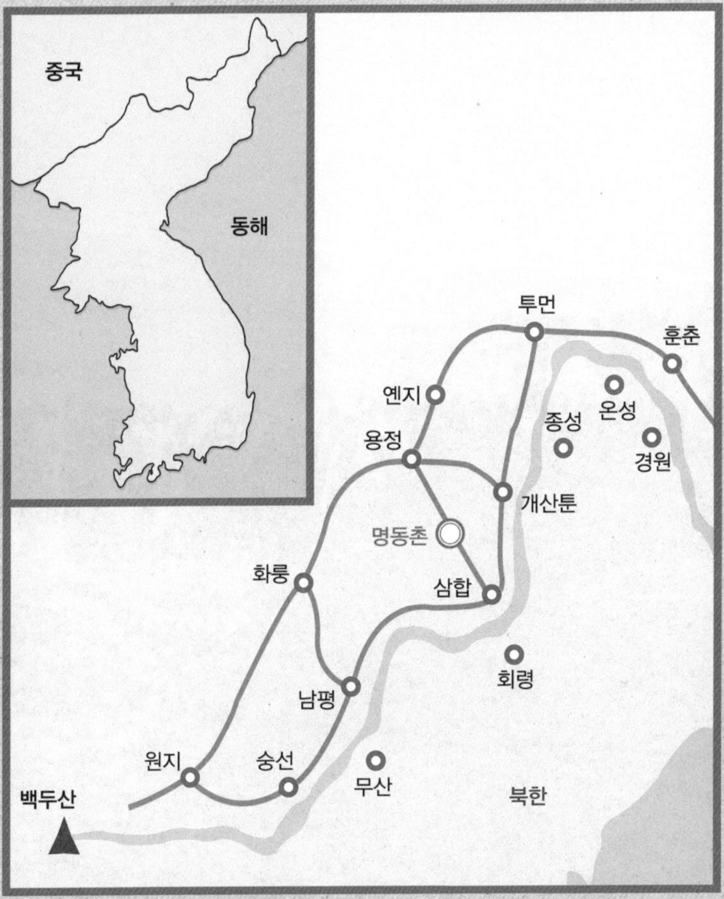

북간도 용정촌 지도

용정의 만세운동.
이때 문익환은 생후 9개월의 나이로 어머니의 등에 업혀 일본 경찰에게 연행되었다.

처음 사진기에 포착된 소년 문익환. 오른쪽 두 번째.

장차 분단의 씨앗이 될 좌우 갈등을 그는 학창시절에 체험했다.

일제는 그에게서 유년 시절부터의 친구 윤동주를 데려갔다.
평양 숭실학교 시절, 오른쪽이 윤동주, 뒷줄 가운데가 문익환.

1941년, 스물네 살에 폐병을 얻어 금강산에서 6개월간 휴양했다.

문익환과 박용길은 1944년 6월 17일, 서울 안동교회 최거덕 목사의 주례로
결혼식을 올렸다.

만주 만보산교회 전도사 시절, 일제의 징집을 피한 신혼이었다.
왼쪽부터 문익환, 박용길, 문동환.

해방되던 해, 문익환은 만주 신경에서 목회활동을 하고 있었다.
뒷줄 오른쪽이 문익환 · 박용길 부부.

1945년 용정에서 할머니 장례식 때. 문씨 일가는 지금도 남 · 북 · 해외에 흩어져 살고 있다.
뒷줄 왼쪽부터 문채린, 김신묵, 문익환, 박용길, 문동환

장남 문호근의 돌잔치 때 모여 앉은 가족들.

문익환은 아내 박용길을 '연분홍 코스모스'라고 불렀다.

문익환은, 자녀를 길러서 가정을 건설하는 일을 '하느님의 기업'이라고 불렀다.

문익환의 신학세계는 자유롭고 유연했다.
그는 어떤 종교에 대해서도 배타성을 드러내지 않았다.

미국 프린스턴신학대학 교정에 서다.

수유리 한신대학교 캠퍼스를 끼고 걷는 문익환 · 문동환 부부.

미국 유학 중 망중한을 즐기고 있는 문익환 목사.

판문점에서 통역원으로 일하던 시절.

판문점에서 회담장으로 들어가고 있는 북측 대표 남일 장군.

장남 문호근의 서울대학교 졸업식.
왼쪽부터 문성근, 김신묵 권사, 문호근, 문채린 목사, 박용길 장로.

자신은 늦봄, 아내는 봄길. 두 사람의 사랑은 늙어서도 사춘기 무렵의 푸름을 잃지 않았다.

1976년 첫 투옥 때 목숨을 건 단식을 끝내며 그는 '민중-살림'의 길을 가기로 결심했다.
사진은 석방 직후 모습.

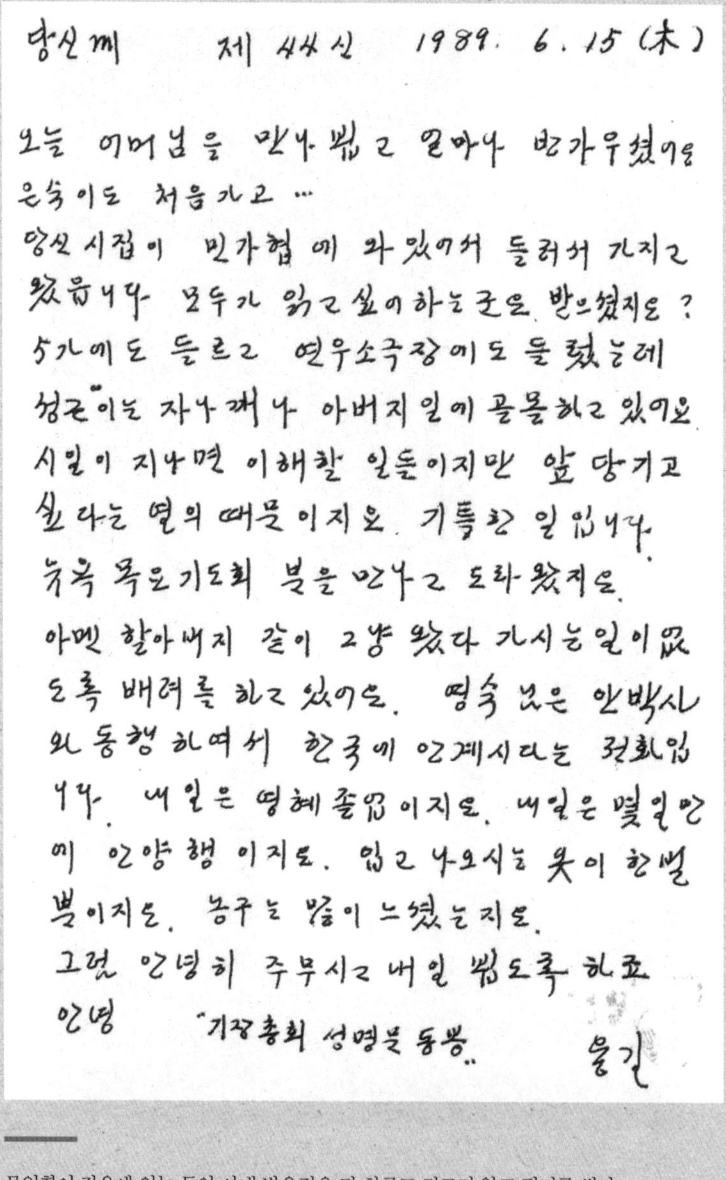
당신께 제 444신 1989. 6. 15 (木)

오늘 어머님을 만나뵙고 얼마나 반가우셨어요
은숙이도 처음가고 …
당신 시집이 민가협에 와 있어서 들려서 가지고
왔읍니다. 모두가 읽고싶어하는군요. 받으셨지요?
5가에도 들르고 연우소극장에도 들렀는데
성근이는 자나깨나 아버지일에 골몰하고 있어요.
시일이 지나면 이해할 일들이지만 앞당기고
싶다는 열의 때문이지요. 기특한 일입니다.
뉴욕 목요기도회 분을 만나고 도라왔지요.
아멘 할아버지 같이 그냥 왔다 가시는일이 없
도록 배려를 하고 있어요. 영숙 님은 안박사
와 동행하여서 한국에 오게시다는 전화입
니다. 내일은 영혜졸업이지요. 내일은 몇일만
에 오양행 이지요. 입고 나오시는 옷이 한벌
뿐이지요. 농구는 맛이 느셨는지요.
그럼 안녕히 주무시고 내일 뵙도록 하죠
안녕 "기장총회 성명문 동봉.. 용길

문익환이 감옥에 있는 동안 아내 박용길은 단 하루도 거르지 않고 편지를 썼다.
정서가 메마르거나 딱딱해지지 않도록 색종이와 그림과 들꽃이 어우러진 편지가 태반이었다.

전쟁을 겪은 후, 히브리 사람들의 광야를 헤매면서 공부하고 또 공부했다.

문익환은 '찬송가위원회' 활동을 하면서 교회음악의 현대화에도 큰 관심을 보였다.

평생 가슴에 고인 사명은 제대로 된 '우리말 성서'를 번역해내는 일이었다.

'3 · 1구국선언사건' 관련자 가족들이 보라색 옷과 양산을 이용하여 시위하는 모습.

1991년 분신정국에서 당국의 거듭된 구속협박에도 불구하고
그는 기어이 장례위원장을 맡고는 보란 듯이 또 감옥에 갔다.

그는 아픈 자들에게 "나는 '섬김'을 받으러 온 것이 아니라 섬기러 왔다!"는 예수의 말을 보여주었다.

철거민들의 생존권 투쟁 현장에서.

문익환이 구속되면 박용길은 지체 없이 거리투쟁에 나섰다

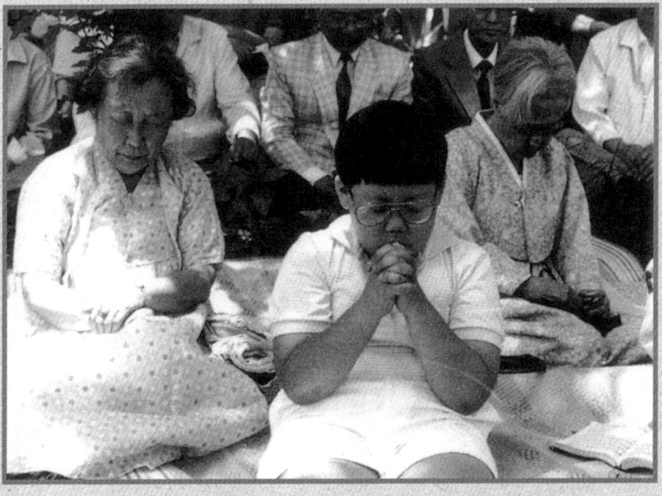

문익환의 석방을 비는 기도.

문익환 의장의 석방을 요구하는 재야 민주인사들.

문익환은 숱한 무용담을 뿌리며 엄숙한 재야운동을 환희의 축제로 바꾸어버렸다. 고은과 함께.

민통련 간부들과 수련회에 가서 한담을 나누는 모습.
그는 이 사진에 담긴 자신의 모습을 가장 좋아했다.

"문익환이 활동하는 동안 민주주의의 운명을 결정짓는 곳은 민(民)이었다. 사람들은 민통련 의장 문익환을 '민통령'이라고 불렀다."

1989년 평양 방문 때 김일성 주석과 만나다.

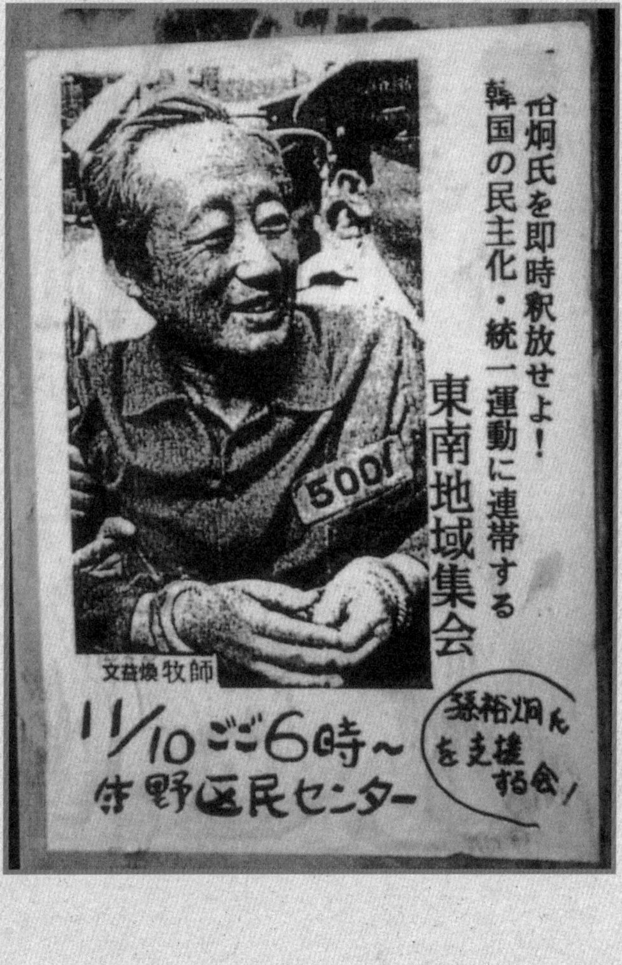

방북으로 투옥됐을 때 일본의 거리에 붙은 포스터.

한반도에서 지난 한 세기 동안 인간성을 위협해온 '냉전 감정'이라는 위험한 심리는 누구보다도 그를 통해서 약화되었다. 문익환으로 인해 우리 민족은 수치심 없이 저 아득한 20세기의 나날들을 다시 들여다볼 수 있게 되었고, 분단 · 전쟁 · 국가폭력 같은 두려운 단어가 아닌 따뜻한 언어로 우리의 역사를 기억할 수 있게 되었다. 어떤 악조건 속에서도 인간의 품위를 잃지 않고 꿈과 사랑을 보여준 그의 업적 덕분에 새로운 세대는 다른 눈으로, 더 잘, 더 자유롭고 정직하게 자기들의 시대를 껴안을 수 있게 되었다."

'방북보고대회' 천안역 집회.

문익환이 죽었을 때 많은 사람들이 정서적 공황상태에 빠졌다.
지금도 1월 18월이 되면 그의 묘소인 마석모란공원에는 많은 사람들이 모여든다.

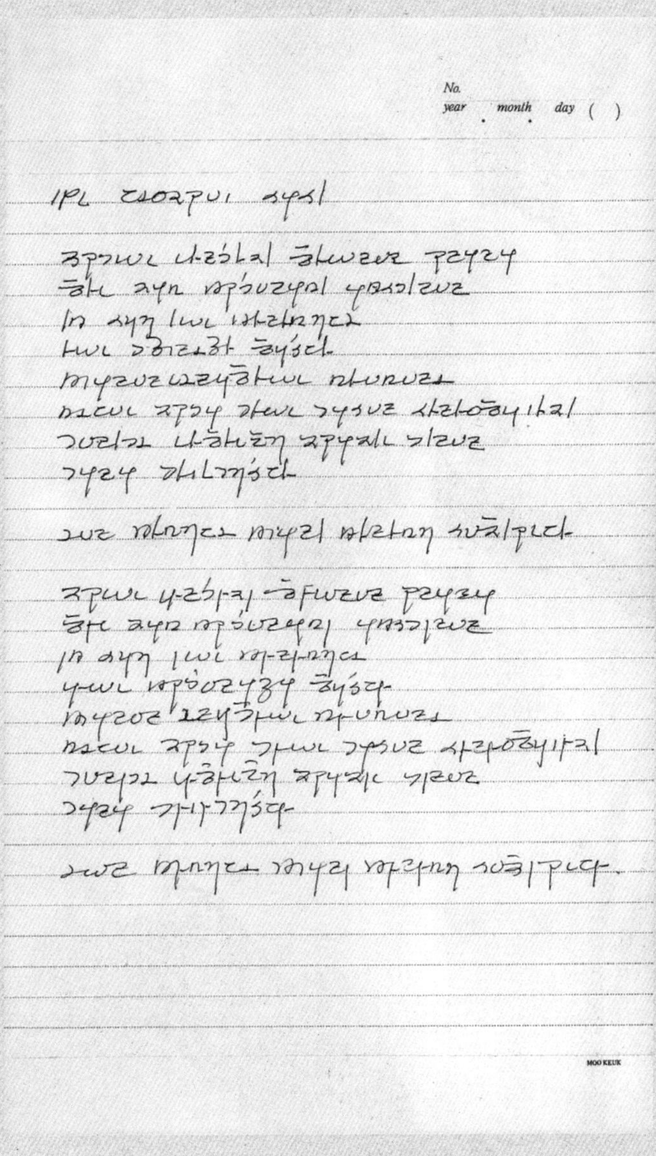

한글 풀어쓰기 연구는 문익환이 성서 번역 다음으로 중시한 과업 중 하나였다.
그의 노트에는 윤동주의 「서시」를 자신이 연구한 표기법으로 정서해둔 기록이 있다.

그는 소외된 모든 사람들을 다 사랑하고 나서, "사랑은 남아도는 젖처럼 넘치는 생명을 가진 강자에게만 있는 것입니다"라고 말했다.

1883년	봉금령 해제(도강령 공포).
1886년	윤하현(윤동주 조부)家 도강.
1895년	회령, 김신묵 출생.
1896년	종성, 문재린 출생.
1899년	김약연家·김하규家·문치정家·남위언家 도강.
1900년	윤하현家 자동에서 명동으로 이주.
1906년	이상설, 용정에서 서전의숙 설립, 명동은 이때까지 세 개의 서당이 있었음.
1908년	4월 27일, 명동의숙 개교. 장재촌 동구 부락에 문씨댁 건축(이곳이 문익환 생가).
1909년	명동학교에 정재변(일명 정병태) 선생 부임. 5월에서 6월 사이 명동교회 창설.
1910년	명동학교에 중학과정 생김.
1911년	3월 31일, 문재린과 김신묵 결혼.
1914년	4월, 문치정 별세. 김신묵, 명동여학교 졸업.
1916년	김신묵, 7인 명동비밀결사대 가입(이동휘 선생 딸이 리더였음), 명동여학교 동창회장과 여 전도사에 피선됨.

1917년	문재린, 베이징 유학에서 귀향. 12월 30일, 윤동주 출생.
1918년(1세)	양력 6월 1일, 문익환 탄생.
1919년(2세)	3월 13일, 용정 만세시위에 김신묵 등이 참가하고 문재린은 3·1봉기에 가담, 북간도 대한국민회 가담. 양력 10월 24일, 서울에서 박용길 출생.
1920년(3세)	10월, 일본 간도 대토벌 시작. 11월, 문재린 일본영사관에 구금됨.
1921년(4세)	문동환 출생. 문재린 석방되어 이듬해 명동교회 장로로 피선됨.
1925년(8세)	명동소학교 입학.
1927년(10세)	4월 8일, 문선희 출생.
1928년(11세)	문재린, 캐나다 유학.
1929년(12세)	5학년 때 윤동주와 송몽규가 문예지《새 명동》발간.
1931년(14세)	3월 20일, 명동소학교 졸업. 4월, 명동이 공산화됨. 1931년 초 용정으로 이주하고 윤동주 일가 등도 늦가을쯤에 용정으로 이주.
1932년(15세)	북간도 용정 해성소학교 졸업하고 은진중학 입학. 문재린 목사 용정 중앙교회 사무.
1933년(16세)	송몽규, 동아일보 신춘문예에 콩트 당선. 박용길, 서울 방산국교 졸업.
1935년(18세)	봄, 평양 숭실학교로 전학(4학년 편입). 가을, 윤동주 숭실학교로 전학(3학년 편입).

1936년(19세) 4월, 신사참배 문제로 시위, 동맹 퇴학.
광명학원 중학부 5학년 편입, 윤동주는 학적부에 편입 날짜 4월 6일로 명시됨.

1937년(20세) 문영환 출생.
3월, 박용길 경기여고 졸업하고 바로 일본 요코하마여자신학교로 유학 감. (여기서 북간도 교육제도의 형편을 알 수 있음. 문익환은 정규 과정을 제대로 거쳤어도 불가피하게 한 해씩 정체되고 있다.)
송몽규, 중국에서 독립운동하다 체포됨.
광명중학교 졸업.
1년간 교사로 지냄, 장래 꿈이 교사여서 교사 수기를 많이 읽음.

1938년(21세) 도쿄 일본신학교 입학.
윤동주, 서울 연희전문 문과에 입학.

1939년(22세) 문은희 출생.

1940년(23세) 6월 26일, 3년 3개월 만에 박용길 일본 요코하마여자신학교를 졸업함.
도쿄 시나가와(品川) 교회 전도사가 됨.
이때 문익환은 시나가와 교회에서 봉사활동을 하고 있었음.

1941년(24세) 박용길, 서울 승동교회 전도사로 활동.
문익환, 폐병으로 인해 금강산에서 6개월 동안 휴양.

1942년(25세) 윤동주, 도쿄 릿교대학 휴학.

1943년(26세) 학병 거부, 만주 봉천신학교로 옮김.
만보산 한인교회에서 전도사 활동 시작. (만보산은 창춘에서 더 시골로 들어간 곳에 위치함.)

1944년(27세) 6월 17일, 박용길과 평생 가약. 주례는 서울 안동교회 최거덕 목사.

1945년(28세) 신경 중앙교회 전도사로 근무. (신경에서 해방을 맞음. 「가고파」의 김동진이 같은 교회에서 성가대 지휘.)

첫째 딸 문영실 태어남.
윤동주, 후쿠오카형무소에서 사망.
문재린, 일본 헌병대에 체포된 뒤 성진감옥에서 석방되고 다시 용정 조선공산당에 체포됨.

1946년(29세) 1월, 문재린 석방. 문영실 죽음.
1월 21일, 문재린, 국자가 주둔 소련사령부에 체포됨.
4월 26일, 문재린 출감.
6월, 문익환 부부를 제외한 전 가족 월남.
8월, 걸어서 신의주, 사리원, 개성을 거쳐 서울에 도착함. 그 길로 아버지의 목회지 김천으로 내려감. 김천 배영중학교에서 영어교사로 봉직.
11월 17일, 문호근 출생.

1947년(30세) 6월 17일, 한신대학교를 졸업하고 목사 안수 받음. 구미교회 전도사, 을지교회 전도사 등을 지내며 몇몇 동지와 복음동지회를 만듦. (이때 가족은 김천에 있었음.)

1948년(31세) 7월 7일, 김천에서 문영금 출생.

1949년(32세) 미국 프린스턴신학교 유학. (박용길에게 의논도 하지 않고 혼자 떠남.)

1950년(33세) 3월 3일, 성북 신암교회에서 문의근 출생.
6월, 전쟁 발발, 유엔군 자원.
도쿄GHQ(유엔극동사령부)에 근무, 정전회담 통역. 이때 정경모와 만남.

1952년(35세) 박용길. 1954년까지 요코하마 한인교회에서 전도사 생활.

1953년(36세) 도쿄에서 문성근 출생.
미군들을 대상으로 한 한국어학교 교장으로 재직.

1954년(37세) 박용길 귀국.
8월, 재차 도미. 프린스턴신학교 대학원 과정을 마치고 신학석사 학위를 받음.

1955년(38세) 박용길, 한빛교회 창설과 함께 집사를 맡음.
문익환, 한빛교회에서 목사로 활동 시작.
한신대학교·연세대학교에서 구약학 강의.
[설교] 4월, 세상의 소금/생명양식.
11월, 삼일기도회 – 안팎이 없는 기도/야곱의 기도
12월, 약속의 성취/사람이 산다는 것은 무엇인가

1956년(39세) [설교] 1월, 신생/목회기도/새 마음의 창조/하나와 아흔아홉/하나님의 교회/우리는 누구에게 기도합니까/엘리야의 기도와 바알선지자들의 기도/아버지의 사랑 아들의 사랑/바리새인의 기도와 세리의 기도/삼일기도회/늦지 않았다.
2월, 성령의 기도/감사하는 사람/전적인 사랑.
3월, 밤중에 문을 두드리는 손님/사랑을 동기로 한 기도/호산나.
4월, 기도 및 갈랫길/아브라함의 믿음/요나의 기도/오늘이라는 이날/드리는 기도, 노아 홍수의 교훈/기도
5월, 자녀를 위한 기도/무엇이 위기인가/참 지도자/네가 어디 있느냐.
6월, 기도/알지 못하고 구하는 기도/주의 제자들/가치판단의 전도/건축/가지는 믿음과 주어지는 믿음.
7월, 감사하는 길, 그리스도의 군병 1·2/회개와 세례.
8월, 먼저 구할 것/기도 및 만민의 기도하는 집/하나님의 초대.
9월, 사랑의 개가/가장 긴요한 것을 구하는 마음/해산하는 고통 – 신학교 채플시간/두 나라/기도와 찬양/밤중에 문을 두드리는 손님/그리스도인은 남다른가
10월, 기도/참사랑/우리는 무엇을 했는가.
11월, 개인의 중요성/기도/먹든지 마시든지/참 그리스도인의 모습을 찾아서/슬픔을 아는 사람/예수의 이름으로 구하는 기도/욥의 감사/주 안으로.
12월, 따뜻한 사람/이 해가 가기 전에/불가피한 생/하느님의 말씀이신 예수/믿음과 애국심/구약을 읽는 법.
[글] 6월, 「살아나온 사해문집」, 《십자군》.
9월, 「예언자와 역사」, 《신학연구》.
10월, 「구약의 하나님」, 《군종월보》; 「예언자와 역사」, 《한국신학대학보》 2집.
12월, 「구약에 나타난 계약의 의의」, 《십자군》.

1957년(40세) 『성령』(크리스천문화사) 출간.
[설교] 1월, 기도 및 어린아이 같은 사람/자기에게 엄격한 사람/젊은 종 사무엘의 소명.
2월, 기도/참사랑의 사람/하늘을 쳐다보자.
3월, 주기도문 연구(1) – 우리 아버지/아름다운 발.
[글] 5월, 「구약에 나타난 평화의 의의」, 《십자군》.
9월, 「하나님의 결의」(성서연구), 《기독교사상》.
11월, 「구약에 나타난 진리의 의의」, 《십자군》.
「구약에 나타난 하나님의 영」, 《임마뉴엘 총서》 (6).

1958년(41세) [글] 1월, 「이스라엘 민족과 권위」, 《기독교사상》.
3월, 「예레미아의 인물과 시대」, 《기독교사상》.
4월, 「예레미아의 소명」, 《기독교사상》.
5월, 「예레미아의 초기 예언」, 《기독교사상》.
6월, 「예레미아의 슬픔」, 《기독교사상》.
7월, 「예레미아의 신명기 종교개혁」, 《기독교사상》; 「세 십자가」, 《기독교사상》.
8·9월, 「예레미아의 새 세계」, 《기독교사상》.
10월, 「예레미아의 예언 행동」, 《기독교사상》.
12월, 「성령을 받은 사람」, 《설교계》.

1959년(42세) [글] 3월, 「예레미야서의 이해」 (1), 《기독교사상》.
4월, 「예레미야서의 이해」 (2), 《기독교사상》.
5월, 「예레미야서의 이해」 (3), 《기독교사상》.
6월, 「예레미야서의 이해」 (4), 《기독교사상》; 「하나님과 아브라함의 대화」, 《군종월보》.
7월, 「예레미야서의 이해」 (5), 《기독교사상》.
8·9월, 「예레미야서의 이해」 (6), 《기독교사상》.
9월, 「예레미야서의 이해」 (7), 《기독교사상》.

1960년(43세) [글] 2월, 「죽음에 관한 성서의 물음과 대답」, 《기독교사상》.
3월, 「야훼 신앙과 신화」, 《신학연구》.
4월, 「신전통주의 신학의 전망」, 《기독교사상》.
7월, 「사월혁명의 느낌 몇 토막」, 《기독교사상》.

8·9월, 「구약성서개론 문익환 평」, 《기독교사상》.
11월, 「한국 크리스천의 신앙 생태」, 《기독교사상》.
1960~1961년 「이스라엘 전승사의 신학」, 《신학연구》.

1961년(44세) [글] 1월, 「연세대학교 분규를 슬퍼한다」, 《기독교사상》.
4월, 「첫 복음서의 번역을 마치고」, 《기독교사상》.
7월, 「신학교육의 원리」, 《기독교사상》.
8월, 「문학정신에서 본 구약성서」, 《기독교사상》.
12월, 「섬기는 주로서의 그리스도 고난의 종」, 《기독교사상》.

1962년(45세) [글] 4월, 「시편 강화」, 《기독교사상》.
11월, 「예언운동의 개척자들」 (1), 《기독교사상》.
12월, 「예언운동의 개척자들」 (2), 《기독교사상》.

1963년(46세) [글] 1월, 「예언운동의 개척자들」 (3), 《기독교사상》.
2월, 「예언운동의 개척자들」 (4), 《기독교사상》.
3월, 「예언운동의 개척자들」 (5), 《기독교사상》.
12월, 「내가 영향받은 신학자와 그 저서」, 《기독교사상》.

1964년(47세) [글] 3월, 「구약의 구속신앙과 창조신앙」, 《신학연구》; 「하늘과 땅의 긴장」, 《기독교사상》.
4월, 「신학 교과목 작성의 실제」, 《기독교사상》.
7월, 「한국인의 소슬한 종교－기독교 토착화의 새로운 제창」, 《새 것, 아름다운 것》.
10월, 「보고 듣고 느끼고」, 《기독교사상》.

1965년(48세) [글] 2월, 「신목사의 새 종교」, 《기독교사상》.
4월, 「성서와 국어」, 《기독교사상》.

1965~1966년(48~49세) 미국 유니온신학교에서 1년간 수학.

1967년(50세) [글] 3월, 「하늘은 무너지고 땅은 꺼지다」, 《기독교사상》.
6월, 「창조의 뜻」(성서연구). 《기독교사상》.
7월, 「실낙원의 뜻」(성서연구). 《기독교사상》.

9월, 「소수의 잔존자」(성서연구). 《기독교사상》.
10월, 「창조의 말씀」(성서연구). 《기독교사상》.
11월, 「절규 고백 응답」(성서연구). 《기독교사상》.
12월, 「창조적인 행위」(성서연구). 《기독교사상》.
「창조사와 구속사」, 《신학연구》.
「김정준-이스라엘의 신앙과 신학」, 《신학연구》.

1968년(51세) 한빛교회 목사로 시무.
4월, 신·구교 공동 구약 번역 책임위원으로 8년간 일하면서 구약의 40퍼센트를 차지하는 시를 이해하기 위해 시를 공부.
『사총』(김성식 박사 회갑 기념).
[설교] 5월/거룩한 죽음.
[글] 「생각 있는 사람이라면」, 《통일은 어떻게 가능한가》.
"Wisdom Motifs in the story of Jacob"(학술논문). 《신학연구》.

1969년(52세) 한국 시를 탐독하기 시작, 서가에는 《현대시학》 3호부터 꽂혀 있음.
[글] 10월, 「바람직한 지도자상」, 《기독교사상》.

1970년(53세) 성서 번역에 매진하기 위해 한빛교회 목사 사직.
[글] 2월, 「메시아 왕국을 향하여」, 《기독교사상》.
3월, 「고난을 이긴 사람」, 《새 것, 이름다운 것》.
4월, 「바람직한 가정」, 《새가정》.
7월, 「이스라엘 역사와 종교」, 《기독교사상》.
8월, 「액자 속의 얼굴」, 《기독교사상》.
11월, 「사랑의 노래」, 《기독교사상》.

1971년(54세) 이 해 봄부터 시를 쓰기 시작했다고 고백함. 「53」이라는 시가 있음. 만으로 쉰셋이므로 이 시가 처녀작에 가까움.
[글] 1월, 「위대한 드라마」 1~7, 《기독교연구》.
3월, 「한국 구약학의 과제」, 《기독교사상》.
4월, 「롯의 이삭주이」 (1), 《제3일》.
5월, 「혁명의 해일」, 《제3일》.
8월, 「김수영의 폭포」, 《제3일》.
11월, 「돌 세 개」, 《기독교사상》.

12월, 「신학과 문학의 만남」, 《기독교사상》.

1972년(55세) [설교] 요나의 감사/요나와 같이 서서/최악에서 최선을 /성령의 전/오늘을 사는 믿음/호동교회 헌신예배/외로운 눈물 – 예레미야의 생애를 돌아보며/아기예수.

[글] 1월, 「아무리 작가도」, 《신동아》.

2월, 「한국교회에 비전을」, 《기독교사상》.

2·3월, 「롯의 이삭주이」 (2), 《제3일》.

5월, 「롯의 이삭주이」 (3), 《제3일》.

7월, 「자연과 사람과 하느님」, 《기독교사상》; 「우리의 아침」 외 2편 《제3일》.

9월, 「롯의 이삭주이」 (4). 《제3일》.

10월, 「남북통일과 한국교회」, 《기독교사상》; 「성서와 한국의 시인들」, 《새 것, 아름다운 것》; 「남북통일과 기독교」, 《기독교사상》.

12월, 「롯의 이삭주이」 (5). 《제3일》.

1973년(56세) 5월, 첫 시집 『새삼스런 하루』 출간. 이 시집의 제자(題字)를 박용길이 함. 여기서 '늦봄'이라는 아호를 처음 사용했고, 이 시집의 발행일이 6월 1일이라는 것은 (문익환이 6월 1일생) 이 시집의 출간에 나름대로 의미부여를 많이 했음을 알 수 있음.

[글] 1월, 「롯의 이삭주이」 (6). 《제3일》

3월, 「빈 마음, 가난한 마음」, 《제3일》; 「개 이야기」, 《여성동아》; 「새해 새봄」, 《한국기독교장로회보》.

4월, 「지도자 양성과 장학사업」, 《한국기독교장로회보》; 「이런 저런 순교자」, 《기독교사상》; 「아픈 가락」, 《제3일》; 「그리스도 안의 가정」, 《새 가정》.

5월, 「저항시인 윤동주」, 《크리스천 문학》; 「윤동주의 시세계」, 《새 것, 아름다운 것》.

6월, 「과학문명과 자연과학」, 《제3일》.

7월, 「라이너 마리아 릴케』. 《제3일》.

8월, 「H씨의 거실」, 《기독교사상》; 「오늘 여기서 보는 안식일」, 《제3일》.

11월, 「법의 근본정신」, 《제3일》.

12월, 「초 한 대」, 《제3일》.

「통일은 기어코 보아야 하겠습니다」(황득순 여사 영결사), 《씨올의 힘》.

1974년(57세) [설교] 흐뭇한 이야기/해가 서쪽에서 뜨겠다/부활 이후, 민중의 해방/부끄러움이 없기를 /영은 힘이다/미워하라/그날이 오면.
[글] 1월, 「새 것, 아름다운 것」, 《제3일》.
3월, 「죽음의 미학」, 《제3일》.
4월, 「사랑의 변주곡」, 《제3일》; 「4월의 편지」, 《크리스천 신문》.
5월, 「번개소리」(시와 메모), 《제3일》.
8월, 「개편 찬송가 가사의 문학적인 분석과 평가」. 《기독교사상》.
9월, 「내가 아우를 지키는 사람입니까?」, 《한국기독교장로회보》.
10월, 「히브리어에서 한국어로」, 《새 것, 아름다운 것》.
12월, 「아가서 – 사랑의 노래」, 《새 것, 아름다운 것》; 「신학과 문학의 접경에 서서」, 《기독교사상》.

1975년(58세) 수필집 『새 것, 아름다운 것』 출간.
[설교] 마리아의 찬가/가난해야 합니다/믿음은 희망이다/죽어서 산다/인권의 신성불가침성/터져나오는 기도/선교의 자유.
[글] 3월, 「진솔한 시대의 소리」. 《새 것, 아름다운 것》; 「진솔한 시대의 소리」, 《새가정》.
5월, 「모세를 키운 가정」, 《한국기독교장로회보》.
8·9월, 「찬송가와 함께 30년」, 《기독교사상》.
10월, 「믿음은 희망 사랑도 희망」, 《연세춘추》.

1976년(59세) 3월 1일, '3·1민주구국선언' 성명서를 작성하여 명동성당에서 발표. 바로 다음날 구속되어 최초의 옥중 생활이 시작됨. 많은 사람이 연행되고, 동생 문동환, 아내 박용길, 맏아들 문호근이 중앙정보부에 연행됨.
『릴케 기도시선』 번역 시집 출간.
[설교] 1월, 빛이 있었으면/인권은 신성불가침인가/가중처벌법.
[글] 3월, 3·1민주구국선언.
4월, 「하늘과 바람과 별의 시인」, 《월간중앙》.

1977년(60세) 전주교도소에서 21일간에 걸쳐 '나라와 민족의 장래를 위한 옥중 단식' 단행.
12월 31일, 형 집행정지로 22개월 만에 출옥함.
[글] 12월, 「뜨거운 마음」(옥중서신).

1978년(61세) 4월, 두 번째 시집 『꿈을 비는 마음』 상재함.
10월 13일, 유신헌법의 비민주성을 폭로한 일로 형 집행정지가 취소되고 재수감됨.
[설교] 과부의 기도, 사랑의 빚/돌들이 소리치리라/법 이전, 법 이후/억울한 죽음에서/숨 막히는 감사.
[글] 3월, 「민주회복과 민족통일」, 《씨올의 힘》.
「함 선생님의 발자취」(함석헌 선생 77회 생신 축하강연). 《씨올의 힘》.

1979년(62세) 12월 14일, 형 집행정지로 15개월 만에 출옥.
[설교] 원점에 돌아가서

1980년(63세) 3월, 《씨알의 소리》에 기고한 「민족을 통일하는 민주주의」가 당국에 의해 삭제됨.
5월 17일, '내란예비음모죄'로 구속. 공주·안양·서울 등지에서 복역하며 공주교도소에서 24일간 단식함.
『통일을 비는 마음』 출간.
[설교] 사랑이 없으면 나는 아무것도 아닙니다/어떻게 이 한을 풀까/여러분의 손으로 /우리가 주인이다.
[글] 「'다시 풀려나서' – 옥중기」(1980년 《월간중앙》에 기고했다가 삭제된 글).

1982년(65세) 12월 24일, 형 집행정지로 31개월 만에 출옥.

1983년(66세) 1월, '고난받는 사람을 위한 갈릴리교회' 담임목사.
5월 31일, 함석헌·홍남순·이문영·예춘호 등과 '민주긴급선언'을 발표하고 단식 시작.
6월 18일, 위 4인과 함께 단식 풀면서 '제2긴급민주선언(전두환에게 폭력 정치 중단을 요구하는 성명)'을 발표.
[설교] 꿈은 가두지 못한다/민중의 부활 민족의 부활/부활 이전을 산다/살 권리/전쟁과 평화/예수의 슬픔, 우리의 슬픔/한국의 안보와 세계평화/새벽을 깨우리라(EYC 부활 기념예배)/한국의 평화와 근로자들(울산산업선교회 주최 노동자의 날 설교)
[글] 5월, 「민주화가 곧 민족통일」, 《연세춘추》.
6월, 「일본의 기독교인 형제들에게」.

7월, 「히브리인들의 헌법」; 「소의 입에 망을 씌우지 말라」; 「히브리인들의 하느님 야훼」; 「나는 히브리아 중의 히브리인이다」; 「한 나라 두 나라」; 《한국기독교장로회보》.
8월, 「찬 바람 작은 바람」(장준하 선생 8주기 추도사).

1984년(67세) 7월 20일, 세 번째 시집 『난 뒤로 물러설 자리가 없어요』 출간.
첫 번째 옥중서한집 『꿈이 오는 새벽녘』 출간.
10월 10일, 논설집 『통일은 어떻게 가능한가』 출간.
10월, 계훈제·백기완·장기표 등과 함께 '민주통일국민회의'를 결성하고 의장에 취임.
[설교] 당신이 길이라니/사랑은 어디서 옵니까/땅의 평화/그날이 오면(3·1절 한빛교회 설교)/자유와 평화/역사를 보는 눈/통일문제 인식의 현 단계
[글] 4월, 「부활을 믿는 믿음」, 《기독교사상》; 「죽어서 사는 믿음」, 《한국기독교장로회》.
8월, 「쓰러질 듯 쓰러질 듯 강하고 강한 사람」, 『김병걸 선생 회갑 기념문집』.
「메시아 왕국을 향하여, 자연과 사람과 하느님」, 《한국의 정치신학》.
「7·4공동성명 이후의 민족문제」, 《통일은 어떻게 가능한가》.
「자유·생존·평화」, 《민주화의 길》 창간호(민청련 기관지).

1985년(68세) 3월, 민주통일민중운동연합 의장에 취임.
5월, 서울대학교·계명대학교 등에서 한 강연이 선동죄로 지명수배되어 자진 출두. '집회와 시위에 관한 법률' 위반으로 기소되었으나 재판을 거부.
1심에서 3년형을 받고 네 번째 옥중 생활.
12월 29일, 아버지 문재린 목사 별세.
[설교] 2월, 오던 길을 그대로 가자(한빛교회 30주년 기념예배)/3월, 우리는 이기고 있다(광주 YWCA봉헌예배).
[글] 1월, 「성서와 함께 하나 되는 길」.
2월, 「2·12 총선의 의미」, 《민주통일》(민주통일국민회의 기관지).
7월, 「오직 온몸으로」, 『장준하 문집』.
「민주통일의 깃발을 올리며」, 《민주통일》.
「민족통일의 실체」. 《다리》.

1986년(69세) 11월 10일, 문익환 선집 『죽음을 살자』 간행.
[설교] 사랑은 아픔에서(현대교회).
[글] 2월, 「민주화여 두 날개로 날아라」, 《민주가족》 창간호
5월, 한국의 민주화와 민족통일을 염원하고 지지하는 전 국민과 해외의 모든 인사들에게 드리는 말씀.
8월, 「민가협에 바랍니다」(옥중서신).
11월, 「항소를 포기하며」.
「동주 형의 추억」, 『죽음을 살자』.

1987년(70세) 2월 11일, 진주교도소로 이감.
전태일 기념사업회위원장, 박종만 기념사업회 고문. 블랙리스트(취업카드) 철폐위원회 고문.
7월 8일, 형 집행정지로 26개월 만에 출옥.
이한열 장례식에서 연설.
12월 대통령 선거를 부정선거라고 규탄하며 항의 단식.
[설교] 9월, 우리 가운데 늘 맑은 물로.
[글] 1월, 「단식기도를 끝내며」.
9월, 「민중과 역사와 더불어」, 『여기 내 조국의 진실』.
12월, 「사랑하는 국민 여러분」.

1988년(71세) 6월 8일, 민통련 의장으로 재추대됨.
7월, '조국의 자주적 평화통일을 위한 민주단체협의회' 공동대표.
7월, 『새 것, 아름다운 것』을 제목을 바꿔 『혁명의 해일』로 재출간.
[글] 「88년을 그냥 넘길 수 없읍니다」(민통련 기관지).
「4월, 민족통일에 관한 구체적인 제안」, '한반도 평화와 조국의 자주적 통일을 위한 국민 대토론회'(연세대 서총련 준비위 개최)에서 발표, 후일 『반전반핵 평화통일론』에 수록.
「오늘의 대학생활」, 《용광로》 37호(부산공업대학 교지).

1989년(72세) 1월 1일, 김 주석이 신년사에서 남북정치협상 회의를 제의하며 남쪽의 각 정당 당수와 김수환 추기경, 백기완 선생과 함께 문익환을 평양으로 초청함.
1월 21일, 전국민족민주운동연합을 결성하고 상임고문에 취임.
3월 25일, 방북. 김일성과 두 차례 회담을 갖고 4월 10일 조국평화통일위원회와 공동성명을 발표함.

4월 13일, 베이징-도쿄를 거쳐 서울에 도착, 구속.
4월, 두 번째 옥중서한집 『통일을 비는 마음』 출간; 『두 하늘 한 하늘』 출간.
10월 11일, 북한에서 '문익환 목사 구원대책위원회' 발족.
[글] 3월, 「문익환 목사 평양도착 성명」; 「신앙은 과학이지요」, 《대학의 소리》 창간호.
5월, 「문익환 목사의 북한 방문」, 《살림》.
11월, 「사랑하는 한빛교회 교우들에게」(옥중서신).
『나는 왜 평양에 갔나』(자료집).

1990년(73세) 8월 8일, 북 중앙인민위원회가 해방 45주년을 맞아 '조국통일상' 제정, 문익환 목사 수상.
9월 18일, 어머니 김신묵 권사 별세.
10월 20일, 형 집행정지로 19개월 만에 전주교도소 출옥.
11월 16일, 방북보고대회 참석차 부산 방문.
『히브리 민중사』 『가슴으로 만난 평양』 『빼앗긴 변론』 『걸어서라도 갈 테야』 출간.
[글] 1월, 사랑하는 동지들(전청대협 기관지).
2월, 박종기 인권위원장님께 보내온 문익환 목사님의 옥중서신
4월, 「애국의 길」, 《더불어 살며 더불어 생각하며》.
8월, 「성서의 평화」, 《한국기독교장로회보》.
12월, 「문 목사님 대담-통일은 다됐어」(평민연 회보); 「서승」, 《민주가족》.
「세상 어디에도 없는 꽃이여」, 《통일예술》 창간호.

1991년(74세) 1월 23일, 조국통일범민족연합 남측 본부 결성준비위원회 결성, 위원장 취임.
5월 18일, '5·18 광주민중항쟁 유족회'가 주는 '오월시민상' 수상.
5월, 강경대 장례위원장으로 장례식 집례.
6월 6일, 재수감. 이른바 '분신정국'에서 강경대 열사를 비롯한 많은 열사들의 장례위원장을 맡는 등의 활동으로 형 집행정지 취소.
12월, 세 번째 옥중서한집 『하나가 되는 것은 더욱 커지는 일입니다』 출간. 『옥중일기』 출간.
[글] 8월, 「요가」 1·2.

9월, 「통한기」, 《살림》.
10월, 「이 큰 누리의 한마음」, 《살림》.
11월, 「아픈 가슴으로 오늘은 이만」, 《살림》.
12월, 「이 나라 감옥에 정치범 하나도 없다」, 《살림》.

1992년(75세) 1월 25일, 미국의 친우협회(퀘이커)가 문익환 목사를 노벨평화상 후보로 추천.
4월 11일, 서울에서 '문익환 선생 노벨평화상 수상을 위한 후원회' 발족.
[글] 1월, 「천륜이 인륜이고 인륜이 천륜인 것을」, 《살림》.
2월, 「그거 종교를 새삼스레 다시 보게 만들 일이오」, 《살림》; 「대한민국 노태우 대통령 각하」.
3월, 「새해 꿈 이야기」, 《살림》.
4월, 「우리가 겪은 격동은 」, 《살림》.
5월, 「문익환 목사 노벨평화상 후보 추천서」, 《살림》; 「나무아미타불 관세음보살」 「인사말」 「사람풍경」 1~52, 53(미완), 54, 「인생풍경」 55~56; 「분단 50년은 우리 민족의 수치입니다」(문 목사님 평양방문 2주년 기념 대담).
6월, 「떨리는 마음과 사랑이야기」, 《살림》.
7월, 「되살아난 생명의 박동」, 《살림》.
8월, 「사철에 봄바람 불어 있고」, 《살림》.
9월, 「평화의 누룩」, 《살림》.
10월, 「꿈을 비는 마음」, 《살림》.
11월, 「화초와 벌레」, 《살림》.
12월, 「맞닿은 정」, 《살림》.
「산울림인가, 아름다운 것」 「43년 김선명 할아버지께 바치는 시」 「봄길」 1·2, 「하나 됨」 4, 「연꽃 한 송이 이슬 두 방울」 「어린 양」 「면회」.

1993년(76세) 3월 6일, 형 집행정지로 21개월 만에 출옥.
4월, '통일맞이 칠천만 겨레모임' 운동 제창.
4월, 사월혁명연구소가 주는 '사월혁명상' 수상.
8월, 제4차 범민족대회 서울대회 대회장.
[글] 1월, 「함께 가는 길」, 《살림》; 「땅의 마음」 「민들레눈물」 「왜」 「불꽃이 되었구나」 「길동무 말동무」 1, 「꿈 같은 생시」 「꿈인가 생시인가? 방

제명」「그 내일, 무슨 인연인지」「티 없는 웃음」「아서라」「샛길」「된다 안 된다」「우리의 길」「하나됨은」 1, 2, 3.
3월, 「봄길 – 늦봄의 옥중서신」, 《살림》.
4월, 「정세연구 대담: 이제 민의 힘으로 민족을 하나로 만들어야 합니다」, 《창작과비평》 여름호; 「함께 부르는 노래」, 《살림》.
5월, 「생명의 노래를」, 《살림》.
6월, 「여백의 정치미학」, 《살림》.
8월, 「바람 – 기다림」, 《살림》; 제14차 범민족대회 대회사
10월, 「나의 바람 겨레의 바람」, 《살림》.
12월, 「큰 바람 작은 바람」, 《살림》.
「대담 문익환 목사 – 95년 국가연합식 통일 가능」, 《전교조신문》 125호
「통일시대를 열어나가는 아홉 가지 이야기」, 《95 – 통일맞이》 소책자

1994년(77세) 1월 18일 오후 8시 30분 자택에서 졸도. 한일병원으로 옮겼으나 별세.
4월, 네 번째 옥중서한집 『목메는 강산 가슴에 곱게 수놓으며』와 건강 파스 요법 『더욱 젊게』가 사후에 출간됨.
『예수와 묵자』(편지 모음) 출간.

이야기를 들려주신 분들

친인척: 박용길, 문동환, 문영환, 문은희, 문호근, 문영금, 문의근, 문성근, 문영미, 박남길, 페이 문.
국내: 박형규, 이우정, 김석중, 이소선, 박정기, 한승헌, 이창복, 박용수, 이명식, 조준호, 유원호, 양성우, 전택부, 이영헌, 조선출, 이해동, 유원규, 김원철, 안계희, 이연희, 임윤호.
해외: 정경모, 이철, 강종헌, 이종수, 김창오, 문기룡, 마에지마.

이상은 회고 내용을 녹취한 명단이며, 간접 취재를 했거나 직접 취재를 했더라도 구술하신 분 또는 지은이의 사정에 의해 메모 및 기억에만 입력된 분들의 명단은 생략.

북한: 약 20여 분. 명단은 생략.

참고문헌

강원룡, 『빈들에서』, 대화출판사, 1993.
고은, 『1950년대』, 정하, 1989.
공덕귀, 『나, 그들과 함께 있었네』, 여성신문사, 1994.
그리스도교와 겨레문화연구회 엮음, 『한글성서와 겨레문화』, 기독교문사, 1985.
김경재, 『김재준 평전』, 삼인, 2001.
김남일, 『통일할아버지 문익환』, 사계절, 2002.
김대중 외, 『김대중 내란음모의 진실』, 문이당, 2000.
김용옥, 『노자와 21세기』, 리오정보, 2000.
노중선 엮음, 『남북한 통일정책과 통일운동 50년』, 사계절, 1996.
마르크 누쉬, 『연표와 지도로 읽는 20세기 세계사』, 이끌리오, 2000.
문영미, 『새벽의 집』, 보리, 1996.
문영미, 『아무도 그녀의 이야기를 들어주지 않았다』, 샘터, 1999.

문익환,『문익환 전집』, 사계절, 1999.
문익환·기세춘·홍근수,『예수와 묵자』, 일월서각, 1994.
민경배,『한국의 기독교회사』, 대한기독교서회, 1978.
박용수,『겨레말, 외나무다리에 서다』, 두리미디어, 2001.
박용수,『사랑, 그 짓궂은 이야기』, 소나무, 1996.
브루스 커밍스,『브루스 커밍스의 한국현대사』, 창비, 2001.
서굉일·김재홍,『圭巖 金躍淵 先生』, 고려글방, 1997.
송우혜,『윤동주 평전』, 세계사, 1998.
일본 NHK취재반 구성,『역사와 함께 시대와 함께』, 인동, 1999.
정경모,『이제 미국이 대답할 차례다』, 한겨레신문사, 2001.
정경모,『찢겨진 산하』, 거름, 1986.
K. S. 티마야,『판문점 일기』, 소나무, 1993.
통일맞이,『'98늦봄 돌아오다』, 통일맞이 늦봄문익환목사 기념사업.
통일맞이,《통일맞이》창간호, 통일맞이 늦봄문익환목사 기념사업.
3·1민주구국선언관련자,『새롭게 타오르는 3·1민주구국선언』, 사계절, 1998.
『중국조선족력사상식』, 연변인민출판사, 1998

논문 및 기타

고영완,「늦봄 문익환의 생애와 사상」, 석사학위논문.
고은,「문익환을 말한다」(출처 미확인).
김신묵 권사 추모문집,『그리운 어머니』(가족 일동).
김신묵,「김신묵 회고록」(미완성).
김신묵,「내 아들 문익환」,《여성중앙》1987년 8월호.
김원기,「교도소에서 터득한 문익환 목사의 파스경락볍」,『여성백과』.
김창준,「해란강에 비 오면 다정하던 님」(출처 미확인).
문동환,「문동환 회고록」(미완성).
문재린,「여섯 번의 사선을 넘어서」(미완성).
박남길,「1900년대를 살다」(단행본).
박정철,「문익환의 시세계에 나타난 생명사상」, 석사학위논문.
송우혜,「북간도의 바람소리가 듣고 싶다」(출처 미확인).
안기석,「문익환 목사의 건강비법」(출처 미확인).
오효진,「문익환 연구」,《월간조선》.

이소영, 「형 집행정지로 석방된 통일의 메신저 문익환 목사」(출처 미확인).
이수언, 「인간 문익환」, 《월간조선》.
이종원, 「문익환 목사 사인에 제기되는 의혹들」, 《시사정경》.
이헌건, 「통일의 바다에 우뚝 선 민족의 등불 문익환 목사」, 《마당》.
최민희, 「우리시대의 통일꾼 문익환」, 《말》 1990년 12월호.
최옥선, 「민족 앞에서 소년, 민중과 함께 청년 문익환 목사」(출처 미확인).
통일맞이, 「가슴으로 만난 평양」(자료집).
통일맞이, 「늦봄 문익환 목사의 생애와 사상」(자료집).
홍근수, 「통일목사 문익환의 신앙」(출처 미확인).
홍근수, 「통일의 예언자 문익환 목사의 통일사상」, 《길》.

그림 목록

HILMA AF KLINT

문익환 평전

초판 1쇄 인쇄 2018년 5월 17일
초판 1쇄 발행 2018년 5월 25일

지은이 김형수
펴낸이 김선식

경영총괄 김은영
기획편집 신종우
책임마케터 이고은, 기명리
콘텐츠개발6팀장 백상웅 **콘텐츠개발6팀** 백상웅, 신종우, 최지인
마케팅본부 이주화, 정명찬, 최혜령, 이고은, 김은지, 유미정, 배시영, 기명리
전략기획팀 김상윤 **저작권팀** 최하나, 추숙영
경영관리팀 허대우, 권송이, 윤이경, 임해랑, 김재경, 한유현
외부스태프 **본문 디자인** 노승우 **표지 디자인** 소요 이경란

펴낸곳 다산북스 **출판등록** 2005년 12월 23일 제313-2005-00277호
주소 경기도 파주시 회동길 357 3층
전화 02-702-1724
팩스 02-703-2219 **이메일** dasanbooks@dasanbooks.com
홈페이지 www.dasanbooks.com | teen.dasanbooks.com
블로그 blog.naver.com/dasan_books
종이 한솔PNS **인쇄** 민언프린텍 **후가공** 평창P&G **제본** 정민바인텍

ISBN 979-11-306-1702-2 (03810)

• 이 도서의 국립중앙도서관 출판시도서목록(CIP)은 서지정보유통지원시스템 홈페이지(http://seoji.nl.go.kr)와 국가자료공동목록시스템(http://www.nl.go.kr/kolisnet)에서 이용하실 수 있습니다.
(CIP제어번호 : CIP 2018013459)